Um Enlace entre Inimigos

Da autora:

Um acordo de cavalheiros
A perdição do barão
A desilusão do espião
Um enlace entre inimigos

Lucy Vargas

Um Enlace entre Inimigos

1ª edição

Rio de Janeiro | 2021

EDITORA-EXECUTIVA
Renata Pettengill

SUBGERENTE EDITORIAL
Marcelo Vieira

ASSISTENTE EDITORIAL
Samuel Lima

ESTAGIÁRIA
Georgia Kallenbach

REVISÃO
Renato Carvalho
Wilson Silva

DIAGRAMAÇÃO
Beatriz Carvalho
Mayara Kelly

IMAGEM DE CAPA
© Ilina Simeonova / Trevillion Images

CIP-BRASIL. CATALOGAÇÃO NA PUBLICAÇÃO
SINDICATO NACIONAL DOS EDITORES DE LIVROS,RJ

V426e

Vargas, Lucy
  Um enlace entre inimigos / Lucy Vargas. – 1ª ed. – Rio de Janeiro: Bertrand Brasil, 2021.
  23 cm
  ISBN 978-65-5838-027-6

  1. Ficção brasileira. I. Título.

20-67920

CDD: 869.3
CDU: 82-3(81)

Camila Donis Hartmann – Bibliotecária – CRB-7/6472

Copyright © Lucy Vargas, 2021

Texto revisado segundo o novo Acordo Ortográfico da Língua Portuguesa

Todos os direitos reservados. Não é permitida a reprodução total ou parcial desta obra, por quaisquer meios, sem a prévia autorização por escrito da Editora.

Direitos exclusivos de publicação em língua
portuguesa somente para o Brasil adquiridos pela:
EDITORA BERTRAND BRASIL LTDA.
Rua Argentina, 171 – 3º andar – São Cristóvão
20921-380 – Rio de Janeiro – RJ
Tel.: (21) 2585-2000 – Fax: (21) 2585-2084

Atendimento e venda direta ao leitor:
sac@record.com.br

Para todos que conseguiram se reerguer após uma grande desilusão.

*Para a matriarca que me ensinou
a não julgar pela aparência.*

*Para você que está no processo de se reconstruir
e vencer a última rasteira que a vida te deu.
Você vai conseguir. Acredito em você.*

Prólogo

Portugal, abril de 1811

Os homens seguiram correndo pela beira do rio. O marquês de Hitton podia ouvir a respiração dos outros dois à sua volta. A operação havia sido comprometida. Precisavam partir e aquela era sua rota de fuga secundária; a primeira opção já havia sido descartada. Eles não sabiam quão fundo os franceses haviam se infiltrado em sua organização. Mas cinco agentes estavam mortos e três haviam voltado para a Inglaterra. Desde o início da guerra contra Napoleão e do seu trabalho interno, o marquês jamais vira uma operação desmoronar tão rapidamente.

Alguém teria de ser responsabilizado. Alguém os traíra. E ele era o único que tinha as pistas para encontrar o culpado e evitar estragos ainda maiores e novas mortes.

O marquês e mais dois agentes haviam partido com o comando das tropas francesas que enfrentaram Wellington e regressavam à Espanha. Mas, quando a operação na França caiu, seus disfarces foram comprometidos e o aviso chegou tarde demais. Eles não conseguiram transmitir a informação necessária, mas escaparam do cerco feito em Almeida. A única chance era encontrar o receptor na margem oposta do rio a dois quilômetros.

O marquês sabia quem devia encontrar. Por mais irônico que fosse, seu salvador era exatamente quem ele menos esperava. O receptor havia se unido às tropas inglesas quando Wellington assumiu o comando e lá recebia as informações necessárias para executar suas próprias tarefas. Todos o consideravam jovem demais para o cargo, mas a verdade é que os contatos não faziam ideia de quem ele era. Mas Hitton sabia. Ele sempre soube por onde seu contato andava. Sabia que ele havia sido treinado pelo pai, que exercera o mesmo trabalho.

Hitton ouviu um estrondo e soube que haviam sido alcançados. Suas botas afundavam na lama, suas pernas estavam cansadas. O trabalho já não lhe exigia tanto esforço físico; o disfarce lhe pedia para usar a mente, não os músculos. Não era mais um jovem, mas não ia se dar por vencido.

— Vou atrasá-los! Siga em frente! — disse seu companheiro inglês de algum lugar da mata. Estava ofegante e ferido. Escapar não havia sido fácil.

E o marquês sabia que alguém precisava terminar ao menos aquela fase da missão. Portanto, não questionou, não podia ser sentimental em seu trabalho. Apegar-se a alguém no meio de uma guerra significava morte certa.

Ouvindo os tiros, o marquês jogou-se na água rasa e mais fácil de atravessar. Os sons eram seu único guia; soube disso quando o outro agente entrou no rio e foi imediatamente alvejado, o corpo tombando para a frente logo em seguida. Continuou avançando sem olhar para trás, mesmo sabendo que a lua o iluminava.

Pouco depois sentiu um tiro atravessando seu ombro. Vacilou, mas não seria um tiro que o derrubaria. Os franceses entraram na água. Deslocava-se com lentidão, cansado e ferido. Aquela missão estava prestes a acabar. Com sorte ele seria morto; a tortura duraria um longo tempo antes que ele finalmente partisse em paz.

— Parado aí, traidor! — disse uma voz atrás dele enquanto mais sons de pessoas entrando na água ecoaram pela noite.

Eles não sabiam se ele era um dos ingleses infiltrados ou um dos franceses que haviam traído o comando de Napoleão. Não fazia diferença para eles, mas Hitton servia orgulhosamente à Inglaterra. A margem oposta estava logo à frente, mas não ia conseguir alcançá-la. Os franceses estavam perto demais e agora tentavam capturá-lo vivo em vez de matá-lo. Podia sentir o cerco se fechando à sua volta. Ia cair sem se despedir das duas únicas pessoas que amava e sem nem terminar a missão.

Luzes apareceram logo à frente. Tochas se acendiam no meio das árvores e tiros começaram a ecoar do lado oposto, alvejando aqueles que o perseguiam. Respirando fundo, Hitton alcançou a margem. Tropeçando e caindo, levou a mão à frente do peito onde guardava seu segredo. Então levou outro tiro, que o fez cair de joelhos, apoiado nas mãos feridas. Ao levantar a cabeça e ver os homens que saíam da mata, reconheceu seus compatriotas. Um homem alto e loiro sacou a arma e atirou no soldado que havia acabado de atingi-lo.

No escuro, iluminados apenas pela luz da lua e das tochas, tudo que o marquês pôde ver quando o homem se aproximou foram seus fantásticos olhos prateados. Ele o levantou e o carregou mata adentro. Os demais ingleses entravam na água na tentativa de recuperar os corpos dos franceses antes que a correnteza do rio os levasse e alguém no Forte de Almeida os visse.

— Preciso de um médico, agora! — gritou o homem, deitando o marquês numa pequena clareira.

Forçando-se a manter os olhos abertos, o marquês de Hitton fitou o semblante de seu receptor. O duque de Hayward — seu suposto inimigo numa rixa familiar que já durava séculos — quebrara o protocolo e agira para salvá-lo, arriscando a própria identidade.

— Escute-me bem — disse o marquês em voz baixa para que somente o duque o ouvisse. — Quando mandar comunicar minha morte, diga que fui morto lutando em solo inglês. É tudo que elas devem saber. Minta como sei que sabe fazer.

O duque assentiu, mas não estava disposto a pensar nessa possibilidade.

— Onde está esse maldito? — gritou o duque, e um homem veio correndo da direção do rio.

— Aqui — Hitton levou a mão ao bolso secreto no peito de seu uniforme e puxou de dentro dele uma folha de papel muito bem dobrada e a entregou ao duque. — Essa era minha última tarefa. Os nomes estão aí. Minhas anotações mais recentes também. Provam o envolvi... — ele perdeu o ar, e o sangue começou a encher sua boca.

O médico tentava conter a hemorragia do marquês enquanto o duque o segurava firmemente.

— Prometa-me que elas não saberão que morri longe do meu país.

— Ninguém saberá — disse o duque, olhando o marquês nos olhos, mas desviando o olhar para os ferimentos quando o médico pediu que iluminassem melhor.

O marquês de Hitton, um autêntico Bradford, morreu nos braços do último duque de Hayward, seu suposto inimigo. Ele conseguiu pedir muito mais que esperava de sua morte. Quando falhou em deixar esse trabalho, pois precisava lutar na guerra por trás da guerra, achou que acabaria morrendo como indigente.

Jamais imaginou que estaria nos braços de um Mowbray, família responsável pela morte de diversos dos seus antepassados. O médico indicou com a cabeça que não havia como salvá-lo. Hayward ficou de pé e chamou alguém com um breve aceno. Leu o papel sob a luz das tochas, rasgou uma parte com precisão e a entregou ao homem que parou à sua frente.

— Encontre todos. Arranque toda informação que puder e os elimine — ordenou não com prazer, mas com irritação. Tinha uma operação para reconstruir. Até o outro receptor estava morto. — Sem rastros, Thorne.

Seu agente assentiu, leu as palavras do marquês, já começando a memorizar os nomes e partiu, afastando-se da luz. Hayward hesitou um momento ao olhar o corpo do marquês e fez um sinal para que o levassem. Atenderia ao seu último pedido.

— Apaguem as tochas e vamos embora — ordenou.

Capítulo 1

Londres, primavera de 1815

O salão do Teatro Real, Covent Garden, estava lotado. Todos os convidados haviam comparecido a um dos eventos mais seletos e aguardados da temporada. O espaço estava repleto de marqueses e condes acompanhados de suas famílias. Como os duques eram um grupo quase inexistente, seria uma satisfação se algum comparecesse. Tudo estava muito colorido, ainda mais porque se tratava de um baile de máscaras.

Era um acontecimento ambicioso: uma ópera abriria o evento, e os convidados já deviam chegar vestidos a caráter. A sociedade adorava uma novidade, ainda mais quando a anfitriã era uma duquesa, e o convite, mais concorrido que o voucher do Almack's em qualquer quarta-feira.

Apesar do incômodo da data tão no início da temporada, os presentes precisavam agradecer aos anfitriões por terem escolhido uma época ainda fresca para o evento ou estariam todos derretendo sob tantas velas. Máscaras ornadas com os mais diversos materiais enchiam o ambiente. Pedras preciosas, ouro, cetim e tinta; tudo servia para enfeitar as máscaras que nem sempre combinavam com o traje escolhido. Muitos convidados gastaram até o que não tinham, mas a regra era chamar atenção.

Afinal, os melhores partidos estariam presentes. E todos procuravam disfarçar que Napoleão não havia escapado de Elba; do contrário, a temporada estaria arruinada antes mesmo de começar.

Com ou sem guerra, estava aberta a temporada de caça aos maridos. Matronas eram vistas empurrando jovens de um lado para o outro.

Os partidos mais disputados que já haviam sido reconhecidos mesmo mascarados eram cercados como um torrão de açúcar em um formigueiro. As damas faziam mistério com suas máscaras, torcendo para serem reconhecidas por seus admiradores.

Ironicamente, uma das pessoas que mais tinha liberdade ali era justo o melhor partido disponível, pois ninguém queria ficar no seu caminho. Nathaniel, formalmente registrado como Nathaniel Mowbray, mas chamado apenas de duque de Hayward, causava um frisson mudo.

O que não era necessariamente bom.

Fique longe dele.

Todos queriam ver, observar e estudar, mas sem chegar muito perto e de preferência sem que ele notasse. Sussurravam quando falavam do duque para não correrem o risco de ele aparecer. Nathaniel raramente ia a bailes; quando o fazia, era apenas para constar que estava em Londres ou porque tinha alguma consideração pelo anfitrião. Era o caso daquela noite. Tanto falaram desse evento que até ele ficou curioso, e o dono da festa — o outro duque do salão — era Trouville, seu velho de guerra. Os dois trabalhavam juntos havia cerca de quinze anos, só que ninguém sabia.

Ambos tinham motivos para serem vistos em público enquanto o caldeirão que era a Europa fervia à espera dos próximos passos de Napoleão. Nathaniel nunca parou de trabalhar; o retorno do imperador era só mais um obstáculo para reagrupar seus homens. Espiões nunca ficavam sem trabalho, ainda mais em períodos como aquele.

Em meio a toda aquela pompa e exagero, Nathaniel usava uma máscara preta — assim como a roupa —, presa ao rosto por uma fita dourada que cobria toda a parte superior do seu rosto. Os olhos prateados esquadrinhavam o ambiente através dos buracos na máscara. Para aumentar ainda mais o assombro dos outros, estava acompanhado. O duque nunca tinha alguém ao seu lado. Por suas costas gostavam de dizer que nenhuma mulher ousaria se envolver com tamanho tirano.

As más línguas diziam que ele com certeza se comportaria como um na cama. Mas encontrar alguém que tivesse dormido com ele era uma tarefa inglória; então ficava difícil contestar.

Ela vai deixá-lo.

A acompanhante de Nathaniel, Lady Marianne, viscondessa viúva de Townfield, era bonita, agradável e... viúva. Demonstrava interesse ao flertar com ele e não o temia; nunca tivera motivos para tal. O duque estudava a possibilidade de lhe propor um acordo matrimonial. Era uma mulher interessante que tinha renda própria e herdeira de uma ótima propriedade do marido. Ela não precisava se casar, aceitaria somente se quisesse. E se encaixava no perfil que o duque procurava, não lhe traria surpresas ou desafios. Sairia tudo como o planejado, do jeito que ele gostava.

Já tinha desafios demais em seu trabalho.

E ele vai matá-la também.

Marianne não era uma jovem iludida e sabia quando um homem correspondia ao seu interesse. Mesmo um tão indecifrável quanto Hayward. Ambos pareciam buscar a mesma coisa. Ela era mais esperta que aquelas jovens frívolas que o temiam; considerava-o o homem mais interessante e com certeza o mais misterioso que conhecera. Sempre esquivo. Achava que isso gerava interesse, mas podia estar enganada.

Libertinos e beberrões não são nada se comparados a ele.

Parecia que o poder era uma camada sobre sua pele, algo que usava como adorno. Seus trajes bem cortados e sempre em tons escuros rebatiam a maledicência com elegância. A cor fechada contrastava com o cabelo loiro claro e com os olhos cinzentos que mais pareciam prata pura. Ela podia até imaginar como era vê-lo em seu castelo, na sua intimidade. Aquelas jovens definitivamente não sabiam apreciar um homem real.

— Está vendo o duque? Logo ali, próximo às pilastras — perguntou em tom baixo a voz masculina, checando se alguém prestava atenção.

— Creio que sim — respondeu Isabelle, olhando de longe.

— Então livre-se desse velho e dê um jeito de encontrar-se com Hayward — disse seu primo George em tom autoritário.

— Não vou fazer isso. O pobre Lorde Barthes está com câimbras e precisa de mim para ajudá-lo a andar.

— Deixe de ser tola! Esqueça esse velho, ele não é importante!

Isabelle Bradford franziu o belo nariz por baixo da máscara dourada cravejada de pequenos rubis que cobria a parte superior do seu rosto. Um dia, aqueles rubis estiveram em um colar, mas precisaram ser reaproveitados. Para deixar a máscara bem à mostra, seu cabelo castanho avermelhado estava preso com alguns cachos soltos pelo pescoço. Ela olhou para o velho que acompanhava e lançou-lhe um sorriso de pena. Era mais um iludido, completamente ludibriado por sua beleza e seus modos impecáveis.

Uma aproveitadora. Típico da família.
Era assim que vivia desde que voltara do colégio. Ser uma dama perfeita, assim como uma das mais hábeis vigaristas, era como se fosse sua profissão. Tinha vinte anos, mas mentia dizendo que tinha dezoito. Estava, para todos os efeitos, em sua temporada de apresentação em Londres, mas já circulava por lá havia um ano, mesmo sem poder ser devidamente apresentada à sociedade como debutante. Fingia ser acompanhante da tia, a atual marquesa.

Era um desgosto ter aquela mulher como marquesa de Hitton.

Como os Bradford andavam sumidos e Isabelle estivera fora da cidade, ninguém ali poderia contestar sua idade. Tal mentira datava dos tempos do colégio. Eles não a educaram em casa; enviaram-na para uma seleta e rígida escola para damas, idealizada por Lady Riven, uma matrona rica e solitária.

No começo só moças da aristocracia eram aceitas para passar verões e curtos períodos. Com as mudanças na economia, passaram a reservar uma parte diferente do ano para as meninas de famílias burguesas ricas que queriam ter suas filhas "treinadas" para serem damas.

Mas Isabelle ficou lá por mais que um verão ou parte do inverno. Seus tios não a queriam em casa. Não antes de se tornar uma dama perfeita.

— Vamos, já vai começar — Isabelle convidou seu bobo da noite.

Ela era tão hábil em encantar e enganar que os homens nem notavam. Depois de simplesmente se distanciar, os deixava com saudade da jovem bela e gentil até perceberem que ela não seria sua. Qualquer um podia ser ludibriado pela sua vigarice. Fora bem treinada, e seus métodos eram infalíveis. Mas seu tempo estava acabando, pois seus familiares a preparavam para um propósito muito maior.

Enganar o diabo.

Tudo começou com a obsessão de Genevieve de pôr fim à rixa entre as famílias, mas com vitória dos Bradford. George bolou um plano que os pais transformaram em realidade. Por causa do falecido marquês, a família dele aproveitava para visitar a propriedade mais que o recomendado. Isabelle ainda não terminara sua educação e só continuou a recebendo porque o pai deixara escrito no testamento que caso não a educassem e arranjassem um marido do gosto de sua filha toda a fortuna seria doada para a família de sua esposa, deixando só as propriedades e os títulos para eles.

E os tios de Isabelle jamais permitiriam que isso acontecesse, especialmente Genevieve, que considerava a mãe dela, Madeline, uma mulher sem valor, mesmo sendo filha de um nobre escocês.

Allen, marquês de Hitton, morreu inesperadamente após uma missão diplomática, e seu irmão, Gregory, caiu em cima da cunhada e da sobrinha, reivindicando seu direito ao título. Como Allen não havia tido nenhum filho homem, o título de marquês ficou para o irmão mais novo. Mas o falecido conseguiu criar algumas barreiras ao acesso à sua fortuna; como se já soubesse que morreria em breve, deixou cada ponto elucidado, frustrando qualquer plano que os familiares tivessem de jogar sua esposa e filha porta afora de casa.

Eles teriam as terras e o título, mas o dinheiro que cabia automaticamente ao irmão era pouco. Se quisessem o restante, teriam de garantir o bem-estar de sua esposa e filha; o que fizeram da forma mais torta possível.

A ópera começou. Isabelle estava no camarote com Lorde Barthes, que lhe falava das qualidades do neto que estava prestes a regressar à Inglaterra. Ele não tinha interesse nela, mas queria segurá-la para apresentá-la ao neto. Não era sempre que Isabelle dava essa sorte. Já teve de usar todo seu talento para escapar de mãos indesejáveis. Mesmo que se interessasse por alguém, precisaria manter sua donzelice intacta, pois seu destino era sacrificá-la por um bem infinitamente maior para sua família.

Ao menos nesse último aspecto não divergia tanto das outras jovens da sociedade.

Apesar de estar circulando por Londres havia um tempo, Isabelle procurava não chamar atenção. Impossível, visto que era uma Bradford. E como passar despercebida quando se é uma das mais belas mulheres de seu tempo? Beleza essa que usava como uma arma.

Com o início do plano, tiveram de cancelar sua participação em esquemas para arrancar dinheiro de homens solícitos ou secretamente encantados por ela. Lorde Barthes, por exemplo, queria tê-la na família e, para agradá-la, a cobria de presentes. Temia que ela voltasse suas atenções para outro antes de conhecer Rowan, seu neto que estava precisando de uma esposa.

Um dos presentes foi a pulseira que ela usava. Mas, assim que o evento terminasse, George iria confiscá-la para pagar algum outro custo que tiveram para ficar em Londres.

A grande rivalidade entre as famílias sempre foi assunto nas cortes de vários monarcas. Era conhecida como o embate entre os Hitton e os Hayward, chamados pelos títulos quando citados juntos. Por causa da célebre história, geralmente não se referiam a eles pelos sobrenomes, como acontecia em outras famílias, mas isso nunca impediu os Bradford de lembrar como o sobrenome de seus rivais era desprovido de nobreza: Mowbray. No entanto, foram os Mowbray que acabaram recebendo um ducado.

Os Bradford já haviam sido uma das famílias mais importantes da Inglaterra, tanto que rivalizavam com os Mowbray. Na corte sempre estiveram em lados opostos, mesmo que apenas para contrariar um ao outro. Mas as últimas gerações selaram o destino da atual. Os Mowbray começaram a extinguir, até que sobrou apenas um descendente direto que carregava o sobrenome deles.

Os Bradford foram mais bem-sucedidos na continuação da linhagem, mas, em compensação, estavam falidos. O pai de Isabelle ascendera ao título com o objetivo de recuperar a fortuna da família. Teve algum sucesso, mas o que deixou já havia acabado e a renda anual não era suficiente. Gregory e sua família consumiram tudo como gafanhotos em uma plantação. Além de gastadores, não eram bons em ganhar dinheiro por meios lícitos.

Nem nunca foram.

A beleza e a esperteza da moça eram responsáveis por parte dos ganhos extras da família, porque, além de receber presentes secretos, ela sabia *pegar* o que precisava. Enquanto ficou fora sendo educada, apenas George fazia esse tipo de coisa, volta e meia envolvendo-se em negócios ilegais. Agora ele tinha amantes ricas, ganhava no jogo e roubava coisas aqui e ali. Ninguém sabia da verdadeira situação deles naquela sociedade em que sobrenome e linhagem eram tudo.

Além de vigarista, uma ladra.

Uma rixa tão antiga entre famílias era cara. Golpes e roubos eram comuns dos dois lados, mas só um deles venceu a guerra financeira. Os Mowbray eram culpados por boa parte dos infortúnios econômicos que culminaram na situação atual dos Bradford; ao menos era essa a história que perpetuavam. E Isabelle deveria sempre se lembrar de que quem levara seu pai ao fundo do poço e, em consequência, à morte fora o último membro daquela família amaldiçoada.

O motivo e a maneira ainda eram desconhecidos. Sabia apenas que o duque e seu pai se envolveram na diplomacia inglesa e, no fim, o marquês foi acusado de traição e ainda deixou uma dívida a ser paga. Seus tios se recusavam a revelar todos os detalhes; alegavam ser algo capaz de macular a imagem que a filha tinha do pai. Mas isso não impedia Isabelle de continuar procurando os detalhes.

Madeline, a marquesa viúva, também não sabia muito. O caixão com o corpo do marquês demorara para chegar e fora imediatamente enterrado. Certa vez, George lhe disse que Allen foi assassinado ao confrontar o duque após ser acusado de traição. Disse ainda que o marquês o fizera de propósito, que preferia morrer a sujar o nome dos Bradford. Eles sempre foram fiéis ao trono inglês, mesmo nas ocasiões mais incertas do país.

Por outro lado, os Mowbray pareciam farejar com antecedência a derrocada de um monarca. E em alguns momentos da história, além de estarem de lados opostos pela rixa, também discordavam em pontos mais sérios. A trajetória da briga entre as duas famílias era profundamente ligada a épocas políticas da história inglesa.

— Sim, esperarei aqui — respondeu o duque à Lady Townfield assim que a ópera acabou.

Marianne deu o braço a uma conhecida e se dirigiu à sala das damas, deixando Nathaniel próximo à entrada principal do teatro. Por ali não havia muitas pessoas; estavam quase todas amontoadas no salão dos camarotes ou já haviam partido para a mansão de Trouville, onde o baile de máscaras seria seguido por um banquete. Sentindo a noite chamá-lo, Nathaniel se virou para as portas. Nesse instante, viu a moça que o deixou sem ação e o empurrou de volta à lembrança mais dolorosa de sua juventude.

Isabelle estava nervosa, algo que nunca ficava ou pelo menos não demonstrava. Gostava de crer que era fria como neve recém-caída. Mas foi impossível disfarçar. Nunca havia se deparado com o duque. O homem parecia um fantasma; ninguém poderia afirmar que o via com frequência. Agora estava a alguns passos dele e, para sua surpresa, chamara sua atenção.

Nathaniel ficou paralisado enquanto olhava fixamente para a dama de pé à sua frente, mas fora de seu alcance. O tema das vestimentas era livre; tratava-se de um baile de máscara, não de fantasia. Extravagância era recomendada e personagens não eram desencorajados. No entanto, ela usava um vestido delicado em tons de azul com detalhes dourados como os da roupa dele e uma máscara clara.

O traje, um vestido da moda de anos atrás, o fez lembrar-se de alguém. O cabelo, bem iluminado pelo candelabro próximo, parecia mais vermelho que realmente era. A pessoa na mente dele era ruiva e usou aquela mesma cor na primeira vez que se vestiu para um evento social ao lado dele. Assim como deixou para trás um vestido de casamento daquela cor. O único problema era que estava morta havia anos. Mas aquela imagem à frente dele era de carne e osso, e virou o mundo dele pelo avesso.

Paralisada pela visão do homem à sua frente e pelo encontro acontecer antes que estivesse preparada, Isabelle cerrara os punhos, machucando as palmas das mãos com as unhas. Ele não se parecia com o que ela havia imaginado. A despeito da máscara, pensara em alguém mais baixo, calvo e com uma postura menos soberba. Não um homem que aparentava estar em ótima forma. Imaginara alguém medíocre, que fizesse jus à descrição dada pelo primo dela. Definitivamente, "patético" e "medíocre" eram palavras que jamais serviriam para descrever o duque de Hayward.

Ela se sobressaltou quando ele deu um passo em sua direção; então correu para fora do teatro. Nathaniel ficou encarando as portas até que sentiu um leve toque no braço. Marianne lhe sorriu, o convidando a lhe fazer companhia até a casa de Trouville.

— Onde esteve? — perguntou George assim que segurou o braço da prima.

— Estava vindo para cá — respondeu Isabelle, afastando-se.

— Demorou demais! O duque já partiu e, para minha surpresa, está com uma mulher. Livre-se dela rapidamente.

— Não sei como espera que eu...

— Não comece com essas respostas cínicas; eu a conheço bem, esqueceu? Dê um jeito de envolvê-lo para que ele esqueça que um dia viu aquela mulher. Quanto mais rápido fizer isso, mais rápido estaremos livres.

Isabelle bufou e entrou na carruagem. Ele devia achar que a prima tinha poderes mágicos, só podia. Mandava-a fazer as coisas mais absurdas. Não tinha como Isabelle envolver o duque se estava fugindo dele. Não imaginou que vê-lo pela primeira vez lhe causaria tamanho impacto. Desde que o pai se fora e ela tomou conhecimento dos planos de sua família que temia tal momento. E não ocorreu como pensou que seria.

***

Enquanto olhava para o homem ao seu lado, Marianne se perguntava se eram verdade os boatos sobre ele. Não estava apaixonada, mas tinha interesse em manter um caso discreto. Após a morte do marido, não era fácil chamar atenção dela. A postura reservada do alto e elegante duque,

que repelia tantas outras, ela encarava como um grande atrativo. Não se queixava se estivesse cheio de pretendentes o cercando, teria sido difícil estabelecerem um primeiro contato.

— Acho que suas conhecidas não se aproximaram por minha causa — disse Nathaniel, sem tirar os olhos das pessoas que circulavam à frente deles.

— Imagino que sim — respondeu Marianne, parecendo não se importar.

Ela tirou a mão que apoiava no braço dele. Não era a primeira vez que se viam, já tinham alguma intimidade. Era uma viúva, não uma jovem ingênua. Se não dessem certo, ela não agiria como uma donzela desesperada. Ambos podiam sair satisfeitos daquela associação.

— Entretenha-se um pouco com elas. Preciso falar com Trouville — sugeriu Nathaniel num tom que soava como uma sugestão, mas não deixaria de ir aonde precisava.

Livre de Marianne, Nathaniel circulou pelo salão, os olhos atentos, mesmo com a máscara limitando sua visão periférica. Não queria se ver livre de sua acompanhante porque se cansara dela, mas queria descobrir uma coisa, e quando colocava algo na mente nada o impedia.

— Pare de abrir clareiras no meio das pessoas — disse o conde, parando ao lado de Nathaniel.

Um sorriso leve se formou nos lábios dele quando virou para Zachary, o conde Devizes. Seu melhor amigo.

— Se veio ao baile, imagino que já tenha resolvido a questão com Lady Linny — disse Nathaniel, em voz baixa, referindo-se ao último grande problema do conde.

— Sim, está tudo terminado — afirmou Zach.

Depois de um pequeno contratempo durante a ópera, o conde precisou se ausentar, pois sua antiga amante, Lady Linny, ameaçou fazer um escândalo. Ele odiava virar o centro das atenções e das fofocas da sociedade, esforçava-se para sequer se lembrarem de que ele existia. Já era um fardo ser um conde solteiro, gozando de boa saúde e em ótima situação financeira. Agora se arrependia de ter se envolvido com a mulher. Não queria um caso fixo, nunca dava certo para alguém como ele. Sem contar o fato de que ela era casada. Será que se esquecera do marido? O homem estava presente.

— Espero que agora você gaste uma noite inteira de conversa antes de levar alguém para a cama. Assim enxergará acima do colo da dama — alfinetou o duque.

— Confesso, fui impulsivo e levado pelas aparências — admitiu o conde, dando um tom espirituoso ao assumir seu erro.

O duque lançou um olhar divertido para o melhor amigo, que estava com uma máscara em tons de areia e prata. Zach não costumava se envolver em questões amorosas. Preferia as anônimas às estrelas da sociedade. Mas errar era humano e ele provavelmente ficou tão inebriado pela disponibilidade e pelo belo corpo de Lady Linny que se esqueceu de, antes de mais nada, descobrir o que havia naquela cabeça bonita, porém inconsequente.

— Nos vemos mais tarde — Nathaniel voltou a caminhar lentamente.

Zach já estava acostumado com o duque e sabia que suas breves conversas começavam e terminavam de forma abrupta. Também não quis saber o motivo de Nathaniel estar andando pelos cantos do salão e, vez ou outra, cortando pelo meio das pessoas ou, melhor, abrindo clareiras entre elas. Ele sempre tinha um motivo.

Os convidados sabiam que era obrigatório tirar a máscara antes do jantar. Tinham até a última música para fazê-lo, mas muitos nem a usavam mais. George era um deles, pois assim conseguia ver melhor e agora procurava a prima, que havia escapado em meio às pessoas. O duque também ia tirá-la; assim como George, queria ter um campo de visão melhor. Mas seu motivo veio até ele por conta própria e parou abruptamente quando o viu. Nathaniel sabia que ela era jovem e imaginava que, assim como as outras, também o evitava. Afinal, se não estava enganado, ela havia fugido do teatro.

E ele era um tolo. Sabia muito bem que tudo não passara de um vislumbre que lhe trouxera uma memória dolorosa. Desde que voltou à Inglaterra em definitivo, a lembrança e os pesadelos o vinham assombrando e ele não tinha controle sobre isso. Depois de tanto tempo, ainda desejava saber o porquê daquilo. Nenhum sentimento bom restara daquela época.

A lembrança do seu crime.

Decidida a fazer sua parte, Isabelle ergueu a cabeça e passou pela frente do duque. Só então parou, encarando-o. Não tinha medo dele, não podia ter. Estreitando os olhos, Nathaniel pensou ter visto a cor azul nos olhos dela. Se assim fosse, a jovem teria mais um ponto diferente de sua lembrança. Ele devia estar enlouquecendo. *Tudo* nela era diferente. Para começar, ela estava viva.

Aproximou-se. De perto viu que o cabelo da jovem era mais castanho que parecera antes. Sua pele também tinha um tom mais forte que a mulher dos seus pesadelos; era como pêssego em vez de leite. As duas eram completamente diferentes; ele que estava assombrado pela própria memória.

Dessa vez a jovem não fugiu. Parecia que haveria um embate, e a moça o esperava para iniciar uma batalha.

— Dance comigo. — O convite foi feito em tom de desafio.

Essa dança não seria um prazer para outras damas do recinto que talvez acabassem aceitando por medo. Rejeitar um dos poucos duques disponíveis no país era complicado. Porém, dançar com o único deles que não passava de um assassino era ainda pior.

Elevando mais o queixo, ela levantou a mão enluvada no ar, esperando que ele a segurasse. Desafio aceito. Ele pegou sua mão e não a levou a lugar nenhum. Trouxe-a para perto e fez com que dançasse ali mesmo, ao lado das janelas do salão e longe das pessoas. A música chegava com o som limpo.

Estudaram-se enquanto a melodia derradeira ainda tocava, rodaram no lugar sem dizer uma palavra até que os acordes dos músicos ficassem mais altos. Não havia passos ensaiados, eram só duas pessoas em um leve, indevido e tenso bailado. Continuaram se encarando enquanto o violino chorava suas notas finais antes que trocassem para a sala de jantar. Eles pararam antes de a música terminar ainda na posição de dança. Os centímetros entre eles podiam até ser medidos para comprovar a regra.

A mão direita de Isabelle continuava presa na dele, a outra esteve apoiada no alto do seu braço enquanto dançavam. Nathaniel segurou seu pulso direito, pouco depois de ela deixar de tocá-lo.

— A senhorita pretendia me matar justo aqui? Seria pouco aconselhável, sangue chama atenção. — Ele mantinha um aperto suficiente para contê-la.

Eles nem se moveram. A mão da jovem estava perto da saia do vestido onde havia um bolso escondido. Ele a impediu sem ter certeza de que ela tentaria, mas tinha experiência demais nessas situações para simplesmente deixar o gesto passar despercebido. Dentro do bolso de Isabelle havia um canivete, e seus dedos estavam a centímetros de alcançá-lo.

Era só acertá-lo no pescoço, ele não teria salvação. Sangraria até a morte.

Isabelle soltou-se dele e deu um pequeno passo para trás. Ele não tentou detê-la.

O duque a fitava intensamente, perturbado com seus próprios pensamentos e com o fato de ela ter tomado uma posição tão desafiadora quanto a dele.

Talvez quisesse matá-lo. E ele se deixou levar como um animal a caminho do abatedouro. Não podia ser. Estava havia tempo demais nesse jogo para permitir que isso acontecesse.

De novo.

Sem pedir permissão, ele puxou o laço que prendia a máscara dela, segurou a peça e revelou a linda face da jovem. Os olhos dela flamejaram e ela fez o mesmo com a máscara dele em um gesto brusco, revelando o rosto marcante e másculo de olhos tão claros que o deixavam ainda mais diferente do monstro que ela havia imaginado.

Olhos assombrosos. Como se fossem de outro mundo.

O rosto de Isabelle era tão belo, tão diferente da memória que voltou para assombrar Nathaniel, que ele foi tomado por uma vontade proibida de tocá-lo para atestar sua veracidade. A mesma vontade estranha que se sentia ao ver uma obra de arte tão bem concebida que causava assombro.

Ainda surpresa, Isabelle se virou e o deixou lá. Mais uma vez, Nathaniel não tentou impedi-la. Mergulhado em pensamentos dolorosos, permaneceu ali, parado, até que olhou para sua mão e notou que ficara com a máscara da jovem que em contrapartida levara a dele.

Capítulo 2

Era manhã de domingo e Isabelle foi praticamente arrancada da cama. Sua tia gritava pelo quarto, Flore tentava vesti-la e ela procurava manter-se de pé, lutando contra o sono. Genevieve, mãe de George, acusava-a de ser uma inútil que não honrava o que comia, além de estar se tornando burra.

— O que aconteceu? Ficou com medo dele? — gritava a mulher.

Isabelle cometera o erro de contar a George que não trocara uma palavra sequer com o duque. Este obviamente contou para os pais, que quase tiveram um infarto.

— Você dançou com ele! Ficaram a sós e foi incapaz de convencê-lo a procurá-la novamente!

— Deixe-me em paz — pediu Isabelle, mal-humorada.

Genevieve ameaçou bater nela como fazia quando ela era mais nova, mas se conteve. A garota significava seu passe de entrada para a fortuna e vingança, não podia marcá-la. Precisariam agir de alguma outra forma, já que aquela inútil não conseguira fazer sua parte direito.

Isabelle podia ter dito o que quisesse, mas que diferença faria? No momento em que colocou os olhos no duque soube que nada do que haviam lhe falado para fazer surtiria efeito. Notou então que sua família não conhecia aquele homem. Tudo que eles diziam com enorme autoridade não passava de especulação e informações equivocadas. Não sabiam quem o duque era, como vivia, do que gostava, nem como se comportava. Isabelle sabia que caso houvesse dito qualquer uma daquelas bobagens que a obrigaram até a ensaiar certamente nunca mais o veria.

***

Uma semana havia se passado e Nathaniel voltou a ter aquele sonho. Justo quando havia conseguido se livrar das lembranças. Mas a moça que ele esperava nunca mais ver trouxe Meredith de volta. Seis anos atrás apaixonara-se por alguém que ele mesmo matou. Essa culpa sempre o acompanharia. Visualizando em sua mente a mulher que traiu sua confiança e seu país, sabia que as duas não se pareciam. Sua noiva era branca como mármore, uma palidez que estava na moda. Tinha o cabelo vermelho escuro, e os olhos castanhos eram tão claros que pareciam aguados. Além de muito alta e esguia.

Ele cometeu o erro de se envolver emocionalmente mesmo sabendo o quanto era perigoso. Em sua profissão ele já matara ou fora responsável pela morte de várias pessoas, ainda mais durante uma guerra. Mas a morte dela em especial o assombrava.

O duque trabalhava no serviço secreto inglês desde os 20 anos. Era o que chamavam de receptor. Estava havia cerca de cinco anos atuando oficialmente como o contato de seus agentes. Em sua posição, mortes eram apenas números. Estudava antes de matar ou mandar um agente realizar a tarefa. Podia haver danos colaterais; fazia parte do jogo. Se não soubesse conviver com isso, não serviria para o trabalho. Portanto, era perturbador para ele, a essa altura e com um cargo tão importante, começar a ser assombrado pelo passado.

Talvez tivesse a ver com o fato de que não participava da temporada londrina há algum tempo. Viveu fora do país e quando estava na cidade não ia às festas e bailes. Comparecia quando queria encontrar alguém ou ser visto propositalmente. Mas naquele ano se mostrar mais sociável também seria parte do seu trabalho.

— Nathaniel, que bom que chegou cedo. Terei convidados para o jantar de hoje — informou Pamela, a duquesa viúva.

— Fico contente, mãe. — Ele não poderia se importar menos, e Pamela notou. Poucas pessoas no mundo o conheciam bem. Ela era uma delas.

Fazia tempo que não ocupavam a mansão em Londres juntos, e ela estava cheia de ideias, como se o filho não continuasse o mesmo.

— Espero que compareça. — Seu tom era de súplica.

— Não tenho compromissos para hoje à noite. — Nathaniel serviu-se de um copo de uísque importado, ou, melhor, contrabandeado.

Pamela sorriu sem dizer mais nada. Havia notado que, desde, seu retorno, o filho estava disposto a agradá-la. Também dissera que iria ficar deixando-a contente. Não sabia detalhes de suas missões diplomáticas; segundo ele, era seu jeito de ajudar o país em tempos difíceis como a guerra, já que não podia ir lutar. O que a preocupava era que ele também estava em perigo quando deixava a Inglaterra. E ele parecia esquecer o que ela vivera ao lado do pai dele por duas décadas; foi o falecido duque que envolveu o filho no que fazia.

— Ótimo, pois você não vai acreditar em quem são meus convidados! — começou, entusiasmada.

— Realmente, não faço ideia. — Pelo tom dele, fazia pouca diferença.

— Os Bradford. Ou melhor, os Hitton — anunciou, sabendo que dessa vez causaria alguma reação no filho.

O duque se virou sobre o banco do aparador onde acabara de se sentar e olhou para a mãe. Apesar do ar indagador, não havia sinal de assombro em seu semblante. Pamela ignorou, pois, para ela, só o fato de ele se virar era surpreendente o bastante.

— Eu sei! Incrível, não? Estou há uma semana me encontrando casualmente com o novo marquês e a esposa dele. Os dois me contaram da tragédia pela qual a família passou com a morte do irmão dele. Óbvio que eu já sabia, mas não tinha ouvido deles. Ao trocarmos histórias sobre nossas famílias que há tantos anos mantêm distância por assuntos do passado, resolvemos mudar isso. Já está na hora.

— Chega a ser desconcertante — opinou Nathaniel, e a mãe não soube a respeito do que exatamente ele estava se referindo.

— Ah, meu filho, não seja antiquado. Nem sabemos mais por que deveríamos brigar.

— Nisso eu concordo — respondeu ele antes de beber mais um gole.

O duque atual tinha outras preocupações; nem seu pai alimentara a rixa, apesar de nunca ter tentado uma aproximação. Eram séculos de brigas sérias entre as duas famílias, que incluíam traições e muitas mortes; o tipo de coisa que não se mudava da noite para o dia.

— Ainda mais agora que eu nem sei se os Hayward terão futuro. Afinal, o último deles recusa-se a dar continuidade à família — alfinetou Pamela.

Nathaniel apenas se virou novamente no lugar; a mãe dele não conseguia deixar esse assunto de lado. Havia tomado como missão desde que o filho retornara de Viena e informara que não tornaria a viajar. Mesmo após a notícia da fuga de Napoleão, Nathaniel reafirmou que era mais útil em solo inglês.

— Não finja que não escutou. Já chega de me ignorar. Não quero que se case com nenhuma mulher enfadada o suficiente para nem se importar com o que dizem sobre você. Tudo isso só porque você acha que é o certo a fazer. Podia ser qualquer pessoa desde que você se apaixonasse. Mas nós dois sabemos que isso não vai acontecer. Então, sobram os acordos matrimoniais para gerar herdeiros com alguém que consiga fazê-los.

Diferente do que a sociedade dizia sobre as mulheres, aos 35 anos, o duque tinha de lembrar à mãe que uma mulher de sua idade estava perfeitamente apta a gerar filhos. Ele sabia que a mãe dizia isso para alfinetar sua preferência em não só se relacionar, mas em firmar algum acordo com alguma viúva ocupada e que se não se importasse com o que ele fazia. Era até preferível que já tivesse filhos.

Ele as achava mais práticas; já haviam conhecido a vida, passado por um ou mais relacionamentos e tido sua cota de amantes e decepções. Era ótimo quando eram independentes e um casamento era desejável, mas não necessário. Portanto, um acordo teria mais chances de ser bem-sucedido para ambas as partes. Ele só precisava em sua vida: uma mulher desimpedida que o deixasse exercer seu trabalho.

— Não gosto de jovens imaturas que têm medo da própria sombra, ainda mais debutantes. Estou velho e impaciente demais para me submeter a isso. Ela me importunaria e eu a faria infeliz. Prefiro não causar esse mal a mulher alguma.

A mesma aversão que as debutantes tinham por ele, Nathaniel tinha por elas. A vida dele era perigosa. Associar-se a qualquer mulher significava colocá-la em perigo. Contudo, ele chegara a um ponto em que precisava investir mais tempo como duque de Hayward e não tanto como um espião a serviço da coroa britânica. A balança de sua vida dupla estava desequilibrada.

— Por que quer terminar com a família se gosta tanto do ducado? Primeiro tentou se matar indo a missões na guerra, e agora isso. — Pamela bufou. — É bom que você saiba que não é mais nenhum rapazote de vinte e poucos anos, mas tampouco chegou aos quarenta ainda. Ou seja, já está maduro demais para eu precisar lhe dizer que não há mais herdeiros na família.

Ela sabia que ter essa conversa com o filho não adiantava de nada; ele a ignorava solenemente. Mas Pamela não conseguia aceitar que ele fosse uma pessoa tão solitária. Nathaniel podia ser o duque, mas ela era a mãe e tinha esperanças de que a essa altura aquele acidente do passado não passaria de uma memória dolorosa. Mas com o tempo Nathaniel havia se tornado ainda mais reservado, se é que isso era possível.

Ela não encarava sua reserva como uma característica pessoal; para ele, fazia parte do trabalho.

***

A luxuosa carruagem dos Bradford, um dos poucos bens que escaparam de ser vendidos, parou em frente à magnífica mansão urbana dos Hayward. Só de olhar para ela, George rangia os dentes. Radical quanto aos culpados pelo infortúnio da família, Genevieve criou o filho com essa mesma visão. E com os delírios de grandeza que regiam sua vida; algo que chegou a um nível doentio quando recebeu o título de marquesa inesperadamente.

Genevieve não passava de uma prima distante que guardava muito ressentimento por seu lado da família não possuir o sobrenome *Bradford* e, por consequência, não possuir o status. George e ela estavam com sede de vingança. Já Isabelle sequer reparou na construção; suas orelhas queimavam de tanto que os seus três familiares falaram no trajeto. Ela daria tudo para ter ficado no campo com a mãe.

O mordomo recebeu os convidados e pendurou as capas, os casacos e chapéus antes de conduzi-los à sala de visitas. Tudo em volta demonstrava e cheirava a riqueza antiga. Os cômodos decorados e iluminados de maneira opulenta faziam os olhos de George e seus pais brilharem. As casas dos Hitton costumavam ser muito bem cuidadas, mas as últimas gerações, e principalmente a atual, já haviam destruído em parte o que tinham.

Parando à porta da sala de visitas amarela que antecedia a sala de jantar, o mordomo anunciou os convidados. Pamela estava de pé no meio do aposento, e o duque, sentado em uma das poltronas em volta da mesa de centro que ficava exatamente de frente para a porta.

Como ditava a regra, o marquês entrou antes, acompanhado da esposa, seguido do filho e de Isabelle, relegada à última. O duque levantou-se ao vê-los, apesar de não ser obrigado a se levantar pela entrada de ninguém abaixo dele na hierarquia social. Mas um cavalheiro sempre se levantava quando uma dama entrava no recinto.

— É um prazer recebê-los em nossa casa. Faltava apenas conhecer o filho de quem tanto falam — Pamela cumprimentou George, que lhe deu seu melhor e mais falso sorriso. — E sua sobrinha, filha do marquês que eu conhecia, é óbvio — disse Pamela, apreciando a mesura perfeita que Isabelle fez para ela.

— É um prazer conhecê-la, Sua Graça — disse Isabelle.

Nathaniel se aproximou. Devia dar para ouvir o ranger dos ossos de George e dos pais quando tiveram de lhe fazer mesuras. No entanto, ele estava olhando para o segundo cumprimento perfeito que Isabelle executava. É nítido que a jovem tinha que ser uma Bradford. Muito propício. Combinava com o fato de ele ter desconfiado de que ela pretendia enfiar uma lâmina no seu pescoço.

Isabelle encarou o anfitrião. Eles haviam pensado na possibilidade de o duque não estar presente. Ela, por outro lado, só pensava que resolvera deixar o canivete em casa. Pensou na arma quando dançou com ele; seria um golpe para seus malditos familiares se ela o ferisse e acabasse com qualquer chance de aproximação. Mas não queria matá-lo. Desejava saber mais sobre aquela história.

Pamela apresentou o filho por mera formalidade, pois tinha certeza de que todos ali sabiam de quem se tratava. Indicou lugares para os convidados e sentou-se, encantada pela façanha de ter reunido inimigos de séculos numa mesma mesa. A conversa foi regida principalmente pela duquesa e pelo marquês. George era a imagem da simpatia, e Genevieve se fazia de encabulada. Isabelle cumpria seu papel; encantadora, educada e charmosa; logo conquistou a duquesa.

E havia o duque, que não ficou sentado junto com eles durante todo o tempo. Parecia ser um homem ocupado e com outros interesses, mas, no momento, ele olhava para a jovem em sua sala.

Os tios haviam mandado Isabelle falar com o duque e, de preferência, ficar sozinha com ele. Será que eles não entendiam que isso ia contra todas as regras de comportamento de uma dama solteira? Sabia que dessa vez ia acabar sofrendo punições físicas se não a vissem agir. Precisava usar a imaginação.

— Acho que nunca estive em uma tão grande e bela residência quanto essa. Parece uma casa de campo. Sua Graça tem muito bom gosto — comentou Isabelle, aproveitando que a tia e a duquesa falavam da casa.

— Fico lisonjeada. Nem tudo que tem aqui foi fruto dos meus esforços de decoração. No entanto, em quase quatro décadas nesse posto, fiz mudanças suficientes para poder aceitar o elogio — agradeceu Pamela.

— Estou certa de que deu um toque de personalidade a tudo. Se me permite, gostaria de um guia para a sala das damas.

Pamela virou-se para tocar a sineta e viu que Nathaniel, que tinha saído há alguns minutos, já retornara para a sala. Isabelle também viu que ele estava voltando e, por isso, não pediu direções, mas um guia.

— Nathaniel, meu querido. Por que não mostra a Lady Isabelle o caminho para o toalete e aproveita e mostra os outros cômodos do térreo? Creio que ela vai gostar muito.

Ele desviou o olhar para a moça. Era incrível como uma mãe conseguia manipular até um homem adulto como ele. Quando ela dizia "meu querido", ele já sabia que era um pedido que precisava ser atendido. Até para o duque soaria extremamente grosseiro recusar essa *sugestão*. Só que estava interessado em ver até onde a jovem Bradford iria. Então moveu a cabeça, indicando que estava esperando.

— Ficarei encantada, Sua Graça. — Isabelle se levantou e partiu ao encontro do duque, fato que deixava o estômago dela em rebuliço.

Os tios dela pareceram satisfeitos; afinal, a "inutilzinha" estava trabalhando.

— Siga pela direita. É a primeira porta à sua frente. Esperarei aqui — informou o duque.

Isabelle não tinha nada para fazer perto de um penico, mas aproveitou para checar sua aparência no grande espelho que havia lá. Quando voltou, o duque a estava aguardando. Ele indicou o caminho e guiou-a para o saguão da casa onde podiam realizar bailes para pelo menos duzentos convidados.

Não se dizia a um duque para mostrar sua casa, mas, já que a duquesa viúva resolveu que seria interessante, os dois foram de acordo com a vontade dela. Ele não tecia comentários, ela precisava perguntar. Elogiou o magnífico lustre central e passaram para a sala lilás, a preferida de Pamela.

Seguiram pelos corredores ornamentados, passaram pela pequena galeria até a aconchegante e arejada sala do jardim, usada para dias quentes e refeições em clima agradável. O cômodo abria-se para o jardim dos fundos da mansão, repleto de flores, com uma bela fonte iluminada por lamparinas e caminhos de pedra. Nathaniel comentou que aquele jardim era uma pequena cópia do outro que a condessa tinha no castelo. O pai dele, o falecido duque, mandara construir como presente de aniversário para a esposa.

— Também adoro jardins. Dão vida à casa, ainda mais nessa cidade fumacenta — comentou Isabelle, torcendo o nariz.

— Por isso moro no campo a maior parte do tempo — respondeu o duque.

Isabelle abriu sua pequena bolsa que propositalmente não entregou ao mordomo e retirou algo de lá. Esteve esperando pelo momento adequado para interromper as perguntas e dar sua cartada.

— A propósito, Sua Graça, creio que isto é seu. — Ela estendeu-lhe a máscara que ele usou no baile.

Nathaniel olhou para o acessório e, então, o pegou da mão da jovem.

— Creio também ter algo para lhe devolver. — Ele partiu sem dizer que iria buscar a máscara dela. Isabelle o seguiu até o fim do corredor, mas, quando ele se dirigiu às escadas, ela o aguardou.

Seus tios, que às vezes pareciam não saber viver na sociedade civilizada, certamente diriam que ela deveria segui-lo como uma despudorada. Mas o duque não demorou no andar de cima. Parou à frente dela e mostrou a máscara. Isabelle teve de se aproximar e pegar da mão dele.

— Devo me desculpar? — indagou ele, impedindo que ela pegasse a máscara.

— Creio que deve, Sua Graça — respondeu com autoridade, surpreendendo-o. Pelas suas experiências, ela devia estar sorrindo docilmente e dizendo que não precisava. — Afinal, retirou minha máscara sem permissão — continuou Isabelle. — Nem havíamos sido apresentados. Não gosto de ser tocada por estranhos.

— Não mesmo? — Ele estreitou os olhos rapidamente como se tivesse algo em mente. — Então acredito que estamos quites. — Respondeu enquanto deixava que ela recuperasse a máscara. — Teria lhe devolvido antes se não houvesse fugido.

Isabelle levantou de leve uma das sobrancelhas cuidadosamente arqueadas. Não gostou de ele insinuar que ela havia precisado fugir dele.

— Gosta de desafios, Sua Graça? — perguntou num tom de voz moderado, mas que não escondia seu propósito.

— Apenas dos melhores. — Ele mantinha os olhos nela para saber o que planejava.

— Pois saiba que Sua Graça não me intimida.

— Então creio que eu deveria me esforçar mais. — Ele pendeu levemente a cabeça, levantando a sobrancelha direita como se imitasse a expressão petulante dela.

— Considere-se vencido por antecipação. Não precisa se esforçar para intimidar as outras moças.

— As outras não pensam em me matar quando dançamos.

Isabelle não pareceu nada perturbada pela acusação.

— Porque nunca dança com ninguém. *Todos* sabem disso.

— Então eu estava com um desejo de morte no último baile.
— Não tema, eu não ia atacá-lo. Só uso para me defender.

Ela o olhou seriamente e retornou pelo mesmo corredor de onde vieram; havia memorizado o caminho. Mas não pôde ver a expressão dele ao observá-la saindo. O duque acabou sorrindo; um bom desafio sempre valia o prêmio final. E quem disse que ele queria intimidá-la?

Depois de mais algum tempo entediante na sala amarela, passaram para a sala de jantar. Apesar de serem poucos convidados, a duquesa achou melhor que comessem na sala principal para que os Bradford não se sentissem pouco importantes. Afinal, entre aquelas duas famílias qualquer coisa podia se tornar uma situação delicada.

O jantar foi exatamente como Pamela planejou. Isabelle olhava para a tia e tinha vontade de mandá-la se recompor; Genevieve sorria tanto, que parecia uma hiena, e seus modos não eram tão refinados quanto deveriam. George não parava de observar a prima, e Gregory até tentou conversar com o duque, mas não foram longe. Que assunto os dois poderiam ter em comum? *Como destruir um duque? Como roubar o dinheiro de um duque? Ou, quem sabe, como usar a sobrinha para ludibriar um duque?* Talvez neste tópico ela até se interessasse.

— Vamos apreciar um pouco de licor. Tenho sabores novos que vocês vão adorar experimentar — convidou a duquesa após o jantar.

— A senhorita joga? — Nathaniel parou perto de sua mesa de xadrez.

Ele não tinha desejo algum de continuar entretendo o restante dos Bradford. Ao contrário do que eles pensavam, Nathaniel já sabia algumas coisas sobre eles. Falhou justamente em reconhecer a filha do falecido marquês, pois jamais a vira, nem mesmo em uma pintura.

Isabelle observou a mesa e analisou a expressão dele antes de aceitar. Ela aproveitava qualquer opção que a mantivesse o mais longe possível de seus familiares. No entanto, era bastante irônico ele convidá-la justamente para esse jogo, já que ao longo de séculos de rixa familiar era como se os Hayward e os Hitton vivessem em um constante jogo de xadrez dentro da corte inglesa.

— Dourado ou prateado? — indagou ele, as peças douradas representavam as pretas, e as pratas, as brancas.

— Dourado — respondeu, baseando sua resposta no fato de que sua família sempre era representada pelas peças pretas e desconfiando de que o dourado fosse de fato ouro.

Iniciaram o jogo. O duque usou a abertura espanhola, tentando descobrir as habilidades e o estilo de sua adversária, que, por sua vez, contra-atacou com um gambito, procurando descobrir o mesmo. Logo, as peças começaram a deixar o tabuleiro; nenhum dos dois levava muito tempo analisando. Ou estavam sendo levianos ou tinham mentes afiadas para jogar, provavelmente um pouco dos dois. Nathaniel já estava concluindo que ela soubesse jogar ou não teria aceitado. Mas ela era mais esperta que demonstrava e tentou pegá-lo em armadilhas constantes no tabuleiro.

— É um jogo que aprecia ou aprendeu por obrigação?

— Não o aprecio de forma alguma, mas gosto de ganhar quando me subestimam — informou ela.

— Por que não o aprecia?

— O jogo já começa errado quando a rainha é a peça mais poderosa, mas mesmo assim tem que se sacrificar para salvar o rei e não o contrário.

Ele moveu o bispo, ela, o cavalo, e derrubou um peão que ele colocara como defesa. O duque estava de olho naquele cavalo havia duas jogadas, mas ela escapara, sacrificando um peão. Ele finalmente capturou seu cavalo, ficando assim livre para atacar a torre dela.

— E a senhorita aceitaria ser salva no tabuleiro? — Ele fez uma pausa para analisar a última jogada dela e moveu a rainha, como uma isca. Ela mordeu. — Xeque — anunciou ele.

— Eu sequer chegaria a essa posição. Sacrificaria o rei muito antes. — Ela salvou o rei dourado, surpreendendo-o ao desfazer seu xeque e iria atacá-lo e derrubar seu bispo se não pensasse bem em como bloqueá-la.

— Implacável — disse ele, sem deixar nítido se era um elogio ou uma constatação.

Isabelle analisou suas possibilidades após a nova jogada dele; ele iria capturar a sua rainha, havia preparado suas peças para isso.

— Na história, o rei sempre é um traidor que só representa frustração para a rainha que tem de aceitá-lo. Isso quando não resolve acusá-la de traição e cortar sua cabeça só para se casar com alguma nova amante. E acho que é agora que eu deveria começar a dizer o quanto me sinto honrada por poder jogar xadrez com alguém que já derrotou o próprio Wellington — comentou Isabelle enquanto empurrava a torre, sua última defesa.

Nathaniel levantou a sobrancelha esquerda, notando o tom irônico que ela usava, e derrubou a torre dela. Ele ainda tinha um bispo para colocar em posição para atacar a rainha dela, e Isabelle sabia que dessa vez ele iria pegá-la.

— Não vai me distrair com isso — respondeu ele.

— Eu sei — com a ponta do dedo ela derrubou seu rei, mas colocou sua rainha dourada de pé ao lado do tabuleiro.

Nathaniel franziu o cenho brevemente. Seu olhar correu o tabuleiro como se repassasse as jogadas. Ele não a subestimara; ela o pegou algumas vezes, mas ele devolveu. Talvez ela pudesse tê-lo pego em um descuido umas duas jogadas atrás. Achava difícil ela não ter notado, era mais fácil ter precisado escolher entre alguns caminhos e errado na escolha.

— É uma regra? As damas devem desistir do jogo para que os homens pensem que são melhores? — indagou ele.

— Damas devem saber a hora de parar, Sua Graça. E esse jogo eu não venceria. — Isabelle ajeitou as saias e se levantou graciosamente. O duque também ficou de pé. — Mas agora que entendi sua estratégia, o derrubarei na próxima.

Ela foi se juntar à sua família, que se preparava para partir. Todos sorriam e trocavam cumprimentos até que deixaram a mansão dos Hayward. Assim que a porta da carruagem se fechou, o clima mudou completamente.

— E então? O que você tanto conversou com aquele bastardo? — Quis saber George sentado ao lado da prima.

— Falamos sobre jogos — contou Isabelle, fugindo um pouco da realidade.

O bom é que, por incentivo deles e como forma de defesa, ela aprendera a mentir tão bem que já não sentia nenhum incômodo ou remorso. E eles não sabiam distinguir quando ela estava falando a verdade.

— Apenas sobre jogos? — duvidou Gregory. — Acha que vai ludibriá-lo com esse tipo de assunto? Ele é uma raposa velha.

— Eu disse que não podíamos deixar o serviço a cargo dela — reclamou Genevieve. — Se não fosse por mim, jamais teríamos entrado naquela mansão.

Isabelle apertou as mãos em volta da pequena bolsa. Uma das coisas que ela mais odiava era ter que dividir a carruagem com eles. Naquele espaço pequeno e fechado não havia para onde olhar ou como fugir. Ficava presa ao escrutínio daqueles três e até o cheiro deles a irritava.

— Tenho acertado tudo que me pedem para fazer. E todos os lugares a que me fazem ir. Sempre consigo o que querem. Então por que não me deixam em paz?

— Sorte a sua que não posso mais estapeá-la. Mas saiba que ainda há partes do seu corpo que as marcas ficam escondidas. — O ressentimento que Genevieve carregava se transformou em ódio ao longo do tempo e nem ela poderia explicar o que sentia.

— Não, não ficam. Se esperam que eu tire minhas roupas para o duque e o enfeitice com os supostos dons que insistem em imaginar, é bom que não marque meu corpo em lugar algum — respondeu Isabelle, usando a agressividade que crescera dentro dela ao longo da convivência com eles.

Qualquer reação de Isabelle fazia Genevieve ferver de raiva. Ela gostava de que a sobrinha só ouvisse e aceitasse. Sentia prazer em dominá-la. Mas Isabelle estava cada vez mais rebelde, não era mais uma garota que podia ser domada, nem demonstrava mais temor por punições físicas.

— Vou deixá-la a pão e água, sua ingrata! — gritou Genevieve, imediatamente contida por Gregory.

Isabelle continuou olhando pela janela com a perpétua expressão de asco que sua tia causava. Dos três, era quem ela odiava mais. Os castigos que recebia sempre eram aplicados por ela. Quando mais nova, ela a separava da mãe e a punia quase sempre por cima das roupas para não deixar marcas permanentes em sua pele.

O tio se recusava a tocar nela, dizia ser indigno e receava marcá-la com feridas irreversíveis. Pelo menos agora que era a galinha dos ovos de ouro, as punições mudaram. Da última vez que ficou de castigo teve de passar o dia com um prato de mingau insosso que ela teria esfregado no rosto de Genevieve se George não a impedisse.

Capítulo 3

Passados três dias, os tios de Isabelle estavam mais insatisfeitos. Genevieve maquinava maneiras de estreitar os laços com a duquesa. George estava novamente desaparecendo à noite; provavelmente arranjara mais alguma mulher rica para explorar. Gregory recebeu uns dividendos e pagou algumas dívidas e os poucos empregados que mantinham na cidade. Mesmo assim, a situação não era das melhores. Os vestidos de Isabelle continuavam chegando e a modista tinha um acerto com ela, mas ainda precisava de algum pagamento.

Para cobrirem outras opções, deixaram Isabelle encontrar Lorde Barthes e a esposa, que já enviara uma mensagem. Eles tinham um propósito: seu neto chegara. E o avô estava certo, pois Rowan ficou encantado ao conhecer Isabelle. Lorde Barthes tinha esperanças de realizar um casamento no final da temporada.

— Pensei que beldades como a senhorita não gostassem de passear tão cedo. Afinal, todas as moças que conheço só vêm para o Hyde Park no horário de passeio — disse Rowan.

Isabelle lhe endereçou aquele tímido sorriso fingido, porém arrebatador, e esperou fazer efeito. Já fizera isso tantas vezes que simplesmente conseguia notar na expressão de seus acompanhantes o momento que eles eram praticamente obrigados a adorá-la. Como diziam seus admiradores, ela havia nascido para tal. Mas as mulheres que usavam isso com tanta presteza estavam representando em palcos, não nos salões.

— Gosto muito de acordar cedo. O ar matinal faz bem para minha pele.

— Posso notar — respondeu Rowan, mal disfarçando sua atração pela jovem.

Ela olhou pelo canto do olho quando Rowan se concentrou em manejar a cabriolé de dois cavalos castanhos que avançavam pelo parque. Nesse horário havia poucas pessoas por lá e certamente nenhum grupo de fofoqueiros da sociedade. Mas Isabelle sabia por que insistira que o passeio fosse naquele horário.

Rowan a tinha convidado para passear em seu novo veículo havia dois dias, mas ela alegara indisposição. Até que na tarde passada enviara uma mensagem dizendo aceitar e indicando a hora que ele devia buscá-la. O rapaz apareceu pontualmente, ansioso pelo passeio. Se ao menos ela não fosse comprometida... Rowan era jovem, bonito, rico e um ótimo partido. Mas não se comparava ao duque.

Os cavalos negros e lustrosos de Hayward eram famosos. Ele já recebera ofertas altas por eles, mas não os vendia. Havia dois anos, em um de seus períodos no país, leiloara um animal e doara a renda a uma casa de recuperação para soldados feridos. Seus conhecidos nunca tinham ido a um leilão por aqueles lados, mas estavam todos lá. Lorde Renzelmere deu o maior lance e acabou realizando o sonho que tinha fazia anos de ter um dos cavalos negros de Hayward. O duque ficou contente; sabia que ele cuidaria bem do animal e não o revenderia.

Nathaniel costumava escolher um preferido e manter esse cavalo como sua companhia para todo lugar que ia. Até os mais desinformados paravam para admirar quando o animal robusto e vistoso passava. A luz solar reproduzia um efeito brilhante no pelo negro. As pessoas só não sabiam que seus cavalos eram seus amados animais de estimação; ele os adorava e quando estava no país sempre participava do treinamento deles. Outras pessoas tinham cães, gatos e pássaros. Nathaniel tinha cavalos.

— Belo cavalo — comentou Rowan com um ar de surpresa e admiração quando o animal atravessou o caminho à frente deles.

O duque puxou as rédeas, e Trovão Negro relinchou alto ao mudar de direção. Isabelle estava com os olhos cravados no cavaleiro. Aquele olhar prateado se fixou nela, que apenas se manteve segurando a pequena sombrinha requintada que a protegia do sol fraco. O duque meneou a cabeça de forma quase imperceptível. Isabelle respondeu com um gesto tão leve quanto o dele e seu olhar nem foi de lisonja. Ele bateu com os calcanhares nas ancas do cavalo, que saiu a galope.

— Fascinante... — murmurou ela.

— O cavalo? — indagou Rowan, ingênuo.
— Mas é óbvio. — Um sorriso levantou o canto direito de sua boca.
— Sim, imaginei que não pudesse mesmo gostar do duque.

Pela primeira vez naquela manhã, Isabelle se interessou pelo que seu novo acompanhante dizia.

— O senhor o conhece?
— De certa forma. Quando está em Londres, comparece à Câmara dos Lordes e sempre vou com meu avô para aprender a arte da política. O homem discursa bem, mas é um tirano, faz jus à fama que tem. Deve ser por isso que as moças correm dele. — Sorriu, achando o fato engraçado.
— Entendo... — Isabelle mudou a expressão, voltando a sorrir e se inclinou levemente, tocando o antebraço do rapaz com a mão enluvada. — Ao contrário do senhor, que é a gentileza em pessoa.

Rowan chegou a ficar corado e apreciou o leve toque que, na verdade, mal sentiu sob as camadas de roupa.

— A senhorita me lisonjeia.

Ela mudou para o sorriso estonteante, mais um de sua lista pré-fabricada. Quando dava esse sorriso, sabia que sua covinha do lado esquerdo aparecia e Rowan ficou verdadeiramente encantado com mais esse lindo adorno ao rosto dela.

***

— E então? — perguntou Genevieve quando a sobrinha entrou em casa.
— Ele vai propor antes do final do mês se eu continuar a encontrá-lo — respondeu Isabelle enquanto retirava as luvas.

Genevieve praguejou. George abaixou o jornal e sorriu com deboche.

— Como se você nunca houvesse sido pedida em casamento antes. Dê a desculpa de sempre — instruiu com pouco caso e voltou a ler o jornal.
— Lembra-se do velho Berthold, que se ajoelhou para fazer o pedido e não conseguiu mais se levantar? — lembrou Gregory, fazendo piada. A esposa e o filho gargalharam enquanto se lembravam do pobre homem.

Ela os ignorou e disse que precisava descansar. Se Rowan propusesse, seria o quinto da lista a tentar casar-se com ela nos últimos meses. Às vezes, Isabelle imaginava se não podia simplesmente aceitar e pedir ao noivo que partissem para bem longe e só voltassem após o casamento. Assim se livraria da família. Ela até acreditava no propósito de eles restituírem a fortuna, mas não compartilhava da sede que diziam ser de justiça, mas que era de vingança.

Além do mais, se cometesse a loucura de fugir com algum pretendente, estaria apenas saindo de uma prisão para outra. Nunca se apaixonou por nenhum homem que conheceu. Casar-se seria um martírio.

E pelo que conhecia dos Bradford, estaria apenas causando a morte do marido. Se fosse contra a família, conseguiriam um meio de trazê-la de volta e ainda forçá-la a retomar os planos deles.

Capítulo 4

Após a apresentação na corte — e o vestido mais caro que Isabelle já havia usado —, as coisas ficaram mais tensas em casa. Genevieve não superava o fato de não ter ido. Mesmo que o foco fosse o plano. Um vestido de corte para ir às salas do Palácio de St. James era caríssimo, e eles só podiam gastar vestindo Isabelle para a apresentação. Uma dama precisava ser introduzida por outra que já houvesse passado por isso na corte e a marquesa também nunca estivera lá. A duquesa de Hayward se ofereceu para assumir o papel. Então, tomou Isabelle oficialmente como sua protegida. E sua próxima apresentação seria no Almack's.

— Este vestido é horrível. Você está redonda com ele — mentia Genevieve, enquanto olhava Flore ajudar Isabelle a se vestir para o baile.

— Você pode esperar lá embaixo se a visão não lhe agrada — respondeu Isabelle, olhando-se no espelho. Ela já estava acostumada às críticas da mulher, que fazia de tudo para destruir sua autoestima.

Não importava que estivessem falidos. Ainda eram os Bradford, ela ainda era a filha do marquês de Hitton. Eles conseguiram o *voucher* e pagaram a inscrição com dinheiro sujo. Isabelle já era assunto nas rodas da sociedade; uma jovem bela, bem relacionada e sabia dançar. Atualmente era mais fácil as patronesses aceitarem alguém por isso que só pelo berço.

— Como é sua primeira vez no Almack's, quero ter certeza de que vai estar perfeitamente vestida para não arruinar nossos planos. Afinal, vai ser apresentada pela duquesa, que lhe cederá seu lugar.

— Por que tem tanta certeza disso? — indagou Isabelle, desviando o olhar para a tia.

— Porque, querida... — Genevieve segurou o rosto dela com desagrado.
— Se você não conseguir o que queremos, não terá um bom futuro. Depois de esnobar todos esses nobres ricos e bem-vestidos, você acabaria casada

com um camponês qualquer. Um criador de porcos lhe agrada? Imagine como seria interessante engolir seu orgulho e se deitar ao lado dele todas as noites, deixando-o tocá-la. A filha do grande marquês de Hitton deixando um criador de porcos pôr as mãos sujas em seu corpo tão belo e desejado. De que vai ter adiantado não ter se deitado com cada homem estúpido que já ludibriou? Ou talvez possamos usá-la para manter a renda da família. Quanto custaria uma noite com a cortesã mais cara da corte? Ficaríamos ricos!

Isabelle teve vontade de redecorar o rosto da tia com as próprias unhas, e a mulher achou graça do ódio que queimava nos olhos dela. Genevieve sabia que Isabelle não faria nada estando prestes a sair. Agora que não podia agredi-la fisicamente, a mulher esmerava-se em aterrorizá-la de outras maneiras.

Será que a tia tinha algum trauma com um criador de porcos? Era uma das ameaças que gostava de fazer. Será que se apaixonou por algum belo trabalhador da fazenda de sua família e ele a rechaçou? Valia a pena descobrir, mas não naquela noite, quando Genevieve só estava enraivecida por ter sido a única vetada do voucher para entrada. As patronesses — as mulheres que regiam e ditavam as regras do clube — podiam ser desagradáveis, ainda mais quando queriam deixar nítido o que achavam da aliança de um casamento.

***

Foi preciso muita força de vontade da duquesa para convencer o filho a colocar os pés no Almack's. O local mais famoso para caçar um marido de boa família era um dos últimos locais que ele gostaria de visitar; dizia ele que preferia beber conhaque no inferno. Nathaniel não ia lá desde os vinte anos, ou seja, havia mais de uma década e meia. E mesmo naquela época só fora por pura curiosidade.

Se naquela época sua fama já não era das melhores, não fazia ideia de como haviam permitido sua entrada. O núcleo mais esnobe da sociedade que frequentava tal lugar certamente diria que uma pessoa como ele não podia ser vista perto delas.

Mentira.

Ele era um duque solteiro de uma das famílias mais antigas da aristocracia inglesa e ainda possuía títulos menores e propriedades lucrativas. Era rico, podre de rico. Sem herdeiros. Era só concluir o resto.

Seria obrigatório caçá-lo se ele não fosse *ele*. Nem as matronas e as patronesses do Almack's tinham o topete de mandar suas filhas e netas atrás dele. Se o que diziam era verdade, talvez as jovens nem sobrevivessem para contar história. O duque simplesmente não estava disponível e elas tinham de se conformar. Isso tudo, óbvio, até... Nathaniel voltar a colocar os pés no Almack's. Devidamente calçado em sapatos lustrados e trajado como mandava a regra da casa: de preto e branco e usando calções e meias.

Muitos pensaram: *Bem, ele já está bem maduro. Talvez tenha mudado. Ele não tem herdeiros.*

O temor seria facilmente escondido pela perspectiva de se tornar duquesa de Hayward. Estar no grupo mais seleto da nobreza europeia. Sem contar o dinheiro que teria disponível para realizar todos os desejos dela e de sua família. Só se esqueciam de considerar o perigo.

Mas ele ainda é um assassino.
Dizem que matou muito mais que uma noiva...

Bem, paciência. Negócios são negócios; casamentos, também. E um duque é um duque. Ele tinha todos os dentes e era saudável. Quem se importava com rumores sem provas?

Depois de tudo acertado, Hayward acompanhou a mãe e Lady Marianne ao clube. Ambas ainda achavam que ele só estava pregando uma peça e, no meio do caminho, iria para outro lugar. Pamela era uma anfitriã e tanto. Num momento dizia ao filho que não ia deixá-lo continuar sozinho naquele castelo e muito menos se casar com uma pessoa previsível e sem graça que não mudaria em nada a vida dele e ainda fingiria que estava satisfeita.

E pouco depois sorria para Lady Marianne, a pessoa com mais chances de ocupar o cargo e que Pamela achava que cabia na descrição. Apesar do que pensava, a duquesa viúva era amável e gentil com a acompanhante do filho.

— Até hoje eu me lembro de minha primeira vez no Almack's — comentou Marianne. — Mas já não me lembro bem de todos que conheci.

— Deve fazer uns bons anos, é difícil lembrar — soltou a duquesa, num tom tão informal e despreocupado que não soou malicioso, mas apenas uma constatação. — Felizmente ainda não havia isso na minha época. Não sei se teria estômago.

Hayward trocou um olhar com a mãe, esperava que ela não estivesse usando aquele seu dom de alfinetar sem alguém perceber. Já bastava ela ter dito que ia procurar uma esposa para ele entre suas amigas e ele alegou que seria uma ótima ideia.

— E por onde anda seu marido, mamãe? Nas condições dele fico preocupado que as viagens pelas estradas acidentadas do interior da Inglaterra já não lhe façam bem.

Pamela cerrou os olhos para este comentário que passava, de novo, despercebido a Marianne. Andrew era o segundo marido da duquesa, e no momento estava viajando pelo interior da Inglaterra, voltando da casa de amigos. Provavelmente chegaria a Londres na próxima semana. Completaria 63 anos em breve.

— Ele está mais forte que nunca. — Ela sorriu para Marianne e viu o filho levantar as sobrancelhas, achando graça.

Nathaniel não se importava que a vida amorosa da mãe fosse mais agitada que a dele. Ela perdera o marido aos 41 anos. Então, o filho nunca esperou que ficasse eternamente de luto. E ela não se envolvia na vida pessoal dele; de fato, gostou de sua última companhia. Uma italiana que estava morando na Inglaterra temporariamente. Era madura, inteligente e passara dos 30 anos fazia pouco tempo. Pamela ansiava em conhecer melhor a mulher que poderia ser a nova duquesa até descobrir que a própria já era casada com um embaixador e tinha dois filhos.

Mas será possível que Nathaniel nunca se emendaria?

— Preciso encontrar os Bradford — disse Pamela enquanto descia da carruagem, apoiando-se no braço esquerdo do filho. — Como sabem, a filha do marquês é minha nova protegida.

Eis o motivo para estarem lá. A duquesa convencera o filho a ir dançar com Isabelle. Assim, a apresentação dela chamaria uma atenção estrondosa, e depois o duque poderia voltar para seu mundo reservado sem mais incômodos.

Em parte, Nathaniel queria ver no que daria a apresentação da senhorita--assassina-Bradford. Definitivamente não era o único a guardá-la na mente, o nome Bradford combinava muito com ela. Era diabolicamente bonita. A desgraçada podia fazê-lo suar no meio de uma manhã fria e nevoenta no Hyde Park apenas por encará-lo com aquele olhar travesso. Já não gostava dela só por isso. E, bendita fosse, pois fazer aquela figura fria suar não era para qualquer uma.

Quando o nome dos próximos convidados foi anunciado, o burburinho incessante e típico do Almack's foi diminuindo como se uma nuvem carregada encobrisse o salão. Era uma brincadeira ou não escutaram direito? Houve risadas nervosas, só podia ser uma piada.

Mas quando o duque entrou foi um queixo caído após o outro. As pessoas pararam por tempo suficiente para prender o fôlego, arregalar os olhos e imediatamente começar a tricotar.

As mães não sabiam o que fazer. As debutantes olhavam para as mais velhas, procurando instruções. As patronesses levantavam sobrancelhas e se esqueciam de menear a cabeça em cumprimento. Era um choque. Lady Jersey, que nunca parava de falar, ficou muda. Era uma mulher de fibra, pois logo a escutaram dizer:

— Ora essa, Hayward. Como ousa cumprir a ameaça? — Ela não viu graça na brincadeira.

Um duque qualquer disponível no salão do Almack's era motivo de comoção, mas o duque de Hayward causava pânico e histeria. Só a mãe dele parecia satisfeitíssima. Uma das patronesses agarrou o braço da duquesa. A mulher tremia. Queria saber por que o duque viera e Pamela fez mistério só para causar alvoroço.

— Desculpe-me pelo atraso, Sua Graça. A fila de carruagens estava enorme — disse Isabelle, supervisionada de perto pelo tio. Ela havia preferido esperar o choque inicial passar antes de se aproximar.

— Damas levam um tempo considerável para se arrumar devidamente para um dia tão importante — disse Gregory.

Isabelle trincou os dentes e disfarçou ao puxar o ar com mais força. A culpa de seu atraso foi da esposa dele. Seu espartilho estava mais apertado que nunca. A tia fizera isso de propósito; a sobrinha não precisava usar um, ficava naturalmente bonita sob o fino tecido do vestido. Mas Genevieve a obrigava a usar e, depois de um tempo, Isabelle se acostumou tanto, que achava estranho usar um vestido em público sem nada a apertando. Apesar disso, queria se rebelar. Estava cansada de Genevieve usando até suas roupas íntimas para puni-la.

— Venha, vou apresentá-la à Lady Honor. É a patronesse mais exigente. Se ela lhe der sua bênção, nenhuma outra vai ousar se desfazer de você — dizia a duquesa enquanto guiava Isabelle.

— E como sabe que ela não me recusará? — perguntou Isabelle.

— Primeiro, ela vai me invejar porque fui eu quem a trouxe e não ela. — Pamela movia a mão enquanto falava. Antes que chegassem, ela parou na frente de Isabelle. — Segundo, creio que você é esperta e sabe como as coisas funcionam por aqui. É filha única do marquês de Hitton, o anterior, de quem a sociedade gostava. Ninguém recusa um legítimo Bradford. E por último, modéstia à parte, eu ainda sou a duquesa de Hayward, viúva ou não. Está para nascer o dia que alguma dessas mulheres fofoqueiras e esnobes vai me negar algo. Elas que tentem.

— Ainda tem muito para me ensinar sobre como transitar pela sociedade — disse Isabelle com sinceridade. A duquesa viúva tinha traquejo social e sabia usar suas armas.

Lady Honor, acompanhada de mais duas patronesses, pegou seu monóculo e aproximou-o do olho, observando Isabelle da cabeça aos pés, com muito mais interesse ao ouvir seu sobrenome. O fato de a duquesa ter resolvido apresentar a moça deixou a mulher curiosa, pois Pamela não gastava seu tempo com essas coisas. E era estranho ver as duas famílias interagindo pacificamente.

— Acredito que uma beldade como você já tem uma fila de pretendentes esperando — disse Lady Honor, após sua aprovação implícita —, mas quem será o primeiro felizardo a acompanhá-la?

Não satisfeita, ela queria aprovar a escolha da jovem também.

— Acredito não ter me decidido ainda, milady — respondeu Isabelle.

— Então conte-me quando decidir, não queremos que comece com o pé errado, não é? — Lady Honor queria era que Isabelle causasse muita confusão entre os homens da sociedade. Estava louca para ver todos se estapeando para conseguir uma dança no cartão dela. Os mexericos estavam em baixa. Com sua vasta experiência, Lady Honor reconhecia uma confusão de longe.

Isabelle executou mais uma de suas mesuras perfeitas e acompanhou a duquesa viúva.

— Desculpe não ter perguntado se já há algum jovem com lugar reservado em seu cartão. Não achei que fosse da minha conta... Obviamente que não seria uma valsa, sabe que é algo novo e controverso. — Pamela estava mentindo, ela já havia planejado tudo.

— Não é minha primeira valsa — respondeu Isabelle, surpreendendo a duquesa viúva.

Pamela estacou, isso era inesperado. Era um desvio de seus planos.

— Não? Com quem dançou? Não me diga que foi com o neto do velho Barthes. Soube que tem passeado com ele, mas valsar não é algo que se faça levianamente. Ainda não é bem-visto aqui, pode acabar comprometida.

— Não, Sua Graça...

— Ela valsou comigo. No baile de máscaras de Trouville.

Pamela virou-se de imediato para encarar o filho, mas Isabelle o fez lentamente e suspirou de forma resignada antes de também encará-lo. Estava fingindo tratar-se de uma notícia que preferia esconder.

— Não foi exatamente uma valsa, mal saímos do lugar — acrescentou Isabelle.

— Foi a dança que anunciaram, escandalizando alguns presentes — retrucou ele.

— Como assim? Você nunca dança. — Pamela teve a delicadeza de não exclamar. — Além disso, nunca haviam se... — Ela não terminou a frase, seu cérebro já vasculhando as várias teorias que podia criar em segundos.

— Soubemos depois, no dia do jantar em sua casa. Afinal, era um baile de máscaras — respondeu Isabelle, escondendo o final da história. — Ninguém sabe que dancei. Então não creio que esteja comprometida.

A explicação pareceu plausível para Pamela, que não tinha motivos para duvidar. Porém, como grande conhecedora do filho, não deixou de achar o fato curioso.

— É surpreendente tal coincidência acontecer justamente com você, Hayward. Sair do limbo onde não gasta seu tempo com danças para chegar ao extremo de valsar com uma jovem desconhecida até então.

— Nossa dança não foi nada surpreendente. Somos escandalosamente entediantes e conservadores nessa ilha. Valsar já é algo popular no continente.

Pamela olhou o filho com desconfiança, mas se virou para sua protegida.

— Então, querida, com quem vai dançar oficialmente pela primeira vez? — A duquesa retomou o assunto.

— Não tenho tão pouca consideração pelo duque para desconsiderar a valsa do baile de máscaras — disse Isabelle, propositalmente se dirigindo à duquesa. — Ainda mais porque ninguém mais sabe que aconteceu. — Então ela se dirigiu a ele. — Quando nos encontrarmos novamente em um baile, tomarei a liberdade de lhe reservar uma dança se ainda estiver livre.

— Não percamos tempo então. Não costumo frequentar bailes, podemos não ter outra oportunidade. — Ele lhe ofereceu o braço, ignorando o franzir de cenho da mãe.

Pamela não queria o filho com suas amigas, nem com damas comprometidas, e também não aprovava sua predileção por mulheres que não alterariam em nada sua rotina. E tampouco o queria estreitando laços com sua protegida. Ficava difícil agradá-la, mesmo se ele resolvesse tentar. Em vez de aceitar logo, como era esperado, Isabelle apenas encarou o braço do duque e disse de forma bem natural:

— Precisa pedir a permissão de Lady Honor para ter minha primeira dança, Sua Graça. Se ela o aprovar, ficarei honrada em aceitá-lo.

Nathaniel percebeu o olhar sarcástico que ela tanto tentou disfarçar. Isabelle estava se divertindo fazendo o todo-poderoso duque de Hayward rebaixar-se a algo tão mundano quanto necessitar da aprovação de uma matrona para conseguir o que queria. A noite prometia. Esperou ele retirar o convite, mas o duque não recuou da afronta.

Ele a levou até onde Lady Honor e suas duas acompanhantes estavam, esperou até que elas dispensassem uma dupla de mulheres e então parou em frente a elas.

— Hayward... — A desconfiança da senhora fez com que a primeira sílaba saísse sem som.

— Lady Honor, há quanto tempo não nos vemos — cumprimentou ele, antes que ela tomasse fôlego para continuar a frase. — É sempre bom encontrar uma dama que não arregala os olhos ao me ver. Sinto-me menos malquisto.

— Não sou mais uma jovem impressionável — respondeu ela, incapaz de evitar um pouco de charme. — Essa sua beleza diabólica não me afronta. Nem seu comportamento desagradável.

— Madame, antes de partir, levarei Lady Isabelle para a única valsa que toca nesse local. Espero que esteja de acordo — disse o duque, indo direto ao ponto e sem pedir permissão, apenas comunicando.

— Enxergo o seu prazer em me chocar vindo dançar no meu salão e escolher algo controverso e que certas jovens ainda são proibidas de participar — ela assentiu para ele.

Um segundo depois, ela já estava fofocando com suas acompanhantes. Antes de morrer veria Hayward valsando no Almack's com uma debutante. Isso sim era uma temporada que começava explosiva. Ela ia cuidar melhor da saúde porque precisava ver os próximos acontecimentos.

— A duquesa deve ter pedido a ele. A Bradford é a protegida dela, lembra-se? — comentou uma das acompanhantes de Lady Honor.

— Não estrague a história antes de começar! Se tudo correr bem, teremos muito assunto para a semana, e a temporada promete ser a mais interessante dos últimos anos — respondeu Lady Honor.

Capítulo 5

Muito tempo ia se passar antes da valsa. Para se ocupar, Isabelle refugiou-se com Rowan e com o lorde e a Lady Barthes. Estavam todos presentes, pois era de conhecimento geral que o velho marquês procurava uma esposa para o neto. Infelizmente, Isabelle não tinha amigas e preferia ter que dar explicações a eles do que aguentar a companhia do tio.

— Não imaginei que já houvesse feito amizade com o duque. — Rowan parecia magoado por ela não o ter escolhido para sua primeira dança.

— De fato — disse Lorde Barthes, mais esperto que o neto. — É algo incomum. Mas, se a duquesa fez questão de apresentá-la e persuadiu Hayward a vir até aqui, é uma maneira e tanto de ser introduzida à sociedade.

Isabelle apenas assentiu e sorriu timidamente. Lorde Barthes estava sendo humilde; não era uma "maneira e tanto". Era a maneira mais estrondosa possível! Nem se lembrariam da apresentação oficial na corte. Falariam sobre o primeiro baile do ano no Almack's por semanas. Seria o assunto da coluna social. Isabelle já podia ver as expressões de espanto quando ela pisasse na pista de dança com o duque de Hayward. E logo para a dança mais polêmica dos salões.

— Podemos dançar muitas vezes ao longo da temporada — concedeu Isabelle, procurando manter a amizade de Rowan. Depois de conhecê-lo melhor, começou a gostar dele.

Nathaniel se perguntava por que aceitara entrar na trama de Isabelle. A jovem tinha aquele jeito similar ao dele que o irritava e o encantava ao mesmo tempo. Em poucos encontros e algumas frases trocadas, os dois já pareciam ter criado um tipo de comunicação sutil. Ela o provocava e desafiava secretamente, e ele fazia o mesmo. Entendiam-se até pelo olhar que lançavam um ao outro.

O duque não gostava disso. Há anos não precisava parar e recordar seus movimentos para descobrir por que havia tomado uma decisão, em especial uma relacionada a mulheres. Talvez houvesse um ponto certo, uma maneira exata de afetá-lo, e infelizmente parecia ter encontrado uma adversária com esse dom. E por que o destino havia sido tão irônico para incluir tal faceta em uma maldita Bradford?

Ele não alimentava a rixa entre as famílias, mas também não desejava estreitar laços.

— Sim, George. Ele é um desgraçado. Mas vou me submeter à companhia dele pelo bem da família — disse Isabelle, como se recitasse um mantra do qual já estava farta.

Havia esquecido que a mesquinhez das patronesses era grande e seu primo tinha um voucher, pois supostamente tratava-se de um bom partido.

— Assim que terminarmos com o duque, estaremos livres dos meus pais. E você nunca mais vai precisar gastar seu tempo com esses problemas. Poderei levá-la para onde quiser e lhe proporcionar tudo que desejar. — George tocou seu braço e apertou levemente, seus olhos brilhando pela forma como ansiava por ela. Deixava-o doente saber que ela estava indo direto para as mãos do duque.

Ela se perguntou por que iria a algum lugar com George. Quando ficasse livre dos tios e do primo, iria levar apenas a mãe. Mas precisava ser esperta, porque sabia que os tios nunca lhe davam sua parte. Sempre alegavam que mantê-la era muito caro, pois precisavam do dinheiro para pagar seus vestidos e todos os itens de que ela necessitava.

Assim, por mais que ela trouxesse lucro, raramente via algum centavo. A última vez que comprou algo para si — um doce, que por sinal nem valeu a pena — foi quando roubou as moedas do bolso do primo adormecido. Ela roubava joias e itens valiosos, mas tinha que começar a roubar moedas. Assim, não precisaria de George para vender os objetos roubados.

— Preciso voltar para junto de Lorde Barthes — disse Isabelle, encolhendo o braço e fugindo do toque do primo. Mesmo sem saber, o velho lorde se tornara seu maior protetor; ele não deixava nem que o próprio neto tomasse liberdades com ela. Dizia que essas coisas eram para depois do casamento.

O duque disse à Lady Marianne que se ausentaria por alguns minutos, pois ia dançar a valsa. A mulher levantou as sobrancelhas com surpresa.

Nem ela cogitou a possibilidade de convidá-lo para dançar logo ali. Além disso, havia o fato de as damas do salão estarem esperando que ele convidasse alguma delas. Ou que magicamente estivesse ali por ter um interesse secreto em uma daquelas moças solteiras.

O fato de sua acompanhante estar presente não impedia nada. Podiam ser apenas amantes, assim como vários dos casais presentes.

— Tem certeza de que poderá dançar? — perguntou o duque, enquanto levava Isabelle para a pista de dança, longe de estar cheia como em outras danças.

— Não se preocupe, Sua Graça. Só desmaiarei de emoção *após* a valsa.

— Temo que vá desmaiar durante. — Eles assumiram a posição enquanto a música começava. — Por falta de ar. Reconheço um espartilho apertado quando vejo um — explicou, vendo a interrogação estampada no rosto dela.

A dança não começou em total sintonia como de costume. Alguns casais, ainda distraídos com todos em volta, demoraram a iniciar os passos. A valsa deixava muitas moças nervosas. Os músicos, alheios ao que se passava, tocavam a melodia escolhida. Mas grande parte das pessoas ao redor apenas observava o duque dançar tão habilmente com uma jovem leve e de movimentos graciosos.

Acreditem, Hayward está valsando com uma legítima Hitton.

Nathaniel sabia o que fazer; afinal, como dissera, fora da Inglaterra a valsa já não era uma novidade. E Isabelle havia treinado por anos e podia executar qualquer dança de olhos fechados, até mesmo de trás para a frente. Inclusive as novidades. A questão não era se eles sabiam dançar, mas por que o duque de Hayward estava dançando e logo com *ela*. Não havia vivalma ali que não soubesse da rivalidade entre as duas famílias.

— Imagino que seja uma especialidade. E quem diria... Não deixe que os fofoqueiros saibam que toda aquela história de não saber lidar com mulheres é mentira. — Isabelle concentrou-se em executar um giro em uma das voltas na pista. O espartilho a estava machucando e dificultando sua respiração.

— Daremos um jeito nisso antes de partir — respondeu ele. — Ou não conseguirá beber nem um copo de limonada. Não que eu aconselhe ingerir qualquer bebida servida nesse lugar.

Ela não se preocupou em perguntar qual jeito seria esse. Mas a menção do jantar fez seu estômago roncar. Mais uma vez, havia comido apenas mingau por ordem da tia. Genevieve disse que o corpete do vestido não entraria se ela engordasse um centímetro que fosse antes do baile. Agora a cintura alta estava folgada de tão apertado que estava o espartilho.

Ao final da valsa, o choque dos convidados parecia ter diminuído. O duque aproveitou o começo da ceia e guiou Isabelle até o toalete e, para sua surpresa, entrou junto com ela.

— Vejo que nem um toalete feminino consegue impedi-lo — alfinetou ela.

Nathaniel ignorou o comentário dela, mas gastou um segundo reparando na decoração em tons de creme nos pequenos bancos acolchoados, nos espelhos e nas duas portas que deveriam conter penicos escondidos e bacias com água.

— Deveria haver uma criada aqui para auxiliá-la — disse. Isabelle concordou e procurou a mulher, que realmente não estava lá. — Vire-se — ele falou afinal, sem tempo e disposição. Se fosse pego ali, seria problemático até para ele.

Ela virou-se e esperou enquanto ele fechava a porta. Antes de pôr as mãos nela, o duque esperou algum ataque de pudor, mas nada aconteceu. Ele encarou-a através do espelho emoldurado que havia à frente. Isabelle o viu levantar as mãos e as perdeu de vista, mas sentiu o toque dos dedos dele em suas costas. Controlou a respiração; morreria antes de começar a ofegar de ansiedade.

Nathaniel desabotoou só o necessário do vestido e quando afrouxou os laços do espartilho pôde ouvi-la suspirar de alívio e pender a cabeça para o lado, fechando os olhos com o fim do tormento. Ele observou a sedutora curva do seu pescoço exposto e teve a louca ideia de percorrê-la com a língua.

Com essas simples reações dela, Nathaniel sentiu vontade de soltar toda a roupa dela para saber quais outras ela teria. Isabelle arqueou as costas, Nathaniel desviou o olhar para seus ombros e o pedaço no início de suas costas que o vestido deixava exposto. Quando levantou o olhar, ela já o estava observando novamente pelo espelho. Ele a encarou através do reflexo e os dois se viram presos naquele frenesi por um breve momento.

Isabelle ainda sentia o toque dele mesmo que não fosse em sua pele; ficou pensando se deveria estar nervosa ou extremamente ultrajada pela situação. Talvez sim; seria a reação mais esperada de uma donzela, em especial de uma debutante. Mas a quem queria enganar? Não era de sua natureza e, assim como o duque, não gostava de burburinhos desnecessários.

— Afrouxe um pouco mais... Afinal, tenho um convite para jantar — pediu ela, olhando-o atentamente.

Nathaniel atendeu ao pedido, desfazendo o laço do espartilho e enfiando os dedos por dentro das faixas, puxando de leve cada uma delas. Ele estivera falando sério quando disse entender de espartilhos; sabia tirá-los rapidamente e afrouxá-los também. A peça mais irritante do conjunto feminino não era páreo para o duque.

— Não torne a apertar tanto. Não faz bem para você e não creio que necessite de tal artifício por baixo dos vestidos que usa. — Ele terminou os botões.

— Minha tia pensa que sim — comentou ela, ainda parada à frente dele, mesmo sentindo que ele terminara.

— E não pode enganá-la?

— Está me aconselhando a enganar minha tia?

— Quer me convencer de que não o faz diariamente?

— Tem me espionado?

— Apenas um palpite de observador. — As mãos dele tocaram a base de sua coluna como se ajeitasse a roupa no lugar.

Isabelle virou-se de frente para o duque e, ao encará-lo, surpreendeu-se com o calor que havia em seus olhos. Sentiu-se hipnotizada pelo olhar dele; afinal, havia muito mais por trás daquela máscara fria. Só um vislumbre, e ela pôde enxergar mais que esperava. Diferente dos constantes olhares de desejo que recebia e fingia não ver, o olhar do duque lhe interessou. Pela primeira vez sentiu vontade de descobrir o que ela realmente causava em um homem. Naquele homem em especial.

— Nunca mais entre em um local vazio com um homem e deixe-o desabotoar suas roupas. A menos que seja seu marido. Tenho certeza de que ficar sozinha com um homem ainda é uma regra que, se quebrada, arruinará reputações.

Ela odiou a reprimenda dele, mas não se deixou abalar. Devia tê-lo impedido, mas ele era tão culpado quanto ela por terem pisoteado umas vinte regras sociais nos últimos minutos.

— Assim como aproveitar-se de uma dama é algo que um cavalheiro jamais deveria fazer — respondeu.

— E você não é ingênua o suficiente para acreditar na boa índole de tais cavalheiros — devolveu ele.

— Mais um palpite de observador, Sua Graça?

— Ser mais velho que você deve me dar algum crédito para aconselhá-la sobre isso.

Isabelle por fim desviou o olhar e libertou-se da rede que parecia tê-la mantido presa a ele. Deu alguns passos para se assegurar e passou ao lado do duque.

— Não é tão mais velho que eu, Sua Graça. Não tenho mais dezessete, se é isso que pensa.

— Quando você nasceu, eu já havia aprendido a lidar com espartilhos de mulheres adultas. Creio que isso é ser velho o suficiente.

— Creio que isso é ser *experiente* o suficiente para ser mais interessante que os rapazotes da minha idade. — Os olhos dela brilhavam com a provocação e pelo sorriso contido.

— Ainda está em idade para ser posta de castigo por desrespeitar os mais velhos. — O duque não queria nem a olhar. Já passara dos seus limites com ela.

— Desrespeitar ou provocar? — perguntou, naquele tom que por si só já era uma provocação. E sabia que ele jamais aceitaria entrar na questão.

— Não faz diferença.

— Não tema, Sua Graça. Não quero pegá-lo numa armadilha e seria o último a me desrespeitar, não é?

— Onde está a lâmina que carrega? Não tem bolso nesse vestido. Não saia mais sem ela.

Isabelle riu e apressou-se para deixar o recinto. Ela também tinha seus mistérios e ele podia ficar imaginando em qual lugar da roupa ela havia escondido sua proteção. Eles chegaram atrasados à saída e ele teve de acompanhá-la por todo o salão para depois voltar sozinho e buscar sua mãe e Marianne. De certo que a passagem inesperada deles adicionou mais uma cereja à cobertura muito doce que o baile renderia.

— Até que enfim você começou a seguir o plano — declarou Gregory quando finalmente sentaram-se na carruagem para ir a outro compromisso.

Mais uma vez algum familiar conseguiu estragar sua noite. Até aquele momento tudo que Isabelle conseguia lembrar era do olhar do duque, tão cálido e marcante. O desejo escurecia a íris já cinzenta, dando-lhe um ar mais perigoso, porém, mais humano e impossível de resistir. Sua mente estava presa nisso até a voz do tio estragar tudo, maculando a lembrança.

Capítulo 6

Percival atravessou a rua e entrou na tabacaria, de onde saiu com uns acessórios, rapé e um pouco de fumo importado; era um local onde vários cavalheiros iam fumar e comprar itens relacionados. Entrou na loja ao lado que vendia itens femininos e saiu rapidamente. Voltou para a carruagem que o aguardava na virada da esquina e partiu assim que entrou nela.

— Ele está lá dentro, acredito que tenha usado mais que um pouco de fumo — disse ao duque. — E ela lhe deixou isso. — Ele entregou um bilhete ao homem.

Percival trabalhava com Nathaniel havia mais de uma década e o acompanhou em diversas missões. Apesar de seu trabalho principal ser ajudar o duque a ficar vivo, os dois haviam se tornado amigos. Ele estava presente quando a história com a falecida noiva de Nathaniel se desenrolou.

Mesmo com o duque fora das missões diretas, continuavam trabalhando juntos. Oficialmente, seu cargo era de chefe de segurança das propriedades da família, especialmente do castelo. Mas estava sempre acompanhando Nathaniel. Então era visto mais como um secretário. Fato bastante estranho na opinião da maioria. Afinal, o sr. Percival era mestiço. Sua pele puxava mais à do pai, um comerciante indiano. As pessoas tinham dificuldade em entender como alguém da etnia dele assumira um cargo tão importante junto a um duque. Imagina se soubessem que ele era uma das pessoas em quem Nathaniel mais confiava. E ele só confiava em cinco pessoas. Cegamente, apenas em uma: *sua mãe*. Era um espião, ora. E a vida o tinha presenteado com muita traição.

— Richards está em condições? — indagou Nathaniel, enquanto olhava o bilhete.

— Sim, por trás de uma grossa cortina de fumaça do fumo caro que você patrocinou — disse ele, referindo-se ao informante.

O bilhete era cifrado, somente o duque e aqueles que trabalhavam com ele saberiam ler a mensagem. E ele chegara a um ponto que podia mudar cifras para só o agente em questão saber o que estava lhe escrevendo. Havia poucos anos, traidores se infiltraram, provocando a morte de vários de seus homens. Foi justamente na época em que ele aceitou oficialmente o cargo de receptor.

— Vou me encontrar com Liverpool para colocar algum juízo na cabeça dele — disse o duque, referindo-se ao primeiro-ministro, o que dificultava bastante a tarefa de mantê-lo vivo. — Deixe uma resposta para ela.

A carruagem parou, Nathaniel equilibrou o papel e a pena sobre a pequena prancheta que levava na carruagem justamente para escrever durante as viagens. Entregou o bilhete a Percival e desceu no Parlamento.

Havia uma nova trama para matar o primeiro ministro — e possivelmente o secretário de Guerra —, e o duque se encontrava bem no meio dela. Pensou que agora teria mais tempo para viver a própria vida. Devia estar delirando.

***

A satisfação dos tios de Isabelle não durou muito. Apesar de encontrarem a duquesa com certa frequência, o duque estava sempre em outro compromisso. Como já era de esperar, havia parado de frequentar os bailes. E nas poucas vezes que dava o ar da graça era acompanhado de Lady Marianne.

Isso serviu para deixarem o episódio do Almack's de lado; até os jornais tinham parado de noticiar a estranheza daquele encontro e ocupavam várias vezes por semana a coluna social com informações sobre Isabelle. Assim a maioria voltou a pensar que tudo não passara de um pedido da duquesa. Mas isso só aumentou a bajulação em volta da jovem que se tornou a beldade da temporada. Um contratempo que seus familiares tinham levado em conta no plano.

Dizem que aquela desavergonhada está anotando nomes de homens em seu leque — comentou uma matrona, insultada com tal ideia.

E são tantos nomes para danças que ela está usando um cartão que carrega preso ao pulso, um para cada baile — acrescentou uma senhora de verde.

Ouvi dizer que ela aprendeu essa sem-vergonhice com damas que retornaram de Viena e se dedicaram a inúmeras danças com cavalheiros de tantos países que era necessário anotar — atestou uma dama mais velha coincidentemente nora de uma das outras que retornara.

Isabelle não estava contente. Aquilo não ajudava nos *seus* planos. Agora Rowan estava enciumado, pois a conhecera antes e já não recebia tanta atenção. A sala estava cheia de convites, presentes e flores, e cavalheiros viviam enviando pedidos para visitá-la.

Isso levou Rowan a pleitear o título de pretendente oficial. Ela disse que precisavam se conhecer melhor e só consideraria um casamento no final da temporada. Queria evitar que ele propusesse, não desejava perder sua amizade. Para piorar, logo depois, dois jovens lordes afoitos e encantados se ajoelharam à sua frente oferecendo casamento.

Lady Honor estava contentíssima; sua vasta experiência nunca falhava. Quando colocou os olhos naquela moça, soube que nessa temporada, e até que ela finalmente dissesse sim, a caça estaria aberta. E os mexericos não parariam. Cavalheiros cairiam um após o outro. Ela adorava quando aparecia uma jovem carismática que virava o jogo pelo avesso e fazia com que aqueles convencidos tivessem de correr atrás dela em vez do contrário.

— Isso é horrível, Flore. — Isabelle lamentava-se com sua criada pessoal. — Meus tios acham perfeito e ao mesmo tempo me culpam pelo plano deles não evoluir. Agora preciso encontrar o duque longe dos salões de baile. Ou nunca teremos privacidade e sempre há um enxame de pretendentes atrás de mim.

— E isso não é bom? — perguntou a criada de forma sonhadora enquanto costurava junto à lareira quase apagada.

— Não quando preciso justamente daquele que nunca está no meio do enxame.

***

Com Lorde Devizes de volta à cidade, o duque passou a gastar seu tempo livre com o melhor amigo. Era um alívio poder conversar, jogar algumas partidas de críquete, praticar esgrima e participar de corridas de cavalo, entre outros passatempos de que ambos gostavam. Zach finalmente havia convencido Lady Linny a esquecê-lo e decidira por um período de descanso longe das mulheres e seus problemas amorosos. Nathaniel duvidava que ele fosse conseguir manter a promessa por muito tempo.

Cansada das reclamações dos tios, Isabelle livrou-se de sua horda de admiradores e foi visitar a duquesa viúva. Ela parecia ter adivinhado, pois Pamela estava a ponto de ficar ressentida pelos dias sem notícias de sua protegida.

— Como sabe, não gosto de perambular por bailes. Não tenho mais a mesma disposição — disse Pamela enquanto mexia seu chá lentamente.

— Nem necessidade — completou Andrew.

Isabelle sorriu para ambos. Agora tinha entendido por que não encontrara mais a duquesa viúva: seu marido havia chegado a Londres. Eles levaram quase cinco anos após a morte do pai de Nathaniel para se casarem. Andrew fez parte do passado de Pamela, que partiu para Londres deixando-o como um interesse juvenil. Ela não voltou a morar na casa da avó e nunca mais o viu. Poucos anos depois, casou-se com o falecido duque, por quem se apaixonara em um acidental encontro num evento campestre.

Algum tempo após ficar viúva, Andrew reapareceu em sua vida e disse que nunca a tinha esquecido. E mesmo após tantos anos decidiu conquistá-la. Pamela resolveu tentar a sorte no amor outra vez. Isabelle ficou tocada enquanto eles lhe relatavam toda a história. Era tão verdadeira e ao mesmo tempo inesperada. Mesmo sendo tão jovem, as circunstâncias da vida a haviam transformado numa descrente. O único exemplo que já tivera de carinho entre um casal fora interrompido abruptamente com a morte prematura do pai. Isabelle acreditava que ele e sua mãe se amavam. Madeline sofreu muito com a perda do marido.

A história da duquesa e de Andrew era bonita. Ela quase teve esperança. Mas não tinha nenhuma paixão de juventude, nem perspectiva de ter uma. De fato, não fazia ideia de como saber quando se estava apaixonada, mas podia afirmar que nunca estivera.

— Eu lhe disse que ela era encantadora. É um mal de família, segundo as más línguas — comentou Pamela, vigiando para ver se Isabelle retornava do toalete.

— Sim, e jovem também. Para mim não faz diferença ela ser uma Bradford, mas, pelo que sei, faz muita para vocês.

— Não mais. Eu a tomei como protegida, infelizmente a tia é uma pária social e fiquei sabendo que a mãe prefere se manter longe dos salões. Não tenho o que reclamar da atual geração dos Bradford. E creio que eles não têm o que dizer de nós ou não a deixariam sob minha proteção.

Isabelle parou no topo dos degraus que davam para a porta do pequeno saguão antes da saída rumo ao jardim lateral da mansão dos Hayward. Caso não tivesse sucesso, inventaria um encontro com o duque para não ser castigada ao chegar em casa. Mas a porta abriu pouco depois e Nathaniel entrou, carregando um taco de madeira em uma das mãos e algo que parecia um paletó vermelho escuro todo amassado na outra.

O cabelo loiro úmido de suor caía pelas laterais do rosto. Sua roupa não estava muito melhor e as botas de montaria estavam sujas, assim como o calção claro e justo. Mas tinha um ar satisfeito. Pelo jeito, atividade física o alegrava. Isabelle nunca o vira relaxado daquela maneira.

Nathaniel atravessou o saguão, lamentando ter deixado algumas marcas no chão com as botas de cano alto. Ao pisar no primeiro degrau, notou os sapatos delicados e cobertos de cetim vinho que estavam parados no patamar onde dava a escada. Ele parou e encarou a última pessoa que esperaria encontrar ali.

Audaciosa, maldita.

Isabelle dissecou o duque deliberadamente da cabeça aos pés; sua expressão era de divertimento e, conforme ela avaliava o estado em que ele se encontrava, um sorriso foi se formando em seu rosto. Sua intenção era vê-lo, mas jamais pensou que o encontraria naquele estado. Ele estava ótimo; parecia energizado e jovial.

— Estou na casa certa, tenho certeza. Seria o dia errado? — Ele parou com uma das botas apoiada no primeiro degrau da escada e a mão sobre a coxa rija. Estava surpreso não apenas por encontrá-la ali, mas por ter achado isso mais que agradável. E sequer gostava de surpresas.

— Dia errado para quê? — perguntou ela, observando-o.

— Para um encontro. — Ele passou a mão pelo cabelo, afastando os fios claros do rosto; não era seu costume andar por aí com mechas, sempre bem penteadas, cobrindo a sua testa. Mas quem diria que as leves ondas loiras também eram rebeldes e quando não estavam disciplinadas por pente fino e pomada insistiam em escapar.

— Lamento, Sua Graça, mas não vim visitá-lo. Vim ver sua mãe e conhecer o marido dela. Um cavalheiro muito amável. — Ela parecia muito à vontade na presença dele.

— E quando veio me ver? Deveria ter deixado um recado. — Ele jogou o paletó por cima do ombro, não parecendo se importar por ela continuar com aquela expressão divertida enquanto reparava em seus trajes imundos. Por essa ela não esperava. Afinal, até o duque tinha seus momentos.

— Sabe que não me recordo... — declarou com cinismo. — Mas da próxima vez deixarei.

— Veio sozinha? Ou há uma horda de acompanhantes na sala? Uma surpresa é aceitável, mas vinte já passam do limite.

Isabelle levantou uma das sobrancelhas e pendeu a cabeça. Ele por acaso havia alfinetado sua "horda de admiradores"?

— Anda bem informado. Especialmente para alguém que não vejo há dias.

— Meu dever é estar sempre bem informado.

Ele notou que, ao contrário dele, Isabelle estava limpa e arrumada. Seu cabelo brilhava e a face era de um róseo saudável. O vestido de musseline lilás estava alinhado e ela exalava uma mistura de essência de frésia para banho e um perfume que curiosamente o fez pensar em amoras. Era um cheiro muito peculiar, ainda mais aliado ao calor de sua pele.

O duque subiu os degraus que faltavam e parou no mesmo patamar que ela, olhando-a de cima dos seus vários centímetros a mais de altura. Visivelmente se divertindo, ele se aproximou devagar, prestando atenção a sua reação. Mas ela continuou encarando-o com naturalidade sem se importar com o estado da roupa dele ou por ele estar cheirando a terra, cavalo e suor. Nathaniel chegou até uma distância perigosamente próxima e parou. Ela se inclinou de leve, numa nítida provocação. Perguntou-se se ele sempre se exercitava sem colete; podia ver o formato do seu peitoral por baixo da camisa clara grudada ao corpo devido ao suor. Esse encontro seria extremamente inapropriado se mais alguém ficasse sabendo.

— De onde veio, Sua Graça? Estava praticando algum tipo de esporte na lama? — indagou após esperar uns segundos.

Ele riu e ela ficou fascinada. Nunca o vira sequer sorrir.

— Estava esperando que perguntasse. Até que conseguiu se conter por bastante tempo. Passei a manhã me exercitando. Joguei críquete, treinei meu cavalo e depois o levei para apostar corrida com uns conhecidos.

— E imagino que tenha caído algumas vezes — observou ela, lançando um rápido olhar para baixo, indicando o calção branco que parecia arruinado. Nem o melhor valete do país tiraria aquelas manchas.

— Nada que tenha ferido meu orgulho. Nem sempre as corridas são honestas.
— Se machucou?
Ele franziu o cenho, surpreso com a pergunta.
— Pareço machucado?
Ela teve que se segurar para não dar uma boa olhada nele de tão perto. Não ficava bem para uma dama ser pega reparando nos dotes físicos de um homem, por mais atraente que fosse, mesmo que os músculos estivessem delineados embaixo do tecido suado. Nada disso; damas não olhavam essas coisas! Pelo menos não enquanto alguém as observava...
— Não. Pelo menos em nenhum local que eu possa ver — respondeu, mantendo os olhos nos dele.
Isabelle chegou a prender a respiração com a intensidade do olhar dele. O duque ia dizer alguma coisa. Passou pela cabeça dele uma resposta completamente diferente da que acabou murmurando.
— Realmente, não estou.
Pela primeira vez ele fitou a boca de Isabelle deliberadamente. Seus olhos claros se fixaram nela sem a menor preocupação em esconder o que desejava. Ela não conseguiu disfarçar e mordeu levemente os lábios enquanto engolia a saliva. O duque achou graça da reação e umedeceu a própria boca com a ponta da língua.
Ela também não pôde deixar de olhar o que ele fazia. Isabelle podia sentir a respiração dele vindo de cima golpeando seu rosto. Nunca em sua vida havia ansiado por um beijo. Mas eis que para tudo há a primeira vez. Assim como o poderoso duque de Hayward nunca imaginara que estaria a poucos centímetros de cometer um desatino. Quem era mesmo que tinha alergia a debutantes?
A entrada do valete desfez a tensão entre eles. O empregado se apressou em pegar o taco, o paletó e as luvas do duque, depois saiu de cena a passos rápidos. Nathaniel pediu licença e deixou-a. Isabelle se virou para a porta por onde ele passou e bufou com resignação. Assim como estava se divertindo por conseguir afetá-lo, ele também se divertia ao dar o troco.

Capítulo 7

Após a visita à duquesa, Isabelle ainda tinha planos para a noite, mas em menos de uma hora já se sentia cansada. Felizmente, o sarau não estava muito cheio, mas, por outro lado, isso era um problema. Ela carregava o estigma de sensação da temporada, era alvo de todos os nobres solteiros que se achavam bons o suficiente para se oferecer como marido, mesmo que a opinião deles nem sempre fosse compartilhada.

Falavam sobre como as mães e as debutantes caçavam maridos sem piedade, transformando-as em vilãs. Os bons partidos eram disputados como o último pedaço de carne no açougue. Por que nunca falavam sobre como certas damas cobiçadas não tinham descanso? Era uma abordagem mais violenta, já que homens tinham muito mais liberdade. Elas tornavam-se prêmios, troféus, mais um esporte para eles se digladiarem. Todos queriam atenção, ser notados, mostrar como valiam mais a pena, como tinham uma renda maior, eram mais atraentes, influentes... Parecia um bando de pavões juvenis disputando quem tinha a maior plumagem.

E por mais que reclamassem das matronas casamenteiras que criavam mexericos e esquemas para conseguir bons maridos para as moças, os homens podiam ser piores. Brigavam entre si, planejavam armadilhas, disputavam danças, trocavam insultos e se um deles recebesse mais atenção da dama em questão poderia até sofrer represálias. Muitas vezes o favorito da moça perdia a vez porque não aguentava a pressão; cedia e abria a vaga para algum outro.

Usavam a fragilidade da reputação feminina para conseguir o que queriam. E depois todos esqueciam sua vilania, como Lady Caroline, a baronesa viúva de Clarington que caiu numa armadilha e foi obrigada a se casar com um homem que desprezava. Agora, anos depois, ela era a marquesa de

Bridington, mas alguém sempre fofocava sobre como ela seduziu o marquês. Ninguém fazia menção à armadilha do falecido barão.

E a moça que tivesse a sorte e a infelicidade de alcançar essa fama precisava ter amigas ou parentes que a acompanhassem. Senão poderia ficar oprimida pela sua turma de pretendentes e isolada das outras pelas consequências. Com tantas mulheres procurando um par, era um ultraje uma ou duas moças monopolizarem os bons partidos — às vezes nem tão bons, mas disponíveis.

A fama podia arruinar a reputação de uma mulher. Já os homens podiam ser tão célebres quanto possível que pouco os afetava. Era uma guerra de status, influência e popularidade. Coitado de quem não fosse armado para aqueles salões.

— Pelo que eu sei, ela já recusou pelo menos cinco pedidos. Não sei o que está esperando. Não creio que vá receber proposta melhor que a do neto de Lorde Barthes. Um dia, o rapaz será um marquês! E terá uma renda enorme — dizia Lady Berg, uma das maiores fofoqueiras do círculo social londrino.

— Você deve estar cega, querida! — respondeu o marido dela, outro incorrigível alcoviteiro. As pessoas diziam que os dois não conseguiam ter relações íntimas porque não dava tempo de parar de fofocar. — Tem uma horda de homens atrás dela como cães famintos. Fazem tudo o que ela pede. A troco de que ela iria aceitar um pedido de casamento agora e perder toda a diversão da temporada? Jamais!

A rodinha que os cercava para participar das últimas fofocas concordou e riu, acrescentando mais comentários maldosos. Eles até já apostavam no homem que acabaria com a jovem, baseando-se em quem se sobressaía mais no grupo de admiradores. Quando o assunto sobre Isabelle Bradford acabou, passaram para Lady Monique, figura famosa da temporada passada.

***

Com uma inquietante coleção de propostas de casamento, Lady Isabelle Bradford segue ativa como se não houvesse partido mais corações que é permitido nesta sociedade. E não estamos nem no meio da temporada — dizia um trecho de uma longa nota na coluna social dedicada a relatar acidamente os passos de Isabelle naquela semana.

Do jeito que os Bradford haviam planejado cuidadosamente no dia anterior, a carruagem seguia logo atrás da outra que transportava a duquesa,

Isabelle e o duque, que acabara de embarcar em frente ao Brook's. Quando estava na cidade, ele sempre passava por alguns clubes de cavalheiros, onde se encontrava com Zach ou algum outro conhecido.

O lugar mais fácil de encontrá-lo era no St. Rivers, famoso por servir um jantar decente para seus seletos membros, oferecendo bebida de boa qualidade e salões para relaxar separados das mesas de jogo. Havia inclusive duas salas privativas para conversas entre os membros politicamente ativos e afeitos à discrição.

— Pensei que não se juntaria a nós. Já tinha dito a Isabelle que você só pararia a carruagem para nos dizer que iria mais tarde. — Pamela olhava o filho na penumbra do veículo.

— Considerei a questão, mas quero assistir a essa ópera. — Nathaniel virou o rosto e observou a pequena janela por alguns segundos.

Isabelle mantinha-se quieta em seu canto da carruagem; também esperara encontrá-lo apenas depois do segundo ato da ópera. Mas lá estava ele, sentado no banco à sua frente, trajando a vestimenta negra e formal com uma pesada casaca por cima. A noite estava particularmente fria. E a jovem tinha certeza de que ninguém ficava tão bem naquele tipo de roupa quanto ele.

O duque parecia estudá-la. Tinha a impressão de que ela iluminava o interior da carruagem com uma luz própria. Seu vestido tinha um tom adorável de prímula lilás, mas a pele que a cobria era branca, combinando com as pérolas em seu pescoço e orelhas. Havia um xale branco e diáfano por baixo. Luvas de pelica marfim completavam a vestimenta. Comparada a ele, que de branco usava apenas o lenço e a camisa por baixo do colete, Isabelle de fato parecia uma fonte de luz.

Não era o tipo de coisa que mexia com o duque, mas não havia como ignorar. E possivelmente porque ele sabia que estava atraído por ela. Sexualmente atraído e intelectualmente intrigado. Essa combinação era o que Nathaniel considerava interesse genuíno.

Mas não gastaria seu tempo se enganando; se achava velho demais para essas coisas e vivido o bastante para se sujeitar ao drama interno. No entanto, era realista: ela também estava interessada. Nathaniel ainda não sabia por que Isabelle não usava seus dotes de dama muito bem treinada para disfarçar. Mas, a menos que ela lhe desse a notícia de que estava enganando todo mundo e não era uma donzela debutante coisa nenhuma, ele teria que se contentar em não ter o que desejava. Benfeito para ele que costumava conseguir, de uma forma ou de outra, tudo que queria.

Quando a carruagem parou no Teatro Drury Lane, Nathaniel desceu primeiro e ajudou a mãe a sair. Quando Isabelle apareceu e apoiou o peso em sua mão estendida, contrariando as convenções sociais, ele tocou sua cintura para apará-la no segundo degrau. Ambos se divertiram com o contato. Ele, por ter apreciado algo impensado, e ela, por não esperar tamanha audácia do duque.

— Chegamos na hora certa para ir direto ao nosso camarote. — Pamela não estava com humor para socializar.

— Ótimo. — O duque ofereceu o braço direito à mãe e o esquerdo a Isabelle. Subiram pela escadaria até o camarote dos Hayward na galeria mais próxima ao palco do lado direito.

O espetáculo estava prestes a começar e todos usavam seus binóculos para olhar as pessoas nos camarotes vizinhos e nas cadeiras abaixo. Os Bradford tinham aberto mão de seu camarote fixo, mas sempre eram convidados. Isabelle com os binóculos pôde ver que sua tia estava olhando exatamente em sua direção. A duquesa sentara-se ao seu lado, e o duque, mais atrás.

As cortinas se abriram e uma bela cantora entrou derramando sua voz potente por todo o teatro. Um leve burburinho informava que ela era a amante do marquês de Renzelmere, um homem bonito e poderoso, severamente perseguido pelas caçadoras de marido. Diziam que ele estava apaixonado pela cantora, o que era uma afronta para a aristocracia esnobe. Ninguém sabia a procedência da moça e eram feitos os piores julgamentos sobre artistas.

— Ela canta muito bem — comentou a duquesa. — Pena estar sendo tão importunada.

— Se o marquês é o homem que parece ser, ignorará a todos e se casará com ela — opinou Isabelle, idealista.

— Ele é quem você pensa — respondeu o duque, recostado à cadeira de forma relaxada, mas com olhos bem atentos. Ela podia ver o reflexo prateado da luz baixa nos olhos dele.

— Nathaniel sempre sabe umas coisas antes da gente, mas se recusa a dizer. É um estraga-prazeres — disse a mãe, espirituosa.

O duque apenas desviou o olhar para a moça no palco. Renzelmere, que era um dos mais frequentes em seu círculo no St. Rivers, havia dito que usaria um anel para propor. Assim, suas intenções ficariam mais nítidas. Mas o problema era que a moça estava dificultando, não acreditava nos sentimentos dele.

No intervalo para o segundo ato, os camarotes criaram vida. O hall viu-se repleto de homens bebendo. As mulheres se espalhavam pelas escadas e pelo salão e trocavam de camarotes enquanto espionavam os outros com os binóculos. Para a felicidade de Isabelle, seus familiares não saíram de seus lugares.

— Por que não dão uma volta? Eu apreciaria se solicitassem uma bebida para mim — disse Pamela enquanto se abanava com seu bonito leque ornado com figuras angelicais e renda francesa. No instante em que acabou de falar duas damas entraram para cumprimentá-la.

O duque segurou a cortina vermelha para que Isabelle saísse. Ela deixara o xale no camarote; seu colo atraente e o decote coroado pelo topo do que seria o vale entre seus seios davam uma ideia sutil do que havia escondido por baixo do tecido. O penteado do dia só tinha cachos nas laterais e deixava todo o seu pescoço exposto. Faltava um enfeite no cabelo, mas ela não quis repetir o mesmo do baile anterior, e os Bradford não estavam em condições de pagar um joalheiro. Ela teria de roubar algumas pedras para fazer algo novo.

Muitos de seus admiradores fiéis estavam na ópera, como gaviões à espreita para dar o bote. Mas, ao chegar ao hall, ela esperou e o duque parou ao seu lado. O lacaio que viajava junto à carruagem não ia com eles à toa; solicitaram o champanhe da duquesa e pegaram taças de vinho para se aquecer. Não estavam realmente juntos, como acompanhantes, mas permaneceram lado a lado.

Para quem era um fiel espectador das fofocas da sociedade e estava informado dos pormenores, a cena que se seguiu foi um prato cheio. Acompanhada por uma mulher, Marianne se aproximou do duque. Parou em frente aos dois e os cumprimentou.

— É um prazer ver que voltou a frequentar nosso círculo, Sua Graça — disse Marianne.

— Gosto de vir ao teatro — respondeu ele.

— Mais um ponto em comum. — Marianne virou-se e indicou a mulher ao seu lado. — Essa é Lady Townfield, minha concunhada.

— Encantada em conhecê-lo, Sua Graça. — A dama fez uma leve mesura.

Ele devolveu o cumprimento e seguiu seu papel:

— Esta é Lady Isabelle Bradford. Imagino que já tenham se encontrado.

Isabelle fez um delicado cumprimento com a cabeça como se não precisasse ir além disso na frente daquelas damas que mal conhecia. Lembrou até o duque em seu usual cumprimento seco.

— Ainda não havia tido o prazer — respondeu Lady Agnes com aquele típico sorriso calculado de quem estava nesse ramo havia anos. Nunca trocara dois dedos de prosa com Isabelle, mas já estivera perto dela e sabia perfeitamente de quem se tratava.

As mulheres não interagiram e o duque ignorava o fato de parecer que acompanhava a jovem ao seu lado. Marianne a conheceu logo no início da temporada antes de os jornais ficarem obcecados por ela; era a protegida da duquesa e o atual furacão dos salões londrinos. Por causa dela, alguns cavalheiros já haviam se desentendido. E corriam boatos de duelos ao nascer do dia.

— Até breve, Lady Marianne — disse o duque despedindo-se com uma mesura e dando indícios de que iria sair somente para dispensá-las.

Marianne ficou dividida entre confusão e interesse. Não sabia se ele estava confirmando que se veriam novamente. Eles vinham agindo como acompanhantes em alguns eventos; uma liberdade que sua posição como viúva lhe permitia. Mas não estavam vivendo um romance, nunca conversaram sobre exclusividade e, como ele jamais cometeu a indiscrição de indagar se ela tinha outros amantes, ela se via sem abertura para lhe perguntar o mesmo.

Era satisfatório para ambos, mas descompromissado. Ela apreciava a companhia dele, mas não sabia o que esperar. Ele era tão enervante que se tornava estimulante. Após o período de luto, Marianne teve dois casos secretos, mas em termos mais restritos. Não sabia bem o que fazer numa relação tão livre.

Ela já conhecia um pouco sobre Nathaniel, e aquela jovem chamativa não fazia o seu tipo. Ele sempre se envolvia com mulheres maduras, descomplicadas e discretas. O fato de Isabelle ser a nova protegida da duquesa explicava muita coisa. Mesmo assim...

Isabelle acompanhou o duque de volta para o camarote. Ela reparou na interação entre ele e sua suposta amante. Ao menos ele interagia com alguém, diferente do que diziam por aí. Se não estava contratando cortesãs de luxo, nem tendo um caso público, obviamente estava se deitando com alguma dama muito discreta. Esteve até pensando se era verdade que os boatos que diziam ser ele tão frio não o atingiam. Pelo jeito, tratava-se de mais um rumor absurdo.

Enquanto subia a escada, Isabelle se lembrou de algo e olhou para trás a tempo de ver Marianne virando-se também. O cabelo loiro escuro, o corpo esguio e a alta estatura dela faziam as duas muito diferentes. Será que ele tinha um tipo que o atraía? Sua tia vivia perguntando isso, mas como podia saber? E que diferença faria? Só ele poderia responder ou ela teria de conhecer suas amantes do passado. E, segundo os piores rumores sobre ele, deviam estar todas mortas.

— Se continuar olhando para trás, a senhorita vai cair — avisou ele exatamente quando ela pisou na barra do vestido.

Não deu nem tempo de Isabelle prender a respiração achando que cairia e ele praticamente já estava segurando seu corpo.

— A curiosidade matou o gato — sussurrou ao ouvido dela, fazendo-a se firmar novamente. Seu braço passava pelas costas da dama, e sua mão segurava na cintura do lado oposto.

— Um gato tem sete vidas — respondeu ela prontamente.

— E quantas ainda lhe restam? — indagou o duque, ainda segurando-a.

— Sete. Acabou de salvar uma delas.

Ele passou para o lado dela enquanto se recriminava. Pararam no meio da escada de um local cheio dos fofoqueiros da sociedade e, mesmo assim, lá estava sua mente o traindo. Uma proposta indecorosa passou pela mente dele quando encarou Isabelle. Estava tão embaraçado. Afinal, não costumava desejar se esconder com debutantes. Sinceramente, desde que tinha a idade dela não se lembrava de ter sentido tamanha vontade de se envolver em um desastre social.

Consequências, Nathaniel. Lembre-se delas.

— Então a senhorita me deve sua vida?

— Não havia pensado por esse lado, Sua Graça. Assim que aparecer uma chance, irei recompensá-lo — prometeu ela.

— Não consigo pensar em nada que possa me proporcionar como pagamento. — Ele até conseguia, mas... — Entenda isso como um ato de cavalheirismo.

Ela apenas virou o rosto lentamente e levantou o olhar para encontrá-lo encarando-a. Isabelle manteve os olhos nos dele sem hesitação. Nathaniel não queria nem escutá-la; já notara algo e, com ela falando tão perto dele, o efeito ficava pior. Isabelle tinha uma voz única que não era fina, delicada ou aguda, mas profunda e cadenciada. Inconfundível. Fazia seus admiradores fantasiarem em ouvi-la falar baixo, intimamente. Como ela estava fazendo com o duque. Era fácil ser seduzido pelo seu tom. Curiosamente, ela diria o mesmo sobre ele, sua voz grave e o tom que usava.

— Acho melhor que não me dê uma das respostas que tem em mente. Nosso convívio já está bastante perturbado e eu sei que notou — respondeu ele, surpreso por recear o que ela lhe diria.

— Engraçado ter propositalmente usado a palavra convívio em vez de relação — observou ela.

— Não temos uma relação — lembrou ele.

Ela sorriu para ele, como se não o estivesse levando a sério.

— Tem razão, Sua Graça. Não se firma uma relação com apenas duas danças e algumas conversas. Vai ter de se esforçar mais.

— Como seus inúmeros pretendentes se esforçam todos os dias? —alfinetou ele.

Isabelle descansou a mão enluvada sobre o antebraço dele, pronta para começarem a subir o restante da escadaria.

— Só estou em sua companhia porque tenho plena certeza de que jamais faria nada como eles. Agora, por que você está comigo?

— Descobri que quero levá-la para a cama e creio que por esse motivo não consigo evitar as chances que tenho para encontrá-la — respondeu naquele seu tom mais dolorosamente sincero.

Se ele queria deixá-la em choque, alcançou seu objetivo com êxito. Isabelle devia saber que não se envolvia num jogo de sedução sem saber em qual nível este começava. Agora suas ótimas respostas provocativas estavam em falta porque ele lhe dera outro xeque-mate. Ela teve que ir quase até a entrada do camarote para conseguir falar novamente.

— Descobri que não é muito apegado às convenções, Sua Graça. Acredito que gosto disso. — Ela recebia cantadas e propostas diariamente. Sabia muito bem o que aqueles homens queriam dela. Mas ter o desplante de verbalizar a verdade, só mesmo o duque.

— Gosta? — Ele parecia um pouco surpreso.

— Se ambos fôssemos adeptos das convenções, apenas para ter me dito o que deseja, já precisaria ter assumido um compromisso.

— E desde quando a senhorita deixou de ser adepta?

— Desde já. — Ela apertou levemente o antebraço dele e venceram os últimos metros. — Mas o problema, Sua Graça, é que sou valiosa demais para sua cama.

Eles pararam em frente à cortina para o camarote e o pajem a afastou para o lado. O duque não podia acreditar que ela havia lhe dito isso.

— Se não valho a sua cama, senhorita, quem vale? — questionou ele, visivelmente insatisfeito, esperando que ela fosse jogar o nome de outro em sua cara.

— Algum pobre tolo que eu escolher para me casar — soltou Isabelle, notando que não era isso que ele esperava.

— E diz não ser adepta das convenções...

— O senhor até me deixa curiosa. Mas duvido que mesmo você, o temível duque de Hayward — ela estreitou o olhar com a provocação que fazia —, consiga um pouco do meu tempo para sequer tentar.

O duque nunca recebera desafio tão instigante.

Eles entraram novamente no camarote, onde a duquesa os aguardava já saboreando uma taça de champanhe. O duque permaneceu em silêncio e manteve o olhar no palco como duas fendas estreitas. Estava tentando se lembrar de quando foi a última vez que se sentira daquele jeito. E para piorar estava se sentindo sexualmente estimulado. Um prelúdio para o desastre, em especial porque o alvo não era uma amante em potencial.

Um pouco do precioso e disputado tempo dela para quê? Se fosse para fazer o que ele tinha em mente, precisariam ir embora agora e usar todo o restante de noite que lhes sobrava e com certeza parte do dia.

— Adoro aquela cantora — comentou a duquesa enquanto acompanhava Isabelle e o filho na saída do teatro.

Nathaniel respondeu algo sobre ela ter uma bela voz, e Isabelle disse que ela era talentosa e bela. Por isso, o marquês devia estar tão encantado.

— Não tão bela quanto você, querida. — A duquesa tocou levemente o queixo de sua protegida e sorriu apreciando a beleza de sua juventude. — Em meu tempo se dizia que é um tipo de beleza que causa tragédias.

— Ainda se diz isso, mãe. — O duque trocou um olhar com Isabelle pelas costas da duquesa, que se adiantou para a carruagem.

Estavam novamente presos no pequeno espaço do veículo; o duque contemplando a rua, a duquesa falando e Isabelle respondendo sempre que necessário.

— Irei jantar com Andrew, já marquei de encontrá-lo — anunciou Pamela. — Não sei para onde vai, Nathaniel, certamente não para casa. Mas aceito sua oferta, não seja descortês. Primeiro, deixe minha querida Isabelle em casa. Tenho certeza de que é o destino dela.

— Sim, para uma ótima noite de sono — respondeu Isabelle.

— Tenho certeza de que nenhum fofoqueiro vai ver que os deixei sozinhos por um tempo tão curto — comentou a duquesa, que confiava plenamente no filho como guardião de sua protegida. — Mesmo assim, sejam discretos. Finjam que estou aqui dentro.

Nathaniel apenas assentiu e lhe desejou um bom jantar. Quando a carruagem parou, o marido já a estava esperando e ajudou Pamela a descer. Então o veículo retomou seu caminho, desviando-se do trajeto que deveria fazer para a mansão dos Hayward. A casa que os Bradford ocupavam atualmente era um imóvel secundário. Era um local onde os marqueses anteriores não planejaram fixar residência. Com a expansão das construções e as mudanças da aristocracia, já não ficava num endereço tão elegante, mas ainda era nos arredores de Mayfair.

Isabelle manteve-se quieta, enrolada em seu xale claro; resplandecente como o próprio duque admitira. Na verdade, ela estava se segurando, fazendo de tudo para não falar primeiro. Até que o duque finalmente virou o rosto para ela e observou-a acintosamente.

— Duvidou, certo?

— Você não planejou isso! — Ela reagiu rápido, nitidamente mandando às favas aquela história de comedimentos.

— Andrew não gosta de ópera. Ele costuma esperá-la para jantarem e se divertirem depois. Ela ia acompanhá-la até sua casa e retornar. Fui apenas solícito — contou ele, com um cinismo revoltante.

Isabelle não sabia disso, mas também não importava. Estava onde sua família queria que estivesse. As circunstâncias só não eram exatamente as mesmas que eles gostariam. Se fosse por eles, ela já estaria cansada de estar na cama do duque. Algo que não a levaria a lugar algum.

— Doug! De a volta à frente do parque! — ordenou o duque, batendo com a bengala no teto. O cocheiro escutou e virou para a direita quando deveriam ter pegado a rua da esquerda.

— Será que o parque está bem iluminado a essa hora, Sua Graça? — indagou Isabelle, usando o tratamento correto mais por ironia que por senso do apropriado.

Ele apenas a olhou e foi direto ao assunto.

— Eu vou ou a senhorita vem?

Isabelle o observou e percebeu que chegara a um dos momentos que poderiam desgraçar a sua vida. Ia beijar aquele duque dos infernos que ela supostamente deveria odiar, mas não parava de encontrar modos de se aproximar dele. Ela começou a tirar a luva esquerda, era incrível que os dois já houvessem cometido as maiores inadequações — aquele homem já botara as mãos em seu espartilho — e, mesmo assim, ele nunca havia tocado diretamente em sua pele.

— Uma dama não deve se precipitar. — Ela estendeu a mão nua na direção dele.

O duque assentiu como se concordasse, segurou a mão dela e apertou levemente, sem deixar de notar que era o primeiro toque. Seu polegar acariciou os nós do topo de seus dedos e Nathaniel se inclinou e beijou as costas da mão dela. Ele levantou o olhar e trocou de lugar, sentando-se ao lado da moça. Isabelle o observou enquanto mantinha sua confortável posição envolta no xale.

Nathaniel se aproximou e envolveu suas costas com o braço, trouxe-a para bem perto dele e apoiou a mão ao lado da cabeça de Isabelle na parede lateral da carruagem. Aguardou para ver se ela ia tremer ou se retesar, mas ela apenas piscou e manteve os olhos nele, e só então ele soltou sua mão. O duque encostou o nariz na pele da jovem e apreciou seu cheiro. Ela não queria gostar do contato, muito menos se entregar, mas estava muito atraída por ele.

Enquanto a carruagem rodeava o parque, Nathaniel não parecia ter pressa alguma. Isabelle ficou um pouco nervosa; não pela situação em si, mas pela excitação de estar com ele num episódio extremamente perigoso para sua reputação. O duque já não sabia se havia escolhido encará-la ou se fora ela que o prendera com seu olhar calmo e provocante.

Estavam tão próximos que respiravam um sobre o outro. O balanço da carruagem estreitava o espaço entre seus corpos e os embalava naquela proximidade fatal. Isabelle sentiu os dedos dele passarem pelo pedaço exposto do seu braço e acariciarem seu pescoço. O peitoral rígido estava levemente pressionado contra ela; as camadas de roupa não impediam a sensação de proximidade. Ela se arrepiou e o olhar dele desceu para sua boca. O duque umedeceu os próprios lábios, e ela sentiu a mão dele do lado de sua cabeça.

Nathaniel roçou os lábios nos dela. Ela os entreabriu. Ele reagiu a essa permissão e sugou seu lábio inferior; o toque que deveria ser apenas uma provocação tornou-se úmido e atiçou o desejo deles. Isabelle não queria parar ainda e ele estava estimulado. Então ele completou a ação, beijando-a lentamente como se estivesse experimentando o sabor que ela tinha. Os dois pararam de repente, talvez chocados pela intensidade do desejo que tomou conta de ambos, fazendo a carruagem parecer menor. Mas ele queria mais. Ela temeu o que lhe permitiria se o deixasse cegá-la com um beijo completo.

— Só pago uma prenda por noite — disse ela.

Ele assentiu e afastou-se, ajeitou o colete enquanto ela recolocava a luva. Nenhum dos dois tinha palavras para dizer. Uns minutos depois, a carruagem parou em frente à residência dos Bradford. O cocheiro pediu permissão para abrir a porta. O duque respondeu que sim e o empregado puxou a escadinha.

— Foi um prazer, Lady Isabelle. — Nathaniel não tornou a beijar a mão de Isabelle, agora enluvada.

— Igualmente, Sua Graça. — Ela aceitou a mão do cocheiro e deixou a carruagem.

Quando Isabelle entrou, pôde escutar o som da carruagem partindo. Carregava um sorriso sutil no rosto. Estava a ponto de tocar os lábios com as pontas dos dedos quando percebeu que não estava sozinha.

— E então, sobrinha, o que conseguiu essa noite? — Dessa vez era Gregory que a estava aguardando no primeiro andar.

Isabelle soltou o ar com desânimo.

— Fiquei sozinha com o duque por tempo suficiente para dar andamento ao plano — informou ela a contragosto.

— E por acaso já deixou sua marca nele?

— Não sei que tipo de marca poderia deixar. Seria física? Talvez um ferro quente em seu lombo faça o trabalho. — Ela sabia que não deveria responder assim, mas era mais forte que ela. Sua língua se adiantava à razão.

— Sabe exatamente do que estou falando. Afinal, herdou esse maldito talento da sua mãe. A arte de desencaminhar homens.

Ela cerrou os punhos. Odiava quando incluíam sua mãe na história e, quando se irritava, Gregory gostava de mencionar o nome dela. Pelo jeito a rejeição do passado ainda doía.

— E nós dois sabemos muito bem que essa tal arte surtiu um efeito tremendo em você, tio. — Isabelle chegou perigosamente perto dele. — Afinal, ela não o escolheu e você já tinha cometido o maior erro de sua vida e se casado com aquela megera detestável só pelo dote.

Se havia algo que fazia Gregory perder a pose era falar do passado, da época em que ele e o irmão eram jovens e ele competia para mostrar que era tão bom quanto Allen, o mais velho e o herdeiro. Quando o irmão quis se casar com uma mulher vinda de uma família escocesa de baixa nobreza, a família deles rejeitou a ideia.

E Gregory ficou desesperado pela jovem que o irmão tanto queria. Mas então ele já cometera um enorme erro. No desespero de se mostrar mais maduro e conseguir independência, casou-se com uma prima distante sem realmente conhecê-la. A união com Genevieve só aconteceu porque ele, como segundo filho, não tinha perspectiva de chegar ao marquesado. E o lado distante da família de onde vinha Genevieve ficou tão impressionado com a possibilidade do casamento com um Bradford legítimo que propôs o dote.

De repente, Madeline entrou na vida deles. Jamais aceitaria ser amante de ninguém e, mesmo assim, estava apaixonada por Allen. O marquês foi contra todos e casou-se com a mulher que amava. Dessa relação nasceu Isabelle.

Gregory invejava o irmão e sua esposa. Genevieve sabia que o marido desejava a cunhada e não se interessava pela própria esposa. Então descontou sua frustração na filha de Madeline, que ficou à sua mercê. E para piorar, a filha de Allen lembrava muito a mãe. Assim era mais um dos dramas da história dos Bradford traçado em cima de fortes paixões, batalhas, erros e algumas traições.

— Não aja como uma rebelde ingrata.

— Atenha-se ao plano, tio. Eu faço a minha parte e você faz a sua. Estou fazendo o que quer, não estou? — respondeu ela, fugindo do conflito. Afinal, sempre terminava mal para ela. O pior para Isabelle eram as agressões e o orgulho ferido pela humilhação de passar por isso na própria casa.

Capítulo 8

Se há algo que falta à Lady Isabelle Bradford é modéstia, uma qualidade intrínseca a uma dama de boa índole. Seus admiradores acreditam que jovem tão encantadora não seria modesta nem se ficasse muda. E, assim, as debutantes esse ano estão copiando seu terrível comportamento e acham que é aceitável rir e provocar os rapazes. Um acinte! — Opinião de uma senhora preocupada, numa revista trimestral, na mesma página em que uma grande ilustração de Isabelle ocupava o topo de duas colunas.

Na semana seguinte, Isabelle quase não ficou em casa. Afinal, estava de castigo. Assim, manteve-se fiel à agenda social. Infelizmente, por precisar da companhia de Rowan para algumas escapadas e passeios no parque, reacendeu a esperança que o rapaz tinha de que ela o aceitasse. Ele era encantador, e ela queria poder gostar dele. Ele lhe roçou os lábios quando se despediu e Isabelle permitiu. Não queria magoá-lo. Mas precisava ficar na rua e não podia ser em bailes; não podia aparecer demais para não prejudicar sua imagem. Assim, foram a eventos menores e com menos convidados. O intuito dela, por mais humilhante que fosse, era participar das refeições.

Ninguém sabia que em casa ela estava restrita a mingau de aveia e leite. Precisava ir a festas, bailes, almoços, saraus... Tudo para se manter decentemente alimentada. A que ponto havia chegado! A filha de um marquês, uma legítima Bradford, tendo que se aproveitar de refeições livres enquanto trajava lindos vestidos e era perseguida por inúmeros pretendentes.

Ela também estava escondendo de seus tios o real andamento do plano. Se eles descobrissem em que pé andavam seus intentos maléficos, não teria mais paz. Não que tivesse alguma no momento. Mas eles haviam criado um monstro: Isabelle era tão boa enganando que eles caíam feito patos quando ela inventava seus encontros com o duque. Hayward era um homem escorregadio, ela dizia que era quase impossível avançar muito com ele, mas estava investindo.

Mentira, é óbvio.

Segundo informações que conseguiu arrancar de Pamela, a mãe achava que o filho estava dormindo com Marianne. Ela não disse com todas as letras, mas Isabelle entendeu. E, para corroborar, os tinha visto juntos havia uns cinco dias. Como sempre, estavam apenas lado a lado, o braço dela educadamente amparado pelo dele. Os fofoqueiros comentavam sobre a coragem de Marianne em persistir acompanhando o duque ou de sua possível esperança em conseguir que ele aceitasse se casar com ela, o que ninguém acreditava e era dito como forma de piada.

— Vou precisar de um momento para descansar, não se preocupe, nenhum deles virá me importunar — disse Isabelle a Rowan. Ela não aceitara dançar nem com ele, pois começaram a dizer novamente que ela o estava favorecendo.

Ele a deixou, sabendo ter sido dispensado. Queria conquistá-la, estava gostando dela. Porém, Isabelle só queria sua amizade; estava interessada em outro e presa a um plano. Mas sem a amizade dele ficaria sem uma companhia confiável. Rowan não podia protegê-la de tantos pretendentes, mas era um empecilho e não hesitava em se colocar entre ela e aqueles que passavam dos limites. Não podia confiar em nenhum daqueles homens; eles a comprometeriam e ela não queria ter de se casar com nenhum deles. Mesmo se tentasse, seus familiares não permitiriam, uma morte ia acontecer.

— Caçando?

Isabelle se sobressaltou ao escutar a voz de Nathaniel. Parecia vir da sua cabeça.

— E o que eu estaria caçando, Sua Graça?

— Pretendentes, creio eu. Nunca a vi caçando outros tipos de animais — respondeu o duque, aproximando-se e parando ao lado dela. — Aliás, a senhorita caça?

— Tem uma opinião um tanto mordaz sobre meus pretendentes. E eu adoraria caçar o jantar em algum dia, mas meus tios não permitem tal atividade.

— Não há nada de mordaz na realidade.

— Há, sim, na sua opinião. Afinal, o que mais pode levá-lo a ter tamanho desagrado sobre meus pobres e prestativos pretendentes. — Ela olhou por cima do ombro enquanto deixava o corredor da mansão londrina dos Richards.

— Os mesmos que você trata como se fossem seus animais de estimação. É disso que a senhorita gosta? Eles vão mordê-la, não tenha dúvidas.

Em geral, ele obtinha as informações que queria das formas mais escusas. Mas ficou intrigado com o modo como ela deixava que aquele séquito de homens a seguisse e com o jeito como recebia todos os mimos que eles lhe davam diariamente, ansiosos por um sorriso. Tamanha devoção o irritava. E ele sabia que ela já devia ter negado uns sete pedidos de casamento. Isso só causava mais tormento na vida dela.

— Acredito que passou tanto tempo desde a última conversa que esqueceu o pouco que sabe sobre mim — disse ela, cortante.

— Não creio que tenha sido tanto tempo assim.

— Pois penso que algo está turvando sua mente. Lembro bem que meu interesse pela sua companhia era simplesmente por não me oferecer nada além de uma conversa instigante.

— Sinto que isso não é mais de muita importância.

— Está investindo seu tempo em outros tipos de conversa dos quais sinto não poder participar — alfinetou ela ante o fato de ele ter sido visto na companhia da suposta amante. Chegou às portas do salão, respirou fundo para ter força para aguentar mais um pouco daquilo. — Se me der licença.

Nathaniel observou-a levantar a cabeça e adentrar o salão; a postura rígida, o olhar preso em um ponto qualquer e as mãos fechadas. Ele tinha certeza de que Isabelle sabia a dama que era. Possuía um talento estrondoso para isso, parecia que estava havia anos tendo de conviver com tamanho assédio. Foi rodeada assim que parou perto de uma janela.

E os fofoqueiros retomaram os cochichos com força redobrada liderados por Lady Berg, que havia virado a principal fonte de mexericos sobre Isabelle. Em contrapartida, a moralista Lady Holmwood, ferrenha defensora da modéstia na alta sociedade, iniciara um ataque direto à presença da jovem. Queria que ela deixasse de ser convidada; havia apelado até para desmoralizá-la nos jornais. Estranhamente, isso só vinha aumentando a popularidade da moça dentro e fora dos círculos sociais.

Ela podia ser popular o quanto quisesse, mas estava sempre à beira de causar um escândalo. Sua habilidade para andar sobre a linha tênue do apropriado era surpreendente. Por outro lado, recusar tantos pedidos de casamento era ruim.

Isabelle precisava ir embora antes que Lady Holmwood fosse pessoalmente expulsá-la com sua bengala. Sentia-se cansada e faminta, mas o bolo estava horrível, e o chá, insípido. Quase tão ruim quanto o que era oferecido no Almack's. O duque se aproximou e parou ao lado de Isabelle novamente. Ela olhou-o, mascarando sua surpresa. Ele havia entrado no salão e isso sempre deixava as pessoas apavoradas, como se ele fosse um fantasma. Então fora até ela e parara. Parecia a encenação de uma peça momentânea, todos assistiam.

— Peão para E3 — murmurou ele sem olhá-la.

Ela abriu um leve sorriso e virou o rosto:

— Peão para D4.

— Isso foi uma péssima jogada. Creio que chega por hoje.

Ela apenas ficou olhando-o, ainda pensando sobre o que fazer com o duque enquanto outra parte de sua mente pensava em como pôr o plano de sua família para andar, pois estava cansada de viver de castigo. Um dos seus vários pretendentes, Lorde Balthar, mostrou-se muito corajoso e indagou ao duque.

— Então Sua Graça foi incumbido pela duquesa de tomar conta de sua protegida! E aceitou? — indagou alto em tom de troça.

Os outros riam, achando mais graça da coragem de Balthar que da piada.

— Decidi por conta própria que Lady Isabelle está apresentando sinais de fadiga por ser constantemente perturbada por homens que não conseguem lidar com a rejeição — respondeu o duque.

Ela devia lhe fazer uma desfeita, mas era sua nova chance de ficar sozinha com ele. Preferia mil vezes alfinetá-lo por seu comportamento que continuar ali.

— Fico agradecida por sua preocupação, Sua Graça. Creio que irei me retirar. Preciso descansar ou murcharei feito uma flor — declarou ela.

Essa última parte não foi para o duque, mas para seus admiradores, que precisavam ter seus egos reassegurados depois do insulto. Prontamente todos trataram de dizer que a beleza dela jamais murcharia e recomendaram descanso. Esforçando-se para não revirar os olhos, Nathaniel acompanhou-a até a saída, deixando os sensíveis pretendentes para trás.

— O senhor é terrivelmente desagradável. Eles são como moscas de frutas — reagiu antes de rumar para a carruagem que nem a aguardava.

Pela expressão de pouco caso dele, dava para concluir o que pensava a respeito.

— Sinto informá-la, mas seu primo saiu com uma dama. Creio que não retornará para buscá-la.

— Maldito! — disse ela. Se o duque não estivesse lá, como ela faria para voltar para casa em segurança? Chamaria um coche na frente da casa?

— Espero que não seja seu novo tratamento para mim — observou ele, divertindo-se.

Ela precisava extravasar de alguma forma e Nathaniel não era do tipo que se escandalizava.

— Meu primo... — murmurou, chateada.

— A senhorita está com fome? — indagou ele subitamente.

Ela virou o rosto lentamente, imaginando se era possível que o maldito duque tivesse mesmo algum poder sobrenatural. Como ele poderia saber? Ou, pior, será que ele sabia? Esperava muito que não ou sua humilhação alcançaria um pico jamais imaginado por ela.

— O bolo estava particularmente seco — confessou sem querer se comprometer.

— Já se aventurou para outros lados da cidade além dos bailes, teatros e lojas apropriadas?

— Não exatamente.

— Seus tios não permitem?

— Exatamente. Sou um tanto limitada nesse quesito.

— Está com fome? — Tornou ele a perguntar, incisivo.

Ela umedeceu os lábios e optou por arriscar:

— Sim.

— Ótimo. Conheço um local.

— Também está com fome?

— Faminto.

Ele se recusava até a experimentar o bolo. Já havia comido coisas muito piores quando estava se passando por outra pessoa em uma de suas antigas missões. Mas em sua vida como duque havia certos limites que se recusava a ultrapassar. Comer mal era um deles.

Isabelle sentia que devia ter feito mais perguntas antes de entrar na carruagem. *Conheço um local* não era de forma alguma uma explicação suficiente para levar uma dama. No entanto, lá estava ela, seguindo para um local desconhecido na companhia do homem que diziam ser um assassino.

— Quantas noivas já teve? — indagou ela, subitamente.

A pergunta foi tão inesperada quanto a que ele fez ao perguntar se ela sentia fome. Nathaniel só franziu de leve as sobrancelhas e respondeu:

— Uma.

Então as pessoas estavam insinuando que ele matou suas amantes também? Mas como elas poderiam saber? O noivado foi público, mas ninguém sabia com quem o duque se deitava. Nathaniel manteve os olhos nela como se esperasse que o assunto incômodo fosse se desenvolver, mas Isabelle seguiu outro caminho.

— Não precisava se incomodar em me levar. Poderia ter ficado no baile com...

— Não poderia, não gosto de bailes — interrompeu ele.

— Não está esquecendo nada lá? — sugeriu Isabelle.

— Se está se referindo à Lady Marianne, ela tem sua própria carruagem e não viemos juntos.

— Acompanhantes costumam chegar juntos. — Ela ainda usava seu tom petulante, também teria uma carruagem ao seu dispor se seus familiares não cortassem tudo que pudesse lhe dar independência como se ela fosse fugir da cidade.

— Deve ter notado que não faço as coisas exatamente como devem ser feitas — arrematou o duque, pendendo um pouco a cabeça para ajudar na leve sugestão que fez para lembrá-la desse fato.

— Faz tempo que notei, Sua Graça. Mas creio ainda não ter entendido o que o levou ao baile se foi sozinho.

— A senhorita — respondeu com simplicidade. — Sua impertinência me diverte.

— Então peça para as suas companhias serem impertinentes. Duvido que saibam o quanto o senhor pode relevar, já que tem a fama de ser implacável em suas respostas.

— Quem está sendo mordaz agora?

— Então, Sua Graça, por que veio? — Partiu para o jogo direto. Com o duque era sempre bom colocar as cartas na mesa.

— Creio, Lady Isabelle, que ainda estou com essa ideia fixa de possuí-la. Ideia essa que ocorreu a todos os homens que conhece. Mas, apesar disso, não consegui me furtar de tirá-la do meio dos abutres quando parecia tão fatigada. Além disso, também preciso manter o mínimo de vida social. — Nathaniel explicou mais que o seu habitual, mas ela não podia se ver naquele salão e ninguém mais à sua volta parecia enxergá-la além da máscara que usava o tempo todo.

Isabelle achou a alegação maravilhosa. Gostava de vê-lo confessar ter interesse nela. Pensou se devia fingir ao menos estar um pouco insultada com tão descarada declaração. Optou por se manter firme no jogo e partir para derrubar mais um dos cavalos dele. Se ele a desejava, ela ia arrumar uma forma de usar isso ao seu favor. Mesmo que tivesse de arrancar uma jogada ilegal dele.

— E me trouxe direto para a toca da onça? Acho que estou me arriscando demais em sua companhia — rebateu ela, mais uma vez usando aquele tom que o divertia.

— Não poderia estar mais segura que comigo — declarou ele.

— Em que sentido, Sua Graça?

— Todos. Atração não é algo que me domina. Vai ter sua noite de descanso.

— Se quer me dar uma noite de descanso, acho melhor saber que não deve me levar para minha casa. Se for assim, prefiro voltar para o baile e ser importunada e hostilizada até altas horas.

O duque fixou o olhar nela, imaginando se ela sabia o quanto estava revelando. Ele já havia notado que ela vivia sob pressão, só não imaginava o tipo de imposição que passava dentro de casa. Tampouco sabia que a jovem tinha uma missão, que estava ali para conquistá-lo. Nada diferente de ser um solteiro naqueles salões, mas os motivos dela eram mais errados que os habituais.

Na mente do duque, simplesmente não podia acontecer. E Isabelle estava fazendo tudo errado no plano de vingança de sua família, porque se sentia tão atraída quanto ele. Precisava arranjar um jeito de se ater ao plano, pois caso desse errado sofreria as consequências.

— Deixe esse xale sofisticado aqui na carruagem — disse o duque assim que o veículo parou.

— Onde estamos?

— Muito longe da sua zona de conforto.
— E como isso poderia ser um local dentro da *sua* zona de conforto?
— Eu não tenho limites. Londres é muito maior que parece. — Ele lhe ofereceu sua casaca. — Coloque isso por cima do vestido e mantenha fechado.

Ainda bem que era um baile mais "simples" e ela não estava trajando suas roupas mais refinadas. Também não usava joias caras, mas Nathaniel tirou os dois enfeites do cabelo dela e os colocou no bolso. Podia não chamar atenção no meio deles, mas, ali, enfeites como aqueles seriam um enorme chamariz.

— Tire as luvas. Não vai querer andar por aqui com pelica até os cotovelos.
— O que mais espera que eu retire, Sua Graça? — indagou ela após deixar as luvas dobradas sobre o banco.
— Esse seu sorrisinho petulante. E os brincos. Parecem caros.

O sorriso dela se abriu ainda mais enquanto retirava as pequenas joias.
— Acho que não poderei contar nada sobre isso.
— Para o seu bem. De mim, já pensam o pior.

Ele corroborou a afirmação ao retirar o lenço na frente dela, depois tirou seu colete enfeitado e tornou a vestir o paletó, mas colocando as abotoaduras nos bolsos. Não era a primeira vez que Isabelle via um homem sem a vestimenta completa; já vira o tio usando apenas a camisa. E George, um despudorado, já aparecera em casa bêbado e em trajes ainda menores. Mas nunca vira um homem em quem tinha interesse tirando a roupa na sua frente. Foi um pouco demais para a imaginação dela.

Era um disfarce parco, pois qualquer um que olhasse para eles saberia que não eram daquelas bandas da cidade. Usavam roupas boas demais, os modos não condiziam e o refinamento era tão enraizado quanto os privilégios. Nathaniel a ajudou a descer. Isabelle olhou em volta e o local parecia mais escuro que as ruas que frequentava. Não sabia onde estava, mas percebeu que a carruagem havia seguido para noroeste. Salvo engano, estavam do outro lado da Oxford Street, um lugar muito além de onde deveriam ir, especialmente nesse horário.

— Não se importe com nada que escutar — disse ele, enquanto a levava pela mão.

Estavam em Bloomsbury, numa ruazinha perto de uma praça. Mas nenhum dos dois conseguia enxergar tão longe devido à iluminação precária. Mesmo assim, Isabelle escutava portas batendo e pessoas falando.

— E o que escutarei?

— Tudo que uma dama não devia.

Logo ela se viu diante de duas entradas iluminadas. Era dali que vinham os sons, pessoas entrando e saindo. Pelas roupas, Isabelle diria que eram trabalhadores de diversas áreas; alguns mais bem trajados com tecidos de qualidade mediana e resistente, outros bastante surrados, segurando chapéus gastos que eram tirados ao entrar.

— Sei responder à altura e ando com uma faca — alegou ela. — Nunca estive em um local como esse na cidade, mas já vi algo similar na vila. Não se preocupe, não me escandalizo facilmente.

— O guisado vale o escândalo — declarou ele, abrindo um sorriso genuíno.

A surpresa dela aumentou ao entrarem. Nathaniel a levava junto a ele, com o braço passando por trás de seus ombros. Ele a guiou para a mesa mais afastada que conseguiu. Havia bastante gente lá dentro e o interior cheirava a fumaça e comida. O mais interessante para ela foi ver pessoas de outras etnias, como negros e mestiços, ocupando algumas mesas, algo que ainda não seria facilmente encontrado em eventos da aristocracia.

— Vem até aqui só para comer guisado? — Ela parecia descrente.

Ele achou graça da expressão dela e sentou ao seu lado para que ficasse mais protegida no canto. Ele não era o único homem a ir ali trajando uma vestimenta melhor, mas uma mulher? Mesmo com a grande casaca, era difícil disfarçar um vestido de baile daquela qualidade. Mulheres na posição social de Isabelle nem passavam em frente a um local desse e nesse horário, a menos que suas carruagens estivessem perdidas.

Em geral, cavalheiros na posição dele também não, mas todos sabiam como os homens gostavam de se aventurar em locais diferentes, principalmente em seus anos rebeldes; coisa que damas eram proibidas de fazer. Nathaniel sabia de ótimos locais como esse porque para ele não havia barreiras sociais em Londres. Ele já passara por todas as esferas, vivera muitas vidas de mentira em seus disfarces como espião.

— Dois guisados completos e dois copos de cerveja da verdadeira. — Ele botou as moedas na mesa.

A jovem pegou as moedas com tamanha rapidez que Isabelle nem conseguiu contá-las. Além disso estava ocupada olhando as pessoas ali dentro. Em sua maioria eram homens e, para assombro dela, havia algumas mulheres desacompanhadas que estavam em serviço.

— Com que frequência come guisados pela cidade?

— Depende do meu humor.

Ela não sabia o que esperar, mas a jovem voltou com pratos fundos de aço coberto de estanho. A colher parecia ser do mesmo material e foi o único talher oferecido. Mesmo com a falência dos Bradford, Isabelle nunca comera em algo tão rústico. Ela olhou o que Nathaniel ia fazer; ele pegou a colher, mergulhou no guisado e simplesmente comeu.

O cheiro era tentador e a essa altura ela estava faminta. Então comeu também; um ensopado denso que ela nem se atreveria a perguntar exatamente como era feito. Mas os pedaços de vegetais já tinham cozinhado tanto ali dentro que se desfaziam ao serem postos na boca. Ela não conseguia identificar o que eram aqueles pedaços de carne, mas eram gostosos e macios.

— Você tem dois chefs de cozinha, como acabou aqui? — sussurrou ela, inclinando-se um pouco para perto dele.

— Não está do seu agrado?

— Não! — Ela até puxou seu prato para mais longe dele, como se temesse que ele fosse tomá-lo.

Nathaniel riu enquanto a observava comer uma grande colherada.

— Já pensou em pedir a eles para fazer um guisado?

— Jamais teria o mesmo sabor. Depois de comer um original, cozido por horas em caldeirões como esse, os outros perdem a graça. — Ele empurrou para ela um dos copos de cerveja.

Dessa vez ela franziu o cenho enquanto olhava o interior dos pequenos copos. Já havia bebido muitas coisas, de vinho da melhor qualidade a diversos tipos de ponche de frutas com até flores na mistura. Em casa, durante seus castigos, era obrigada a beber leite e a pior cidra, mas nunca lhe ofereceram cerveja.

— Tome um bom gole, faz parte da experiência.

— Cerveja? — Isabelle não parecia convencida.

— Ninguém vai acreditar se disser que bebeu.

Ela já estava no meio do prato de guisado não identificado. Então que diferença faria? Pegou o copo e bebeu um gole. Seus sentimentos foram conflituosos, não sabia se apreciava o gosto forte, mas não de todo ruim.

— Interessante, é isso que dão às pessoas para que parem de se embebedar tão facilmente?

— Precisamente — assentiu ele. — E tem funcionado.

Ela voltou ao guisado, ainda com bastante apetite. Tinham certa privacidade no canto que Nathaniel escolheu. Não era a primeira vez dele ali, porém quando vinha costumava se vestir de acordo. Também nunca havia trazido uma companhia feminina, muito menos direto de um baile da aristocracia. Mas não notou ninguém observando-os insistentemente.

— Você quer mais?

Isabelle ficou olhando para ele, dividida entre o desejo e o adequado. Não ficava bem uma dama repetir, ainda mais um grande prato de guisado não identificado. Nathaniel sabia disso, e por isso mantinha aquela expressão de galhofa, esperando a decisão dela.

— Um prato não tão cheio. Não gosto de desperdiçar comida.

Ele sorriu, pediu mais dois. Disse para não deixar transbordar.

— Tem certeza de que ninguém aqui o conhece?

— Não se preocupe, ninguém poderá atestar esse pequeno desvio de percurso.

— Por que está tão contente com essa situação? Nunca me pareceu tão satisfeito.

— É porque costuma me encontrar em bailes e outros tipos de evento.

— Está me dizendo que fora desses locais é uma pessoa afável e sociável?

— Não vamos exagerar — gracejou ele.

Ela riu. Dois pratos novos chegaram e Isabelle podia jurar que aquela carne não era igual à anterior. E dessa vez parecia só haver cenouras acompanhando.

— Quantos tipos de guisado servem aqui?

— Ninguém sabe. A pessoa chega, solicita um prato e come do jeito que vier. Se der uns centavos a mais, pode conseguir algo mais caprichado. Dei uma boa gorjeta, aprecie — ele corroborou ao comer uma boa colherada.

— Com quais tipos de pessoa o senhor anda para degustar algo assim?

Nathaniel riu. Provavelmente *ele* era o tipo estranho de pessoa com quem os outros andavam e começavam a ter hábitos incomuns.

— Não conte a ninguém, não quero ter de encontrar com aquelas pessoas quando tudo que desejo é encher a barriga com o melhor guisado de Londres.

— Já provou muitos?

— Em diferentes pontos da cidade, mas não recomendo.

Dessa vez ela riu do tom dele e se concentrou em limpar seu prato sem fazer barulho, raspando a colher. Era uma tarefa inglória.

— Ninguém vai escutar — observou ele.

— Eu vou. — Ela largou a colher, dando-se por vencida após o último pedaço de cenoura. — Agradeço o jantar, Sua Graça. Uma verdadeira iguaria.

Nathaniel não conseguiu não rir do sarcasmo dela. E isso porque Isabelle comeu dois pratos do guisado. Ele manteve o rosto virado para ela enquanto se apoiava na mesa e disse:

— Se vai me tratar formalmente enquanto estamos aqui, sussurre, por favor — pediu ele, já murmurando, tentado a não se deixar seduzir por aquela voz dela.

Isabelle também se apoiou na mesa e se inclinou um pouco mais em sua direção, mantendo o olhar em seu rosto. Nathaniel se esforçou para manter a concentração no azul escuro dos olhos dela:

— Sua Graça... — sussurrou ela e pausou, segurando a atenção dele antes de dizer: — Apreciarei sua discrição.

— Acha mesmo que eu perderia a oportunidade de dizer que levei Lady Isabelle, uma das damas mais famosas que já passou por aqueles salões, para um pub no lado obscuro da cidade? E que comemos guisado e eu posso afirmar que ela experimentou a cerveja consumida pelos trabalhadores das fábricas?

Ela apenas estreitou o olhar para ele.

— Eu perderia toda a minha credibilidade. Quem acreditaria nisso? — Ele finalmente quebrou a proximidade entre os dois, tirou mais uma moeda do bolso e jogou sobre a mesa. — Vamos.

— Pensariam que está tendo fantasias estranhas comigo — observou ela.

E quem não estava?

— Se eu tivesse o talento para fantasias, nós certamente estaríamos sozinhos e não num lugar como esse.

— Sozinhos como já ficamos na sua carruagem? — provocou, assim que deixaram o local.

— Não vou lhe contar minhas supostas fantasias.

— Achei que estávamos desenvolvendo um tipo de amizade. — Ela forçou um tom de insulto cômico.

— Não estamos.

— Mas agora temos um segredo. — Ela levantou uma das sobrancelhas, mantendo um sorriso de lado, sendo encantadoramente insolente.

— E duvido que seja o último.

Ela se virou abruptamente antes de entrar na carruagem.

— Por quê? Aonde mais iremos?

— Para sua casa, onde a deixarei para descansar e não murchar como uma flor — alfinetou ele, lembrando o que ela havia dito aos pretendentes.

A carruagem seguiu de volta para o sudeste da cidade. Isabelle tirou a casaca dele e tornou a se enrolar no xale. O duque não se preocupou com as peças que tirou. Quando pararam em frente à casa, o cocheiro aguardou para ajudá-la a descer.

— Obrigada por ser um novo amigo tão detestável, Sua Graça. Mas o guisado é realmente bom.

— Não somos amigos, Bradford.

Ela riu com puro deboche e deixou o veículo.

Capítulo 9

Querido Duque,

Estou lhe enviando um bilhete pessoal, pois preciso que devolva meus dois enfeites de cabelo. Tenho um evento para ir e só eles combinam. Em tempo: Cavalo para C6.

Atenciosamente,
Isabelle Bradford

O evento passou, pois ele só respondeu o bilhete na tarde do dia seguinte.

Querida Lady Isabelle,

Desculpe-me, tive de me ausentar. Procurarei seus enfeites.
Não seja cautelosa comigo: Cavalo para D4.

Atenciosamente,
Hayward

Prezado Duque,

Como assim o senhor procurará? Aonde pode ter ido usando aquele paletó para os enfeites caírem em local desconhecido? Tomo a liberdade de sugerir que seu valete deve tê-los guardado.
Cautela é minha estratégia atual: Peão para G6.

Isabelle Bradford

Sem tempo hábil, Nathaniel deixou o Parlamento e mandou a carruagem parar na Rundell & Bridge. Certamente encontraria algo que agradasse a Isabelle na joalheria preferida da realeza.

Querida Lady Isabelle.

Perdoe-me. Por favor, aceite uma substituição. Sinto muito pelo incômodo. Bispo para C3.

Atenciosamente,
Hayward

— De tudo que eu esperei daquele maldito duque, nunca imaginei que iria desaparecer com meus enfeites! — reclamou Isabelle, enquanto se sentava para Flore terminar seu penteado.

— Mas esses são tão bonitos. Não entendo tanto de joias, mas parecem valiosos — opinou Flore, enquanto retirava da caixa os delicados enfeites de pérolas que ele enviou para ela usar no lugar dos dois que ele havia retirado de seu cabelo da última vez que se encontraram.

***

Na semana seguinte, Isabelle pôde voltar a comer. Não que fosse uma boa notícia; tinham perdido o cozinheiro principal, e a comida da casa caíra de qualidade. Só o jantar era quente; durante o dia não havia nada diferente de sopa, pães, queijo e fatias da carne disponível. E ela estava com horror a mingau e leite.

Para seu desagrado, Genevieve se mostrava cada vez mais insuportável e frustrada. O plano deles não estava indo como deveria. Na opinião da mulher, a essa altura Isabelle já deveria ter levado o duque para a cama. A mulher parecia ignorar o fato de que, apesar de sua faceta provocante, Isabelle nunca se deitara com alguém. Seus flertes eram inadequados para as regras rígidas dos salões, mas faziam parte do personagem.

Além disso, dormindo com o duque, o máximo que conseguiria seria uma oferta para se tornar sua amante. A tia não fazia a menor ideia de como se portar. Queria jogar, mas ignorava as regras do jogo. Parecia uma camponesa metida a entendida que nunca precisou enfrentar a cruel roda da alta sociedade. Teve um casamento arranjado com Gregory, que não era uma figura lá muito popular. Agora, queria passar como grande conhecedora do mundo e dos homens.

— Estou lhe dizendo, Gregory, essa garota está nos enganando. Ela é burra, não vai conseguir iudibriar o duque.

— Tenha paciência. Estou farto de suas lamúrias. Você pensou que íamos capturar o maior peixe do mar com uma jogada de isca? Dê tempo ao tempo.

— Como dar tempo ao tempo se estamos descapitalizados? Até George está numa época de vacas magras!

— E você não ajuda em nada. De nós quatro é a única que não arranja um galeão furado — respondeu já sem paciência.

— Seu bastardo! Eu maquinei a maior parte de nossos planos! Sou eu que mantenho aquela maldita garota no cabresto!

— Se seguíssemos tudo que você diz, minha sobrinha já haveria virado uma prostituta e não teria mais valor na sociedade. E de mais a mais, na pior hipótese, ela sempre terá opções. Se não fisgarmos o duque, existem inúmeros homens ricos correndo atrás dela. De mãos abanando não sairemos.

— Caso se case com qualquer outro que não seja o duque, ela nos virará as costas e os Bradford sairão como perdedores. Receberemos uma miséria e ficaremos sem moeda para barganhar. Não! Se ela falhar com o duque, vai ter que se vender. E vai nos render dinheiro por muito tempo.

Gregory revirou os olhos. Não adiantava discutir com a esposa sobre Isabelle. Ele jamais deixaria a sobrinha, uma legítima Bradford, se tornar uma mera cortesã, não importava o quanto fosse custar. Se o plano original desse errado, ele lhe diria para escolher algum idiota muito rico e apaixonado que faria todas as vontades dela e ignoraria o dinheiro que ela desviasse.

Mas Genevieve não tinha a *finesse* para entender esses pormenores.

É óbvio que ele adoraria sair vencedor da rixa com os Hayward, que sempre prejudicaram sua família. Anos atrás, descobriu que uma de suas dívidas foi vendida ao falecido duque de Hayward. Ele lhe deu uma extensão, mas não deixou de cobrar. Os Hayward eram assim, implacáveis; se deviam ou erravam, tinham de pagar. Até nos problemas alheios gostavam de interferir, sempre se achando donos da situação. Não havia como não odiá-los.

— Enquanto isso, você poderia colaborar com alguma renda — sugeriu ele.

— O que espera que eu faça? Venda meu corpo? — Genevieve colocou as mãos na cintura.

Gregory lhe lançou um olhar que percorreu seu corpo rapidamente, do tipo que um marido não deveria dar à esposa. Não havia desejo na forma como a olhava. De fato, ele parecia tudo, menos interessado.

— Assim continuaríamos sem um vintém. Pense em outra solução — respondeu, despreocupado com o tamanho do insulto que acabara de soltar.

— Seu miserável imundo! — reagiu Genevieve, revoltada pelo descaso do marido. — Pensa que não sei que você ainda quer a mulher do seu irmão?

— Não seja desagradável, Genevieve. Meu irmão está morto. Tenha algum respeito. Você não teria um título se ele ainda estivesse aqui.

A atual marquesa sabia que não era a mais bela do recinto, mas se achava uma mulher saudável e apresentável que muitos homens tomariam como esposa. Podiam lhe faltar charme e elegância, mas o problema não era sua aparência, e sim sua natureza. Era uma criatura mesquinha e amarga.

— Mas a mulher não morreu. Enquanto ela viver, você vai desejá-la. Ainda sou obrigada a conviver com a filha dela — disse ela, cheia de desprezo na voz.

Isabelle voltou um passo, escondendo-se no corredor, mas eles não disseram mais nada. Fazia tempo que ela sabia sobre a antiga cobiça do seu tio pela sua mãe. O estranho era Genevieve vir a saber e o marido nem se esforçar para negar. Era visível o motivo para a parte da família relacionada à atual marquesa continuar a destratar sua mãe.

Enquanto isso, desde que recebeu o título, Genevieve disse a todos que Madeline estava perturbada pela perda do marido. E que assim não era capaz de cuidar ou acompanhar a filha. Nessa temporada de apresentação de Isabelle, Genevieve fez questão de comentar, em todos os eventos que foi, o tormento da família pela marquesa viúva estar louca.

***

Na manhã seguinte, Isabelle recebeu uma carta da duquesa. Quando chegou à sala, já estava aberta e todos haviam lido. Genevieve chegou brandindo a missiva, avisando-a de que teria de ir, que talvez o duque estivesse presente e que era bom usar algo que chamasse a atenção dele. Isabelle teve vontade de perguntar se uma fantasia circense serviria, mas engoliu em seco e lutou para conseguir pegar a carta, quase tendo que entrar em luta física com a tia.

— Parem com isso! Genevieve, faça o favor de deixar a garota ler o convite!

Genevieve chegou a rosnar para o marido; ela não admitia que ele tomasse qualquer ação a favor de Isabelle. E ultimamente ele estava sempre botando panos quentes e diminuindo seus castigos. Tinha vontade de matar os dois. Sabia que ele estava favorecendo a sobrinha só por ser filha de quem era.

Para o azar de Isabelle, o duque só comparecera ao baile em homenagem ao aniversário de Lady Rossler, amiga da duquesa, no final. E acompanhando Lady Marianne. Fez Isabelle imaginar que ele esteve esse tempo todo na companhia dela. Como não se viam havia dias, não sabia por onde ele andava.

Toda vez que a encontrava, o duque lhe lançava aquele olhar de suspeita, como se ela fosse uma garota travessa e ele soubesse que ela estava sempre tramando algo ou pelo fato de eles esconderem que andaram cometendo coisas totalmente inapropriadas. Ele parecia nem fazer caso, mas ela ainda lembrava que o deixara beijá-la. Vivia numa mistura de arrependimento e cobiça.

— Uma pena que tenha sido obrigado a chegar tão tarde, querido. Foi uma homenagem linda a Lady Rossler — disse a duquesa, sutilmente alfinetando o fato de que ele só chegara tarde porque Marianne lhe pediu para acompanhá-la a outra festa que precisava ir.

Marianne nunca entendia as alfinetadas da duquesa, mas já notara que não podia considerá-la uma aliada. E seu plano também havia mudado ao longo das últimas semanas. A situação com o duque continuava a mesma, livre e independente demais para o gosto dela. Em suas outras experiências, era ela quem afastava seus amantes, pois não queria vínculo emocional e havia se acostumado com esse poder. Não gostava do fato de dessa vez esse poder estar nas mãos dele.

Havia também aquela jovem de olhar astuto que causava tumulto aonde ia. Já a encontrara com Nathaniel sem que fosse um pedido da mãe dele. Notara que eles trocavam olhares, não como dois sedutores, mas como se estivessem em um jogo em que só os dois sabiam as regras.

Na sociedade em que viviam, era mais fácil trair uma esposa que uma amante. Marianne não queria competição. Foi por isso que preferiu não se casar de novo, o que não significava que não tinha liberdade para mudar de ideia.

— Jantamos? — convidou o duque. Havia inúmeros quitutes para as pessoas, mas ele prometera a Andrew que os acompanharia num jantar fora, prática nova à qual a aristocracia inglesa ainda não se rendera. A classe trabalhadora poderia rir deles enquanto comiam seus peixes, ostras e guisados fora de casa.

O convite dele foi para todos. Mesmo assim, Pamela virou-se para Isabelle.

— Viria conosco, querida? Eu explicaria seu atraso ao seu tio.

— Não posso, Sua Graça. Já prometi o jantar para outra companhia. Ficarei feliz em acompanhá-los outro dia — disse na sua mais perfeita negação sutil de uma dama treinada. Sempre oferecendo uma compensação.

O duque estreitou os olhos e a duquesa se surpreendeu.

— Outras pessoas? — indagou Pamela. Como ela era sua protegida, se achava no direito de saber com quem a moça ia jantar.

— Sim, a família do marquês de Renzelmere — explicou Isabelle.

Por essa ninguém esperava.

Isabelle sabia que era novidade. Até os fofoqueiros mais atualizados iam cair de suas cadeiras quando soubessem da última que ela estava aprontando. Dessa vez a jogada dela foi tão boa que a saliva que o duque estava engolindo parou na garganta. E a duquesa arregalou os grandes olhos claros. Marianne não sabia se ficava contente ou desgostosa. Era só o que faltava, essa garota despudorada capturar justamente o marquês de Renzelmere. E os outros achando que ele estava apaixonado pela cantora de ópera. Marianne não sabia o que era pior: ambas só trariam dor de cabeça.

De fato, Isabelle sabia da paixão dele por outra. Mas ele também estava com o coração partido e ela nunca flertara com ele. Mas não era nada disso que todos iam ver quando ela sentasse com a família dele. Não importava o que acontecesse naquela mesa; mesmo que as toalhas pegassem fogo, todos só iam ver o fato de que ela, no final daquela temporada, passaria a ser chamada de marquesa de Renzelmere. Isabelle ia partir alguns corações essa noite. Mas quase engasgar o duque valia o preço de uma sala inteira de pretendentes de coração partido.

Ela nem se atreveu a olhá-lo, mas se o tivesse feito veria que sua expressão estava fria como gelo, e seu maxilar, tão tenso que parecia de pedra.

— Sendo assim, querida, tenha um ótimo jantar. Será algo público? — perguntou a duquesa, na esperança de arrancar mais informações.

— O marquês disse que era um jantar surpresa — declarou Isabelle, terminando de enfeitar a torta.

Ela mentia como respirava.
   Nathaniel podia ter soltado inúmeros comentários irônicos e alfinetadas sobre a súbita mudança de rumo da atenção do marquês. Mas era um daqueles momentos em que ele sabia ser melhor manter a boca fechada para que suas palavras não saíssem contaminadas por suas emoções.

Capítulo 10

Como nenhum plano é bom o suficiente sem um estudo de caso, Isabelle sabia para onde iria e dessa vez ela estava jogando. Seus tios, com seus métodos agressivos, não eram capazes de armar nada tão sutil. Mas ela estava atualizada sobre a situação. E sabia que só havia um lugar aonde nobres de alta estirpe e que gostavam de um pouco de privacidade podiam ir jantar: o salão do Rotendorf, que atualmente era também um hotel respeitável. Assim como as confeitarias reinavam durante o dia, talvez estivesse chegando o dia em que os ingleses descobrissem a arte de jantar fora.

Algo que no continente já aceitavam melhor. Na Inglaterra, havia certa resistência de a nobreza deixar seus chefs particulares e salas de jantar. Numa guerra de aceitação ao novo, a aristocracia inglesa jamais venceria.

Apesar disso, se algum lugar foi frequentado pelos avós das pessoas que estavam comendo ali, foi o Rotendorf, que começou como um clube e ainda exigia reserva prévia que podia ser aceita ou não. A casa só abria para o jantar em alguns dias da semana.

A discrição era só ilusão; não havia burburinho, e os clientes importantes eram tratados como verdadeiros reis. Mesmo assim, os fofoqueiros tinham lugar cativo; instalavam-se em mesas perto das janelas onde os membros mais ilustres nunca se sentavam e dali tomavam conta de tudo. Era incrível como os mexeriqueiros de plantão sempre conseguiam um lugar, assim como jamais faltaria uma mesa para alguém como o duque.

Os Hayward chegaram às nove e meia e ocuparam uma das melhores mesas, localizada nos fundos do salão com vista para o famoso jardim com a encantadora fonte que jorrava jatinhos constantes e apresentava uma estátua de golfinhos. Havia três mesas naquele lado do salão.

Às nove e quarenta em ponto, o marquês de Renzelmere chegou acompanhado da mãe, das duas irmãs, do cunhado, de Lady Isabelle e sua acompanhante. Ocuparam a maior mesa do canto privilegiado. O duque, sua família de duas pessoas e Marianne como convidada ocupavam a mesa mais próxima à janela.

A outra mesa foi ocupada pelos Dutenburgh, família do jovem Robert, que aparentemente estava cortejando Anna, a irmã mais nova de Renzelmere. Diziam que o rapaz terminara um noivado por ter se apaixonado por ela. Mesmo sem saber tudo que havia por baixo dos panos, para os fofoqueiros estava montado o cenário da noite. Teriam notícias de dois casos fortíssimos da temporada.

Surpreendendo a todos e deixando seus pretendentes sem chão, Isabelle saiu para jantar com a família de um homem que nunca esteve nos círculos daqueles que a cortejavam. Não se levava uma donzela casadoura e ainda por cima famosa para jantar com sua família se não tivesse notáveis intenções em relação a ela.

— Meu filho subitamente ficou de mau humor e agora não quer mais nos contar sobre as coisas que fica sabendo nos clubes. Eu deveria ser informada sobre as intenções do marquês; afinal, Isabelle é minha protegida — reclamava a duquesa, sem nem imaginar o motivo de o filho ter resolvido se concentrar na comida.

— Não sei muito sobre os rumores da sociedade, mas, da última vez que a ouvi comentando, o marquês ia se casar com uma cantora, e Lady Isabelle tinha um séquito de pretendentes atrás dela. Subitamente a cantora e os pretendentes são jogados para fora do tabuleiro. E não vá me dizer que foi puramente por intermédio do marquês — disse Andrew, mais informado que parecia.

— Não posso ser útil para você nesse assunto, mãe. Da última vez que cheguei, Renzelmere estava indo pedir a mão da cantora.

Marianne ficou olhando para o duque e resolveu não opinar nessa questão ou ela acabaria fazendo um comentário muito maldoso sobre a protegida da duquesa e não precisava de mais essa para Pamela antipatizar com ela.

— Mas isso é praticamente um escândalo! — disse Pamela, preocupada.

— Não consigo imaginar como Isabelle roubou o marquês da cantora. Afinal, alguém sabe o nome da moça? É deselegante chamá-la apenas por sua profissão.

Se ninguém por ali soubesse, era só perguntar à moça em questão, pois, cinco minutos depois que a entrada foi servida na mesa do marquês, Lira, a talentosa cantora, chegou acompanhando Lorde Dillon, que estava com o cunhado e a irmã.

O Rotendorf era um lugar aonde eram levados a família e os futuros membros dela, mas amigos — que muitas vezes eram amantes — também podiam ser vistos compartilhando uma refeição. O lugar não escapava dos ocasionais escândalos de casos extraconjugais nem de aristocratas solteiros desfilando com cortesãs. Naquela noite a combinação não podia ser melhor. Agora os fofoqueiros estavam tão ávidos que até se engasgavam com o vinho.

Dillon e os familiares se sentaram a uma mesa muito próxima à do duque. Infelizmente, o marquês estava numa posição em que ficava de frente para Lira. Eles trocaram olhares carregados de antagonismo; a última discussão que tiveram os levou à separação.

Eles estavam com seus corações partidos. Ambos pensando que seus sentimentos haviam sido tratados com leviandade. E já não era uma relação fácil, mundos e classes diferentes, mas, mesmo assim, Neil esteve o tempo todo provando que nada disso importava e transformaria uma cantora de ópera na marquesa de Renzelmere. Lira não acreditava nele nem na possibilidade de isso dar certo.

— Agora, isso sim é um escândalo — disse a duquesa depois que a cantora se instalou com Dillon.

Nathaniel não conseguia acreditar que acabara no meio dessa situação que estava a ponto de se tornar um desastre. Quando foi que ele deixou os dramas de espionagem para envolver-se em tramas e fofocas amorosas da sociedade? Preferia voltar para os bastidores da guerra.

Ele estreitou os olhos daquela sua forma tão peculiar e observou a srta. Bradford de longe se perguntando o que ela podia estar armando agora. Isabelle, por sua vez, o olhou pelo canto do olho e sorriu. Então se virou e o encarou como se o pegasse no flagra. Como o duque não fazia caso dessas coisas e pegá-lo no flagra dependia unicamente do que ele pretendia, sustentou o olhar dela.

— A sopa cremosa de bacon e cenoura é sempre muito boa. Nunca comi uma tão bem preparada como esta — comentou Isabelle e logo em seguida levou a colher à boca.

O comentário supérfluo foi feito diretamente para o marquês, que acordou do transe que o tomara desde que Lira entrara no restaurante. Ele concordou e voltou a comer.

— Se está passando pela sua cabeça desafiá-lo para um duelo, eu desaconselho. Não é isso que vai trazê-la de volta, milorde.

O marquês quase caiu da cadeira ao virar-se para ela. Seu cenho estava tão franzido que suas sobrancelhas castanhas quase se juntaram sobre o nariz reto.

— A senhorita me surpreende.

— Quando fui me sentar ao seu lado naquele sarau, não estava querendo seu nome.

— E o que queria de mim?

— Consolá-lo. Estava tão absurdamente destruído naquela noite que me cortou o coração.

— E realmente crê que eu acreditarei que era seu único intuito? — respondeu Neil, correndo o risco de ela tomar como um insulto. — Posso até estar me comportando como tolo por uma mulher, mas lhe asseguro que não o sou.

— Nem eu. Sinto desapontá-lo, mas o senhor não é meu objetivo. — Isabelle também esperava que isso não atingisse o ego dele.

— Está me usando ao mesmo tempo que aplaca minha tola paixão. Quem diria? — E nem ele acreditava estar envolvido num esquema dela para... Conquistar outro? Quem?

— Eu, milorde. Estou usando-o por uma boa causa.

— A senhorita é formidável, agradeço sua amizade. — Ele segurou sua mão e meneou a cabeça.

Os fofoqueiros trocaram murmúrios escandalizados, e Lira sentiu o peito apertar. Fora ela quem o mandara embora. Ele havia proposto e ela dissera não. Inclusive alegara que, por melhor que fossem as intenções dele, não havia como o relacionamento dar certo. Sempre seria desprezada; alguma hora ele se arrependeria de tê-la escolhido e ela não aguentaria isso. Mas agora, vendo-o com outra mulher, a dor era pior. Principalmente porque entre eles não havia empecilhos.

— Está à minha frente, mas na verdade ocupa outra mesa — disse Lorde Dillon.

Lira olhou para baixo, tentando se recompor, mas, sabendo que ela provocara a situação, era difícil aceitar a derrota. Pensou que, como todas as outras vezes, ela e Neil iriam ficar sem se ver por um tempo e depois ele voltaria e fariam as pazes. Desde que o conhecera, era assim.

— Estou bem — mentiu Lira.

Dillon manteve o olhar nela por um instante, sabia que Lira não tinha interesse nele. Também não lhe pediria que fizesse um escândalo, pois ela seria a mais prejudicada. Mas ele podia fazer. Acabou ali por causa de Isabelle. E tinha certeza de que o marquês gostava mesmo era da sua cantora. O jantar prosseguiu num clima tenso. Lira estava a ponto de chorar enquanto corroía-se de culpa, achando que perdera Neil, enquanto ele fazia de tudo para distrair-se com Isabelle, que entretinha a todos na mesa.

O duque viu quando Dillon se levantou e foi direto à mesa do marquês, a fim de interferir na sobremesa. Lira tentou impedi-lo, mas foi inútil. Os ocupantes das mesas perto das janelas seguraram a respiração esperando pelo momento.

— Creio, milorde, que todo esse espetáculo dramático chegou ao seu ponto final. Cansei de nossa troca — declarou Dillon.

— Como está, Lorde Dillon? É um prazer revê-lo. Sinto que não tenha me cumprimentado quando chegou — disse Isabelle, fazendo uma expressão descontente. Em seu plano não havia nenhum escândalo incluído. A ideia era fazer Lira se arrepender e se jogar de volta nos braços do marquês enquanto ela conseguia o que queria e ainda bancava o cupido em um caso que a tocou.

— Repararei meu erro imediatamente, madame. Mas creio que já está na hora de pararmos com esse circo e de o marquês se resolver com sua futura noiva. Por acaso desistiu dela por uma opção mais viável?

Lira colocou a mão sobre o rosto. Neil ficou de pé imediatamente, jogando o guardanapo sobre a mesa e encarando Dillon. Seu cunhado tentou detê-lo, mas o estrago já estava feito.

— Está me insultando, Dillon. Não terei meus assuntos pessoais discutidos publicamente.

— Já está tendo. Até o ilustre marquês de Renzelmere caiu de amores pela magnífica Lady Isabelle e deixou de lado sua antiga paixão! — acusou ele.

— Como ousa! — reagiu o marquês, tomado de cólera. — Você traz Lira aqui e se aproveita da situação para ridicularizá-la! Você jamais teria peito para ficar com ela, Dillon! É um fraco!

Os homens estavam em vias de se atracarem. Ambos tão alterados que nem notavam a movimentação em volta. A família do conde pedia que ele retrocedesse. Lira já se levantara, dizendo para Dillon parar com isso.

— Cavalheiros, parem já com essa tolice — exigiu Isabelle, ficando de pé.

— Fique fora disso, madame. Este galinho precisa aprender o que é respeitar os outros.

— É fácil falar quando você está com o que eu quero e eu tenho o que você quer. Se pensa que vai poder casar-se com uma e ter a outra como amante...

Antes que o jovem lorde terminasse sua frase, o marquês acertou um soco em seu rosto, fazendo-o girar e se segurar numa cadeira. Pelo visto, ninguém ia precisar marcar duelo algum.

Tomado não só de ciúme por Dillon estar com Lira, mas por o ter insultado dessa forma, Neil queria descontar sua frustração. Dillon tentou reagir, mas não era páreo para o marquês e muito menos quando este estava tomado pela fúria e pelo estresse de seus problemas amorosos. Antes que a história se estendesse muito, os dois foram bruscamente separados pelo duque, que se manteve entre eles como uma barreira e olhou ambos como se fossem garotos malcriados.

Aquele era o duque que ela queria ver, pensou Isabelle com um suspiro. O único que despertava seu interesse.

— Recomponham-se — ordenou ele e aguardou que os dois voltassem a comportar-se como cavalheiros. — Você, meu caro, está velho demais para cair nas provocações de um rapazote — disse, dirigindo-se a Renzelmere, e depois virou para o outro. — E você, o que o tomou essa noite?

— Não gosto de jogos — disse Dillon, ajeitando seu paletó.

— Muito menos eu. — Renzelmere olhou para Isabelle, que estava atrás deles. — E tudo isso porque deseja a dama? É fato que não vai tê-la. Deve ser o décimo a brigar publicamente pelas atenções dela.

Lá estavam eles pensando que a confusão terminara. Lira tinha sangue quente e ter sido ridicularizada pelo conde não era algo que ela engoliria. Ela se aproximou e deu um tapa no rosto de Dillon, que, ultrajado, deu um passo em direção a ela para tomar satisfações. Neil passou pelo duque como um raio e segurou o rapaz pelo paletó.

— Toque nela e eu o mato aqui mesmo — ameaçou.

Nessa hora as damas mais sensíveis já estavam ameaçando desmaios. Ninguém jamais viu tamanho escândalo no Rotendorf. Havia muitos anos que não acontecia algo assim envolvendo tantos membros prestigiados da sociedade. Era inacreditável que até o duque de Hayward estivesse envolvido, mesmo que apenas para apartar a briga.

Quanto ao marquês de Renzelmere, os alcoviteiros diriam que, ao se envolver com uma cantora, ele só podia estar procurando um vexame. E, agora, até Lady Isabelle saíra vítima disso, pois, na história, ela seria vista como a dama ingênua que pensou ter encontrado em Renzelmere um pretendente decente. Independentemente do que acontecesse ali, ela estaria no lado das vítimas. Muito ardilosa. Conseguiria até alguma empatia de pessoas que antes não eram seus simpatizantes.

— Nada disso aconteceria se o senhor houvesse se portado como um cavalheiro — disse Isabelle, passando uma repreenda em Dillon.

As palavras dela surtiram mais efeito que ameaça física. O conde se recompôs e finalmente pareceu envergonhado.

— Nada disso teria acontecido se não o houvesse escolhido. Ele ama outra e a terá como amante mesmo que se case com você — respondeu ele em voz baixa.

O duque impediu que Renzelmere o agredisse e lançou um olhar de advertência a Isabelle.

— Você me deixou definitivamente, Neil? — perguntou Lira, felizmente foi num tom baixo e apenas os cinco mais envolvidos escutaram. — E para ficar com essa... Moça de sua laia?

— A senhorita quis dizer: *classe*. — Isabelle deixou o marquês sem fala e ela não se intimidou com o olhar de Lira. Em vez disso se aproximou dela para falar particularmente. — Essa é uma das poucas histórias em que esse não é o caso. Por que negou o pedido de casamento, se ainda sente amor por ele? Isso o magoou. Se ele queria desposar você, então é fato que não se importa com tolices. Eu também não. Está se desvalorizando; afinal, é a melhor cantora de ópera que Londres viu nos últimos anos. Acredite nele.

Apesar de ela falar baixo com Lira, os três homens e os familiares do marquês as estavam olhando sem saber como reagir. Lira suspirou e olhou o marquês. Havia dor em seus olhos.

— Perdoe-me, Neil — murmurou e depois encarou Isabelle. Meneou a cabeça como se a cumprimentasse.

Isabelle pensou que era bom fazer amizade com uma cantora proeminente, pois seus planos eram diferentes dos de sua família. Se tudo desse errado e ela fosse jogada na rua, pediria emprego como atriz em algum lugar, porque representar era um dos seus talentos e até que não cantava mal, além de saber tocar piano, harpa e outros instrumentos clássicos. A tia dela ia sonhar com os dias que se tornaria uma cortesã, mas ela preferia ir para o teatro. Ao menos as atrizes e cantoras tinham mais chance de escolher seus próprios benfeitores.

O marquês ficou com o coração despedaçado ao ver sua Lira partir. Ele virou-se e olhou Isabelle. Abandoná-la seria a pior parte de todo o escândalo; assim, estaria desonrando a reputação dela e todos iriam comentar como foi deixada por ele em prol da cantora.

— Venha, vamos embora. — Nathaniel chamou os dois. Colocou a mão dela em seu antebraço e se pôs em movimento. Neil apenas os seguiu e Flore, que continuou comendo enquanto tudo isso acontecia, teve de se apressar.

Lá estava ele se intrometendo na história e resolvendo o problema sobre o marquês não poder partir e deixar sua convidada. Ele fez um sinal com a cabeça na direção de sua família; Andrew e Pamela assentiram e ambos se viraram para Marianne e sorriram, prontos para inventar uma desculpa. O marquês deixou a família aos cuidados de seu cunhado, que também já se preparava para sair. Dillon fechou a conta e ninguém notou que Anne, irmã do marquês, se refugiara num canto para poder falar com o jovem Dutenburgh.

Quando chegaram à rua, Isabelle olhou para os homens que a acompanhavam. Lá estava ela em outra situação inadequada, sozinha com dois lordes. Nessa situação sua acompanhante seria inútil. Ainda bem que os outros achavam que Nathaniel era um guardião forçado pela duquesa. Os três entraram na carruagem do duque, e Flore sentou-se com o cocheiro.

— Não posso acreditar que me envolvi em tamanho disparate! — reagiu Neil enquanto a carruagem partia.

— Como eu lhe disse, milorde, atraio escândalos. — Isabelle balançou a cabeça como se estivesse se repreendendo.

O marquês segurou as mãos dela nas suas e as beijou. Ela nem tivera tempo de recolocar as luvas.

— Perdoe-me. A senhorita é um presente que interveio em minha vida; descobri que é possível ter uma dama como amiga. Creio que mais uma vez irei fazer papel de tolo.

— Eu o apoio nisso.

— Se não der certo dessa vez, nem suas palavras de consolo e encorajamento serão suficientes.

— Subestima minha capacidade de alegrar uma alma destruída.

A carruagem seguiu até a pequena casa num bairro de comerciantes onde Lira estava morando com uma irmã, pois ela após a briga deixou até a casa que Neil alugou para ela. Pelo som do cabriolé de aluguel partindo no final da rua ela também acabara de chegar. Antes de descer, Neil olhou o duque.

— Obrigado por mais essa, Hayward. Peço que guarde a memória que tem de nossos tempos de faculdade e de clube. Agora não estou em meu juízo perfeito; é o que o amor nos faz.

— Estou tentando apagar suas últimas horas de minha mente, seu grande tolo — respondeu Nathaniel. Seus conhecidos sabiam que o tom soturno podia significar bom humor.

O marquês partiu rapidamente. A carruagem voltou a se movimentar e Isabelle olhou o duque, sabendo muito bem que aqueles olhos prateados já estavam em cima dela.

— Qual será sua reprimenda, Sua Graça?

— Você fez isso, Isabelle — disse ele, direto ao ponto. — Essa conversa ficará entre nós como as outras que tivemos até hoje. Mas você fez isso. De alguma forma convenceu Dillon, que é um completo tolo, a levar Lira até lá, sabendo que você estaria com Renzelmere. E que no fim sairia como a pobre jovem deixada de lado, mesmo que não tenha contado com a briga que aconteceu.

— Creio que me pegou no flagra — respondeu ela, esperando que nem passasse pela cabeça dele que esse era o plano secundário. O principal era dedicado especialmente a ele.

— Era esse o desfecho que esperava?

— Não houve desfecho ainda. Mas eu esperava que ver o marquês com outra causasse um choque naquela jovem tola e descrente. Cheguei a pensar que ela não merecia Renzelmere, mas agora entendo seu medo. Ele a ama e está disposto a ficar com ela. É um sentimento muito raro, precisa ser valorizado.

— Acredito então que você não seria uma escolha mais acertada. — Ele quase não moveu os lábios para dizer isso.

Isabelle lançou-lhe aquele olhar que Nathaniel já identificava. Ela não ia se fazer de rogada.

— De forma alguma. Viu como o marquês fica fora de si pelo suposto amor da vida dele. Já pensou o que eu poderia fazer com ele? Ele estaria à minha mercê, seria desinteressante e logo me irritaria. Não tenho paciência para alguém tão tolamente apaixonado. Ele é complacente demais. — Ela deu de ombros. Dizia a verdade.

O duque foi obrigado a sorrir. De fato, ele sabia bem o que ela faria: levaria o homem à loucura. Nathaniel apreciava a amizade do marquês, mas essa faceta apaixonada era seu ponto fraco. Ele imaginava que Isabelle iria precisar de mais do que uma temporada para encontrar um homem que não pudesse tripudiar ou enganar com tanta facilidade. Alguém que a mantivesse entretida e contente e não tentasse dominá-la nem mudar sua personalidade.

Ele não pensava conhecer tal homem.

— A senhorita tem alguma ideia do escândalo que criou hoje?

— Levemente.

— Sua vida ficará pior de agora em diante. Saberão que Renzelmere não a pedirá em casamento e que Dillon foi descartado. Então quem será o próximo?

— Não creio que eu saiba, Sua Graça — respondeu Isabelle, que estava olhando exatamente para seu único interesse. Não só por ser a melhor opção que tinha, mas porque era o único que conseguia intrigá-la. Ela estava numa enrascada, misturando dever com sentimentos.

— Imaginei que essa seria sua resposta — disse o duque com certo prazer.

Capítulo 11

As repercussões só chegaram aos jornais, colunas sociais e jornalecos de fofocas um dia depois. Mas o falatório era mais rápido. Não havia outro assunto para se comentar. Não teria um grande baile essa noite, mas os passeios no parque, saraus, lanches e confeitarias serviam para isso. Genevieve ficou sabendo por terceiros, e ao chegar em casa estava lívida. Gregory e George estavam rindo do jornal, mas quando a viram se calaram. Ela subiu a escada como se fosse se trocar, mas ao perceberem para onde havia ido correram para intervir.

Entraram no quarto e encontraram Genevieve tentando subjugar Isabelle, que lutava contra ela. Mas a mulher parecia possuída pela força do ódio enquanto puxava a sobrinha pelos cabelos e batia onde pudesse alcançar.

— Você é uma puta desavergonhada como a sua mãe! Como pôde se envolver num escândalo desse tamanho! — berrava.

Isabelle tentava se livrar dela e a arranhava, mas fora pega desprevenida. Quando foi puxada para fora da cama pelos cabelos, bateu com a mão em um dos vidros da penteadeira. Não sabia o que era, mas o agarrou e bateu com força na cabeça de sua agressora. O vidro se espatifou, cortando sua mão e mandando Genevieve ao chão.

— Essa meretriz tentou me matar! — gritava Genevieve do chão com a mão sobre a cabeça e a face desfigurada de ódio.

— Eu devia ter quebrado algo maior nessa sua cabeça dura! — retrucou Isabelle enquanto segurava a mão cortada.

Flore passou por cima de Genevieve e correu para Isabelle, enrolou a mão da jovem num pano para estancar o sangue. Gregory ajudou a mulher a levantar e disse que precisariam chamar um médico. George olhou para

Isabelle; parecia sem ação, mas na verdade estava com os olhos fixos sobre ela. Foi quando ela notou que Genevieve rasgara sua camisola, e ela estava com um dos seios quase à mostra. Ultrajada, ela se virou e vestiu o roupão, foi até a porta e a trancou.

***

Ela tem de ser detida! Os poucos cavalheiros que ainda se comportam como tal perderam completamente a cabeça por culpa dela! O Rotendorf! Jamais poderei voltar lá, está maculado! — discursava Lady Holmwood para um pequeno grupo de senhoras afoitas em colocar a culpa dos malfeitos masculinos na figura feminina do momento.

Dois dias depois, a duquesa recebeu uma carta de Isabelle, escrita por George, dizendo que havia sido ditada. Ela negava o convite para um lanche, pois machucara a mão em um acidente com seus vidros de cosméticos. Parecia algo corriqueiro, mas, quando a mãe comentou, o duque não achou nada normal. Desde o episódio do Rotendorf ninguém tinha notícias dela e agora mais essa.

Mas como toda estrela precisa voltar a brilhar quando o céu fica limpo, ela reapareceu resplandecente em um vestido verde claro de tecido levíssimo que realçava muito as curvas de seu corpo, o que levou algumas matronas a chamarem o traje de escandaloso, apesar de o decote ser tão modesto que só mostrava o topo do colo.

— Dizem que ela não usa anáguas, só uma chemise — sussurrou Lady Berg, para o assombro de suas companhias, ignorando que quando Isabelle dançava podia-se ver a barra enfeitada da anágua escolhida. Mas sem dúvidas, eram mais finas que a preferência geral.

— Não posso frequentar ambientes onde essa jovem infame seja convidada. Eu me recuso. Terão de rever seus convites — declarou Lady Holmwood. Mas, em qualquer dia de baile, a maioria preferia uma jovem famosa que atraía os convidados a uma senhora que exigia altos padrões morais, desde as roupas à pista de dança. Ela estava lívida com a falta de decoro.

A fofoca sobre Isabelle chegara a um ponto em que as pessoas não disfarçavam mais, e as outras convidadas soltavam comentários maldosos à sua frente. Era uma péssima influência. Porém, seu número de pretendentes havia aumentado. Ela lamentava o afastamento de Rowan; ele ouvira a fofoca sobre ela querer Renzelmere e agora ela temia atraí-lo de volta e magoá-lo. Ele era bastante requisitado, tinha suas próprias pretendentes correndo atrás dele.

Duas revistas femininas publicaram suas edições de meio de temporada. Alguns vestidos eram visivelmente inspirados na famosa Isabelle Bradford e as modelos desenhadas usando as peças tinham sido pintadas para lhe fazer alusão; a cor do cabelo, as joias do penteado e as poses confiantes não eram à toa. Ilustrações de Lady Isabelle estavam fazendo publicações menores esgotarem; se fossem coloridas, desapareciam e rendiam boas moedas ao artista. Quadros já podiam ser comprados prontos, direto das mãos de pintores que alegavam tê-la conhecido, mas a maioria pintou a partir de alguma ilustração de alguém que realmente a vira de perto.

Certos aristocratas reclamavam de não ter sido citados na coluna social por falta de espaço, já que sempre havia algo sobre ela. Pessoas de fora da sociedade que talvez nunca a encontrassem começaram a colecionar as ilustrações como faziam com membros da realeza.

Genevieve achava tanta fama um ultraje e atacava sua aparência para que ela não se iludisse. Mas Isabelle não se importava de diferir do padrão de beleza esperado das jovens da sociedade. Até o sangue escocês de sua mãe virou um item na lista de defeitos. Deveria ser uma pária. Mas, ao contrário disso, se alguma vez uma dama causou traços de histeria entre os cavalheiros, essa dama chamava-se Lady Isabelle Bradford.

Não havia nada melhor para aguçar a competitividade de nobres entediados e atrapalhar os planos de Isabelle. Revolta muda a corroía; queria responder umas cem vezes por noite que tinha um cérebro funcional e podia escutar o que diziam.

Mas, enquanto a família a mantivesse, ela estaria com as mãos atadas.

— Bobeira! — disse Lady Honor, dando o prazer de sua presença no baile alheio. — Fui notável quando jovem. Roubei o melhor partido de uma debutante má que era a mais querida pela sociedade e passei a ser odiada. Agora sou uma patronesse que aprova ou não os pedidos deles. Deixem a jovem causar rebuliço! Preciso de novidades, estou velha e me entedio rápido!

— No lugar de vocês eu julgaria menos. Afinal, se os bons partidos estão em volta dela, é exatamente onde também deveriam estar. Ela só pode se casar com um desses bobos — lembrou Lady Fer, amiga de Lady Honor e conhecida por fazer parte do grupo das Margaridas.

— Hoje em dia as mães não ensinam mais as filhas a jogar — arrematou Lady Honor. E ambas olharam para onde Isabelle estava.

Enquanto falavam por suas costas, Isabelle viu a oportunidade de escapar do salão e ir para onde precisava. Ela passou por trás de algumas senhoras que não gostavam dela e que torceram o nariz. Tomou um caminho que as faria pensar que precisava se aliviar no penico da sala das damas. Porém, passou direto e virou rapidamente numa curva. Lembrou a direção e entrou na biblioteca para sair no outro corredor e se escondeu quando um criado veio na direção contrária.

Ela retomou o caminho sorrateiramente e, quando viu a porta que lhe interessava, escutou passos e não teve como ser rápida o suficiente antes de ouvir uma voz:

— Devo estar tendo uma alucinação. A dama mais impossível de se ver está sozinha no corredor?

Isabelle se virou lentamente e foi abrindo um sorriso que ela classificava como convidativo. Sempre o combinava com um olhar estreito que criava ideias na mente masculina como se os pensamentos dele fossem espelhados por ela.

— Não tão impossível — gracejou ela.

O sr. Cooper se aproximou e Isabelle percebeu que ele já havia bebido mais que sua cota para a noite, mas ainda raciocinava bem o suficiente para fazer galanteios de mau gosto.

— E o que a senhorita faz aqui?

— Estou exausta. Então vim em busca de algum descanso e refrescos mais fortes que chá e limonada. Algo que uma dama não poderia consumir em público. — O tom dela era de conluio.

O olhar dele se acendeu; um bom bebedor sempre entendia uma referência a bebidas alcoólicas.

— Acredito que posso atender a esse pedido.

— O senhor poderia me acompanhar e me mostrar o que há de melhor?

Ela atravessou as portas e ele não se importou por já estarem abertas. Cooper tinha um sorriso no rosto, como um predador com a presa entre os dedos. Já pensava em como todos aqueles homens estavam se digladiando por um minuto de atenção dela, enquanto ele a teria só para si.

— E a senhorita já bebeu algo mais forte que vinho? — indagou ele, duvidando da resposta antes de recebê-la.

— Meu tio não permite — suspirou como se lamentasse. — Mas já experimentei um pouco do uísque dele.

— Óbvio que sim, é muito ousada.

Ele foi até a cristaleira enquanto Isabelle vasculhava a sala com o olhar. Cooper calculava que ela com duas doses já começaria a ficar tonta.

— E será nosso segredo, sim? — ela usou um tom esperançoso.

— Eu jamais a trairia.

Encontrando o que lhe foi descrito, ela foi até perto da bela planta em um alto vaso branco de louça com relevos cuidadosos e pintura feita à mão. Com certeza uma peça cara, mas impossível de ser roubada sem alarde.

— Aqui está, coloquei só um pouco, não quero exagerar — alegou Cooper, mas entregava uma grande dose a ela.

— Acho melhor encostar um pouco as portas — comentou ela, lançando um olhar temeroso; afinal, não podia ser vista bebendo.

Ele assentiu e se virou. Isabelle derramou o uísque na planta e, quando Cooper tornou a olhá-la, ela estava com a beira do copo contra os lábios como se fizesse um tremendo esforço. Havia bebido um pequeno gole, só para ele sentir o cheiro em seu hálito quando se aproximasse.

— A senhorita é corajosa — elogiou ele e bebeu a grande dose que servira para si.

— Agradeço. Achei revigorante. Teria conhaque?

Cooper serviu mais dois copos. Ela sorriu, bebeu um pequeno gole. Apesar de sua postura predadora, ele ficou ansioso. Queria dizer algo inteligente, mas a surpresa de estar sozinho com ela misturada ao álcool que vinha consumindo deixava seus pensamentos confusos.

— Sei que não tenho a menor chance de ser considerado pela sua família — começou ele, como se o truque da humildade fosse funcionar. — Afinal, não tenho um título, sou só um primo. E tem os homens mais nobres e poderosos pedindo sua mão...

— Não me importo com títulos.

— Não?

Isabelle moveu a mão com o copo no ar e pendeu a cabeça com um sorriso leve estampando seu rosto. Ele acompanhou com o olhar, assistindo-a com assombro, distraído pela sua beleza. De perto ela parecia mais irreal, mais ainda para ele que mesmo inebriado sabia não ter chance contra os pretendentes dela.

— Gosto do campo. O senhor tem uma casa no campo? Como aquela pintura?

Cooper girou e olhou a pintura, ela derramou a bebida na planta.

— Meu tio me proibiu de beber porto, disse que é muito forte para uma mulher. E que nem todo homem aguenta uma boa dose. O senhor aguenta? — perguntou, sabendo que, mesmo bêbado, o ego dele jamais deixaria isso passar.

— Mas é lógico. Bebo porto todos os dias após o jantar. — Estufou o peito.

— O senhor acha que eu aguentaria um gole?

— Eu arriscaria.

Ele serviu uma dose para ela e encheu seu copo além da dose educada, pois tinha de provar que bebia qualquer coisa. Isabelle o distraiu e derrubou a bebida na planta outra vez enquanto ele virou todo o vinho dele. Depois ela descansou a taça e ele ficou meio zonzo ao vê-la atravessar o cômodo e terminar de fechar a porta.

— Não tema, madame. Ninguém nos verá.

— De fato.

Cooper foi para o aparador, mas ela o acertou na parte de trás da cabeça com um peso de papel particularmente bonito. Ele estava bêbado demais para não ficar inconsciente. Depois Isabelle foi até o quadro que apontara, abriu o cofre e retirou as joias. Juntou com as duas pulseiras que já roubara naquela noite. Pegou o copo que havia usado, limpou com seu lenço e colocou de volta na cristaleira. Fez o mesmo com a taça. Para todos os efeitos, Cooper havia bebido sozinho. Quando espiou pela porta, havia convidados e criados perto demais. Jogou seu saco de veludo pela janela, levantou as saias e pulou. Ajeitou o vestido e, quando se virou, seu roubo não estava lá. Porém, o duque de Hayward a observava enquanto segurava o saco cheio de joias.

— Um prazer encontrá-la aqui fora, madame. Está quente lá dentro, mas sair pela janela é um tanto radical — comentou ele.

— Passeando, Sua Graça? — indagou, cínica.

— Considero um talento pular uma janela tão alta com um vestido como esse.

Isabelle cruzou os braços e o olhou seriamente.

— O que deseja?

— Eu sei o que você faz.
— Eu nego qualquer alegação.
— Estou segurando as provas.
— Continuarei negando.
— As pessoas na sociedade estão se perguntando quem tem roubado seus pertences. Demoraram porque não gostam de admitir o roubo.
— Imagino como deve ser complicado dizer no meio do chá que há um ladrão invadindo casas abastadas em Mayfair.
— Já foi além de Mayfair — assegurou ele.
— Soube de certa inquietação. Damas nervosas, espero histeria muito em breve — declarou ela, como se nada tivesse a ver com o assunto.
— Vai ser difícil pagar certas contas sem um produto tão bom — ele moveu o saco no ar.
— Eu acho, Sua Graça, que seria complicado provar que cometo delitos.
— Eu sei. Diriam que estou doido ou que me deixei levar pelo delírio que sua imagem causa aos homens em geral.
— Vai ou não vai me devolver meus novos pertences?
— Posso cuidar para que comecem a desconfiar da senhorita sem dizê-lo diretamente. E vou ficar com seus espólios. Ficará mais difícil roubar.
— Se está me dizendo isso, há algo mais.
— Um acordo.
— Desconfio que já vi essa história de acordo antes.
— A senhorita vai pegar algo para mim. E eu lhe darei seu roubo de volta.
— Só isso?
— Vou pagar pelos seus serviços.
Quando ela franziu o cenho, ele continuou.
— Pago bem, mas demando segredo.
— Está zombando de minha situação?
— Estou lhe oferecendo dinheiro para roubar. E não vou contar que a debutante mais famosa do país é uma ladra. E também uma mentirosa, dissimulada. E que fica sozinha com homens, mas eles acabam com uma terrível dor de cabeça como o sr. Cooper logo descobrirá; ele olhou o relógio que estava escondido em um pequeno bolso na frente do colete. Se não bateu com muita força, acredito que agora ele esteja de joelhos. Vai olhar pela janela como se fosse encontrar a resposta do lado de fora. Eles sempre olham. Acredite.

Isabelle olhou para cima e se afastou da janela, o que a deixou bem perto de Nathaniel.

— Diga sim, Lady Isabelle, nós dois sabemos que é um bom negócio.
— Não, não é. Eu não sei o que pegarei.
— Algo que vai caber no bolso escondido de sua saia.
— Está tentando me arruinar?
— Não tenho motivos para isso.
— Tem sim.
— Não me importo com a rixa entre nossas famílias.
— Mentira.
— Não tem uso para mim. São águas passadas.

Deu para escutar algo pesado caindo dentro da sala, provavelmente Cooper tentara se firmar para ficar de pé. Eles se afastaram mais dois passos.

— Para mostrar minha boa-fé, pagarei vinte libras adiantado.

Isabelle nunca colocara a mão em tanto dinheiro; sua família não permitia. Ela ficava com quase nada dos roubos e às vezes furtava dentro de casa para ter seu pagamento. Poderia enviar dinheiro para a mãe se o duque estivesse falando a verdade. Mas era arriscado. Como assim ia fazer um acordo com o homem que sua família queria que ela enganasse?

Bem, ele era rico. Podia receber algo enquanto o seduzia. Um plano não mudava o outro.

— Ora essa, Sua Graça, não me insulte. Sou uma dama muito cara e é rico demais para ninharias.

Ele assentiu, manteve a seriedade, mas o divertimento transpareceu em seu rosto. Resolveu mais que dobrar a oferta, simplesmente porque podia.

— Cinquenta libras é a oferta final. Vai cobrir suas dívidas pessoais por um bom tempo e não precisa dividir com um cúmplice.

Isabelle esperava muito que ele não houvesse descoberto também o montante que ela devia. Sua família devia muito, mas a maior preocupação dela era com vestidos e acessórios. Não tinha como ser a jovem Bradford de quem todos falavam e que todos queriam ver sem estar usando as melhores roupas. Ela virara um ícone da moda londrina nos salões; um tanto ousada para os mais conservadores, mas não dependia deles para manter sua fama.

— Não quero só dinheiro — declarou ela, conseguindo intrigá-lo.
— É um tanto exigente.
— Estou disposta a receber menos cinco libras se deixar de só aparecer e passar a me acompanhar. Metade dos meus pretendentes tem medo de você, outra parte teria vergonha de dizer as tolices que me diz à sua frente. E, no

fundo, todos acreditam em sua má fama. Até esperam que tire uma adaga de algum bolso e espete as costelas deles. Para mim é um ótimo acompanhante.

A resposta dele foi um franzir de sobrancelhas junto a uma expressão desconfiada. Afinal, cinco libras para ele não eram nada, ambos sabiam disso.

— E então? Estamos acertados em quarenta e cinco libras?

— Está tramando algo — acusou ele. — Onde está aquele rapaz que não sai do seu lado?

Ela levantou a sobrancelha: *então ele notara Rowan?* Bem, ela notara a acompanhante dele também, isso não mudava nada.

— O senhor também está. Mas quero usar sua figura malvista a meu favor. E meu querido amigo tem as próprias ocupações dele.

— Estará sozinha comigo se eu a acompanhar — avisou ele, arrependendo-se assim que viu um brilho travesso no olhar dela.

— E isso seria um perigo para mim?

— Depende de quantas voltas no parque nós daremos. — Nathaniel pendeu a cabeça, e sua seriedade deu lugar a um leve sorriso devasso.

— *Uma*. Se me acompanhar.

— Nunca vi cinco libras mais caras que essas — comentou ele.

Isabelle sorriu. Na verdade, não queria abrir mão das cinco libras, mas assegurou mais encontros com ele e acabara de lhe prometer outro beijo. Só não sabia se ele iria cobrá-lo.

— O que eu preciso pegar? — indagou ela.

— Saberá depois. Você tem seus motivos para roubar e eu tenho os meus.

— Acho que é verdade. Dizem que sabe de tudo, pois investiga as pessoas para suas tramas políticas.

— Ninguém sabe de tudo. E informação é um dos bens mais valiosos que existem.

— Acho que está entediado depois que deixou seu trabalho na diplomacia.

— Meu trabalho é ser um duque. E eu gosto de continuar sendo um duque muito rico. Isso requer esforço. — Ele parou ainda mais perto dela e ofereceu-lhe o saco. — Seu primo vai perguntar sobre isso. Entregue como sempre faz. Entro em contato com informações.

Ela assentiu e ele a deixou. Não que lhe faltasse cavalheirismo, mas não se aparecia junto ao seu contato de um acordo clandestino logo após firmá-lo. E Nathaniel estava acostumado a lidar com mulheres independentes; muitas vezes elas trabalhavam para ele. Isabelle saberia sair daquele jardim e ir até onde o primo a aguardava.

Capítulo 12

Querido Duque Tratante,

Gostaria de saber se já encontrou meus enfeites. Ficarei feliz em lhe devolver os substitutos.

Atenciosamente,
Isabelle Bradford

Querida Dama Impaciente,

Infelizmente não obtive sucesso. Estou enviando outra substituição, pois imagino que pérolas não combinem com todos os vestidos que a senhorita usa sem as anáguas.

Atenciosamente,
Hayward

Duas noites depois, Isabelle estava se divertindo. Ao fazer o duque cumprir sua promessa, obrigava-o a ir a bailes que ele não suportaria em condições normais. E essas aparições de Nathaniel estavam começando a importuná-lo. Desde sua aparição no Almack's, algumas jovens passaram a cumprimentá-lo, mesmo que pudesse ver a tensão delas. Isabelle, por outro lado, continuava cheia de amigos que não sabiam do acordo dela com o duque para livrá-la deles depois de certo tempo.

— O pobre-diabo caiu, bateu a cabeça e foi encontrado delirando! — Ria um dos rapazes.

— Ele estava murmurando o nome dela — acrescentou outro.
— Não sei para que fui contar isso — reclamou o jovem Lorde Ives, primo do sr. Cooper.
— Para nossa completa diversão!
O sr. Cooper, dessa vez bem sóbrio, aproximou-se do grupo, e os outros rapazes pararam de rir.
— Vamos, é melhor não fazer isso. Já virou a piada da semana — pediu o primo.
— Não, eu preciso — insistiu ele.
Cooper ainda estava assustado pela força de seu delírio. Disseram que ele bebeu demais, caiu e bateu com a cabeça, pois tudo que havia era um galo, dor e muito álcool consumido. E ele dizia loucuras como: *Lady Isabelle Bradford esteve aqui comigo! Ela pediu para experimentar algumas bebidas! Ela é um sonho!*
Veja se Lady Isabelle se prestaria a tal papel, pensavam os pretendentes dela.
— A senhorita se lembra de nos apresentarmos?
Ela virou sua atenção para ele e entreabriu os lábios como se não soubesse o que dizer. Tudo calculado.
— Desculpe-me, não lembro.
— Frederic Cooper, seu criado.
— Se está aqui, sabe quem sou — devolveu ela, espirituosa.
Os outros começaram a murmurar que era muita ousadia dele dizer aquelas loucuras sobre uma dama ficar sozinha com ele para beber e depois ainda ir lhe dirigir a palavra.
— Perdoe-me, milady, não proferi nada para insultá-la.
Isabelle abriu um sorriso e fez o inesperado:
— Convide-me para uma dança e, então, poderá dizer que fomos devidamente apresentados.
Todos ficaram em choque. Apesar do leque cheio de nomes, ela evitava dançar sempre que podia, pois recebia pedidos demais e alegava não querer magoar ninguém. Então passou a conceder poucas danças e jamais repetia o par. Diriam que ela ficou com pena do sr. Cooper.
Viu como ela tem um grande coração, diriam os admiradores para desgosto de seus desafetos.
Para desagrado de Nathaniel, enquanto ela ficava com seus pretendentes, as moças estavam formando "grupinhos de roda" para cumprimentá-lo;

na mente dele, mais de duas jovens juntas só podiam constituir um grupo que ia brincar de roda. Ironicamente, ele estava acompanhando uma debutante. Isabelle podia ser mais velha que algumas e também mais madura, mas isso não mudava seu status. Isso e sua ida ao Almack's devem ter feito uma luz brilhar na mente das matronas que instruíram suas protegidas a cumprimentá-lo.

Se ele lhes dissesse qualquer coisa, elas coravam, algumas vezes riam nervosamente e se retiravam. Nathaniel estaria em maus lençóis se estivesse procurando uma esposa. Provavelmente causaria um mal súbito se tentasse flertar.

— Sou tão terrível assim? — perguntou ele a Isabelle depois que mais um grupo partiu, com as garotas tensas por ele ter respondido seus gracejos e inclusive feito perguntas.

— Em que sentido?

— Todos.

— Creio que elas conseguem apreciar sua aparência, mas, devido a toda essa aura que emana e às histórias que todas ouviram sobre o temível duque de Hayward, aquele que é frio como seu castelo, matou centenas de homens e até a própria noiva, fica difícil se relacionar. — Ela nem escondia o tom zombeteiro ao recitar os versos da fama dele. — E não posso dizer que esteja ajudando.

— Nem quero ajudar.

— Sei disso. Acho melhor não lhes dar muita esperança, caso contrário serei eu que terei de ser sua acompanhante e salvá-lo de hordas de mães casamenteiras.

— Foi exatamente o que se tornou após nosso acordo. Metade do embaraço delas deve-se ao fato de estar ao meu lado olhando-as com puro tédio. Estão até se vestindo de acordo com o que tem usado, apesar do que dizem sobre você. Não que vestidos indecentes, transparentes e de corpo marcado fiquem bem em todo mundo — devolveu, citando as críticas ao que ela usava e também mal escondendo o tom de zombaria.

Isabelle imaginou que aquelas pessoas ririam se soubessem como ela conseguia se vestir. Tinha um acordo com uma jovem talentosa e desconhecida costureira chamada Victoria Travis. A moça abrira seu minúsculo ateliê havia pouco tempo e dava vida às roupas que ela desfilava pelos salões. Apesar das críticas, os vestidos não eram diferentes do que estava na moda, mas eram lindos, ricos em detalhes ousados e muito pessoais. Victoria aceitava os atrasos no pagamento, mas, com as indicações de Isabelle, elas acabaram firmando uma espécie de sociedade.

Isabelle desfilava pela temporada com seus lindos vestidos, as mulheres sondavam para descobrir de onde vinha e ela indicava a costureira que, por causa da propaganda, instalara-se num ateliê maior, vivia cheia de encomendas e com mais clientes que podia dar conta. Muitas queriam se vestir como a famosa Isabelle Bradford. Em breve, Victoria poderia se mudar para um endereço chique, cobrar mais e até rejeitar trabalhos. Agora já estava dando presentes a Isabelle, usando-a como inspiração e esquecendo suas dívidas antigas.

— Sabe, Sua Graça, quando se dispõe a falar, é muito interessante. Devia fazê-lo mais vezes e obrigada pelos cumprimentos implícitos em seu discurso.

— Se a senhorita não percebeu que consegue provocar a minha língua muito mais que o normal, então está com problema auditivo. Devo indicar um médico?

— Não é bonito para uma dama se vangloriar.

Flore estava tendo vida de rainha, com o duque acompanhando Isabelle, além de poder papear, estava sempre comendo e ainda podia dormir durante metade do baile. Ela viajava junto ao cocheiro quando não estava chovendo. E deixava Isabelle sozinha com o duque sem nem pensar sobre o assunto. Era uma péssima acompanhante, mas sabia que esse era o plano e não queria mais ver sua amiga sendo castigada.

— Daremos a volta pelo parque novamente? — indagou Isabelle, sentada em frente a Nathaniel, dentro da carruagem dele.

— Acho que precisaremos descobrir novas rotas — opinou, sabendo que sempre havia alguém que notava como certa carruagem percorria o mesmo caminho desnecessário.

— Concordo.

O duque ordenou que o cocheiro passasse por Mayfair Square antes de tomar o caminho da casa dos Bradford. Assim também pareceria que estavam indo para a mansão dos Hayward.

— Antes que eu pague uma nova prenda, quero saber onde o senhor perdeu os meus enfeites.

Ele abriu um grande sorriso travesso, do tipo que as pessoas nunca viam em seu rosto. Percebeu que a carruagem diminuía e ordenou:

— Pare!
Nathaniel pulou do seu banco e sentou-se ao lado de Isabelle. Dessa vez não houve preâmbulos. Sabia o que desejava dela. Observara seus lábios por boa parte da noite, especialmente quando se movimentavam em mais um sorrisinho provocante. Ele tomou-lhe o rosto entre as mãos, seus dedos pressionando levemente o pescoço e a mandíbula delicada, trouxe-a para perto enquanto se inclinava para ela. Isabelle pôde ver os olhos dele queimando sobre seus lábios antes de senti-lo tomar sua boca. O duque não era de beijos simples, gostava de ter logo o que queria. Mas deixou que ela sentisse seus lábios. Então pendeu a cabeça e deu início a um beijo lento e explorador.

Isabelle segurou-se aos braços dele, sua mão enluvada agarrou-se ao tecido grosso da casaca do duque. Nathaniel sentia os músculos contraídos da força que fazia para não a puxar para um abraço. Enquanto seus lábios permaneciam totalmente grudados, seus corpos estavam próximos, tocando-se ocasionalmente, dentro da distância imposta pelos braços dobrados de ambos. Isabelle gemeu baixinho de deleite e surpresa quando a língua dele tocou a sua, invadindo sua boca e clamando por resposta.

Nathaniel quase mandou tudo às favas e a puxou para o seu colo quando escutou aquele gemido sutil. Subitamente o beijo deixou de ser silencioso e lento; a sensação molhada que ela sentia era acompanhada por seus lábios movendo-se em uma troca que a levou a perder o fôlego. Isabelle não imaginou que um beijo de verdade fosse assim. Começava a entender por que as moças acabavam pegas em situações embaraçosas enquanto se entregavam aos beijos de seus amantes. Mas desconfiava que só gostaria tanto de um beijo se fosse dado por esse duque. Não sabia se considerava isso bom ou ruim. Por um lado, era terrível e por outro... Como resistiria a ele?

Nathaniel separou a boca de Isabelle nada satisfeito. Não estava acostumado a essa história de ganhar uma esmola por noite. Quando se encontrava com uma mulher, era algo completo; podiam fazer o que quisessem. Era um dos motivos para preferir se relacionar com pessoas livres em suas vidas íntimas.

Por outro lado, não estava se relacionando com Isabelle. Na verdade nem ele sabia o que estava fazendo com ela. Algo raro. Nesse caso, o motivo era óbvio: estava sofrendo algum distúrbio. Porque só isso explicaria o fato de ele estar tendo encontros inapropriados com uma debutante muito mais nova que ele.

— Acredito que seja melhor que eu desça aqui mesmo se a senhorita não se importar — disse ele, mudando rapidamente para o banco em frente ao dela. Separou as lapelas da casaca, pois precisava de ar frio.

Isabelle não se importava em ir sozinha. Mas a questão era que ela continuava refém de um plano traçado para ela. A família exigia que ela desse um jeito, não importava qual, de se casar com o duque. Até planejara arranjar um marido e se livrar deles, mas o único homem que conseguira despertar seu interesse fora exatamente o mesmo duque que ela deveria enganar. Não queria largar tudo e fugir. Não conseguiria convencer a mãe a ir, e ela era uma Bradford; não sumiria do mapa e se tornaria outra pessoa.

— Você não disse que a atração não o domina? — Isabelle puxou as luvas e retirou-as, suas mãos estavam suadas.

— Não seja endiabrada, Isabelle. Esse não é um bom momento para relembrar minhas declarações. Pelo bem da sua reputação, já que a minha é pior que a de um criminoso condenado. — Ele se ocupou em levantar a cobertura da janelinha da carruagem.

— Deve saber que é apenas meu acompanhante. Assim todos pensam. É extremamente inadequado que eu fique desacompanhada — argumentou Isabelle, apenas repetindo que era exatamente isso que as pessoas, totalmente enganadas, pensavam.

— Sinto-me devidamente colocado no meu lugar.

Há menos de um minuto ele estava enumerando os motivos do seu próprio comportamento estranho e o fato de estar se encontrando com uma debutante bem mais jovem que ele. Mesmo assim ser lembrado por ela que era "apenas" seu acompanhante não era algo que ele apreciava, mas achava merecer.

— Afinal, para que mais serviria um velho duque tirano como eu? — perguntou ele, de certa forma também ironizando o que as más línguas falavam sobre ele.

— Eu não disse nada disso, Sua Graça.

Ele assentiu com um leve sorriso despreocupado e mandou que a carruagem partisse. Não queria vê-la nunca mais nem voltaria a beijá-la para tornar a sentir-se um tolo sem controle. Ambas as promessas ele achava impossíveis de cumprir. Mas nada o impediria de tentar.

Capítulo 13

Vi o quadro com meus próprios olhos. Dizem que o pintor é patrocinado por certas damas casadas da sociedade; pintou até suas famílias enquanto mantinha casos com elas. Ele a viu num baile, conversou com ela, fez um esboço num papel e produziu um quadro da jovem Bradford. Não só o rosto, como outros conseguiram, ele a pintou inteira em uma tela enorme! E vendeu por uma fortuna! Quem são essas pessoas que querem admirar aquela despudorada em suas casas? — contou uma dama, enquanto comia bolo no Gunther's com mais quatro senhoras que espalhariam tudo.

— Vejo que sua diversão consiste não apenas em mostrar que pode ter todos os homens do salão como roubar aqueles que já estão comprometidos.

Isabelle conhecia aquela voz, já a ouvira várias vezes, mas nunca dirigida a ela. Monique Raiven foi uma das sensações das últimas temporadas. Não aceitou os pedidos de casamento que recebeu e retornou aos salões de baile. Atualmente tinha preferência por Lorde Dillon, que estava tentando fazer a corte justamente a Isabelle. No fundo, Monique só não aceitou os pedidos porque queria se encantar por alguém.

— É bom vê-la, Lady Monique — respondeu Isabelle, ignorando o que escutara. — Vejo que ainda está circulando pelos salões incansavelmente. Não temos nos encontrado.

Do alto de seus quase um metro e oitenta, Monique olhou para Isabelle com superioridade. Tinha uma mente afiada e muita malícia para entender bem as situações. Apesar de alta, loira e bela, mesmo assim não era considerada uma beleza clássica para os padrões da alta sociedade. Não dava para agradar aquela gente.

— Tenho feito o possível para não comparecer aos mesmos eventos que você — respondeu Monique com o azedume que lhe era característico.

— Não sabia que tinha medo de competição. — Isabelle imitou o tom dela. Língua afiada era algo comum às duas.

— Você mal chegou e acha que sabe tudo, não é? Já tem mais escândalos que um viúvo assanhado.

— Percebo que você tem uma memória curta se já conseguiu esquecer o que aprontou na temporada passada — retorquiu Isabelle.

— Ao menos tive a coragem de vir lhe dizer cara a cara o que todas essas mulheres dizem pelas suas costas.

— Não me importo como que elas pensam? Assim que eu estiver fora do jogo, elas procurarão outra vítima. Já você continua odiada e é tão sem amigas quanto eu. Que tal nos unirmos?

Isabelle comeu outra pequena torta salgada, porque Genevieve atrapalhara seu desjejum. Então deixara a casa só com uma xícara de chá. Uma torta aqui, um pedaço de bolo ali, um minissanduíche a mais... Assim seguia a vida.

— Está me propondo uma trégua?

Isabelle limpou a boca, virou-se e olhou-a seriamente.

— Trégua do quê? Está deixando que nos coloquem uma contra a outra. Não dê essa satisfação a eles. Além disso, não me importo com Dillon, e ele não combina com você. É um jovem tolo que vai torrar parte de sua herança em pouco tempo. Se precisa se casar, encontre um homem mais maduro e responsável.

— E você por acaso já arranjou um? — indagou ela, interessada.

— Tenho meus planos. — *E o cavalheiro mais interessante de todos incluído neles*, pensou Isabelle. — Faça novos planos também. E esqueça Lorde Dillon. Convide-me para o chá, temos assuntos em comum.

Isabelle se virou e deixou a outra. Estava satisfeita em fazer sua boa ação do dia e talvez finalmente encontrar uma aliada naquele solo hostil. Monique também sofreu por ser diferente e parecia impossível gostar dela à primeira vista. Podia encontrar alguém muito melhor que o bobo do Dillon.

No dia seguinte já corria o burburinho de que as duas haviam se tornado amigas. O que será que viria de uma união como essa? Visto que nenhuma das duas tinha amigas e também havia em comum o fato de não serem vistas frequentemente com familiares. Isabelle tinha uma situação delicada.

Mas Monique tinha irmãs mais velhas que não circulavam com ela porque diziam não querer macular suas imagens respeitáveis. Isabelle decidiu que ia ajudá-la a arranjar um casamento melhor que os das irmãs e elas morreriam de desgosto.

***

Prezado Duque Esquecido,

E quanto aos meus enfeites? Sabia que são um item de família? Apesar do seu desprezo pelos Bradford, eu acho muito valioso. Pode ter pertencido a alguma mulher com uma vida cheia de histórias ricas. Aliás, cavalo para F4.

Impacientemente,
Isabelle Bradford

Prezado Yves,

Preciso de mais quatro enfeites de cabelo nos mesmos moldes dos anteriores. Seja criativo; são para alguém que se veste com esmero e tem gosto por novas tendências. Se os entregar com antecedência, saberei ser generoso em sua conta. Use as pedras que mandei entregar em sua loja.

Atenciosamente,
Hayward

Prezada Dama Inconveniente,

Lamento informar que meu valete não encontrou seus enfeites e, dada a pequena possibilidade de isso acontecer, acho melhor que ele pare de procurar. Em tempo, bispo para E4.

Atenciosamente,
Hayward

— Para onde iremos hoje? — perguntou o duque, após mais um baile maçante.

Ao menos esse teve apresentação de música e poemas. Isabelle escutou três sonetos em sua homenagem. Já Nathaniel estava a ponto de pegar sua arma e dar um tiro em alguém para o evento acabar logo.

— Andou sumido, Sua Graça.

— Isso é uma reprimenda?

— Soube que esteve muito ocupado em jantares seletos na casa de conhecidos.

Ah, sim, isso. Ele tinha certeza de que Isabelle saberia, e olha que sequer estivera na coluna social. Quando não estava ao lado da famosa srta. Bradford, o duque era deixado em paz. A última semana apresentou a ele alguns jantares que, para sua personalidade, eram melhores que bailes.

Primeiro, os Townfield ofereceram um jantar. Marianne o convidou e, como ninguém podia intimar o duque, ela apelou para sinceridade e deixou na cara que sabia ter sido deixada de lado. E nem sabia o motivo. Nathaniel apostava que ela desconfiava: ele estava passando tempo demais com *outra pessoa*.

Depois foi o duque de Trouville que o convidou novamente e ele foi sozinho. Não podia convidar Isabelle para nada; ela era uma debutante e uma dama solteira. Além disso, se colocasse os pés em um jantar acompanhado por ela, tudo ia simplesmente girar em torno dela.

Ele ia onde ela estava, como se fosse um protetor; achavam que fazia parte do esquema da duquesa. Não podia levá-la publicamente a jantares sem comprometer essa ideia de que era só um acompanhante designado pela mãe. Já bastava o escândalo que ela provocara ao aceitar jantar com a família de Renzelmere. E ele havia tentado, sim, não a ver mais, muito menos chegar perto de beijá-la. Estava indo muito bem, obrigado, tanto que ela já o estava alfinetando. Ótimo.

Isabelle jamais deixaria transparecer que ficara magoada com o afastamento do duque; aquele sentimento não veria a luz do dia, muito menos perto dele. Ela também não tinha direito de senti-lo, mas não pôde impedir. Era terrível, pois significava que se importava. Estava havia semanas mascarando para si o que sentia. Tinha interesse nele, no homem que ele era, mesmo que sua família lembrasse diariamente que ele não valia o que comia. Só que agora ela o conhecia. Era um homem que conquistara o respeito que tinham por ele. Era um desalmado, mas um desalmado formidável. Por mais que os outros não notassem, ele se importava e se envolvia sutilmente nos dramas de seus conhecidos.

Ela já adorava sua inteligência e os diálogos espertos e provocantes. Não queria sentir falta de nada disso. E agora estava magoada porque ele podia levar Marianne aos lugares aonde ia. Para uma pessoa que conhecia o funcionamento da sociedade, era óbvio o motivo. Além da liberdade que Marianne possuía, era apropriada, não só na aparência como no status social. E discreta também. Figurava ao lado dele sem causar nenhum estardalhaço. Diziam que eles até combinavam fisicamente; ambos altos, elegantes e até o cabelo dos dois tinha tons mais claros. Nada desarmonizava o par.

Já Isabelle, tinha plena noção de que chamava atenção demais. Não havia nada de discreto nela da ponta de seu cabelo castanho avermelhado até a barra de seus vestidos finos e ousados; simplesmente tudo ia contra ela poder acompanhá-lo. Nem o tipo dele fazia. Estavam em um impasse e Isabelle sentia ciúmes. Desastre geral no plano. Isso não deveria acontecer.

— Vejo que a senhorita também é boa em se manter informada.

— Não preciso nem me esforçar. Sua mãe adora me contar seus passos.

— Soube que tem estado com Lady Monique. Estão até a ponto de serem expulsas do círculo de bailes.

Nathaniel não suportava ver aquele monte de homens aproveitando cada oportunidade para perseguir Isabelle. Assim como o tal distúrbio que ele acreditava estar sentindo o levava a ter encontros inexplicáveis com ela, o mesmo o levava a não querer nenhum outro colocando as mãos nela. O duque era possessivo com seus pertences. Seus cavalos, suas propriedades, seus contatos... Não com as mulheres de sua vida.

Quando tinha uma amante, preferia que mantivessem o caso enquanto ambos estivessem interessados. Se um deles demonstrasse interesse por alguém mais, então para que continuarem? Ou havia liberdade para os dois ou um compromisso de ambas as partes. Ser traído era inaceitável e desnecessário.

Então por que diabos estava se importando com o que Isabelle fazia e com quem? Não tinha nada com isso.

— Isso é uma reprimenda? — indagou ela.

— Não imagino seus motivos para se aliar à Lady Monique.

— Vejo que se manteve informado. Mas Monique e eu descobrimos muitas coisas em comum. Como o fato de não termos amigas, termos pretendentes demais e nenhum familiar que se preocupe muito conosco.

O duque estava começando a perder a calma.

— E aquele seu primo irresponsável? Por onde anda?
— Pense um pouquinho...
— Sim, já sei. — Nathaniel sabia das amantes de George. Ele só não decidira se o rapaz fazia isso mais por dinheiro ou por vício em sexo.
— Mas hoje irei com Monique. Não sabia que estaria aqui.
— E tem andado sozinha com ela?
— Inapropriado, não? — Ela exibia um sorriso travesso.

Na verdade, era bastante perigoso. Ambas atraíam a atenção e perseguidores. Mas ele apenas olhou-a de forma indulgente. Meneou a cabeça e deixou-a antes de dizer algo do qual se arrependeria. Já estava indo além do que deveria.

Quando ela partiu com Monique, depois de serem levadas até a carruagem por pelo menos uns dez admiradores, o duque estava em uma de suas boas ações. Ele simplesmente não conseguia deixar para lá. Isabelle saiu sozinha com Monique porque George andava sumido com suas amantes e havia aquele bando de homens atrás delas.

Mas a carruagem seguiu direto para a casa dos Bradford. Estava tarde, a rua obviamente escura, e ninguém ia esperar Isabelle com uma lanterna; o duque sabia disso, já a levara em casa algumas vezes. Ela desceu e se encaminhou para a entrada. Flore foi na frente e abriu a porta para esperá-la. Nessa temporada os Bradford não tinham um mordomo na casa da cidade. Não podiam ter mais essa despesa.

Nem nas ideias mais pessimistas do duque ele havia imaginado que dois homens apareceriam e renderiam Isabelle para roubar suas joias. Assim que o primeiro homem apareceu, deu-lhe um tapa e puxou seu colar, mas desistiu vendo que ia arrebentar e ele perderia a mercadoria. Flore gritou e ficou sem saber o que fazer. Então correu para dentro em busca de ajuda. O segundo homem tinha uma faca e ameaçou Isabelle, que na opinião dele não estava sendo rápida o suficiente para conseguir liberar o fecho intricado da joia que na verdade não passava de uma imitação. A original já havia sido vendida para pagar dívidas da família.

— Vamos, garota! E entregue a bolsa também! E essas pedras no seu cabelo! Se demorar, vou levá-la comigo! — O homem resolveu "ajudá-la" com uma das mãos e ela o golpeou, mas eles eram dois. O outro já estava propondo que eles a sequestrassem.

Nathaniel pulou da carruagem ainda em movimento e surpreendeu o segundo assaltante. Segurando-o pelas costas, torceu seu braço, e a faca caiu da mão dele. O homem gritou e o estalo do seu braço se quebrando ecoou alto na rua deserta. Assim que viu seu comparsa imobilizado, o primeiro bandido saiu correndo com a pequena bolsa de Isabelle.

Com o braço direito o duque puxou o pescoço do homem para um dos lados e o apertou, pouco depois o assaltante ficou inconsciente contra ele. Deixando-o no chão, Nathaniel olhou Isabelle e viu que Monique descera da carruagem, mas estava paralisada.

— Suba na carruagem e vá para casa. E não diga a ninguém o que aconteceu aqui — ordenou ele a Monique.

A jovem assentiu e partiu depois de lançar um rápido olhar para a nova amiga. Nathaniel se aproximou de Isabelle e analisou seu rosto. Então passou o polegar levemente ao lado da boca da jovem para limpar o sangue. Seu olhar era de genuína preocupação. Então tardiamente lembrou-se do seu lenço e o entregou a ela, que o colocou contra a boca. O tapa do homem havia sido tão forte que lhe cortara o lábio.

Os tios de Isabelle chegaram à porta a tempo de ver o duque junto à sobrinha. Os dois desceram os degraus com expressões tão consternadas que até Isabelle ficou em dúvida se não passava de fingimento. Flore vinha atrás com pavor estampado no rosto.

— Minha querida, eles te machucaram? — Genevieve abraçou Isabelle, que não conseguiu evitar se retrair e tentar fugir do contato com aquela mulher. Percebendo, a tia a segurou com força.

— Não sei como agradecer-lhe por salvar nossa sobrinha — disse Gregory, mais contido que a esposa. — Foram os céus que o enviaram, Sua Graça.

Nathaniel desviou os olhos de Isabelle para o tio dela. Não estava nada impressionado; na verdade, parecia que os próximos a levarem uma surra seriam os dois.

— Não me agradeça. Quero que alguém passe a esperar sua sobrinha. Em todas as vezes que a deixei aqui, ninguém iluminou a rua ou veio buscá-la na porta da carruagem. Não estamos no meio do campo dentro da proteção da sua propriedade. Estamos em Londres.

Gregory e Genevieve ficaram sem saber o que fazer frente à repreensão do duque, que usava um tom tão cortante que poderia ter ferido seus rostos.

— Flore, leve-a para dentro. — Depois de tanto andar com a jovem atrás deles, ele não esqueceria o nome dela.

Flore a libertou do abraço de Genevieve, que mais parecia uma prisão.

— Obrigada, Sua Graça, não sei o que seria de mim se não houvesse me seguido — disse Isabelle, aparentemente já recuperada do choque. — Serei eternamente grata. Por favor, aceite minha gratidão e mova o peão para c5.

Nathaniel estreitou os olhos; será que ela nem após levar um susto não conseguia deixar de dizer algo para alfinetá-lo? Ela era mesmo impossível.

Depois de mais agradecimentos por parte de Gregory e da partida do duque, Isabelle sonhava em ter paz. Mas, pouco depois que fecharam a porta, os tios subiram para o quarto dela.

— Belo desempenho com o duque hoje — disse a tia.

Isabelle manteve a boca fechada. Afinal, estava machucada. Era melhor se poupar.

— Aquele bastardo ainda nos passou uma descompostura. Quem ele pensa que é? — disse Gregory; até ele estava azedo naquela noite. — Agora vou ter que gastar meu tempo e velas para buscá-la na rua quando ele tem um cocheiro e um pajem para isso. — Ele foi deixando o quarto.

Ainda sem obter resposta de Isabelle, que permanecia banhando a boca com água, Genevieve adentrou o quarto e foi para perto da cômoda.

— Essa ratinha está escondendo algo. Eu disse que ela não é confiável. Você viu a forma como o duque já está a tratando. E pensa que eu não vi todas as vezes que a carruagem de Hayward a deixou aqui? Tenho certeza de que não era a duquesa que estava lá dentro. — Ela deu um tapa no braço de Isabelle. — Ande logo, ratinha! Fale algo!

— Estou simplesmente fazendo o que mandaram. Sem a ajuda de vocês com seus planos tolos. — Isabelle achava que tudo tinha limite. Aqueles homens podiam ter lhe dado uma surra, uma facada ou a carregado para algum lugar. Mas a tia não achava que isso era suficiente.

— Olha como fala ou eu quebro seus dentes! — ameaçou Genevieve, levantando a mão. Ela ainda estava com um lenço na cabeça porque teve de raspar uma pequena parte para o médico dar os pontos.

— Você não quebrará nada — desafiou Isabelle. — Meus dentes ainda são valiosos.

Genevieve perdeu a paciência, pois desde o episódio do vidro de perfume estava sendo muito difícil para ela não se vingar de Isabelle. Só privá-la de comida não adiantava, pois a sobrinha tinha inúmeros convites para banquetes. Ela fingiu que ia sair, mas pegou a toalha, molhou na bacia, enrolou no ar e a acertou nas costas. Isabelle gritou de dor e susto, Flore já a livrara do vestido, ela estava com um roupão fino por cima das roupas íntimas.

— Sua descarada! — gritava Genevieve e continuava batendo com a toalha. Isabelle se curvou sobre a cama, tentando se defender e grunhindo a cada novo golpe que levava. — Aposto que já está abrindo essas pernas para aquele duque de sangue imundo! — Ela atingiu-a com mais dois golpes, tomada de satisfação.

Gregory não podia com os ataques de ódio da mulher. E Genevieve vinha guardando esse havia dias. Era um prato frio, mas que não chegara a congelar.

— Você vai marcar a pele dela, pare com isso! — Gregory voltou e agarrou a toalha.

— Sobre a roupa não vai marcar nada! — gritava Genevieve, tentando continuar com a surra. Ela não conseguiu ganhar a luta pela toalha. Então se livrou do marido e foi até Isabelle. Empurrou Flore, que a ajudava a levantar. Genevieve era uma mulher magra, porém bruta e agressiva.

— Saia de perto de mim! — gritou Isabelle, e dessa vez empurrou a mulher, arranhando seus braços, mas não o suficiente para pará-la.

— Ele já deve estar lhe dando dinheiro! Quantas vezes você foi para a cama com ele? — Ela puxou o roupão e agarrou a roupa íntima de Isabelle, puxando o corpete, rasgando a anágua e expondo parte do seu corpo. Genevieve sabia que ela não estava escondendo dinheiro e não iria andar com os seios cheios de moedas como uma prostituta de Whitechapel. Ela era uma dama, ao contrário da tia. Mas o prazer de humilhá-la era muito grande.

Isabelle empurrou a tia e puxou o roupão para cobrir o corpo. Queria chorar de raiva, já estava cansada disso. Mas ergueu a cabeça e olhou para os tios. Ignorou o fato de que Gregory havia se virado para o outro lado e olhava fixamente para o aparador; Isabelle tinha certeza de que dera tempo de ele vislumbrar seu seio quando a tia puxou sua roupa íntima.

— Já acabou seu espetáculo? — perguntou ela, olhando Genevieve. — Por acaso seu intuito era mostrar meu corpo ao seu marido? — Ela apontou para o tio. — Com a esperança vã de que outro corpo feminino lhe desperte algum desejo e ele perca a cabeça e resolva procurá-la? — disse ela usando o prazer perverso da tia contra ela. — Creio que não fez efeito. Devo mostrar mais ou está satisfeita?

O desprezo do marido era um dos pontos fracos de Genevieve. E saber que Isabelle tinha noção disso foi um golpe profundo no seu orgulho.

— Um dia eu vou matá-la. — Genevieve sibilou entre dentes e, pelo seu olhar, Isabelle não duvidou.

— Não tenho dinheiro para lhe dar — respondeu. — E agora precisarei me ausentar dos eventos e da presença do duque. Pelo menos ele pensará que foi pelo choque do assalto. — Isabelle apertou o tecido do roupão entre os dedos. Todos os lugares que a toalha havia batido doíam como se houvesse levado socos.

— Chega disso! Saia daqui! — disse Gregory, que, para piorar o ódio da esposa, nem se defendeu.

Em geral ele não se metia nas discussões entre a esposa e a sobrinha. Só quando passavam muito dos limites. Mas as coisas haviam saído do controle. Se continuassem com isso, em algum momento, uma iria ferir a outra mortalmente.

Capítulo 14

Felizmente não houve menção nos jornais ao acontecimento em frente à casa dos Bradford. Pelo jeito, a srta. Raiven mantivera a boca fechada. Na manhã seguinte, Isabelle sentiu as dores da noite. Seu rosto estava inchado e a boca doía. Não tinha vontade de levantar nem a cabeça do travesseiro.

Flore podia ser medrosa e ineficaz como acompanhante, mas era sua única amiga e fazia o que podia para ajudá-la com o pouco que tinha. Ela levou toalhas quentes para as costas de Isabelle e conseguiu um chá para dor com a cozinheira. Ainda saiu com as moedas que a jovem mantinha escondidas e trouxe um pote de pomada para dor.

George espalhou a notícia de que Isabelle estava doente, precisamente acamada, e não podia receber visitas. Um fato estranho sobre ela era que quase não recebia, o que ia contra os costumes da sociedade. Mas também não havia conhecidas querendo visitá-la e se aceitasse todos os pedidos de visitação de cavalheiros não faria outra coisa além de ficar sentada na sala.

Tudo isso se devia ao fato de os Bradford não quererem visitas constantes em sua casa cheia de segredos. Além disso, não pretendiam gastar para servir o chá para tanta gente. Chá de boa qualidade era caro e a nova cozinheira não sabia fazer petiscos chiques para impressionar aquela gente.

No final da tarde, quando o burburinho correu, começaram a chegar as flores e os mimos dos seus admiradores. Todos com bilhetes estimando melhoras. Várias caixas de guloseimas foram entregues. Genevieve pegava os doces sempre que os via chegando. Algumas flores ela mandou jogar fora, pois não havia vasos suficientes. Flore conseguiu que alguns dos presentes chegassem até Isabelle e pegava os bilhetes do lixo, pois era onde George e a mãe os jogavam.

— Vá dizer àquela garota que já é hora de sair do quarto — ordenou Genevieve, que de forma alguma ia deixá-la ficar deitada o dia todo.

— Deixe-a se recuperar — disse George. — Estamos ficando sem tempo. Ela precisa sair e trabalhar em sua parte do plano.

Genevieve dava mais ouvidos aos contrapontos do filho que do marido. Quando Isabelle desceu, encontrou a mesa repleta de caixas e flores espalhadas pelo cômodo. A tia se esbaldava nos doces mais finos que havia em Londres, enviados por Pamela.

— Pelo menos a mulher tem bom gosto.

Uma onda de fúria a tomou e até esqueceu a dor. Isabelle foi até ela, pegou uma das caixas da mesa e derramou na sua cabeça.

— Sua porca imunda! Obriga-me a comer mingau, mas quer chafurdar nos meus doces! — acusou, amassando uma torta coberta de glacê azul na testa da mulher.

Dessa vez George e Gregory tiveram de arrastar Genevieve para outro cômodo ou ela ia matar a sobrinha. De péssimo humor, Isabelle não tinha interesse em doces, mas algo sobre a mesa chamou-lhe a atenção. Sua bolsa, a mesma que havia sido roubada na noite passada. Ela a pegou e atravessou as portas por onde seus familiares haviam passado.

— O que significa isso? — ela brandia a bolsa no ar.

George olhou e teve a desfaçatez de sorrir.

— Sua bolsa. Não está feliz por tê-la de volta?

— Como conseguiu?

— Conheço o patife que a roubou.

Ela foi até ele e o segurou pelo colarinho.

— Como o conhece? Explique-se.

Ele tirou sua mão do colarinho e o ajeitou.

— Não seja tola, Isabelle. Você sabe como. Eu pedi para ele pegar de você. Mas era para ele vir sozinho, não com aquele amigo grosseiro que lhe deu um tapa e ainda apanhou do duque e agora está preso em Newgate.

Isabelle deu um tapa na face direita do primo, que pouco se importou, pois já levara muitos tapas como esse.

— Você é da mesma laia que ela! — Apontou para a tia. — Por que fez isso?

— Para o duque salvá-la! Pensei que viria na carruagem com ele. Não a deixei sozinha por acaso. Você quase estragou tudo ao vir com aquela outra, mas ele veio de qualquer maneira. Pelo jeito, nosso plano está indo bem.

Nosso plano? Isabelle jogou a bolsa nele e voltou para a sala. Ia se retirar, mas ao passar pela mesa repleta de presentes mudou de ideia. Chamou Flore, foi até lá e pediu que ajudasse a juntar tudo e levar para o seu quarto. Ela preferia jogar no lixo a deixar sua tia se esbaldar com o que lhe enviaram.

Apesar de ter que voltar aos bailes, Isabelle estava de castigo. Segundo o tio, ela havia sido desobediente e malcriada demais. Ia sair porque precisavam, mas, fora isso, tudo que lhe desse prazer estava proibido, e como estavam só com uma arrumadeira precisava voltar a ajudar na limpeza da casa. Ela começou a rir; não havia nada naquela casa que lhe desse prazer. Mais tarde, Flore lhe levou um embrulho com mais uma pequena caixa. O sr. Percival o levara pessoalmente e pediu para entregar à camareira:

Prezada Dama Adoentada,

Espero que este bilhete a encontre em melhor saúde. Seu primo espalhou pela cidade que estava acamada. Continuo em falta com seus enfeites, aceite esse novo par como substituição, devem combinar com seu gosto por verde. Desejo melhoras, enquanto isso: torre para F1.

Hayward

Os novos enfeites eram delicados e tinham esmeraldas cortadas e lapidadas à perfeição para enfeitarem de um jeito que parecia que os pontos verdes estavam soltos sobre o avermelhado do seu cabelo. O efeito era gracioso, mas arrebatador. Só que dentro da caixa dos enfeites havia outro bilhete escondido.

Vá ao baile de Lady Bolther. O convite está perdido na enorme pilha que recebe. Entre no pequeno escritório do primeiro andar, pegue a chave na mesa. Encontre o compartimento, igual a outros que já roubou. Traga-me o que houver dentro, especialmente se for uma chave. Não vou descontar as cinco libras que ofereceu pela minha companhia, não tenho cumprido minha parte devidamente.

***

Isabelle voltou aos salões no pequeno baile de Ladv Bolther. Causou certa comoção quando chegou. A anfitriã achou que a confirmação era um engano; jamais esperaria a dama mais famosa da sociedade em sua casa. Isabelle agradeceu pelo convite e comentou que ainda estava se recuperando e tinha certeza de que a casa dela seria um refúgio mais calmo.

De fato, pois as pessoas mais ilustres não dariam o ar da graça. Seus admiradores não faziam ideia de que ela estava lá. Os convidados eram em sua maioria "comuns demais"; jovens desconhecidas que ninguém nunca tinha visto na coluna social, aristocratas que pertenciam à nobreza rural, pois, apesar de irem à cidade, não faziam parte do seu círculo. Alguns pretendentes mais modestos, muitos primos e sobrinhos de algum barão, conde, entre outros... Havia até alguns comerciantes ricos, bastante ilustres no seu meio.

Alguns estavam vendo Isabelle pessoalmente pela primeira vez, já que não frequentavam os mesmos eventos e se desencontravam até no teatro. Lady Bolther garantiu que não a importunassem muito. Se ela voltasse, traria convidados novos. Mas então por que Lady Bolther era importante? Ela podia não ser querida entre as patronesses do Almack's e, apesar de receber bons convites, seus eventos não eram os mais bem frequentados. Mas seu histórico de amantes era o *crème de la crème*. Incluía ministros, secretários, um duque e já haviam dito que ela havia participado de certas festas escandalosas na época mais selvagem do príncipe regente.

Atualmente, tinha um caso com um diplomata. E, por algum motivo, o duque de Hayward queria algo que estava escondido na casa dela. Com certeza a mulher não tinha uma vida monótona. E estava a ponto de ficar mais agitada, pois era melhor ela não ter conhecimento do que se passava.

— Ah, querida, quer que eu a acompanhe? — indagou a dona da casa.

— De maneira alguma. Há mais convidados chegando, e a senhora é a anfitriã. Eu me refrescarei e ficarei ótima — disse Isabelle.

A casa não era muito grande. O compacto salão frontal acomodava 80 pessoas confortavelmente; umas 100 se abrissem a sala de jogos e a sala de música. Isso ajudou muito quando Isabelle escapuliu do corredor que levava ao toalete feminino e entrou no outro, onde ficava a biblioteca. Ela estava aberta à visitação, mas o escritório escondido por trás de uma porta no fundo, não.

Para sua completa surpresa, havia um casal escondido na biblioteca e eles não estavam tendo exatamente um encontro tórrido, mas uma mistura de discussão e beijos roubados. Eles nem a viram passar, mesmo quando ela pegou um castiçal que mais enfeitava que iluminava uma mesa de canto. Isabelle destrancou a porta com um girar da ferramenta de metal que empregava para isso e deslizou silenciosamente para dentro.

As únicas fontes de luz eram seu castiçal e a pouca claridade que entrava pelas janelas. Isabelle encontrou a mesa e analisou a pequena fechadura, tirou um grampo do cabelo e levou meio minuto para abri-la. Encontrou uma caixa na gaveta. Havia duas chaves ali, daquelas usadas em armários, não em cofres. Isabelle olhou em volta e andou pela sala com o castiçal, escutou vozes do lado de fora e estacou. Os passos não se aproximaram, ela desconfiou do armário de bebidas e, quando se ajoelhou, encontrou a fechadura.

Ela costumava procurar coisas mais rápidas e fáceis de roubar; itens mais valiosos em geral ficavam trancados. Afastou as garrafas e usou a outra chave para abrir o compartimento. A outra vez que viu algo assim, gavetas e portas trancadas por trás de outras portas também trancadas, foi na galeria de um colecionador de artefatos antigos e ela naquela vez realmente só estava admirando.

Retirou de lá uma pequena caixa com uma chave antiga e viu papéis dobrados. Ao dar uma rápida olhada sob a pouca luz, pareciam cartas. O duque disse: *Traga-me o que houver dentro, especialmente se for uma chave.* E foi justamente uma chave que ela encontrou. Como diabos ele podia saber? Ela não achou mais nada escondido na pequena caixa. Então a deixou. Pegou o resto, fechou e devolveu as chaves ao lugar delas, trancando a gaveta de novo. Como se nunca houvesse estado ali.

Dirigindo-se para a porta, notou que as vozes do lado de fora tinham se alterado. O casal fora descoberto em sua "discussão" quando alguém veio procurar a moça. Mais pessoas entraram. Ela recuou e viu que era um problema a casa não ser opulenta como outras que ela frequentava. A biblioteca só tinha uma saída. Também não havia terraços e muito menos varandas com escadas para o jardim.

Isabelle tornou a trancar a porta e recorreu a algo que já fizera antes: pular pela janela. E adivinhe só, as janelas também não eram grandes como as últimas que usara. Nesse caso, o vestido atrapalhou e teve de ser enrolado e amassado, mas ela pulou e se viu em um jardim pequeno, mas lindamente iluminado, com caminhos estreitos e bancos escuros.

Havia gente dos seus dois lados. Isabelle arrumou as saias e se preparou para fingir. Mas foi subitamente puxada para o vão escuro e apertado de embelezamento arquitetônico da casa. Era propositalmente coberto de plantas e ela estava pisando sobre uma cama de flores. Tudo enquanto encarava o olhar prateado do duque. Ele levou o dedo aos lábios para que fizesse silêncio e ela ouviu logo depois:

— Estou com medo de que tenha se perdido. A pobrezinha estava acamada até poucos dias, disse que veio aqui justamente porque é um ambiente mais calmo. Já pensou se acontece algo a ela justamente na minha casa? Irão me culpar! Finalmente estarei nos jornais, mas serei massacrada! Temo que me joguem tomates no teatro! — dizia Lady Bolther, aflita.

— Ela com certeza precisou tomar um pouco de ar fresco — respondeu outra voz feminina, apaziguadora. — Não seja exagerada.

As duas mulheres passaram bem ao lado deles, ainda falando sobre a possibilidade de Isabelle retornar outras vezes. Enquanto isso, ela estava junto ao duque e se moveu cuidadosamente. Retirou os papéis dobrados de dentro do corpete e mostrou. Nathaniel os tomou e guardou em seu bolso interno. Isabelle chegou bem perto dele, que já começou a se arrepender quando o perfume dela o envolveu.

— Você me colocou em uma cilada, há gente para todo lado. — O sussurro foi tão baixo que ele só escutou porque ela encostou os lábios em sua orelha.

— Mas saiu do mesmo jeito. Impressionante, madame. Sua recompensa está na carruagem — respondeu ele. Só estava ali porque não quis deixá-la por conta própria; não podia ser visto na casa de Lady Bolther e não ia pedir isso a mais ninguém além de Zach e Lady Thornton, nenhum dos quais estava disponível para um bom roubo.

Ela havia virado o rosto para que ele também pudesse falar em seu ouvido e viu quando um casal passou de braços dados em frente ao seu esconderijo, passeando na brisa noturna. Havia pessoas paradas bem ali, eles não conseguiriam sair imediatamente. Isabelle tornou a olhá-lo. Desconfiava de que ele havia se afastado pelo contrário da falta de desejo.

— Não se mexa, Sua Graça. Nem um centímetro. Consegue? — sussurrou ela.

Isabelle chegou ainda mais perto. Ele sentiu o nariz dela tocar a ponta do seu e depois seus lábios se encostaram enquanto ela passava a chave antiga para a mão dele. Nathaniel queria ficar olhando para ela, mas seu toque o tragou para a sensação de proximidade. Ela roçou sua boca tão levemente quanto uma borboleta até deixar que o cantinho dos lábios dos dois se encostasse. Então percorreu sua bochecha até o meio, fazendo-o sentir uma sutil contração no abdômen.

Ela retornou naquele contato leve até seus narizes se tocarem outra vez. Suas bocas estavam frente a frente. Nathaniel podia sentir o toque e suas respirações trocadas. Isabelle pressionou um pouco mais; ele apertava a chave a ponto de sentir dor na palma da mão. Com a leve pressão, ele não conseguiu só respirar e entreabriu a boca. Isabelle não recuou e seu lábio inferior se insinuou entre os dele. Nathaniel quis sugá-lo e mordiscá-lo, e evitar fazer isso foi uma das coisas mais difíceis que já fez na vida.

Talvez como uma recompensa por sua força de vontade, ela juntou os lábios e completou o beijo mais suave, lento, enervante e dominador que ele experimentara. E, ainda assim, quando ela se afastou e o encarou com aqueles sedutores olhos azuis-escuros, havia deixado seu lábio superior úmido. Aquele olhar estava repleto de desejo, mas, quando ele se moveu um centímetro, ela recuou e o observou atentamente. Se colocasse as mãos nela agora, cometeriam uma sandice.

Nathaniel engoliu a saliva. Ambos permaneceram em silêncio, vivendo a tensão palpável entre seus corpos. Isabelle desviou o olhar e percebeu que naquele curto período o casal partira e não havia ninguém por perto. Nathaniel também olhou e, para o lado que ele estava de frente, não havia sinais de pessoas ali. Ela se moveu subitamente e pulou para fora do vão, fugiu pelo caminho estreito, deixando-o com qualquer evidência.

Lady Bolther acreditou que elas haviam se desencontrado, já que a casa tinha duas saídas para o jardim. Isabelle alegou fadiga e partiu. A carruagem menor agora ficava com ela em vez de à disposição de George; uma decisão do tio que causou atrito em casa. E dentro do veículo havia um pequeno saco preto com seu pagamento pelo roubo.

***

Lady Isabelle Bradford despistou todos os seus admiradores ao aparecer inesperadamente no baile de Lady Bolther. Tal lugar não é conhecido pelos convidados mais ilustres, mas talvez isso comece a mudar. Para jovens em busca de maridos ricos e sem restrições de origens, diversos comerciantes ricos costumam comparecer a tais festividades. Talvez a dama em questão esteja à procura de algo diferente dos lordes mais conhecidos. Ela já tem pretendentes com fortunas seguras e títulos vistosos; seria um insulto para eles. — Coluna social da quarta-feira.

Confusão mesmo, ela causou no dia seguinte, pois, como saiu no jornal que estava de volta, seus admiradores pareciam mais carentes que nunca e levemente preocupados com as suposições do colunista. Ainda bem que ela repassara com Flore o presente que cada um mandara. Assim, pôde agradecer até citando o que gostara.

Apesar de estar de volta, Isabelle estava indo contra o plano de sua família e fugindo do duque. Mesmo após aquele breve encontro, quando pensava nele, as palavras de Genevieve acabavam estragando tudo. Por mais que tivesse interesse pessoal nele e sentimentos que não queria admitir, todo aquele plano e em especial aquela mulher desagradável a faziam se sentir suja.

Ainda mais porque, de certa forma, ela estava perto da verdade. Não dormia com Nathaniel, mas se encontrara com ele, beijara-o e esperara pelo próximo encontro avidamente. Genevieve conseguira tornar aqueles momentos felizes e excitantes ao lado do duque em algo feio.

Para receio de Isabelle, a duquesa a convocou. Pelo tom de sua mensagem, estava chateada. Afinal, ela era sua protegida e não recebera notícias dela nem uma visita antes que Isabelle se declarasse curada. Nathaniel não contou à mãe sobre o assalto. Então, quando Isabelle citou o ocorrido, a dama ficou chocada.

Quando o duque entrou em casa, mais uma vez voltando de um encontro com seus conhecidos para corridas de cavalos e assuntos secretos que fingiam ser uma conversa normal, ele foi novamente surpreendido pela figura que o aguardava.

No topo da escada estava a mulher mais atraente que já conhecera. Ele não saberia precisar se os outros pensavam assim, mas, em sua opinião, ela era tudo que havia de mais provocante no mundo. Ela o atraía como um ímã e ele estava condenado a desejá-la e decidido a não tê-la. Isabelle não era tímida e adorável; e sim ousada e cativante, reinava em qualquer lugar onde entrava. Sua sexualidade se recusava a ser discreta como obrigavam as damas da sociedade a serem e só a sua presença o agitava. Ela não era para ele, não cabia em sua vida.

Ele subiu as escadas lentamente e parou ao lado de Isabelle. Por mais sujo e suado que estivesse, continuava esplêndido. Isabelle, mais uma vez, era o oposto dele; limpa, perfumada e impecável dos pés calçados em sapatilhas cobertas de cetim ao cabelo preso e sedoso. Ela tentou correr, mas não havia como se esconder. Então em vez de agir como a ratinha de que sua tia tanto gostava de chamá-la, foi ao encontro do duque por iniciativa própria, fingindo que aquela última noite não aconteceu.

— Não lhe agradeci apropriadamente, Sua Graça. Obrigada pelo auxílio, da próxima vez ouvirei seu conselho.

Ele aceitou o que ela disse, mas ignorou. Não era isso que lhe interessava.

— Está fugindo de mim?

Não foi isso que ele planejou falar, mas, ao parar ao lado dela, só conseguiu pensar nessas palavras. Ela fizera de tudo para não o encontrar. Já voltara a socializar havia alguns dias e só veio visitar a mãe dele depois que ela a convidou. Ele sabia que Isabelle o estava evitando. Não era pretensão, era uma certeza.

— Não, eu... — Isabelle tentava manter o olhar no rosto dele e ao mesmo tempo longe de seus lábios.

— Creio então que só há duas opções. Ou está envergonhada por causa do roubo ou fugiu, porque, como a senhorita mesmo disse, apenas como seu acompanhante eu jamais deveria tê-la beijado. — Ele pausou. — Ou está começando a ficar com medo de mim também?

— Não coloque palavras na minha boca. Você me provoca inúmeras coisas, mas medo não é uma delas.

O duque não conseguiu evitar, seu olhar foi direto para os lábios dela. E palavras não eram nada do que ele queria colocar em sua boca; seus pensamentos já iam muito além. Mas pensar não é pecado. Isabelle endireitou as costas e também olhou para a boca de Nathaniel e acabou umedecendo os próprios lábios. O duque deu um passo em direção a ela, que recuou, mas o encarou. Quando se entreolharam, ambos sabiam que estavam rendidos.

Ele deu outro passo e de repente estava andando para cima dela, que recuava não para fugir, mas para ver onde parariam. Até que bateu contra a parede e ele se encaixou nela. Isabelle pela primeira vez sentiu o corpo dele contra o seu. Não importava quão vestido ele estava; podia sentir a rigidez de seu abdômen e seu peito contra ela. Ele levantou a mão e tocou seu pescoço, subiu até seu rosto, não devia sequer colocar as mãos nela, estava tão limpa, enquanto ele... porém, ela fechou os olhos e permitiu, descansando as mãos nas laterais do corpo dele.

O duque envolveu-a nos braços, deixando-os colados até as coxas. Ele sentia aquele corpo macio todo para ele. Quando a beijou, deixou de lado a sutileza mostrada na carruagem; foi um beijo voraz que a consumiu rapidamente.

Isabelle nem pensou que era muito provável que alguém entrasse ali; aliás, o mordomo estava demorando. Mas deixou para lá e levantou os braços, envolvendo o pescoço de Nathaniel. Ela podia sentir o cabelo da nuca dele úmido contra seu antebraço. Desejoso demais do corpo dela, ou de tudo que pudesse ter, ele a segurou pelos quadris e chegou a levantá-la. Instintivamente ela afastou as coxas e sua saia se embolou um pouco, mal sentia as pontas das sapatilhas no chão, e o beijo perdera o controle, a língua dele invadira sua boca e ela o correspondeu com avidez.

As mãos de Nathaniel subiram a partir dos quadris redondos, delineando o formato curvilíneo de seu corpo até embaixo dos seios, e ela podia sentir a quentura que o toque dele provocava mesmo sobre seu vestido. Os quadris dele se encaixavam tão bem aos dela que Isabelle arrepiou-se. A excitação se espalhou pelo seu corpo e ela gemeu ao encontro dos lábios dele.

Nathaniel apertou sua cintura, desejando sentir a pele quente embaixo de suas palmas. Isabelle se moveu, causando um atrito e dessa vez foi ele quem soltou um gemido rouco contra os lábios dela. Seus corpos colados pareciam arder; ela sentiu-se febril e ele sabia exatamente onde estava chegando: no seu limite.

O mordomo entrou e ficou ali parado por uns segundos tamanho o choque. Então resolveu sair de fininho, mas trêmulo e com os olhos arregalados bateu com a mão na porta. O barulho fez o senhor de idade sair correndo como uma criança assustada. Não podia acreditar no que acabara de ver. Por via das dúvidas, ia manter a boca fechada.

Nathaniel soltou Isabelle da posição comprometedora em que os colocara devido à sua total falta de controle. Ela deixou os braços escorregarem de seu pescoço. Ainda se apoiava contra a parede, pois sentia as pernas bambas. O duque deu um passo para trás, achou que não era suficiente e deu outro. Ele precisava sair de perto dela o quanto antes. Havia feito tudo que não podia. Perder a cabeça e agir precipitadamente? Parecia outro homem.

— Isabelle, vamos pôr um ponto final nisso. — Ele até bufou tamanha a irritação consigo mesmo. Mas, quanto mais se recriminava, mais seu desejo se rebelava.

Os olhos dela voaram para ele. Não era nada disso que esperava escutar agora.

— No quê?

— Não ajo assim. Não gosto de agir assim e uma das coisas que mais odeio é perder o controle. Eu não deveria ter feito isso com você.

Descontrole não fazia parte do vocabulário dele; se fizesse, ele estaria morto. Frieza e planejamento; isso sim era o duque. E jogara tudo pelos ares.

Nathaniel sabia que estava indo aonde não devia. Não era como se houvesse um futuro para eles. Era uma união fadada à tragédia. Bem, já acontecera tudo que não devia, mas chegaram a um ponto que ou cessavam de vez, ou não paravam mais. Ela precisava de um marido, alguém que fosse cuidar dela. Nathaniel podia fazer isso. Seria melhor que todos aqueles aparvalhados que a viviam perseguindo.

Não, não seria. Ele não poderia nada.

O que deveria era ficar longe dela e ponto.

— Parece que alguém tirou o temível duque de Hayward de sua zona de conforto — respondeu Isabelle.

Nathaniel estreitou os olhos para ela, parte de sua atração era por ela ser uma das poucas pessoas que não tinha papas na língua perto dele. E ia além de apenas provocar: constantemente o desafiava.

— Não vai acontecer de novo — assegurou de volta àquele seu jeito impossível de ler.

Isabelle até pensava em moderar a língua. Assim como ele perdia o controle, o mesmo acontecia com ela. Tudo isso porque cometeu o erro de misturar seu dever com seus sentimentos.

— Então, Sua Graça, é fato que não devemos nos encontrar mais. Pois não serei eu quem o imprensará contra uma parede. — Ela não só o alfinetava como o esfaqueava.

— De fato, Lady Isabelle. Tem razão. Peço desculpas pelo meu comportamento atroz.

Ela se desencostou da parede, as costas retas e rijas como estando em uma pose. O semblante tão frio quanto o dele, mas os olhos flamejando.

— Então se me der licença. Até mais ver, Sua Graça.

Isabelle partiu rumo ao salão onde deixara a duquesa. Conforme se afastava dele sentia os olhos arderem e começou a puxar a respiração em intervalos curtos, não queria nem fungar. Mas por que parecia uma despedida? Certamente ainda o veria em algum momento.

— Aí está você. Pensei que havia se perdido — disse Pamela.

Isabelle usou todo seu treinamento e sorriu, apesar dos olhos tristes. Ver a duquesa a fez lembrar que acabara de terminar algo que nem iniciara. Estava arruinada. Em todos os sentidos.

Apesar de seus esforços, Pamela percebeu que sua protegida não havia voltado como deixara aquela sala. Pior ainda foi quando seu filho entrou. Por um motivo totalmente alheio a ele, Nathaniel foi atrás de Isabelle, não que tivesse algo a dizer. Mas simplesmente precisava saber para onde ela estava indo. Era mais forte que ele.

— Voltou mais cedo hoje. — A duquesa observou o filho, que entrou na sala sem nem olhar em sua direção.

Depois, ela tornou a reparar em sua protegida que deixara aquela sala com a serenidade de quem não tinha preocupações. Agora ela estava ruborizada e escondia sua perturbação. O vestido de um fino crepe estava amarrotado como se alguém o houvesse amassado e puxado. E seu cabelo estava frouxo, além de a boca parecer ter sido usada para algo além de falar, beber chá e comer quitutes. E Pamela não ia começar a descrever a aparência do filho, pois ele sempre voltava um desastre desses encontros.

— Acabei de me lembrar que tenho um compromisso com Lady Monique. Preciso partir. Vejo-a em breve, Sua Graça. Muito obrigada pelo chá.

Isabelle deixou a casa rapidamente antes que seus sentimentos a dominassem. Queria chorar de raiva de tudo e todos e de tristeza por motivos que não saberia explicar. Agora que não via um horizonte para o seu próprio plano, sentia-se sem perspectiva alguma. E, pior, sem esperança.

Assim que o mordomo fechou a porta, ainda se fingindo de morto, o duque virou-se e partiu em direção à escada. Mas Pamela foi atrás dele.

— Nathaniel, você disse alguma coisa a Isabelle?

— Perguntei sobre a saúde dela, o primo dela disse que esteve doente — respondeu ele, cínico. Não acreditou nessa história de George nem por um momento.

— Eu não tenho lhe pedido para acompanhá-la. Então por que foi visto em companhia de Isabelle? Não me faça imaginar algo absurdo.

— Levando em conta que você a transformou em protegida, creio que estamos os dois acompanhando Lady Isabelle em ocasiões diferentes.

— Quando chegamos a Londres — continuou a duquesa, ignorando o que ele dissera —, você estava compartilhando a cama daquela moça que pouco fala. — Pelo jeito a compulsão por ter informações sobre a vida pessoal dos outros era de família. — Então não sei por que raios está vendo Isabelle de dia e indo para a cama de alguma outra de noite.

— Não é nessa ordem nem dessa forma. Só encontro Isabelle à noite, que é quando a resgato de bailes.

Ela ficava exasperada, pois ele nem se dava ao trabalho de negar.

— Escute bem, Nathaniel. Vou fazer o melhor casamento da temporada. Aliás, o melhor da década. A última vez que se viu um casamento como esse foi o de algum descendente da coroa. Vão comentar sobre o casamento de Isabelle com o melhor partido da Inglaterra durante anos!

— Acho que você terá dificuldades em achar esse tal partido — opinou ele, ainda naquele seu tom calmo e irritante.

— Ela pode atrair qualquer partido. Então trate de não deixar mais nenhum boato sobre ela surgir. Imagine só, ser associada logo a você. O absurdo!

Se ela só soubesse que dessa vez o filho estava realmente sentindo alguma coisa, Pamela faria de tudo para que ele fosse em frente. Mas não conseguia acreditar nisso, não mesmo. Do jeito que conhecia Nathaniel, tal ideia era inimaginável.

— Com tantos requisitos, talvez precise de um duque para seu casamento majestoso e não me lembro de nenhum solteiro nessa temporada e que esteja com menos de sessenta anos. — Era engraçado como ele não se considerava uma opção.

— Tem o marquês de Renzelmere — lembrou a mãe só para provocá-lo.

— Sinto informar que ele está apaixonado pela cantora de ópera.

— Tenho uma lista com alguns nomes. E conto com sua total colaboração.

Nathaniel só assentiu. Tinha outras preocupações, como encontrar todos os responsáveis pela conspiração para matar o primeiro-ministro e pelo atentado ao secretário de Guerra e impedir que tentassem de novo.

Nada disso impedia sua insatisfação com a sua vida pessoal. Ao contrário do que sua mãe pensava, não estava mais dormindo com Marianne. Foi melhor assim, terminaram no meio da temporada. Foi ele quem se afastou desde que sucumbiu à loucura e beijou aquela maldita Bradford. Admitia a culpa.

Também não ia gostar de não ver mais Isabelle. Mas isso não era uma opção, era? Haviam terminado o que estavam fazendo e ambos não saberiam descrever o que existia entre eles. O problema era que sentia como se houvesse perdido, ou jogado fora, algo querido por puro engano. Sinceramente, era pior sentir-se assim que viver fora de controle.

Capítulo 15

Era sexta à noite, havia vários bailes previstos; os inferninhos e clubes para cavalheiros estavam cheios de homens que não davam a mínima para o dinheiro que gastavam. Nathaniel podia fazer várias observações desagradáveis sobre aquela semana. As discussões no Parlamento e as maquinações políticas estavam no ápice das tensões.

Pensou que iria descansar em sua vida de duque, mas alguém sequestrou o secretário de Guerra e Colônias quando ele estava saindo da casa de sua nova amante. Por que diabos ele tinha que trair a amante oficial? O homem nem tinha mais idade para toda essa ação. Estragou o plano de contingência e perdeu um dente. Nathaniel ainda teve de mentir para a esposa dele; alguém tinha de explicar o porquê de um cavalheiro ser devolvido em trajes que não eram seus e com a cara amassada depois de dois dias desaparecido.

Devido a problemas pessoais, o único amigo para quem fazia confidências, Zachary, precisou deixar Londres. Algo com a propriedade e uma história sobre sua tia interesseira e o casamento da prima. Quando ele explicou tudo, a cabeça do duque estava em outro lugar. Nathaniel se mantivera o mais ocupado possível. Se pudesse, nunca mais entraria num evento da temporada. Mas o jornal continuava chegando e a coluna social trazia aquele nome amaldiçoado em letras garrafais: *Bradford*.

Haviam publicado novas gravuras dela de algum desenhista mais realista e delicado em seus traços. Assim, podiam ajudar todos que não frequentavam a alta sociedade a vislumbrarem como era a famosa Isabelle Bradford. Nathaniel pensava que era assim que seus ancestrais que tanto odiavam aquela família se sentiam. Só que ódio não era o problema dele.

— Como sempre, um lobo solitário.

O duque, que em geral não gostava de surpresas, pensou que estava tendo muitas nessa temporada. O marquês de Renzelmere sentou-se ao seu lado. Estavam no St. Rivers, mas nenhum dos dois tinha ido ali para jogar ou comer.

— Imagino estar olhando para uma miragem. — Foi sua resposta desanimada.

Neil deixou seu corpo cair na cadeira do lado oposto de Nathaniel e suspirou. Estava amarrotado como alguém que passara muito tempo numa carruagem.

— Sou muito real, Hayward. Infelizmente.

— E o que está fazendo aqui?

— Não posso mais vir à cidade?

Nathaniel ignorou a pergunta e bebeu mais um gole de conhaque enquanto esperava a resposta certa.

— Ela me deixou.

O duque continuou olhando para o marquês, agora aguardando que suas palavras começassem a lhe dizer algo novo.

— Lira foi embora. Creio que não lidou bem com o fato de eu não concordar que ela precisava voltar para mais apresentações nessa temporada. Ela cantou por meses. Sem descanso.

— E ela chegou aqui sozinha?

— Não. Meu cocheiro a trouxe. Não podia deixá-la sozinha na estrada.

— Sabe, Renzelmere, essa sua dama está começando a ficar irritante em sua inconstância.

— Não me diga. — O marquês fez um sinal com a mão, pediu o mesmo que o duque estava bebendo. — O problema é que eu já cedi muito. Até agora, cedi em absolutamente tudo. Cada detalhe que foi preciso para manter esse relacionamento. Não pedi a ela que abandonasse os palcos. Posso lidar com isso. A única coisa que pedi foi que ficasse lá comigo nessas últimas semanas. Assim, quando voltasse já estaríamos casados. Ninguém poderia dizer nada. Ela teria todas as próximas temporadas para se apresentar. Enviei a carta comunicando minha família do casamento, mas ela simplesmente foi embora.

— Talvez pense que a está enganando e que, se ceder agora, terá de ceder para sempre e nunca mais voltará aos palcos. Cantar é o que ela mais ama fazer — sugeriu o duque sem saber por que ainda tentava remediar o conturbado relacionamento do marquês.

— Ela nunca cede e disse exatamente isso. E que depois do casamento eu alegaria vergonha de suas apresentações e não honraria minha palavra de deixá-la cantar. Eu não conseguiria pegar meus pertences e deixá-la. Mas o contrário não parece ter sido difícil. Lira não confia em mim — lamentou-se.

No sábado à noite o marquês estava no fundo de um sarau, abrindo seu coração machucado para Isabelle. E ela o consolava novamente, dizendo que ainda havia chance para o romance dele. No dia seguinte, a coluna social trazia de volta à vida a história de que Isabelle seria em breve a marquesa de Renzelmere. Isso foi estimulante para muita gente.

— Está vendo, Nathaniel — cutucou a mãe. — Eu lhe disse que ainda podia fazer o casamento da temporada!

Decidido a não se importar com esse rumor antigo e sabendo da história de Neil, o duque continuou escrevendo. Sua relação com Isabelle Bradford havia ido longe demais. Agora que havia terminado, não queria nem pensar no que ela estava aprontando. E, para alguém como ele, que tinha como profissão juntar informações, isso era ainda mais difícil.

***

— Como assim não terá mais o duque? — gritou Genevieve.

— É o que você ouviu — respondeu Isabelle.

George andava de um lado para o outro enquanto passava a mão pela barba e Gregory dobrava e desdobrava o jornal.

— Como pôde deixar isso acontecer, Isabelle? — perguntou o primo.

— Fui muito além do plano que vocês traçaram. Foi o que eu disse, tivemos um... uns... encontros. Mas acabou. Nem sequer o vejo mais. Creio que terão de me arrumar outro pretendente.

— Se estiver fazendo isso por causa daquele garoto, neto de Lorde Barthes, pode desistir! Você não é pra ele!

— Rowan não tem nada com isso! Ele é meu amigo!

— O duque é o único Hayward vivo! Todo o patrimônio roubado dos Bradford agora pertence a ele! Tem de voltar lá.

— Não posso! — reagiu Isabelle, recusando-se até a tentar.

Genevieve foi até ela e a agarrou pela mandíbula, colocando-a de pé.

— Escute aqui sua ratinha imprestável! Você vai reverter isso ou eu juro que antes de te fazer virar uma prostituta eu te dou para os mendigos

144

acabarem com essa virgindade que você tanto preza! — Ela a empurrou. — Faça algum uso desse corpo maldito e seduza aquele bastardo!

— Não posso mais! — Isabelle se desvencilhou.

Não podia confessar que se envolvera com o duque de forma sentimental. Ela se magoara no processo, mas jamais poderia confessar isso para sua família. Eles precisavam pensar que ela odiava o duque e seguia no plano para usá-lo.

Dessa vez foi George quem a puxou para longe da mãe. Mas ele não era violento como Genevieve.

— Isabelle, concentre-se em tudo que fizemos para chegar aqui. Sabe o quanto odeio vê-la perto dele, mas ele a quer. E Deus que me perdoe, mas faça, nem que precise dormir com ele. É o único motivo pelo qual eu aguentaria vê-la com outro.

Eles falavam como se ir para a cama com Nathaniel fosse um grande sacrifício. Como se ele fosse nojento e degradante. Ele era tão atraente que podia incendiar uma mulher enquanto ela só fantasiava o que podia fazer com ele. Ela já estivera em seus braços e, se ele quisesse, talvez ela houvesse cedido por conta própria e não por imposição de sua família. Beijá-lo era como perder-se em um fogo que a consumia incessantemente. Não havia controle e ela não queria que sua família maculasse suas lembranças.

— Vou tentar — mentiu. Era tudo que podia dizer ou eles continuariam pressionando-a.

— Vigie essa garota, George! — ordenou a mãe. — Tenha certeza de que ela está fazendo a parte dela!

O que George descobriu foi que sua prima andava se encontrando muito mais com o marquês que com o duque. Não havia nem sinal do segundo.

— Ficarei lá, fingindo que estou bem — dizia Renzelmere. — Ela não acabará comigo dessa vez.

— Dou-lhe todo apoio, milorde — respondeu Isabelle.

Era noite de ópera, a última apresentação da temporada e os camarotes estavam lotados com a aristocracia em suas melhores roupas, sendo uma atração à parte. Isabelle era convidada no camarote de Renzelmere e sua família, mas para agradar a duquesa e escapar de falatório iria ficar com ela no segundo ato. Os fofoqueiros continuavam esperando que ela ficasse noiva de alguém. Não era possível que não escolhesse ninguém com todos aqueles partidos disponíveis.

Sabendo que era provável que não visse mais o duque durante um bom tempo, Isabelle seria obrigada a esperar até a próxima temporada para quem sabe tentar outra vez ou aceitar o pedido de casamento de Rowan e fugir para longe de sua família. Tinha coragem de fazê-lo, mas não estava apaixonada por ele a ponto de cometer tamanha loucura e ainda colocá-lo em perigo. Mesmo sabendo que suas chances de felicidade eram nulas, ele era o único que não seria um marido controlador e abusivo.

Ao seu lado, o marquês sentia-se melhor nos últimos dias, parecia destruído, pois Lira entrara no palco e derramava aquela sua bela e mágica voz. Ela cantava com tanta emoção. Isabelle não sabia o que a levou a voltar para Londres antes. Além, é óbvio, da vontade de se consagrar na ópera. Podia ser amiga do marquês, mas faria o mesmo se precisasse. E Lira tinha a consagração ao alcance das mãos. Esperava que ela conseguisse resolver sua vida amorosa depois disso, pois achava que ela amava Renzelmere, só não conseguia demonstrar.

Assim que as cortinas se fecharam para o intervalo do segundo ato, a movimentação começou. Rapidamente o teatro foi tomado pelo burburinho. Isabelle já havia usado os binóculos para olhar o camarote da duquesa que ficava mais perto do palco. Não viu o duque, mas Lady Honor comparecera. Isabelle juntou-se a elas, mas, para sua grande surpresa, Nathaniel entrou rapidamente pouco antes de iniciar o segundo ato.

Ela o viu apenas quando ele se sentou ao seu lado, atrás de Lady Honor. Ela apertou de leve a pequena bolsa, que levava presa ao pulso, e ficou em um dilema enorme. Felizmente as duas senhoras se viraram para cumprimentar e ela pôde fazer coro.

O segundo ato começou e Nathaniel estava também surpreso por encontrar Isabelle ali. Já sabia que ela ia assistir do camarote de Renzelmere. Então chegou pronto para pegar um binóculo e agir feito um fofoqueiro. Agora estava sentado ao lado dela, o que de forma alguma o agradava. Assim não podia olhá-la, a menos que a encarasse acintosamente.

De longe não teria que sentir o perfume dela infiltrando-se por suas narinas, alojando-se em seu cérebro e dando a impressão de que estava impregnado por seu corpo e suas roupas como se ele houvesse voltado a abraçá-la. Era mais a impressão que a realidade; deixava-a em casa e parecia que a carruagem o lembrava dela por dias, mas era só a sua mente o torturando.

Isabelle passava pelo mesmo tormento. Naquelas ocasiões em que se encontrara com o duque em sua carruagem, o cheiro dele ficava nela. E era sempre dinâmico, como se cada dia ele viesse de um lugar. Sua colônia masculina se misturava ao cheiro de folhas e terra, no outro dia, ao cheiro de tabaco. Então retornava só com o cheiro do sabão de seu cabelo e suas roupas. Era surpreendente como se sentia reconfortante perto dele.

Isabelle estava tão rígida ao seu lado que nem se mexia com receio de encostar nele e parecer que estava doida para virar-se e conversar. Era como se não se vissem havia anos. Iam ser tragados pelo buraco que se abria entre eles.

Tensos com a presença um do outro, nenhum dos dois se lembrou mais do marquês, de Lira ou de qualquer outra coisa. E, quando terminou, ambos pularam de pé e se chocaram, o que só deixou o momento mais embaraçoso.

— Mas é lógico! Vamos esticar a noite; afinal, hoje a ópera não acaba cedo por acaso — dizia Lady Honor, tão empolgada com suas companhias ilustres que mal podia se conter. Formavam um grupo e tanto.

Lá estavam eles de volta ao cenário onde tudo havia começado. Champanhe era consumido. Isabelle estava novamente perto de onde encontrou o duque pela primeira vez. E quem imaginaria que a situação mudaria dessa forma? Naquela época não sabia que conseguiria chegar tão próximo dele que acabaria sendo repelida. E, mais uma vez, lá estava Marianne. Aparentemente, ele a repelira também ou estavam fingindo que não se viram.

Para felicidade de Isabelle, seus familiares não estavam presentes. Gregory devia estar ocupado tentando ser um marquês. George até a acompanharia, mas tinha suas amantes e assuntos ilegais para cuidar e Genevieve jamais poderia ir sozinha com ela a algum lugar. Estava livre e sem uso para tal condição.

Quando o marquês foi requisitá-la novamente, oferecendo-lhe um lugar e para Flore junto à sua família, Isabelle não olhou para trás. Se o fizesse, veria os olhos do duque cravados sobre sua figura porque ele simplesmente não conseguia parar de encará-la. Ela estava trajada em tons de verde; era a elegância em movimento. Em nenhum dia que passou, a mente dele deixou de lembrá-lo de como ele a conheceu, mais intimamente que qualquer um ali.

— Uma pena Devizes não ter vindo. Assim apenas o verei na próxima temporada — comentou Renzelmere.

— Eu o verei em breve. Mandarei suas lembranças — respondeu Nathaniel, sabendo que preferia ver sua companhia atual.

Sem saber de absolutamente nada e nem sonhando em desconfiar, Neil se esforçava para manter a conversa ativa com Isabelle, Anna e o duque. Anna passara a gostar da moça, começava a preferi-la no lugar da tal cantora que fazia seu irmão sofrer. Sabia que não havia nada entre Isabelle e Neil, mas desde quando os casamentos na alta sociedade nasciam a partir de sentimentos?

Isabelle, por outro lado, sabia que sua suposta amizade com Renzelmere irritava o duque. Bastava apenas um olhar para notar o quanto ele estava contrariado.

— Então a senhorita acredita que é possível começar a amar com o tempo? — perguntava Neil. Para pavor de Anna, o assunto se desenvolvera por culpa dela. — Poderia aprender a gostar de alguém?

— Acredito, milorde. Afinal, por que não? Assim como podiam ter se apaixonado antes, acho possível que um casal tenha a sorte de, ao se conhecer melhor e passar mais tempo junto, desenvolver apreço mútuo. Não que a maioria seja tão afortunada.

— Sim, infelizmente. Por isso que prefiro me casar por amor — opinou Anna e devido ao falatório em volta e ao fato de ela falar baixo de propósito Isabelle pareceu ser a única a prestar atenção.

— Já que partilhamos da mesma opinião, Lady Isabelle, eu estava sendo sincero. É melhor que me considere um pretendente. Não vou precisar de muito para aprender a gostar da senhorita mais que já gosto.

Anna sorriu e o duque focou o olhar nele. Como se estivesse filtrando a informação e houvesse escutado algo relevante o suficiente para prestar atenção nos presentes.

— Quão volúvel você pode ser, Renzelmere? — perguntou ele ao marquês.
— Está morto de amor pela cantora num minuto e no outro está propondo à outra que se case com você para aprender a amá-lo porque você tem certa consideração por ela.

— Não seja tão duro, Hayward — respondeu o marquês.

— Tolo apaixonado como você é, o que espera oferecer a ela? Assim que Lira parar com a crise atual, não importa onde você esteja, vai deixar a esposa e ir atrás dela. E que belo casamento será. Com tantas jovens tolas para você escolher, tem que querer machucar aquela que saberá de tudo antes mesmo de você.

— Você tem um coração de pedra — respondeu Neil, insultado. — Não é por isso que todos precisam ter. Posso aprender a amar tanto quanto minha futura esposa.

— Pedra, madeira, gelo... use a nomenclatura que preferir. Mas mantenha esse seu coração instável longe de pedidos de casamento que não sejam para a mulher que realmente deseja.

Isabelle ficou surpresa ao ver o duque tomando o partido dela, mas se intrometeu ao ver que a situação estava se desenvolvendo de forma errada.

— Não o levei a sério — disse num tom jocoso, não querendo parecer que competiria por Renzelmere, que já tinha um amor.

— Pois leve! Pode incluir meu pedido na sua lista! — disse o marquês, dirigindo-se a ela e piorando tudo. Depois olhou o duque. — Você quis dizer para manter meus pedidos longe dela, não é?

— Entenda como quiser — respondeu Nathaniel, cortante.

O marquês virou-se de frente para Hayward. Pelo brilho em seus olhos os outros só entenderam o que se passava quando ele tornou a falar:

— Qual é o problema? Por acaso acha que não sou bom o suficiente para sua protegida? Já está se desfazendo de mim só pelo que testemunhou? — vociferou o marquês, entendendo errado. Nem ele podia imaginar o duque perdendo a compostura por causa de uma paixão inconcebível por Isabelle, que, além de ser uma Bradford, não combinava com ele.

Nathaniel encarou o marquês seriamente. Estava irritado. E fabuloso. Tinha o corpo todo rígido e levemente inclinado para a frente de forma ameaçadora. E os punhos fechados e tão apertados que os nódulos estavam brancos. Mas o melhor eram aqueles olhos sombrios: claros como prata, intensos, brilhantes e cravados bem em cima do marquês.

— Não, você não é bom o suficiente. Além de tolo, é suscetível. E, o pior, volúvel e carente quando o assunto é amor. Você vai ficar todo encantado. Ela vai pegar seu coração, amassar como papel e jogar fora, pois é mais inteligente que você. Saberá da traição imediatamente. Isso para não citar que sua futura amante, a cantora, o enlouquecerá com suas inseguranças que ficarão piores depois que você se casar com outra. Quanto isso pode ser considerado bom?

Dava para notar o choque no rosto do marquês. E Isabelle passou entre os dois e parou ao lado de Nathaniel, puxando sua manga para que se afastasse.

— Você foi além dos limites agora, Hayward! — disse Neil, suas bochechas foram de coradas de ultraje a brancas de assombro.

Anna olhou para o lado; do jeito que os fofoqueiros tinham olhos de raposa, já esperava que notassem a mudança do tom da conversa.

— E você fique longe dela com essa sua necessidade de estar apaixonado — ordenou o duque, sendo muito ele mesmo.

Neil bufou. Não que ele gostasse de Isabelle a ponto de cortar relações com Nathaniel. Mas também não gostava de admitir que os assuntos do coração eram seu fraco. E muito menos que alguém como o duque esfregasse isso na sua cara publicamente.

— Sua Graça! — Isabelle o puxou pela lapela do paletó para que a olhasse. Ela ainda recebeu um pouco daquele furioso olhar prata, mas, ao focalizá-la, ficou mais ameno. — Pelo que me disse íamos parar com isso, lembra-se?

Ele apenas assentiu, os olhos ainda presos em seu rosto.

— Não está parando! — Ela perdeu o controle daquele tom baixo e suave, piorando a situação.

— Não pode me impedir de dizer a verdade — respondeu ele, falando mais baixo.

Ela respirou profundamente para conseguir sussurrar:

— É a minha vida e você e eu não temos mais nenhum tipo de relação. Contente-se! — determinou.

Com o ultimato de Isabelle, Nathaniel ajeitou sua postura e voltou a ficar como se mesmo um canhão disparando ao seu lado não faria com que ele se alterasse. Renzelmere e a irmã ainda os observavam, um tanto embasbacados com a interação.

Mesmo sem escutar o que ela disse, dava para as pessoas em volta perceberem que estava sendo ríspida com ele, o que, em função de quem eram, era um escândalo por si só.

— Não me contento, Isabelle — respondeu ele, surpreendendo-a, pois achou que na posição em que se encontrava iria dar o assunto como encerrado.

— Aprenda. Foi o senhor quem quis isso. — Percebendo que haviam virado o centro das atenções, ela partiu dali, deixando todos para trás.

Isabelle ignorou o falatório e desceu as escadas sem saber para onde ir. Queria arrumar uma maneira de ir embora. E, como vinha sendo uma constante em sua vida, a única pessoa que apareceu foi o duque. Ela virou-se e andou de um lado para o outro, sabendo que estava se comportando fora dos padrões de uma dama bem controlada.

— Se quiser partir, posso lhe arranjar um meio de transporte. Sem a minha presença.

Ela parou e olhou-o diretamente.

— Quem disse que quero partir? — perguntou, nitidamente o enfrentando.

— Não quero causar outro desentendimento. Eu me alterei e não a culpo pela sua agressividade.

Além da tia dela, Isabelle nunca havia sentido vontade de nocautear alguém como sentia naquele momento.

— Não deixei de notar esse fato, Sua Graça. Não preciso que me diga.

Na opinião de Nathaniel, Isabelle estava botando para fora as garras que fingia não ter. Isso não o incomodava, estava acostumado a lidar com feras. Mas também não conseguia deixar de falar aquilo de que precisava. E quanto mais a conhecia, mais sabia que não podia deixá-la prender-se a um daqueles homens que andavam atrás dela. Seria deixá-la escolher ser infeliz para o resto da vida. Por mais que ele não pudesse tê-la, não era isso que queria para ela. Iria partir seu espírito.

— Você realmente quer se casar com um homem que a tocará pensando em outra? Que, mesmo a traindo, ainda será como seu cão de estimação? Você sempre será o prêmio de consolação dele, não é isso que merece.

— Isso não é assunto seu! — respondeu, ignorando o fato de ele estar certo.

— Tomarei a liberdade de discordar.

— Não sabe absolutamente nada do que tenho ou não de fazer. Vou me casar e se não for com Renzelmere será com Rowan. São minhas melhores opções.

— Nenhum dos dois duraria um mês com você. Não os suportaria.

— Posso ser muito doce quando quero, Sua Graça — devolveu ela, num tom de exagerado fingimento.

Nathaniel teve a ideia louca de que se fosse há uns trezentos anos ele iria sequestrá-la e trancafiá-la na torre de seu castelo até que atingisse o bom senso. Não seria o primeiro da família a cometer tamanho despautério. Ele não conseguia suportar a ideia de deixá-la fingir pelo resto da vida ao lado de um daqueles paspalhos. O pior é que ele sabia que ela podia ser doce, mas não como os outros esperavam que fosse.

Porém, só sequestrava pessoas em seu trabalho de espionagem. Na vida pessoal ele argumentava, mas escolheu o argumento mais radical e inesperado para sair de seus lábios.

— Não me obrigue a matar os dois palermas — avisou ele, sabendo que estava muito além de seus limites.

Isabelle até se aproximou para ver sua expressão. Não era possível que ele estivesse brincando justo naquele momento. No entanto, ele carregava a seriedade de sempre, de quem não fazia promessas vãs.

— Não sei como faria tal coisa! — reagiu ela, indo tão ao limite quanto ele, mas demonstrando a alteração.

— Aceite a proposta deles e descubra — ele reagiu como ela e resolveu que iria caminhar para longe dali a fim de acalmar seu temperamento. Isabelle podia usar a carruagem dele se assim desejasse.

Antes que ele pudesse partir, Isabelle fechou os punhos e deu um passo em sua direção.

— Rainha! — Ela disse alto e abaixou o tom quando ele parou. — Para F4.

Nathaniel se virou e a encarou, ela o olhava com determinação. Então ele resolveu jogar.

— Rei para C2 — disse ele.

— Rainha para E3 — devolveu ela sem pensar muito.

Nathaniel repensou suas peças; não era só um exercício de estratégia, mas também de memória, pois estiveram trocando jogadas em seus bilhetes e ocasionalmente em seus encontros. Ele movia as peças quando estava em casa, mas ali só contava com a lembrança do tabuleiro. E pelo que lembrava estava sem peças para se defender.

— Rei para B1.

Isabelle moveu a rainha para mais perto. O rei prateado de Nathaniel foi para o canto. Em A1. Então ela mostrou o que tinha pensado em sua fúria:

— Rei para B7 — disse ela, tirando o rei do fundo.

Em seu tabuleiro mental, o rei prateado dançou de um lado para o outro com a rainha dourada o ameaçando. Até que o rei dourado chegou a C3 para apoiar sua rainha.

— Rainha para B2 — anunciou ela, colocando a rainha dourada na diagonal entre os dois reis. — Xeque-mate. — Deu a sentença de morte.

Nathaniel umedeceu os lábios. Ela havia avisado que da próxima vez que jogassem iria derrubá-lo. Ele perdeu o controle próprio e também do jogo. Isabelle fez questão de armar cada jogada para derrubá-lo com sua rainha. O duque fez uma mesura, reconhecendo a derrota.

Ao mesmo tempo, ela só provara o que ele argumentou: aqueles paspalhos não serviam para ela. Nathaniel resolveu partir primeiro. Para recuperar o respeito próprio, pois o mérito da vitória no jogo era dela, mas ele não saber como acabou naquela situação, e com seu rei encurralado, só provava que Isabelle o estava levando ao extremo.

Sem saber como interpretar a reação do duque, pois dele podia esperar tudo, Isabelle ficou frustrada. Era verdade que se pudesse escolher acabaria aceitando uma proposta, mas não queria nem podia. Agora a suposta relação que os dois não tinham estava pior que nunca. Depois desse episódio de pura raiva, desconfiava que Nathaniel nunca mais iria querer vê-la. Aquele maldito duque não aceitava perder as estribeiras por motivo algum.

Porém, como Isabelle pensara, vindo do duque, tudo era possível. Na tarde seguinte, Flore chegou com um embrulho e um bilhete. Ela explicou que um rapazinho estava do lado de fora esperando com ordens expressas de só entregar tudo somente a ela ou a Isabelle.

Quando abriu a caixa larga e baixa, encontrou várias tortinhas de sabores variados, pois ele a observara e percebera que era aquilo de que ela mais gostava. Em cima delas havia um bilhete que parecia ter sido escrito às pressas; a caligrafia limpa que ela já conhecia estava mais inclinada e mal conectada. Imaginou que ele havia escrito da carruagem dele.

Lamento a forma como me comportei. Não devo me intrometer em seus assuntos pessoais. Vamos recomeçar nossa relação como se eu não houvesse errado tanto até aqui. Parabéns pela vitória, a senhorita é uma adversária formidável.

Hayward

Isabelle achava intrigante a forma como ele considerava tudo culpa dele. Curiosamente, Nathaniel se culpava demais em tudo que dizia respeito a relacionamentos. Talvez por isso preferia não ter nenhum. Apesar de saber coisas demais, ele ainda não sabia que ela estivera preparando tudo para conseguir ficar na companhia dele. Cedera quando não devia, provocara, incitara e, se assim pudesse dizer, seduzira. E a recíproca era verdadeira. Mas Isabelle achava que o duque havia sido mais efetivo na parte da sedução. Agora ele pedia para recomeçarem. Pois bem. Ela não sabia exatamente o que isso significava, mas estava disposta a descobrir.

Capítulo 16

Como de costume, Andrew comia ovos sobre uma grossa torrada macia, e a duquesa lia o jornal, com presunto esperando no prato ao lado da xícara de chá. Nathaniel dormira fora. Pamela preferia não saber onde nem com quem. Esperava que ele não houvesse arranjado outra pretendente sem graça e sem personalidade. O duque, por sua vez, estivera envolvido em assuntos bem mais perigosos que seus problemas de desvalorização pessoal no campo do amor.

— Nathaniel, você pode me explicar o que significa isso? — Ela apontou para o jornal assim que ele se sentou.

— Não sabia que você havia passado a se preocupar com a coluna social, mamãe. — Ele deixou o mordomo encher sua xícara de café.

— Não seja irônico. Refiro-me à sua última notícia. O que eu lhe pedi? Também fiquei sabendo por Lady Honor que Renzelmere está profundamente magoado por sua causa. E você andou discutindo em público com Isabelle?

— Também não sabia que o marquês passara a divulgar seus sentimentos. De fato, conversei com Lady Isabelle. Não sabia que estava proibido de falar com ela.

— Sei de fonte segura que não foi só uma conversa.

— Imagino que sua fonte segura receba muito bem. Fora isso, não pode ser segura. — Ele levou a xícara aos lábios.

Pamela suspirou. Era cansativo discutir com o filho. E o pior de tudo: fora ela quem criara esse monstro. Olhando para trás não conseguia ver em que momento o deixara ficar assim. Certamente a culpa era do pai.

— Lady Isabelle e eu já nos resolvemos. Nossa relação amigável está muito bem estruturada.

Até ele sabia que soara falso. Devia estar delirando ao pensar que podia levar tudo como se nada houvesse acontecido. Pensava nela das formas mais indecorosas possíveis; queria beijá-la e, ao mesmo tempo, apagar da memória o dia em que amaldiçoou a própria vida ao tocar os lábios de Isabelle pela primeira vez. Tinha que ser uma Bradford! Só mesmo alguém daquela maldita família para infernizá-lo dessa forma!

— Isso é ótimo, Nathaniel. Especialmente porque convidaremos Isabelle para passar o verão conosco no castelo — informou Pamela.

Nathaniel travou com a mão sobre o garfo. Por essa ele não esperava, e sua mãe sorriu, sabendo que levara o filho à lona. Ainda podia tirar alguma informação dele. Afinal, fora ela quem trouxera aquele homem ao mundo, não importava o quanto ele crescera. Pamela descobrira que praticamente tudo era verdade. E seu querido duque inatingível havia pisado em falso em algum momento daquela temporada. Ela ainda não sabia como, nem a gravidade, mas ele fora atingido.

※※※

Ninguém atendeu à porta quando Nathaniel bateu. Ele também não esperou muito. Não só era curioso, como já entrara em locais muito mais protegidos. Havia observado diversos pontos fracos na segurança da casa. A escada lateral não tinha um portão próprio e a porta estava destrancada. A cozinheira se assustou ao vê-lo. Ele sorriu para ela, o que surtiu um inesperado efeito calmante. Ia lhe dizer a que veio, mas viu o alvo de sua visita no final do corredor, três degraus acima. Seus passos rangeram no piso de tábuas de madeira encerada. Talvez por isso, Isabelle, provavelmente achando tratar-se de outra pessoa, virou-se com um olhar raivoso, mas ao reconhecê-lo o desfez imediatamente, demonstrando a mais absoluta surpresa.

Nathaniel parou à frente dos degraus. Isabelle descansou uma vassoura contra a parede, tinha decidido jogá-la em cima do tio e informar que estava farta de Genevieve a arrastando para fazer tarefas domésticas enquanto a própria não fazia nada e que não lhe rendia um centavo. Mas foi desarmada pela presença de Nathaniel. Ele não precisou cometer a indiscrição de olhá-la de cima a baixo; era um observador discreto, de longe já havia notado os detalhes, não tinha o que ela esconder.

Para seu constrangimento, Isabelle usava um vestido doméstico, casual demais para ser visto por uma visita. E a cambraia num tom de amarelo junquilho não era lá da melhor qualidade. A renda em volta do decote e que passava por trás do pescoço estava encardida. Não havia nenhum adorno nas saias ou na barra que propositalmente não cobria os pés calçados em chinelos azuis aveludados. Afinal, era o que ela usava quando ninguém, além dos criados e familiares, ia visitá-la.

E talvez o duque já houvesse descoberto que as finanças dos Bradford não permitiam regalias. Do jeito que ele era, Isabelle não duvidava. Nada disso a impedia de sentir-se exposta por ser vista dessa forma, não só em seu traje doméstico, mas também numa situação íntima. O duque e ela só se encontravam quando ela estava com trajes completos para ser vista em público. Ele normalmente estava bem trajado, mas ela já o vira naquelas tardes em que retornava de suas atividades.

Curiosamente, esta noite era Nathaniel que estava trajado para impressionar. Ele parou ali a caminho de um evento na corte com membros do Parlamento e usava seu traje completo para a ocasião formal: um paletó negro de lã de dupla abotoação e botões forrados; colete escuro num tom de azul tão fechado que causava uma elegante diferença orquestrada pelo seu valete; a camisa branquíssima tinha a gola sob o lenço em seda; calções escuros, meias brancas e sapatos lustrados.

O duque segurava seu chapéu de bico nas mãos enluvadas e conseguiu evitar os degraus e se aproximar dela. Isabelle nem quis olhar para seu cabelo penteado e levou uma das mãos ao laço por baixo da orelha, constatando que estava usando sua faixa, que mantinha o cabelo preso e longe dos olhos, algo que ela jamais usaria na rua. Os olhos dele, espantosamente prateados, estavam fixos nela, como se não houvesse mais nada ao redor. Ela deu um passo na direção dele e levantou o queixo, cravando olhos nos olhos, como se o desafiasse.

Eles se encararam por uns segundos até ele romper o silêncio:

— Espero que tenha notado o quanto aprecio sua inteligência e esperteza. Em alguns de meus momentos mais inaceitáveis me intrometi em suas decisões por não aceitar que se relegasse a uma vida onde sua personalidade única seria esmagada, e seu intelecto, jamais desafiado. Pelo contrário, seria depreciado. E sua instigante impertinência seria coibida. — Ele avaliou a expressão da jovem e sorriu levemente, pois Isabelle o olhava justamente com a petulância que fingia não ter. — Porém, nunca lhe disse o quanto é inacreditavelmente bela, pois seria como jogar mais uma pedra no lago; dizem-lhe isso todo dia, criando uma verdade vazia. Mas estou lhe dizendo agora no momento mais inoportuno e verdadeiro para tal observação.

Isabelle umedeceu os lábios, pois sua boca ficara seca desde que ele subira os degraus. E então lhe ofereceu um meneio de agradecimento digno de uma dama que estava arrumada e trajada para uma festa.

— Estou lisonjeada, Sua Graça.

Ele devolveu o meneio com seu olhar ainda sorvendo cada detalhe dela num minuto que pareceu uma eternidade. Então a criada, que esteve assistindo enquanto se esticava por cima da mesa, derrubou uma tábua de madeira e ficou paralisada quando os dois a olharam. Isabelle voltou ao assunto primeiro:

— Já é um pouco tarde para tal pergunta, mas a que devo a honra de sua visita?

— Não respondeu minha mensagem — observou ele.

Ela pensou no que inventar, mas acabou dizendo a verdade. Ele que concluísse o que quisesse:

— Estou de castigo — respondeu como se isso explicasse muita coisa.

O duque franziu levemente o cenho e resolveu não conjecturar sobre o assunto. Ele mesmo havia dito que iriam recomeçar, o que implicava não se meter nos detalhes da vida dela.

— Partiremos da cidade em poucos dias — informou ele.

— Creio que meu castigo permitirá que eu vá me despedir da duquesa.

Ele bufou, como se estivesse a ponto de dizer algo que não o agradava.

— Minha mãe quer convidá-la para passar o verão conosco no castelo.

Isabelle não esperava por essa. Sua única resposta foi um leve franzir de cenho.

— E ela acha adequado que o convite parta de mim — completou ele.

Como se quisesse rir e não pudesse, Isabelle olhou com desdém. Nathaniel assentiu, pensando o mesmo que ela.

— E, antes que ela faça o convite, eu vim aconselhar você a não aceitar, pois a duquesa duvidou que eu realmente viesse até aqui. — Ao terminar, ele piscou demoradamente, e a expressão dela já lhe dizia tudo de que precisa.

Ela não conseguiu se conter e deu uma risada.

— Certamente levarei meus vestidos domésticos — provocou ela.

Antes que pudesse conter, o olhar dele desceu um pouco. O vestido claro não tinha um decote revelador e os detalhes em renda da gola só deixavam a parte de cima do colo dela à mostra. Bem diferente de seus ousados trajes de baile.

— Se eles a deixam confortável, não me importo se vai andar apenas de espartilho pelo castelo.

— Muito cavalheiro de sua parte.

— Vai assinar um documento arcando com as responsabilidades por usar tais trajes em meu castelo.

Dessa vez ela riu com gosto.

— Realmente. Não é bom negociar com o senhor.

— Mandarei buscar sua bagagem. Imagino que seu tio não fará oposição a que passe uma temporada com a duquesa. Por favor, informe se houver alguma mudança de planos.

— Até a viagem, Sua Graça — ela se despediu com outro leve meneio.

Nathaniel não estava gostando nada disso. E era bem-feito. Afinal, nem o poderoso duque de Hayward podia controlar sua mente e seu corpo. Ele só queria saber como se apagava um incêndio com uma taça de água.

E, agora, o castelo do qual tanto falavam, seu santuário gelado, provavelmente não seria mais tão pacífico quanto antes, pois, depois de centenas de anos de rixa, uma legítima Hitton ia entrar nos domínios dos Hayward.

Capítulo 17

Na última parada antes de chegarem ao castelo ficaram na hospedaria de um velho conhecido e trocaram os cavalos pela última vez. O duque saiu para passear por uns minutos, aproveitando o clima ameno. Pouco depois, Flore entrou correndo com um bilhete que havia sido deixado para Isabelle. Ela estranhou e, ao abrir, reconheceu a letra na hora. Pelo jeito, seu primo já havia passado por ali. Com a partida dela de Londres, os Bradford arrumaram tudo para voltar imediatamente para o campo. George foi na frente, mas tinha outro destino; partiu antes mesmo do duque e deve ter enviado a mensagem sabendo que era uma parada obrigatória.

Minha Linda Prima,

Espero que a viagem esteja agradável. Para mim tem sido ótima. Por mais que me enoje a possibilidade de esse bastardo resolver tocá-la, não podemos perder tempo.
Soube que os investimentos dele andaram rendendo a ele uma fortuna nessa temporada. Quanto mais rápido eu colocar as mãos nisso, melhor para nós dois. Talvez ele nem esteja mais aqui para se lamentar, não é?
É melhor queimar isso, amorzinho. Não queremos estragar sua viagem.

Seu querido primo,
George Bradford

Isabelle amassou o bilhete com raiva por não ser deixada em paz e antes de sair do quarto o jogou no fogo. Nathaniel retornou da caminhada e se surpreendeu ao vê-la sentada no banco do lado de fora.

— Se não se importar em andar, daquela elevação já é possível ver Hayward — comentou ele ao passar e notar o aborrecimento dela.

Curiosa em finalmente ver o tão famoso castelo, Isabelle o seguiu. Eles andaram até a pequena colina onde o dono da estalagem havia tomado o cuidado de colocar outro banco, provavelmente porque os hóspedes passeavam por ali. Em meio às coisas que diziam sobre o duque, as pessoas se referiam ao castelo como solitário, frio e localizado em meio a uma paisagem desolada e inóspita durante o inverno. Mas olhando no fim da tarde, com o sol deixando as pedras da construção douradas e com toda aquela vegetação em volta dele, parecia um lugar acolhedor. E uma visão linda.

No inverno com toda a neve que se acumulava ali, tornava-se uma paisagem branca, especialmente vista daquele ângulo. As pessoas julgavam o duque tão frio quanto seu castelo durante o inverno. Só que o castelo era aquecido por dentro, já o duque...

Ela observou o homem ao seu lado. Se não estivesse presa nesse plano, será que teria se interessado por ele? A atração nasceu após ser obrigada a conhecê-lo, e os inoportunos sentimentos tomaram a dianteira. Era inevitável imaginar se teria acontecido naturalmente. Talvez ela também o houvesse evitado como a maioria das jovens fazia, levadas por rumores e pela personalidade difícil do homem.

Até o momento não tivera motivos para temê-lo e, como costumava espioná-lo, também não viu nada que a levasse a crer que o duque representava algum perigo para aquelas damas. Diziam que era um assassino e que ele matara a noiva e ninguém sabia quantos mais. Mas segundo Lady Honor, a noiva dele morreu num acidente de carruagem. Será que alguém era capaz de mudar tanto assim? Ou de fingir tão bem? Isabelle achava que sim, pois ela estava fingindo durante boa parte do tempo. Então por que ele também não poderia?

— É muito bonito. Com o sol alto as pedras devem ficar ainda mais brilhantes — disse ela para quebrar o silêncio.

— Gosto quando o sol está se pondo. É mais bonito após uma boa chuva, quando as pedras estão lavadas e o sol brilha sobre elas — respondeu ele sem tirar os olhos da construção ao longe.

— Gosta muito daqui, não é? — Continuou olhando para frente também.

— É meu lar, afinal. Não há outro. Vamos voltar, senão nos atrasaremos para o jantar.

Nathaniel não queria falar com ela sobre sua casa. Todos que viam o castelo o admiravam de longe. Passar uns dias lá era confortável e havia muito espaço para explorar. Não era o mesmo que levar alguém para passar a vida. A realidade era outra. Já houvera alguém que ele amara e que rejeitara tudo que ele teve para oferecer. Não pensava em ofertar os dois lados daquela sua vida de mentiras e segredos outra vez. Não fazia diferença se outras aceitariam se a pessoa que lhe importava não desejava ficar.

Durante a viagem, Isabelle escutou diversos comentários sobre o duque pelas hospedarias por onde passaram e paradas que fizeram. As pessoas daquela região é que deviam saber as antigas histórias sobre ele; esse tipo de coisa se propagava por anos. Ela tentava se inteirar mais, só que nunca conseguia ouvir por inteiro. Mas certas coisas não precisavam de muita explicação.

Dizem que o duque arranjou outra.
Essa também não vai chegar viva ao altar.
É uma surpresa vê-lo fora daquele castelo amaldiçoado.
Lógico que ele voltou vivo; já viu o diabo perecer?
Ele não pode morrer sem um herdeiro.
Tão bonito, mas tão tirano.
Os arrendatários o adoram, é o que vale por aqui.
Dizem que ele retornou da guerra mudado.
O que importa é que sobreviveu.

Nada remetia ao passado; eram palavras vagas que não lhe davam informação alguma. E isso a fazia se perguntar ainda mais se era a única cega ou Hayward a estava enganando tanto quanto ela. Algumas pessoas diziam que o futuro a Deus pertencia, enquanto o passado o diabo escondia. Se as histórias que seus familiares lhe contaram fossem verdadeiras, o último duque de Hayward seria a reencarnação do mal.

Mas Isabelle sempre desconfiava de exageros.

***

Eles chegaram ao castelo na tarde de sábado. O retorno do duque e da duquesa viúva era um acontecimento local e não eram só os empregados que os esperavam. Vizinhos e arrendatários chegavam a cavalo para vê-los de longe e constatar com os próprios olhos que o duque estava no castelo. Pois até isso gerava boatos.

Contudo, assim que Isabelle desceu da carruagem virou o centro das atenções. Era uma estranha no ninho; jovens mulheres raramente eram vistas visitando Hayward. O único visitante conhecido era o conde de Devizes. Logo todos saberiam que uma Bradford, filha legítima do falecido marquês de Hitton, estava pisando na fortaleza dos inimigos. *A convite dos próprios.*

— Tem razão, Sua Graça. Parece dourado — comentou ela, falando sobre as pedras que revestiam o castelo.

Nathaniel a observou por um momento e depois tornou a olhar Marcus, o mordomo que havia acabado de lhes dar as boas-vindas.

— Esta é Lady Isabelle Bradford, nossa convidada — resumiu Nathaniel. A carta avisando que chegariam e trariam uma hóspede chegou três dias antes.

Nada se parecia como o que ela imaginara e de perto era diferente do que observar de uma colina ao longe. Do jeito que falavam, imaginava encontrar um lugar sombrio e obscuro e não um castelo com aparência de um palácio, numa harmônica mistura que contava sua história do período gótico, aos toques barrocos e aos prédios auxiliares feitos à sua sombra. O palladianismo era uma influência mais que nítida em suas reformas.

Tratava-se de uma construção maciça; as pedras eram claras, assim como as janelas. Além do prédio principal do castelo havia duas alas ligadas a ele que pareciam ter sido construídas depois. No segundo andar, corredores suspensos ficavam na parte da frente, fazendo parecer que eram o único acesso, mas só causava um efeito ótico quando visto de longe.

Conforme se aproximavam do pôr do sol, as pedras iam brilhando mais e refletindo uma tonalidade avermelhada. Ela podia imaginar aquela vista sob a luz outonal, assim como uma paisagem completamente branca se nevasse bastante no inverno.

O prédio principal do castelo erguia-se a três andares do chão, mais um para o ático e mais dois nas torres. Dali dava para ver mais uma das construções extras, levantadas no estilo arquitetônico do castelo. Na verdade, quatro delas: o Trianon, a casa da duquesa, um pavilhão de caça e a antiga torre da guarda. Podia-se alcançá-los numa boa caminhada ou em um veículo leve. Uma enorme estufa se escondia na parte detrás. O castelo tinha mais duas grandes entradas além da principal e uma porta de serviço, dependendo de a qual lado da propriedade a pessoa chegasse.

Quando passaram pela estrada, Isabelle viu campos de cultivo e moinhos, assim como construções ao longe. Era um dia limpo, havia então pessoas trabalhando e observando a grande carruagem ducal passar seguida por uma menor com mais malas e criados. Também viu um rio calmo que parecia ter sido desviado em seu curso; estava certo demais, aquele tipo de intervenção era incomum e caro. As margens vistas do jardim foram suavizadas como um pano de fundo. Porém, pelas janelas da ala sul do castelo tinha-se uma paisagem natural com vegetação e árvores em abundância.

A área próxima ao castelo estava cercada por jardins com as mais belas flores, e inúmeras árvores frutíferas beiravam a floresta. Tudo isso separava a casa do duque das várias estradas que cortavam as terras, facilitando a locomoção dos arrendatários e habitantes locais. Antes de representar um ducado, Hayward pertenceu a um grande feudo, e o território referente à propriedade do duque ainda era como um coração local. Havia bastante movimento por trás daquelas árvores, especialmente nos caminhos em torno da vila, a estrada principal, e onde os arrendatários se reuniam e muitos empregados externos moravam.

Ao todo, contando com seus prédios, Hayward oferecia cinquenta e sete quartos. Parte deles era de apartamentos com seus próprios closets, antessalas e salas de vestir com áreas de banho. Espalhadas pelas alas de fácil acesso pela galeria principal de escadaria estavam duas salas de jantar, a sala pessoal da família e a biblioteca, que ocupava dois andares e formava um pé-direito repleto de livros. Havia salas de estar separadas por períodos, salas de jogos, escritórios, sala dos cavalheiros, sala das damas, galerias de artes e troféus, sala de música, saguão principal, sala de exercícios, galeria familiar e outros cômodos de acesso, como alguns halls e pequenos *lounges* espalhados pelos corredores que ligavam aquela imensidão de cômodos.

Por trás de algumas paredes, incluindo várias passagens escondidas, ficava o território dos criados que lhes dava acesso a cômodos comuns e escadas de serviço para circular com rapidez e discrição. O castelo empregava vinte e cinco funcionários diversos e mais um chef napolitano com um assistente português, uma governanta parte irlandesa e um mordomo metade sueco. Os que não nasceram ali moravam na Inglaterra fazia décadas e já não viam um lar fora daquelas paredes.

Morando nas terras havia também os jardineiros, os rapazes do estábulo, o guarda-caça e o administrador e suas famílias, além dos guardas que em parte moravam na vila de Hayward e outros na torre. Na propriedade e também ligados ao castelo, havia os arrendatários, o pastor e todos nas vilas próximas que formavam uma comunidade em volta das terras do duque.

Nas redondezas havia vizinhos e outras casas nobres; a maioria delas tão antiga quanto o castelo e pertencentes a famílias aliadas que se instalaram em terras próximas exatamente por esse motivo. Na época em que batalhas surgiam, castelos precisavam ser protegidos e os aliados saíam em defesa uns dos outros.

Isabelle devia saber bem disso, pois os Bradford passaram séculos sendo os principais inimigos dos Mowbray e, após os títulos, virou a briga entre os Hayward e os Hitton. Ela também começava a entender o que sua família tanto cobiçava. Hitton Hill era grande, já tivera muita glória, também já fora um feudo e era uma referência local, a vida de diversas pessoas girava em torno dela. Mas atualmente não se comparava a tudo que representava aquele local. Ainda bem que ninguém mais lutava em guerras familiares, pois, numa batalha, Hayward teria muito mais cavaleiros e soldados.

Não fora à toa que a haviam enviado para atingir o duque de perto. Fazia uns dois séculos que não podiam vencer numa batalha honesta.

— Sua família já foi muito grande, não? — indagou ela, pegando-o de surpresa.

— Tão numerosa que o Trianon foi construído para abrigar mais gente. E não apenas parentes. Antigamente era quase como uma corte à parte, não sei como viviam assim. — O olhar rápido que ele deu em volta dava a entender que odiaria ter de morar com tanta gente por perto tomando conta de sua vida.

Quando eles entraram, ela atraiu toda a atenção dos empregados enfileirados com seus olhos tão grudados nela que esqueceram até de cumprimentar o próprio duque e foram pulverizados pelo olhar do mordomo. Os empregados não sabiam de quem se tratava, pois o mordomo fora incumbido de manter a discrição até a chegada, mas era uma mulher aparentemente solteira entrando no castelo com o duque.

— Seus aposentos estão prontos para que descansem antes do jantar — informou Marcus.

A voz alegre da duquesa soou atrás deles; ela vinha à frente do marido e parecia muito feliz por ter retornado.

— Marcus! É ótimo vê-lo! Estou em um estado deplorável! Minha água já deve estar quente, não?

— Sim e seus sais já a aguardam — disse com a experiência de quem servia aquelas pessoas havia anos.

Isabelle foi levada a um dos apartamentos na ala sul do castelo. Como a família era constituída apenas por três pessoas, todos os outros quartos eram de hóspedes. Ela foi instalada em um que possuía suas próprias dependências, incluindo uma sala de vestir grande o suficiente para Flore dormir lá.

O duque também residia em um apartamento na ala sul do castelo com um pequeno escritório próprio por onde se entrava nos aposentos dele. O quarto espaçoso e cheio de estofados confortáveis era onde ele podia passar o tempo. Lá ele tinha paz de espírito e podia pensar e planejar à vontade.

Dali podia transitar para seu closet e banheiro particular, além de uma área para as suas refeições. Ligado ao quarto dele havia outro dormitório com seu próprio closet, sala de banho e *boudoir*. Mas estavam trancados. Ao todo, essa era a área onde residiam os donos da casa, tomava o canto sul do castelo. A duquesa viúva residia na ala leste junto com Andrew.

***

Ninguém sabia como, mas, após apenas três dias da chegada deles, os jornais londrinos publicaram: *Finalmente, uma Hitton pisou em Hayward!* O duplo sentido era proposital, pois as especulações sobre a discussão do duque com Isabelle continuavam de vento em popa; os personagens estavam ausentes, mas o escândalo se recusava a tirar férias. E com esse novo desdobramento não morreria tão cedo.

Em pouco tempo seria o novo assunto das mansões campestres, onde festas seriam marcadas, hóspedes chegariam e partiriam criando uma verdadeira peregrinação de casa em casa. E cada vez que era contada, a fofoca ficava ainda mais distorcida. Eis também a desvantagem de estar fora de Londres: não havia fonte confiável nem atualizações. Tudo era trazido por alguém que viera da casa de um, que escutou a notícia de outro, que havia acabado de chegar de Londres onde lera no jornal ou soubera por intermédio de um conhecido.

Mas como souberam tão rápido onde Isabelle havia se escondido era um mistério. Nunca que uma notícia viajaria tão rápido. Então a fonte tinha que ter ficado na cidade. E levou mais três dias para os habitantes do castelo descobrirem que todos já sabiam.

— Pense pelo lado bom, querida — dizia Pamela enquanto elas tomavam um refresco ao ar livre —, mesmo que saibam de sua estada aqui, ninguém poderá importuná-la. Se aparecer um pretendente nos portões, acabará descobrindo que um dos esportes preferidos do meu filho é o tiro ao alvo.

Isabelle riu com ela. Mas devido a coisas que apenas ela sabia, desconfiava que houvesse sido traída pela própria família, e não seria essa a primeira nem a última vez. Como era de esperar, com ou sem fofoca, assim que pôs os pés em Hayward, Nathaniel desapareceu. Isabelle já brincava que era o caso do sumiço do duque. Um novo mistério para investigar.

Isabelle resolveu encarar a primeira semana no castelo como um descanso. Era a primeira vez desde a morte do pai que tinha paz. Sentiu um gosto que fazia anos não sentia: o da liberdade. Podia deitar-se sem preocupações, passear sem que a impedissem e agredissem. Queria esquecer o plano; afinal, o duque continuava sumido, dando conta de suas intermináveis tarefas. Só o via apenas nos jantares e brevemente nos chás.

O que Isabelle podia fazer além de ignorá-lo? Não estava ali para perturbá-lo; ao menos assim ele devia pensar. Mas ficar tão perto e não desfrutar de algumas conversas interessantes parecia estranho. Era exatamente como diziam: ele desaparecia em seu castelo. Estava em seu hábitat, afinal. Mas ela começava a desconfiar que ele estava fugindo dela.

Flore entrou correndo no quarto onde Isabelle estava. Tinha o rosto corado e a respiração ofegante.

— O duque já foi dormir — informou logo após fechar a porta.

— E o que tem? — perguntou Isabelle, abaixando o livro que estava lendo enquanto repousava na grande cama ao fundo.

— Corri para ele não me ver...

— Você ainda morre de medo e vergonha dele?

Flore olhou para baixo, não só pela corrida como pelo embaraço. Só de imaginar aqueles olhos prateados e inquisidores do duque, a moça já começava a tremer. Nas poucas vezes em que teve de falar com ele recebeu um olhar bem direto. Ele cravou os olhos nela e prestou atenção no que tinha a dizer. Flore estava acostumada a ser ignorada na maior parte do tempo. Isabelle era a única que ouvia o que a camareira tinha a dizer. O duque era intimidador. Flore não sabia como sua amiga podia gostar de conversar e passar o tempo com ele.

— Bem, ele me dá boa-noite quando sobe.

Isabelle abaixou o livro lentamente.

— Como?

— Estou fazendo amizade com as criadas. Elas são simpáticas, ao contrário daquelas metidas lá de Londres que se acham muito importantes. Todas querem saber sobre você. Conversamos lá embaixo. O duque passa por nós quando entra pela lateral. Na primeira vez, achei que teríamos problemas, mas elas disseram que ele não se importa.

Quando Flore desatava a falar, era difícil pará-la.

— Entendo... bem, ele não é tão mau. Viu? — Isabelle pulou da cama e pegou o penhoar.

— Aonde vai a essa hora? — perguntou Flore, vendo-a pegar o pequeno castiçal de duas velas.

— Aproveitando que não poderei ser pega pelo duque, já que ele finalmente se recolheu, vou à biblioteca.

Flore arregalou seus grandes olhos escuros. Ela era uma figura pequena com cabelos loiros e cacheados. Tinha vinte e tantos anos, mas desde que Isabelle a conheceu ostentava aquela mesma aparência adorável e um bocado infantil.

— Você não tem medo de andar sozinha pelos corredores do castelo? — perguntou, encolhendo-se no lugar.

— E por que teria? — respondeu Isabelle, fazendo graça. Ela se divertia com o jeito medroso da camareira.

— Dizem que é mal-assombrado. E fica escuro a essa hora. Eu venho correndo! Não olho para os lados. Fantasmas gostam de bibliotecas!

— Não seja boba, Flore. — Isabelle riu antes de sair do quarto.

Ela parou e olhou para os lados; a essa hora só havia luz no final do corredor e lá perto da escada. Seguiu pelo corredor principal da ala sul; o castelo estava silencioso e havia sombras para todos os lados. Correntes de ar frio passavam pelos grandes arcos. Realmente era de eriçar os pelos da nuca de pessoas impressionáveis como Flore. Mas Isabelle continuou em frente, pois não era dos mortos que tinha medo; em seu pouco tempo de vida sabia que eram os vivos que devia temer.

Ela entrou pelo segundo andar da biblioteca, que era menor que o térreo e formava um pé-direito. As paredes eram revestidas de livros e em cima havia apenas os corredores e um espaço de leitura. Dali podia-se ver o andar de baixo da biblioteca, onde realmente ficavam as mesas, as peças decorativas, mais livros, um mapa enorme, muitas poltronas e a porta que dava para o corredor e para o escritório contíguo. Tudo era feito de estofado e madeira escura com candelabros e detalhes em ouro.

Ela rodeou o cômodo pelo andar superior, levantando o castiçal para ler os títulos. Havia encadernações antigas, raras e em outros idiomas. Livros de história, direito, filosofia, romance, suspense, administração, clássicos, manuais, geografia, matemática, física, arte, contos... Era só procurar. Ficou fascinada. Já estava cansada de ler sempre os mesmos livros.

Numa estante onde os volumes pareciam ser mais novos, ela encontrou um sobre New Holland e o recente transporte de prisioneiros. Já havia lido sobre isso em jornais, mas nunca colocara a mão em um livro que falasse especialmente sobre o assunto. Tudo que as pessoas sabiam sobre essa terra longínqua era que desde o fim do século passado os prisioneiros estavam sendo mandados para lá e que levavam meses para chegar.

No livro havia relatos de militares e marinheiros que estiveram lá, além de trechos de publicações do explorador Matthew Flinders, que chamava o local de *Australia*. Ela não sabia nada sobre aquela terra e resolveu ler o livro para aprender. Esperava que houvesse pinturas também. Ao folhear as páginas, viu um mapa feito à mão por Flinders.

Isabelle não pôde deixar de pensar em seus furtos. Se ela fosse pega, seria enviada para New Holland? Ou seria mais um caso de alguém poupado por pertencer à aristocracia? Queriam bani-la do circuito da alta sociedade por motivos fúteis; mal sabiam que ela escondia um motivo real.

Será que o duque intercederia a seu favor? Ele com certeza tinha o poder de impedir que alguém fosse levado para um local chamado Nova Gales do Sul, como dizia no livro.

Isabelle desceu e sentou-se em um dos estofados espaçosos e muito macios. Ela afundou ali, esticou as pernas sobre a almofada e abriu o livro sob a luz do candelabro. Flore devia estar em cólicas achando que um fantasma a sequestrara. Mas como desde nova gostava de pregar peças na moça deixaria ela lá roendo as unhas de medo de algum antepassado do duque que flutuava por aí.

Os barulhos começaram cerca de meia hora depois quando ela já lera mais de trinta páginas e parava de tempo em tempo tentando imaginar o que lia. Primeiro foram os passos, depois a impressão de sombras se movendo. Isabelle se convenceu de que era apenas a luz das velas dançando. Então um livro caiu em algum lugar e ela se sobressaltou. Desconfiada, tornou a recostar. Toda hora seus olhos se desviavam das letras que subitamente começaram a parecer pequenas. Devia estar ficando com sono. Então novos passos. Era mais de uma pessoa andando e dali não via luzes se movendo. Logo depois veio o assovio do vento, mas, até onde sabia, tudo ali estava fechado. O ponto final foram as vozes.

Não era possível que os criados estivessem conversando por aí a essa hora. Seriam os guardas?

Será que Isabelle estava sendo contagiada pela imaginação de Flore? Quando o relógio de corda começou a bater, ela se levantou, agarrou o castiçal e foi procurar a porta. Onde ficava? Tudo que via eram livros e mais livros. As sombras e as esculturas nos cantos pregavam peças nela.

A porta bateu e ela sentiu o corpo arrepiar. Soltou o ar, e uma de suas velas se apagou, deixando o ambiente mais escuro. Escutou algo bater e depois um móvel se arrastar. Voltou correndo, pois não queria ser pega ali. Tropeçou na escada de madeira que levava ao segundo andar, e o candelabro voou longe. Tudo ficou escuro. Ela continuou com as mãos nos degraus. Seu joelho doía. Então a luz voltou, algo estava pegando fogo. O cômodo era altamente inflamável e ela acabara de derrubar uma vela acesa.

Isabelle soltou um grito de alarme e ficou de pé. Escutou passos se aproximando rapidamente, do tipo que chinelos produziam, mas no andar de cima outros passos se afastavam. Só podia estar imaginando os dois sons. Apoiando-se na escada, ela foi em direção ao fogo; o único jeito de apagá-lo era pisando nas chamas. Mas a mão que sentiu em seu braço puxando-a para trás e impedindo que fosse em direção ao fogo era muito real. Não era uma criatura nervosa, mas não deu para segurar o grito de surpresa que foi respondido por um chiado que alguém fazia soprando o ar entre os dentes e os lábios.

Logo depois, quem ela imaginava ser seguiu em frente e pisou várias vezes na beira da toalha de seda de uma mesinha baixa que ficava entre duas poltronas. Quando o fogo estava quase apagado, ele puxou a toalha da mesa e dobrou várias vezes, abafando o que sobrara do fogo.

— Essa faceta eu não conhecia. Lady Isabelle, a dama incendiária.

Isabelle podia escutar a voz do duque com aquele tom de troça, mas não podia ver mais que seu contorno. Toda a fonte de luz se extinguira.

Escutou os passos dele voltando para perto dela e depois sentiu suas mãos segurando-a pelos braços. Como ele podia vê-la bem a ponto de segurá-la?

— Machucou-se? — indagou ele.

— Não sei, não consigo ver. Mas meu joelho está doendo — respondeu ela, forçando os olhos para vê-lo.

Nathaniel passou o braço por baixo das pernas dela e pegou-a no colo. Ela continuava sem saber como ele conseguia enxergar. Isabelle foi carregada até o escritório contíguo à biblioteca. Ali havia luz e conforme se aproximavam ela foi conseguindo vê-lo. O duque descansou-a no sofá que ficava do lado direito. Foi até a mesa e levou o castiçal para perto. Então apoiou um dos joelhos no chão e ficou à frente dela.

— Deixe-me ver.

Eles não conversavam desde que chegaram ao castelo dias atrás, mas não parecia. Lá estavam os dois de novo, prontos para quebrar mais uma rígida regra de comportamento entre um homem e uma mulher solteira. Era pior que quando deixou que ele abrisse e fechasse seu espartilho.

Isabelle tomou a liberdade de apoiar a ponta do pé na coxa dele, segurou a barra da camisola que usava por baixo do penhoar e levantou até um pouco acima do joelho, mostrando a perna direita. O duque manteve os olhos fixos no joelho dela como se disso dependesse sua vida. O impacto com a escada de madeira provocara um arroxeado que já se intensificava na pele clara. Uma fina linha aberta indicava onde havia batido contra o degrau.

— Fez um belo trabalho aqui. — Ele segurou o tornozelo dela e colocou cuidadosamente o pé no chão. — Fique aqui.

O duque deixou-a ali e saiu. Isabelle ajeitou-se no sofá e olhou em volta. A decoração do cômodo era idêntica à da biblioteca e havia mais livros que pareciam ser encadernações de documentos. Provavelmente, era ali que ficava todo o arquivo da família e, pela quantidade, datavam de muitos e muitos anos. Minutos depois o duque retornou com um vidro fumê e curativos.

Ele ficou de joelhos novamente e apoiou a perna de Isabelle em sua coxa por conta própria. Então embebeu um pedaço de gaze com um pouco de um líquido translúcido. Tocou muito levemente sobre o joelho ferido.

— Ai! — Ela tentou tirar a perna, mas ele a segurou. — Isso arde!

— Essa é a intenção — respondeu ele. — Trinque os dentes, vou limpar esse arranhão.

Ela trincou os dentes e ele limpou o machucado.

— Leve como um arranhão. Devo beijar para sarar? — Nathaniel pareceu esquecer que eles tinham combinado de não exagerar na provocação. Então abaixou a cabeça como se estivesse se repreendendo pela fala impensada.

— Sim. Tenho certeza de que vai curar mais rápido — respondeu Isabelle, olhando para ele. Estava com um pouco de vergonha por tê-lo de joelhos à sua frente e com aquela cabeça loira inclinada sobre sua perna desnuda. — Se não tiver problemas com sangue, aceito o beijo na área dolorida.

O duque duvidava que o beijo dele curasse alguma coisa, mas inclinou-se a pensar o contrário. Por mais que ele quisesse manter uma relação cordial com ela, não iria recusar esse desafio.

— Perfeitamente, Lady Isabelle. O que não faço para *curar* uma convidada em apuros — murmurou antes de abaixar ainda mais a cabeça, as mechas loiras roçando a lateral do rosto. Só agora ela notava como tinha um corte mais longo na frente para que ele pudesse pentear o cabelo para trás.

Nathaniel deu um beijo em seu joelho, bem em cima do osso onde começava o machucado. Não satisfeito, ele encostou novamente aqueles lábios quentes do lado esquerdo. Depois na parte de baixo e do lado direito, abrangendo toda a área do pequeno ferimento, onde achava que o hematoma se formaria. Quando terminou, ela estava apertando o braço do sofá e chegara a entreabrir os lábios enquanto observava. Largou sutilmente para que ele não notasse. O duque levantou o olhar, parecendo querer continuar o que fazia. Ele pendeu a cabeça, os fios loiros caíram para o lado.

— Já dói menos?

— Ainda arde por causa desse líquido que usou.

Ele tornou a se aproximar e soprou fraco sobre o ferimento.

— Já sinto certa melhora — apressou-se ela, ansiosa para que ele parasse e também cessassem as sensações que sentia pelo corpo. Parecia até que ele estava soprando-a inteira.

— Bom... — Ele aprovou e passou a mão sobre o cabelo, tentando fazer com que ficasse para trás, mas sem sucesso. Ela já sabia que os fios se rebelavam completamente quando não estavam penteados. E ele nunca esteve tão atraente. — Agora que parece melhor, pode começar a me dizer o que estava fazendo no meio da madrugada colocando fogo na minha biblioteca.

— Perdi meu chinelo... — comentou ela.

— E por isso resolveu retaliar incinerando os livros? — perguntou o duque, levantando a sobrancelha direita.

— Foi um acidente, perdoe-me. Acho que o perdi quando me carregou para cá. Meu chinelo caiu.

Nathaniel ficou de pé e voltou pelo mesmo caminho que a trouxera. Logo retornou com o chinelo, abaixou-se e segurou o tornozelo dela. Assim que calçou o chinelo em seu pé direito, ele tornou a olhá-la.

— Eu acho, Lady Isabelle, que está gostando de me ter ajoelhado aos seus pés — disse ele, como se fosse uma simples observação.

— Creio que sim. Se o único jeito de o encontrar neste castelo é tendo-o aos meus pés, o que posso fazer?

— Na verdade, me encontrou quando estava ateando fogo na biblioteca.

— Oh, sim. Estou começando a acreditar que o castelo é mal-assombrado. Algo me assustou, tropecei e o castiçal caiu.

O duque apoiou-se no estofado ao lado da coxa de Isabelle para elevar o corpo e perguntar como se fosse um segredo.

— Tem medo de fantasmas?

— Não acreditava neles até há pouco.

— Já pensou que gente muito viva pode gostar de se passar por fantasma?

— Estava me pregando uma peça?

— Infelizmente só notei sua presença quando a luz do fogo irrompeu e escutei seu grito.

— Afinal, o que fazia aqui embaixo no meio da madrugada?

— Dou voltas pelo castelo no meio da madrugada.

— Sonambulismo?

— Costume. E a senhorita?

— Tédio.

O duque franziu o cenho e levou uns dois segundos considerando.

— Está entediada aqui?

— Apenas à noite. Estou acostumada a dormir tarde, ainda não me habituei novamente ao horário do campo.

Nathaniel desviou o olhar, não conseguiu não pensar em ótimas soluções para divertir suas noites e fazê-la dormir mais tarde. Fez de tudo para expulsar os pensamentos que esperava que não estivessem estampados em seu rosto. Era difícil pensar em atividades noturnas inocentes para ela.

Isabelle escolheu esse momento para empurrar a barra da camisola, escondendo sua perna bonita e sem marcas do olhar dele. Não que o duque estivesse olhando; essa parte ele já se obrigara a parar.

— Por isso... — começou ele.

— Sim, por isso vim aqui imaginar fantasmas e queimar livros.

Ele sorriu e sentou-se no sofá ao lado dela. Preferiu não recostar por motivos muito óbvios para ele.

— Já são quase três da manhã. Acho melhor levá-la para a cama. — O duque estava ciente da ambiguidade maliciosa de sua fala.

— De acordo, Sua Graça. Vamos os dois para a cama.

A inocência estampada no rosto dela era tamanha que ele não conseguiu decifrar se ela realmente acabara de soltar uma frase maldosa ou se estava sendo vítima da própria ingenuidade. Nada disso... ela era uma provocadora de marca maior. Estava brincando com ele.

Nathaniel ficou de pé primeiro. Quando o fez, ela tentou acompanhá-lo, mas ela ao menos sobre o joelho não estava mentindo. Felizmente o ferimento fora leve, mas a pancada, não. Então quando ela se levantou, a dor repentina a fez perder a força e ele a amparou. Nathaniel envolveu-a com o braço e, dessa vez, num local iluminado e sem a preocupação do fogo, muitas coisas ficaram nítidas. Quando o duque a trouxe para si a fim de levantá-la e carregá-la novamente, ele hesitou. Por essa ela não esperava.

— Não... — Subitamente a garganta dele ficou seca. — A senhorita não usa nada por baixo dessa camisola? — indagou, suas mãos estavam reais demais em suas costas. Ele não sentia impedimento algum por baixo do tecido fino.

Ela arregalou os olhos e suas bochechas coraram.

— Não, Sua Graça — disse baixo, levantando o olhar para ele. — Nada.

Ele umedeceu os lábios. Uma semana. Havia atingido a marca de uma semana em perfeito comportamento com ela sob o mesmo teto. Perambulando para lá e para cá, rindo, passeando, conversando... *existindo*. Bastaram poucos minutos de conversa para que tudo fosse pelos ares. Ele não era mais o duque de Hayward, o temível tirano do castelo de que tanto falavam. Voltara a ser apenas um homem. Simples e de carne e osso. Não gostava disso; ser inatingível era muito mais divertido. Mas não era como se pudesse lutar contra.

Nathaniel desvencilhou-se dela; não podia ver, mas juraria ter empalidecido só de pensar na ideia de estar com ela em tão poucas roupas. Ele deu dois passos para longe dela, e depois mais um. Então foi até a lareira e afastou as toras de madeira, diminuindo o fogo. Os criados a deixavam acesa, pois sabiam que ele perambulava por ali. Mas já havia fogo demais no castelo naquela noite.

O cômodo ficou mais escuro com a lareira quase apagada, mas havia o castiçal ao lado do sofá. Isabelle ouviu Nathaniel se aproximando; era estranho ver o duque de roupão, mesmo que totalmente fechado, e de mules que escondiam seus pés quase totalmente. Ela o observou atentamente quando ele voltou para seu lado e pegou-a pela cintura pronto para carregá-la.

— Não precisa me carregar. Posso andar, se tiver paciência para irmos devagar.

— Não farei com que ande até a ala sul. Não com o joelho nesse estado. Amanhã veremos como ficará.

Ela assentiu e apoiou-se nele.

— Eu acho, Isabelle, que você deveria começar a usar algo por baixo dessa camisola fina quando sair do quarto. Se alguém está chamando os fantasmas do meu castelo, é você.

— Mas você é o único com as mãos em mim agora. E é bem real.

— Você também é real demais sob minhas mãos.

Ela estreitou os olhos como se fosse repreendê-lo. O duque estava no limite da provocação.

— Está quebrando nosso trato, Sua Graça.

— Está andando nua pelo meu castelo.

— Não estou nua!

— Na sua opinião ou na minha?

— Por acaso está muito bem trajado por baixo desse seu roupão?

— O fato de eu estar tão nu quanto você não melhora a situação.

Agora sim ela corou intensamente e finalmente então virou uma vítima da provocação tanto quanto ele.

— Está mentindo... — disse ela em voz baixa, como se alguém estivesse escutando.

Entrando na brincadeira, o duque abaixou um pouco a cabeça e sussurrou também.

— Não estou. Mas eu durmo nu nas estações mais quentes, a senhorita, não.

Ela engoliu a saliva devagar. Os dois continuavam parados no mesmo lugar, muito cientes da proximidade. A cada segundo mais. Talvez estivessem em um acordo para não se mover e piorar as coisas. Mas Isabelle tinha um plano; aliás, dois planos. Um para ela e um para se livrar de sua família.

Ele a fazia esquecer seus familiares. Onde estava a parte em que ela deveria lembrar que ele era um tirano, um monstro impiedoso e o responsável pela ruína de sua família?

Esse vilão não parecia o homem que ela estava desvendando. E isso afetava o plano dos tios e do primo. Aqueles três jamais poderiam saber que ela não acreditava no que diziam sobre Nathaniel, e ele não podia desconfiar que ela se aproximou dele por uma vingança e acabara presa na própria teia. Atuar para os dois lados vinha demandando muito dela.

— Quem foi que disse isso? Posso dormir nua o quanto eu quiser. Seus lençóis são muito macios, aprecio o toque contra minha pele.

Os olhos prateados dele se fixaram sobre ela, que correspondeu na mesma moeda com seus olhos azuis escuros que naquela iluminação faziam Nathaniel pensar em um mar negro e profundo que iria engoli-lo. Então ele fez um voto mudo de não quebrar mais o trato... depois dessa noite.

— Não seja medroso, Sua Graça.

— Estou traçando um plano.

— Para quê?

— Para saber em qual momento irei sair de cima de você.

As sobrancelhas dela se elevaram numa mistura de surpresa e diversão. Decidido a poupar o joelho ferido, ele a levantou e colocou de volta no estofado macio do sofá. Sentou-se junto a ela, trouxe-a para perto e respirou fundo para conter seu ímpeto quando ela se inclinou naturalmente para seu abraço. Não saberia dizer se era sua confiança ou sua curiosidade que o excitava mais.

Uma semana... uma hora... E o estrago valeria por uma vida. Nathaniel segurou seu rosto com uma das mãos, puxando-a para um beijo. Isabelle abriu a boca, pronta para ele; também o desejava. As mãos dela pousaram em seus ombros fortes onde seus dedos apertaram. Mas as mãos dele, muito mais certas que queriam, foram direto para o corpo da jovem e por baixo do penhoar fino e inofensivo.

Isabelle exultou. As mãos dele a afagavam, bem abertas e quentes. Apertavam a maciez de seu corpo, apenas com a seda fina da camisola entre suas palmas e a pele dela. Nathaniel delineou sua cintura, moldou seus quadris, sentiu o topo de suas coxas, desenhou o formato do seu corpo e chegou ao peso dos seus seios. A boca do duque exigia dela, pressionando os lábios, quase empurrando a cabeça de Isabelle para trás. Ela se segurou para se manter no lugar; era a segunda vez que caía nos braços dele e já descobrira que o duque não tinha nada de inibido. Ele a queria, e quando desejava com tamanha intensidade não se fazia de rogado.

O tecido fino da camisola enroscou-se nos dedos dele, fazendo os seios dela pressionarem o peito dele. Isabelle estava descobrindo a arte dos beijos libidinosos na prática muito antes da teoria. Sem fôlego, ela desgrudou sua boca, as mãos repuxando o roupão que o cobria. Sentia-se quente e, mesmo com a pouca luz das velas, podia enxergar uma parte do peito dele. Quão inapropriado era aquilo? Totalmente contra todas as regras de uma dama. Mas ela abrira a parte de cima do roupão dele e apenas saber que se puxasse um pouco mais teria todo aquele corpo atlético do duque a seu dispor a ensinou exatamente o que era o desejo sexual.

Ela o sentia em seu corpo, eriçando seus mamilos, umedecendo-a intimamente, esquentando toda sua pele e deixando-a mais sensual que era naturalmente para azar do duque, que tinha que executar o plano de se afastar dela em algum momento. Preferencialmente antes de arrancar aquela camisola, e ele já estava prestes a fazer isso.

Vendo que estava sendo puxada cada vez com mais força contra ele, Isabelle moveu a perna esquerda sobre a coxa dele. Imediatamente a mão dele tocou seu tornozelo e subiu, dessa vez direto sobre a pele macia. Ela suspirou com o toque para não dizer que engoliu um gemido. Nathaniel apertou seu joelho bom e trincou os dentes, sentindo a ponta do membro rígido roçar contra o tecido de seu roupão.

— Se subir no meu colo, Isabelle, vou arrancar sua camisola a dentadas. — Ele sabia que ela também o queria e gostaria de ficar mais perto. Tão próximo que acabaria dentro dela e era exatamente isso que não podia deixar acontecer.

— Seus dentes são muito afiados? Não gostaria que me machucasse no processo.

Ele pediu calma aos espíritos de todos os ancestrais que moraram naquela casa.

— Há um rasgo no seu penhoar. — Nathaniel não podia dizer que sentia muito. Queria jogar aquela maldita peça no fogo. Era uma pena que já apagara a lareira.

Ela olhou para o lado; seu penhoar foi puxado com tanta força que descosturou, caiu até o cotovelo, e a manga da camisola desceu. Nathaniel estava doido para beijar o ombro que ficou à mostra. Estava com medo de si mesmo. Se avançasse mais um pouco, o penhoar dela se transformaria em tiras.

— Não gosto dele — Isabelle afastou a peça dos ombros.

As pessoas podiam dizer os piores horrores sobre o duque, mas ele se comportava como um homem educado. E mesmo assim praguejou. E xingou milhares de vezes mentalmente. Amaldiçoou também. Mas seus olhos estavam vidrados nela de tal forma que o fogo podia recomeçar onde fosse; dali ele não sairia. As mãos dele parecendo ter um cérebro próprio, porque o dele ficara abalado no momento em que percebeu que ela estava nua sob aquela camisola, foram direto para os seios dela.

E só ele, em sua mente repleta de imagens eróticas, sabia o quanto desejara tocá-los. Almejava descobrir o sabor daquela pele macia, sentir seus mamilos eriçados dentro de sua boca, mandando às favas qualquer regra de conduta.

Isabelle pendeu a cabeça ao sentir o toque dele sobre seus seios rijos e levemente doloridos; uma sensação inteiramente desconhecida para ela. Nathaniel achava maravilhoso e desesperador vê-la corresponder com tanta naturalidade. Conforme o corpo de Isabelle se deslocava para trás enquanto ela gemia baixinho, Nathaniel ia para cima dela. Não podia perder o contato ainda, não estava preparado. Ela recostou-se, gostando da maciez do estofado. E ele se encaixou nela. Seu corpo forte a cobria; moviam-se juntos como se estivessem com febre e desassossegados.

— Uma semana é como um ano no inferno — murmurava ele enquanto a beijava na boca, no rosto, no pescoço, estava em todo lugar, quente e faminto.

— Você desapareceu e nesse lugar enorme... — murmurava ela de volta, os dedos por dentro do cabelo dele, bagunçando os fios claros.

Em seus devaneios de desejo eles murmuravam palavras um para o outro e paravam, deixando suas línguas se encontrarem em mais um beijo. Ela havia afastado o joelho machucado para protegê-lo e isso deixou Nathan mais encaixado do que gostaria. O duque sabia que nada havia entre eles. Um centímetro a mais e suas peles se tocariam, seu membro rijo, e ela úmida e pronta para recebê-lo. Estando onde estava, ele sabia que estavam prestes a fazer algo irreversível.

Nathaniel tinha certeza de que estava delirando, porque só isso poderia explicar como deixara a situação chegar a esse ponto. Podia sentir as pernas dela ladeando seu corpo; a dor no joelho provavelmente fora completamente esquecida.

— Eu a quero... Que meus princípios me perdoem. — Que os princípios fossem às favas. Naquele instante ele duvidava de sua capacidade mental.

— Eu o quero em meu corpo — murmurou Isabelle.

— Não faz ideia do que está dizendo, Isabelle — respondeu Nathaniel.

— Não mesmo. Neste momento, apenas o desejo.

— Ainda bem — murmurou aliviado. Ele não ia suportar se ela dissesse que sabia muito bem o que estava dizendo.

Isabelle passou as mãos pelo cabelo dele, afastando-o de seu rosto, e o olhou atentamente. Será que o bom senso havia retornado à mente dela? Ela se moveu, agora além de vermelha de excitação demonstrava surpresa, provavelmente por ter ido tão longe. Nathaniel se afastou dela, erguendo-se sobre os braços e saindo de cima do estofado. Ele deu alguns passos para trás, apertando firmemente o laço do roupão como se houvesse algum perigo de a peça fugir por conta própria.

Depois ele deu mais passos para longe. Na atual situação ele precisaria andar tanto que chegaria do outro lado do mundo.

Isabelle sentou-se, puxando o penhoar rasgado e também ficou de pé. Seu joelho continuava sem reclamar, provavelmente porque seu corpo ainda estava quente como água fervente e sua mente presa em algo muito diferente. No momento ela tentava descobrir como sair dali sem aumentar o estrago.

— Sua Graça, permita-me voltar para os meus aposentos... Eu, bem, está tarde. Tenha uma boa noite. Durma bem. — Ela se virou, pronta para sair quando encarou a escuridão total que era a biblioteca. Nem que estivesse nua entraria ali.

— Madrugada — murmurou ele. — O restante de madrugada. São... não quero nem saber que horas são. — Ele agarrou o castiçal e rumou para a porta. Seus olhos estavam cravados na escuridão; não colocaria os olhos sobre ela.

Ela não disse nada. Mordera o lábio de tal maneira que quase arrancou um pedaço. O duque ia atrás dela; perto o bastante para segurá-la se ela vacilasse sobre o joelho ferido, mas longe o suficiente para não tocar em nada de que não precisasse. Ao finalmente chegar à porta do quarto, ela murmurou algo que pareceu outro boa-noite e entrou.

Flore apareceu imediatamente. Isabelle até se assustou com a iluminação do quarto. A criada estava pálida e com os enormes olhos azuis e infantis assustados.

— Pensei que havia sido levada!
— Só se o duque começasse a raptar moças dentro de casa.
— Estava com ele? Não tem medo? — Seus sussurros eram de pavor.
— Do duque? Agora tenho.
— Ele fez algo a você?
— É mais uma questão de o que ele felizmente não fez. Para minha sorte — disse ela para si mesma e foi para a cama se revirar nos lençóis, imaginando o que poderiam ter feito naquele primeiro encontro que tiveram no castelo.

Capítulo 18

Isabelle acordou com o barulho dos cavalos correndo do lado de fora do castelo. Ela ficou de pé e foi até a janela. De lá, avistou dois empregados que deixavam os belos animais negros correrem livres. Em dois dias da semana passada quando o duque desaparecera, ela o vira no meio dos cavalos ajudando a exercitá-los.

Aquele era um dia que Isabelle gostaria de passar trancada naquele quarto luxuoso onde estava instalada. Já era tarde, então tinha certeza de que não encontraria Nathaniel no café da manhã. Não conseguia saber onde estava com a cabeça. Era verdade que tinha apreciado, mas Isabelle ia até a parte em que os abraços ficavam apertados demais; agora, graças aos "ensinamentos" do duque, ela sabia muito mais.

O pior foi o desconforto que ela adquiriu em relação ao próprio corpo desde que começou a se envolver com ele. Isabelle descobrira como era chegar ao ponto de não se importar com mais nada além da necessidade de ter outra pessoa; e isso era terrível. Odiava essa sensação que atrapalhava sua atuação. Uma vez que não era saciada, a vontade persistia, impedindo que o bom senso vencesse. Tinha que ludibriar o duque, não se apaixonar por ele. O tempo passava rápido e antes que notasse seria devolvida à sua família. Se lá chegasse de mãos abanando, mal podia imaginar os castigos que receberia.

Se Isabelle fosse sincera, confessaria que não queria abater sua presa e muito menos arrastá-la para casa e entregá-la de bandeja para que sua família se fartasse até os ossos. Era melhor pegar outro caminho e, em vez de matar um tigre com dez flechadas, abater um cervo com uma pedrada. Ela gostava de Nathaniel, queria poupá-lo. Escolheria outro; teria um marido rico, dedicado e fácil de enganar para conseguir o dinheiro que manteria sua família a distância. E ela seria infeliz pelo resto da vida. Mas pelo menos, quem sabe, teria paz. E nunca mais veria o duque. Por enquanto esse era apenas o plano C.

Ao entrar na sala de refeições matinais do castelo, localizada na parte da frente, com muita iluminação natural e visão privilegiada da entrada principal, Isabelle notou logo que uma das mesas estava repleta de embrulhos. Ela achou estranho, mas não era de sua conta. Virou-se e notou também que não estava sozinha. Além do mordomo e dos empregados trazendo alimentos frescos, o duque servia-se em um dos bufês.

Ela mancou até a grande e quadrada mesa principal, coberta com uma toalha branca que só permitia ver os entalhes dourados nos pés.

— Bom-dia, Lady Isabelle. Espero que tenha tido uma ótima noite de sono.

Lá estava ele polido como sempre. Nem parecia o mesmo homem com quem passou parte da madrugada. Impecavelmente vestido, não devia existir um único pedaço de sua roupa que estivesse amassado; a camisa era tão branca que ofuscava sua visão. Fizera a barba, tomara banho e lavara o cabelo, que ainda estava úmido e penteado para trás sem nenhum fio fora do lugar. E nada de olhares calorosos para ela naquela manhã; os olhos normalmente prateados estavam cinzentos, intensos e diretos.

Felizmente, Isabelle também caprichara na apresentação. Usava um vestido matinal de passeio, feito em musselina indiana num tom suave de verde. Resolvera ser tão modesta que usava uma *chemisette* por baixo do vestido com uma bela gola de renda francesa. Os brincos de pérola eram seu único acessório, e o cabelo estava bem preso no alto da cabeça. Tomara um banho tão frio quanto o dele e agora perfumava o ambiente com seu cheiro de limpeza.

— Bom-dia, Sua Graça. Sim, aproveitei muito bem a noite de descanso.
— Ela rumou para o bufê.

Era muito tarde para ele; o duque tinha certeza de que Isabelle não esperara encontrá-lo ali. Sinceramente, ele também não estava desejoso de vê-la tão cedo. Mas perdeu a hora e demorou a descer; até Marcus o olhava de maneira curiosa enquanto servia o café, como se estivesse com vontade de perguntar o que havia acontecido.

— Bom-dia! Que bom encontrá-los aqui. — Pamela trouxe toda a animação que faltava. — Isabelle, tenho planos para nós. Preciso resolver uns assuntos na vila, pode ir comigo se quiser. Mas vamos aproveitar o clima e subir de barco pelo rio até depois do bosque. O que acha?

— Ótima ideia. A travessia é longa?

— O suficiente para nos manter ocupadas uma boa parte da tarde. — Pamela pegou um bolinho e virou-se para deixar o cômodo, mas antes parou perto do filho. — Está tudo bem, Nathaniel? Acho que não o vejo tomando café a essa hora desde a última vez que adoeceu há não sei quantos anos.

— Estou ótimo, mãe. Fui dormir tarde.

— Como se isso o impedisse de mandar o galo cantar — murmurou.

— A propósito, Isabelle, esses presentes são para você. Parece que seus admiradores descobriram onde está.

Isabelle olhou para a mesa repleta de embrulhos e flores, e bufou. O duque lançou um olhar enviesado para os pacotes e terminou de tomar seu café; já fazia tempo que ele deixara o chá para o meio da tarde, isso quando não o batizava. Quando ficou de pé para deixar o cômodo, ela pulou do lugar onde estava. Ia falar agora ou só na próxima temporada.

— Sua Graça. Preciso lhe falar.

Ele voltou o único passo que dera e aguardou.

— Em particular — murmurou ela.

Ele fez um sinal com a cabeça e indicou o caminho. Marcus franziu a testa quando eles saíram, e os demais empregados se aproximaram para acompanhar o duque e sua convidada com os olhos. Desde quando ele tinha conversas em particular com jovens solteiras que ainda por cima carregavam o sobrenome Bradford?

Nathaniel entrou numa pequena sala de estar próxima dali; o cômodo pequeno e aconchegante antigamente era usado como sala de espera para os que aguardavam ser recebidos pelo duque enquanto ele tomava o café da manhã. A lareira era bem pequena, e no inverno as noites deviam ser bem frias. Tinha uma decoração sóbria e cheia de estofados. Estava limpa, mas, como a maior parte dos cômodos do castelo, não parecia ser usada com frequência.

— O que tem a dizer? — perguntou ele assim que fechou a porta.

Isabelle respirou fundo e foi direto ao ponto.

— Gostaria de falar sobre ontem à noite. — A reação imediata dele foi um leve franzir de cenho. — Foi a última vez que quebramos nosso trato.

Nathaniel não ajudava em diálogos difíceis. Então apenas moveu a cabeça como se dissesse que estava a escutando e era para ela prosseguir.

— Agora que nós já... — Ela não tinha como dizer isso sem certo embaraço, algo que tentava evitar a todo custo. — Refreamos nossas necessidades e descobrimos a que ponto podemos chegar. Creio que poderemos, enfim, evoluir para um nível aceitável de amizade.

Ele até colocou a mão no queixo. Se ela não o conhecesse, diria que ele estava com vontade de rir.

— E então poderemos parar de fingir que somos pessoas apropriadas e nunca mais cometer tamanha insensatez — continuou ela.

Se a expressão do duque ficasse mais irônica, ele teria de ser congelado nesse estado.

— É mesmo, Lady Isabelle?

— Sim, Sua Graça.

— Creio então que de agora em diante apagaremos todo o passado, especialmente a última madrugada, e passaremos a ter uma relação saudável e adequada.

— Exatamente. Ontem foi como nossa lição final.

— Nossa?

— Não ouse dizer que não foi afetado. Pode ser experiente, mas não é indiferente.

— Não costumo mentir sem que haja necessidade. E a senhorita é bastante aplicada em compensar inexperiência com paixão.

— Algo que deveria desagradá-lo profundamente — alfinetou ela —, já que prefere mulheres com experiência comprovada. Talvez até mais experientes que o senhor.

— Você está certa — respondeu ele, inabalável. — É minha primeira vez numa situação dessas.

Ela engoliu a saliva e levou alguns segundos para retomar o assunto e não voltar a alfinetá-lo.

— Bem, Sua Graça, já que nossas lições físicas estão terminadas, espero que durante o tempo que eu estiver aqui possamos nos relacionar normalmente.

— Defina *normalmente*.

— Sem lições físicas — disse ela prontamente, soando segura como queria.

O duque assentiu uma única vez.

— Não vou dizer que não sentirei falta dos seus devaneios. Mas acho uma ótima ideia.

— Devaneios? — exclamou ela.
— *Eu o quero em meu corpo* traz alguma luz à sua mente? — indagou com um tom sugestivo.
Ela estremeceu e ficou rosa, vermelha, cereja...
— Mas é uma ótima ideia — continuou ele, ignorando o embaraço dela.
— Acho que deveríamos combinar de não nos tocarmos mais — disparou ela, sabendo que se arrependeria, mas incapaz de sair por baixo.
— Não nos tocarmos — repetiu ele, como se para memorizar.
— Sim — respondeu, apesar de ele não ter feito uma pergunta.
— Mutuamente — concluiu.
— Exatamente —assentiu ela uma vez, os olhos grudados nele.
— Ótima ideia — aprovou o duque, deixando-a desconfiada.
— Agora pode parar de fugir da minha presença e me tratar como a hóspede que sou. Sua companhia é muito agradável. Por que não me mostra o castelo e o que faz aqui? E podemos conversar. Conversávamos bastante quando estávamos na cidade.
E veja só aonde nossas conversas nos levaram, pensou Nathaniel.
— Concordo. Vamos aproveitar sua estada aqui. Sem contato físico nem cometer nada inapropriado. Já não era sem tempo.
Ela assentiu e virou-se para a porta, tentando passar uma imagem de satisfação.
— A propósito... antes que eu não possa mais dizer nada inapropriado.
Ela virou apenas o tronco para olhá-lo.
— Belas pernas — completou de onde estava.
Ela estreitou o olhar e saiu. Rumou pelo corredor ainda indignada e pensando em como ele era um fingido. Por trás dos terríveis rumores e daquela pose inatingível, o duque não passava de um descarado. Mas ele ia ver só; ela ia investir nessa relação apropriada. Passariam ainda mais tempo juntos sem que ela terminasse embaixo dele outra vez. Eles pouco se tocavam, mas era incrível como nas vezes em que foram longe demais Isabelle acabou com ele entre as pernas.

***

No dia seguinte, o joelho de Isabelle estava muito inchado. Na véspera, ela e a duquesa passearam a tarde toda. O joelho começou a doer de novo e Isabelle voltou a mancar antes do jantar quando não conseguiu mais esconder. O duque, que sabia muito bem o motivo, usou seu novo comportamento extremamente adequado e lhe disse para ficar no quarto com a perna para cima. E agora que a duquesa sabia do ferimento, providenciou todo tipo de bálsamo para curá-la e aliviar o inchaço e a dor.

— Ah, querida, você deveria ter me dito. Eu não teria feito você me acompanhar. Até meus pés estão inchados de tanto que andamos; fiquei animada em lhe mostrar as redondezas — dizia Pamela enquanto Isabelle permanecia sentada em sua antessala com as pernas esticadas sobre o banquinho acolchoado da poltrona.

— Eu não queria perder o passeio — respondeu Isabelle.

— E você também, Nathaniel. Que absurdo. Esconder que nossa hóspede havia se machucado.

A duquesa, sem a menor desconfiança, carregou o filho para tomar o chá em sua companhia e de Isabelle. Agora estavam os três, mais Andrew, lanchando na antessala do quarto de Isabelle. Assim, ela não precisava se locomover.

— Não escondi nada. Só não pensei que ela passaria o dia inteiro andando.

— Curioso é o fato de você saber desse ferimento — comentou Andrew, olhando o duque por cima da borda da xícara.

— De fato — disse Pamela. — Querida, pode me dizer, não precisa depender do insensível do meu filho.

— Eu não disse, o duque descobriu, não é mesmo? — Ela lançou um olhar cheio de significado para Nathaniel.

— Vi quando ela caiu na escada da biblioteca. Estava escuro; então a ajudei a voltar para o quarto — relatou, no auge do cinismo.

Uma ideia que descartara por achar absolutamente descabida voltou a brilhar na mente de Pamela. Ela se lembrou do tempo em Londres, quando exigiu que o filho parasse de sair com sua protegida. Naquela época, achou um absurdo, pois Isabelle não era o tipo dele e ser associada ao duque seria problemático. Mas e se houvesse se equivocado sobre eles?

Subitamente, Pamela passou a achar que havia sido enganada. A uma dama tão experiente como ela, algo que estava à sua frente o tempo todo passara despercebido: havia atração entre seu filho e Isabelle. Não do tipo tolo e sem consequências como ela pensara. Mas real. E eles haviam passado muito tempo juntos. Nos bailes, nas carruagens, até dentro de sua própria casa. Seu filho não passava tempo com mulheres solteiras. Pamela esteve tão preocupada achando que ele pretendia fazer uma proposta à pessoa errada que se deixou ser enganada pela personalidade difícil do filho e não viu todo o cenário.

Por incrível que parecesse, e ela como mãe do duque sabia que isso era impensável, percebeu que havia algo escondido por trás do jeito como o filho e Isabelle se tratavam. Pensando bem, eles até já se comunicavam apenas pelo olhar. A moça havia acabado de fazer isso. Na frente dela. E havia algo com Nathaniel, um cinismo além da conta. Estavam escondendo alguma coisa. O que ambos foram fazer na biblioteca tão tarde, para começo de conversa? Era normal o duque perambular pelo castelo à noite, mas estranho que Isabelle estivesse junto.

A duquesa ficou assustada com a possibilidade de eles estarem tendo um caso. *Será?* Não, seu filho não faria... ou faria? Bem, ele não faria, até Isabelle aparecer. Como num estalo, Pamela voltou à sua casa em Londres e viu aquele dia que os dois apareceram na sala desalinhados. Também ouviu a voz de Isabelle dizendo *percebo que prefiro homens mais maduros*. Seria uma indireta? Homens mais maduros eram uma coisa; jovens damas como ela eram jogadas em casamentos com velhos presunçosos o tempo todo. Mas seu filho era um mundo de diferença.

Lutando para se conter, Pamela começou a sorrir; era uma união extremamente inesperada que ela não só aprovava, como pretendia estimular.

Capítulo 19

Assim que o joelho desinchou, Isabelle voltou à ativa. O duque havia prometido um tratamento normal de hóspede. E ela ia se assegurar de que ele faria isso. Acordou bem cedo, colocou seu traje de montaria e saiu. Como imaginara, Nathaniel estava do lado de fora, de mangas arregaçadas, calça e botas de montaria.

— Desde que cheguei fico olhando os cavalos pela janela. São todos da sua famosa criação?

Ele espantou-se ao vê-la de pé tão cedo. A primeira coisa que fez foi olhar para baixo, como se fosse ver seu joelho coberto pela saia do traje de montaria.

— Seu joelho já está bom o suficiente para se envolver em estripulias?

Isabelle teve a audácia de levantar a saia e mostrar o joelho perfeitamente coberto por algo muito grosso. Ele já vira suas pernas nuas, não tinha como apagar tal episódio escandaloso.

— Creio que não. Mas montada num cavalo vai ser mais fácil — disse ela.

— Vejo que a dama mais famosa dos salões de bailes tem lá seus segredos. Quem diria, usa calças por baixo das saias.

— Não são calças, e sim meias de inverno que estão por baixo do traje de montaria. Achei que protegeriam melhor e segurariam o curativo em meu joelho. Ninguém precisa saber.

Pela expressão dele, tinha uma opinião diferente sobre as tais meias de inverno, especialmente se ela pretendia exibi-las por aí.

— Então, Sua Graça. Vai me provar que é um bom anfitrião? Até agora não tenho nada de muito bom para falar sobre sua hospitalidade quando voltar a Londres.

— Prefiro que a senhorita espalhe que eu sou grosso e ameaçador.
— Há alguém mais antipático que você na sociedade?
— Sua opinião sobre mim, como sempre, é das melhores — ironizou ele.

Ela passou à frente dele e chegou perto de um dos cavalos. Observou o animal e deu mais um passo, colocando a mão em sua cabeça lentamente.

— Ele é manso?
— Nenhum deles é — respondeu o treinador dos cavalos. — Até os castrados são abusados.

Ela tornou a olhar o cavalo que bateu com as patas traseiras no chão, mas não tentou mordê-la ou atacá-la. Assim como todos, era lindo. Mesmo os de outras raças usados para trabalhos eram muito bem tratados. Mas ela ficou fascinada desde o início com os cavalos negros do duque. Eram frísios, de origem holandesa, grandes, robustos e revestidos por uma lustrosa pelagem negra com a crina sedosa. Alguns apresentavam pelagem abundante nas patas também.

— Qual eu posso montar? — indagou, olhando os outros animais que estavam do lado de fora.

— Nenhum — respondeu o duque.
— E por quê?
— Vão derrubá-la e até mordê-la. Mas há outros já domesticados.

Isabelle não era nenhuma domadora ou grande conhecedora de equinos. Ela sabia cuidar deles, montava bem, não tinha medo de cavalgar rápido, mas só. Então seguiu o duque por uma ponte sobre o rio até o estábulo dos cavalos negros. Um local enorme, como tudo parecia ser em Hayward. Havia um potro recém-nascido que era uma graça. Nem parecia que se tornaria um monstro enorme e musculoso feito os outros.

— Essa é a mãe?
— Sim, milady — outro tratador assentiu.
— Que beleza ela é — disse ela ao se aproximar da égua branca. — Mas o cavalinho é todo negro. Como pode?
— Como o pai — completou o duque. — É cria do meu cavalo. Mas ele não é *todo* negro. Repare sua cabeça.
— E todos não são seus? — Ela se inclinou e viu que havia uma mancha branca atravessando a cabeça do animal até o focinho. — Olha que amor!
— É cria do meu preferido. — Ele achou graça ao vê-la se derretendo pelo filhote.

— Trovão Negro — lembrou ela do nome do cavalo que sempre o acompanhava. — Imagino que todos eles tenham nomes amedrontadores e com a adição do negro no final. Tempestade Negra, Furacão Negro, Redemoinho Negro, Diabo Negro... — seguiu ela, inventando, pois não sabia o nome de todos os animais.

Nathaniel riu da ideia deturpada que ela fazia do jeito que nomeava seus cavalos. Mas eram animais grandes e escuros que, por natureza, costumavam ser ariscos. Seria estranho chamá-los de bolinho, presunto, abacaxi e peteca; nomes que já vira em pôneis.

— Bem, essa graça aqui é a Estrela Branca — ele acariciou o pescoço da égua, que relinchou e abaixou mais a cabeça, demonstrando gostar dele. — Essa é a primeira cria dela, não sabíamos como sairia essa combinação. Estou surpreso.

Isabelle se aproximou e acariciou-a com as mãos, quase abraçando o pescoço largo do animal. Estrela parecia carente, ainda recuperando-se do parto da noite retrasada. O potro, ainda desengonçado, foi para o lado da mãe procurar o leite de suas tetas. Ele era uma cruza entre duas raças, pois Estrela Branca era uma andaluz, e Trovão, era um frísio como seus pais e irmãos. Eles não misturavam as raças, mas resolveram pagar para ver; Estrela e Trovão se davam bem.

— Você é uma beleza, não é? Tão forte, pariu seu cavalinho negro e está aqui de pé. Tão linda — dizia Isabelle para a égua, acariciando-a. Ela pegou a cenoura da mão do tratador e ofereceu ao animal.

Nathaniel aguardou, como se gostasse de vê-la acariciando um de seus animais de estimação. Ele amava aqueles cavalos. Havia outros bichos na propriedade, mas ele sempre teve preferência pelos equinos. Adorava criá-los e treiná-los.

— Ainda não temos um nome amedrontador para o novo cavalo — comentou ele.

— Que tal Manchinha? — sugeriu ela, de brincadeira, mas arrancou uma risada dele.

— Ele não vai gostar disso quando ficar grande como os outros.

— Mancha Negra!

— A mancha não é branca?

— Mas aí não fica amedrontador!

— Vamos. Vou apresentá-la a outro cavalo. Pensaremos em um nome depois.

Ele montou Fogo Negro, um garanhão jovem que seguia em treinamento e fora um dos motivos para Nathaniel querer voltar. Arredio e desconfiado, já derrubara os tratadores diversas vezes. Nathaniel o estava acostumando a ser usado para cavalgar fora da propriedade. Trovão Negro estava ficando velho; portanto, seria melhor alterná-lo com outro animal. Ele era pai dos três cavalos mais jovens da criação. Era esperado que o primeiro filho de Fogo Negro nascesse no ano seguinte, pois a égua com quem ele cruzara pela primeira vez estava prenhe.

O duque escolhia um para o dia a dia e se afeiçoava profundamente a ele. Desde Trovão Negro que ele não se apegava tanto a um cavalo como estava acontecendo com Fogo Negro. Mas ainda não o considerava confiável o suficiente para enfrentar uma viagem ou manobrar pelas ruas apinhadas de uma cidade como Londres.

Isabelle montou Rio Negro, o pai de Trovão. Era mais velho, treinado e calmo. Estava acostumado a andar pela propriedade, mas já fora aposentado das viagens. Possuía uma natureza mais confiável e não a derrubaria à toa.

— Esse seu cavalo é muito animado! — disse Isabelle depois que contornaram por uma das saídas da floresta e Fogo Negro não parava de aprontar.

— Para não dizer implicante — respondeu o duque, puxando as rédeas.

Ele deixou-a ir na frente, não que Fogo Negro estivesse gostando disso, mas o cavalo precisava aprender a andar atrás de outros e não sempre na liderança. Nathaniel observou-a cavalgando; até sobre o cavalo era graciosa. Agora que já tivera oportunidade de passar certo tempo na companhia dela, entendera que ela não estava se forçando a isso como imaginara no início. Fazia parte de sua pessoa.

Eles pararam num trecho particularmente calmo à beira do rio onde os cavalos beberam água e descansaram. O duque apontava lugares da propriedade que fizeram parte da história da família e de sua vida.

— Ela morreu aqui? — Isabelle olhava perplexa para o carvalho à beira do rio.

— Sim, ela se matou aqui. — Ele deu uma leve batidinha no pescoço do seu cavalo e o recompensou com um pedaço de cenoura por obedecer à sua ordem de ficar quieto.

— Mas logo aqui? — indagou, seu olhar indo do carvalho para a água, a grande árvore se inclinava na direção do rio.

Nathaniel virou-se para ela, notando a afetação em sua voz e então viu como ela ficara chocada com essa história sobre um de seus antepassados.

— Isso foi há muitos anos. Não vai encontrar nada dela aqui.
— Se matar num lugar tão bonito... ela devia querer ter uma bela visão antes de morrer.
— Pode ser. — Ele andou para mais perto dela. — Vê o castelo? A janela que dá direto para cá, no extremo oeste — disse o duque, enquanto apontava. Isabelle confirmou que enxergava. — Ali ficava a sala de estar do irmão do duque. Era ali que faziam negócios e até possuíam suas amantes. A visão de lá era perfeita para ver esse ponto onde estamos agora. Ela queria que ele visse. Segundo a história, assim que se levantou e veio à janela, ele a viu aqui. Pendurada e com a ponta dos pés roçando na água. Agora aquele cômodo é uma galeria, ninguém passa muito tempo ali.

Isabelle olhou as janelas que o duque apontara. Podia jurar que havia alguém ali vigiando-os nesse momento. Como se fosse aquele duque de duzentos anos atrás observando sua jovem esposa morta ao pôr do sol.

— Espere aí! — Ela foi andando rapidamente atrás dele, que puxava os cavalos de volta para o caminho. — Ela não queria castigar o duque! E sim o irmão dele! Era tudo sobre o irmão! Era ele quem ela amava e não podia ter, e ainda tinha de viver com ele e todas as amantes que trazia para cá. A filha caçula era dele, não era?

— Isso é algo que nunca saberemos. O que importa é que o primeiro filho era do duque. O irmão ainda não havia voltado quando o primeiro nasceu e ela mal podia sair da propriedade; só confiavam nos familiares e isso aparentemente foi um grande erro. Pelo que contavam, o irmão nunca mais foi o mesmo depois de enterrá-la. Não se casou de novo e morreu cedo, diminuindo ainda mais a família.

— E fala disso tudo como se fosse história de sementes das suas plantações.

— Foi há duzentos anos. — O duque continuava andando. — Tenha isso em mente: o passado é imutável, só nos resta mudar o presente. Para mim é apenas uma história. Ser a história da minha família é apenas um detalhe.

— É incrivelmente interessante.

— Fofoca sobre os mortos — tachou Nathaniel. — Com as famílias que temos e com tudo que já fizeram, deveríamos ser os últimos a procurar saber os detalhes, invariavelmente chocantes e embaraçosos.

— Mas você sabe.

— Alguns.

Depois de se despedirem em frente ao castelo, ambos pensaram que a amizade talvez funcionaria. Passaram a manhã toda sem cometer nenhum impropério. Isabelle sentiu-se de volta ao plano. Sabia das consequências, mas estava num momento em que precisava deixar o futuro se resolver. Se não cedesse ao seu espírito implicante toda vez que o duque a provocasse e resistisse à atração que ele exercia, teria chances. Era bom começar a fingir que nem enxergava aquele perfil másculo dele.

Nathaniel ainda considerava sua reação a Isabelle um sério distúrbio. Se houvesse um médico com quem conversar sobre isso, ele iria. Mas as coisas estavam bem definidas na cabeça dele: ele não queria se envolver com uma jovem que tinha pouco mais da metade da sua idade. Só que querer não é poder, e lá estava ele fatalmente atraído pela dama mais famosa do país, com inúmeros pretendentes ao seu dispor.

Com todas as opções que Isabelle tinha para escolher, seria infinitamente tolo da parte dela não fazer a melhor escolha. E ele não era a melhor. O duque não era futuro marido de ninguém.

Nathaniel soube um dia o que era amar e ter isso arrancado à força do peito. O que teve com Meredith foi corrosivo e destrutivo. No fim, acabou em tragédia para todos os envolvidos.

Se amor fosse apenas daquela forma que conheceu, não iria querer amar nunca mais. E temia estar parecendo um rapaz tolo e iludido, pronto para ser enganado outra vez. Estava meio apaixonado por Isabelle, igual a vários homens da sociedade, solteiros ou não. O duque imaginava que ela exercia esse efeito, e ele, por mais que parecesse diferente, não estava imune.

Capítulo 20

— Veja só Nathaniel, parece que a estada de Isabelle movimentou os arredores. Todos os nossos vizinhos estão com hóspedes e darão festas ao ar livre, bailes campestres e jantares — comentou Pamela enquanto passava os convites.
— E não é isso que eles sempre fazem? — Ele continuou cortando sua carne.
— Não dessa forma. A temporada campestre por aqui tem sido impávida para dizer o mínimo. Temos vizinhos discretos. Em sua maioria.
— Deus os abençoe por isso — respondeu Nathaniel.
— Ouviu, Isabelle? Teremos alguma diversão fora desses portões. Imagino que alguns dos cavalheiros que têm lhe mandado presentes estão hospedados por perto — disse a duquesa viúva, virando-se para sua hóspede enquanto ignorava o humor soturno do filho.
— Parece promissor. — Isabelle não estava animada com a perspectiva de sair para qualquer tipo de evento social.

***

Dois dias depois, Pamela e Isabelle partiram para uma refeição diurna na casa de Lady Herbes. A senhora, adepta da discrição e do "menos é mais", surpreendeu a duquesa com o convite. Apesar disso, os Herbes costumavam receber hóspedes, e parecia que desta vez todos haviam redescoberto os encantos do centro-leste inglês.
No dia seguinte, foram a um lanche na hora do chá da tarde na casa dos Rivenburgh. A linda mansão onde moravam também fora construída a

partir de um antigo castelo. Isabelle ficou um bom tempo do lado de fora apreciando a mistura de épocas presente na arquitetura.

Sábado foi o dia da primeira grande festa. Lorde Blyton chamou os aristocratas que moravam no entorno e seus vários convidados para celebrar seu noivado na mansão da família.

A temporada campestre de noivados havia começado. Os jornais já davam as últimas notícias. Os maldosos gostavam de dizer que às moças que jamais brilhariam em Londres restaria ser o foco nas festinhas insossas do campo onde o glamour se resumia à luz diurna. Mais tarde, quando a realidade da cidade voltava, alguns arrependimentos batiam e a temporada londrina era mestre em desfazer paixões da baixa temporada.

A sortuda da noite — ou nem tanto, já que Lorde Blyton não era nenhuma beleza a ser celebrada nem a personalidade do ano — era a pequenina srta. Rivers, uma moça loira e adorável que Isabelle achou que lembrava Flore, mas com alguns quilos a menos e sem os adoráveis cachos.

Como era de esperar, Isabelle não fez amigas entre as frequentadoras desses eventos. Ela não conhecia a maioria daquelas pessoas; eram outros aristocratas, com modos, histórias e famílias diferentes. Foi um alívio não ter que rever tantas figuras do círculo londrino, mas as notícias viajavam.

Os cavalheiros do campo, menos afetados que os da alta sociedade londrina, vieram de longe para visitar seus parentes e conhecer a famosa Lady Isabelle Bradford, a dama mais cobiçada da Inglaterra. Quando se torna notícia em Londres, é melhor se preparar para ficar conhecido nos quatro cantos do país. Os jornais londrinos iam longe e as publicações locais muitas vezes replicavam notícias da cidade para se manterem na moda.

Felizmente, as moças também eram outras; em sua maioria, mais naturais que as estrelas londrinas. Algumas delas tinham uma opinião negativa sobre as damas que viviam pelos salões da cidade se exibindo em vestidos escandalosos e em situações permissivas. Isabelle não havia sido educada para ser uma mocinha do campo. Sentia-se dolorosamente deslocada e, por isso, estampou no rosto um de seus sorrisos planejados.

— Sua Graça, o duque de Hayward — anunciou o criado da porta.

O duque era um acontecimento em qualquer lugar, ao menos quando se apresentava como ele mesmo. E ele sabia o efeito que causava, fosse em Londres, no campo, na corte, no Parlamento. Para os vizinhos, ele era uma figura menos simbólica, já que o viam passar a cavalo ou caminhando pela propriedade com as botas sujas de lama. Mas para aquelas pessoas que moravam longe, não eram grandes frequentadores de Londres e muito menos dos círculos mais seletos da sociedade, ele virara quase uma lenda.

Ele não é terrível como dizem, só é diferente — diziam os vizinhos, procurando ser diplomáticos.

Ele realmente matou a noiva e todas aquelas pessoas? — perguntavam os hóspedes, receosos.

— Soube de seus feitos na guerra, Sua Graça. Fez muito bem em ajudar a acabar com aqueles franceses de uma figa. Vamos derrubá-los de novo! — disse um cavalheiro idoso, apertando energicamente a mão do duque.

Ninguém ali sabia exatamente o que o duque fizera nem para onde fora; só tinham a notícia de que ele deixara o país para atuar nas negociações diplomáticas que foram extremamente necessárias nos últimos anos, especialmente em 1814. Não deixava de ser verdade, mas não desconfiariam de seu papel na espionagem. E, no fim das contas, ele ter ido para Viena e voltado do Congresso no começo do ano era tudo que precisavam saber.

— É verdade que o senhor foi à guerra e trabalhou em planos para vencermos? Papai falou para não vir importuná-lo, mas eu vim! — disse um garoto de uns dez anos, surgindo de trás de uma cadeira.

— Não servi no front. Há outros que realmente merecem as honrarias — disse ele, fazendo o garoto franzir o cenho.

— Não desaponte o menino, Sua Graça — disse Isabelle, achando graça.

— Seja como ele quando crescer, ouviu? Ao menos terá sucesso — disse ao garoto, que correu para se esconder ao ouvir a voz do pai.

— Não seja nada parecido comigo! — chamou Nathaniel, tentando ver o garoto, que escapulia por trás das cadeiras.

Isabelle se divertia enquanto segurava uma taça de champanhe. Ela virou-se para ele, que não podia fazer mais nada além de admirá-la. Isso o incomodava; só tinha olhos para ela quando permaneciam no mesmo cômodo.

— Quer dizer então que estou falando com um herói de guerra? Como eu nunca soube disso?

— Nunca soube porque não é verdade. Só me envolvi na guerra em missão diplomática. O que menos fiz foi atuar no campo de batalha. — Nathaniel acreditava tanto nisso que nem sentia como se estivesse mentindo. De fato, as batalhas das quais participou não apareceriam nos livros.

— Isso é tão encantadoramente humilde de sua parte que vão até mudar de ideia sobre seu passado. Pois bem, vou falar com essas pessoas e descobrir tudo.

— A senhorita quis dizer que vai falar com os homens — observou ele.

— Eles sabem mais sobre a sua história.

— Assim como em Londres, ainda não fez muitas amizades, não é?

— Como é observador — respondeu com sarcasmo antes de levar a taça aos lábios. — Parece que aqui sou vista como uma péssima influência para essas jovens recatadas. Cavalheiros não pedirão em casamento as que forem vistas em minha companhia. Imagine, talvez eu diga a elas para recusarem todos eles.

— Creio que metade deles esteja acanhada com sua presença. Especialmente os mais jovens por quem passei quando cheguei. Sabia que republicaram uma ilustração sua numa publicação que circula por aqui? Um deles estava extremamente desconcertado. O que você fez ao pobre rapaz?

— Vejo como me tem em alta conta, Sua Graça. Ele veio conversar e eu perguntei se já passeara com alguma moça em sua vida. Acho que ele pretendia me convidar para dançar. Uma pena, eu até queria. — Ela moveu um dos ombros em um fingimento charmoso que o divertiu.

Nathaniel percebera um dos "defeitos" dela: Isabelle tinha a terrível capacidade de fazer homens adultos sentirem-se como meninos. Ele achou que já estava calejado demais pela vida para ser submetido a isso. Descobriu, para seu azar, que a vida discordava. Aquela maldita.

— Sabia que muitas das moças presentes aqui são proibidas de beber, especialmente fora de casa? — observou ele, mas achava que ela o fazia de propósito, como um desafio.

— Ora essa. Em que século nós estamos? — suspirou dramaticamente.

— Tudo bem, se isso vai chocá-los menos. — Ela lhe deu a bebida, como se o duque fosse obrigado a se livrar da taça para ela.

— Agora tem algo com o que se distrair e não precisa testar meus dotes como anfitrião.

— Está sentindo minha falta? — Ela lançou um daqueles seus olhares sedutores que faria um homem impressionável acreditar que ela estava interessada. — Ainda podemos fazer uma excursão pelos arredores.

— Talvez amanhã. Se não for contra sua agenda social.

— Está implicando comigo por eu me hospedar na sua casa e não passar o tempo lá ou há outro motivo?

— É divertido — respondeu como se resumisse tudo.

A duquesa se aproximou silenciosamente para flagrá-los falando algo que não deviam.

— Já encontrou alguma dama de seu agrado, Nathaniel? Eu poderia apresentar você a algumas — disse a mãe, provocando-o, pelo filho ter dito que só iria aos eventos para encontrar uma esposa no campo.

— Teria alguma dama madura com mais juízo e experiência de vida que eu? — respondeu Nathaniel só para infernizar a mãe.

— Por que está à procura da opção mais incompatível possível? Afinal, uma bela mulher madura como a sua mãe jamais lhe serviria. Ela é vivida, inteligente, curiosa e animada. — Intrometeu-se Isabelle. — Você procura alguém que seja o contrário disso só para que o ignore e possa ignorar também. Além disso, as pessoas são ensinadas para adquirir experiência.

— É para isso que a vida serve. — Ele estreitou o olhar, cauteloso.

— E que graça teria? O senhor poderia até ser um bom tutor, se não fosse ranzinza, inacessível, taciturno e mais seco que o bolo do Almack's!

A verdadeira resposta ficou nítida na expressão dele. Mas teve de engolir porque a mãe testemunhava tudo avidamente.

— Fico feliz que a senhorita me ache um exemplo de pessoa. É uma lisonja. — Ele fez uma mesura e se afastou, antes que eles entrassem em detalhes sobre o que exatamente o duque andou lhe ensinando.

Contendo sua irritação, Isabelle ficou observando o duque se afastar. Como se o fato de ele ainda fazer pouco caso dela a deixasse muito incomodada. De fato, deixava. Por mais que sentisse uma atração enorme por ela, Nathaniel continuava se negando a aceitar e permanecia cego a qualquer chance de haver algo entre os dois. Ela não sabia o que a irritava mais, a cegueira dele ou o fato de ter notado que sua teimosia se originava de um profundo desprezo próprio. Ele realmente não se achava um par adequado para alguém em busca de qualquer coisa além de um casamento por conveniência.

Apesar disso, Isabelle continuava achando que precisava tratá-lo como um alvo; estava se apaixonando pelo duque e isso seria sua ruína.

***

No domingo quando voltou para o *brunch*, Nathaniel ficou irritado com os presentes que esperavam por Isabelle. Ele já vira os cartões de visita na bandeja de prata ao lado da porta principal. Com certeza, homens querendo cortejá-la. Na casa dele. Isso ele não era obrigado a suportar.

Por que não escolhia logo esse maldito noivo? Nathaniel esperava que assim colocasse um ponto final no tormento dele. Se estava com tempo para pensar tanto em uma mulher, era sinal de que seus "dois empregos" não o estavam ocupando o suficiente.

— Procurei-o pela manhã, Sua Graça. Pensei que me esperaria. Não íamos cavalgar novamente?

Ele se virou e a encarou. Ainda por cima ela era uma mentirosa de marca maior. O que mais estava escondendo?

— Quando fará vinte anos? — perguntou subitamente, interessado em saber se ainda teriam de passar o aniversário dela juntos, pois o dele seria muito em breve.

— Eu *tenho* vinte anos — respondeu calmamente, achando que era um teste.

— Mentiu sua idade?

— Achei que já soubesse.

Um ano a mais ou a menos, que diferença faz? E ela mentir não era de modo algum surpreendente.

— Não vai perguntar o motivo? Pensam que farei dezenove.

— Você ou sua família queriam algum tipo de vantagem. Acho que todos já deviam ter notado que a senhorita não acabou de sair do isolamento da juventude de uma jovem na sua posição.

— Mas chutou apenas um ano a mais.

— Achei que um ano era suficiente para aprender mais sobre Londres. Sua vigarice e talento para o roubo devem ter sido desenvolvidos ao longo de toda a juventude.

— Assim me deixará emocionada com tantos elogios. Contenha-se, Sua Graça. Não fique chateado porque consegui esconder algo de seus olhos de águia.

— Se eu ficasse chateado por algo que esconde, já estaria morto.

— E onde esteve que só agora nos encontramos?

— Estive ocupado a manhã inteira — respondeu, voltando ao assunto anterior.

— Não vai cumprir a promessa, não é?

— Não prometi nada a você — disse rispidamente, muito irritado consigo, com a situação, com aqueles malditos presentes, com os cartões na bandeja, com todos os homens que estavam atrás dela e com o quanto ela se esforçava para agradar cada um deles.

Está com ciúmes, Hayward. Finja para ela, mas admita para si mesmo.

— Prometeu-me ser um bom anfitrião — respondeu, disposta a descobrir a fonte da irritação dele. Dizia que não o provocaria, mas era como um monstrinho dentro dela que se manifestava ao sentir que podia desestabilizá-lo; impossível resistir.

— Não, não prometi. Se espera mesmo que nosso novo acordo dê certo, saiba que as condições de nossos encontros não são ideais.

Nathaniel não se lembrava de sentir tamanha alteração havia algum tempo. Ah, sim, lembrava. Ele tinha agido exatamente assim quando dissera a ela que iria matar Rowan ou o marquês se ela aceitasse a proposta de casamento. Isabelle o encarou. Em vez de persegui-lo naquele tabuleiro, ela ia se retirar dessa vez. Fazia muito tempo que não jogavam; era um movimento bastante arriscado para ela. Mas seu coração estava acelerado e ia abandonar o jogo. Assim o tormento dela também acabaria.

— Pois bem, Sua Graça. — assentiu, mantendo a calma e levantando o queixo para assumir sua melhor pose de dama orgulhosa. — Esta é a sua casa. Partirei imediatamente.

Isabelle virou-se e saiu, deixando o cômodo, a refeição que estava para ser servida e, mais importante, o duque. E nenhum dos dois notou que se a comida estava sendo posta é porque havia empregados circulando e eles não eram nem cegos nem surdos por mais que fingissem ser.

Capítulo 21

Mesmo sem enxergar bem para onde estava indo, Isabelle seguiu pelo largo corredor do castelo. Já decorara o caminho; estava circulando com tanta facilidade que era como se morasse lá. Mas talvez essa fosse a última vez que passaria por ali e não estava falando apenas daquele ano. Não ia mais ver o duque. Agora sim estava tudo perdido, mas ela ainda tinha seu orgulho. Era uma Bradford, independentemente da situação financeira na qual a família se encontrava.

Historicamente, nenhum Bradford podia se dar bem com um Mowbray. Onde estava com a cabeça quando aceitou isso? E não estava falando do maléfico plano de sua família e sim do seu próprio plano de conquistar o único homem que já quis. *O maldito duque! Aquele Hayward amaldiçoado!*

Flore não estava. Então tocou a sineta furiosamente para chamá-la. Quando a camareira chegou, Isabelle já estava jogando as roupas sobre a cama. As melhores roupas que tinha. E de que adiantara? Devia ter trazido seus vestidos de trabalho doméstico. Quem sabe se limpasse a escada do castelo, o duque a enxergasse como algo além de uma jovem detestável que devia ser evitada a todo custo. Resumindo: *uma Bradford*.

— O que está fazendo? Seja o que for, eu posso fazer — exclamou Flore.

— Comece a juntar os meus pertences. Vamos partir.

Sabe-se Deus para onde. Isabelle não queria voltar para casa. A única coisa que a fazia cogitar mudar de ideia era a perspectiva do que enfrentaria quando colocasse os pés em Hitton Hill.

— Não íamos ficar até o final da estação? O que aconteceu?

— Apenas junte tudo e arrume nas malas.

Isabelle respirou fundo procurando se acalmar. Mas era como se estivesse machucada. Ela sabia que aconteceria, que alguma hora eles terminariam.

Não como se houvessem realmente tido um caso, mas havia algo entre eles que nenhum dos dois poderia explicar; algo esse que precisava ser terminado e foi. Agora ela não queria mais tentar nada ano que vem. Não ia se submeter a isso. Não ia esquecer quem era. Daria seu jeito.

Podia arranjar um marido num estalar de dedos.

Sempre soube que no fim não acabaria com quem escolhesse. Porque, mesmo que houvesse odiado o duque desde o início, ainda seria obrigada a seduzi-lo. E se ele houvesse sido uma presa detestável, mas fácil, a essa hora ela já teria não só caído nas garras dele como estaria pronta para se casar e ser infeliz. Exatamente como sempre soube que seria.

***

Pamela sentou-se à mesa e olhou para o filho. Ele estava na ponta, mas ou não notara a comida, ou a estava ignorando. Andrew entrou, cumprimentou-os e sentou-se. Nathaniel nem se moveu. A seriedade no semblante dele estava assustando a mãe e seus olhos sombrios vidrados em algum ponto da mesa. Seus punhos estavam juntos, uma mão segurando a outra e até onde podia ver, Pamela achava que ele esmagaria a própria mão e nem sentiria.

— Nathaniel, onde está Isabelle? Ela não vai se juntar a nós?

Ele demorou a responder, mas finalmente abriu a boca para não ajudar em nada.

— Não sei. Por que imagina que eu saberia onde ela está?

— Não seja ríspido — ralhou ela.

— Sua Graça, se me permite... — disse Marcus, se dirigindo à duquesa viúva. — Lady Isabelle está nos aposentos dela. Segundo me consta, está arrumando as malas. — O mordomo não era adivinho; ele testemunhara a saída da moça e escutara a sineta do quarto dela tocando. Tinha certeza de que ela ia partir.

— Para quê? — indagou Pamela, virando-se para o mordomo.

— Para partir — disse Marcus com simplicidade e incapaz de conter uma olhadinha para o duque.

Pamela virou-se para o filho imediatamente.

— O que você fez, Hayward? Por acaso a destratou? Será possível que não consegue ser um pouco amável?

Ele soltou o ar e levantou-se da mesa. Não era nenhum monstro. Tinha seus pecados no currículo, mas não andava por aí destratando pessoas como se fosse um esporte. E muito menos faria isso com Isabelle, era provável que ele socasse a cara de alguém que a destratasse. Não mudava o fato de que ficavam voláteis na presença um do outro.

— Nathaniel! — disse a mãe, levantando-se também.

Até Andrew, que era aquela pessoa calma, deu a volta na mesa e colocou-se entre os dois.

— Andrew! Não se intrometa em nossa discussão — pediu Pamela, visivelmente irritada com o filho.

— Não é uma discussão se só você está falando — respondeu Andrew, já que o duque deixara o cômodo a passos largos.

— Odeio quando ele faz isso. É assim desde pequeno! E eu o eduquei com pulso firme! — reclamou Pamela, soltando-se na cadeira onde o filho estivera. — Seja lá o que ele fez agora, se não resolver, eu resolvo. Por que brigariam? Nunca o vi se exaltar assim, nem com... — Ela parou a tempo de evitar tocar no assunto do antigo noivado dele.

Andrew achava muitas coisas. O pouco que falava equivalia ao muito que observava. Enquanto a esposa havia precisado do tempo no castelo para enxergar a verdade, Andrew soubera assim que vira Nathaniel e Isabelle juntos pela primeira vez. Ele também já era um bom conhecedor do duque e em pouco tempo começou a entender melhor a esquiva srta. Bradford. Era óbvio que eles tinham um caso. Até onde haviam ido, Andrew não sabia, mas era mais sério que a esposa imaginava.

A porta do quarto de Isabelle abriu subitamente, não que estivesse trancada. O duque andou até o meio do cômodo e parou, seu olhar registrou o caos enquanto Flore tentava nervosamente arrumar tudo e Isabelle dobrava calmamente as peças íntimas. Quando Flore viu o duque parado ali, deixou tudo cair e ficou pálida.

— Sua Graça! — Ela se atrapalhou na mesura e abaixou para pegar tudo.

Quando escutou a criada, Isabelle abaixou a peça que segurava e ficou encarando-o como se ele não fosse bem-vindo.

— Flore, vá se alimentar — ordenou à criada, que sempre se surpreendia por ele se lembrar do seu nome.

— Tenho que arrumar e empacotar e...

— Mesmo que parta, não vou deixar que vá de barriga vazia. Desça e se alimente. — Ele falava com a criada, mas seu foco estava em Isabelle.

Flore ficou sem saber o que fazer. Olhava para os itens em seus braços, para Isabelle, para a porta e depois para o duque.

— Saia daqui, Flore — ordenou Nathaniel.

Deixando tudo que segurava sobre o sofá, a camareira saiu sem pestanejar. Estava com fome e preocupada com a perspectiva de partirem sem nem uma refeição.

— Estou ocupada. Pode enviar uma carta a Hitton Hill se tiver algum assunto importante a tratar comigo.

E não é que a frieza dela estranhamente o atingia? Ele ainda não sabia lidar com o fato de que fazia diferença para ele.

— Você não estará lá.

— É a minha casa, é para onde vou. — Isabelle deixou as roupas e rumou para perto da porta. Por mais espaçoso que fosse aquele quarto, no momento nem o salão seria grande o suficiente para ficar sozinha com ele.

— Eu vim me desculpar. — Ele pausou, decidido a se comportar calmamente e não como um homem movido por suas paixões. — Não quero que vá embora, não foi isso que eu quis dizer.

— Foi sim. Se acha melhor não nos vermos mais e eu estou na sua casa, a única solução é a minha partida. Vou pedir que sua mãe me empreste uma carruagem — informou e escancarou a porta, ansiosa para distanciar-se dele.

Nathaniel praguejou alto e foi a passos largos atrás dela, passando à sua frente.

— Não quero que vá.

— Pode ser tão poderoso quanto quiser. Mas não tem poder sobre mim. Não faz diferença o que quer — respondeu, olhando-o diretamente e cravando essa direto na garganta dele.

Estranho como fosse, ele sentiu vontade de beijá-la bem ali, no corredor. Queria pegar o seu rosto e simplesmente grudar os lábios nos dela. Tinha certeza de que nenhum daqueles homens podia imaginar como ela realmente era bela quando assumia essa postura desafiadora.

— Não estou ordenando que fique. Estou pedindo. Posso não ser bom em fazer pedidos, mas esse foi um.

— Não — negou Isabelle como se sequer tomasse conhecimento do que ele dizia.

Nathaniel enxergou-se nela; era exatamente assim que ele agia. Quando negava algo, era definitivo. Ela usou o mesmo tom, mas, quando ele queria algo, também era definitivo e não ia deixá-la partir.

— Você não vai partir — informou.

— Eu não sabia que também era adepto ao cárcere privado, Sua Graça.
— O sarcasmo dela era mordaz.
— Nós estamos nesse embate, um jogo de avança e recua e dizendo coisas que não devemos o tempo inteiro. — Ele passou a mão pelo cabelo que já não estava no lugar, os fios loiros tão sem rumo quanto ele. — Nem em minha própria casa você consegue ficar livre desse bando de homens que rasteja aos seus pés. Presentes, convites, visitas... não os quero aqui. E essa é a única ordem que tenho para dar.

Isabelle ficou olhando-o por cerca de um minuto. Nesse tempo, Nathaniel parou e encarou-a também, daquele seu jeito direto e naturalmente arrogante. Ela imaginava se podia começar a ter esperança. Não era a primeira vez que ele implicava com seus pretendentes, mas dessa vez ela pôde escutar em sua voz, ver em seus gestos e no seu olhar o quanto estava incomodado, irritado, inconformado e certamente enciumado.

Exatamente por isso que ela manteve um pouco caso enervante ao informar:

— Ainda sairei por aquela porta assim que minhas malas estiverem prontas.

Nathaniel enxergou através do teatro dela e se aproveitou da dúvida que conseguira plantar naquela resolução dela.

— Vou continuar falando e atrasando sua partida. Subitamente todas as carruagens estarão no conserto; as estradas, em péssimas condições. Suas malas demorarão horas para chegar à saída. Farei com que coma antes de partir nem que tenha que lhe dar cada garfada. Não poderá partir ao anoitecer e acabará tendo de passar mais uma noite aqui. Comigo. E eu estarei acordado e, acredite se quiser, falante.

— Está me ameaçando?

— Não, Isabelle. Estou lhe informando o que acontecerá no resto do dia.

Ela deu um passo para o lado e o contornou. Ele acompanhou-a como se houvessem acabado de executar um passo de dança e o intuito fosse parar exatamente na mesma posição, só que um pouco mais à frente no corredor.

— Nunca teve de se explicar tanto, não é? — Isabelle estreitou o olhar com um leve sorriso.

— Para uma mulher com quem me relaciono? Não é uma de minhas experiências.

— Acredito. Pois bem. Vá executar seus truques. Vou me despedir da duquesa. — Ela o contornou e seguiu pelo corredor, mantendo a pose com uma provocação deliberada.

O duque havia engolido o orgulho quando subiu a escadaria do castelo em direção ao quarto dela. Então que se danasse, não tinha mais o que guardar. Era melhor resolver isso logo e ter certeza de que ela não fugiria no meio da noite.

— Não, não vai. Isso é entre nós dois. Eu sabia que teríamos problemas permanecendo tanto tempo sob o mesmo teto. E por motivos óbvios. Ainda quero você e a recíproca é verdadeira. Isso gera atrito e eu não estou me comportando como deveria. Acho melhor colocarmos um ponto final nisso.

— Tenho uma dúvida, Sua Graça. Essa sua territorialidade é apenas comigo ou com a sua casa?

— Faz alguma diferença? — perguntou entre dentes, odiando que seus sentimentos ficassem tão expostos.

Isabelle olhou bem para ele, como se fosse muito óbvio, e mesmo assim resolveu refrescar sua mente.

— Lógico. Pois entre os dois, apenas o castelo lhe pertence. Eu, não.

Dito isso e acertando mais um golpe, Isabelle virou-se e seguiu pelo corredor, deixando o duque para trás. Ele a observou partir, a mente assimilando suas palavras e concluindo algo que ele não queria. Mesmo assim aquela parte dele que agia contra sua vontade se perguntava: *Como ela não era sua?* Seu primeiro beijo fora com ele. E não estava falando de roçadinhas de lábios que as matronas já achavam motivo para alguém noivar, mas sim de um beijo de verdade.

Sua primeira vez sendo tocada por um homem havia sido nos braços dele. Há poucas noites no escritório quase se entregara a ele. Se alguma vez alguém despertara nela o desejo, mesmo que indevidamente, fora ele.

Isabelle nunca imaginou que diria algo assim ao duque. Em suas fantasias, quando se imaginou lutando para conquistá-lo e, por consequência, cumprindo o plano infame, não funcionava assim. Ela simplesmente o levava a pedir sua mão. Não era para haver discussões apaixonadas, frustração e tanto contato físico e desejo não saciado. Ela não imaginou que precisaria enfrentá-lo nem que escolheria partir em favor do seu orgulho. Se ela só estivesse agindo de acordo com o plano, não precisaria de orgulho. Sempre que partia o coração de algum homem a mando de sua família, não havia nenhum sentimento envolvido.

— Se nunca usou seus dotes de dissimulação comigo, quão minha estava disposta a ser em todas as vezes que estivemos juntos? — Nathaniel impediu-a de descer as escadas, trazendo-a para bem perto, o nariz a poucos centímetros do dela. A posição era comprometedora, mas as palavras ficavam apenas entre eles.

— Eu não seria nada sua enquanto você não fosse meu. Mas você, duque de gelo, não está disposto a ser de ninguém! Simplesmente não consegue. A cada tanto que dá, tira o dobro. Negue se eu estiver errada!

Ele ficou olhando-a, odiando cada vez mais o quanto ela o desnudava. E sem poder desmentir. Ele não dava nada de si a ninguém, não mais. Era incapaz de cometer o mesmo erro duas vezes. Mas quem disse que o ser humano precisa viver eternamente numa linha rígida? Livre para sentir, ele sentia como se houvesse errado. Pois dera algo a ela e estava cedendo naquele momento.

— Você está certa. Não sei partilhar absolutamente nada.

Ela o encarou com arrogância como se dissesse: *Eu sabia! Estou certa!*

— Isso inclui você.

Ela abriu a boca, pronta para mais uma vez colocá-lo em seu devido lugar, porque ninguém na vida do duque o havia feito admitir tanta coisa em tão pouco tempo e dentro de sua própria casa. Porém, ele só queria ela. Segurou o rosto dela com as mãos e a beijou com fome e paixão. Seus lábios pressionavam os dela no beijo mais intenso e verdadeiro que já haviam compartilhado; a língua dele procurava o gosto e o toque da dela como alguém sedento. Ele se movia levemente como se precisasse sentir o leve atrito do corpo dela em movimento junto ao dele.

Isabelle se segurou nos braços dele, apertou os músculos sobre o paletó. No começo ela se deixou levar pelo beijo como se fosse uma breve interrupção daquela briga, mas ele a tomou com tanta paixão que ela mudou de ideia, não tinha mais interesse no embate. Sua natureza apaixonada e o que sentia por ele a fizeram corresponder.

Nathaniel ouviu os saltos na escadaria; alguém subia de forma decidida e fazendo barulho. Talvez não estivesse sozinho, mas os passos de quem vinha primeiro faziam mais alarde. Ele interrompeu o beijo, mas se arrependeu imediatamente ao ver seu rosto. Ainda não queria se separar dela, mas Isabelle arregalou os olhos com a proximidade de outras pessoas e deu dois passos para trás, tomando impulso ao usar as mãos contra o peito dele.

A cabeça loira da duquesa apareceu um segundo depois. Como estavam a poucos passos da escada, ela nem precisou ficar no mesmo patamar que eles para enxergá-los. Andrew vinha logo atrás. Quando os viram, Isabelle ainda se afastava e o duque mal tinha abaixado os braços. Um olhar para as bocas de Isabelle e Nathaniel bastaria para concluir que eles não estavam apenas conversando.

— Espero que tenha se desculpado com nossa hóspede, Nathaniel.

— Não precisa me repreender. Pedi desculpas e quase implorei para que Lady Isabelle não nos deixasse.

— Não seja exagerado — disse a mãe, cética.

— Sim, Sua Graça. Não precisa exagerar, seu pedido de desculpas foi tão sincero e fora do comum como sua pessoa — respondeu Isabelle, que após recuperar o fôlego do beijo parecia estar de volta ao humor anterior.

O duque continuava com os olhos nela; não que ele houvesse desviado em algum momento, até mesmo quando a mãe lhe dirigira a palavra. Ele ainda a queria e a vontade de tomá-la nos braços era tão forte que estava a um passo de ignorar a mãe e Andrew e puxá-la de volta para ele. Nathaniel começava a sucumbir e, para seu total descontentamento, estava quase chegando naquela parte em que começava a admitir o bando de "nuncas" que levava uma pessoa à perdição.

Nunca se sentira assim, *nunca* uma mulher o afetara dessa forma, *nunca* valera tanto o desafio, *nunca* jogaram tão bem com seus sentimentos e com as verdades descobertas sobre ele. E *nunca* sentira tanto desejo a ponto de parecer novamente um rapazote que precisava se entender com o próprio corpo.

Nunca tivera a gana de ignorar a própria mãe e continuar um interlúdio na frente dela. *Nunca* quisera tanto ter uma mulher para si a ponto de ignorar seus medos e desconfianças. Ele até achou engraçado quando ela jogou na sua cara — com notável satisfação — que não lhe pertencia. E ele *nunca*, nem quando fez a pior tolice de sua vida ao entregar seus maiores segredos, se sentira tão fora de controle como naquele momento.

— Ah, querida, não se importe tanto com o que Nathaniel diz. Ele anda falando demais ultimamente. — Pamela se aproximou de Isabelle. — Afinal, o que foi que ele disse? Eu resolvo.

— Não foi nada. É apenas que o duque e eu temos opiniões diferentes. E ele é muito mais reservado que eu no que diz respeito a visitantes, e a minha presença faz muitos estranhos se aproximarem.

— Ora essa, Nathaniel, porque tem que ser tão arredio? Não precisa recebê-los, eles não vêm vê-lo. Deixe comigo; afinal, ela é *minha* protegida.

O duque quase pulou no lugar com a possibilidade de haver homens na sua casa atrás de Isabelle e com a dissimulação dela resumindo tudo a esse assunto em particular.

— Não — cortou, lembrando muito aquele *não* que Isabelle dera há uns minutos. Mas o dele foi mais cortante e não haveria nada que o fizesse titubear. — Não os quero aqui. E me admira que queira ver mais pretendentes, Isabelle, já que usou minha companhia para se livrar deles.

— Esses são outros — adiantou-se a duquesa viúva. — E tem alguns que são ótimos partidos, querida. Apesar de eu achar que você pode escolher alguém melhor em Londres, nós não controlamos os assuntos do coração, não é? Espero que aproveite a chance de se casar por amor. Não se preocupe, não vou deixar o mau humor do meu filho atrapalhar.

Isabelle teve vontade de rir dessa última declaração da duquesa. Será que ela fazia ideia do que estava falando? Se fosse assim, teria de domar o filho para ele não atrapalhar sua própria conquista.

— Além disso, Sua Graça. — Agora Isabelle se dirigia novamente ao duque e deu um passo no corredor, aproximando-se dele e ficando à frente da duquesa. — Não preciso recebê-los aqui. Prefiro respeitar sua vontade e sua hospitalidade e sair para passear e participar das atividades locais.

Como ele odiava aqueles modos tão perfeitos dela. Tudo, desde o jeito de falar, o tom usado e a maneira como se portava, lhe dava nos nervos, porque era irrepreensível. Altamente dissimulada. E isso não era uma das coisas que mais atraíam nela? Aquela esperteza disfarçada. Ele imaginava quanto disso ela usava contra ele, mas não era ruim. Ele nunca combinaria com uma mulher tola e inocente.

— Ótima solução, querida — disse Pamela, se divertindo com a contrariedade no rosto do filho.

Nathaniel teve de amargar essa. Ele a convenceu a ficar, mas ela já havia vencido a discussão. Agora estava apenas pisoteando sobre o perdedor.

— Ótimo. Então estamos entendidos e eu vou acreditar que estou desculpado. Reagendaremos nosso passeio para amanhã bem cedo. Nos vemos no jantar.

Capítulo 22

O dia nem havia amanhecido quando Flore colocou a roupa de montaria de Isabelle em cima do acolchoado grande e quadrado que ficava do cômodo de vestir.

— Para onde vai tão cedo? — perguntou a criada, que ainda coçava o olho e estava lenta pelo sono. — Não me diga que vai fugir!

— Não cometo esse tipo de tolices, Flore. Se eu for embora, vai ser pela porta da frente. Vou cavalgar. Vou mostrar ao duque que não me atraso.

— Ele disse que você se atrasa?

— Ele disse *bem cedo*, insinuando que eu não levantaria a tempo.

Flore achou melhor não dizer nada. Ela é que não se meteria na guerra entre Isabelle e o temível duque. Assim que a jovem saísse, ela aproveitaria para dormir um pouquinho naquela cama enorme e fofa.

Os criados estranharam ao abrir a porta lateral, a mais próxima aos estábulos, para Isabelle. Um criado a acompanhava segurando uma lanterna; o vento fazia a chama, mesmo protegida, tremular demais.

— Onde está o duque? — perguntou Isabelle ao criado quando atravessaram a ponte e não viram ninguém.

— Ele... acho melhor milady esperar aqui dentro e lá no fundo. Ou talvez...

— Não, gosto do ar fresco.

Isabelle se aproximou do rio que passava tão calmo ali na frente. Ela havia adorado a paisagem; a alteração do curso dele deve ter sido uma obra grandiosa. Criaram uma saída para circular perfeitamente o castelo e voltar ao rio principal para continuar até o lago. Talvez o tenham usado como obstáculo na época em que isso era necessário. Foi há tanto tempo que a natureza já fizera o trabalho de tornar tudo belo e natural. O duque com certeza saberia a história daquelas alterações.

O criado trocou olhares com o outro que segurava a lanterna, que já nem se fazia mais necessária. De repente ela escutou um barulho e pulou assustada; era Nathaniel saindo do rio. Ele simplesmente saiu da água e recebeu uma toalha do mesmo criado a quem ela perguntou onde ele estava. Isabelle ficou estática, para esse tipo de situação ela não treinara. Nunca havia visto ninguém, muito menos um homem, sair semidespido de um rio.

— Ora essa, Isabelle, o que está fazendo aqui tão cedo?

Nathaniel passou a toalha pelo cabelo, não parecia nem um pouco incomodado por só estar usando duas peças e ambas estarem molhadas e coladas. A camisa branca estava aberta e expondo a parte de cima do seu peitoral. E tudo isso na presença dela.

— Ontem me disse que teria de ser *bem cedo*. E sei que sai ao nascer do sol e... Estamos no nascer do sol — continuava ela, sem conseguir se mover e usando todas as suas forças para ficar com o rosto virado. Não só pela sua modéstia, mas era a postura que os criados esperavam dela.

Não devia olhar para homens seminus, muito menos quando estavam molhados e com toda aquela pele de fora e com algumas marcas que ela gostaria de saber onde ele arrumou. Natação devia ser um esporte bastante efetivo se resultava em músculos e naqueles ombros largos que ficavam mais bem explicados por ele sempre ter praticado o nado como esporte e passatempo. Para isso servia um rio calmo e parcialmente domado.

— E, afinal, o que estava fazendo no rio?

— É aqui que eu nado, desde que me entendo por gente. — Ele fez um sinal para os criados se retirarem, e os dois entenderam muito bem. Era como se não pudesse ficar mais impróprio. — Você sabe nadar?

— Não... eu não sei nadar. Se caísse no rio, estaria em apuros.

— Quer aprender? — Um sorriso de canto já denunciava tratar-se de uma provocação.

Ela virou o rosto para ele, mas manteve os olhos longe do seu peitoral.

— Não creio que isso seja possível, Sua Graça.

— Só porque você teria de ficar molhada? Por Deus, Isabelle... não seria novidade — disse ele, sabendo que um dia ela lhe cobraria pela desfaçatez. — Pode usar roupas e, se está receosa que a duquesa desaprove, posso chamá-la para participar. Ela sabe nadar, meu pai ensinou. Aqui nesse mesmo rio.

— Mesmo?

— Pergunte a ela. — Nathaniel colocou a toalha sobre os ombros.

— Acho melhor então que *ela* me ensine. Não vou entrar num rio em sua companhia e muito menos ficar molhada ao seu lado. Não é apropriado para uma dama.

Ele jogou a cabeça para trás e gargalhou pelo que ela disse que não faria e por sua reação e o modo ultrajado como falou. Ele se aproximou dela e, para sua surpresa, levantou-a, passando o braço por baixo de suas pernas e a levou até a beira do rio. Isabelle se agarrou a ele e olhou para a água como se de repente ondas enormes houvessem aparecido.

— Sua Graça, coloque-me no chão imediatamente!

— Ah, sim, deixe-me apenas soltá-la.

— No chão seco!

— Acho que na verdade você tem medo de água.

— Não tenho medo de água! Eu entro em banheiras! Coloque-me no chão seco!

— Isso é uma ordem?

— É uma ordem!

— Não entendi, Isabelle.

— Pare já com isso! Agora!

— O quê? Como foi que disse?

— Nathaniel! Coloque-me no chão agora!

— Imediatamente, Isabelle. — Ele colocou-a no chão. — Melhor agora?

Ela continuou agarrada a ele, pois estavam na beira e a margem ficava acima do nível da água. Era como se Isabelle sentisse os pés tocando o nada, mesmo com a grama sob as botinas. Mas Nathaniel segurava-a com firmeza, sorrindo enquanto a observava. Ele gostava de senti-la junto a ele. Quando a segurava dessa forma, tinha a impressão de que se encaixavam perfeitamente. Seus braços já sabiam onde pressionar; as mãos dela, onde segurar. Era só abaixar a cabeça e esperar que houvesse a deixa para beijá-la.

Seu velho duque idiota, está se apaixonando. E pela última jovem por quem deveria cair de amores, recriminou-se mentalmente.

— Não muito, quero ir para mais longe do rio.

— Vai perder o medo do rio hoje.

— Não tenho medo.

— Se é o que diz.

Ele entrou na parte dos fundos do estábulo e voltou minutos depois trajando roupas secas, daquelas que usava quando caminhava pela propriedade: camisa, colete simples com botões expostos, calções e botas de montaria de cano alto.

Nathaniel a levou para o lado oeste, parte a cavalo e parte a pé. Ele tornou a levar Fogo Negro e ela montou a mãe dele, Lince Negra. O duque estava surpreendentemente falante, entrava em detalhes quando respondia às perguntas dela. O lugar tinha muita história e ele se dedicara a aprendê-la. Em compensação, devido a sua vida agitada e aos períodos que se ausentava, precisava do administrador — um fofoqueiro de marca maior — para fornecer as últimas atualizações.

— Aqui, onde passamos da outra vez, é a casa da duquesa. — Ele indicava a mansão que lembrava o Trianon e ficava do outro lado do rio, meio escondida pela vegetação.

— Mas sua mãe não fica aqui.

— Não, minha mãe só ficou aqui um dia antes de casar. Fazia parte de uma tradição. Todas as mulheres que iam se tornar duquesas de Hayward eram trazidas para cá com antecedência e moravam nessa casa, outrora um solar, até o casamento. Em séculos passados, umas três noivas acabaram morando aqui por cerca de um ano enquanto problemas permeavam as negociações. Tem vários objetos que pertenceram às antigas duquesas e até pequenas lembranças de outras épocas — contou ele, já que era um costume desde antes de a família receber o ducado.

— E elas não viam o futuro marido?

— Viam, podiam se visitar. Algumas moraram aqui enquanto "conheciam melhor" o noivo. Mas sei que pelo menos duas delas tinham um caso com o futuro marido.

— Era mais fácil se casar logo, não?

— Quem pode entender a mente de pessoas que já morreram? Eram outros tempos.

Isabelle ficou olhando para a casa, admirando a arquitetura, as janelas e o jardim. Mesmo fechada, os empregados iam até lá arejar e cuidar da área externa. Era como um trabalho que fazia parte do castelo, não que alguém tivesse esperança de que o duque fosse se casar em breve.

Para quem ia ficar tudo aquilo se ele morresse sem filhos? A família acabava nele. Não havia parentes distantes com os quais tivesse qualquer contato. No passado houve mulheres dos Mowbray que se casaram e tiveram filhos. Então, de certa forma, parte do sangue da família corria escondida em outras veias. Ainda assim, seria triste.

Ele *era* o último duque, literalmente. Dono do valioso título concedido para passar apenas a herdeiros diretos. Ele era filho único, e se morressem sem filhos, o ducado seria extinto. O herdeiro teria direito às terras e só ao título mais baixo dos Mowbray.

A memória e a história da família também iriam morrer com o atual duque. Ele nunca contaria nada disso a ninguém. Qualquer um que caísse em Hayward não entenderia nada do lugar, não iria olhar para ele do jeito que Isabelle vira Nathaniel olhar de cima daquela colina. Ninguém mais cresceu ali.

O castelo não significaria mais um lar. Só alimentaria a ganância e a sede por dinheiro de qualquer um. Isabelle podia até imaginar quantas pessoas apareceriam alegando ter o sangue dos Mowbray e disputariam para ver qual era o herdeiro mais próximo. Bastava pensar na sua família e imaginar o que eles fariam. Já era difícil aceitar que mil acasos tornaram Genevieve a marquesa de Hitton. Anos haviam se passado e ela ainda não fazia ideia de como se portar ou o que fazer com o título e seus deveres.

— Você quer vê-la por dentro? — convidou ele, notando como ela olhava para a casa.

— Podemos?

Ele levantou a sobrancelha direita. Lógico que podiam. Ele era o duque, fazia o que bem entendesse na propriedade. Ele a ajudou a desmontar e, enquanto esperavam o cavalariço trazer as chaves, ela andou pelo jardim. Depois entraram pela porta da frente e ele abriu as janelas. A entrada dava em um hall espaçoso com passagem para uma sala grande e repleta de móveis cobertos por lençóis brancos.

Isabelle levantou alguns aqui e ali para ver a decoração. Só quando estava no meio da sala foi que percebeu que Nathaniel ficou parado no hall, olhando o local com o cenho franzido enquanto retirava as luvas de montaria. A expressão dele era de alguém que não pôde evitar uma lembrança desagradável.

— Há algo errado aqui dentro? — indagou ela. Não conhecia a casa, mas ele, sim.

— Vou lhe mostrar os cômodos — respondeu ele, como se nada tivesse acontecido e indicou o caminho.

A casa era repleta de janelas de madeira branca e entalhada por dentro. A arquitetura externa era inspirada no castelo, deixando o lado gótico de lado e se inspirando na era Tudor e em Palladino. Mas o interior era claro e romântico; uma casa construída com mulheres em mente, fossem elas noivas ou viúvas.

— É aconchegante. Talvez devesse colocar seus hóspedes aqui às vezes, apenas para que ela viva um pouco.

— Não recebo hóspedes.

— Nunca?

— Lorde Devizes me visita às vezes, mas me recuso a colocá-lo aqui — respondeu ele, ignorando completamente as outras visitas que recebia no Trianon para tratar de assuntos que eram apenas para os olhos e ouvidos dele.

Isabelle subiu a escada concluindo que ela e o duque tinham algo em comum: a falta de amigos. Provavelmente porque eram criaturas complicadas e cheias de segredos. Ele tinha esse conde, seu melhor amigo, que participava da vida dele, além do sr. Percival, que considerava tanto quanto, mesmo que de maneiras diferentes. Conhecia muitas pessoas; elas só não estavam inseridas em sua vida a ponto de passar dias em seu castelo.

Ela queria perguntar algo, mas não sabia como. Isabelle sabia que Nathaniel tivera uma noiva. Será que ela vivera nessa casa? E como essa mulher conseguira entrar na vida dele a ponto de ir morar em Hayward e estarem prestes a se casar? Ele não devia ser tão diferente há seis anos quando tudo terminou.

— Quando foi a última vez que moraram aqui? — tentou entrar no assunto sutilmente.

— Creio que em 1779. — O duque parou na entrada do primeiro dos dois quartos. — Eu nasci aqui.

Ela ficou surpresa. Achou que ele citaria a noiva, mas Nathaniel nem hesitou. Depois de tudo que aconteceu, ele passou a ignorar os poucos dias que Meredith se mudou do castelo para aquela casa, demonstrando curiosidade e vontade de participar da tradição. E ele, cegado pelos próprios sentimentos, não anteviu o tamanho da traição que se deflagraria a partir da casa da duquesa.

— Mas disse que sua mãe nunca morou aqui.

— Antes de se casar. Veio para cá depois de brigar com meu pai quando estava grávida. Até hoje não sei o motivo. Sei apenas que nasci aqui e ela voltou para o castelo na mesma semana. Segundo ela, a contragosto. — Ele sorriu levemente. — Eles acabaram fazendo as pazes uns dias depois, assim diz ela.

Isabelle quis saber onde exatamente. O duque levou-a até o quarto principal. Era lindo, com móveis franceses do início do século passado, detalhes floridos e brancos e janelas com vista para o rio.

Enquanto eles passeavam, as coisas no castelo não saíam como manda o figurino. O refresco da duquesa tinha atrasado, a refeição diurna não estava pronta, a limpeza acontecia lentamente, alguns criados não se encontravam em seus postos e o pessoal dos estábulos não tinha começado a exercitar os cavalos como deveria. Tudo porque o duque estava na casa da duquesa com uma mulher. Solteira. Em perfeita idade para casar. Com quem todos ali sabiam que ele vinha se comportando estranhamente.

Uma Bradford.

Isabelle sentou-se na cama do quarto principal e olhou os ricos entalhes do teto. Depois olhou o duque, que se encostara na parede e permaneceria daquele seu jeito inalterado e observador. Seus olhos cinzentos descansavam sobre ela calmamente.

— O que mais poderá me mostrar antes de retornarmos?

— Venha, vamos até o lago. — Ele saiu para esperá-la no corredor. Recusava-se a deixar que as ações de outra pessoa o fizessem deixar de gostar da casa que sempre achou charmosa. Mas a verdade é que evitava ir até ali.

Desceram até um lago arredondado que não passava de um recuo do rio e pararam na margem que, segundo ele, era a mais rasa.

— Não vai me jogar aí dentro, vai?

Nathaniel riu e levou os cavalos para beber água. Depois sentou à beira do rio, onde lavou duas maçãs, escolheu a mais bonita e ofereceu a ela. Ele comeu silenciosamente enquanto olhava a água e tentava enxergar os peixes nadando.

— Como você nada aí com os peixes?

— Não há muitos peixes nesse trecho e eles não vão bater no seu rosto nem te morder. Dá para nadar à vontade. Posso provar, quer tentar?

Parecia um desafio e ficou mais nítido quando ele colocou a mão sobre a botina dela e puxou o cadarço. Como ela não se moveu, ele ficou de joelhos à frente dela e retirou o calçado. Ele pausou só um momento, caso ela mudasse de ideia. Então desamarrou a botina esquerda e a deixou junto à outra.

— Vai me deixar tocar nas suas meias? — Havia certa diversão na expressão dele.

— Nós dois sabemos que já tocou e eu não estava usando meias.

— Foi uma emergência.

Isabelle levantou a saia do traje de montaria até os joelhos; do jeito que estava, ele só conseguia ver seus pés e o começo de sua perna. Nathaniel se lembrava perfeitamente de sua perna desnuda naquele dia na biblioteca, mas ele não gostaria de repetir a malfadada experiência.

O fato de estar com as mãos sobre as meias brancas de Isabelle já era prova suficiente de que o bom senso já era. Ele acompanhou a bainha franzida do traje subindo pelas pernas dela até parar sobre os joelhos e umedeceu os lábios.

— Deixou as meias grossas para trás — observou ele, enquanto seus dedos subiam pela perna dela, sentindo o algodão fino, diferente do que ela usara para se aquecer da outra vez e também das meias finas que costumava usar sob seus vestidos.

— Não estava com frio, essas são práticas e resistentes — murmurou ela. Foi impossível não prender um pouco a respiração enquanto a mão dele subia pela lateral de sua perna num toque leve.

Nathaniel hesitou só um momento antes de deixar suas mãos entrarem por baixo da barra do vestido dela. Dali em diante não podia ver, só sentia com as pontas dos dedos. Isabelle respirou fundo e estremeceu quando a mão dele deslizou pela parte interna de sua coxa. Ele levantou o olhar ao senti-la retesar e logo encontrou o laço que prendia a meia. Ela só percebeu o quanto estava apertado quando ele o soltou e esfregou gentilmente a marca que ficou na coxa dela.

Ela fechou os olhos só por uns segundos, sentindo a leve pressão dos dedos dele acariciando em círculos. Como nenhum dos dois podia ver, era o tato que ditava as regras. Nathaniel voltou a observar a reação dela enquanto puxava a meia, e suas mãos tornaram a aparecer enquanto desciam pela perna dela, trazendo o tecido suavemente. Ele deixou a meia junto da botina e, quando pegou a outra perna, Isabelle o sentiu segurar seu tornozelo e subir a mão por trás, pressionando sua panturrilha, indo por baixo de seu joelho até soltar o segundo laço com mais rapidez que o anterior. Ele desceu um pouco a meia e parou, afastando a barra só um centímetro.

— Ainda dói? — Nathaniel olhava o joelho que havia sido machucado na biblioteca.

— Não mais, só espero que a marca desapareça.

— Vai desaparecer — murmurou ele, tocando-lhe a perna e descendo a meia com o mesmo cuidado que fizera com a outra.

Isabelle ficou olhando-o sem ação quando ele a levou para a beira e pôs os pés dela na água fresca.

— Não vão morder seu pé — assegurou ele.

Ela puxou a saia da roupa de montaria para não molhar e balançou os pés, experimentando a sensação da água corrente. Até que sentiu vontade de entrar e se refrescar, mas consolou-se pensando que pediria um banho na maior banheira que houvesse em um daqueles quartos de hóspede, talvez houvesse uma maior que a sua. Não era a mesma coisa, mas ela não teria de andar por aí toda encharcada.

— Dá vontade de entrar, não? — indagou ele, observando-a.

— Sim. Por que não coloca os pés também?

— Não, vou ficar tentado. Mais tarde eu volto para nadar um pouco.

— Acho que quero aprender a nadar.

— Eu a estava provocando, não posso ensiná-la a nadar.

— Por que não?

— Nem tudo é um segredo aqui. Não posso me imaginar dentro do rio com você, usando menos roupa do que o normal e segurando-a para que aprenda a nadar. Nem você se salvaria de um escândalo desses.

Ela virou o corpo e ficou olhando seu perfil tenso. A mandíbula dura e os olhos concentrados nos cavalos. Isabelle enfiou as meias nos bolsos e correu descalça pela relva até Fogo Negro. Tornou a levantar as saias, levantou a perna bem alto e se segurou. Assim que enfiou o pé no estribo, deu impulso e num movimento só se agarrou ao cavalo e encostou o peito para conseguir passar a outra perna por cima, montando-o como homens faziam, mas com suas saias desarrumadas em volta das pernas.

O duque permaneceu imóvel desde a hora que a viu correndo descalça; foi como seguir um ponto de luz na escuridão. Mas todo aquele show com o cavalo foi como uma cacetada em sua testa; ele sentiu-se nocauteado. Era trabalhoso botar uma dama sobre o cavalo adequadamente na sela feminina. Mas Isabelle não precisava disso para ser encantadoramente travessa.

Fogo Negro não pareceu nem um pouco incomodado com o pouco peso que ela representava, nem ficou arisco por ser montado por ela, já que esse era um dos problemas dele; desde sua chegada, Nathaniel era o único que o montava. Ao menos, o único homem. Talvez houvessem acabado de descobrir algo novo sobre o cavalo; ele podia preferir se tornar uma montaria de damas. Certamente ficaria lindo como um fundo escuro sob as belas saias dos seus trajes de montaria.

— Cuidado, Isabelle, ele pode derrubá-la. — Nathaniel correu e segurou firme as rédeas do cavalo, a despeito de o animal o estar ignorando.

— Ele não vai! — disse ela lá de cima antes de inclinar-se e dar um tapinha carinhoso no pescoço do cavalo e então se abraçar a ele. Fogo Negro pareceu gostar, pois levantou mais a cabeça.

O duque colocou as mãos na cintura e olhou-a bem. Não tinha cabimento ela enfeitiçar o seu garanhão arisco e brincalhão. Ele se recusava a aceitar.

— Não seja levada. Desça desse cavalo ele não é confiável. — Agora sim ele se sentiu como o velho duque que julgava ser, por mais saudável que fosse e ainda prestes a completar 36 anos.

— Ora essa, Sua Graça. Vamos cavalgar de volta, aposto que posso vencê-lo. — Ela se inclinou para acariciar o animal. — Não é, Fogo Negro? Diga a ele que agora você gosta de mim. Por isso não conseguem montá-lo, estava me esperando. — O cavalo reagiu ao som da voz dela e aos seus afagos, fazendo-a rir.

Ele pegou as botinas dela, olhando bem para o cavalo, como se assim pudesse descobrir se o animal estava a ponto de aprontar algo.

— É difícil mantê-la segura quando resolve ser mais travessa que esse animal indomado. — Ele virou-se e liberou as rédeas de Lince Negra, puxando-a para perto. — Dama o tempo inteiro! Pois sim! É uma jovem muito sem modos! — disse ele num tom engraçado que a fez rir ainda mais.

— Nem adianta contar que não vão acreditar — provocou de cima do cavalo.

Ele viu que ela nem alcançava o estribo, pois a sela estava regulada para ele. E não ia nem tentar montar aquele cavalo junto com ela, pois era muito peso e o animal jogaria ambos no chão. E do jeito que o vestido dela subiu, ele conseguia não só ver seus pés descalços, como vários centímetros da sua perna. Isabelle arregalou os olhos quando ele segurou no seu tornozelo e disse:

— Pois bem, eu vou puxá-lo.

— Está com medo de que eu caia?

Em vez de olhar para ela, Nathaniel olhou para Fogo Negro, que relinchou e deu alguns passos para trás. Aquele cavalo danado.

— Se gosta tanto assim de domar cavalos rebeldes, tenho mais uns dois para lhe apresentar.

— Vai me deixar montar?

Nathaniel foi andando e guiando o cavalo, que ao menos a esse comando era obediente.

— Vai ter de montá-los por sua conta.

***

Levou quase duas horas para Isabelle aparecer no quarto onde a camareira esperava com tudo pronto. Estava atrasada para um evento que prometera ir com a duquesa viúva.

— Pensei que viria mais cedo — disse Flore enquanto ajudava Isabelle a se secar mais rapidamente. O cabelo teria de ser penteado úmido e ela não teve tempo de se divertir em banheira nenhuma.

— Perdi a noção do tempo. — Ela pegou uma escova e começou a desembaraçar os fios. — Ainda ajudei o duque a escovar os cavalos.

— Escovou aqueles cavalos enormes?

— Sim, creio que ele estava me testando. Achou que eu não daria conta, pois bem! Ele viu só uma coisa.

— Mal sabe ele que nós também ajudamos a cuidar dos animais lá em Hitton Hill — comentou Flore.

— Nem pode saber...

— Por que não?

— É melhor não. Nossa situação é um segredo, lembra-se? Não vai ajudar em nada se souberem que os Bradford estão tão falidos que perderam parte dos empregados e que a filha do marquês, junto com a camareira, é obrigada a fazer determinados serviços como forma de castigo.

Minutos depois Isabelle desceu rapidamente, o cabelo preso num coque alto e seguro com um tecido fino e transparente, cheio de minúsculos brilhantes que pareciam diamantes, mas eram falsos; seu primo ficara com as pedras verdadeiras. O belo rosto estava em evidência devido ao penteado e ao fino vestido de crepe e seda que cobria levemente seu corpo sobre uma anágua ainda mais delicada. A gola caída sobre os seios dava uma impressão de movimento com as beiras em renda Vandyke branca, mesmo detalhe que havia nas bordas das mangas, o que combinava com as luvas em renda Limerick.

— Meu bem, se esse é o efeito de uma arrumação rápida, não vou poder levá-la se lhe der horas para ficar pronta — elogiou a duquesa, mesmo sabendo da ousadia do modelito escolhido. Bastante moderno para o gosto local e revelador ao melhor estilo da alta moda londrina.

Andrew foi à frente, ele as acompanharia. Isabelle olhou por cima do ombro; nenhum sinal de que o duque iria com eles. E iriam chegar a um evento que havia começado no final da tarde para os hóspedes, mas os convidados chegariam para o jantar.

— Querido, tem certeza de que não quer ir conosco e abrir mão um pouco desse seu espírito solitário? — perguntou a duquesa viúva quando o filho entrou.

Não adiantava; mesmo quando ele tivesse 60 anos, se ela viva estivesse, continuaria fazendo de tudo para incluí-lo. Pamela era mãe, não se importava se a vida que ele escolhera levar em torno de sua profissão precisava de discrição.

— Não posso, estou com trabalho atrasado. — Nathaniel pousou o olhar em Isabelle por tempo suficiente para gravar sua imagem, mas só meneou a cabeça em despedida e saiu.

A duquesa murmurou algo sobre o fato de que ele nunca mudaria. Isabelle ainda olhou novamente por cima do ombro. Nathaniel entrou no seu escritório, andou até a mesa e voltou, passeou para lá e para cá sobre o piso de madeira; o barulho das botas o irritava. Então se virou e bateu com o olhar no sofá onde esteve com Isabelle.

Nunca admitiu um sentimento tão mundano quanto o ciúme. Era prejudicial e ridículo para alguém que vivia de mentiras, identidades falsas e relações breves e sem consequências. E, agora, tal sentimento o corroía como ferrugem em ferro da pior qualidade. Passara o dia abanando o rabo e falando tudo que ela quisesse saber. Já fizera isso no passado, não foi? Ou era sua mente lhe pregando uma peça?

— Sua Graça. — A voz de Marcus junto com a batida na porta fez o duque revirar os olhos.

Até seu apetite, tão bom e regular, estava prejudicado. Era uma maldição mesmo.

— Com licença. — Marcus abriu um pouco a porta e espiou antes de entrar. — Há um visitante nos portões. Os guardas o detiveram, mas ele afirma que o conhece e está sendo esperado.

Nathaniel não estava esperando por ninguém. Bem, só os pretendentes de Isabelle, para que pudesse dar um tiro em cada um. Mas duvidava que esse fosse o caso.

— Esse visitante tem nome? — indagou Nathaniel.

— Sim, coronel Childs — anunciou o mordomo.

A dose de uísque que Nathaniel estava virando teve de descer mais rápido e queimando o dobro. Ele deixou o copo no bar, e o mordomo fez uma anotação mental para voltar mais tarde para limpar os copos.

— Mande os guardas o trazerem para a entrada principal.

Capítulo 23

O duque aguardou do lado de fora do castelo enquanto os guardas traziam o coronel Childs. O homem era um velho conhecido dele; não só trabalharam juntos durante a guerra contra a França, como ainda prestavam serviço à inteligência inglesa, mesmo que em posições diferentes. Exatamente por isso era muito estranho que Arnold Childs viesse ao castelo sem avisar. Naquele trabalho, confiar, mesmo em seus compatriotas, era sempre arriscado.

— Já pode mandar seus capangas me largarem, duque — disse Arnold, tentando soltar os braços do aperto dos homens.

— Podem deixá-lo, senhores. Eu o receberei. — Nathaniel dispensou seus homens, que não eram nada amigáveis, e, por isso, os considerava ótimos guardas. Ele esperou até ficarem sozinhos. — Agora, explique-me por que estou permitindo que entre em minha casa sem avisar e no meio da noite.

Childs olhou para os lados antes de falar.

— Preciso de um lugar seguro para descansar. Qual o local mais seguro onde podemos falar aqui?

Por "descansar" o duque entendeu que ele queria ficar onde ninguém poderia atacá-lo de surpresa.

— Acho bom seus motivos serem fortes. Não gosto disso — avisou o duque.

— Vou explicar tudo — respondeu ele, mas abriu um sorriso em uma tentativa de reiniciar o assunto de outra forma. — Mas apreciarei a hospitalidade, não somos companheiros somente na farsa.

Assim que entraram, Marcus apareceu como se estivesse apenas aguardando.

— Devo levar a bagagem do hóspede, Sua Graça?

— É apenas uma mala leve — explicou Childs.

— Leve-o para o primeiro quarto da ala principal — determinou Nathaniel, que não queria colocá-lo em nenhum extremo do castelo. E só havia dois quartos na ala central, feitos exatamente para hóspedes que ficariam pouco tempo.

As visitas extraoficiais de pessoas como o coronel eram recebidas no Trianon; Nathaniel não as levava para o castelo. Ele também não gostava de visitas surpresas; o único que podia aparecer subitamente era Lorde Devizes, que andava muito ocupado com seus próprios assuntos e se tornara mais um informante valioso que um agente na ativa.

As pessoas achavam que a guerra acabava quando um lado se rendia ou era derrotado. Mas não acabava para os que tinham de viver nos locais invadidos, os que perderam parentes, sofreram abusos e foram levados ao fundo do poço. E não era o fim para homens como o duque, Childs, Devizes e muitos outros. Fazia apenas três anos desde o assassinato do primeiro ministro que nenhum deles pôde impedir. Esse ano, estiveram envolvidos em uma trama para assassinar o conde de Liverpool, que recebera o cargo após a morte de seu predecessor. E em um atentado contra o sucessor dele na Secretaria de Estado da Guerra e Colônias.

O trabalho nunca acabava para eles. Quando as armas eram publicamente abaixadas, era o momento de os espiões assumirem o protagonismo.

— Não estou indo para Londres. Meu destino é Birmingham — explicou Childs. — Parti dos Países Baixos. Não se pode fazer a travessia direta e desembarcar em Londres. Tem muitos olhos por lá, você sabe disso. E partir direto da França é burrice, aquilo está um inferno, duque.

— Tanto faz, não sou sua recepção — disse Nathaniel olhando para seu copo, mas desviando o olhar para o coronel em determinados momentos. — Nem tolo, Childs. Sei quando alguém precisa sair da rota. Tem alguém atrás de você?

— Não que eu saiba. Ao menos desde que atravessei a fronteira para os Países Baixos. E fiquei lá uma semana.

— Não que eu saiba... — imitou o duque. Seu humor já não estava bom. Agora então... — Minha mãe está em casa, assim como o marido e uma hóspede. Eu te aceitei aqui como um favor pessoal, não como trabalho. Diga que está apenas de passagem, não invente uma esposa. A duquesa conhece mais gente que imagina. Você está partindo para a casa de sua pobre irmã, que, para azar dela, é real. E ela mora em Leicester. Seja social como sempre foi. Não fale muito com o marido dela. E você precisará descansar bastante para a longa viagem. Minha hóspede é extremamente curiosa e perigosamente furtiva. Quando souber que trabalhou comigo, vai importuná-lo em busca de detalhes. Fique longe dela.

— Entendido, duque. Agora posso me aproveitar de sua hospitalidade e ser alimentado? Não como nada desde ontem.

— Nem eu — murmurou Nathaniel. — A propósito. Quero todas as suas armas.

— Continua não confiando nem na sua sombra?

Nathaniel acompanhou Childs no jantar; o apetite dele continuava desanimado, mas seu estômago vazio e maltratado pelo uísque dizia o contrário. E Marcus pareceu muito aliviado ao receber o pedido de comida. O que o coronel não sabia é que, após tantos anos envolvido no serviço e na guerra, o duque se cansara das viagens e se mudara para o serviço interno. Desde a juventude Hayward era um conhecido viajante, o que colaborava para os boatos sobre ele, fato que sempre ajudou no seu obscuro trabalho com diplomacia.

— Que tal me atualizar um pouco, Childs. O que viu em sua viagem? — sugeriu o duque, recostando na cadeira e comendo um bom pedaço de pato ao molho de laranja e especiarias.

Quando deixaram o escritório, os dois encontraram com os outros moradores chegando do jantar.

— Você deveria ter ido, Nathaniel. Fez muita falta — disse Pamela.

— É mesmo, mãe?

— Sim, você manteria os rapazes longe e ajudaria a impedir que certas pessoas atrasadas quase destratassem Isabelle.

— Posso imaginar — respondeu.

Andrew veio logo atrás com Isabelle, e o duque passou a mão pelo rosto. Ele nem precisava ser adivinho para saber o que aconteceria em seguida. Sua mãe já estava olhando para o homem ao seu lado, esperando a apresentação. Mas o coronel Childs já terminara seu meneio para a duquesa viúva.

— Como vai, Sua Graça? É bom vê-lo ainda acordado — saudou Isabelle, como se o houvesse deixado de ótimo humor ao sair.

Ela nem parecia que havia passado por fortes emoções no jantar, pois estava tão composta como quando saíra.

— Este é o coronel Childs, um amigo. Conhecemo-nos há vários anos e trabalhamos juntos. Ele passará um dia conosco, descansando, para continuar sua viagem. Coronel, esta é minha mãe, a duquesa viúva de Hayward, seu marido Sir Andrew Loring e a nossa hóspede, Lady Isabelle Bradford.

Essa era a hora que Arnold devia fazer uma nova reverência, mas parou quando Nathaniel disse o nome *Bradford*. Por mais encantado que estivesse, ele também sabia que era estranhíssimo uma pessoa dessa família estar no castelo. Obviamente, não comentou o fato.

— Depois de tantos dias de viagem, se eu soubesse que chegaria ao castelo e o encontraria habitado por uma ninfa, teria vindo mais rápido — gracejou o coronel.

Isabelle sorriu. Até que essa não havia sido das piores cantadas. Em geral escutava comparações com deusas, fadas, anjos e princesas fictícias. *Ninfa* era menos usado.

— Ninfa já é uma posição baixa para Lady Isabelle. Ela já foi elevada à categoria de deusa. Tente um novo gracejo amanhã. — Nathaniel fez um movimento com a cabeça e foi na frente.

Childs encontrou o duque em seu quarto, fazendo-lhe o favor de livrá-lo do peso de suas armas e lhe disse que estariam todas prontas e carregadas quando ele fosse partir. Achando que a noite de dor de cabeça acabaria, Nathaniel seguiu para seu quarto com as armas de Childs embrulhadas em uma fronha. Mas ele tinha de passar pelo corredor do quarto de Isabelle para chegar ao seu. Ele a viu andando lentamente; mesmo sozinha ela ainda parecia que estava seduzindo alguém. Como se precisasse se esforçar para isso. Ele a seguiu apressado, mas seus passos eram abafados pelo passador que cobria o corredor. Mesmo assim ela o ouviu e virou-se rapidamente.

— Com medo de fantasmas? — indagou ele enquanto se aproximava.

Ela estreitou os olhos e ficou onde estava, juntando as mãos à frente do ventre.

— Qual delas teve o desprazer de ser comparada comigo? — perguntou, fazendo-o parar.

O duque franziu o cenho, esse hábito de retomarem assuntos às vezes podia ser complicado. Mas não demorou a se lembrar da última coisa que dissera não a ela, mas sobre ela.

— Tenho duas em mente.

Isabelle levantou a cabeça, olhando-o de forma irônica.

— Afrodite, não é? — indagou com certo desdém.

Ele deveria permanecer onde estava, mas não conseguia. Aproximou-se dela, ficando perto o suficiente para sentir seu perfume e obrigá-la a levantar mais o rosto se quisesse continuar a encará-lo.

— Ora essa, Isabelle. Já olhou para as representações de Afrodite? Quantas vezes teve de ouvir que é a personificação dela?

— De forma elogiosa? — Pelo tom dela, era um assunto delicado.

— Não há como não ser. Afrodite é uma deusa — respondeu ele, que via a mitologia como algo interessante.

Isabelle, por outro lado, conhecia pessoas que, assim como eles, receberam educação e tiveram o privilégio de ter acesso a livros sobre mitologia, mas não usavam tal conhecimento para o bem.

— Afrodite, a deusa mais devassa do Olimpo. Uma rameira que dormiu com todos os deuses e mortais que pôde seduzir. Adúltera que teve mais filhos de outros que do marido. Bela por fora e podre por dentro. Invejosa e má, era inútil para tudo que não fosse abrir suas pernas para envenenar os homens que pertenciam a outras — disse ela, repetindo os insultos que já ouvira como resposta à comparação que admiradores fizeram.

O duque permaneceu olhando-a, imaginando tudo que ela fingia não escutar, mas ficava guardado em sua mente. Como essas referências a Afrodite, provavelmente havia versões maldosas de qualquer elogio que já ouvira. Nenhuma dessas pessoas, amistosas ou não, conhecia alguma coisa sobre ela, além de sua aparência.

— Duvido que ela seja sua deusa favorita. — Ela tentava esconder sua mágoa.

— Por acaso tem vergonha de sua imagem? Ou está fingindo o tempo todo? — Ele indicou-a com os olhos, ela sabia muito bem que efeito provocaria.

— Uso as armas das quais disponho e devolvo o que me dão. Não vou me esconder nem deixar que tripudiem de mim.

Nathaniel assentiu, lambeu os lábios porque sua boca havia ficado seca.

— Você sabe que ninguém pode amar livremente no meio em que vivemos. E Afrodite é a deusa do amor, da beleza e da sexualidade. É descrita como sensual, provocante, muitas vezes incontrolável. Tudo nela seduz; a forma como fala, como anda, como sorri... Ela gosta de brincar com os sentimentos dos homens e representa a ameaça que ensinam as mulheres a temer. Qualquer coisa diferente gera preconceito e até inveja. Esta é a sociedade em que vivemos. Imagino que não haja nada mais belo que a naturalidade com que Afrodite seduz. Até seu respirar é belo.

Ele pausou e um leve sorriso iluminou seu rosto:

— É para ser uma comparação lisonjeira. Mas Afrodite também foi reverenciada como deusa do mar de onde saiu. Então você precisa aprender a nadar.

— Olhando por esse lado, parece atrativo. Mas não sou apenas uma representação. Não sou só o que veem e o que julgam. Eu escuto, eu penso, eu sinto. E tenho uma ótima memória.

— Já passei tempo suficiente em sua companhia para ter certeza disso. Não sei tudo que esconde, Isabelle. Mas daí vem minha outra deusa favorita. Atena é mais conhecida como a deusa da sabedoria. É complexa, estrategista, desinibida, desconfiada e segura. Acredito que um de meus professores estava certo quando disse que Atena era feita de metal por fora e de carne e osso por dentro. Ela aprecia a liberdade e toma decisões acima de seus sentimentos. E nunca se permite aparentar fragilidade. É algo com que posso me identificar. Nenhum deles sabe quem você é, Isabelle. Este é o melhor jeito de sobreviver.

Ela assentiu, pensando que, se mudassem a descrição para um homem, ele teria acabado de descrever boa parte de sua personalidade, adicionando a frieza como mecanismo de defesa.

— Atena *é* minha deusa preferida — murmurou, incapaz de se achar à altura de tal exemplo; mesmo Afrodite era demais para ela, que não passava de uma moça arruinada fingindo ser uma dama e usando lindos vestidos enquanto sabia que não tinha liberdade e conforto dentro de casa. Seus familiares eram como carcereiros e ela precisava convencer o duque a comprá-la para se tornar novo tormento da vida dela.

Nathaniel franziu pesadamente o cenho ao ver o semblante dela, seu olhar perdeu-se e houve uma mistura de humilhação, vergonha e desprezo quando ela virou a face, como se tentasse esconder. Ele não ia conseguir descansar enquanto não descobrisse tudo sobre ela. Eram várias camadas de sentimento, mentira e segredo. E Isabelle estava presa embaixo delas. Como fazia para tirá-la estando ele ainda mais afundado que ela?

— Não há Afrodite sem Atena, ambas são minhas preferidas. Não sei quando você começou a usar o exterior como uma arma para suas estratégias, mas está fazendo bem. Só não use contra mim. Não há como pará-las se resolverem agir juntas.

Ela teve vontade de dizer que se isso fosse verdade, se ela realmente fosse além da beleza de Afrodite e tivesse um terço do talento de Atena, ele já teria se apaixonado por ela. Porque não bastava beleza ou inteligência para tê-lo, e mesmo que não pudesse manipular o amor seria possível persegui-lo com muita esperteza e determinação.

Porém, para alcançá-lo, era preciso amor para dar em troca. Isabelle tinha toda a sedução de Afrodite e fazia de tudo para usar bem sua mente, mas estava agindo errado. Estava agindo como se o plano de sua família viesse antes do seu próprio. Mas não vinha; ela concebera o plano atual, fora seguindo sua estratégia que chegara até ali. Não podia conquistar o que queria sem abaixar a barreira que Atena impunha contra sentimentos, tampouco continuar negando uma das qualidades de Afrodite. *Amor.* Afrodite era a deusa do amor.

Isabelle decidiu ali que, se ele não lhe desse amor de volta, ela faria um plano que provavelmente a condenaria e destruiria sua família. Porém não ficaria. Não daria o que tinha de mais precioso em seu coração a troco de nada.

— Uma pena, Sua Graça, mas o que mais faço é usar tudo que sei contra você. — Ela se virou e continuou pelo corredor antes que cedesse à vontade de abraçá-lo e acabasse confessando seus sentimentos. — Aliás, eu não estava aqui por acaso.

Nathaniel virou-se de frente e ficou observando-a se distanciar, seu cenho ainda franzido enquanto ideias que ele andava reprimindo voltaram a andar pela sua mente. Ele seguiu-a e Isabelle se sobressaltou ao senti-lo tocar-lhe as costas. A mão dele simplesmente repousou ali, porque ele precisava tocá-la de qualquer forma. Como não confiava em si mesmo para ir além disso, seguiu, levando as armas.

Capítulo 24

No dia seguinte, o coronel Childs mostrou seus dotes sociais. Era simpático e adorava uma boa conversa. Para desgosto do duque, ele não tinha problemas em contar histórias. Óbvio que floreou tudo e deixou os fatos mais leves porque não queria perturbar as damas. E exatamente como Nathaniel previra, Isabelle o encheu de perguntas. E a cada vez que ele fazia algum elogio às habilidades do duque, ela lançava um olharzinho malicioso para Nathaniel. E Childs o tempo todo olhava encantado para Isabelle.

— Mas quem diria... Uma Hitton na casa de um Hayward — disse Childs quando ficou sozinho com o duque, mas ainda vendo Isabelle e a duquesa viúva tomando chá um pouco à frente no jardim do castelo.

Como o duque apenas balançou a cabeça, ele continuou. Era outro que já convivera o suficiente com Nathaniel para saber que ele era de poucas palavras.

— Imagino que você só permitiu isso porque queria apreciar a vista. E que vista.

— Ela é protegida da minha mãe e eu não tenho motivos para odiar os Bradford.

— Percebi! Sua mãe já a adora. Aliás, como não adorá-la?

— Não sabia que você havia desenvolvido atração por moças com metade da sua idade — alfinetou Nathaniel. Childs era mais velho que ele.

— Ah, não seja chato, duque — contrapôs Childs. — Se uma belezura dessas me quiser, posso estar com 60 anos que vou saber aproveitar a oportunidade.

— Se você contar quanto tem escondido nos bancos, alguém até mais jovem que ela pode se interessar pela sua estabilidade — opinou Nathaniel, tomando mais um gole de sidra caseira. — O problema aparecerá rapidamente. Enquanto você definha, ela floresce.

— Como você é cético. E eu pensando que depois da guerra você melhoraria. Será possível que não acredita nem um pouco no poder do amor? Minha Sonia e eu nos amávamos — disse ele com pesar na voz, referindo-se à sua falecida esposa. — Mas eu sou um homem de bom aspecto. Por enquanto ainda atraio sem precisar mencionar meus bens. E você, que mesmo com a boa aparência não tem como esconder o tamanho das suas posses, devia aproveitar. Aliás, você não ficou de me apresentar aquele seu herdeiro? Estou doido para conhecê-lo. Deve ser carrancudo e desconfiado como você! — brincou e também bebeu. — Essa produção que tem aqui é ótima.

— Ainda estamos em guerra, Childs. E vai ter de se mudar para cá se quiser esperar para conhecer meu herdeiro. Mas não vou aturá-lo na velhice, você fala demais — arrematou Nathaniel.

Childs balançou a cabeça. Se havia uma pessoa que não ia se prender a um casamento inconveniente para produzir uma criança, era o duque. Ele se encaixava exatamente naquele perfil de homem que nas apostas entre os soldados ganhava quando era para decidir quem acabaria sozinho e contando histórias de guerra. Mas nem histórias o duque contava, pois eram segredos. Então o que iria contar na velhice?

— Bem, vou aproveitar meu dia de descanso. Com a mais bela flor que tem por aqui. — Childs levantou e, sem desconfiar de nada, chamou Isabelle para passear à beira da água e os dois seguiram.

***

Pouco depois da meia-noite, Isabelle estava novamente sozinha na biblioteca para devolver um livro ao lugar e, quem sabe, encontrar um romance para tentar acreditar neles. Desta vez não havia som estranho algum do lado de dentro, mas sim lá fora. Soou um assobio forte, seguido de outro. Então cavalos se movimentaram e deu para ouvir vozes ao longe. Vários guardas passaram embaixo da janela, um dizendo ao outro para guardar todas as entradas. Não parecia ser um trabalho rotineiro.

Intrigada, Isabelle saiu da biblioteca e foi espiar. Quando chegou ao hall leste, surpreendeu-se por encontrar a porta aberta e a lanterna ao lado dela acesa. Apesar disso, estava escuro e ela segurava um castiçal de apenas uma vela, pois era mais prático e leve. Titubeou, mas seguiu. O melhor que podia fazer era fechar a porta. Não havia nem sinal de criados ou de Marcus. Quando se aproximou, viu a movimentação. À luz do luar ela pôde distinguir três homens, podia jurar que um deles era o duque.

Dois guardas carregavam algo que só quando chegaram mais perto ela pôde ver que era alguém. Não sabia se estava desacordado ou morto, mas definitivamente fora de ação. Isabelle chegou a prender a respiração enquanto os via se afastando do castelo e pelo rumo que tomavam iam para a floresta ou para o Trianon. Mas o duque parou, deu alguma ordem que ela não pôde ouvir e voltou pelo mesmo caminho.

Ela se desesperou, precisava sair dali. Quando se virou para partir, colidiu com alguém que estava bem atrás dela. Levantou mais a vela, e o rosto sombrio do coronel Childs foi iluminado. Ele segurou-a bruscamente pelo braço e trouxe-a para perto dele.

— O que faz aqui espionando? — Seu tom era rude, totalmente diferente da gentileza que usou para tratá-la durante o dia.

— Solte-me imediatamente!

— Há quanto tempo você vem espionando? Não pode estar aqui por acaso. — Ele balançou-a com força, machucando o lugar onde segurava.

Isabelle lutou para se soltar. A vela não parava de balançar, jogando sombras para todos os lados. Até que ela resolveu abrir mão da principal iluminação que tinha. Bateu com o castiçal de ouro velho bem abaixo do pescoço do coronel; do lado direito, a parte rombuda da peça criou um ponto de dor que o fez soltá-la. Mas não o suficiente para derrubá-lo, e ele lhe deu um tapa que a fez pisar em falso e perder o equilíbrio, indo ao chão e fazendo o castiçal voar longe.

Ele avançou para cima dela com a intenção de prendê-la. Mas quando deu o segundo passo foi lançado de costas no chão. Nathaniel aterrissou sobre ele, usando os joelhos e seu peso para imobilizá-lo no chão. O soco que lhe dera enquanto ainda estavam no ar deixou-o desnorteado.

— Você ousou tocar nela? — vociferou, agarrando o pescoço do coronel, que não tinha defesa, fora muito bem imobilizado.

— Ela estava espionando! — ganiu o homem, ainda atordoado.

O duque segurou-o pela gola e bateu com sua cabeça no chão. Childs trincou os dentes e fechou os olhos com a dor. Nathaniel se levantou de cima dele e foi até onde Isabelle estava. Ela permaneceu sentada, ainda chocada com a cena. O duque havia pulado por cima dela e só notou quando ele e o coronel aterrissaram no chão com um baque forte.

Nathaniel segurou seu corpo gentilmente para levantá-la do chão e a trouxe para ele, protegendo-a entre os braços. Ele esfregou as costas dela numa tentativa de acalmá-la. Isabelle abraçou-se a ele e aceitou o conforto. Childs não era nenhum molenga; ele já levara surras e ficara de pé depois. Então se sentou e esfregou a cabeça, olhando para o duque.

— Está cego, Hayward? Ela estava espionando, deve ter visto tudo.

— Ela não estava espionando, Childs. Avisei que ela era curiosa.

— Mas curiosa essa hora da noite? — O coronel começou a se levantar lentamente. — Por acaso você esqueceu? Olhe bem para ela. Não é a primeira a enganá-lo. A última vez que quase fui morto foi por uma mulher! Na minha experiência, elas sempre são as mais belas e as mais cruéis!

— Cale essa boca, Childs. E não dê nem mais um passo. Seu passado não está se repetindo aqui.

— Você diz isso para mim? Logo você! Por acaso esqueceu? Olhe bem para essa mulher que tanto quer proteger! Se ela matá-lo, serei obrigado a caçá-la! Do jeito que você teve de caçar aquela traidora!

Isabelle arregalou os olhos. Ele ia caçá-la? Nathaniel sentiu-a se mover de forma inquieta. Ele olhou para ela. Levantando-lhe o rosto e mesmo sob a pouca iluminação podia ver o lado do rosto onde Childs batera já avermelhado.

— Como pôde bater nela? — murmurou Nathaniel com pesar e passou o polegar como se tentasse aliviar a dor. Sentiu uma vontade quase incontrolável de partir o coronel em três. Aliás, se não estivesse ocupado em distraí-la da situação, seria exatamente o que ia fazer.

Isabelle não queria ninguém em seu encalço. Ela se abraçou mais a ele e escondeu o rosto em seu peito, apoiando o lado não dolorido. Childs ficou olhando-os, surpreso pela intimidade entre os dois. Ele pôde ver como Nathaniel a olhou e como ela retribuiu. Se não os houvesse visto naquele momento, jamais teria desconfiado. Ele soube ali que o duque faria qualquer coisa para protegê-la. Até mesmo matá-lo.

— Desculpe, duque. Se eu soubesse que ela é...

Nathaniel tirou a pistola da cintura e apontou para Childs, interrompendo-o e mantendo-o afastado, longe deles. Ele nunca mais queria vê-lo perto dela, o coronel fizera o imperdoável. Isabelle nem imaginara que ele estava armado, seus braços não haviam encostado na arma.

— Aquele homem. Você se descuidou e foi seguido. Não é ela a sua ameaça. A verdadeira estava lá fora.

— Jamais imaginei que ele percorreria toda essa distância sem perder meu rastro...

— Seja lá o que tem com você, é valioso o suficiente para ele ter vindo. Você vai partir daqui a pouco, na primeira luz da manhã, e vai levar isso embora.

— Era minha intenção... será que pode virar essa arma para lá? Enganei-me, está bem? Não vou machucá-la.

— Ótimo. — Nathaniel continuava apontando para ele. — Suba as escadas e pegue seus pertences. E chegue lá bem vivo para entregar sua carga.

O duque esperou uns segundos escutando os sons dos passos de Childs, que desapareceu no andar de cima. Então voltou a guardar a arma e fez Isabelle olhá-lo novamente.

— Está doendo?

Ela suspirou. Ele nem imaginava que ela já apanhara mais que isso; surras de toalha molhada que deixariam uma pessoa de quatro. Mesmo assim, o coronel era muito mais forte que sua tia. Então, sim, o tapa havia doído o suficiente para ela ter certeza de que nunca mais queria apanhar de quem quer que fosse.

— Um pouco... — disse baixo.

— Vai melhorar. — Ele continuava acariciando-lhe as costas, acalmando-a. Mas ela estava calma, apenas surpresa. — Faça-me um favor e esqueça o que aconteceu aqui. E não comente com ninguém, jamais. Para sua própria segurança.

Ela assentiu. Podia não fazer ideia do que eles falavam, mas sua mente captara um fragmento em especial: *Olhe bem para ela. Não é a primeira a enganá-lo.* Isso e o fato de que o coronel o acusara de caçar uma traidora. Será que ele estava falando da falecida noiva?

— Venha, vou levá-la para o quarto.

Nathaniel acompanhou-a até os aposentos dela. Do jeito que a levava junto a ele, praticamente andava por ela. Eles entraram e ele a deixou num dos sofás da antessala. Flore correu para perto. Ali estava bem iluminado e quando ela viu que Isabelle cobria uma das faces com a mão e parecia triste estacou no lugar.

— Flore, pegue uma toalha e traga água fria, por favor — pediu o duque.

Ao som da voz dele, Flore conseguiu reagir. Levou a pequena bacia de porcelana repleta de água fresca e uma pequena toalha. O duque ajoelhou diante dela, molhou o tecido e encostou com cuidado no rosto de Isabelle.

— Sua Graça bateu nela? — Flore estava exasperada, parada ao lado deles, até perdera o medo que tinha dele. — Até o senhor! Por quê? E eu achando que era um cavaleiro sem capa!

— Não, Flore! Ele não bateu em mim! — exclamou Isabelle, desesperada para que a camareira se calasse.

— Então como...

Isabelle lhe lançou um olhar de advertência, e a criada saiu de perto deles, indo se esconder na sala de vestir. Mas o estrago já estava feito; Nathaniel prestava atenção em tudo que lhe diziam.

— Quem mais bateu em você? — perguntou ele ao encará-la. Pela sua expressão, iria cuidar desse assunto também.

— Você disse para eu não perguntar sobre o que aconteceu lá embaixo. Então também não pergunte sobre isso — avisou ela, sabendo que já não ia poder mentir sobre o assunto. Felizmente, fora da família, ninguém sabia de nada ou Isabelle tinha certeza de que o duque iria descobrir.

— Lamento — negou ele com a cabeça. — Quem bateu em você? Não me diga que foi um desses pretendentes que você tem. — Certamente já planejava um assassinato.

— Lógico que não, isso eu jamais permitiria. Ando com um objeto cortante, lembra-se?

— Seu tio? Seu primo? — Pelo tom dele, o fato de ser um familiar dela não ia impedi-lo de quebrar o pescoço do homem assim que pudesse.

Isabelle soltou o ar. Ia ter que apelar para uma meia verdade. Flore e sua língua... não queria ficar mentindo; já bastava o mar de omissões que era obrigada a manter.

— Quando eu era mais nova, minha tia me dava alguns tapas para me disciplinar. Flore sempre odiou isso; então guardou a mágoa.

Pela expressão dele, Isabelle soube que ele não estava convencido. Mas não importava, pois teria de se contentar com essa versão.

Nathaniel ficou de pé; na verdade, gostaria de ficar com ela e confortá-la. Ele não era tolo, mas ainda não desvendara os detalhes sobre a vida secreta dos Bradford. Ela não podia nem imaginar a profundidade dos sentimentos dele, porque nem ele saberia exprimir em palavras. Se Nathaniel descobrisse a verdade sobre os maus-tratos, podia criar o maior escândalo da Inglaterra, mas não ia devolvê-la para os Bradford. No entanto, isso faria o plano deles se concretizar. E o plano completo não se limitava só aos abusos; esse ele teria de ir muito mais fundo para desvendar.

***

No dia seguinte, Isabelle alegou indisposição e ficou no quarto durante o dia enquanto aplicava um bálsamo no rosto para tirar a vermelhidão e o leve inchaço. Quando desceu para o jantar, foi informada de que o coronel havia partido tão cedo que nem se despedira e que novas visitas chegariam no dia seguinte.

— Lorde Devizes e Lady Catherine Hereford ficarão conosco por um tempo — informou Nathaniel, apenas repetindo as informações que recebera no bilhete do conde.

— Há muito tempo não temos um verão tão animado! — exclamou Pamela.

Ela estava ficando habituada a ter mais alguém para conversar além do marido. E não era a mesma coisa ter outra mulher com quem falar de assuntos que ambas entendiam e poder até falar um pouco sobre o filho e Andrew. A possibilidade de se separar de Isabelle, que partiria em breve, já a estava deixando triste.

— Como está seu rosto? — perguntou Nathaniel assim que ela deixou a sala onde esteve conversando com a mãe dele. Por acaso ele esteve esperando?

— Não dói mais. — Ela ouviu os passos de Pamela vindo logo atrás. Então continuou.

Durante a noite Isabelle escutou cavalos se movimentando do lado de fora, só esperava que não fosse mais nenhum visitante inesperado. Ela acabou adormecendo profundamente pela primeira vez em dias. Acordou bem-disposta e levou um susto enorme. Sua tia estava de pé ao lado da cama.

— Então, vadiazinha, feliz em me ver?

Isabelle desejou com todas as forças estar tendo um pesadelo. Mas não era. Flore veio correndo e parou na frente da cama, nitidamente aflita.

— Perdoe-me! Eu não pude fazer nada! Não sabia quem era, ela forçou a porta!

Quando Genevieve esticou o braço, Isabelle se virou na cama e escapou.

— O que você está fazendo aqui? — apontou para a tia e não conseguiu falar num tom baixo.

— Ah, querida... ficamos tão preocupados com as notícias nos jornais. Resolvemos vir aqui e pegá-la.

— O quê? — Isabelle afastou o cabelo sem poder acreditar no que estava vendo.

— Você, sendo perseguida por pretendentes cafonas e endinheirados.

— A tia andou por lá, mexendo numa coisa aqui e ali. — Podia pôr ideias nessa sua mente maldosa. Vai que a donzela mais cobiçada do país resolve fugir com um lorde grosseirão do campo. — Ela se virou para a sobrinha. — Como iríamos recuperá-la sem matá-lo? Seria impossível.

— Não seja ridícula. Se eu quisesse, já teria feito isso há muito tempo. — Isabelle deixou a cama, sempre alerta com a tia, foi até o robe e o vestiu.

Genevieve se aproximou da cama e passou os dedos pelos lençóis finos e pelas fronhas decoradas com rendas e bordados nas bainhas. Ela estava apreciando tudo. Desde que entrara no castelo não conseguia parar; seu olhar era doentio. Eles apenas imaginaram o lugar, mas vê-lo por dentro foi um choque.

Olhava com ganância para todas aquelas peças caras de decoração; os sofás belíssimos e bem estofados, as cortinas, os móveis de madeira de lei e cada pequeno detalhe. Havia prata, ouro, pedras preciosas, obras de arte e incontáveis itens ali dentro que os deixariam ricos novamente.

Gregory estava acostumado com requinte e opulência. Cresceu frequentando lugares belos, e Hitton Hill era grande e decorada, só precisava de reformas urgentes. Contudo, nem ele esperara tanto do interior do castelo dos Hayward. Pelo jeito, a família soube exatamente o que fazer e quem contratar com a fortuna que vinha acumulando ao longo dos séculos.

— Beleza de cama. Madeira da melhor, romântica, grande, feminina... tudo decorado exatamente como o tema, tecidos de primeira qualidade. É aqui que você anda se prostituindo para o duque ou ele já a levou para o quarto dele?

Isabelle engoliu a saliva. Ela fechou os olhos e pensou que precisava levar isso como o jogo que era. Tinha que ser mais esperta; sua tia era mais uma peça do tabuleiro, uma parte do plano que poderia derrubá-la. Ela não podia mais ser afetada por ela, tinha de jogar para ganhar.

— Lamento desapontá-la, mas não sou burra como você. Por mais que eu me encontre com o duque, não dormi com ele. Nossa relação ainda não precisa disso. Não trabalho como prostituta e saiba que a chegada de vocês só vai atrapalhar, pois o tempo que eu tinha para ele terei de fingir que estou gastando com vocês.

Genevieve foi ficando vermelha conforme ela falava, e a raiva se avolumando.

— Você é uma mulher muito limitada. Por isso que acabou casada com o inútil e pobre do meu tio, pois jamais teria conseguido coisa melhor. Já que fingimos ser uma família unida, será no mínimo estranho que eu não passe um tempo com vocês, agora que estão aqui para me proteger — ironizou Isabelle, cheia de raiva na voz. Odiando ter de olhar para a tia.

— Sua rameira prepotente, pensa ser esperta, mas nem estaria aqui se...

— Se não fosse por mim! — interrompeu-a. — Fiz tudo para estar aqui e sua presença só me atrapalhará. — Ela viu que Genevieve se aproximava com aquele olhar assassino ao qual estava acostumada. — E não ouse me tocar. Vou gritar tão alto que um guarda ou quem sabe o próprio duque vai invadir o quarto e eu juro que representarei tão bem que não importa o que você diga sobre mim, vão colocá-la porta afora. Então eu vou me casar com o duque ou qualquer outro e, aí sim, deixarei todos vocês para trás.

Genevieve engoliu um pouco da raiva. A garota aprendeu a colocar as garras para fora, mas ela não ia permitir que fossem maiores que as suas.

— Faça isso e você vai ver em quanto tempo ficará viúva. Pode ser o duque ou quem for, você não sabe o que a espera. Atreva-se a nos virar as costas. Quando for uma jovem e desprotegida viúva, a família será obrigada a olhar por você. E é exatamente o que acontecerá após seu casamento com o duque — ameaçou Genevieve, e apenas para ilustrar suas palavras bateu com a mão num vaso de flores que se espatifou no chão.

Isabelle grunhiu de raiva assim que ela saiu e jogou a primeira coisa que alcançou contra a porta. Era algum enfeite, mas agora já havia tomado o mesmo caminho do vaso e virado cacos.

— Víbora dos infernos! — Ela andou de um lado para o outro. A mente a mil enquanto tentava traçar uma estratégia.

Não podia deixar que machucassem Nathaniel. Pensar nisso chegava a paralisá-la. Por isso que era um consenso que os sentimentos atrapalhavam a mente. A possibilidade de causar a morte dele a deixava tão transtornada que no momento estava até pensando em ir embora, fugir e desaparecer para que sua família jamais tivesse um centavo dele e muito menos sua vida.

— Era melhor ter dito que estava dormindo com o duque — opinou Flore, enquanto recolhia as flores do chão.

— Isso seria dar a vitória a ela. Não vê que tudo que ela quer é exatamente que eu seja a rameira de que ela tanto me chama? Se me deitasse com ele, seria por desejo próprio, mas ainda estragaria tudo, pois *ela* me faria sentir suja. Mas não vou dar esse gosto a ela. Meu corpo é a única coisa que tenho, nem minha casa me pertence mais. Este corpo. — Ela moveu as mãos se indicando. — É o lar que habito e, ganhando ou perdendo, é com ele que terei de seguir minha vida. Mesmo que eu houvesse me deitado com Nathaniel, jamais admitiria. E nunca seria por eles, mas sim pelo que sinto por ele.

Isabelle sentou-se na beira da cama e cobriu o rosto. Soluçou algumas vezes e conteve o choro até não conseguir mais. As lágrimas pareciam não querer parar. Seu corpo tremia, os ombros balançando enquanto ela fazia de tudo para abafar o som. O que mais a chateava não era o choro, mas o fato de aquela mulher conseguir se infiltrar sob suas barreiras e mexer com seus sentimentos.

— Bruxa das trevas — murmurou Flore sobre Genevieve. Ela era outra oprimida, tendo que assistir a tudo que eles faziam com Isabelle sem poder dizer nem fazer nada além de consolá-la. — Tudo bem, tudo bem. — Ela levou um copo com água até ela e sentou-se ao seu lado, apertando a sua mão. — Sei que no fim nos livraremos deles.

— Tudo que planejo parece ser pouco, penso nisso há anos — disse ela com a voz aguda pelo choro. Pegou o copo e bebeu alguns goles, se forçando a retomar o controle.

— Case-se com o duque! — disse Flore numa voz animada e com certa ingenuidade. — Agora é adulta, já pode livrar-se deles.

— Ah, Flore... não é assim tão fácil. — Isabelle ficou olhando para baixo, o olhar perdido no copo em suas mãos. — O duque não quer se casar. E é difícil vencer uma barreira que ele criou há anos. Além disso, é isso que minha família quer. E eu temo que eles tenham mais planos que os que me revelaram. Se eu o conquistar, talvez o esteja desgraçando.

— O duque pode com eles. — Flore colocou as mãos na cintura. — Ele não é o temível duque de Hayward? Você realmente acha que ele não é páreo para sua família? Se pedir a sua ajuda, tenho certeza de que dará um jeito.

— Não posso contar nada disso a ele, Flore. Ele nunca mais me veria, teria certeza de que sou uma traidora. A verdade é que ao ficar com ele já o estarei traindo. Mas darei um jeito. Primeiro preciso conseguir algum dinheiro para mantê-los longe por um tempo.

— Case-se com o duque — insistiu Flore. — Se tudo der errado e ele descobrir, talvez um dia a perdoe. Ao menos não vai machucá-la. Você mesma disse que ele não o faria.

Isabelle bebeu mais um pouco de água. Ela nunca parou para explicar como era sua convivência com Nathaniel. E Flore também não sabia como Isabelle se sentia ainda pior por ter de ver nele uma saída financeira. Afinal, também não contara à criada que estava irreparavelmente apaixonada pelo duque.

E ela sabia, no fundo de seu coração cético, que ele era o único. Se desistisse dele, teria que usar outro homem rico para conseguir dinheiro e dar à sua família para só assim ter alguma chance de viver longe deles.

O problema era que ela não conseguiria afastá-los se não fosse o duque. Eles iriam armar um atentado e ela se tornaria uma viúva em pouco tempo e, novamente, uma refém.

Capítulo 25

O duque estava em seu escritório contíguo ao primeiro andar da biblioteca escrevendo uma carta codificada para enviar a um dos seus contatos quando uma leve batida na porta precedeu a entrada de Isabelle. Como ela não se aproximou muito da mesa, ele apenas puxou lentamente outra folha e começou a escrever uma carta normal. Tinha tantas para enviar que poderia escrever a manhã toda.

— Vim pedir desculpas pelo comportamento de meus tios. Sei que não gosta de receber muitas visitas. Eles jamais deveriam ter aparecido sem consultá-lo.

Nathaniel levantou a sobrancelha. Não esperava que ela viesse se desculpar por isso.

— Na verdade, eles me consultaram.

— Como? — indagou, surpresa.

— Pelo que me informaram, estavam na casa de Lady Victoria, onde passaram a noite. Hoje cedo chegou um bilhete, precisavam vê-la. — Ele descansou a pena no suporte. — Então, ao chegar aqui, manifestaram preocupação com você e com as... Notícias. Creio que eles têm medo de que você se comprometa, sendo obrigada a se casar. Eu lhes assegurei que você estava sendo ciceroneada pela minha mãe. E a duquesa convidou-os para ficar até a sua partida.

Isabelle amaldiçoou mentalmente o bom coração de Pamela. Ela devia tê-los convidado no máximo para o *brunch* e depois lhes desejado uma boa viagem. Agora teria de aguentá-los. A perda de sua liberdade doía como uma pancada.

— É lógico que eu observei que em Londres eles não pareciam tão preocupados com você, já que repetidas vezes a encontrei sozinha, pois Flore não é considerável nesse aspecto. Imagino que eles apenas tenham medo de que você escolha algum cavalheiro que não lhes agrade em vez de um dos ótimos partidos que a estarão esperando em Londres. — O duque voltou a escrever enquanto dizia isso como se fosse um simples comentário.

— O que posso fazer além de agradecer pela bondade em recebê-los? — Isabelle tentava esconder a aflição.

Nathaniel franziu o cenho. Ele se levantou e ela recuou. Quando viu que ele ia se aproximar, ela voltou para a porta.

— Não vou mais tomar seu tempo.

— Espere. — Ele a alcançou e olhou-a demoradamente. Tocou seu rosto e o levantou enquanto a observava. — O que causou suas lágrimas?

Ela balançou a cabeça e afastou a mão dele. A natureza observadora do duque só complicava seu fingimento necessário.

— Se a presença dos seus tios a perturba tanto, eu os mandarei embora.

— Não! — exclamou e arranjou uma resposta rápida. — Tem razão. É disso que eles têm medo, que eu me casasse com um desses cavalheiros desconhecidos. Meus tios não aceitam que em minha posição eu não faça um casamento de acordo com os padrões deles. Mas vou me casar com quem eu quiser, e o fato de não simpatizar com nenhum dos homens que eles gostariam está causando grande atrito entre nós.

Nisso ele podia acreditar, mesmo que continuasse desconfiado de alguns pontos naquela relação dela com os tios; algo que pretendia investigar mais a fundo. Tê-los sob seu teto o ajudaria a descobrir mais.

— E com quem querem que se case? — indagou o duque.

Ah, sim, caindo na própria mentira. Isabelle vivia tendo esses problemas, já que era obrigada a mentir constantemente, o que também a tornara ótima em continuar a farsa.

— No mínimo com um marquês muito rico...

— Não há muitos no mercado.

— Um conde... muito rico.

— Eles aceitariam um visconde muito rico?

— Por quê? Tem alguém em mente?

— Ninguém que sirva para você.

— Meus tios não estão preocupados com isso.

— Mas você está.

— Certamente. Por isso eu que vou escolher e não eles.

***

    No fim da tarde uma carruagem chegou trazendo Lorde Devizes e Catherine. Nathaniel foi recebê-los e depois passou o tempo ironizando as explicações do conde e consequentemente o fazendo enxergar a verdade por trás de suas palavras. Inicialmente, manteve para si sua própria confusão.

    Isabelle conheceu Catherine ao sair de seu quarto e encontrá-la perdida no corredor. Achou interessante que, ao se apresentarem, a outra não usou o próprio título. No jantar, ela desconfiou de que algo estava acontecendo entre Catherine e Zach e aproveitou para prestar atenção nas interações dele com Nathaniel. Estava extremamente curiosa em saber mais para tentar entender como ele e o duque eram tão amigos. Afinal, era o único amigo verdadeiro que tinha, aquele para quem fazia confidências.

    Durante todo o jantar, Isabelle notou que Catherine não parava de observá-la e realmente prestava atenção como se estivesse memorizando seus movimentos. No chá, a moça parecia exausta, e Isabelle já havia notado que ela não tinha muito traquejo social. Então sugeriu que poderia pedir licença e ir dormir. O conde a acompanhou e tanto o duque quanto Isabelle os observaram sair.

    Na manhã seguinte, desesperada para continuar fugindo dos tios e disposta a comer algo, pois a presença deles à mesa tirava seu apetite, Isabelle foi até o solar do castelo. Era aconchegante, iluminado pelo sol e contava com uma sala particular no segundo andar. Segundo o que dissera o duque, toda aquela parte fora uma torre do primeiro castelo de Hayward. Portanto, era a área mais antiga da construção, mesmo depois de ter sido praticamente levada a baixo na reforma feita no século XVI e depois quando pegou fogo em 1723 e foi restaurada, ou seja, no fim, era a parte mais velha e ao mesmo tempo bastante atual.

    Um criado levou o café da manhã para Isabelle, que tentou comer. Mesmo assim seu estomago só aceitou um pão doce e uma xícara de chá com creme.

— Sem fome, Isabelle? — perguntou Nathaniel, parado à porta.

— Sim...

— Venha, vou lhe mostrar algo. Talvez abra seu apetite.

    Ela se levantou e o acompanhou para o corredor diante da porta do solar. Os dois andaram por uns metros e pararam num vão muito iluminado.

— Esquerda ou direita? — perguntou ele. Daquela ala, cada lado dava para uma visão diferente das terras em volta do castelo.

— Esquerda.

Dos dois lados do corredor havia saídas com arcos de pedra que davam em duas longas sacadas ao ar livre que proporcionavam uma bela visão dos arredores. Os dois pararam ali e, por mais vezes que o duque já houvesse visto, sempre parecia diferente. A natureza era simplesmente incrível.

— Acho que o mais bonito do seu castelo é o exterior — comentou Isabelle, apreciando a paisagem.

— Eu não poderia concordar mais.

Depois de demorarem um tempo ali, foram olhar a paisagem do lado direito. Nathaniel apontava alguns pontos da propriedade e contava o que havia lá, como o arco de ferro no jardim abaixo que fora refeito porque durante uma briga a cavalo salvara a vida de um dos antigos duques de Hayward.

— Sua família adorava uma briga, guerras, intrigas... eles viveram tantas aventuras por aqui — comentou Isabelle.

Ela queria saber mais sobre a própria família, além do que estava documentado, as tais "fofocas históricas". Se tivesse vivido com o pai em sua vida adulta, ele poderia lhe contar aquelas que não eram para os ouvidos de uma garota. Mas já ficava tão ocupada tentando manter as lembranças sobre ele.

Ultimamente tudo que escutava sobre os Bradford envolvia dinheiro, intrigas internas e os malditos Hayward os arruinando, pois era isso o que George sabia contar; ele recebera outra educação sobre a história familiar. Quase tudo que lhe ensinaram veio de apenas um lado, o de Genevieve. E eles viam a trajetória da família de outro ângulo.

— E a sua família, não? — perguntou ele num tom irônico. — Em geral nossas famílias estavam brigando uma com a outra.

— A sua brigava muito mais. A minha não tinha fundos para brigar com outras famílias além da sua e ainda apoiar algum lado da briga da realeza.

— Acho melhor você checar novamente. Sua família sempre foi tão briguenta quanto a minha e chegou a ter mais posses.

— Ao menos nós dois estamos tentando manter a paz. Já tomou seu desjejum? Por que não me acompanha? Serviram tanta coisa que é suficiente para três pessoas.

Quando retornaram ao solar, Isabeile seguiu à frente e, por terem mudado de lado, se confundiu e abriu a porta do cômodo anexo ao solar e ficou rubra, não só pelo que via como também ouvia. Felizmente ela apenas empurrou a porta e ficou com a mão na maçaneta sem poder se mover. O duque, que estava logo atrás, se inclinou e olhou o que havia lá dentro. Ele sorriu levemente e tirou Isabelle do transe chocado em que se encontrava e fechou a porta sem fazer ruído.

— Acho que o conde e Lady Catherine estão indo um pouco além da relação de acompanhantes — observou Isabelle para tentar aliviar seu embaraço.

— Sim, creio que eles já tinham certa história — opinou Nathaniel com base nas palavras de Zach.

A pausa entre eles foi preenchida pelo gemido prazeroso que veio de dentro do solar. Ambos se afastaram da porta; Isabelle novamente rubra como um morango recém-colhido. Testemunhar atos íntimos de outros era muito mais embaraçoso que viver os próprios. Nathaniel mantinha uma expressão de profundo divertimento, pensando em todas as piadas que faria para infernizar o amigo.

— Ou ele não pôde se controlar — opinou Isabelle.

— Devizes nunca foi um homem descontrolado.

— Não até conhecer Lady Catherine.

Nathaniel ponderou por um momento, pensando não só em como Zach havia ido além do que planejara ao se envolver com Catherine, mas também em sua própria situação.

— Então é uma terrível coincidência sofrermos do mesmo problema. Eu costumava ter mais controle sobre minhas reações.

Isabelle franziu o cenho e voltou a olhar para ele.

— Não há sequer um fio de descontrole em seu ser. Nem seu cabelo aceita se rebelar sem motivo.

O duque olhou-a, pareceu se lembrar de algo e fez um movimento com a mão pedindo um minuto. Então foi pelo corredor e entrou num espaço onde havia poltronas. Ali abriu uma espécie de compartimento em um item que parecia nada mais do que uma decoração arquitetônica e dali tirou uma pistola. Ele tinha armas espalhadas por vários pontos da casa e sabia onde achar cada uma delas.

No ramo em que trabalhava era preciso estar sempre preparado. Nathaniel sempre tinha alguma arma com ele; qualquer coisa que pudesse ferir seriamente um adversário. Se bem que ele podia fazer um enorme estrago com uma pequena faca.

— Não até conhecê-la — respondeu ao voltar para perto de Isabelle, que havia se afastado mais do solar.

— Continua sendo o homem mais controlado que já ouvi falar. Afinal, nunca fomos tão longe. — Ela indicou a porta com um movimento de cabeça.

— Ah, fomos sim — respondeu ele, parecendo contente em se lembrar disso.

— Não fomos! — reagiu ela.

— Na biblioteca, você estava nua por baixo daquela camisola que eu já havia levantado.

— E você estava nu por baixo do roupão.

— Um minuto a mais e chegaríamos.

— Aonde?

— Onde eles estão agora.

— Creio então que eles são mais espertos e mais rápidos — observou, só para infernizá-lo.

— E por que acha isso?

— Eles são livres. Nós não somos.

Nathaniel virou-se completamente de frente para ela.

— E quem lhe disse isso? — Agora era ele que franzia o cenho.

— Eles podem ter um caso. Nós não podemos — disse ela num tom de quem encerrava o assunto.

Nathaniel ficou observando seu rosto e a forma como adquiriu uma expressão decidida ao chegar à sua conclusão. Ele ainda a estava olhando quando Isabelle voltou a encará-lo.

— Nós *temos* um caso. — Ele ilustrou sua afirmação ao puxá-la para perto e lhe dar um beijo tão abrupto e forte que pressionou os lábios de Isabelle. Do contrário, jamais faria isso.

Isabelle pousou a mão no peito dele e o observou curiosamente; não tentou impedi-lo. Já fazia uns dias que não se aproximavam. Ele não conseguiu soltá-la e beijou-a por alguns segundos; beijos de verdade, nada de beijinhos leves, o que enfatizava bem o caso deles. Passeios bobos para tomar um ar já não serviam mais para o que eles queriam um do outro. Precisavam de beijos como aquele, com a respiração presa, o corpo rígido de necessidade e os lábios se esmagando, como se lutassem para conseguir harmonizar a pressão que um exercia sobre o outro.

— Nosso caso apenas não segue padrão algum. — Havia um sorriso gaiato no rosto dele. — O que acha de encomendarmos um belo jantar de noivado para o conde?

— Ótima ideia.

— Toque o sinete, tem um logo ali.

Um lacaio apareceu e Isabelle lhe deu o recado que precisava passar ao mordomo para que ele soubesse exatamente o que seria preciso para o jantar.

— Diga-me, por que ainda estamos aquí? — indagou ela, uns minutos após a saída do lacaio.

— Preciso cumprir meu papel de dono da casa e protetor do bem-estar de uma dama que está sob meu teto. Além disso, serei o cupido mais improvável da história, pois ele está loucamente apaixonado por ela. Nunca o vi assim. E acho que ela retribui. De maneira sonora.

Isabelle não conseguiu não rir. Na verdade, soltou uma gargalhada. Nathaniel olhou-a divertido, apreciando o som de sua risada. Ela também não ria muito, tinha sempre um sorriso na face, o mesmo que facilmente oferecia a todos, assim como leves risadas bem estudadas que faziam parte de sua personagem social. Mas rir de verdade, de uma forma que o riso chegava aos seus olhos e mudava seu semblante, era algo que Isabelle não fazia com frequência. Nem ele.

Alguns minutos depois, o duque levantou a arma e entrou. Isabelle ficou olhando da porta enquanto lhe assistia engatilhar a pistola e apontar direto para a cabeça do conde. Eles trocaram algumas palavras e Nathaniel voltou com um leve sorriso satisfeito. Ela queria perguntar, mas, assim que saiu, ele puxou a porta atrás de si e passou por Isabelle, levando-a junto. Ele a abraçou pela cintura e eles seguiram pelo corredor, dobrando na primeira curva à direita e passando por dentro de uma galeria para sair em outra ala.

— Para onde vamos? — Isabelle olhou para trás, como se temesse que estivessem sendo seguidos. Mas não eram os dois que tinham de se preocupar com um enorme escândalo.

Ele procurava a primeira daquelas pequenas salas particulares que se espalhavam pelo castelo. Nos corredores por onde passaram só havia espaços abertos à vista de todos. Somente na ala leste ele encontrou uma das pequenas salas de canto, femininas e cheias de estofados com almofadas, cetim e renda. Nathaniel entrou e fechou a porta. O cômodo era realmente pequeno. Só cabiam dois sofás, um de frente para o outro, uma mesinha para chá no meio, um pequeno móvel de canto e uma estante de livros embutida sob a janela. Pequenos quadros de paisagens adornavam as paredes.

Sentando-se no sofá da direita, ele a puxou para seu colo. Ajeitando-a em cima de suas coxas, longe o suficiente de sua virilha, mas perto o bastante para tê-la nos braços.

— Como diria a duquesa, vou namorá-la um pouco, se não se opuser — informou, segurando-a pela cintura como se houvesse alguma chance de ela cair.

Isabelle virou-se para ele e colocou-lhe as mãos nos ombros dele. Umedeceu os lábios e o encarou. Não se opôs. O duque a segurou no rosto e eles trocaram alguns beijos curtos. Ele mordiscou seu lábio inferior para que lhe desse espaço e olhou sua boca com nítido desejo.

Isabelle fechou os olhos e lhe cedeu mais intimidade. Ele voltou a segurar-lhe o rosto e mergulhou em sua boca num beijo íntimo e úmido; suas línguas logo se enroscando, seus lábios ficando rapidamente molhados no atrito e deslizando com facilidade. Isabelle inclinou mais o corpo, seu tronco estava virado para ele e suas mãos passaram a acariciar-lhe os ombros largos e os dedos se comprimiam contra as costas dele.

Nathaniel beijou-a com mais ardor e desejo, incapaz de resistir à vontade de explorar seu corpo. Isabelle podia sentir suas mãos quentes afagando suas costas, seu quadril e subindo até as laterais de seus seios.

Quando Isabelle ficou sem fôlego, ele deslizou os lábios úmidos pela pele sensível do pescoço dela, beijou-a pela mandíbula e até a orelha. Isabelle não sabia o que fazer para resistir a isso, apenas queria que ele continuasse. Segurá-la novamente em seus braços só o deixou em mais uma conclusão desafiadora para admitir, pois seu desejo era óbvio, mas ele queria mantê-la perto de si; seus sentimentos não seriam dominados por receio ou bom senso. Foi terrível tê-la dentro de sua vida por esse tempo. Jamais poderia voltar a negar que precisava de muito mais que uma estação.

Com a manhã já tão adiantada e o fato de o duque ter simplesmente desaparecido, assim como Lady Isabelle, Lorde Devizes e também Lady Catherine, os criados e até a duquesa pareciam um pouco perdidos. Bem,

Pamela estava apenas imaginando, mas os empregados estavam como baratas tontas, especialmente depois do recado de que o duque havia pedido um jantar comemorativo.

Afinal, minutos depois alguém informou que Catherine se encontrava no seu quarto e o conde foi visto no mesmo andar. Mas o duque continuava desaparecido. E nem havia descido para um desjejum completo, o mordomo achava um despautério o duque tomar só uma xícara de chá com alguns biscoitos.

Meia hora depois, a situação ficou um pouco preocupante. Nem Flore sabia informar se Lady Isabelle saíra para passear com o duque, nem o valete de Nathaniel fazia ideia de onde ele podia estar. Os guardas informaram que lá fora nenhum dos dois aparecera. E aquele castelo era muito grande, levaria um bom tempo até que...

— Sua Graça? — A voz de Marcus veio após duas batidas discretas.

Nathaniel mantinha os braços em volta da cintura de Isabelle, ele nunca havia ficado tanto tempo namorando ninguém. Simplesmente aproveitando a companhia enquanto trocavam carinhos e se mantinham bem longe de uma cama. Agora estava se dedicando a compartilhar algo novo. Mordiscava os lábios dela, que devolvia o gesto, o imitando. Ele lambeu os lábios dela e procurou sua língua para brincar um pouco. No início ela hesitou, mas acabou devolvendo o gesto enquanto ele sorria levemente por sua nova ousadia no campo das carícias íntimas. Nathaniel deitou a cabeça e manteve o olhar preso ao dela, que estava recostada contra seu peito, seus dedos tocavam levemente o pescoço dele.

Nathaniel estava inebriado pelo sabor da boca de Isabelle, não queria separar-se ainda. Então levantou a cabeça, procurando-a, e ela lhe deu outro beijo. Por ele, podiam fechar as cortinas e esquecer pelo resto do dia que existia um mundo lá fora. Isabelle não pensou que um dia teria um momento tão íntimo com Nathaniel. Ele era diferente daquele homem inalcançável e frio que desfilava por aí. De fato, podia ser carinhoso e apaixonado, seus olhos presos nos dele enquanto ele a acariciava no rosto. Não tinha a palma delicada; seu toque um pouco rude, mas ela apreciou. Tornava-o mais real.

E os olhos dele, prateados e refletindo a luz natural que entrava pela janela, olhavam-na com tanta intensidade, ambos sabiam que estavam apaixonados. Mas não diziam, nem diriam. Não era assim entre eles, simplesmente não colocariam para fora o que sentiam. Mas já haviam feito sem a ajuda das palavras.

Depois de anos conseguindo se manter bem longe disso, ele tinha se apaixonado. Não podia esconder nem mais de si mesmo. E, sendo sincero, estava apavorado pelo que sentia. Era provável que o medo ao entrar em território tomado por tropas inimigas ou ver uma operação fracassando e seus informantes morrendo fosse preferível a enfrentar os próprios demônios. Seu coração ficava mais apertado ao olhar nos olhos dela e ver tudo que ele queria ter pelo resto de seus dias.

Isabelle já sabia que o amava, estava com medo porque não acreditava em finais felizes e quanto mais o amasse mais colocaria o plano e ele em perigo. Talvez devesse lhe dizer e correr o risco de nunca mais conseguir chegar perto dele. É, talvez não. Tinha de alcançar seu objetivo antes de fazer confissões. E, enquanto aquele duque não estivesse em um altar, o jogo estaria aberto.

— Sua Graça, perdoe a interrupção de seu compromisso — dizia o mordomo, sem saber que palavras usar para descrever uma situação tão atípica. — Mas poderia apenas dar sinal de que tudo está correndo bem?

Ambos tiveram de rir. Sim, tudo corria muito bem. Melhor ainda se não fossem incomodados.

— Sim, Marcus. Estou vivo. Da última vez que chequei, ainda respirava.

— Devo mandar que lhe tragam a refeição da tarde? Para dois?

Isabelle moveu-se. Precisava sair do colo dele. Não queria, daria tudo para passar o dia ali, quando o mundo se resumia apenas a eles. Naquele pequeno cômodo, a felicidade parecia alcançável. Mas infelizmente não era assim. Eles não viram o passar das horas. Nathaniel ficou de pé ainda a segurando pela cintura e colocou-a no chão.

— Não... — sussurrou ele quando ela quebrou o elo entre eles.

— Já passou muito tempo. Meus familiares estão aqui, lembra-se? — sussurrou ela de volta e beijou-o levemente nos lábios como se fosse uma consolação.

Lá estava ele pedindo para que ela não o deixasse. Para tudo havia uma primeira vez. Afinal, da outra vez que aquele coração duro ousou pulsar por alguém, não teve a oportunidade de pedir que não o deixasse. E o passado o fazia sentir-se fraco por sucumbir. Então a deixou ir preso em autocríticas.

Isabelle o tocou no braço e sorriu, como se já o entendesse e soubesse o que ele pensava agora.

Quando a porta abriu, Marcus pulou no lugar e arregalou os olhos. Ficou extremamente envergonhado; ele não queria incomodar e muito menos fazê-los sair e depois ser culpado por estragar o único encontro amoroso que o duque tinha naquele castelo em anos.

— Marcus, peça que mandem minha refeição para o escritório — instruiu o duque.

— Para dois, Sua Graça? — perguntou o mordomo, num tom estranhamente esperançoso.

Nathaniel teve vontade de rir de Marcus, especialmente pela expressão dele.

— Para um.

Depois da confirmação, Marcus reprimiu a tristeza da informação e se apressou para alcançar Isabelle no meio do corredor. Estava disposto a alimentá-la também.

Um castelo como o de Hayward era como o ensaio de uma sociedade, com os donos da casa e seus convidados como astros da corte. Tudo que eles faziam era assunto e merecia a primeira página dos jornais imaginários que existiam na propriedade. Ninguém notou que o conde dormiu no quarto de Catherine, estavam ocupados demais falando que o duque passou a manhã trancado numa sala com Lady Isabelle.

Mas, para os astros da corte, as novidades não pararam aí. Lorde Penrith chegou ao castelo e tratou logo de pedir uma audiência com Catherine, onde, para desespero dela, pediu-a em casamento. Zach não gostou nada disso.

— Será que poderia me fazer um favor e hipnotizar Penrith por uns minutos? — indagou o duque parado na porta do escritório ao lado de Isabelle enquanto viam Catherine tentar sair da situação embaraçosa.

Penrith esteve tão absorto em seu drama que nem se lembrou de que encontraria Isabelle ali e menos ainda de que ela lhe daria atenção. Ele flutuou para muito longe da realidade e concordou com tudo que ela lhe disse. Era a vítima mais fácil que Isabelle já havia manipulado. Todos sabiam que Penrith não era má pessoa, mas perdia a razão quando diante de uma bela dama.

Durante o jantar, o noivado do conde, por mais atípico que pudesse ser, inspirou a duquesa a tentar pôr caraminholas na cabeça do filho. Todos pareciam muito felizes; até os tios de Isabelle estavam sorridentes, adorando a oportunidade desses dias de luxo e fartura à custa dos outros. Se os noivos estavam um tanto reservados, poucos perceberam.

— Não quero me intrometer em sua vida íntima; afinal, você é adulto. Mas... ela vive o seguindo. Ou será que não reparou? Na biblioteca, pelos corredores, passeios matinais e até visitas a áreas da propriedade aonde ninguém vai, como a casa da duquesa. — Pamela conversava com o filho, ignorando suas respostas monossilábicas. — Se ela não o estiver seguindo, então é você que a está carregando para todo lado.

— Mãe, ela não está me seguindo, está me acompanhando. Não há muito aqui para a temporada de verão de uma mulher que está acostumada a uma rotina intensa em Londres — o tom dele era profundamente paciente.

— Ah, ela não gosta apenas disso. Está representando. Ela gosta de livros, natureza, animais, conversas tranquilas, belas paisagens, ar livre... temos conversado muito. É uma moça bastante ativa. Ela finge, pois não veem com bons olhos tanta energia física nas mulheres. — Ela revirou os olhos só de repetir essa verdade.

— Imagino — disse o duque. Pelo menos dessa vez Pamela estava apontando para o alvo certo.

Ainda mais indiscreta, a duquesa viúva assumiu seu lado fofoqueira:

— Ela me disse em Londres que prefere homens maduros. E que todos aqueles almofadinhas que andam atrás dela na sociedade são uns tolos.

— É mesmo, mãe? Ela é uma raridade. — Ele dava corda só para agradá-la.

— Sim, ao contrário de você, ela tem bom gosto. Creio que terei de arrumar um homem maduro para ela antes que você arrume uma figurante da minha idade.

— E se for uma jovem figurante? A senhora já parou para pensar que não sou tão mais novo que a mãe dela? Ela é uma viúva também... — Ele estava contendo o sorriso enquanto soltava essa provocação e via o ultraje da mãe.

Apesar de ser pura provocação, era verdade, Madeline, a mãe de Isabelle, devia ter em torno de 45 anos. Já que ele faria 36 anos no mês seguinte, deviam ser apenas 10 anos de diferença. Enquanto isso, ele era 15 anos mais velho que Isabelle, que completaria 21 anos em breve. E isso o incomodava profundamente.

Como se já não bastassem todos os seus motivos pessoais, havia a constante possibilidade de ser descoberto e morto em seu trabalho. Podia piorar tudo deixando para trás uma jovem esposa que ficaria com um gigantesco problema nas mãos. Sem filhos homens, alguém apareceria para assumir tudo e a família dela certamente a pressionaria incansavelmente para casar-se outra vez assim que terminasse o ano de luto.

— Saiba que eu sei. Pode fingir o quanto quiser, eu já lhe disse isso. Posso não ter conhecimento da situação, mas conheço *você*. Quer me despistar? Então experimente começar tirando os olhos de cima dela.

Bem, a mãe havia vencido. Ele não podia fazer isso. Encontrava outras ocupações, concentrava-se nas conversas, mas de tempo em tempo seu olhar voltava para onde devia estar. E ele sentia-se ainda mais como aquele bando de pretendentes tolos. Como Penrith, que a ficou admirando a noite toda.

Capítulo 26

Isabelle não sabia o que estava acontecendo, mas o duque estava ocupado com algum tipo de maquinação com o conde. Como ela era boa em descobrir coisas e vinha conversando com Catherine, soube que eles estavam procurando livrá-la de seu tio, que não só queria matá-la como ficar com tudo que ela possuía. Isabelle identificou-se imediatamente com a jovem; não podia falar nada, mas decidiu dar-lhe todo o apoio possível.

Ao menos Catherine conseguiria se ver livre do tio. Era estranho saber que outra pessoa, assim como ela, estava nas mãos de um familiar que a fazia sofrer.

— Aí está você, ratinha! — Genevieve agarrou o braço de Isabelle e levou-a para dentro do quarto que dividia com o marido.

— O que você quer agora? — Ela puxou o braço bruscamente, soltando-se.

— Afinal, quando sumiu com o duque, fez o que mandei? Levantou logo esse vestido? Será que está grávida? Tola do jeito que é, não deve ter tomado o que dei a você para evitar a gravidez. — Ela olhou Isabelle de cima a baixo como se já fosse possível ver alguma barriga.

— Não, não fiz. E não bebo nem um copo d'água dado por você.

— Sua garota tola!

— Chega! — Gregory ficou de pé e foi até elas. — Ela não vai se deitar com ele. Vai é partir conosco.

— Você enlouqueceu? Se ela partir, estará tudo acabado!

— Cale a boca! Cansei dos seus gritos. Dessa vez eu digo o que vamos fazer.

— Você não serve nem para...

— Já cometi muitos erros, um deles foi me casar com você, mas sei o que estou fazendo. — Fez uma pausa. — Você não sabe nada sobre homens, nem que esfreguem em seu nariz. Afinal, pensava que eu tinha sentimentos por você.

Genevieve grunhiu como um animal ferido e olhou para os dois com raiva antes de sair porta afora do quarto. Isabelle viu-se sozinha com o tio.

— Agora, isso vai ser entre nós dois. — Ele puxou-a para perto da janela e voltou a falar baixo. — Sei o que está havendo. Pouco me intrometo nos pormenores, mas aquela megera cismou que pode dar as ordens e, veja só você, está tudo dando errado.

— Não quero ir embora com vocês.

— Mas vai. E parecerá feliz com a decisão. — Antes que ela protestasse, ele levantou a mão. — Você o fisgou. Não sei o que arranjou, mas conseguiu. Sou homem, já me apaixonei. Reparei o comportamento dele. Nosso adorado duque está apaixonado, mas ainda não está pronto para ser laçado.

— Sabe, tio, ele não é um touro.

— É por isso que você irrita aquela megera. Ela não suporta seu sarcasmo. É por isso também que ela me odeia. É um mal de família. — Ele se afastou dela e andou a cômoda com uma bandeja em cima e serviu-se de vodca. Isabelle permaneceu observando, querendo descobrir o que o tio estava planejando. Ao menos com ele era possível negociar sem envolver agressões físicas. — O que você sabe sobre nós? Os Hayward e os Hitton?

— Sei que sempre se odiaram e mataram uns aos outros dos jeitos mais criativos.

Ele voltou até ela e parou, ambos falavam baixo.

— E por que acha que nos odiamos? Política, terras, favores, amores... tudo isso. Piorou quando envolveu nossas mulheres. — Ele bebeu um gole ao fazer uma pausa. — Acha que herdou essa sua aparência da parte da sua mãe? Ela pode ter lhe dado esse tom de cabelo e outros traços únicos, mas os Bradford sempre foram bonitos. As mulheres eram indescritíveis. Nos últimos anos a família ficou cheia de homens, até que você veio como um lembrete da nossa história. Adivinhe só como a rixa entre os Bradford e os Hayward virou uma guerra.

— Não me diga que alguém se apaixonou.

— Aconteceu mais de uma vez. Um dos malditos Mowbray, que nem era duque ainda, roubou uma Bradford na porta da igreja. Ela já estava grávida dele. E o noivo, largado na porta da igreja, voltou para se vingar e, em vez de matar o maldito, matou a mulher. Então os Mowbray foram lá e mataram o noivo e *toda* a família dele. Não sobrou ninguém. Eram outros tempos e o mal estava feito. Então, saiba que os Hayward têm nosso sangue. Nós nos odiávamos, mas frequentávamos a mesma corte. Dizem que o que é proibido é mais gostoso. Anos depois quando já tínhamos recebido o título atual, uma Hitton apaixonou-se por um desses malditos duques de olhos cor de prata. E era justamente a filha mais velha de um dos marqueses da nossa história.

— É quase uma repetição... — murmurou ela para si mesma.

— Ela traiu o marido, engravidou do duque, mas o marido traído assumiu o filho. Séculos depois, o sangue dos Hayward corre em nossas veias. Você, eu e esse duque atual temos algum parentesco antigo e obscuro. Isso não aconteceu só nessas duas vezes. O bisavô desse duque tinha o cabelo como o meu. Vá olhar a pintura e veja a semelhança. A tia-avó dele parecia muito conosco. E nosso tataravô tinha esses malditos olhos cor de prata! Não conheço nenhuma outra família com esse defeito. Coincidência ou parentesco? O ódio que tanto alimentaram sempre nos envolveu. E cá estamos nós outra vez, outro século, outra geração. E meu irmão produziu outra bela Bradford que vai ser tomada por outro maldito Hayward de olhos prateados.

— Por que ninguém fala sobre isso?

— Faz alguma diferença? São assuntos de família. Nenhum dos lados vai assumir as traições. A questão é que você e eu somos produto de Hitton Hill. É a casa dos Bradford. Está degradada, já não rende o bastante. E precisamos de dinheiro para trazê-la de volta. Não o pouco que vem dos roubos ou da nossa renda, muito mais. Você vai conseguir o dinheiro, eu vou investir e continuar o que meu irmão estava fazendo, vou recuperar Hitton Hill e as finanças da família.

— É só isso que você quer? — Ela levantou a sobrancelha, descrente.

— Investimentos para gerarem renda. Os tempos estão mudando. Hoje em dia, precisamos de mais garantias financeiras. O duque tem os investimentos e os títulos, está mais rico a cada dia. Você vai consegui-los para mim e eu vou fazer com que Hitton Hill volte a ser o que era.

— Você está criando muitas expectativas. Já pensou que posso não conseguir? Não vou fazer o que aquela mulher deseja, nem mesmo para salvar Hitton Hill. Posso conseguir dinheiro em outro acordo matrimonial.

— Esqueça a megera. Isso agora é entre nós dois. De Bradford para Bradford. Sei que preza por nosso lar. Nós dois somos o que sobrou da família. Até meu filho é contaminado pelas ideias daquela mulher. Consiga Hitton Hill de volta e você pode viver a tragédia que quiser ao lado do duque.

— Não tenho nada do duque. Será que não entende isso? É mais fácil eu sair e voltar com um marido qualquer.

— Você foi tola o suficiente para se apaixonar por um Hayward. Hittons e Haywards não foram feitos para se juntarem. Todas as vezes que tentaram terminaram em tragédia. Mas, já que você nunca vai me dar ouvidos, vamos partir. O duque não está pronto para abrir mão de seu modo de vida e você está receosa demais para meu gosto. Um tempo separados bastará para que tudo se resolva. A dor, a saudade e o amor levam as pessoas a decisões inesperadas.

— Não sei... — Isabelle afastou-se da janela, pensando se devia mesmo aliar-se ao tio. Ele oferecia um acordo mais plausível. Ainda era vergonhoso, mas não ameaçava a vida de Nathaniel. Talvez ela pudesse ter o que tanto queria.

— Vamos partir e você vai conosco. — Ele deixou o copo sobre a mesinha de chá.

Isabelle tornou a se virar, agora com um novo intento.

— Prometa-me que, se eu me casar com ele, vocês jamais irão machucá-lo. Não quero ser uma viúva. Quero viver minha vida com o homem por quem nutro sentimentos. Se eu fizer isso, vocês ficarão longe dele. Prometa ou farei o que já estive a ponto de fazer diversas vezes e desistirei de tudo. Sabe que sou capaz disso.

Ele a encarou, percebendo a seriedade daquelas palavras. Ela estava sendo muito sincera ao deixar que ele visse o quanto se importava com Nathaniel, o que poderia ser usado como uma arma contra ela. Era por isso que estavam fazendo esse novo acordo só entre eles.

— Não tenho interesse em machucar esse maldito duque. O que eu ganharia com isso? — Ele abriu as mãos e continuou o plano. — Tenho uma reserva de dinheiro que a megera desconhece. Não vai precisar esperar até março. Vamos participar de uns eventos de fim de outono. Até lá terei ganho um pouco mais a partir dos dividendos.

— Se eu passar todo esse tempo com aquela mulher, ou ela vai me matar, ou eu a matarei. Além disso, o duque simplesmente esquecerá que eu existo.

— Confie em mim, ela não vai atrapalhar dessa vez. Hitton Hill é a única coisa que nos resta e não vou abrir mão disso. E você realmente acha que é facilmente esquecida? — Gregory pendeu a cabeça, tentando entender de onde vinha a insegurança da sobrinha. Odiava pensar que ela estava tão apaixonada assim pelo duque. Não tinha motivos para desgostar dele, mas também não precisava gostar.

A porta tornou a abrir e Genevieve entrou no quarto como um furacão. — O que está fazendo aqui ainda? — Ela olhou de um lado para o outro. Sempre desconfiada, mas incapaz de pensar que eles pudessem forjar um plano dentro do outro. Mente poluída como nenhuma outra, Genevieve só pensava em como o marido devia ter atração pela própria sobrinha. Atração essa que Gregory não tinha; seu único tormento romântico foi uma mulher que jamais teria: a mãe dela. — Parta daqui, sua meretriz! Tem de ficar sozinha com o duque e não com meu marido! — Ela a colocou para fora do quarto e bateu a porta.

Assim que se viu no corredor, Isabelle percebeu que Catherine estava a poucos passos dela. A moça lhe informou que o duque e o conde haviam partido. Recuperando a compostura, Isabelle ofereceu um sorriso e resolveu se concentrar no casamento da nova hóspede. Porém, a grande surpresa veio quando o conde a procurou e perguntou se ela aceitaria fazer parte de um plano para finalmente se livrar de Flanders, o tio de Catherine. Isabelle não hesitou em aceitar. Ao menos alguma mulher ali ficaria livre da família abusiva.

Quando Zach contou todo o plano a Nathaniel, ele apresentou mil e um motivos para não deixar Flanders chegar a cem metros que fosse de Isabelle. Só que ela já havia concordado em participar, e o duque podia fazer o que quisesse que não conseguiria impedi-la de ajudar Catherine, por mais perigoso que fosse.

Foi perturbador vê-la descer a escada do castelo vestida de noiva. Esse era seu papel no plano: assumir o lugar de Catherine. O duque preferiu ir antes para não ficar olhando para ela como um tolo e imaginando como ela ficaria vestida em seu próprio vestido de noiva ou, pior que isso, se um dia ele seria obrigado a vê-la esplendorosa como estava, entrando numa igreja, mas para se comprometer com outro. Nathaniel sentiu-se mal com a possibilidade.

A capela de Hayward jamais viu tamanha confusão. Ainda bem que o reverendo não passava de um impostor. Até a prima do conde aparecera de surpresa para participar do plano. Afinal, não era apenas uma dama em apuros ali. Giovanna, prima de Zachary, estava fugida; o marido e a própria mãe a perseguiam.

Isabelle e Nathaniel perceberam que havia mais de uma trama familiar se desenvolvendo ali. E apenas Zach e Catherine teriam um desfecho naquele verão. E ninguém sabia que para Isabelle não terminara tudo bem. Não eram duas damas em apuros, e sim três. Mas ela ainda precisava assistir calada.

***

Era o último jantar no castelo. Isabelle havia chorado sob o consolo de Flore, pois não queria voltar para as garras da família. A única coisa que a consolava era que poderia ver a mãe, mas não teria boas notícias para ela. Quando partiu, disse que voltaria para levá-la dali e livrá-la do inferno que vivia em Hitton Hill sob os desmandos de Genevieve. Mas isso não aconteceria e estariam novamente presas na casa que um dia fora um lar feliz para ambas.

Não sabia por que Madeline não aceitava fugir com ela. Havia dito que não queria nada, que encontrariam sustento. Mas era mentira; não tinham para onde ir e certamente as encontrariam e as trariam de volta. Isabelle disse que se tornaria uma atriz, mas isso só deixou a mãe mais apavorada.

Madeline se recusava a ceder; ela deixara sua vida para trás para acompanhar Allen Bradford. Era uma marquesa viúva. Mãe da única filha que ele deixou, não ia permitir que perdessem tudo a que tinham direito e que a filha se sacrificasse numa vida indigna. Mas Isabelle já estava se sacrificando.

Gregory não era bobo; ele havia dito para Isabelle não abrir a boca. E só durante o jantar foi que assumiu o papel de chefe da família e comunicou sua decisão.

— Eu mesmo notei a mudança, Sua Graça — dizia ele, dirigindo-se à duquesa viúva. — Minha sobrinha está mais centrada e até mais elegante após esse tempo em sua companhia. Foram semanas de aprendizado para ela. E olha que nem entendo desses assuntos tipicamente femininos.

Isabelle não sabia como, mas o tio havia conseguido que Genevieve ficasse calada enquanto repetia garfadas do bolo de pêssego. Talvez por isso estava ficando barriguda, enquanto o resto do corpo permanecia magro. Assim que chegou, pegou todos os doces que Isabelle recebeu de seus admiradores e os devorou.

— Isabelle é a melhor pupila que alguém pode ter. Como não tive filhas, estava precisando de uma jovem talentosa como ela para compartilhar experiência. — Pamela não queria que ela partisse, mas estava de mãos atadas.

— Mesmo assim, não podemos mais abusar de sua bondade e hospitalidade. Quero manter os laços entre nossas famílias e esquecer o passado doloroso. E Isabelle está numa fase impossível, extremamente preocupante. São muitos gaviões em volta dela. Resolvi inclusive seguir o conselho do duque e ser mais cuidadoso. Por isso vamos levá-la de volta para Hitton Hill. Ficaremos mais tranquilos, não é, querida?

Finalmente chamada à conversa, Genevieve engoliu rapidamente e sorriu.

— Insisti com ele. Isabelle é *nossa* responsabilidade. Não podemos ficar em casa enquanto nossa flor fica longe da proteção da família. Não pega bem. Sabem como ela chama atenção. Um deslize nosso e tudo irá por água abaixo.

— Entendo. — Pamela virou a atenção para Isabelle, que observava seus familiares falarem por ela. — Sentirei demais sua falta, mas sua reputação ficará mais protegida assim.

— Vamos partir amanhã cedo. Prefiro a estrada pela manhã — informou Gregory.

O duque estava estranhamente quieto. Em geral ele não se envolvia nesse tipo de conversa; a menos que lhe perguntassem algo. Devia ter imaginado que a chegada dos tios dela seria para isso: iam levá-la para longe dele. Ele a observou e Isabelle estava concentrada na sua sobremesa, uma taça repleta de creme e cerejas, na qual não havia tocado. Ela olhou para o duque como se pudesse sentir o olhar dele.

— E quando nos veremos? — indagou Andrew. — Apenas no ano que vem?

— Talvez no outono. Têm acontecido tantos eventos importantes fora de época... a modernidade parece ter chegado! — respondeu Gregory, cínico.

Isabelle achava que até lá tudo teria mudado e todo seu tormento se reiniciaria. Todos os pretendentes, seu nome na coluna social, as críticas, belas gravuras ou charges desrespeitosas suas. Todas aquelas pessoas tentando vê-la para odiar ou admirar. A fofoca, os boatos, Genevieve... e o duque que seria carta fora do baralho para ela. E talvez a recíproca fosse verdadeira. Quem sabe com a distância descobrisse que não o amava de fato. Duvidava. Mas havia sempre a esperança. Ia começar o plano D. D de desespero disfarçado.

Capítulo 27

Essex, Outono de 1815

Nathaniel desceu de sua carruagem. Era noite e o vento gelado tomava conta das ruas. Aquela parte da cidade parecia mais mal iluminada que o sudeste de Londres. Ele puxou seu sobretudo, as mãos escondidas em luvas escuras, de forma que tudo que era possível ver era seu cabelo loiro, a pele clara de seu rosto e os olhos que pareciam feitos de gelo.

Estavam perto do inverno. Ele sentia o corpo gelado, e as botas esmagavam a lama que se formara nos cantos depois da chuva. Ali não era como em Hayward, em que um tapete branco se estendia em volta do castelo. Ele havia esperado no início do outono quando as folhas amarelas e corais tomaram as ruas e os parques. Nessa época em Hayward havia tantas dela que era um mar colorido e interminável.

Nathaniel deixou Hayward antes do compromisso no qual prometeu comparecer, mas Pamela parara de insistir. E nem falava sobre as cartas que trocava com Isabelle. Enquanto isso, ele estava se infiltrando entre os aliados políticos, fato que deixava todos curiosos. Eles convidavam o duque, só não esperavam que ele comparecesse. Alguns estavam dizendo que ele voltara do Congresso de Viena com ideias estranhas, estava um tanto alinhado a pensamentos mais liberais.

A despeito das próprias visões políticas, quando Nathaniel estava nesse meio, era a trabalho e ele ia fingir e dizer o que fosse necessário para alcançar seus objetivos. E, ainda assim, arranjava tempo para defender o que queria em votações e discursos na Câmara dos Lordes. Já era mais uma das várias facetas que tinha de viver; mais um motivo para ele não querer se envolver em política mais que o necessário.

— Este ano está particularmente frio, não é? — comentou a duquesa, de dentro da carruagem.

Ele fechou a porta para que ela ficasse aquecida, e outra porta se abriu, iluminando a rua. Isabelle desceu as escadas lentamente usando sapatos de salto baixo que não a protegiam como os sapatos de couro que ele usava, mas já eram melhores que sapatilhas de pano.

Isabelle usava uma de suas combinações mais caras e bem-feitas, com um vestido desenhado por Victoria especialmente para um evento formal. Todo feito em crepe carmesim com dois tons: bem claro no vestido e com drapeado superior de cor mais forte que passava à frente do decote e ia para as costas. Este se prendia às pérolas, que faziam duas voltas na sua cintura e descia pela parte de trás, criando uma bela ilusão quando Isabelle andava, pois era mais longo que a saia do vestido. A saia era estritamente na moda, terminando nos tornozelos dela e mostrando os sapatos.

A gola era aberta, deixando colo e ombros expostos, e criava outra ilusão com as mangas, que tinham renda da mais delicada tocando seus braços e combinando com o mesmo trabalho feito em volta de toda a gola, até mesmo nas costas. No pescoço usava um fino colar de mais pérolas pequeninas, também com duas voltas, uma mais justa e outra chegando a tocar o decote. Calçava luvas da mais fina pelica francesa e para se esquentar tinha apenas um xale translúcido e a pele branca que Nathaniel já a vira usar uma vez.

Não estava suficientemente agasalhada e ele queria cobri-la com um sobretudo quente e envolvê-la enquanto estivessem na rua; era comum mulheres adoecerem por enfrentar o clima ruim usando roupas de baile diáfanas.

Isabelle esperava que ele não a houvesse visto escorregar a mão enluvada no corrimão da escada. Distraiu-se ao vê-lo; não esperava abrir a porta e encontrá-lo parado à frente da casa. Não pensou que ele seria capaz de tal ato de cavalheirismo, mas Nathaniel estava cansado de aguardar, preferia sentir o vento frio no rosto.

O duque já era obrigado a esperar demais em seu trabalho; paciência era uma dádiva em sua vida profissional. Recentemente descobrira que não sobrara muita para a vida pessoal. Em setembro, com o outono prestes a terminar, os Bradford não deram indícios de que apareceriam. Ele até encontrou George, que estava passando a temporada com uma amante rica, mas ele disse que não voltava para casa havia semanas. O que era mentira. Mas George também mentia tão bem quanto respirava; outro mal de família.

O duque colocou as mãos para trás, assumindo aquela sua postura séria. Por fora parecia mais gelado que o inverno, mas Isabelle já aprendera um pouco sobre suas expressões e especialmente sobre seus olhos prateados. Quando ela parou perto dele, seu perfume o envolveu como uma corda, os olhos dele se cravaram nela e Nathaniel soltou as mãos para segurar a dela e ajudá-la a subir na carruagem.

— Como tem passado, Sua Graça? — perguntou assim que estava perto o suficiente.

Muito mal, não a vejo há meses. Por que demorou tanto, afinal?

— Satisfatoriamente, e a senhorita?

Odiando cada minuto, não o vejo há meses e já não aguentava mais seu silêncio.

Ele podia ter lhe escrito. Ela também. Mas ambos optaram por não fazê-lo, na esperança de afogarem seus sentimentos nas chuvas de final de verão. Não choveu tanto assim e eles conseguiram no máximo esquentar a saudade junto às lareiras acesas ao longo do frio atípico de outono.

E a duquesa viúva, que acabou ficando no meio, comportou-se conforme suas próprias ideias. Deixava Nathaniel no escuro sem lhe dar notícia alguma de Isabelle além de informar de sua boa saúde; a essa altura ela podia até ter se casado e ele não saberia. Mas nas cartas que mandou para Isabelle, ela contou como o filho andava sisudo e viajava para locais que ela desconhecia.

— Animada com a breve viagem. — Isso era até verdade; deixar Hitton Hill e o confinamento da casa que tinha de dividir com a tia era animador. Não que esse fosse o motivo principal de sua animação.

Ele tornou a abrir a porta, Pamela esperava ansiosamente. O duque olhou para Isabelle quando lhe apertou a mão, ambos com luvas, e a falta de contato que isso causava os enervou. Nathaniel fitou seus lábios, e Isabelle o encarou. Ele a queria de volta aos seus braços. Isabelle apertou a mão dele e colocou o pé no degrau da carruagem, elevando seu corpo. Nathaniel inclinou-se para ela. Se tocassem os lábios ali, tudo retornaria para onde havia parado.

— Minha querida! Até que enfim nos reencontramos! — exclamou a duquesa e estendeu os braços.

Isabelle sorriu para ela e entrou na carruagem. O duque foi logo em seguida e se sentou ao lado de Andrew. O veículo saiu rapidamente.

— Senti sua falta — disse Isabelle à duquesa, usando da intimidade que desenvolveram. Pamela sorriu emocionada e olhou para o filho como se dissesse: *Está vendo, ela sentiu minha falta. Não a ouvi dizendo que sentiu a sua.* Nathaniel registrou o olhar da mãe. Ele sabia que devia olhar pela janela, ou para o teto, para as próprias mãos. Mas olhava para Isabelle; ela brilhava no interior escuro da carruagem. Naquela primeira vez que notou isso, havia vários meses, devia ter feito algo diferente. A maneira como a enxergava desde então não mudou, apenas se intensificou.

Muitos personagens da alta sociedade estavam reunidos naquele período estranho para um evento beneficente, algo que as damas adoravam promover. Com o fim da guerra contra Napoleão, estava ainda mais na moda ostentar seu status com doações. Era uma ocasião controversa, marcada em uma época longe da temporada em que nem todos tinham disponibilidade ou mesmo condições financeiras de retornar ao sul. Para muitos era quase como viajar para Londres.

Serviriam um banquete onde os convidados já entravam com uma pequena doação para as instituições listadas. Ninguém jamais cometeria a indelicadeza de dizer que a doação era como um ingresso, mas era. Afinal, o Almack's cobrava pela inscrição havia tanto tempo, o que custava doar para estar em meio à nata da alta sociedade fora da temporada, não é?

Dessa vez, um orfanato, uma casa de recuperação para soldados feridos na guerra e um hospital que atendia à população carente de Londres estavam na lista. Assim como paróquias que ajudariam famílias em dificuldade, especialmente aquelas afetadas pela perda de entes queridos na guerra. Enquanto os danos e baixas eram contabilizados e informados lentamente, centenas de pessoas ainda aguardavam o retorno ou a notícia dos homens que mantinham a renda familiar.

Por um valor alto, os Hayward reservaram uma das mesas, com direito a oito lugares só para eles, apesar de serem apenas quatro, contando com Isabelle, que era sua convidada. Antes ela estivera pensando como seu tio ia "doar" para ir, mas a carta da duquesa chegou, convidando-a não apenas para acompanhá-la, mas para ajudar a arrecadar fundos para caridade. A proposta que Pamela lhe passou, dizendo que era em nome de Lady Honor, foi no mínimo indecente. Mas Isabelle aceitou mesmo assim.

Quando entraram, Isabelle deixou a pele na chapelaria e exibiu o vestido que usava por baixo; escolhera usar algo colorido para impactar em sua aparição. Para o olhar do duque, ela emagrecera um pouco e não achava que fosse por escolha própria. Era provável que ninguém mais notasse. O vestido fazia o trabalho para que todos se concentrassem em sua bela forma elegantemente coberta.

Ao entrarem, ela apoiou a mão enluvada quase imperceptivelmente no antebraço do duque, pois Pamela tinha Andrew como acompanhante. Quando a olhou, viu o último par de enfeites de cabelo que dera a ela, quase escondidos pelos pequenos cachos do topo do penteado.

O burburinho no salão começou e não cessou por certo tempo. *Ela* estava de volta; os fofoqueiros finalmente teriam atualizações. Já podiam voltar a fazer suas apostas. Não importava se Isabelle estava segurando o braço do duque de Hayward, pois ele não contava. Como todos sabiam, era um mero protetor para amedrontar rapazes abusados.

Havia tanta gente querendo cumprimentá-la que ela foi rapidamente tirada do lado dele. Pela primeira vez, ele se viu naquela situação de não saber se a esperava ou ia para a mesa. Mal-humorado, ele resgatou-a do meio de uma roda quase fechada.

— Veja só como está cheio! Temos inclusive três duques. Um acontecimento — ironizava Pamela. Não era todo dia que aquela gente abria a bolsa para causas que não fossem próprias.

— Adicione um valor muito alto, os nomes mais seletos da alta sociedade e todos se digladiarão para comparecer — respondeu Andrew. — Ah, e a caridade, obviamente...

A chegada tardia fora proposital, o que frustrou os interessados. Assim, todos se dirigiram às suas mesas, e o jantar começou. Parecia uma enorme mesa de banquete, mas separada em pedaços menores. O luxo era tanto, que havia um pajem para cada mesa.

A duquesa conversava com Isabelle, arrancando dela tudo que fez em seu período em Hitton Hill. Algumas coisas ela teve de inventar ou aumentar, como o número de vezes que saiu para compromissos campestres, além de esconder as tarefas que teve de fazer, sempre com a ajuda da fiel Flore.

Comentar que se engalfinhara com a tia umas cinco vezes e rebelara-se contra castigos outras dez também estava fora de questão. Como dizia Genevieve, o que importava era que Isabelle continuava sem marcas pelo corpo, máculas em sua preciosa imagem, o que estragaria os planos. Em alguns momentos em que o limite do desespero se aproximava, Isabelle tinha vontade de cortar todo o seu cabelo, arranhar seu rosto e ferir seu corpo. Mas, ainda assim, seria a única a sofrer.

Lady Honor, uma das principais organizadoras do jantar, foi para a frente do público, acompanhada do marido, que dava todo respaldo às suas excentricidades. Desde que ela lhe desse paz. Com os filhos já criados e velho o bastante para não se interessar tanto por amantes, o lorde usava seu tempo com outros prazeres, como jogos, política, leitura e caridade. A mulher se ocupava da parte social.

O leilão do evento, que já estava se transformando em uma tradição das temporadas, tinha peças doadas por nobres com vastas galerias de arte e alguns itens pessoais. Podia parecer estranho, mas se o duque de Hayward resolvesse leiloar um quadro de um de seus antepassados, haveria muita gente pagando uma fortuna para comprá-lo. Era quase como uma troca de objetos de arte entre famílias abastadas.

Os Bradford conseguiram bastante dinheiro assim; a família era dona de incontáveis estátuas, pinturas e documentos originais. Recentemente, Gregory conseguira que um dos pintores mais desejados da cidade pintasse um quadro novo de sua famosa sobrinha, bela e sedutora sob o sol outonal. Com certeza ia conseguir uma boa quantia nele. Se pudesse, nem o venderia.

— Que ótimo arremate, Lorde Riggins — cumprimentou Lady Honor depois da última peça arrematada, uma estátua grega muito bem conservada. — Bem, este ano não leiloarei um jantar com nenhum solteiro. Já abusei muito da vontade do marquês e não lhe pediria isso... — alfinetou a senhora, sugerindo que gostaria que Renzelmere também fosse a leilão.

No leilão anterior, um dos partidos do momento foi arrematado numa briga de lances. O vencedor foi outro lorde, que era também seu melhor amigo. O caso foi um tanto atípico e viram como uma brincadeira. Logo depois esse mesmo partido casou-se com uma moça discreta na sociedade e viajou. Agora a esposa estava grávida do primeiro filho. Um trabalho muito rápido, mas ninguém esqueceu.

O valor de arremate dos passeios costumava ser baixo. Como era inapropriado que moças solteiras dessem lances, o trabalho ficava para seus familiares. Após os protestos ensaiados de todos, Lady Honor voltou atrás e anunciou um dos mais cobiçados partidos que havia no momento: o jovem lorde Dutenburgh. Ele acompanharia alguém para um baile ou um passeio diurno, tudo bastante simbólico, sempre na presença de acompanhantes.

Também era inapropriado uma mulher comprometida arrematar um cavalheiro para proveito próprio. Todos fingiam não se lembrar que certo ano isso aconteceu e a dama teve que mentir que fez pelo bem da sobrinha. Desde então, o marido não deixou mais que ela comparecesse sem sua companhia. Afinal, da outra vez ele faltara porque fora ver o novo filho que sua amante havia parido. Aliás, a sobrinha acabou se casando com o tal cavalheiro. Mas eles não se relacionavam com a tia.

Anna, irmã do marquês de Renzelmere, ficou rubra ao ver quem seria o jovem. Ela prontamente olhou para o irmão com súplica no olhar. Onde já se viu, o marquês não estar disposto a "comprar" jovem nenhum para a irmã caçula?

Porém, sabendo que tinha seus pecados e infelizmente a irmã estava encantada pelo rapaz, o marquês começou a dar lances sem o menor entusiasmo. Não foi preciso gastar muito para arrematá-lo. Mesmo assim, seria mais uma boa quantia para os soldados e suas famílias. E agora Renzelmere provavelmente seria obrigado a concordar com o casamento da irmã com aquele rapazote. Não havia problema sério com Dutenburgh; era jovem, irresponsável e cheio de vontade de se aventurar. Talvez Anna sofresse um pouco antes de tudo se acertar.

Isabelle ajeitou a postura e o vestido. O duque desviou o olhar para ela, duvidando que houvesse se amarrotado. A duquesa sorria, achando tudo lindo e sempre batendo palmas. Ela mesma já havia arrematado um quadro.

— Como penúltimo item da noite espero arrancar uma boa soma de seus bolsos para ajudar as crianças do orfanato Estrela Dourada. — Lady Honor estava com uma expressão muito parecida com a de Pamela. — Uma dança num baile e um lanche diurno na companhia da beldade mais cobiçada do país, Lady Isabelle Bradford!

Assim como fez Lorde Dutenburgh, um rapaz muito desembaraçado e charmoso, Isabelle levantou-se e foi para perto Lady Honor. Muitos diriam que ela desfilou até lá. Ela também era extrovertida e sedutora. Ao subir no tablado onde se encontrava a senhora e olhar para os presentes, era como se prendesse na mão cada um daqueles que a olhavam com cobiça. A forma como os observava levava a crer que era realmente perigosa, pois seduziria qualquer um por esporte.

É uma desavergonhada, disseram. *Certamente um perigo que precisa ser domado*, concordaram. *Mas como a domariam?*, indagaram-se. Durante a temporada eles tentaram, mas não conseguiram excluí-la e envergonhá-la. *E agora ela está ainda pior!* Teriam de tomar medidas mais drásticas contra essa moça, alguns decidiram. Porém, não pensaram em tomar medida alguma contra o jovem e sedutor Lorde Dutenburgh, que foi "adquirido" por Renzelmere para um passeio com sua irmã. O problema era Isabelle ou o fato de uma mulher assumir um papel tão desafiador?

Agora o duque sabia por que Isabelle escolhera o figurino de forma tão ousada. Pelo jeito como o olhou ao descer a escada de casa, surpresa estampada em sua face, nem sabia que ele estaria lá. Será que ela ao menos planejara vê-lo em algum momento?

— Foi tão caridoso da parte de Isabelle aceitar o convite! — dizia a duquesa viúva enquanto via os lances começarem.

— De fato foi uma jogada de mestre de vocês duas. Acabam de iniciar uma guerra de egos e bolsos nesse salão — observou Andrew, sempre com seu tom calmo e toque irônico. — Esses homens deveriam consultar seus contadores. Metade deles não está em condições de investir somas altas.

O sorriso de Isabelle se congelou em seus lábios quando ouviu Lady Honor anunciar que o valor mínimo por um baile ao seu lado era de quinhentas libras, uma quantia que a maioria das famílias no país nunca vira de uma vez. E maior que as dívidas de muitos dos presentes.

Houve um rápido "oh", e os lances começaram. Todos a olhavam como se estivesse em uma vitrine. Na verdade, sempre fora assim, só que nunca antes ficara disponível para compra. Nunca estivera em cima de um tablado e com todos os olhares de um salão vidrados nela como se fosse uma cantora. Imaginou se era assim que Lira se sentia quando entrava no palco para o primeiro espetáculo da temporada sem saber o que esperar. Aquelas pessoas podiam jogar objetos nela, vaiá-la ou aplaudi-la.

No entanto, ela sabia que alguns ali só estiveram tentando arruiná-la. Uma dama não podia incomodar tanto só por existir. E Isabelle aceitou o desafio, que talvez fosse o último. Tudo que ela enxergava eram homens olhando-a como se pudessem possuí-la. Era isso que ela valia para eles; seria a esposa o prêmio que um deles conseguiria e esfregaria eternamente na cara dos outros até a morte. E Isabelle queria ser o prêmio justamente do único homem que não se importava com aparências, sociedade e quanto status conseguiria num casamento. Afinal, ele não precisava de nada disso. Se a quisesse, seria apenas por ser ela.

Infelizmente, ela não tinha liberdade para ficar com ele só pelo homem que ele era.

— Cinco mil libras! — gritou Lorde Dillon, exaltando-se com a briga de lances e o oferecendo por ela o equivalente à renda anual de muitas famílias da nobreza.

Isabelle sabia que sua boa ação ajudaria as crianças do orfanato, mas, se achava ter alguma chance de conquistar a simpatia de certas damas, estava terminada. Monique e as matronas organizadoras do evento eram as únicas adorando tudo. Eis o preço da fama. Os lances subiam tão rápido que parecia que estava leiloando algo mais além de algumas horas em sua companhia em locais públicos, respeitáveis e com uma acompanhante.

Talvez, na cabeça de alguns ali, vencer o leilão significasse vencer uma disputa que vinha se arrastando havia meses. Já nem se lembravam de suas placas, declaravam o lance ao mesmo tempo que as levantavam, alguns nitidamente provocando outros.

— Sete mil libras! — provocou Renzelmere, divertindo-se com a indignação de todos que haviam acabado de dar seus lances.

— Oito mil libras! — gritou Lorde Penrith. Sim, até Ralph estava lá e disposto a gastar seu dinheiro.

Isabelle imaginou que Catherine iria achar muito engraçado ver Lorde Penrith metido nisso. E sua família ficaria indignada por ver quanto dinheiro ela podia levantar em poucos minutos. Seria bom se Genevieve não ficasse sabendo de nada disso. Afinal, ela vivia dizendo que eles conseguiriam muito mais dinheiro se simplesmente a tornassem a cortesã mais cara da Inglaterra. Isabelle sempre achou isso uma tolice, mas talvez a tia tivesse razão. De debutante mais cobiçada à cortesã mais desejada para uma noite era um pulo. Bastava que a arruinassem e era exatamente isso que pretendiam.

A duquesa olhou para Andrew, que olhou preocupado para o duque. Provavelmente ele era o único homem solteiro do salão que se recusava a dar um lance. Ao contrário disso, ele permanecia quieto, os dedos das mãos entrelaçados e o olhar fixo na taça à sua frente. Mas ele escutava tudo, absolutamente tudo, e sua respiração estava irregular, o que era possível notar pelo movimento de seus ombros largos e retesados por baixo do paletó. Seu cenho estava franzido e era como se desse para escutar as engrenagens de sua mente funcionando.

— Dez mil libras! Dou-lhe uma! Dou-lhe duas! — dizia Lorde Honor, animadíssimo.

Lorde Dillon já estava até imaginando todas as armas que usaria para seduzir Isabelle e também o ataque que seu contador teria... Mas isso não seria nada comparado à volta por cima que daria ficando com ela depois de se tornar o mais desprezado nas apostas sobre quem conquistaria a beldade da temporada

Pamela olhou para o filho, pensando se não havia ido longe demais. Quando ele chegava a demonstrar sua perturbação, algo estava errado. Tudo que ela queria era que eles dissessem *sim* um para o outro. Mas talvez ele não pudesse mais ter os sentimentos que ela esperava.

— Vinte mil libras! — disse o duque, ficando de pé subitamente, a voz forte ecoando em meio ao burburinho que era o salão.

O rosto de Isabelle descongelou e ela olhou assombrada para o fundo do salão. Ele estava lá de pé, olhando-a fixamente, seu objetivo bem óbvio. Lorde Honor ficou sem fala e, como costumeiro efeito, o duque conseguiu calar o salão; dessa vez, abrindo a boca para fazê-lo.

— Arrematada pelo duque de Hayward! — gritou Lady Honor, pegando o martelo do marido e o batendo com força. Nem fez a contagem ou esperou que os outros se recuperassem porque não havia como superar tal valor. Fora que também não iam desafiar o duque pelo que ele queria.

Pamela abriu um sorriso e começou a bater palmas. Tudo que os outros puderam fazer foi aplaudir também, enquanto Lady Honor falava sobre como agora tinham fundos para ajudar não só o Estrela Dourada, mas todos os orfanatos e muitos soldados, mas ninguém prestava atenção nela. Teve fofoqueiro que precisou se abanar tamanho o choque. Por essa eles não esperavam.

Decidido, o duque rumou para o lado do tablado onde pretendia receber seu "prêmio" de volta. Ele passou pelo meio das pessoas e desviou de mesas sem tomar conhecimento delas. Pela sua expressão, Isabelle apenas via o quanto estava irritado e não podia ler o que o levara a arrematá-la. Flore lhe dissera que o duque iria fazer isso; descrente, Isabelle disse que ele apenas ia ignorá-la, alfinetá-la e aparecer para salvá-la de seu compromisso. Mas não haveria encontro algum, ele não permitiria tal disparate.

Nathaniel não estava irritado, muito menos infeliz. Ele estava irado. Teve de ficar sentado ouvindo aqueles homens brigarem e gritarem valores para conseguir o tempo de Isabelle como se o que estivesse em jogo fosse uma noite ao lado dela. Jamais perrnitiria isso. Ela acabaria sendo atacada e comprometida, e sua reputação, arruinada.

Ele esperara por ela, sim. Quis vê-la de novo, sim. Conjecturou sobre o que estava fazendo, sim. Investigou o que pôde sobre ela e os Bradford e ainda deu com os burros na água, pois não havia ninguém para falar do que ocorria no íntimo da família. Teria de empregar meios mais ousados.

A possibilidade de ficar calmamente em sua casa enquanto sabia que Isabelle estava solta em um baile com um daqueles homens e ainda passearia com ele... ela podia até ser sequestrada. E não estava exagerando; não seria a primeira. Persegui-la para protegê-la era o tipo de papel que ele já vivera demais para permitir que isso acontecesse.

— Hayward devia ser proibido de participar do leilão. Afinal, para que diabos ele precisa arrematá-la se pode vê-la com facilidade? — comentou um dos homens.

— Acho que está levando muito a sério seu papel de guardião — respondeu Lorde Dillon com olhos estreitos.

— Assim será difícil para ela arrumar um marido — respondeu outro, ressentido.

— Tem de ser alguém com colhões, já que pelo jeito é preciso passar pelo duque para chegar a ela — observou outro.

Nathaniel ofereceu a mão para que Isabelle a segurasse e descesse. Para um homem que havia acabado de arrematar um encontro com uma dama por uma fortuna, ele não parecia entusiasmado. Quando a guiou pelo salão, não parou para olhá-la ou para sorrir para o público e comemorar sua "vitória", pois não enxergava dessa forma. No fim, ele era o duque de Hayward e ninguém ali esperava isso dele. Mas também não esperavam um lance daquele tamanho.

— Lembra-se de quando eu lhe disse que ela só iria arrumar um marido por cima do cadáver do seu filho? — perguntou Andrew, olhando-os se aproximar. — Pois bem.

— Ele não está feliz — comentou a duquesa. — Acho melhor que cheguem logo a essa mesa. Temo pela vida de alguém — disse a duquesa, observando o filho.

— Não se preocupe, ele deixou a arma na carruagem.

— Isso muito me acalma. Mas ainda há muitas facas nas mesas para acertar certos lordes desagradáveis. — Ela puxou a faca do filho para perto do seu prato.

— E garfos, taças, garrafas, alfinetes... você se surpreenderia com as possibilidades dele.

— Andrew, isso não é hora de me provocar.

Isabelle soltou a mão do duque quando chegaram perto da mesa e não parou à frente da cadeira para que ele a puxasse. Lady Honor chamava atenção para a grande peça de arte da noite, mas estavam todos dispersos, duvidavam que algo chegaria perto do valor pago pela jovem Bradford. A maior parte das pessoas precisaria virar o pescoço para olhá-los, já que sua mesa ficava no fundo, mais perto das janelas, o que não impedia os fofoqueiros de continuarem a observá-los.

— Por que fez isso? — Isabelle não ia se sentar enquanto ele não dissesse.

— É um leilão. Devo arrematar o que me interessar — respondeu ele com a indiferença de quem explicava um fato.

— Não sou uma peça. Não me arrematou por que lhe interesso. — Ela queria dele a verdade. Já sabia que lhe interessava, mas o que mais?

— Não costumo adquirir nada que não me interesse. — Ele continuava com aquele tom enervante.

— Você não me adquiriu. Dar um pouco do meu tempo livre para fazer companhia a alguém não faz de mim uma peça.

— Qualquer coisa que esteja apta a ser leiloada pode ser adquirida. No seu caso, por um curto tempo, mas o princípio é o mesmo.

E o que ele queria dizer com aquela frase também parecia bem nítido. Ela estava à venda, não apenas seu tempo. Ele podia pagar mais, ambos sabiam disso; então era caso encerrado. E não era exatamente assim que o mercado dos casamentos nobres funcionava? Assim se faziam os acordos, trocadas as alianças, e todos seguiam em frente.

A diferença era que o duque achava que estava entrando nisso pela janela. Ela o ficou encarando. Andrew e Pamela ficaram de pé como se pudessem escondê-los de todos, o que era impossível. Os fofoqueiros já farejavam a notícia no ar, os jornais adorariam publicar a reviravolta que marcou o reencontro daquelas pessoas.

— Retire o que disse — exigiu ela.

— Não — negou ele também com a cabeça. — Amanhã você estaria fazendo seu papel ao lado de outro homem. Seu tempo teria sido tão adquirido quanto foi agora e por uma quantia menor.

Isabelle deu um passo na direção dele. Assim podia falar mais baixo. Encarou-o bem de perto, levantando o rosto para fazê-lo.

— Então pegue as suas vinte mil libras e doe por pura caridade porque eu não o acompanharia nem para fora do inferno!

Pamela segurou a respiração, e Andrew tamborilou com as pontas dos dedos do lado do queixo como se nada estivesse acontecendo. Não funcionou; as pessoas mais perto deles já estavam de olhos arregalados. Isabelle virou-se e deixou o salão a passos rápidos, os punhos fechados e a expressão determinada. Nathaniel seguiu atrás dela. A partida de ambos causou um silêncio surpreso em quem viu e indagação no rosto dos outros, que só perceberam depois.

— Pegue a bolsa, Pam. Vamos precisar fazer contenção — disse Andrew.
— Contenção de danos? — perguntou Pamela, preparando-se para partir.
— Não, de pessoas.

Isabelle estava tão determinada a chegar à saída que não pensou que não teria como voltar para casa, pois viera com os Hayward. Mas ela iria, nem que fosse andando pelo meio da rua fria e enlameada. Assustou-se quando o duque praticamente se materializou ao seu lado e segurou a mão dela, antes que chegasse à chapelaria.

— Por que eu não posso? Você ia passar uma noite e uma tarde com outro homem, mas, agora que eu sou esse homem, você desiste.
— Solte-me. — Ela olhou-o seriamente, ordenou que ele o fizesse e não moveu o braço, aguardando que ele obedecesse.

Nathaniel soltou-a e permaneceu olhando-a. Se não estivesse tão ocupado em voltar a discutir com ela, pararia para admirá-la.

— Não respondeu à minha pergunta. Por que comigo não pode ser?
— Eu não ia passar uma noite com outro homem. Primeiro, Sua Graça, que não seria outro, seria *um* homem. Não tenho compromissos. E segundo, que não era uma noite com um homem, era *em companhia de* um homem em um baile público e com minha acompanhante.
— Pouco me importam os termos adequados. Estaria com um homem do mesmo jeito. Desprotegida e desacompanhada, pois Flore é uma inútil e algo provavelmente daria errado. E eu não posso ser esse homem.
— Não, não pode. Você não é apenas um homem para mim.

Nathaniel juntou os punhos e apertou as próprias mãos, contendo seu temperamento. Ao dar uns passos para longe dela, viu a mãe e Andrew deixando o salão. Virou-se e levou-a pelo primeiro corredor que viu. Não sabia onde iria dar, mas não queria ficar ali no meio do caminho.

— Então o que diabos eu sou para você a fim de que seja melhor sair com qualquer outro?

— Não quero sair com nenhum outro! Mas nós não saímos juntos, você me acompanha, é diferente. Sair comigo não seria a mesma coisa. Todas aquelas pessoas pouco se importam se estou com você, pois elas sabem que nunca passará de um mero acompanhante.

Nathaniel ficou parado à sua frente, olhando-a como se esperasse que continuasse, o cenho cada vez mais franzido enquanto ele analisava e demonstrava ter dificuldade para entendê-la.

— Por acaso fui algum tipo de acompanhante enquanto estava em Hayward?

— Vindo de você, não faz diferença. Tudo é relativo e inesperado e não terá as mesmas consequências que teria com outro.

Isabelle afastou-se dele, decidindo se devia voltar ao saguão, recuperar seus pertences e sumir. Tinha algumas moedas na bolsa dessa vez, mas ali não era Londres, não havia coches de aluguel esperando.

— Retiro o que disse. Não é o que eu penso. Não quero adquiri-la, nem penso que possa ser adquirida. Estava irritado. Perdoe meu comportamento inadequado.

Ele achava que estava louco de ciúme o bastante para ficar com a mente momentaneamente incapaz de pensar coerentemente e fazê-lo calar a boca.

— Pouco importa agora. Não estou mais disponível. Muito menos para você.

Ela se manteve de costas, ainda em seu dilema sobre como partir sem ser notada e de forma digna. Certamente ninguém a veria fugindo pela noite, não ela. Não daria esse gosto para aquelas pessoas horríveis. A naturalidade do castelo ficara para trás. Estavam de volta para a sociedade, o paraíso das aparências.

— Esperei por você durante esse tempo — disse ele, os olhos fixos nas costas dela.

Isabelle não queria confessar mais nada, só desejava se proteger num forte.

— Ansiei por você durante esse tempo — confessou ela.

— Por que não voltou antes? Nem sei por que partiu.

Ela virou-se e o encarou, mesmo que de longe.

— E por que não me escreveu uma só palavra? Por que se calou?

— Porque pela primeira vez eu aguardei. Pela primeira vez queria saber o que aconteceria sem que eu me envolvesse e mudasse os fatos. — Ele fez uma pausa e engoliu a saliva para tentar umedecer a garganta seca. — Mas eu a queria de volta — completou.

— E eu queria voltar.

Eles mantiveram o contato visual com as mãos dela entrelaçadas à frente do ventre como uma proteção foram soltas para que pendessem dos lados do corpo. O duque mantinha os punhos fechados para conseguir se manter firme no lugar. A falta que sentiam um do outro estava estampada nos olhares dos dois. Isabelle soltou o ar sem saber mais o que fazer naquela relação. Nathaniel alcançou-a em dois grandes passos, seus braços passaram instantaneamente em volta dela como se a houvesse envolvido dessa forma durante todos esses dias.

Ele a puxou contra seu corpo e, sem querer saber onde estavam, beijou-a demoradamente. Mergulhou em seus lábios, saudoso e apaixonado, apertando-a contra ele como alguém que segura algo que preza a ponto de a dor da saudade ser insuportável. Isabelle levantou os braços e passou-os em volta do pescoço dele, os antebraços cruzando por trás da nuca e as mãos segurando no tecido da casaca. Ela o beijava de volta, aliviada por estar em seus braços novamente, por ele ainda a querer tanto quanto ela o queria.

Sentindo-se um pouco culpada por ter ajudado a causar o desentendimento entre eles, Pamela torcia para que isso não abalasse a relação e já pensava em como fazer para consertar tudo. Contudo, ao entrar no corredor com Andrew em seu encalço, esqueceu toda a culpa. Estava certa! Andrew tocou suas costas para se aproximarem. Dessa vez eles precisavam interromper antes que os convidados chegassem ali. Pamela acabou ficando levemente corada pela forma intensa, para não mencionar indecorosa, que o casal se abraçava e beijava.

— Hayward! O que pensa que está fazendo? Solte essa jovem! Eu já lhe disse para não namorar Isabelle! Por acaso quer arruiná-la? — ralhou.

Nathaniel gemeu em protesto, suas mãos subiram para o pescoço e a nuca de Isabelle. Com relutância, afastou os lábios, algo que nenhum dos dois queria. Ela, parecendo nem ter escutado a voz da duquesa, manteve o rosto levantado, esperando que ele voltasse a beijá-la.

— Nada de namoro para você, Nathaniel — disse Pamela, passando entre eles e os separando. Parou do outro lado olhando-os e completou: — Você não merece.

Isabelle se recompôs rapidamente, ajeitando o vestido e checando se o cabelo continuava penteado. Ela voltou a olhar o duque, que nunca desviou o olhar dela.

— Já estou namorando Isabelle há um tempo — admitiu Nathaniel para a mãe, mas encarando a "namorada".

— Eu lhe avisei que devia parar de sair com ela. E, agora, o que faço com seu comportamento inapropriado? — prosseguiu a duquesa em sua encenação.

— Creio que estamos nos comportando inapropriadamente desde a primeira vez que nos encontramos.

— Fale por si, Sua Graça. Fui um modelo de candura em nosso primeiro encontro.

Ele riu. Nunca que consideraria arrancar a máscara de alguém num baile à fantasia comportado de sua parte, mas ela estava apenas correspondendo ao gesto dele.

— Já é hora de resolvermos esse impasse.

— Se me fizer qualquer proposta, vou recusar. E não vou jantar com você amanhã — avisou Isabelle. — Aliás, seria justo que devolvesse seu prêmio e doasse o dinheiro.

O duque deu dois passos, retornando para perto dela. Pamela, que já fizera sua parte, voltou para onde Andrew estava vigiando a entrada. Nathaniel invadiu o espaço pessoal de Isabelle, a ponta de seu sapato entre os dela. Ele segurou os pulsos dela como se os medisse. Então foi subindo até estar com as mãos em seus braços.

— Não vou devolver nada. Nós nos separamos e, quando retornou, não foi para mim. E ainda tenho de vê-la ir direto para os braços de algum tolo que está doido para colocar uma placa de propriedade privada na sua cabeça? Não vai acontecer.

— A menos que a placa seja sua? — respondeu ela, estreitando os olhos.

— Não precisamos de placas e eu só tenho oferecido enfeites de cabelo para sua cabeça. Se permitir, oferecerei muitos outros.

Isabelle deu um passo para trás e olhou-o com cautela dessa vez, como se precisasse ficar desconfiada. Devia ter ouvido errado.

— Estamos nos comportando de maneira inapropriada há muito tempo e agindo como um casal livre há meses. Acho que devemos nos casar e acabar com esse tormento — declarou o duque, olhando-a seriamente.

Isabelle inclinou a cabeça e deu uma boa risada. Até tentou parar de rir, mas não conseguiu. Era uma mistura de diversão maléfica por levá-lo àquele ponto, alívio e real divertimento, pois Nathaniel estava considerando a situação com muita seriedade.

— Você *acha*? — enfatizou ela, a última palavra proferida com petulância.

— Tenho certeza. Não sei se é o certo e também não me importo. Mas não há outro homem com quem possa jogar tão bem além de mim.

— Enumere — desafiou ela, assumindo a posição de quem estava pronta para deliberar. — Dê-me bons motivos.

— Sou o melhor partido que vai encontrar — informou sem um pingo de humildade, mas também sem nenhuma vaidade. Estava apresentando um fato. — É comigo que você mantém um caso — continuou Nathaniel, em um tom alto o suficiente para que sua mãe fechasse os olhos e Andrew olhasse para os lados, esperando que não houvesse ninguém por perto.

— Se ainda quer apenas me levar para a cama, conseguiria isso com uma proposta para ser sua amante.

— Proposta essa que você não aceitaria.

— Certamente que não, Sua Graça. E não temos mais um caso, estamos separados há meses e desde então...

O duque diminuiu a distância entre eles e puxou-a novamente para seus braços, roubando um beijo que tinha intenção de ser rápido, mas nada saía como o planejado quando estava com Isabelle, e era por isso que precisava mantê-la em sua vida. Eram sentimentos poderosos demais para serem ignorados.

— Posso levá-la para o meio daquele salão e continuar nosso caso lá — disse ele contra os lábios dela. — Estamos onde paramos. Se eu a quisesse apenas na minha cama, você não teria deixado Hayward. Nós dois sabemos disso. Se ambos houvéssemos cedido, teríamos resolvido essa questão meses atrás.

Isabelle apoiou-se nele, a mente parecendo dispersa sob o efeito prazeroso de estarem juntos outra vez. E era por isso que ela devia dizer *sim*.

— Admita que me quer porque em todos esses anos não pôde encontrar nada do que há em nosso caso. Você não quer se casar, mas me quer e fará tudo que for necessário, porque sempre consegue o que deseja, não é? Um maldito controlador como você não consegue suportar a ideia de que uma mulher tenha lhe virado pelo avesso e ande por aí livremente para continuar a enlouquecê-lo.

Isso também era verdade, mas Nathaniel já havia feito as pazes com esse problema ao encontrar uma solução. Ia deixá-la continuar a fazer tudo isso pelo resto de suas vidas.

— Enganou-se em uma parte. Eu *quero* me casar com você. — O duque observou-a por uns segundos. — E espero que continue a ser exatamente como é e esteja sempre tentando me seduzir, que apronte todo tipo de engodo e plano para cima de mim. Só para mim. Pode haver um mundo de tolos se arrastando ao seu redor; eu passaria por cima de todos eles para chegar até você. Não me importam as consequências.

Ela levantou a sobrancelha e pendeu a cabeça, olhando-o com desconfiança, como naquele dia em que negociaram um roubo e ele até lhe pagou. Afinal, não deixava de ser um novo acordo e que precisava ser bem negociado.

— Sabe que tenho apreço por você. Mas é um homem tão difícil, Nathaniel. Ninguém sente segurança ou certeza sobre você. O que vai me propor para que eu arrisque tudo em vez de só escolher e manipular um tolo qualquer? Você já repetiu diversas vezes que eu seria capaz disso.

— Você não quer um tolo. Não quer viver com alguém manipulável e que mesmo assim ainda teria controle sobre quem você é. Estou lhe propondo uma união de igualdade. Nossas mentes e atos são compatíveis demais para não ser assim. Pense bem antes de me dar uma resposta, pois uma vez que estivermos juntos seremos apenas nós dois. Não importa o que aconteça, eu estarei lá para você. Ainda acredito que lealdade é a melhor promessa a se fazer a alguém que ama. E não há volta nisso. Não há nada comum numa união entre nós. Nada é esperado quando uma Hitton e um Hayward se envolvem. E estarei envolvido em todos os aspectos da sua vida. Ainda me aceitará, Isabelle?

Isabelle sentia o coração na boca, esperava que o mesmo se passasse com ele. Ela ficou nervosa frente à sua decisão mais importante. Dizer sim ou não a ele mudaria o curso de sua vida. E ela ficou apenas o olhando por mais tempo que tinham. Ao notar que algo tomava a mente dela, o duque se aproximou mais e pendeu a cabeça. Talvez ela quisesse dizer algo só para os ouvidos dele.

— Há algum sentimento terno em você, Nathan? — murmurou ela.

A testa dele se franziu levemente e seus lábios se moveram. Ele sentiu um baque no coração ao ouvir seu murmúrio vulnerável. Ela dissera seu nome de batismo poucas vezes desde que ele praticamente a obrigara a gritá-lo, mas fez seu coração voltar a acelerar ao usar seu nome no diminutivo, num gesto de afeto e intimidade.

— Por mais barreiras que tenha ultrapassado, você é sempre tão duro e inatingível. Como uma montanha de mármore — continuou ela.

— O mármore é frio, Isabelle. Mas quebra facilmente. — Ele pausou, observando sua expressão desarmada. — Sim, carrego sentimentos profundos e indomáveis. Por você. Somente por você. E deve saber que toda pedra se aquece ao sol. E sempre que a olho penso que tem luz própria. Quando está perto de mim, me sinto eufórico, meu peito se aperta, mas meu coração se expande até quase explodir. A quentura da luz que emana conforta meu corpo com o poder do que sinto por você. É como o sol para mim. E nenhuma pessoa sobrevive sem a luz dele.

Isabelle manteve o olhar nele, mas sentiu os olhos arderem. Antes que cedesse, tornou a assumir um tom decidido.

— Eu o aceito apenas se me garantir certas coisas. — Ela deu um passo para trás, podendo assim ver sua reação. — Nunca vai me bater. Não importa o que aconteça, não irá me destratar. Se puder me prometer isso, nada moverá minha lealdade a você. Uma pessoa leal não trai seu amor, Nathan. E eu o amo exatamente como é, com cada particularidade sua, cada característica única, como jamais poderei amar outro. Mas precisa me prometer.

Ele assumiu uma expressão grave ao ter uma de suas suspeitas confirmadas. Havia algo de errado com os Bradford; isso o incomodou quando os conheceu em Londres, mas, ao tê-los hospedados em sua casa, ele percebeu que nem tudo estava tão bem dissimulado. Isabelle era uma ótima atriz, ele sabia disso. Mas o asco que ela sentia não era fácil de esconder. E ele a viu, a filha única de um marquês, limpando a casa. Esse não era o tipo de castigo que tios zelosos impunham à sobrinha que era uma mina de ouro e cavaria o casamento mais vantajoso do país.

E havia também outra questão: *onde estava a mãe dela?* O duque sabia que estava viva e ouvira falar que ela ficara mentalmente abalada pela morte do marido. Mas isso justificava nunca estar com a filha?

— Jamais irei machucá-la, você tem minha palavra. E, se me disser sim, fique ciente de que vou arrancar a cabeça de qualquer um que tentar tocá-la contra a sua vontade. Não me importo se a pessoa fizer parte da sua família. — Ele fez uma pausa e pareceu pensar. — Se me disser não agora, ainda tentarei minha sorte. De agora em diante, ninguém mais vai tocá-la sem sua permissão.

— Você é muito pretensioso e arrogante, Nathan. Um desgraçado implacável, mas deslumbrante. Seu lado possessivo é mais atraente do que imaginei. Mas sei me cuidar.

— Você é muito esperta e dissimulada, Isabelle. Sedutora também. Bela como o pecado encarnado. Irresistível e inteligente demais para segurança de qualquer um. Aceite-me. Case-se comigo.

— Tem certeza de que não passou os últimos anos treinando o pedido de casamento? — perguntou ela, surpresa pela desenvoltura de alguém como Hayward. — Não foi tão desastroso.

— Por mil diabos, Isabelle! Não sou bom nisso. Diga sim e procurarei melhorar — exclamou ele, pronto para terminar com a distância entre eles outra vez. E nunca contaria que passou esses meses conjecturando sobre como faria o pedido e obviamente tudo que pensou não aconteceu, pois entre as possibilidades a chance de ela ser leiloada para outro homem e ele quase arrancar os cabelos por causa disso não estava na lista.

— Aceito seu desafio, Nathaniel.

O duque não abriu um sorriso gigante daqueles bem bobos e apaixonados. Em vez disso, ele estreitou os olhos sobre ela, e seu sorriso de pura satisfação masculina falou muito sobre o que estava passando em sua cabeça. Ele a desejava e não podia esperar mais. Os dois se aproximaram outra vez, retornando a sua intimidade, e o duque sussurrou:

— Então temos um novo jogo em um novo tabuleiro.

— Peão para C6 — sussurrou ela de volta, sorrindo.

— Devo lembrá-los de que, até que o tutor de Lady Isabelle aceite o duque como um pretendente adequado, nada disso é oficial — disse Andrew, olhando-os da entrada do corredor.

— Ah! — Pamela riu com gosto. — Quer dizer que o poderoso duque de Hayward terá que pedir permissão para se casar? — Ela não se controlou e riu mais. — Quem esperaria por essa, hein, meu filho?

O duque lançou aquele olhar de pura soberba que parecia imortal demais para um ser humano e deu um sorriso irônico. Isso nem era um detalhe a ser considerado. Não havia a mais remota possibilidade de o tio de Isabelle impedi-lo de casar-se com ela. Agora que conseguira o que queria, tirar dele seria como Napoleão tentar invadir a Inglaterra outra vez: uma guerra feia, e o outro lado sairia derrotado.

Mal sabia Nathaniel que guerra mesmo era o que prometia Isabelle. Fora ela quem conseguira o que queria. Ele podia ficar com seu orgulho de ter tido o pedido aceito, mas quem batalhara naquele campo da conquista havia sido ela. E o duque fora um adversário à altura, mas ela o domara. Havia o derrubado no tabuleiro de barriga para baixo e fincara o salto do seu sapato nas costas dele. Em breve fincaria a bandeira para alardear sua conquista. Ela dominara o partido mais impossível do país; o duque de Hayward tivera de fazer a proposta e render-se ao que sentia por ela.

Nada no mundo convenceria aquele homem a pedi-la em casamento. Ele esteve decidido a fazer um acordo e casar-se com alguém que não alteraria sua vida em nada. Isabelle arrasou suas convicções e tomou conta de seus sentimentos. Nathaniel sabia disso.

— Meus parabéns, querida! Eu não disse que iria fazer o melhor casamento da temporada? Você fisgou o duque mais insuportável que esse reino já viu! — comemorou Pamela, propositalmente ignorando o filho. — Que feito maravilhoso. Mal posso acreditar que iremos unir as famílias. Mas fico até em dúvida se devo mesmo parabenizá-la. Afinal, Nathaniel... — Ela apenas soltou o ar de forma dramática.

Quando chegou perto do filho, Pamela se emocionou e tudo que conseguiu dizer foi:

— Vou ser vovó! — disse, já colocando a carroça na frente dos bois.

Isabelle seguiu à frente sabendo que sua nova família vinha em seu encalço e que os olhos do duque estavam grudados nela. Nesse momento, ela pensava em como seria tirar a mãe de Hitton Hill. Sua missão principal só seria cumprida quando estivesse casada, mas se ao menos pudesse pensar em um motivo para trazer a mãe, talvez para ajudá-la a se preparar para o casamento.

— E quando pretendem realizar a cerimônia? — perguntou Andrew.

— Na próxima temporada — respondeu Isabelle sem virar-se.

Isso significava daqui a meses, mas não seria ela a bancar a noiva desesperada. Podia odiar o quanto fosse, mas ainda precisava desempenhar seu papel de dama mais cobiçada da sociedade e esse personagem nunca corria para se casar, nem mesmo com o duque de Hayward.

A duquesa aproximou-se do filho e cochichou em tom conspiratório:

— Case-se logo com ela, Nathaniel. Amanhã mesmo, vá providenciar uma licença especial. Há abutres demais rondando e você sabe que não podemos brincar com essas coisas. Nossa família tem má sorte em relacionamentos. Carregue-a para Hayward e eu planejarei o casamento em poucas semanas. E faça o favor de não o consumar antes do tempo.

— É exatamente o que farei, mãe — respondeu ele, abusando do duplo sentido.

Pamela olhou-o seriamente sem nem querer saber com que parte ele estava concordando, ela ia dar seu aviso do mesmo jeito.

— Já aguentei seu namoro escandaloso com minha protegida. Fique longe das saias dela até que ela esteja assinando seu sobrenome ou eu mesma vou vigiá-la. E comigo você não tem vez.

***

Usando um roupão por cima do pijama, Gregory abriu a porta e se assustou ao encontrar o duque parado à sua frente; esperava que só a sobrinha fosse vê-lo.

— Sua Graça, que surpresa agradável encontrá-lo aqui. Agradeço que tenha trazido minha...

— O senhor estará livre amanhã? — indagou o duque, indo direto ao assunto.

— Creio que sim. — Ele teve a dignidade de não gaguejar.

— Posso lhe fazer uma visita no final da manhã?

— Lógico, seria ótimo.

— Vejo-o amanhã. Tenha uma boa-noite.

Isabelle entrou e subiu pela escada rapidamente, fazendo barulho com seus saltos. O tio fechou a porta assim que a carruagem partiu e se conteve para não gritar o nome dela. A megera da sua esposa já estava dormindo — graças ao sonífero que ele colocara em seu chá — e ele não queria correr o risco de acordá-la. Qualquer que fosse a notícia, podia esperar até o amanhecer. E nem Gregory conseguia sonhar que já acontecera tão rápido.

— Flore! Flore! — Isabelle entrou no quarto e trancou a porta.

— O que aconteceu? — Ela ficou de pé lentamente, ainda zonza de sono. — Já chegou? Mas é tão tarde assim?

— Não vai acreditar. O duque propôs!

Os olhos de Flore ficaram tão arregalados que pareciam querer pular das órbitas.

— Finalmente! Muito obrigada! — dizia a criada, agradecendo aos céus; então olhou para Isabelle. — Estamos livres!

Isabelle não tinha essa fé na liberdade, mas abraçou-a do mesmo jeito, aproveitando a felicidade momentânea. Ao menos Flore estaria livre; ela passaria a trabalhar no castelo e voltaria a receber um salário certo e de acordo com a função que exerceria de camareira de uma duquesa.

Já Isabelle, tanto podia conseguir uma vida com possibilidade de momentos felizes como podia estar saindo de uma prisão para outra ainda pior, mesmo que ao lado do homem que amava.

— Vai mesmo ter coragem de se casar com o duque? — perguntou Flore, em sussurros. — E depois do plano, o que fará?

— Não vai haver plano algum. Dinheiro será tudo que entregarei a essa família.

— Como assim?

— Eu me apaixonei por ele. Sabe disso.

— Você só pode estar louca! Achei que isso havia passado!

— Pelo contrário, nunca esteve tão forte.

Capítulo 28

Na manhã seguinte, Isabelle não conseguiu se livrar do tio. Mas não era fácil conversar nesse horário porque Genevieve já estava acordada. Afinal, Gregory teve de peitá-la durante esse tempo. E ele se recusara a dizer quanto tinha em dinheiro, o que causou uma guerra entre eles. E pior ainda havia sido o fato de ele financiar o vestido novo de Isabelle para o baile beneficente sem nem informar qual era a necessidade de ela ir. Como sempre, na cabeça de Genevieve, para o marido estar fazendo isso só podia ser porque Isabelle estava lhe dando algo em troca.

— O que significa toda essa agitação aqui? — perguntou Genevieve quando entrou na sala e viu como Flore e a outra criada arrumavam tudo.

Móveis de outros cômodos haviam sido trazidos para parecer que a sala ainda era bem decorada e as portas foram fechadas. Há muito tempo, quando viviam na corte, os Bradford tinham uma casa em Essex. Antes de herdar o título, Gregory e a família moravam ali, especialmente quando o irmão disse que não os queria o tempo todo em Hitton Hill. A casa seria perdida e eles não imaginavam que o duque já havia descoberto isso.

Gregory saiu do seu escritório, que também havia precisado de arrumação e peças decorativas de outros locais da casa. Muitas coisas foram vendidas antes mesmo de eles ficarem com o título, e os cômodos principais sempre eram maquiados para as visitas. Quando receberam o título e tudo que vinha com ele, já estavam afundados em dívidas.

— Acho melhor que vá se vestir de acordo ou desapareça — disse Gregory após olhar Genevieve rapidamente.

Ele estava com uma camisa boa, um colete novo e calças grossas. Não queria parecer que se arrumara, mas também não podia vestir suas roupas normais de ficar em casa.

— Que roupa é essa? Nunca vi isso. Andou comprando algo novo? Para quê? — quis saber a mulher, ignorando o que ele disse.

— Teremos uma visita.

— Quem vem nos visitar, afinal? O rei? — ironizou.

— Pior, o duque — informou o marido numa voz sombria.

— O quê? — gritou, tão surpresa que no final a voz saiu aguda.

Enjoado de sua amante e assim que soube que a família viria para o sul, George juntou suas coisas e foi encontrá-los, chegara na noite anterior. Ele estava sentado na sala lendo o jornal e ficou de pé imediatamente. Não estivera nem se preocupando com toda aquela arrumação e como, em geral, estava trajado para sair; o pai não gastou seu tempo com ele.

— Não acredito que aquele maldito Hayward vai entrar em nossa casa e o senhor não disse nada! — reclamou. — O que aquele homem vem fazer aqui?

— Falar comigo — respondeu Gregory, levantando a cabeça e achando que podia encerrar o assunto. Afinal, o marquês ali era ele.

Isabelle escolheu o pior momento para entrar na sala. Assim que a viu, Genevieve voou para cima dela, agarrando-a pelo braço e a levando para perto dos outros.

— O que você fez, sua ratinha? Por que ele virá aqui?

— Acho que tem algo a ver com o que ouvi hoje cedo — disse George antes que Isabelle respondesse. Naquele horário ele já havia saído e voltado para um desjejum tardio. — O duque a arrematou no leilão por uma fortuna.

— Sua vadiazinha! Como pôde se prestar a isso? — Genevieve levantou a mão para bater nela, mas Gregory a segurou e a puxou para longe da sobrinha.

— Enlouqueceu, mulher? O duque vai entrar por aquela porta em minutos. O que pretende explicar quando ele vir a face dela marcada?

— Não aguento mais olhar para essa meretriz inútil! — reclamou a tia.

— Ela não é meretriz, é uma Bradford. E quando isso acabar vai voltar para onde deve — disse George, acariciando-a com o olhar, pois não a via desde que voltara para a cidade.

A aldrava da porta bateu e todos ficaram imóveis. Flore fez menção de abrir, mas Gregory lhe disse para esperar.

— Desapareçam daqui — disse ele, baixo, e gesticulou para os outros.

Genevieve, que era a única malvestida, teve de sair, George e Isabelle sentaram-se como os primos próximos que fingiam ser. Gregory mandou Flore abrir e recebeu o duque no hall.

— Venha, Sua Graça. Meu escritório nos dará a privacidade necessária, imagino que seja um assunto particular. — Gregory estava desconfiado, mas não queria alimentar vãs esperanças. Isabelle se recusara a falar, pois achava que o tio precisava aparentar a surpresa necessária; tinha certeza de que o duque estaria com seus olhos observadores bem em cima dele.

George e Isabelle ficaram de pé quando ele passou. Nathaniel cumprimentou ambos, mas pela forma como apenas fez uma mesura para Isabelle não ajudou o primo a avançar nas teorias.

— Diga-me logo, esse miserável propôs? — sussurrou o primo.

— Vamos todos saber o que ele quer quando meu tio falar — respondeu Isabelle sem fazer contato visual.

— Não se faça de tonta, você não me engana. Sei bem que está iludida pelo duque e pensa que ficará bem ao lado dele e com o dinheiro dele.

— Não quero o dinheiro dele — murmurou Isabelle sem encará-lo.

— Ótimo. Espero que se lembre de quem esse homem é e do que fez, caso esteja pensando em esquecer por que seu querido pai não está mais entre nós.

Isabelle levantou a cabeça rapidamente e o encarou.

— Vocês nunca explicaram como o duque pode ter sido responsável pela morte do meu pai. Ficam dizendo meias frases sem embasamento e não apresentam fatos ou provas.

George pulou do sofá e agarrou Isabelle pelos braços. Ela se assustou com a reação violenta do primo; ele costumava ficar muito irritado quando ela tentava pôr dúvidas sobre a morte do próprio pai.

— Você vai defender esse assassino? — Ele balançou-a tão forte que Isabelle sentiu o seu penteado ficar frouxo. — Prefere a vida boa que ele vai lhe dar a vingar seu pai? Que grande filha você é!

Isabelle o empurrou, desvencilhando-se dele.

— Você não é ninguém para me julgar. Seu dinheiro vem de mulheres e de roubos e nunca foi motivo de orgulho para ninguém. E agora age como o grande defensor dessa família. Se meu pai não tivesse morrido, nós mal nos falaríamos.

— E se seu pai não houvesse morrido, você jamais se relacionaria com Hayward. Começo a pensar que isso seria muito melhor.

Nathaniel entrou após o tio de Isabelle e sentou-se à frente de sua mesa. Apesar de a decoração desencontrada não ser difícil de notar para olhos tão atentos, o duque não gastou seu tempo olhando em volta. A mesa era a melhor peça que havia no cômodo; fora isso, nada especial. Não era o que alguém esperaria que o atual marquês de Hitton tivesse.

Como o duque chegara sem expectativas, tudo era indiferente. A não ser o fato de que ele já sabia havia algum tempo: os Bradford estavam falidos. Só que a situação verdadeira era ainda pior. Nathaniel ainda não sabia que Hitton Hill já não estava gerando lucro suficiente para manter uma família com aquele status. Ele pensava que havia rebanho, plantações e matéria-prima que mantinham a família, os arrendatários e até o comércio local. Em sua mente, era impossível que os herdeiros fossem incompetentes a ponto de perder tanto.

A verdade é que o pai de Isabelle também esteve ocupado recuperando as finanças da família após décadas de irresponsabilidade. Ele não era um gênio no assunto, mas conseguiu manter os bens e restaurar certas coisas. Assim que ele se foi, as coisas afundaram numa velocidade difícil de explicar. O duque sabia que o falecido marquês havia se interessado por missões que lhe rendessem dinheiro. Tudo fazia parte de um plano, mas ele morreu antes de terminá-lo.

— Já percebi que Sua Graça gosta de ir direto ao assunto — disse Gregory, ansioso para descobrir.

O duque era assim: entrava num local e era se como o tomasse para si. A maneira como se ajeitara na poltrona e olhava diretamente para Gregory fazia parecer que ele era o dono da casa. Não que Nathaniel em seu pior momento fosse permitir que um dos seus imóveis se degradasse assim.

— Propus a sua sobrinha e ela aceitou — expôs Nathaniel, indo direto demais ao ponto e obrigando Gregory a disfarçar a euforia. — Conforme ditam as boas maneiras, devo pedir sua anuência para o casamento.

— Quer realmente se casar com minha sobrinha? — Gregory tinha que fingir que estava ao menos analisando e se comportar como um tio preocupado.

— Não teria feito o pedido se não tivesse certeza. Pelo meu entendimento, é o tutor dela, apesar de a mãe dela estar viva. — Ele jogou a mãe dela no assunto só como um teste.

Gregory engoliu a saliva, estava despreparado para a menção a Madeline.

— Sim, eu sou. Devo dizer que conseguiu um milagre. Já perdi a conta de quantos propuseram a ela nos últimos meses.

— Ótimo. Creio então que estamos acertados.

— Se minha sobrinha resolveu aceitá-lo, não sou eu que irei contra o desejo dela. Estou no mínimo aliviado por saber que ela finalmente vai se casar. Afinal, logo vai completar vinte anos.

— Vinte e um — corrigiu o duque.

— Perdão?

— Sei que ela não tem dezenove anos, não precisa manter essa pequena farsa. Por mim, ela podia até ser mais velha.

— Fico aliviado... — murmurou Gregory, reprimindo a vontade de soltar o aperto do lenço em seu pescoço.

Nathaniel cansou de ficar sentado — a poltrona não era das mais confortáveis —, então ficou de pé e circulou pelo cômodo.

— Vou conseguir uma licença especial e nos casaremos muito em breve. Espero que não tenha objeção a isso — do jeito que ele falava, Gregory não tinha chance de objetar nada.

— Nenhuma. Isso é algo que terá de discutir com ela. Mas... há um assunto delicado a ser tratado.

Nathaniel parou no meio de um passo e olhou para Gregory. Pelo menos até onde sabia não havia mais segredos sobre Isabelle que ainda não houvesse descoberto. Teve tempo para descobrir muita coisa enquanto esperava que ela retornasse.

— Isabelle não tem um dote. Quando o pai dela morreu, deixou algumas dívidas e bem... — Gregory seguia enrolando. — Não sobrou nada para o dote nem para arcar com despesas de um casamento caro. E casar-se com um duque nunca sai barato.

Nathaniel continuou olhando-o por uns segundos como se esperasse que fosse sair alguma novidade da boca daquele homem. Ele também não se surpreendia com mais essa mentira; ele sabia que o pai de Isabelle não deixara dívidas próprias e sabia disso desde quando trabalhara para esconder as circunstâncias da morte de Lorde Hitton.

Foi Nathaniel que inventou uma dívida para que a história chegasse aos Bradford, mas estes só souberam dela, não sofreram efeito algum. Ele só não imaginou que um dia ia se apaixonar pela filha do homem que morrera nos seus braços, pedindo para não deixar que soubessem o que ele fazia e que não morrera em solo inglês.

Gregory sentia-se intimidado por continuar sentado e o seu visitante, um homem tão alto, manter-se de pé e o encarando. Preferia quando ele pelo menos voltava a andar.

— Deixe isso por minha conta, só preciso que concorde com o casamento.

— É no mínimo uma união atípica, Hitton e Hayward... Mas eu aprovarei.

Surpreendendo-o, o duque aproximou-se da mesa e estendeu a mão para o marquês. Gregory ficou de pé e lhe apertou a mão, firmando o acordo. Logo viriam os papéis e as assinaturas. Mas isso era o de menos.

— Agora que Isabelle é minha noiva e muito em breve será minha esposa, tomarei a liberdade de fazer alguns pedidos — disse o duque, novamente surpreendendo Gregory, que não podia imaginar o que aquele homem tinha a pedir.

— Sim. — O marquês tornou a sentar-se, pressentindo que seria melhor fazê-lo.

— Vou levá-la para Hayward nos próximos dias, pois é lá que todas as noivas da minha família aguardam o casamento. Mas enquanto isso não acontece não quero encontrar nenhum tipo de ferimento acidental nela. — As implicações do que o duque dizia eram muito sérias e, pelo olhar dele, era bom que isso fosse cumprido.

— Não sei o que imagina, mas sabe como são esses jovens de hoje em dia, sempre se ferindo... — Gregory lutou para parecer despreocupado.

— Também quero que seu filho pare de usá-la em seus roubos — continuou Nathaniel.

— Perdão — dessa vez não deu para fingir, Gregory pulou de pé.

O duque não moveu um músculo frente à reação do homem.

— Desde a temporada passada alguns roubos têm sido relatados nos bailes. Este ano eles chegaram aos jornais. Antes, eram coisas tão pequenas e o espaço entre o desaparecimento dos itens era grande. Desde que começou a última temporada, no entanto, os roubos se intensificaram. Em geral são joias e pequenos itens de alto valor. Todos em bailes nos quais seu filho compareceu. Chequei a informação e estive em alguns deles acompanhando sua sobrinha. O plano era bem simples: às vezes George executava o roubo e permanecia com Isabelle, que tinha de guardar algo bem pequeno para ele. Ela sempre carrega uma pequenina bolsa que combina com o que veste. Por inúmeras vezes ele deixou-a sozinha e em várias dessas vezes eu a levei para casa. Ele partia antes com o que havia roubado. E de qualquer forma toda atenção sempre voltava-se para ela. Porém, os roubos de itens mais valiosos são cometidos por ela, que tem acesso a locais que ele não teria e é muito mais esquiva e talentosa. Mas é perigoso.

Gregory não sabia se estava ficando branco ou vermelho. O fato era que o duque não parecia dar a mínima.

— Nos meses em que seu filho esteve aqui sozinho não houve roubos. E apenas um enquanto ela estava hospedada no meu castelo. Mas sei que ele em pelo menos três desses roubos deixou a joia na bolsa dela, porque precisava se encontrar com a amante e não podia correr o risco. Sei também onde ele costuma vender as pedras. As peças mantidas deixam o país, outras são refeitas e talvez até compradas pelas mesmas pessoas que foram roubadas.

— Isso é uma acusação muito séria, Sua Graça.

— Eu mesmo vi os itens que sua sobrinha roubou em certo baile. E também vi seu filho deixando um dos encontros com um homem conhecido no mercado por comprar e vender pedras preciosas. Tenho alguns contatos, não foi difícil ver o que ele tinha acabado de vender. Pouco depois ele pagou ao alfaiate e outras dívidas.

— Ele me disse que conseguiu o dinheiro no jogo! — exclamou Gregory, fingindo. — Não é certo, mas bem, também não é errado. Ele aposta e ganha.

Nathaniel não demonstrou reação à notícia; até ele preferia que o primo de sua futura esposa ganhasse o dinheiro jogando, mas como ele apostava? Com o dinheiro do que roubava. Agora, como diabos o duque descobriu isso, Gregory não podia imaginar. Ele era mesmo um cachorro traiçoeiro. Isso porque não contou que também descobrira seus negócios ilegais.

— Ele nunca mais vai usá-la para isso ou eu mesmo o denuncio.

— Sua Graça — Gregory parecia mortalmente preocupado, tudo fingimento. — George é um rapaz incompreendido. Ele é bom, é muito inteligente. E esperto. Mas está terrivelmente arrasado por não poder corresponder financeiramente. Então arranja esse tipo de solução errada. Eu gostaria que ele fizesse outra coisa, mas não é fácil para um rapaz na posição dele.

Havia outras coisas que George podia fazer, trabalhos que não desonrariam o atual herdeiro do marquês. Mas Nathaniel podia entender o que Gregory dizia. George não era o único em tal situação; porém, os outros não roubavam e extorquiam como ele.

— Ótimo, diga para ele me procurar após o casamento.

O marquês achou melhor nem perguntar. Ia esperar para descobrir ou pedir para Isabelle arrancar a informação do duque. Ela dizia que eles viviam pensando que ela podia conseguir as coisas mais impossíveis, como seduzir o duque de Hayward. Pois bem, olha onde estavam. Ele não sabia como, mas sua sobrinha arrancara um pedido de casamento daquele diabo. Começava a acreditar no potencial dela para casos impossíveis.

Isabelle e George ficaram de pé assim que eles entraram na sala. Genevieve mudara o vestido e juntara-se a eles. Ela fingiu imensa surpresa por receber o duque em sua casa.

— Bem, tenho um anúncio a fazer. Nosso pequeno núcleo familiar vai diminuir, pois nossa querida Isabelle finalmente aceitou um pedido de casamento e vai casar-se com o duque assim que marcarem a data — comunicou Gregory.

— Oh, Senhor! — Genevieve não conseguiu se conter e caiu sentada na cadeira mais próxima. Isabelle sabia que não era de felicidade por ela, mas de choque por ser informada tão abruptamente que seu plano dera certo.

George foi bem mais talentoso; a mãe sempre foi o ponto fraco da peça. Ela não tinha a veia dissimulada dos Bradford. Ele se aproximou do duque e apertou a mão dele num cumprimento, deu boas-vindas à família e depois parabenizou a prima. Conseguiu até brincar que já não aguentava mais ver homens de joelhos à frente dela nem a livrar de pretendentes insistentes. Ele fazia isso desde que se mudara para Hitton Hill. O duque ficou pensando se ele a usava em seus golpes desde aquela época.

— Se não se opuserem, levarei Isabelle comigo por umas horas. E eu os aguardo para o jantar de noivado que minha mãe oferecerá esta noite. — Até eles que o odiavam tinham de reconhecer que Nathaniel conseguia abrir um sorriso sincero quando queria.

Eles não se opunham, era óbvio. Se dependesse deles, poderia levá-la embora agora mesmo, desde que assinasse os papéis do casamento e ela começasse logo a ter acesso ao seu dinheiro.

— Tem algum lugar especial a que gostaria de ir? — perguntou quando já estavam sentados em sua carruagem.

— Os jardins do seu castelo...

Ele sorriu, desta vez um sorriso largo, daqueles que modificam e embelezam um rosto, levando brilho aos olhos. Nathaniel a levou para os jardins da casa onde estava hospedado com Pamela e Andrew. A mãe estava tão feliz com o noivado que estava oferecendo todas as refeições do dia como comemoração.

Isabelle percebeu, com surpresa, que Nathaniel ficou meio encabulado antes de dizer:

— Gostaria de lhe dar isso como símbolo do meu afeto. Pertence a nós há muito tempo e agora é seu — disse o duque, abrindo a pequena caixa para mostrar o anel. Ele pensou em dar brincos, mas não viu nada que pensasse agradá-la. Já lhe dera vários enfeites de cabelo e acabou optando por um anel. Com isso, pretendia que ela visse continuidade em sua oferta de uma joia da família.

— É lindo, Nathan. Fico feliz que tenha pensado nisso — elogiou ela, disposta a incentivá-lo. — É muito delicado de sua parte. A dona original devia ter bom gosto.

— Essas pedras estavam em uma joia antiga atípica e especial como você. Mandei que as usassem. Tive esperanças de que algo diferente a agradaria.

Por diferente ele queria dizer não tão discreto como a moda atual para joias. Isabelle olhou do anel para ele e dele para o anel. Então levantou a mão no ar e aguardou. O duque levou uns segundos para entender o que ela queria. Ele deslizou a joia pelo dedo dela; este coube facilmente, ficando um pouco frouxo, mas ela havia emagrecido e logo retomaria seu peso.

— Que bonita pedra! Essa tonalidade entre amarelo e coral é tão bonita. Não imagino como conseguiu modelar um anel tão rapidamente. Adorei, obrigada.

— Fiz a encomenda há dois meses, durante minha primeira viagem depois de sua partida. Achei que você retornaria antes.

Isabelle abaixou a mão e levantou as sobrancelhas bem-feitas. Ela sorriu e abraçou-o meio sem jeito. Subitamente a desenvoltura que apresentara antes quando precisara conquistá-lo abandonou-a. E apertava os lábios, contendo o sorriso gigantesco e totalmente bobo que aflorou em seu rosto. Se ela realmente houvesse acreditado nisso naquela época, teria voltado antes. Mas nunca imaginou que quando deixou o castelo deixou também um duque finalmente decidido.

— O que faz durante o dia? — perguntou ele. — Quando não está arrasando corações de pretendentes pelos bailes.

— Ora essa, quem lhe disse que eu só arraso corações à noite? De dia há muitos compromissos para uma moça solteira, especialmente se estiver à procura de um marido.

— Mas não está mais procurando um marido, ao menos assim eu espero.
— Ele levantou uma das sobrancelhas.
— Uma dama ainda tem de se divertir! — Ela deu um leve sorriso e moveu o ombro direito daquele seu jeito charmoso.
— Venha, coma comigo. Estou desabituado a ter outra pessoa inserida na minha agenda. — Ele deu alguns passos, mas ela continuou parada no mesmo lugar.
— Isso soa muito lisonjeiro, Sua Graça. *Inserida na agenda*. Devo inseri-lo na minha também? Lamento informá-lo, mas sua participação não estava planejada para os eventos de hoje — provocou ela.
Nathaniel sorriu, aceitando a provocação.
— Gosto do fato de que simplesmente não me acompanhou, mesmo que tenha me acertado um bom soco de direita.
Isabelle aproximou-se dele e parou à sua frente.
— Sua agenda vai sofrer sérios danos, Nathan. Não vou ser apenas inserida, tomarei conta de boa parte dela. Atrapalharei seus compromissos, mudarei seu horário de sair e ir para a cama e até mesmo seus planos de desaparecer para resolver seus negócios importantes. Demando certa atenção para ser mantida, nada de outro mundo, mas vou exigi-la.
Nathaniel ficou parado olhando-a enquanto assimilava o que ela havia lhe dito e pensava no que esperava do casamento. Esteve tão ocupado pensando em tê-la apenas para si que o resto se tornou irrelevante, não usaria com ela os acordos que faria antes. Se a quisesse de verdade, teria de mudar de vida, permitir que ela alterasse tudo.
Sua vida era cheia de segredos. Com uma esposa inteligente e curiosa. Quando ele falava sobre fazer um acordo, não era só por não querer se envolver em romances, mas também por isso. Seu último relacionamento fora com uma mulher que entrara primeiro em seu trabalho e depois em sua vida. E tudo acabara em tragédia. E agora? Mentiria para Isabelle pelo resto de seus dias? Começaria a lhe dar pistas para ver se ela as seguia? Ou simplesmente a protegeria de tudo, relegando-a eternamente a uma ignorância que ela rejeitaria?
— Vou ser sincero, Isabelle. Precisarei me ausentar em certos momentos.
— E como eu vou saber se você vai voltar vivo?
— Não vai.
Isabelle ponderou por uns segundos. Ela não sabia exatamente o que ele fizera nas missões diplomáticas que empreendeu durante a guerra. Os

jornais não explicavam essas coisas, pessoas de fora não sabiam. Teria de arrancar dele.

— E não vai tentar se assegurar de que voltará?

— Sempre. Não planejo me casar para viver pouco tempo ao seu lado.

— Não gostaria de ser deixada por longos períodos. Nos dois últimos anos de vida do meu pai, ele se ausentou muito e então morreu longe de casa. Sei o quanto isso deixou minha mãe triste.

Nathaniel umedeceu os lábios, sentiu a garganta secar ao pensar na possibilidade de esconder um segredo tão sério para o resto da vida. E sobre o pai dela. Até onde ia o compromisso com a confidencialidade do seu trabalho? O pai dela morreu em serviço. E depois do que aconteceu no seu passado amoroso, ele havia jurado a si mesmo que jamais cometeria o mesmo erro. Como identificar onde o erro começava?

E, o mais grave, fizera uma promessa. O pai de Isabelle usou as últimas palavras em vida para lhe pedir que nunca deixasse sua família saber em quais circunstâncias ele realmente morreu. Como mantinha sua promessa enquanto via a filha dele, a mulher por quem se apaixonara, se indagar eternamente sobre a morte do pai. Por que o destino colocou Isabelle no seu caminho? E por que não conseguiu resistir a ela?

— Não vou deixá-la se não for necessário — prometeu ele.

— Quando se aposentará da diplomacia?

— Não é um trabalho do qual alguém se aposenta completamente, mas a inatividade é útil. O fim definitivo da guerra ajudará bastante.

— Da próxima vez diga que vai voltar para mim, enganará melhor. Não pedirei que largue seu trabalho. A menos que volte seriamente ferido e me deixe desesperada. Então terá de me enfrentar antes de partir outra vez.

Ela acabara de lhe dizer em outras palavras que sabia que havia algo mais nessa história; afinal, diplomatas não estavam sempre em perigo. Mas Isabelle ainda não imaginava a dimensão do que existia por trás. Nathaniel pegou-a pela mão e trouxe-a para bem junto dele, segurou-lhe o rosto com as mãos e a encarou. Do mesmo jeito que admirava seus olhos, contemplava também a realidade de que um dia teria de contar a ela.

— Eu disse que seríamos sempre nós dois. Como parceiros. Não vou ludibriá-la com promessas bobas.

Isabelle envolveu a cintura dele com os braços e se manteve abraçada a ele, olhando em seus olhos. Não estava certa de nada, mas, naquela noite quando o coronel estava no castelo, ela soube que a vida que ele vivia antes dela não poderia ser deixada para trás. Havia muita coisa para descobrir.

— Vai me ensinar a atirar? — perguntou ela. — Isso eu não sei fazer, acho que uma dama que se alia a um homem como você precisa estar preparada para usar uma arma e se defender por conta própria — provocou ela.

A pergunta dela fez Nathaniel ter certeza de que estava pronto para novas memórias; pararia de ser bombardeado por lembranças dolorosas a cada nova coincidência. Ele ensinou Meredith a atirar, mas por motivos diferentes dos quais ensinaria Isabelle.

— Sim e também a nadar — assentiu ele e inclinou-se para beijá-la.

— Óbvio, imagine sair do mar em uma concha e não saber nadar — gracejou ela.

O noivado foi anunciado e logo a notícia se espalhou. Quando os jornais e visitas matinais chegaram às portas da sociedade que estava mais perto de Londres, foi como se a guerra houvesse estourado novamente. Levou um dia ou dois, quem sabe três, para os jornais começarem a chegar ao campo para o choque de todos. As manchetes eram escandalosas, fossem pela escolha de palavras ou simplesmente por estamparem a verdade.

HAYWARD X HITTON; *O Casamento do Século; Hayward vai se casar; Hitton laça Hayward; FIM DA RIXA: Duque de Hayward se casará com a última Hitton.*

A coluna social dedicava-se à notícia que ninguém esperava. Todos davam sua opinião e expressavam seu espanto. As mais absurdas hipóteses foram levantadas. Alguns, mais ardorosos, diziam-se até traídos frente a algo tão descabido. Afinal, controladora como era a sociedade e seus membros, achavam que ao menos alguém deveria ter introduzido a possibilidade de um casamento entre o partido mais impossível do país e a beldade que tinha todos os nobres solteiros — ou não — aos seus pés.

Começaram a vender novas pinturas da bela e famosa Isabelle Bradford para informar àqueles que a seguiam de longe que ela se casaria. Eram mais desenhos para colecionar; com um status tão elevado, ela jamais ficaria livre da fama. Bonecas de pano e porcelana eram batizadas com seu nome, mas agora seriam bonecas da duquesa de Hayward, não uma duquesa qualquer.

E ela esteve todo esse tempo com ele — diziam os fofoqueiros que foram arrancados de suas camas pela notícia. *Ele era o acompanhante dela!* — respondiam, sem se conformar.

Espalhou-se a notícia de que Lady Holmwood, a maior moralista da sociedade e responsável por campanhas para rejeitarem Isabelle, havia desmaiado e estava há três dias de cama. Como isso pôde acontecer? Aquela jovem imoral ser recompensada com um título de duquesa. E pior... *de Hayward*! Se havia uma pessoa de quem Lady Holmwood tinha pavor na face da Terra, era aquele duque amaldiçoado. Teria de abaixar as armas e encerrar as campanhas.

Lady Isabelle Bradford finalmente aceitou um pedido, a sociedade pode abaixar suas tochas, lia-se no artigo em um jornal que alguns diziam odiar, mas não perdiam uma edição. A autora usava um pseudônimo. Pelo teor, parecia gostar da futura duquesa; comemorou que a sociedade tinha de se contentar em reverenciar a primeira Hitton-Hayward da história.

Lorde e Lady Berg ficaram catatônicos com a notícia e revoltados com as críticas feitas no artigo que os nomeou, expondo suas tramas contra Isabelle. Eles nem abriram uma aposta em cima disso. Não aceitavam ser enganados dessa forma; perderiam seu título de maiores fofoqueiros da sociedade por não terem denunciado antes. E, pior, perderam dinheiro nas apostas! Como se vingariam da futura duquesa de Hayward sem que o duque arrancasse suas cabeças?

Será que esse tempo que passaram no castelo levou a uma situação comprometedora... Como um herdeiro não planejado? — perguntavam outros, suscitando a primeira possibilidade que levava a casamentos inesperados.

Sempre soube que essa garota era demoníaca. Quem mais escolheria se casar com Hayward? — comentava uma matrona, enquanto se abanava freneticamente mesmo que lá fora caísse uma chuva forte e fria.

Duvido! Ele é diabólico! De alguma forma conseguiu enganá-la para levá-la ao casamento! — opinou um dos mais fervorosos pretendentes de Isabelle. *A possessividade dele não era normal. Se não se tratasse do duque, todos teríamos desconfiado* — disse outro lorde, mais sensato.

De qualquer forma, ler aquela notícia causou histeria em muitas pessoas. Várias matronas gritaram de ódio; a esmagadora maioria arrependida por não ter investido nem um pouco no duque por ele ser quem era.

As moças solteiras, das debutantes àquelas que já estavam experientes nos bailes, tiveram diferentes reações. Muitas ainda morreriam de medo de se casar com ele. Mas a maioria morreu foi de raiva por Isabelle ter conseguido. Ela ainda era impopular. Mas fora a única a investir e insistir no que queria, porque ninguém simplesmente desencantava Hayward da noite para o dia. Ou, quem sabe, fosse algo que apenas uma Bradford pudesse ser capaz de fazer. Bastava conhecer a história das duas famílias para isso fazer sentido.

Eles vão se matar. Há um bom motivo para as duas famílias terem se deitado juntas, mas nunca terem feito as pazes — lembrou um velho lorde com ótima memória.

O fato era que Isabelle seria a duquesa mais importante da aristocracia, uma dama inalcançável como o partido que escolheu. E, mesmo que tivessem de reverenciá-la, por enquanto só conseguiriam odiá-la.

Capítulo 29

A casa da duquesa ficava próxima ao rio que circundava o castelo. Do segundo andar era possível ter uma bela visão do espelho-d'água, iluminado pelo sol e cheio de sombras devido às várias árvores a sua margem. Era uma área repleta de vegetação que escondia muito bem a pequena mansão de dois andares, mas que ao entrar mostrava-se mais espaçosa do que o esperado.

Tinha três quartos e um berçário, uma sala principal ligada ao vestíbulo de onde já era possível ver os sofás bem distribuídos. A sala de jantar era confortável, e a cozinha era espaçosa o suficiente para uma cozinheira com duas auxiliares. No segundo andar uma sala pessoal servia como biblioteca e escritório. E havia os terraços dos quartos, posicionados para o rio e para a floresta. Assim como os closets ligados aos toaletes modificados no início do século.

— Por quanto tempo ficaremos aqui? — perguntou Flore, andando pela sala e gostando muito do local.

— Pouco tempo. — Isabelle foi afastar as cortinas — O duque resolveu mostrar sua face autoritária justamente sobre a data do casamento.

— Ele não gosta muito de esperar — comentou a criada, achando graça da situação.

— Sim, vai no mínimo parecer que já estou no terceiro mês de gestação do herdeiro de Hayward e temos de dizer *sim* antes que a barriga apareça.

— A senhorita não está, não é?

— Flore...

— Ah, com o duque nunca se sabe, deixamos o castelo há uns dois meses... — Ela abriu um sorriso matreiro.

A duquesa viúva estava a todo vapor. Já havia planejado sua retirada para o Trianon, pois queria que os recém-casados tivessem privacidade, como se ela num castelo daquele tamanho ela conseguir perturbá-los numa ala diferente.

O duque estava desfazendo todos os planos dela, porque o Trianon era seu e ele precisava dele para os negócios. Ele mandara reformar a ala leste justamente para que a mãe sossegasse lá. Ele também estava proibido de ir até a mansão da duquesa, onde Isabelle estava. Ninguém proibia o duque de nada, mas ele achou uma boa ideia; especialmente depois que Isabelle se rebelou e ele quase a carregou no ombro para levá-la de volta a Hayward. Dizia que uma dama como ela não podia se casar às pressas.

Os Bradford iam chegar em breve. Não haveria tempo para o duque ir até Hitton Hill conhecer a mãe da noiva. A verdade é que a família de Isabelle nunca permitiria. Genevieve tentou impedir de todas as maneiras; até um punhal ela pegou para ameaçar Isabelle. Mas a jovem se manteve irredutível: ou traziam a mãe dela, ou ela cancelava o casamento. E antes que pudessem impedi-la, no jantar de comemoração do noivado, ela disse ao duque na frente de todos que só se casaria na presença da mãe. Na manhã seguinte um mensageiro partiu para Hitton Hill a fim de avisar à marquesa viúva de sua iminente partida.

Nesse dia Genevieve soube que eles teriam de seguir o plano inicial, independentemente da colaboração de Isabelle. Se ela se tornasse dona de sua vida, seriam prejudicados. Assim que assumisse o posto de duquesa, seria impossível obrigá-la a prejudicar a única pessoa que podia mantê-la a salvo da própria família. Eles teriam que se livrar do duque assim que a garota parisse para garantir a herança.

Inicialmente, George odiou a ideia de Isabelle parir um filho do duque, mas sabia que era o único jeito. Já Gregory era contra prejudicar o duque, pois com o dinheiro dele e as informações confidenciais de seus investimentos ficariam ricos para sempre. E foi o que ele combinou com Isabelle.

Nenhum deles sabia que Genevieve tinha um plano final. Depois que Isabelle tivesse o filho, após matarem o duque, quando a criança estivesse um pouco maior, poderia finalmente se livrar da garota, pois era muito mais fácil controlar um bebê e seus bens que ter aquela rameira viva para proteger o filho. Era a melhor conclusão para o plano. Genevieve só lamentava não poder contar a George, pois ele não concordaria com isso.

***

Por mais que as pessoas achassem o cúmulo perder um evento social tão marcante, ninguém achou estranho não ser convidado para o casamento do duque. Afinal, por que ele os convidaria? Certamente ignorava a existência da maioria e definitivamente não queria vários homens rancorosos devorando sua noiva com os olhos. Ainda mais porque todos achavam que ele havia jogado muito baixo para consegui-la; o que fazia jus a sua fama. Ele era o duque de Hayward; quando entrava no jogo, era para ganhar.

E boa parte das damas mais assíduas tratou Isabelle tão mal que quando ela retornasse a Londres teriam de ser criativas na tentativa de conquistar sua simpatia.

— Você é um péssimo amigo, Hayward! — disse Zach, dando um empurrão no duque e quase o desequilibrando. — Quando resolveu se casar, não pensou em me dizer antes?

— Sim, pensei. Eu realmente ia lhe dizer que havia tomado essa decisão. Mas a dama em questão resolveu que era muito divertido ser leiloada para outro homem. Não creio que você teria agido de outra forma.

— Que belo par você foi arranjar! Se tudo que me contou até agora é verdade, ela vai sapatear na sua cabeça. Ninguém acreditaria numa coisa dessas. Rendido por uma Bradford! — Zach simplesmente não conseguia parar de achar graça disso. Seu melhor amigo fora em poucos meses de homem mais impossível da Inglaterra e único partido indisponível da sociedade a noivo mais apressado do país e possível marido dedicado da dama mais cobiçada de que se teve notícia.

Poucas pessoas poderiam saber que Nathaniel quando estava apaixonado expunha um lado seu que ficava escondido nas profundezas do seu ser aparentemente insensível. Era um ponto fraco e tanto, já que a única outra mulher por quem já esteve apaixonado acabou morta. Se estivesse viva, estaria presa por traição à Coroa.

— Eu gostaria de não ser lembrado disso quando estou a ponto de entrar na igreja. Além do mais, ela guarda sua malvadeza para os outros e eu não me oponho.

— Ela o tem na palma da mão, meu caro — sentenciou o conde.

— Pois saiba que... — O duque puxou seu relógio de ouro e o olhou por uns cinco segundos enquanto fazia cálculos mentais. — Em cerca de duas horas e meia eu a terei exatamente onde quero e de onde ela não sairá.

— Em sua cama? — indagou o conde, levantando a sobrancelha. Ele ainda não podia acreditar que havia dormido com sua esposa antes do casamento, enquanto o duque, a pessoa mais improvável para tal feito, havia resistido à futura esposa. Como o mundo dava voltas!

— Em minha vida. — Nathaniel lançou um olhar afiado.

— Então se lembrou o que significa "romance"?

— Minha vida também inclui a minha cama, meu caro — respondeu o duque com um sorrisinho endiabrado.

As coisas estavam um tanto avessas na vida dos poucos amigos de Nathaniel. O conde, casado havia uns meses, encomendou um herdeiro antes do planejado. Catherine e ele não sabiam o que fariam com um bebê. E, adivinhe só, a encomenda foi selada no solar do duque. Naquela manhã, com Nathaniel e Isabelle como testemunhas do lado de fora, seguido pelo duque engatilhando uma arma na cabeça do amigo.

Pelo que sabiam, Strode, o detetive, estava envolvido com Giovanna, a prima de Devizes. E Tristan tinha voltado à Inglaterra, pois, para seu desagrado, havia herdado o título dos Thorne e se tornado conde de Wintry. Nathaniel considerava Percival um amigo, mas o homem era como ele, não tinha vida amorosa, só uns casos passageiros.

— Sua Graça! Não pode entrar aqui! — disse Flore, tentando impedir o duque de passar — Dá má sorte!

Isabelle continuou sentada na ponta da espreguiçadeira, demonstrando no mínimo pouco caso enquanto o duque invadia seus aposentos. Ela ainda usava um roupão, e seu cabelo não fora penteado.

— Você vai se atrasar — disse ele, ao calcular mentalmente o tempo para prepará-la e levá-la até o altar.

— Faz parte do meu plano de fuga — respondeu ela.

— Você sabe que já fui deixado quase no altar, não sabe? — indagou ele em uma pergunta que era uma rara confissão.

— Isso ainda o magoa? — Ela levantou os olhos, observando-o.

— Não. Mas me ensinou a não deixar a noiva sem vigilância.

Ela riu, pensando que se fugisse estaria não só cavando sua desgraça, assim como muito provavelmente seu túmulo. O que era algo interessante a ser citado, pois Nathaniel tinha em seu passado a morte da noiva. E muita gente dizia que não fora um acidente. Mas Isabelle não o temia, mas sim os tios e o primo.

Nathaniel estendeu a mão para ela e Isabelle pegou-a, ficando de pé à frente dele.

— Soube que sumiu hoje cedo. Eu é quem deveria ter ficado com medo de uma desistência.

— Fui ao cofre.

— Ele deve ficar muito longe...

— É uma verdadeira aventura chegar ao cofre principal de Hayward.

— Assim ficarei tentada a descobrir o que cabe em minha bolsa.

— Você pode exercitar suas habilidades de roubo sempre que quiser, mas guarde em algum lugar seguro antes que realmente desapareça.

Isabelle não perguntou como ele descobriu tudo, mas ele durante a viagem de volta para Hayward lhe pediu para não participar mais dos golpes de George. Ele já imaginava que o assunto havia sido discutido na casa dos Bradford; Gregory certamente teria dito algo. Nathaniel só não imaginou o escândalo que foi: o tio dela ficou mortificado, mas Genevieve e George ficaram revoltados com a audácia dele. A tia ficou fora de si de raiva por Isabelle não conseguir parar de rir.

Ele abriu a pequena caixa escura que carregava e de lá retirou um colar com diamantes lindamente lapidados e presos entre safiras do mais belo azul. Era simplesmente a joia mais linda que Isabelle já vira. E era melhor que seus familiares não reparassem nela. Ela não ia roubar o próprio colar.

— Meu presente de casamento — disse ele ao colocar no pescoço dela.

— A cor lembra a dos seus olhos.

— É lindo. Esse azul proporciona personalidade e um toque sombrio, parece que foi feito por você.

— Não se preocupe. Nenhuma duquesa com uma morte trágica o usou. Acho que a última vez que viram esse colar o rei Henrique VIII ainda era virgem — brincou, arrancando uma risada dela.

— Está falando sério?

— Não, ele é apenas seu. Começaremos com lembranças só nossas. Depois eu a levo numa aventura pelo cofre para escolher coisas antigas.

— Vai levar uma ladra ao seu cofre? É mais confiante que eu pensava — provocou ela, agora arrancando uma risada dele.

— Tenho um mar de coisas para entretê-la por anos de roubo. Cada dia esconderei num local — prometeu.

Nathaniel ainda sorria quando olhou pelo canto do olho e viu que Flore estava longe o suficiente e a sua ajudante se achava no outro cômodo com o vestido. Ele se aproximou da noiva e tocou levemente seu pescoço, onde a joia repousava enquanto a olhava de perto.

— Eu a quero usando apenas o colar.

Isabelle sentiu a boa seca e umedeceu os lábios; suas respostas espirituosas demoraram um pouco mais a vir. Não escaparia dos braços dele dessa vez, mas isso era exatamente o que queria. Enfim eles colocariam um fim naquela tensão sexual.

— Como espera que eu roube algo usando apenas um colar?

— Serei criativo.

Nathaniel meneou a cabeça ao se despedir e tinha um leve sorriso travesso no rosto ao sair, enquanto Flore o olhava com desconfiança.

A carruagem partia da casa da duquesa e seguia o rio até a ponte, onde atravessava a frente do castelo e contornava todo o prédio até parar na capela de Hayward. Ali a futura duquesa descia em seu resplandecente vestido. Foi exatamente o que Isabelle fez. Os Hayward sempre tiveram algumas tradições próprias, como a exigência de a noiva estar na casa da duquesa ao menos uma semana antes do casamento. E o vestido.

Eles nunca casavam suas futuras duquesas com algo já pronto, como ainda era costume para a maioria. Sempre faziam a vestimenta para o dia. Em séculos anteriores, os vestidos chegaram a ser tão luxuosos que faziam parte do dote oferecido pela família da noiva. E a nova duquesa sempre se casava usando alguma joia presenteada pelo noivo.

Flore ajeitou a saia do vestido e entregou um buquê de flores vermelho carmesim a Isabelle, a cor que representava os Bradford, enquanto azul era a cor dos Mowbray. Ela não disse nada, mas escolheu as rosas e Nathaniel sabia o motivo. Ele também não disse nada, mas as safiras no pescoço dela não foram escolhidas só por combinar com os lindos olhos dela; eram a cor dele e a pedra que sua família costumava usar. Ela não deixou de notar esse detalhe. Quando se encontrassem no altar, ficaria bem nítido quem estavam escolhendo.

A duquesa viúva parou o trabalho de um ateliê inteiro só para que confeccionassem o vestido de Isabelle. Ela estava tão animada, esperava que dessa vez nada impedisse o casamento do seu filho.

Isabelle trajava uma peça que parecia ter recebido um banho translúcido de ouro. Efeito da gaze que cobria a seda clara. O pequeno corpete era ricamente decorado à mão e moderno como a última moda. Era feito em seda e renda na parte de cima e gaze embaixo, atrelando-o ao vestido sutilmente. Ela escolhera mangas longas e bufantes nos ombros, porém mais justas que a moda da temporada mostrara; afinal, era inverno. A saia descia em formato de A, dando volume e leveza.

A noiva não quis enfeites grandes em suas saias. Estas eram ornamentadas abaixo dos joelhos em padrões feitos em linhas horizontais de corte de seda branca e fechados em fino laço dourado antes da barra de densa renda belga. Ela usava grossas meias brancas por baixo, pois, apesar da aparência, não era uma vestimenta quente.

Seu cabelo estava preso formalmente em cachos enfeitados por uma tiara de pequenos rubis e diamantes, que era um dos tesouros dos Hitton que Gregory escondera para que o filho e a esposa jamais vendessem por suas costas. Agora ficaria com Isabelle. Afinal, ela não usaria só as pedras dos Mowbray; rubis eram vermelhos. A tiara ficava à frente do volume das mechas castanho-avermelhadas arrumadas no topo com grampos escondidos. As únicas flores no seu cabelo eram aquelas do formato das pedras em sua tiara. Era assim que ela preferia; ao contrário do que se esperava e da tendência da moda, nunca gostou de flores em seus trajes. Flores não condiziam com sua personalidade nem com o que estava para acontecer. Nathaniel e ela só combinavam com flores selvagens, presas na terra, não em suas roupas.

Por isso entraria na capela só com as flores do buquê em referência a sua família polêmica e histórica. Para unir-se ao duque da única família que pôde rivalizar com a sua por tantos séculos.

Não precisava de nada além da conta para que os convidados fossem espalhar em Londres uma novidade que todos já sabiam: haviam presenciado a noiva mais bela que já viram entrar na capela de Hayward direto para os braços do duque tirano e assassino, o mesmo que já matara uma noiva, centenas de homens, era assombrado por fantasmas e devia amar uma mulher da mesma forma assombrosa e deslumbrante como levava a vida.

Ela não era o que parecia.
Ele não a merecia.
Esperavam que eles sobrevivessem.

Isabelle caminharia sozinha, por rebeldia e pela falta do seu pai, e porque seu tio tinha o mínimo de decência para não querer fazê-lo.

— Está pronta, madame? — indagou Marcus, que estava do lado de fora esperando a noiva.

— Tem certeza de que minha mãe está lá? — perguntou Isabelle quando Flore voltou correndo para a carruagem depois de ir olhar na capela.

— Sim! Ela está aqui!

Isabelle respirou fundo e obrigou-se a aparentar calma enquanto atravessava a nave da capela em direção ao duque. Ele a aguardava em sua vestimenta negra e branca de noivo que jamais seria usada novamente, como mandava a mesma tradição sobre o vestido dela. Estava imponente como esperavam, atraente como temiam. Usando safiras em suas abotoaduras, com olhos tão prateados quanto a luz matinal do dia frio e o loiro claro do seu cabelo brilhando sob a iluminação dos vitrais.

Não havia desconhecidos entre os convidados. Lorde Devizes comparecera acompanhado de Catherine, a nova condessa. O detetive Strode e Lady Giovanna vieram de Londres, assim como Lorde Penrith, o duque de Trouville, sua esposa e os filhos. Monique compareceu com os pais e uma irmã. Depois de Flore, ela era o mais perto de uma amiga na vida de Isabelle. E havia mais quatro convidados acompanhados que deviam significar algo para Nathaniel, pois Isabelle ainda não os conhecia.

Também estavam presentes Lorde Barthes e a esposa, sem o neto, porque Rowan preferiu não vê-la se casando com outro. Ele ia curar o coração partido, mas preferia fazê-lo de longe. E o marquês de Renzelmere havia resolvido sua breve discussão com Nathaniel, pois viera com a irmã e parabenizara o noivo efusivamente, pois custou a acreditar no convite.

Quando Monique voltasse aos salões, poderia dizer que fora convidada para o casamento mais importante que era realizado na Inglaterra em anos. E certamente o mais polêmico e inesperado. Os vizinhos mais próximos, como Lady Victoria, foram convidados, mas estes não precisavam se hospedar no castelo e teriam assunto para o chá da tarde por pelo menos a próxima década.

Estranhamente, a mãe de Isabelle só havia chegado pouco antes do casamento devido a um atraso na estrada e elas ainda precisavam conseguir tempo e privacidade para conversar.

Tentando não imaginar se estava cometendo um erro, Isabelle seguiu até o duque pegar sua mão. Ela podia estar a ponto de fazer os votos que iriam matá-lo. Ou estava apenas casando-se com o homem que amava. O problema era que se apaixonara pelo homem que devia enganar e roubar. Isabelle concluíra sua parte principal no plano de vingança de sua família: tornara-se a duquesa de Hayward. E seu futuro era absolutamente incerto.

Capítulo 30

— Será difícil acreditarem que só conheci a mãe da noiva depois do casamento — comentou Nathaniel, esperando que todos entrassem no salão do castelo.

Os Bradford se aproximaram com Gregory à frente parecendo mal-humorado. George vinha logo atrás, e Genevieve, por último, segurando o braço de Madeline como se precisasse ampará-la. Isabelle sabia por que o tio estava indisfarçavelmente contrariado: toda vez que Madeline estava por perto, sua esposa ficava fora de si de ciúmes, como se ela tivesse o mínimo de interesse pelo irmão do falecido marido. Bom ator como era, ele sorriu e deu efusivas felicitações aos noivos.

— Mamãe! — Isabelle livrou a mãe do poder de Genevieve e a abraçou.

Madeline enterrou o rosto no ombro da filha. Elas tinham a mesma altura e com as cabeças tão juntas seria fácil confundir ao olhar de longe, pois o cabelo era da mesma cor. O duque lançou um olhar para Gregory; a história da paixão não correspondida não era um segredo tão bem guardado.

— Espero que esteja feliz, meu bem — murmurou Madeline. — Não pude auxiliá-la como desejava.

Isabelle se afastou e segurou a mãe. Ela reparou em seus olhos sonhadores e soltou o ar de forma exasperada, lançando um olhar raivoso a Genevieve.

— O que fez dessa vez? Você a dopou de novo? — Ela fechou os punhos e engoliu as palavras. A reação foi tão forte que até esqueceu que o duque estava perto. Não havia como não tê-la escutado.

Madeline se amparou na filha e apertou o braço dela. Estava drogada. Genevieve carregava um vidrinho com calmante que Isabelle nunca soube se era láudano, ópio ou alguma outra droga. Mas ela drogava a mãe de Isabelle quando não conseguia vencer uma briga. Quando não conseguia aplicar sozinha, mandava George segurá-la. A viagem deve ter sido um inferno; Madeline devia estar muito rebelde, especialmente se houvesse recebido a carta de Isabelle.

— Minha sobrinha está nervosa com o casamento — tentou disfarçar Gregory.

— Sim — sorriu Genevieve, lançando um olhar cheio de significado para Isabelle. — Sei como ficamos nervosas quando nos casamos. Fique calma, querida. — Ela esticou o braço e a tocou ao mesmo tempo que tentava pegar Madeline de volta. — Sua mãe ficou tão nervosa. Sabe como estão os nervos dela. Não é bom para ela se alterar assim.

Diziam aos outros que Madeline nunca mais fora a mesma após a morte do marido. Genevieve insinuava para os vizinhos que a marquesa viúva estava louca. E eles sempre a separavam da filha, algo que realmente serviu para perturbá-la. Não conseguia defender Isabelle e quando se rebelava acabava sendo dopada. Desde que a filha chegara à idade adulta as coisas estavam mais complicadas.

— Por que não vão se sentar? — sugeriu Nathaniel. — Ainda não tive a honra de conversar com a mãe da noiva. — Ele pegou a mão de Madeline e fez uma mesura. — É um prazer conhecê-la, milady. Lamento não termos nos encontrado antes.

— Também lamento — murmurou ela, lutando para se manter atenta. Genevieve havia exagerado na dose. Madeline passou a cerimônia tentando focar na figura da filha para não deixar sua mente divagar.

O duque já vira pessoas drogadas, tendo ele mesmo aplicado doses durante interrogatórios. Ele segurou o braço da sogra, impedindo a tentativa de Genevieve de levá-la para a mesa deles, e atravessou o salão, levando-a junto.

— Vai ser um prazer acompanhá-la até nossa mesa. Você vem, duquesa?

— Sim.

Isabelle esperou uns segundos enquanto ele se afastava e se virou para sua família.

— Por que deixou que ela a drogasse? Ela é burra! Não pensou que o duque notaria?

— Eu não vi — explicou-se Gregory. — Essa mulher colocou no próprio chá. Não pude impedir; por isso nos atrasamos, ela estava pior.

— Calem a boca os dois — reagiu Genevieve.

— Nunca mais vai drogar a minha mãe — ameaçou Isabelle.
— Não comece a pôr as mangas de fora, sua rata. Mal se casou e já pensa que tem algum poder.
— Você não vai estragar esse dia. — Isabelle afastou-se deles, lutando com as lágrimas de ódio. Até eles chegarem estava conseguindo ter um dia mágico como uma noiva merecia, apesar das circunstâncias dela.

O duque fez um sinal com a cabeça para Zach e foi seguindo com Madeline até saírem do salão. Ele continuava conversando com ela, como se estivesse apenas passando uns minutos com a sogra. Assim que o conde passou pela porta e a fechou, o duque pegou a sogra no colo e a carregou rapidamente.

— O que diabos aconteceu? Não vá me dizer que é emoção.
— Ela foi drogada. Sabe onde guardo a caixa de remédios. Tampa azul, misture com álcool. Vai ajudar a livrá-la do torpor.

O duque deixou Madeline no sofá do escritório, o conde executava a mistura em cima da mesa enquanto Nathaniel tocava a testa dela, checava seu pulso e via se estava delirando.

— Acho que a dose foi mais alta que o planejado — comentou o duque.
— Não entendi ainda por que a mãe da sua esposa está drogada. — Zach lhe deu um copo com a mistura no fundo.
— Traga a lixeira!

O conde correu e trouxe a lixeira de madeira. O duque olhou e viu que era daquelas vazadas. Não ia servir.

— Fique com ela!

Ele saiu rapidamente, foi até o toalete e trouxe uma bacia e também uma toalha.

— Quem drogou a sua sogra?
— Pelo que entendi foi a cunhada. — O duque se abaixou à frente de Madeline e aproximou a mistura do nariz dela. Ela reagiu como esperado.
— Juro que não a estou drogando; beba isso, por favor.

Ela estava trêmula, então ele a ajudou a ingerir. Pouco depois que o conteúdo bateu em seu estômago, ela começou a suar frio e ter ânsias de vômito.

— Não vai ser bonito — disse o conde. — Você sabe o que usaram?
— Talvez ópio. Tem efeito calmante muito forte.

Madeline colocou todo o conteúdo do seu estômago para fora na bacia, mas como não comera nada naquele dia tomara apenas chá, não havia muito para devolver. Quando voltasse a si, ficaria mortificada; onde já se viu conhecer o genro e o padrinho do casamento da filha justamente nessa situação? Era realmente inesquecível.

— Sua Graça, precisa de ajuda? — perguntou Marcus, da porta.

— Sim! — responderam os dois. — Traga outra bacia! E chá fraco, bolachas também. Algo para gargarejo. Depressa, Marcus!

O mordomo saiu rapidamente para buscar os itens, fingindo que não estava acontecendo uma recepção de casamento no salão ao lado. Se ele pensasse nisso, iria se desesperar. Deu o recado à sra. McIver, a governanta, e voltou correndo para o salão, onde precisava controlar tudo.

— Aqui, Sua Graça — disse a governanta, entrando com tudo que achava necessário.

Eles se afastaram para ela cuidar de Madeline. Mas a mulher segurava firmemente a mão do duque e só a soltou quando a sra. McIver a acalmou.

— Posso cuidar dela, prometo que a deixarei melhor em alguns minutos — disse a governanta.

— Chame se algo acontecer ou chame o médico se for necessário — disse o duque.

Ele ajeitou sua vestimenta, e o conde fez o mesmo antes de entrarem no salão.

— Vai me explicar agora por que sua sogra está drogada?

— Os Bradford têm mais problemas que pensei.

— Você é um Hayward e agora que foi notar isso?

— Não são os problemas que eu esperava e ainda não descobri tudo.

— Nem você poderia imaginar uma sogra drogada no dia do casamento. Sua esposa deve ter muitos outros segredos familiares. — Ele fez uma pausa. Afinal, a esposa dele também tinha; havia a ajudado a fugir da morte que o tio prometia. — Descubra e livre-a deles.

Era o que Nathaniel estava tentando, pois não confiava neles. Mas o que mais precisava saber? Ele a tirara do meio dos roubos e mentiras de modo que nunca mais poderiam usá-la como objeto para conseguir dinheiro que não fosse o dele. Estava ciente de que gastaria uma boa soma nessa história, mas isso não era problema. Se não fosse com ele, obrigariam Isabelle a se casar com algum outro e com o mesmo intuito.

O duque encontrou sua esposa tentando distrair todos para não perceberem que o noivo havia se ausentado. Mas quando o viu retornar sem a mãe dela, desistiu da farsa e foi ao seu encontro.

— Onde ela está? O que aconteceu?
— Está com a sra. McIver. Ela vai ficar bem.
— Tem certeza?
— Sim, vá até lá, vão pensar que foi se refrescar.

Ninguém pareceu notar o problema, com exceção de Strode, que reparou nos dois saindo às pressas e voltando sem a mãe da noiva. Quando Isabelle retornou, estava bem mais calma por ver a mãe se recuperando. Havia música para entreter os presentes na agradável recepção matinal. Além de luxo e boa comida, ninguém sabia o que esperar de um casamento em Hayward. Mas a nova duquesa era uma estrela social, e o duque estava mais acessível do que jamais viram.

Isabelle e Nathaniel dançaram sob o olhar dos convidados. Eles não conseguiam conversar enquanto estavam ali e Isabelle imaginava que seria difícil inventar uma mentira dessa vez.

Madeline voltou disfarçadamente quando a maioria estava ocupada em comer o bolo de casamento que havia acabado de ser cortado. Sentia o estômago irritado. Então ela se limitou a sopa fria e a aperitivos mais leves, mas fez questão de experimentar o bolo, que estava lindamente decorado, digno de um casamento de um duque.

Quando todos pareciam ocupados e chegava a hora de os noivos se despedirem, Nathaniel pegou Isabelle pela mão e, em vez de dar adeus, a levou até a sala de música, parando atrás de um dos lados fechados da porta dupla, onde ninguém podia vê-los.

— Deseja ficar aqui? Veremos os outros partirem, inventaremos uma história.

Isabelle balançou a cabeça enquanto prestava atenção em sua expressão.
— Não, não quero. — Ela apoiou a mão em seu peito e o beijou.

Nathaniel a abraçou apertado; não haviam conseguido trocar um beijo no dia do casamento. Ela o abraçou de volta e gastaram alguns minutos em um beijo demorado, entregando-se aos únicos sentimentos que importavam naquele dia.

— Quero ficar com você e pensar que tudo foi perfeito. — Ela escondeu o rosto no ombro dele. — Não quero que a memória desse dia se estrague. Sinto que se passar mais tempo aqui, será tudo arruinado e queria tanto poder lembrar desse dia com carinho.

Nathaniel a confortou em seu abraço e depois a olhou, passou os polegares, impedindo que as lágrimas que encheram os olhos dela caíssem.

— Não vou deixar que se estrague — prometeu ele.

Isabelle sorriu em resposta.

— Dizem que algumas noivas até choram de felicidade. Estou feliz de estar com você.

— E eu com você. — Ele tocou o peito. — Como uma pedra bem aquecida. Não poderia estar mais feliz.

Dessa vez ela abriu um grande sorriso e aceitou quando ele lhe deu a mão. Isabelle foi falar com Madeline antes de partir.

— Mãe, não beba nada que você tenha deixado esquecido. Não enquanto essa mulher estiver por perto — pediu Isabelle.

— Eu não vi, estava tão preocupada, pedi apenas um chá para o desjejum. Desculpe-me por quase estragar tudo.

— Você não estragou nada, foi ela. — Isabelle apertou as mãos da mãe. — Prometo que as coisas vão melhorar, mãe. Ela nunca mais lhe fará isso.

— Eu me distraí. Aquela maldita. Mas isso não vai ficar assim — decidiu Madeline.

— Irei me ausentar, mas deixei instruções para que tenha paz em seu quarto. Flore vai lhe fazer companhia. Se quiser, passe o tempo com a duquesa viúva, vai gostar de conhecê-la. Você promete que vai ficar bem?

— Dormirei por umas horas e o efeito passará. Sinto muito que você esteja envolvida nessa farsa e tenha sido sacrificada dessa forma. — Ela acariciou o rosto da filha enquanto a olhava.

— Mãe. — Ela lhe segurou a mão. — Eu me apaixonei por ele de verdade. Não quis dizer nada quando estive em casa, pois não sabia o que aconteceria. Eu *quero* estar com ele. Essa parte da história é a única que me pertence e ninguém pode tirar de mim. Meus sentimentos por ele são verdadeiros.

Madeline assentiu e seus olhos arderam de emoção e alívio por ter algo bom para sua filha naquela situação toda.

— Acredito. Não está com medo de ficar sozinha com ele, está? Essa separação me fez perder tanto. Não sei o que dizer para tranquilizá-la.

Isabelle se compadeceu do pesar da mãe. Era difícil para Madeline ter de enfrentar três pessoas para conseguir o que precisava. Ela estava cansada de lutar com Genevieve, que tinha o apoio de George para dominá-la. E Gregory, hostilizado sempre que dizia para mulher e filho, deixarem-na, acabava sempre botando panos quentes na situação toda.

— Temo que o duque já tenha me instruído bem além de seus conselhos — gracejou Isabelle para distraí-la.

— Maldito Hayward! — exclamou a mãe, conseguindo expor um pouco de bom humor.

Isabelle riu, mas antes de partir virou-se novamente e olhou a mãe com seriedade.

— Você tem certeza de que o duque não foi responsável pela morte do meu pai? Eles têm tanta convicção. Dizem coisas tão horríveis.

— Seu pai tinha muitos segredos, já lhe disse isso. Esses abutres não sabiam e nunca saberão a verdade. Uma vez ele me disse algo sobre um trabalho que terminaria e era melhor não sabermos nada. Ainda falta muito para descobrirmos onde ele estava e o que fazia, mas é mentira que estava na Inglaterra. Do jeito que somos vigiadas e feitas de prisioneiras naquela casa, fica difícil. Talvez o seu duque seja o meio para descobrirmos. Afinal, não é ele que os abutres acusam? Onde há fumaça há fogo. Descubra. — Madeline apertou a mão da filha e assentiu como se concordassem nisso.

Capítulo 31

— Há algo lá fora que deve lhe trazer um sorriso — disse Nathaniel, levando-a em direção à saída, com seus convidados aplaudindo e dando vivas em seu encalço.

A capela não era das mais espaçosas e o *brunch* de comemoração no salão foi só para os convidados mais próximos. Mas na frente do castelo não era um evento seleto. Sabia-se que havia pessoas, só que apareceu mais gente que o esperado e quando eles saíram foi uma chuva de pétalas de flores e sementes. Isabelle riu e cobriu a testa, em meio a todos os desejos de felicitações acompanhados de mais punhados de pétalas.

Havia arrendatários, seus familiares, vizinhos e curiosos das redondezas para ver a nova duquesa e poder afirmar pelos quatro cantos do distrito e além que o duque de Hayward realmente se casara. E, sim, ela *era* uma Bradford. Gracejariam por pubs e hospedarias, dizendo que mais uma guerra chegara ao fim na Inglaterra. Mesmo que os combates das batalhas dos Hitton contra Hayward houvessem parado havia anos.

Depois de acenarem até a carruagem estar bem longe, os visitantes continuaram entretidos por chá quente e cidra de Hayward para se aquecerem e foram oferecidos a eles os mesmos aperitivos e bolos servidos no salão. Alguns arrendatários seguravam taças de vinho e brindavam, esperando fartura nas próximas estações e desejando um herdeiro para o ducado.

— E para onde vamos? Para a casa da duquesa?
— Não.
— O Trianon?
— Muito menos.
— Passear? É algum ritual da nova duquesa?
— Nunca fiz um ritual.

— O duque tirano sequestra a esposa nova e comete coisas inimagináveis?
— Na noite de núpcias? — indagou ele, divertindo-se. — Seria uma péssima ideia. Muito óbvio.
— Sim, o terrível duque jamais cometeria tamanha tolice.
Ele pendeu a cabeça e lhe lançou um olhar malicioso.
— Já a sequestrei outras vezes, só que ninguém notou.
— Não foi bem um sequestro, talvez um sumiço rápido.
Eles chegaram à beira do rio, na pequena plataforma de embarque mais próxima à casa, a mesma onde ela e Pamela pegaram um barco para passear.
— Está um belo início de tarde para um passeio — comentou ela, vendo-o puxar o pequeno barco que os estava esperando, devidamente decorado com flores e fitas.
O duque assentiu e pulou para dentro, pegando-a pela cintura e soltando-a com cuidado para não balançarem. Ela se sentou rapidamente, segurando na lateral enquanto Nathaniel soltava o barco, pegava os remos e começava a remar contra a calma correnteza. Não se tratava de fato de uma subida, o terreno por onde o rio corria era plano e suave, mas todos em Hayward consideravam que ir naquela direção fosse por terra ou por água, era "subir", pois, além de levar para dentro das terras da propriedade e contra o fluxo do rio, no final era preciso de um pouco mais de força nos braços, quando se aproximavam das leves elevações que delimitavam parte da propriedade.
— Esse caminho eu não conhecia — comentou Isabelle, vendo que, em vez de virarem para a direita e contornarem o castelo, seguiram para mais longe, numa perna fina e indomada do curso de água que passava entre as árvores e precisou de remadas mais vigorosas até ela avistar outra pequena plataforma de madeira, onde não havia nenhum barco atracado.
Ele estava com um sorriso muito satisfeito quando parou o barco à frente da estrutura de madeira e o prendeu. Isabelle se virou para olhar em direção ao castelo e, devido às árvores, só conseguia ver o topo da torre norte.
— Espero que tenha apreciado o passeio, Sua Graça — disse Nathaniel, levantando-a para fora do barco.
— Nada mais de Lady Isabelle para mim? Daquele jeito polido que você usava quando estava irritado.
O duque a puxou pela mão, levando-a por um caminho entre a grama. Poucos passos depois, ela viu o chalé. Era forte como as outras construções da propriedade, mas tinha um ar menos intimidante, quase adorável, como uma versão menor dos outros prédios.

— Nunca mais. Agora você é uma Hayward. É a minha duquesa.

A afirmação a fez pensar sobre onde estaria sua lealdade. Ela nasceu uma Hitton para terminar uma Hayward. Conheceria os dois lados naquela rixa entre as famílias e precisava lutar por um deles. Ainda devia um desfecho aos Bradford. E prometera sua lealdade ao seu marido, um Mowbray que estava confiando nela. Seria uma confiança plena ou, assim como ela, o duque também tinha suas reservas e segredos que o impediam de aceitar facilmente uma Bradford na família?

Isabelle teria que continuar fingindo pelas costas dele que o desprezava e se sacrificara em nome de uma vingança. A tia e o primo aguardavam ansiosamente a ruína do duque. E seu tio esperava as informações para conseguir levantar Hitton Hill e esquecer de vez essa história. Seu marido provavelmente esperava que ela deixasse os Bradford para trás e lhes escrevesse cartas, mas não se confundisse a qual família ela pertencia agora.

Seria impossível corresponder às expectativas de todos os lados.

— Leva um tempo para se acostumar... — murmurou ela, forçando a mente a viver apenas aquele momento, sem deixar a realidade escondida de sua vida atrapalhar.

— Bem-vinda ao pavilhão de caça — disse o duque, passando o braço em volta dela e levando-a até a porta que ele abriu com uma chave tirada do bolso.

— Nós vimos esse lugar de longe! — Isabelle entrou, percebendo que as janelas estavam abertas para a luz diurna e o lugar estava não apenas limpo, como pronto para os hóspedes que receberia. — Você não pensou nisso de última hora, não é?

— Eu queria ficar completamente sozinho com você. Se alguém atravessar essa porta nas próximas quarenta e oito horas, eu juro que não viverá. — Nathaniel trancou a porta.

— Você disse quarenta e oito? Temos todo esse tempo? — Ela levantou a sobrancelha, virando apenas o rosto sobre o ombro para olhá-lo.

— Teremos dois dias para não nos preocupar com absolutamente nada. Seria de seu interesse?

Isabelle abriu um sorriso; estava mais que interessada. Pensou que poderiam até ser incomodados. Porém, o seu duque pensava em tudo e agora ela podia ser apenas o que desejava: uma recém-casada que tinha motivos mais interessantes para causar nervosismo nele.

— Nunca fiquei tão interessada em me esconder do mundo. A companhia parece ótima — gracejou ela e seguiu na frente para explorar o lugar.

Isabelle foi para a beira da escada e tornou a olhá-lo por cima do ombro.

— Você mandou entregar meus pertences aqui?

— Eu não a deixaria desamparada.

— Quero tirar esse vestido de noiva com fechos complicados. Você será uma boa camareira para mim?

— A melhor. Não deixe Flore saber — brincou ele.

Ela subiu. A escada ficava entre paredes, diferente do padrão que as outras construções da propriedade apresentavam. Isabelle encontrou o quarto principal e entrou, avançou pelo cômodo, admirando aquele ar mais rústico em meio à opulência do castelo. A cama era inesperada, uma peça robusta e com dossel aberto, num profundo tom de verde. Era o item mais chamativo, pois contrastava com tudo, até mesmo com o biombo enfeitado em padrões negros e dourados. Ele também não seria esperado dentro do pavilhão de caça. E talvez esse fosse o apelo.

Ela retirou as luvas que recolocara para deixar o castelo e deixou-as numa mesa perto da janela. Voltou até o meio do quarto quando Nathaniel entrou com um castiçal e acendeu as velas. Era dia, mas estava nublado e provavelmente nevaria mais tarde. Ele foi acender a lareira enquanto ela soltava os pequenos botões escondidos nas laterais da manga. Quando a alcançou, Isabelle parecia num dilema, pois conseguia alcançar os botões de baixo, mas eles não queriam soltar com o resto de suas costas abotoada.

Isabelle sentiu as mãos dele em seus braços e depois a sua volta.

— Não precisa se apressar. — Ele beijou a lateral do seu rosto, ela relaxou contra ele. — Depois de vencer as melhores discussões e me deixar sem palavras e sem ação, não fique nervosa por nada que eu faça.

Ela passou um bom tempo escondendo o nervosismo que ele lhe causava, mas não pretendia esconder nada agora; queria sua chance de ser autêntica e ele lhe proporcionava isso.

— Apesar de tudo que falavam sobre mim e de todos os homens que supostamente seduzi, nunca me despi na frente de um — respondeu ela.

Nathaniel se moveu e assim ela pôde ver seus olhos quando ele disse:

— Eu sei. — Ele a abraçou, confortando-a.

A sensação que a proximidade dele lhe causava era viciante, ela sabia havia meses, desde que ele a abraçou pela primeira vez para um daqueles beijos secretos na carruagem. Ainda bem que não precisava mais resistir, pois essa era a pior parte. Fazia tempo que só queria se apertar contra ele da forma mais íntima possível.

— Mas quero tirar esse vestido para guardá-lo como uma lembrança desse dia.

— Prometo que não irei rasgar nada. — O tom dele foi tão suspeito que ela riu.

Ele voltou a sua tarefa de libertá-la da peça que podia ser linda, mas era trabalhosa.

— Mas estamos sozinhos — lembrou ela, justamente quando ele empurrou os ombros soltos em direção aos braços dela.

— Felizmente, finalmente — adicionou. — Vou servi-la da melhor maneira — disse ele, após soltar o laço da anágua que ia logo abaixo do vestido.

— Você já mostrou suas habilidades com um *corset* — lembrou ela.

Nathaniel sorriu e suas mãos tocaram justamente a peça que começou os atos mais inapropriados entre eles, meses atrás. Essa não estava tão apertada; tinha outro formato e era delicadamente enfeitada. Ele soltou o *corset* também e Isabelle retirou o vestido. Ela se virou e levantou as saias até o início das coxas, mostrando as meias grossas.

Um sorriso leve iluminou o rosto dele. Os dois não tinham jeito; ele não só já vira as meias dela como já as retirara antes. Mais um ato inimaginável. Nathaniel sentou-se na namoradeira sem encosto que ficava junto aos pés da cama e deu uma batidinha no joelho de Isabelle. Ela estreitou o olhar para ele e levantou a perna, ele a pegou pelo tornozelo e apoiou seu pé no espaço do banco entre suas coxas.

Ela ficou com o joelho dobrado bem à frente dele, mas Nathan dessa vez não fez a menor questão de manter a coxa de Isabelle coberta quando deslizou os dedos até o prendedor da meia. Ele levantou o olhar para a reação dela enquanto descia a meia e Isabelle o observava atentamente.

— Parece que agora tocar as minhas meias não é mais uma transgressão gravíssima e escandalosa — comentou ela.

— Eu me certifiquei disso. — Ele desceu os dedos roçando aquela perna desnuda enquanto tirava a meia, fez o mesmo quando ela trocou de perna.

Ela desceu a perna, aproveitou que ele estava sentado e soltou o lenço do pescoço dele, puxando-o de um lado e o balançando no ar.

— Para quem já me viu usando um roupão, um lenço não é uma transgressão tão grave — provocou ele.

Inclinando-se novamente, ela soltou os botões da casaca e deslizou as mãos por dentro, entrando por baixo do tecido em seus ombros e empurrando a peça.

— Não apenas o vi com o roupão, eu o senti com apenas aquela camada de tecido sobre seu corpo. Porque você, seu duque indecente, sai pela madrugada usando somente um roupão. Ao menos eu tinha uma camisola por baixo do meu robe.

A expressão dele dizia tudo. A camisola e o robe eram o mesmo que nada. Ela estava mais vestida naquele momento, usando a roupa de baixo que ainda consistia em três camadas.

— Tivemos aventuras interessantes até chegar aqui — comentou ele.

— Não sei como escapamos de todas elas — concordou Isabelle.

— Nós não escapamos. Tem um documento que diz que nos entregamos pelos nossos crimes. — Ele ficou de pé, com a camisa aberta e o colete ainda pendendo dos ombros.

Isabelle deu uma boa olhada nele, havia diversos motivos para ela temer as consequências do documento que assinou horas atrás. E muitas razões para não se arrepender de nada; a principal delas bem à sua frente. E ela estava arrebatada por tanta intimidade. Ela o vira com a camisa molhada e aberta na beira do rio, mas a sensação de vê-lo daquele jeito no quarto era incrivelmente mais arrasadora.

Ele a acompanhou com o olhar quando ela deslizou usando só a anágua por cima da roupa íntima e entrou atrás do espaço escondido pelo biombo, havia tudo que ela precisaria ali. Nathan pendeu a cabeça e se pôs em movimento.

— Dê-me um minuto — disse ele.

Como se ela tivesse algum evento mais importante que cortar a espessa camada de tensão sexual que os rodeava desde que se conheceram, mas foi ficando tão densa que era surpreendente eles não sentirem que estavam nadando em gelatina em volta um do outro. Pensando bem, eles sentiam. Era uma ótima desculpa para as decisões impulsivas que tomavam.

Quando Nathaniel retornou, ela ainda estava atrás do biombo e ele parou junto à lareira. Ele sentiu, mais que ouviu, a aproximação dela. Lógico que ela era furtiva e silenciosa; afinal, se tratava de uma ladra. Ele teve vontade de rir ao pensar nisso. Um espião apaixonado por uma ladra de uma família rival. Era certo que funcionaria. Se não estivesse tão louco por ela, jamais lhe daria as costas.

Isabelle andou descalça em volta dele, mais confortável sem o vestido e os acessórios. Ela tocou seu ombro, atravessando a mão pelas suas costas e parando ao seu lado, como se o estudasse para o seu próximo roubo.

— Não sei o que é mais indecente: aquele seu roupão ou esse *banyan* — comentou ela, bem-humorada. Afinal, quando deixou o quarto, ele também trocou de roupa no cômodo ao lado e ela sentia-se lisonjeada por ele se importar. Agora trajava a peça de seda cor de chumbo que tinha só um laço prendendo à frente, mas ela queria ver mais.

— Champanhe pela manhã é o cúmulo da indecência. — Ele lhe ofereceu uma das taças que segurava.

Ela abriu um sorriso e bebeu um gole, divertindo-se com seus planos. Com Nathan ela fugia para comer guisado, beber cerveja, e champanhe era seu aperitivo após o desjejum. Isabelle passou por trás dele com sua taça. Ele se virou e viu que ela usava um robe azul, quase tão escuro quanto o colar em seu pescoço.

— Conte-me sobre essa casa escondida no bosque. Deve ter algo misterioso sobre ela — pediu Isabelle.

Nathaniel se virou e também voltou para perto da namoradeira. Ela estava lá de pé com sua taça pela metade, o cabelo caindo por cima dos ombros e ele a observou, sabendo que não conseguiria mais desviar o olhar. Então chegou mais perto, sabendo que também não se afastaria mais.

— Dizem que a primeira vez que uma Bradford se encontrou às escondidas com um Hayward foi aqui. Assim como da última vez que os dois lados se apaixonaram, era aqui que se encontravam secretamente. Afinal, ambos eram casados. E certamente infelizes. — Ele se sentou na namoradeira.

Ela bebeu um gole do champanhe. Pelo seu olhar achava irônico que esse fosse justamente o local que ele encontrou para terem completa privacidade.

— Antes dessa casa, séculos atrás, aqui ficava uma torre avançada. Eram outros tempos, terras precisavam ser defendidas... E dizem que foi aqui a primeira vez que o sangue dos Bradford se misturou ao sangue dos Mowbray. Antes da primeira tragédia.

— Meu tio disse que toda vez que um Bradford se envolveu com um Mowbray, uma tragédia aconteceu. — Isabelle sentou-se junto a ele.

— Sim. Ao menos nas histórias conhecidas. — Ele pendeu a cabeça.
— Vamos mudar isso — sugeriu ela.
— Eles fizeram muitas coisas no passado, mas nunca se casaram. — Ele colocou a mão livre nas costas dela e chegou mais perto.
— Nenhuma vez? Nem para tentar selar a paz? — Isabelle levantou o rosto.
— Nunca foi encontrado registro de um casamento entre as famílias. Mas a quantidade de frutos nascidos dessas paixões trágicas. Ah, Isabelle... o parentesco deveria ter acabado com essa rixa há séculos.

Ela levantou a mão e tocou o rosto dele; uma péssima ideia se queria conversar um pouco mais sobre história. Ele falaria o dia inteiro se ela quisesse.

— Não será trágico entre nós — disse ela, como uma promessa sussurrada que só pode ser dita em particular. — E vou carregar um fruto dessa união. Mas dessa vez haverá registro. E não nos matarão por essa briga antiga.

Nathaniel não resistiu a se inclinar e beijar os lábios dela, como se selasse a promessa dela.

— Terminaremos com isso de vez. — Ele descansou a taça, ignorando o que sobrara.

— Seremos uma família só, como devia ser há muitos anos.

— Se isso houvesse acontecido, duvido que a teria em meus braços agora. Não sou bom o suficiente para abrir mão de nada de que gosto.

Isabelle virou o que ainda havia em sua taça de champanhe e o olhou:

— Seu duque tirano. — Ela abriu um sorriso.

Nathan pegou-a pelo rosto e beijou-a demoradamente, explorando sua boca, mordiscando seus lábios para sugá-los depois, deixando-a acalorada, excitada e sem fôlego. Ele a beijou pelo rosto, alcançou seu pescoço, causando leves arrepios. Isabelle murmurou o nome dele, deixou a taça vazia cair no tapete e o abraçou. Nathaniel segurou-a junto ao seu corpo, regozijando-se do fato de que nada mais o impediria de tê-la junto a ele pelo tempo que quisessem.

Isabelle tocou seu rosto, e Nathaniel podia jurar que ela enxergava o quanto ele estava tomado pela realidade de ter a mulher que tanto queria havia meses, independentemente de o quanto havia negado.

— Você parece sério, Nathan — inclinou-se, roçando os lábios nos dele.
— Do jeito que ficava quando estava se escondendo de mim. — Ela lhe deu

um daqueles beijos breves e úmidos que o enervavam, pois botavam seu sangue em movimento e nada podia ser feito sobre isso. — Quando finge, você até sorri, mas ficava tão sério quando o beijava e o frustrava.

— Eu odiava, Isabelle.

— Você odeia não ter o que quer.

— Eu odiava não ter você de forma alguma.

— Então decidiu que não teria de forma alguma — sussurrou ela perto dele e balançou a cabeça. — Seu duque maldito.

— Perdi esse jogo. Sabemos disso.

Ela riu um pouco, de como ele era cínico.

— Como se chama um fingido que perde um jogo para ter o que quer no final?

— Estrategista.

— Você é terrível.

Ele concordava, mas a beijou, pois foi para isso que perdeu.

— Faz tempo que quero beijá-la da cabeça aos pés para ver se essa urgência de possuí-la me abandona, mas não consigo me afastar dos seus lábios.

— Deve ter sido o tempo que passou tentando evitá-los — provocou ela.

— Fiz por merecer o tormento.

Era óbvio que para Isabelle o tormento do duque nunca era suficiente. Ela se afastou, ficou de pé e passou os dedos pelo colo, onde as safiras chamavam atenção sobre sua pele.

— Adorei o colar que fez para mim, é o mais belo que poderia imaginar. — Ela afastou o robe, expondo o topo dos seios. Nathaniel manteve o olhar sobre ela, como a criatura desconfiada que era e simplesmente porque não podia parar de olhá-la. — Você disse que me queria só com ele.

Ela se expôs tão perigosamente que faltava pouco para ficar com os seios desnudos.

— Por quê?

— Queria vê-la. Inteira.

— Só isso?

— E não queria mais nenhuma barreira para a minha boca.

Havia um leve sorriso na face dela quando disse:

— Exponha-se para mim. Eu ganhei, não foi?

Nathaniel empurrou o *banyan* de seda cor de chumbo e ficou de pé, o monte de tecido deslizou da namoradeira para o chão. Ele só tinha as ceroulas para fazer um péssimo trabalho cobrindo-o. Para Isabelle estava perfeito. Seu olhar desceu pelo peitoral que já vira sob a camisa molhada, mas dessa vez notou cada detalhe e cada marca misteriosa de ferimentos antigos. Ele era exatamente como havia visto e imaginado: elegante, atlético, rijo, atraente e cheio de segredos mesmo em sua seminudez.

— Vou mudar a estratégia. — Ele a pegou pelo rosto e a segurou junto a ele. — Cavalo para D5 — provocou e beijou-a antes que ela pensasse em jogar para ludibriá-lo, como não se cansava de fazer.

Ela sorriu contra seus lábios; ele podia mudar quantas estratégias quisesse, os dois sabiam que ela saíra vitoriosa no xadrez da vida, mas estava exatamente onde ele mais queria. Nathan beijou-a pelo colo exposto, a boca em sua pele a excitava e descia sobre os seios, ele afastou só um lado do robe e abocanhou um mamilo, que sugou lentamente, domando a fome que sentia por ela e descobrindo o efeito que lhe causava.

— Não consigo visualizar o tabuleiro... — murmurou ela.

Segurando-a pela cintura, ele a colocou na namoradeira e tornou a cobrir o seio, mantendo um brilho provocativo no olhar. Nathaniel inclinou-se e a beijou, ela o segurou pelo pescoço e o manteve ali até ambos estarem tão ávidos que tudo que mais desejavam era devorar um ao outro.

— Antes de levá-la para a cama, comprometa-se comigo. Inteiramente.
— É o que deseja?
— Sem reservas.
— Não pode ser de nenhuma outra forma com você, não é?
— Não precisei despi-la para me sentir mais próximo de você que já senti com qualquer pessoa. Próximo demais, Isabelle.
— Mas proximidade o assusta.
— Não posso ser próximo assim de ninguém.
— Sabe, nem eu.
— E, no entanto...
— Eu sei. — Ela sorriu e beijou seus lábios só para desestruturá-lo.
— Comprometa-se — disse ele, resistindo.
— Vou confiar em você.

Nathaniel continuou olhando-a.

— Eu me comprometo. Inteiramente — concedeu. — Prometa para mim.
— Eu me comprometo. Sem reservas.

Dessa vez foi ele que a pegou pelo pescoço e a beijou, selando o acordo que teriam de descobrir como cumpririam. Isabelle o abraçou e ele a levantou. Ela acabou empurrando-o e ficando sobre o seu colo.

— Não é a primeira vez que acabo no seu colo, duque.

— Nem a segunda.

— Terrivelmente inapropriados. — Ela desceu as mãos pelo seu cabelo loiro, grudou os lábios nos dele e o beijou do jeito mais instigante que sabia, podia sentir seu membro duro se pressionando contra ela.

As mãos dele percorreram os quadris dela por baixo do robe, sentindo a pele desnuda e macia, deslizando para a parte de dentro de suas coxas e fazendo-a se retesar e arquejar na boca de Nathaniel.

— Quando tirei suas meias no rio, notei que era sensível aqui. — Os dedos dele subiram por sua coxa. Isabelle manteve o olhar nele, ansiosa e excitada. — Quanto mais pode ser?

Seus dedos a encontraram úmida, ele a cobriu com a mão e ela apertou seus ombros, deixando a boca encontrar a dele. Nathaniel afundou o rosto no seu colo dela. Por tudo que sabia podia ter caído a madrugada que não teria percebido o tempo passar.

— Hayward, seu maldito. Sei como termino isso.

Ele sorriu. O desgraçado convencido sorriu.

— Eu sei como *eu* termino.

— Como?

— Apaixonado.

Um sorriso leve iluminou o rosto de Isabelle, que não tinha pudor algum de fazê-lo ir um pouco mais longe e dizer o que queria ouvir.

— Rendido?

— Arrebatado — assentiu ele.

— Corrompido?

— Transtornado — adicionou ele.

— Mais — pediu ela.

— Extasiado — concluiu, deitando mais a cabeça para poder olhá-la.

Isabelle ficou de pé à frente dele e disse:

— Entregue.

Dessa vez ela terminou de fazer o que ele pediu, soltou o robe, abriu e o empurrou pelos ombros. O tecido escuro se acumulou no chão e ela vestia só o colar. Olhou para ele daquele jeito divertido e direto de quem sabia que as pedras no seu pescoço eram só o adorno para a beleza dela. E que ele não tinha mais controle sobre a vontade de tocá-la. Porém, dessa vez havia algo novo no semblante dela: anseio e desejo. Não era algo que alguém mais havia lhe causado. Só ele, o maldito Hayward.

Nathaniel a segurou pelas coxas, trazendo-a de volta para o alcance dele, inclinou-se e beijou seu abdômen macio. Suas mãos acompanharam as curvas, afagando sua carne e ele ficou de pé lentamente, deixando os lábios vagarem na pele dela. Então capturou sua boca e perdeu-se num beijo que deixou ambos ofegantes.

Uma vez ele dissera que sabia de todos os elogios vazios e excessivos que jogavam sobre ela, o que não o impedia de dizer a verdade, e para ela os outros não importavam. Gostava do jeito que ele a olhava e como a fazia se sentir confiante e apreciada.

— Nenhuma pintura lhe faria justiça, Isabelle. Nada faria... — murmurou ele com os lábios quentes voltando por seu pescoço e sem nada para impedi-lo de tomar os seios nas mãos e excitá-los com a boca.

Ela abaixava aqueles cílios escuros, olhando o que ele fazia, apenas deixando-se levar pelas sensações. Então levantava o olhar e o cravava nele, do seu jeito hipnotizante e sensual. Nathan não acreditava nos boatos; ele *sabia* o que ela podia fazer só com um olhar, ele só não ia mais resistir.

Isabelle puxou os cordões das ceroulas dele e ficaram ambos nus e expostos à apreciação mútua. Ele a colocou na cama e venerou seu corpo com as mãos e a boca, despejando seu desejo em cada beijo, no jeito como a tocava e a respirava. Beijou suas coxas, brincando com a sensibilidade interna, e alcançou seu sexo. Afastou suas pernas e a experimentou, provocando um choque de prazer e um arquejo.

Nathan elevou suas coxas, sentiu seu gosto e procurou por mais. Ela gemeu e relaxou o corpo no colchão, só para sentir a tensão se avolumando enquanto ele chupava seu clitóris inchado. Ele não parou por nada; queria cada tremor dela. Não precisava mais reprimir sua fome e observou-a até ela estremecer e segurar-se a ele, gozando enquanto puxava as mechas claras do seu cabelo.

— Nathan... — chamou ela baixo.

Ele segurou a mão dela e beijou da palma até as pontas dos dedos. Isabelle não conseguia desviar o olhar de cima dele, nem quando ele sugou os dedos que beijara e os colocou sobre o botão sensível em seu sexo.

— Continue — murmurou ele.

Segurando-a, ele a ajeitou na cama e a beijou, ela esfregou suavemente no ponto sensível onde ele a estimulara com a boca, ficando surpresa com sua capacidade de sentir prazer e por poder evocá-lo também.

— Você quer me possuir. — Ela afastou as pernas, deixando-o encaixar-se a ela, mas Nathan cobriu sua mão e fez com que se estimulasse mais.

Isabelle gemeu baixo; era como manter uma linha de excitação contínua após o êxtase que ele causou.

— Vou possuí-la. Perdoe-me, fui desonesto. — Ele se apoiou e empurrou os quadris, começou a deslizar para dentro dela. — Não citei isso quando lhe pedi para dizer *sim*.

Ele terminou dentro dela e lhe deu um momento. Ela fechou os olhos, manteve o cenho franzido, e seus dedos pressionaram o clitóris numa mistura de sensações. Depois, segurou-se a ele e tornou a olhá-lo. Nathan beijou seus lábios, elevou mais as suas pernas e manteve o olhar nela ao se mover.

— Sabe a expressão que tem agora? — A voz dela saiu num sussurro.

— Não. — Ele balançou a cabeça e sorriu. Deixou o corpo cobri-la e beijou-a no pescoço. Seus quadris se moviam de um jeito lento e contínuo.

— Eu a queria tanto, Isabelle. Nunca vou deixar de querer.

— Prazer... — Ela cerrou os olhos, tomada por uma mistura da mesma sensação e do inevitável desconforto enquanto seu corpo se acostumava a recebê-lo. — Você fica fabuloso com essa expressão de prazer.

Nathaniel tornou a se elevar, ainda estava dentro dela e já precisava de mais tempo com ela de tanto que a queria. Foi o que lhe sussurrou de novo, a cada vez que entrava e saía do seu corpo. Tornou a tocá-la, arrancando-lhe gemidos curtos, repetidos e suaves. Ela estava se deixando levar por prazer mais uma vez, entranhando-se sob a sensação da invasão da primeira vez. As estocadas ficaram mais curtas quando ele não pôde mais se conter, seu corpo estremeceu, os grunhidos cobriram os ofegos de ambos.

Isabelle fechou os olhos e ouviu o som do seu orgasmo, ele deixou seu sexo pouco antes e ela sentiu a quentura do seu sêmen e do corpo junto ao dela enquanto os tremores o tomavam, retesando seus músculos e eriçando seus pelos. Ela abriu os olhos só para ver a beleza do prazer o dominando. Porém, ele fez o inesperado e substituiu o toque dos seus dedos pelo de sua boca. Ela achou que já era demais, que seu corpo tinha um limite, porém ele a deixara tão perto que quando cobriu seu clitóris com a boca, sem resquícios da suavidade anterior e a chupou ainda tomado pelas sensações do próprio êxtase, ela explodiu em um gozo ainda mais intenso que o anterior.

Ele tornou a subir sobre o seu corpo. O beijo foi preguiçoso e satisfeito de ambas as partes. Ela adorou ver o jeito como ele se perdeu nas sensações. Nathan adorou ver o prazer surgir nela e sua disponibilidade para se entregar a ele. Era muito mais que ambos se permitiriam se não houvessem ficado juntos.

— Você não estava falando só no sentido carnal, estava? — perguntou ela.

— Em todos os sentidos. — Ele se apoiou no cotovelo ao lado dela e beijou seu rosto.

Isabelle se virou para ele e tocou sua face, olhando-o de perto.

— Como você realmente termina, Nathan?

— Exposto. Em carne viva.

— Vou guardar seu segredo — sussurrou ela. — Você também tem a leve sensação de que acabamos de quebrar uma lenda histórica e familiar?

— Sim. Ainda bem. — Ele abriu um grande sorriso.

Mais tarde, depois de usarem a banheira no cômodo anexo e encontrarem comida e roupas de dormir, eles se deitaram juntos para aproveitar a privacidade que teriam. Isabelle recostou a cabeça contra ele e ficou tentada a lhe contar tudo. Absolutamente tudo. E ver a vida que queria desmoronar antes mesmo de começar. Não conseguiu, mas forneceu algumas peças ao quebra-cabeça que Nathaniel já estava montando.

Capítulo 32

Isabelle gostou de ficar isolada com Nathaniel, fingindo que eram pessoas normais e que seu casamento seria tão previsível quanto qualquer outro. Mas não passava de fantasia. Assim que chegou, teve de encarar a realidade: sua família continuava em Hayward. E parte disso era culpa dela, pois havia dito que queria passar um tempo com a mãe. Devia ter previsto que Genevieve jamais aceitaria partir e deixar Madeline.

— Olha só a duquesinha de araque achando que algo mudou. Você ainda não nos deu nada para ter poder de barganha. Comece a fazer sua parte primeiro.

— Fiz tudo que vocês exigiram.

— Mentira. Ainda não escutei o som das moedas nos meus bolsos — respondeu Genevieve.

— Chega dessa discussão inútil. — Gregory estava espiando da porta. Ele tinha a sensação de que no interior daquele castelo o duque era onipresente; escutava e sabia tudo.

— Minha mãe vai ficar aqui por uns dias. E você causou isso. Realmente acham que ninguém nessa casa pensa que é estranho eu passar a temporada, me casar com um duque e minha mãe não estar presente em nada nisso?

— Ela está louca. Ninguém a culpa — disse Genevieve; afinal, ela inventara essa história.

— Ele não acredita nisso. — Isabelle andou até a janela e passou a mão pela testa. — Como vocês são tão patifes e mesmo assim tão burros?

— Longe de mim querer me meter. Mas sua mãe é a marquesa viúva. O lugar dela é em Hitton Hill — disse Gregory.

— Sim, onde você pode garantir que ela continue sozinha — observou Genevieve, como se não fosse ela a principal a isolar Madeline. — Além disso, de que sua mãe adianta agora? Já se deitou com o maldito homem. O mal está feito.

— O lugar da minha mãe é onde ela quiser. Vocês não vão mais tratá-la como uma prisioneira. Não importa o que eu tenha que fazer, isso acaba aqui.

— Ela não é uma prisioneira, Isabelle — defendeu-se Gregory.

— E o que você pensa que...

— Ela pode ficar por mais tempo, se quiser — decidiu ele, enfurecendo a esposa.

Isabelle resolveu que ia acabar com aquele poder deles sobre sua mãe. Eles não deixavam que ficassem juntas como uma maneira de controlar ambas. Ela se casara com o duque, fingia não gostar dele e ainda continuavam presas. O problema era que Madeline tinha suas próprias ideias e, apesar de tudo, ela nunca quis deixar seu lar. Ela só queria que lhe dessem espaço para ter paz e não a afastassem da filha.

Antes de partir, Gregory foi informado pelo mordomo que tinha uma reunião com o duque. Viver em Hayward era diferente de viver na corte porque tinha pouca gente e menos intriga, mas, do mesmo jeito que não se dizia ao rei que não ia comparecer quando ele requisitava, não se fazia o mesmo com o duque. Gregory só não esperava que fosse para poupar seu trabalho.

— Os fundos são para recuperar Hitton Hill. Meu administrador vai gerenciar o fluxo necessário. Não quero a casa da minha esposa se deteriorando com o passar dos anos. Nossos filhos vão conhecer o lugar.

— Eu jamais negaria, gostaria de vê-la como era antes.

Nathaniel se virou e observou a paisagem salpicada pela neve suave daquela manhã. Gregory teve a dignidade de se aproximar e parar ao seu lado. Estava morrendo de frio, não sabia que o encontraria na sala na parte dos fundos do castelo. Nathaniel estava de pé à frente das portas abertas, como se não sentisse aquele vento congelante. O desgraçado deve ter sido chocado no gelo, diziam as más línguas; afinal, olhos prateados não viriam do fogo.

— Reforme a casa da marquesa viúva. Se é onde a mãe de Isabelle deseja morar, precisa começar por lá.

— Madeline vai gostar muito disso — comentou ele, já sabendo da briga que enfrentaria. A casa precisava de renovação, mas não estava depredada. Ela quis ir para lá, eles é que não permitiram.

— Faz muitos anos que não vejo Hitton Hill nem de longe.
— Devia nos visitar. Pode não estar glorioso como outrora, mas continua de pé e forte como sempre foi — declarou Gregory na defensiva.

Os Bradford não construíram um castelo rodeado por prédios como uma corte própria, mas Hitton Hill era extensa em terras e tinha outro estilo de arquitetura. Eles nunca concentraram tudo num só local. Donos de outro tipo de estrutura familiar, parecia que só se uniam para lutar. Não precisaram construir um Trianon, por exemplo. Cada parte da família vivia em uma casa nas redondezas, só o ramo principal habitou Hitton Hill.

— Lady Madeline disse o mesmo — comentou Nathaniel, enquanto o olhava como se estivesse lendo cada pensamento dele.

Gregory sentiu-se desconfortável. Sabia que o duque estava caçando ali.

— Ela gosta de lá, é onde sente-se em casa. Onde ainda há alguma conexão com meu irmão — respondeu ele, como se já fosse uma defesa.

Nathaniel só voltou a olhar para a expansão dos jardins dos fundos.

— Sua esposa não é apenas uma pessoa incapaz de qualquer bondade; seus atos são uma fonte de prazer. Ela gosta de dominar e causar miséria. Isabelle me disse algumas poucas verdades sobre vocês. É como um distúrbio. Já conheci outros como ela. Nunca termina bem. Principalmente se for conivente. — Ele o olhou ao proferir a última frase.

Gregory não estava esperando a mudança brusca de assunto e ficou momentaneamente sem palavras. Até porque não sentia vontade nem de fingir para defender a honra de Genevieve.

— Posso controlá-la. Ela vai adorar se manter ocupada com a reforma.

— Dava para ver a falta de esforço no cinismo.

Também deu para notar a expressão de descrença do duque. Mas, em poucas palavras, eles tinham fechado um acordo financeiro. Genevieve ia parar de dizer que ainda não havia visto nem um centavo, afinal. O problema seria quando ela percebesse que aquele era o objetivo de Gregory: recuperar Hitton Hill. George e ela não davam a mínima para a propriedade.

***

Isabelle seguiu Nathaniel para dentro da floresta ainda coberta de neve. Ela se movimentava devagar com as camadas de roupa que usava. Sua mãe havia partido de volta para Hitton Hill havia dois dias e ela lamentava.

Continuava dividida entre suas duas lealdades: uma da qual fugia, mas não podia apagar, e outra que podia salvá-la, mas ainda não conseguia confiar.

Queria se entregar ingenuamente, mas sua história a impedia. Não podia confiar em ninguém, muito menos em homens. Eles sempre quiseram usá-la, enganá-la e possuí-la de todas as formas. Por que acreditaria que Nathaniel era tão diferente? Seu amor por ele não o impediria de destruí-la.

— Você precisa fazer menos barulho, parece uma explosão a cada passo — disse ele.

Depois que a família dela partiu, eles se divertiram passando o tempo juntos exatamente como recém-casados. E ele cumpriu uma de suas promessas: deu uma arma em sua mão e a ensinou a usá-la. Em uma semana, ela demonstrou um talento surpreendente para uma novata. Não tinha medo algum de empunhar uma pistola e queria repetir e repetir até acertar.

— Tem certeza de que vai me criticar quando estou atrás de você com uma espingarda.

— Você não sabe usá-la — provocou ele, pois só a introduzira ao uso das pistolas.

— Não é um quebra-cabeça.

— Vai demorar um pouco. Está descarregada.

— E a pistola.

Ele se virou e abriu um sorriso.

— Seria desonroso. Você não é o tipo que atira pelas costas.

Isabelle mantinha uma expressão divertida ao se aproximar:

— Foi um grande voto de confiança, Nathan. Achei que dormiria com um olho aberto e outro fechado pelo menos no primeiro ano de casamento. Venho de uma longa linhagem de traidores. — Ela tocou o peito dele ao passar e deixou seu corpo roçar ao dele.

— Eu também. Somos um ótimo casal. Agora devolva a munição que acabou de pegar do meu bolso.

Ela parou e jogou a cabeça para trás, soltando uma risada. Ele também estava rindo quando parou ao seu lado e ela abriu a mão.

— Você só sentiu porque estou com essas luvas grossas!

— Sua ladrazinha oportunista — acusou ele, ainda rindo.

Isabelle nem se defendeu, só avançou com uma risada debochada. Eles pararam um tempo depois. Ela não teve tanta facilidade em controlar a espingarda. Porém, não ia desistir. O inverno não era a melhor época para caçar, mas faisões seriam apreciados. Deu para notar que o duque tinha preferência por carne branca. A floresta de Hayward era rica nesse tipo de ave; não se permitia atacar seus ninhos nem caçar filhotes, muito menos persegui-las nas terras próximas ao castelo e seus prédios. Assim acabavam se reproduzindo em bons números.

— Faisão recheado ao molho de laranja! — exclamou Isabelle quando ele derrubou uma ave grande.

— Realmente, Isabelle. O pobre bicho mal caiu.

— Sua mãe disse que agora eu gerenciarei os cardápios e ela está muito feliz em ser dispensada do trabalho após quase quatro décadas de serviço.

— Nessas últimas semanas eu já a escutei citar as quase quatro décadas de serviço umas dez vezes. Se ela quer me fazer sentir mais jovem dessa forma, não está funcionando — comentou ele enquanto ia buscar o faisão.

— Mas ela quer exatamente o contrário. Quer lembrá-lo de sua maturidade. — Ela o seguia.

— Enquanto elogia a beleza da flor da sua juventude — adicionou ele, sarcástico.

Ela pendeu a cabeça enquanto sorria.

— Só sinto atração por homens maduros — provocou ela.

— No plural? — Ele levantou a sobrancelha, provocando de volta.

— Uma pena eu ter partido antes do seu aniversário. Teria lhe dado trinta e seis beijos por ano dessa sua vida gloriosa.

— Você não vale nada, Isabelle. — Ele olhou por cima do ombro.

— Nem você. Também gosto disso. Homens bonzinhos demais são tediosos e geralmente traiçoeiros.

— Por favor, repita essa frase polêmica no meio de algum baile da próxima temporada.

— Repetirei bem alto! Terão certeza de que enlouqueci mais que quando decidi me casar com você.

— Você tem um péssimo gosto para homens. — Ele balançou a cabeça quando entrou no caminho para retornarem.

***

Assim como forneceu recursos para Gregory reformar Hitton Hill e voltar a tornar a propriedade lucrativa, Nathaniel tinha um plano para George.

O pai lhe disse que ele se sentia inútil e aí recorria a fontes não confiáveis. Então o duque disse que tinha assuntos em Londres e Dover e, como não poderia estar em dois lugares ao mesmo tempo, quis saber se ele aceitaria ser pago. George queria dinheiro e informação. Então aceitou ir e espionar os negócios aos quais teve acesso. Nathaniel tinha várias sociedades em negócios em crescimento, o que incluía indústrias, serviços, exportação e importação de bens e comércio.

Ele parece um polvo. Está sempre de olho em alguma coisa — escreveu George para o pai.

Enquanto os Bradford estavam ocupados, Isabelle começou a achar que poderia ter algum alívio desse problema, enquanto focava em outro. O duque. Ele estava envolvido em seus assuntos. Esteve recebendo visitas no Trianon e se ausentara por dois dias. Não dava um pio sobre isso. Disse se tratar de uma reunião de negócios com um lorde que ela não conhecia. E um dos talentos de Isabelle era guardar nomes, títulos, parentescos, bens, propriedades... toda informação relevante para uma boa dama da sociedade... ou uma ótima vigarista.

Mas Nathaniel sabia disso. Jamais diria a ela um nome real de que ela lembraria.

Depois de um tempo, outra pessoa começaria a pensar que ele tinha uma amante. Mas não era isso. Seria fácil demais. Se fosse outra mulher, ele a esconderia tão bem em sua rotina que ela teria de investigar. Isso era outra coisa, situações que nem ele podia controlar completamente.

— Olha só o que uma passagem secreta me trouxe — disse ela, ao ver sua cabeça loira emergir.

Nathaniel já havia tido aquela visão meses antes nas duas vezes que chegara em casa e ela estava no topo da escada. Naquela época já sabia que Isabelle não o esperava por acaso. Assim que ele saiu da escada que levava ao subsolo do Trianon, ela levantou a lanterna que carregava. Nem se dera ao trabalho de tirar a peliça que usava sobre o vestido.

— É perigoso vir até aqui com esse tempo.

— Um dos seus conhecidos poderia até me atacar? — indagou ela, lembrando-se do coronel Childs.

— As poucas pessoas que vêm aqui jamais ousariam.

— Mas as poucas pessoas que vêm até aqui devem estar sempre em perigo, não é?

— Por que estariam?

— Não vim sozinha. Percival me seguiu. Ele está lá fora congelando, pensando que não o vi — contou ela com um leve sorriso.

Nathaniel balançou a cabeça. Percival deve ter se surpreendido ao ver para onde ela ia, pois estava acostumado a seguir pessoas sem que percebessem. Mas em alguma hora a nova duquesa acabaria indo ao Trianon, só não esperavam que fosse após o anoitecer.

— Senti sua falta — sussurrou ele antes de beijar-lhe os lábios.

— Não vai mentir que voltou antes por minha causa? Gosto desse tipo de mentira.

Ele sorriu contra os lábios dela e voltou a beijá-la.

— Você está delirando, Isabelle. Não estou aqui. — Ele tocou o rosto dela até os dedos deslizarem por sua têmpora e entrarem pelo cabelo. Continuou beijando seus lábios repetidas vezes até não conseguir se afastar e abraçá-la para um beijo mais demorado.

Isabelle passou um braço por cima do ombro dele e o apertou junto ao seu corpo, beijando-o com aquela entrega que ainda o surpreendia e arrebatava. Mas logo o soltou e levantou a lanterna que segurava na outra mão. Nathaniel deixou-a se afastar a contragosto; ela escapuliu dos seus braços e abriu a porta:

— Vamos, sr. Percival. Eu me enganei, achei ter visto meu marido, mas estou delirando. Melhor ir descansar — anunciou ela ao deixar o Trianon pela mesma porta lateral que usou para se esgueirar para dentro discretamente.

Percival saiu de onde esperava e a acompanhou de volta para o castelo. Isabelle escutou a voz de Pamela na sala principal do primeiro andar; certamente falava com Andrew e, como de costume, de longe parecia que ele não respondia nada. Havia descoberto que naquele castelo as pessoas podiam ficar dias sem se encontrar se assim desejassem.

E a duquesa viúva e o marido haviam decidido dar bastante privacidade aos recém-casados no primeiro mês. Era raro encontrá-los até nas refeições. Com o passar do tempo, eles voltaram a conviver mais. Isabelle gostava deles, não achava que incomodavam, pelo contrário. Era irônico que o minúsculo núcleo familiar dos Hayward fosse inversamente agradável se comparado a sua família.

— Nathaniel! Por acaso voltou andando dessa sua breve viagem para chegar mais cedo? — indagou Pamela ao se levantar.

Isabelle se virou rapidamente, o duque entrou na sala logo depois dela. Estava com o rosto corado da rápida caminhada e do frio que fazia lá fora. E certamente caminhara até ali sem se agasalhar devidamente. Ela franziu o cenho, não escutara um passo sequer em seu encalço. Esperava não descobrir que as brincadeiras sobre ele eram verdadeiras, e Nathaniel aparecia no ar como um toque de mágica. Foi impossível não rir desse pensamento e Pamela entendeu errado:

— Imagino que contou a sua esposa que retornaria antes — comentou a mãe.

— Lógico que sim, passei a informar todos os meus passos a ela desde o casamento — respondeu Nathaniel com pura seriedade cínica.

Isabelle só o observava com olhar estreito. Isso não podia estar mais longe da verdade.

— Não seja cínico, Nathaniel. — Pamela abriu o pedaço do jornal que Andrew acabara de largar. Era a edição londrina do *Times* de três dias atrás. — Dois meses da união mais inesperada da aristocracia seria o fim da última grande rixa familiar? — leu Pamela. — Duvido que os escandalosos da sociedade estejam tão quietos para que ainda se lembrem de publicar algo sobre vocês — reclamou.

Isabelle e Nathaniel trocaram um olhar. Ele levantou a sobrancelha e ela o encarou com desconfiança. Foram ao mesmo tempo em direção à saída dos fundos da sala, mais perto da escadaria.

— Vou procurar a bagagem desaparecida do duque, já que ele chegou de viagem a pé e sozinho — informou Isabelle.

— Já que andei quilômetros pelo campo congelado, certamente estou à beira de contrair um terrível resfriado. Vou agora mesmo imergir meu corpo em água quente — emendou ele, saindo atrás dela.

Andrew observou a saída deles e tornou a levantar o jornal, Pamela olhou para a porta um tanto indignada.

— Eu não sabia o que estava criando quando apoiei essa união. Eles são terrivelmente parecidos nas piores e nas melhores características. Cínicos, mentirosos, sarcásticos e cheios de segredos. Pergunto-me o quanto guardam um do outro.

— E tudo isso certamente causará um grande problema em algum momento — murmurou ele sem tirar os olhos da página que lia.

— O que disse?

— Não se esqueça do ultrajante desrespeito às regras sociais básicas.
— Ambos são extremamente educados. Criei meu filho muito bem. Apesar de tudo... — Ela franzia o cenho.
— Porque são fingidos — contrapôs ele.
— Você está um tanto ácido hoje, Andrew.
— Sou ácido todos os dias, meu bem.
— Eu sei e gosto disso.
— Eu sei. Olha só o filho que você criou.
— Agora você está saindo da linha.
Ele só soltou uma boa risada e voltou a levantar o jornal.

***

— Não vá me dizer que é imune ao frio como dizem pelas suas costas! — Isabelle o ajudou a tirar o paletó rapidamente.
— Imune é uma palavra muito mal-empregada para minha resistência natural ao clima. Por curtos períodos. — Ele jogou o lenço para algum lugar do quarto.
Ela tirou as luvas e espalmou as mãos em seu rosto. Ele ficou parado, aproveitando a quentura do toque dela.
— Melhor?
— Muito. Mas não está tão frio para eu perder o nariz. — Ele deu um sorriso entre as mãos dela e Isabelle apertou seu nariz frio.
— Ainda tem neve lá fora, Nathan!
Ele se inclinou e a beijou, encaixando seus lábios perfeitamente aos dela e procurando um contato mais demorado e profundo. Isabelle desceu as mãos sobre o colete dele, e Nathaniel a beijou até que ela deixou de se importar com sua última inconsequência envolvendo o perigoso clima invernal.
— Agora meu rosto está mais que quente — murmurou ele contra os lábios dela.
Ele tirou o colete também, com o calor da lareira no quarto, já não estava mais correndo para tirar as roupas frias e evitar um possível resfriado. Mas queria ficar sem as roupas junto com ela por motivos muito mais divertidos.
— Não somos esperados para um jantar tardio, certo? — Ele arrancou a camisa e descartou-a displicentemente sobre a poltrona mais próxima do fogo.

— Tenho certeza de que vão deixar a ceia no cômodo ao lado — comentou ela com um brilho malicioso no olhar.

Isabelle tinha deixado sua peliça sobre a cama. Então botou as mãos para trás e puxou o vestido, soltando alguns botões com habilidade. Nathaniel se aproximou, passou um braço à frente do colo dela e a encostou a ele. Isabelle segurou perto de seu pulso e afundou no aconchego da proximidade dele. Ele a beijou na face e desabotoou o vestido para ela.

Nathaniel desceu o vestido e Isabelle pulou de dentro dele; então se virou rapidamente:

— Diga-me, o que tem embaixo do Trianon. As masmorras?

— Masmorras? — Ele se inclinou um pouco, rindo.

— O calabouço? Não me diga que não tem, esse lugar existe há muito tempo.

— Ele existe, mas atualmente parece um estoque. Calabouços também podem ser reformados, estamos no século XIX. — Ele achava graça.

— Seu mentiroso! Não ia se desfazer de calabouços tão grandes como esses devem ser. Onde esconderia as almas que alimentam sua capacidade de andar pela neve sem sentir frio?

Os dois riram e ouviram bater a porta de serviço da sala de vestir. Riggins, o valete, deve ter ido jantar e deixado o banho pronto. Isabelle estreitou o olhar:

— Deve ser a entrada de um cofre escondido. Ouvi dizer que isso aqui parece o baú do tesouro de um pirata. — Ela pendeu a cabeça com um sorriso.

Ele se sentou um momento e chutou as botas da mesma forma displicente.

— Já que você quer se aventurar pelo Trianon, é melhor aprender a se defender.

Isabelle se livrou da anágua — que ainda a acusavam de não usar por baixo de seus vestidos escandalosos — e ficou de *corset*, chemise, calções e meias.

— Essas suas lições nunca terminam bem. Alguém acaba perdendo as roupas... geralmente eu.

— Vivemos uma igualdade aqui. — Ele abriu os braços; afinal, estava só de calções.

Ela desceu o olhar pelo seu corpo sólido, dos ombros largos ao peitoral e abdômen reto, onde os cordões dos calções estavam soltos. Achava-o impressionante com suas roupas bem cortadas e feitas de tecidos ricos e também sem nada cobrindo sua pele.

— E o que aprenderei hoje? Como escapar de um agressor que me segura por trás? Como dar um golpe para derrubar o oponente? Um jeito novo de asfixiar alguém maior que eu?

Ele se aproximou dela, observando seu rosto e dando uma olhada em seus trajes, planejando livrar-se do *corset*. Mas a surpreendeu ao levantá-la. Isabelle envolveu seus quadris com as pernas e se segurou em seus braços.

— Hoje você vai aprender a se livrar de mim. Bem rápido. — Ele foi levando-a para a sala de vestir.

— Não! — Ela o abraçou. — Não quero.

Nathaniel sorriu enquanto ela o abraçava apertado com braços e pernas.

— Abra a porta.

Ela colocou a mão para trás e girou a maçaneta da sala de vestir. Quando entraram, ela tocou o rosto dele com as mãos e o olhou de perto.

— Dizem que a distância torna o coração mais afetuoso, mas eles são tolos. Ou fortes demais. Meu coração só dói pela sua falta. — Ela tocou seus lábios, depois os beijou. — Não vai se ausentar pelos próximos dias. Não é?

— Não irei a lugar algum. Não sem você. Eles estão errados. Pensar em você quando está longe de mim não fortalece meu coração, só me mata um pouco mais.

— Até abraçá-lo outra vez — continuou ela.

— Até abraçá-la outra vez — confirmou ele, num sussurro.

Isabelle o beijou com carinho e sofreguidão, como se não o houvesse beijado no quarto. Depois admirou seus olhos prateados enquanto mantinha seu rosto cativo.

Capítulo 33

Quando George chegou ao castelo de Hayward, estava em uma nova função. Tinha passado tempo recebendo e vendo questões para o duque. E passou todas as informações que pôde aos pais. Também guardou muitas coisas para si. E não resistiu a responder a certos desvios. Tinha largado mais uma amante rica quando deixou a cidade outra vez. E foi bem a tempo; tinha se envolvido com a rica viúva de um grande comerciante, e a família dela descobriu. Eles não viam casos amorosos do mesmo jeito que a *ton*.

Ele se sobressaltou ao escutar um som de tiro e logo depois um barulho de comemoração. Será possível que aqueles malditos tinham começado uma briga com outra família e já estavam se matando no jardim? E sem convidá-lo. Porém, para seu desgosto era só sua prima que tinha finalmente acertado em alguma coisa com a espingarda, atirando sem assistência.

George não esperava que o duque fosse deixá-la pegar uma arma, muito menos ensiná-la a usar. Ele não gostava dessa ideia. Isabelle já era perigosa o suficiente sem ter acesso a algo capaz de derrubar uma pessoa num único tiro. Ela não tinha medo de se defender, mas usava o que tivesse à mão. Como o vidro de perfume que deixou uma cicatriz na cabeça de Genevieve.

Ele a viu correr e se jogar nos braços do maldito duque enquanto ria e comemorava. Demorou um momento até ela notar que o primo se aproximava.

— George! Que surpresa vê-lo de volta tão cedo! — exclamou ela, fingindo animação.

O sorriso dele era muito mais genuíno, pois George realmente gostava de vê-la. E lhe deu um abraço breve, como o primo que convivia com ela e morava sob o mesmo teto que ela desde a morte do marquês. Ainda bem que ela estava de costas para o duque. Assim ele não pôde ver sua expressão ao ser abraçada. Ainda mantinham a farsa de serem primos tão próximos que até roubavam juntos. Nathaniel não disse à esposa que ameaçou Gregory por causa disso. O tio falou que o duque lhe *pediu*, quando na verdade ele *ordenou*.

— Vejo que está ficando cada dia mais perigosa — brincou George, desviando o olhar para a espingarda que Isabelle segurava desarmada e virada para o chão.

Ela conhecia aquele olhar, ele estava mentindo. Nathaniel se aproximou mais e tudo que viu foi o olhar de anseio no rosto de George. Já havia desconfiado, mas as relações entre os Bradford eram problemáticas.

— Terminei minhas tarefas e o tempo que precisava para o novo pagamento das ações — informou ele a Nathaniel. — Pensei em vir reportá-lo e aproveitar para visitar minha família.

— Li na coluna social de umas semanas atrás que talvez você estivesse a ponto de noivar. Uma enorme surpresa! — exclamou ela com o olhar avaliador sobre ele.

O tom era só de brincadeira; porém, ambos sabiam que se ele fosse obrigado a se casar seria apenas por dinheiro. Mesmo tendo se apaixonado por Nathaniel, Isabelle ressentia o fato de que só ela fora usada para um acordo de casamento; já planejavam isso antes de pensar no plano que envolvia o duque. O que mais havia eram nobres se casando com herdeiras ricas... por que George foi poupado?

— Tudo boato. Ainda não encontrei a pessoa certa.

Eles foram à frente, mantendo a conversa sobre assuntos triviais, e Isabelle bancava a prima alcoviteira ao dizer que George precisava de um par. E que ela poderia ajudá-lo a encontrar. Algo que jamais faria, não queria condenar mulher alguma a ter seu primo infiel e mau-caráter como marido e uma sogra vil e controladora como Genevieve.

O futuro marquês estava preparado para ficar em Hayward só por uns três dias, descansando da viagem e se inteirando da nova vida da prima. Dizia a Pamela que ainda estava se acostumando com a ausência de Isabelle, pois ela se tornara uma irmã mais nova. E ele era tão encantador quanto. Era surpreendentemente atraente, dotado das características originais dos Bradford, com aqueles olhos sedutores, o cabelo castanho e brilhoso, a bonita construção facial e o físico harmonioso. Não era à toa que sempre tinha tantas mulheres a sua volta.

— Ninguém é de confiança no porto. Precisa manter mais de uma pessoa administrando seus negócios. Não é possível que um só administrador lide com tanta gente e em campos tão diversos — opinou George, quando sentou-se para se reportar.

Outros diriam que ainda mais esquisito que o duque de Hayward se casar com uma Hitton era ele começar uma amizade com os familiares dela e tratá-los como se fossem aliados. Era comum designar parentes para lidar com os negócios. Mas ninguém acreditava no outro ali. Isabelle tentou dizer isso. Pamela não se intrometia nos negócios do filho, mas Andrew era uma das pessoas de confiança que cuidava de assuntos importantes para o duque. E ele parecia estranhamente despreocupado.

— Emprego diversas pessoas para cuidar desses assuntos, George. Mas não tenho familiares para supervisionar as pessoas que contrato — explicou ele.

George estava feliz em assumir essa posição. Só precisava conquistar a confiança do duque para ter mais acesso. Ele percebeu que fora introduzido a uma parte pequena dos negócios como um teste.

***

— Você o roubou! — exaltou-se Isabelle, quando os dois ficaram sozinhos e longe dos ouvidos dos outros. — Seu tolo ganancioso!

— Você sempre supõe o pior de mim.

— Por que você não tem controle perto de dinheiro! Se pudesse, comeria moedas em vez de comida! — Ela o empurrou pelo ombro e se afastou. Ele estava bloqueando sua passagem.

— E qual foi o objetivo de tudo isso? Roubar! Tudo! Até o último centavo possível! — reagiu ele.

Ela continuou andando pelo caminho que retornava do grande chafariz no jardim dos fundos do castelo. Não estava irritada exatamente pelo roubo, mas pela tolice dele. George era mais esperto que os pais, demonstrou isso inúmeras vezes, porém tinha seus pontos fracos. Ele gostava de gastar, trapacear e jogar. Por isso, acumulava dívidas constantemente. Sua ganância era mais forte que ela pensou, tanto que superou sua esperteza.

— Isabelle! — chamou ele.

Mas ela balançou a cabeça e continuou a andar em direção ao castelo. Ele a alcançou e a virou.

— Diga-me que minha mãe está errada — pediu ele, segurando-a. — Ela não para de nos alertar que você é traiçoeira. Está com pena das moedas do duque porque quer tudo para você? Ou está preocupada com a derrocada dele?

Ela tentou se soltar, mas ele a segurava com firmeza.

— Ele não vai cair por causa de umas poucas moedas que você roubou para pagar suas dívidas — sibilou ela.

— Acha que não notei essa sua nova faceta? — perguntou ele, perdendo a paciência. — Pensa que não vi seu comportamento? Está iludida com esse homem! É fácil amar o luxo e o poder! Eu sei!

— Tire as mãos de cima de mim, George.

— Está apaixonada por ele? Pare de mentir! Vi seus abraços e toques! Vi quando se esgueirou para o escritório dele! E eu sou o despudorado da família enquanto está fornicando com aquele maldito à luz do dia! Não consegue sequer negar!

— E o que você esperava que eu fizesse com meu marido? E por que você e sua mãe esperam que eu sinta nojo dele? Por que esperam que eu sofra? Querem que eu suporte ter intimidades com um homem que desprezo, pois eu tenho uma novidade para engolirem: ele não me enoja! Não estou me sacrificando por vocês!

— Quando nos livrarmos dele, nada disso será necessário!

— Você é tolo, George.

— Sempre foi para você ser minha! — disse ele, apertando seus braços. — Para ficar comigo e produzirmos a próxima geração dos Bradford! É para você enganá-lo e dispensá-lo! Não para usá-lo como um trunfo!

— Deixe-me em paz! Não precisei de vocês para conseguir o que queria!

— E o que você queria?

— Eu queria me livrar de vocês! Especialmente da sua mãe.

— E pensa que estará livre com ele?

— Estarei livre com o dinheiro dele — declarou ela, decidida a não entregar nada da verdade. Ele já desconfiava dos sentimentos dela.

— Não vou esperar mais, estou cansado de vê-la de longe. Ver as mãos daquele maldito em cima de você me corrói. — Ele a apertou contra ele, dessa vez sem notar o próprio descontrole.

Isabelle manteve os olhos no rosto dele e ficou inquieta, temendo que alguém os visse naquela situação. Não era o jeito que um primo trataria a prima que considera sua irmã mais nova.

— George, eu não quero ter de acertá-lo.

— Você não tem mais que enganar o duque com sua pureza — murmurou ele, deslizando as mãos para sua cintura. — Passei boa parte da vida desejando-a. Espero por isso há anos. Estou cansado de ficar no canto enquanto dança e flerta com outros e agora se deita com esse maldito.

— Isso não vai acontecer.

— Você nunca gostou de nenhum desses homens!

— Eu não estava esperando por você, George!

— E não tem de ser fiel àquele desgraçado!

— Deixe-me ir!

— Você não é mais intocada. Venha me ver e acabe logo com isso.

— Jamais. Você é como sua mãe!

— Não vai continuar com sua farsa de paixão por um marido que não vai durar.

— O que você está dizendo? — perguntou entredentes, entendendo bem a ameaça que havia voltado a sua vida.

— Vou contar! Antes que ele morra, vou contar e acabar com as suspeitas dele. E verá o inferno que será sua vida quando aquele canalha resolver castigá-la por traí-lo! Lembra-se do que ele fez com a última noiva? Você não pode sequer morrer antes dele, tem de ficar viva ou tudo isso foi em vão. Não vou aguentar outro fingimento seu com mais um homem. Não suporto mais isso!

— Prefere que eu finja com você?

— Você vai ser minha, Isabelle. E não vai demorar muito. Venha me ver antes que eu vá embora. — Ele a soltou e se afastou, mas não retornou para o castelo.

A possibilidade de Isabelle gostar do duque o deixava com o estômago embrulhado. George sentia ciúme dos outros pretendentes dela, mas nenhum deles pôde estar tão próximo quanto Nathaniel, que, afinal, casara com ela. Apesar de ter colaborado com o plano e até ter sido uma parte ativa dele, ele ainda odiava em parte o resultado. George nunca quis se casar, pois então teriam de se livrar de duas pessoas, e sempre quis Isabelle.

***

Nathaniel recebeu uma carta e disse que ia até a vila. Percival o acompanhou e, assim, Isabelle ficou a sós com Pamela e Andrew. George iria partir no dia seguinte; era difícil até para ele fingir tanto quando estava em Hayward, ainda mais sem os pais. Dessa vez Isabelle nem se preocupou com o que o marido ia fazer. Tinha algo a resolver com seu primo. Não duvidava de George; ele podia ser maligno e impulsivo. E capaz de estragar a vida dela.

Tudo que queria era mais algum tempo com Nathaniel para construírem uma base mais forte. Um deslize e eles nunca mais confiariam um no outro. Às vezes, ela pensava que seria assim para sempre. E não sabia como aquele sentimento que havia entre eles poderia crescer num terreno tão incerto. Se dependesse da sua família, ela nem teria a chance de tentar.

— Você está triste? — indagou Flore.

— Não... — Isabelle se levantou. — Pegue meu robe, por favor.

Antes de deixar o quarto, ela o vestiu por cima do vestido veranil que só usava pela manhã em seus aposentos. Andou rapidamente pelo corredor em direção aos quartos de hóspedes no prédio principal. Assim que chegou ao aposento de George, entrou sem bater e fechou a porta rapidamente.

— Achei que ia partir sem vê-la. — Ele se aproximou e a puxou para o meio do quarto.

— Isso não é um encontro, George — cortou ela.

— É a última vez que nos veremos por algum tempo. Já não bastasse o tempo que se passou desde que se envolveu com aquele homem.

Ela abriu o robe e expôs o vestido fino que usava, tão delicado que poderia ser confundido com uma anágua. George também abriu o roupão que usava sobre o pijama. Era a primeira vez que estaria junto a ela em termos tão íntimos. Esperara tanto por isso que até demorou a soltar o laço.

— Vá para a cama — instruiu ela antes de ir até a janela e puxar um dos lados da cortina.

— Será prazeroso para você, Isabelle. Quero que pense em mim.

— Não temos muito tempo.

Ela voltou para o lado da cama e subiu sobre o colchão, empurrando-o pelos ombros. George deitou com o olhar fixado nela e no seu corpo coberto por aquele tecido fino. Ele se surpreendeu quando ela montou sobre os seus quadris, não esperava que já estivesse tão desinibida e sentiu certa raiva. Afinal ela esteve dormindo com o duque por meses. Ele a segurou, sentindo algo que sabia ser ridículo; iria embora e ela continuaria com aquele diabo de olhos prateados.

— Beije-me, mas não finja — disse ele.

Isabelle apoiou as mãos sobre o peito dele e afastou as lapelas do roupão, inclinou-se em sua direção e George nunca se sentiu paralisado na cama com uma mulher, mas só conseguia olhar para ela e desejá-la, amaldiçoá-la. Estava agindo como os homens que ela seduzia com um olhar. E não parava de pensar em como ela agia com o duque. Ele não parecia paralisado junto a ela, mas agora ela pertencia a ele.

Por pouco tempo.

— Nunca quis beijá-lo, George. É óbvio que vou fingir — murmurou ela, olhando-o de cima.

Ele empurrou o robe dos ombros dela, bebendo a visão de seus ombros expostos. Isabelle empurrou os braços dele para a cama e levou a mão ao cabelo, soltando-o. George só queria vê-la nua. Então não viu brilho algum. As ondas castanho-avermelhadas cobriram o colo dela, e ela levantou a mão acima da cabeça. Desceu tão rápido que ele só sentiu o choque da dor um segundo depois. Isabelle tirou do seu coque um afiado prendedor de ouro, o topo era feito em pedras coloridas, mas a haste parecia uma finíssima adaga sem corte, apenas uma ponta fina. Esta penetrou no peito dele, perto de seu ombro, entrou facilmente com a força que ela usou para o apunhalar.

Ele gritou quando a dor se registrou, Isabelle cravou até o topo cravejado do enfeite quase tocar a pele.

— Nunca mais me ameace — sibilou ela, ainda com a mão sobre o enfeite. Prendendo-o com o seu peso e a força das coxas. — Não estou mais em desvantagem nem presa na sua casa. Sou uma duquesa. Trate-me como Sua Graça. E não coloque as mãos em mim. — Ela arrancou a arma, e o sangue jorrou. — Esse privilégio não é seu.

Isabelle pulou de cima dele antes que ele reagisse. George levou a mão ao ombro e apertou para conter o sangramento.

— Sua maldita ingrata! — gritou ele, enquanto ela ia para a porta.

— Nunca mais me ameace — avisou ela, apontando o enfeite ensanguentado para ele.

Assim que saiu do quarto, ela correu por aquele trecho do corredor para se afastar dali. Cortou caminho e saiu no hall de encontro das alas.

E foi ali que encontrou o duque.

Antes de poder se recompor ou esconder os indícios do que fizera. Ele a estava observando, como se soubesse que ela viria dali. Estava trajado exatamente como alguém que havia retornado e só tirara as luvas. Isabelle andou lentamente para perto dele e fechou as lapelas do robe quando parou ao seu lado. Nem queria encará-lo, não queria ter que mentir. Ela nem teve o reflexo de esconder o enfeite ensanguentado atrás das costas, e sua manga direita estava suja de sangue.

Ele abriu a mão e, mesmo sem encará-lo, ela depositou o enfeite ali, sujando a palma dele com o pouco sangue que ainda havia na haste.

— Vejo que gostou do seu novo enfeite — observou ele.

— Os enfeites que roubou do meu cabelo não se pareciam com esse.

— Mas aqueles só tinham um propósito, este é mais útil.

Ela ficou quieta. Com certeza, Nathaniel não achava que ela havia se golpeado.

— O que ele lhe fez? — perguntou ele.

— Ele é um chantagista — murmurou ela.

Nathaniel chegou mais perto e analisou seu rosto. Ela não parecia machucada. O único ferido daquela história devia ser o primo dela. Ele soltou a mão que ela apertava as lapelas com tanta força que as dobras dos dedos estavam esbranquiçadas. Então amarrou o robe para ela. Isabelle levantou o rosto e finalmente o encarou.

— Ele vai roubá-lo — avisou.

— Ele já o fez.

Isabelle franziu o cenho; ela concluíra certo. Havia sido uma armadilha.

— Não vão mais tomar outro imóvel do pai dele, e os donos dos inferninhos de Londres não vão mandar pegá-lo. Mas não sei quanto tempo mais ele viverá.

— Deixe-o ir. Ele não vai voltar.

— Por que ficou sozinha com ele?

— Certos problemas precisam ser resolvidos assim.

Nathaniel balançou a cabeça; ele sabia que em algum momento teria problemas com George. Deixou que ele pegasse umas moedas para se livrar dos credores e não ter que sair de um casamento para um enterro e, assim, planejava mantê-lo longe de Isabelle. Além disso descobriu certas lacunas que faltavam na narrativa dos Bradford.

— Ele é obcecado por você, isso nunca termina bem — disse ele.

— Apenas deixe-o voltar para Hitton Hill e não o veremos tão cedo.

Ela seguiu pelo corredor, queria muito se livrar daquelas roupas. Nathaniel olhou por cima do ombro, depois observou o enfeite que ela deixou para trás. Uma hora depois, a bagagem de George foi colocada na carruagem que levaram para a porta lateral. Não precisavam anunciar que o primo da duquesa estava sendo posto porta afora pelo duque. George ainda sangrava, o empregado dele tinha habilidade para bons curativos, mas foi um furo profundo. Nem tinha certeza se Nathaniel sabia do ferimento.

— Solte-me, não coloque as mãos em mim! — reagiu George, desvencilhando-se e puxando o paletó que continuava aberto, pois o machucava quando fechava.

— Tenho a impressão de que foi isso que Isabelle lhe disse — observou Nathaniel.

George puxou o paletó, ajeitando-o como podia, e o encarou. Isabelle quebrara sua promessa. Então ele ia estragar sua pequena felicidade.

— Ela não é leal a você e jamais será. É uma mentirosa fingida! E armou tudo!

Nathaniel tornou a segurá-lo e George não conseguiu se soltar. Ele pegou justamente no lado que estava ferido. Havia percebido pelo jeito que o outro se mexia.

— Ela pediu que eu o deixasse voltar para casa. É por isso que seu corpo não vai desaparecer misteriosamente. Mas nunca mais coloque as mãos nela. Vocês não têm recursos para reiniciar essa guerra e eu não tenho familiares suficientes para mais briga. Aproveite o impasse.

— Você realmente pensa que essa rixa acabou?

— Não me importo com o que vocês pensam. Espero não vê-lo por um bom tempo. — Ele o arrastou até a porta da carruagem.

— Lembre-se de mim quando ela o trair!

— Ela jamais será sua, George. Contente-se — disse ele, com arrogância e condescendência proposital.

— Ela é mais dissimulada e mentirosa que a melhor atriz de um dia bom no teatro! E você é só mais um tolo que ela enganou!

Nathaniel observou o semblante dele e em vez de jogá-lo dentro do veículo respondeu em um tom baixo como uma ameaça velada:

— Mas ela é minha agora. E eu vou vê-la morta antes que tente tirá-la de mim ou que ela resolva me deixar por você ou qualquer outro. — Ele viu a reação que esperava causar e, dessa vez, o jogou dentro da carruagem antes que George reagisse.

O duque observou a carruagem se afastar. Felizmente para seu trabalho, ele prestava atenção em tudo que lhe diziam. Mas isso era um incômodo em sua vida pessoal. E George estava atrasado. Não era a primeira vez que passava pela sua mente que não queria enxergar alguma coisa por estar apaixonado. Já passara por isso, devia ter aprendido a lição.

Assim que chegou em Hitton Hill, George contou para a mãe que Isabelle o ameaçou e que o duque sabia de seus desvios e agora não tinha mais acesso a nada. Também relatou que ele dissera que iria matá-la se tentasse deixá-lo. Por outro lado, citou o apego que a prima estava desenvolvendo pelo marido de sangue ruim, e Genevieve não ia permitir que ela pensasse ter o direito de viver um romance.

Capítulo 34

Encontre-nos na vila. Não me importa como. Venha ao nosso encontro, estaremos fora de casa por cerca de duas semanas. Se não aparecer, sabe bem o que farei. Temos assuntos a discutir. Se eu tiver de esperá-la à toa, mandarei buscar sua mãe louca. Sabe como ela odeia quando a obrigamos a ir a eventos conosco.

Quem aquela mulher pensava que era?, indagava-se Isabelle enquanto atravessava o jardim em direção ao banco com vista para as camas de flores e os chafarizes contínuos que dividiam o caminho. Nathaniel estava sentado ali, apoiando um dos cotovelos no braço de ferro e descansava o rosto no punho. Não era uma pose comum para ele, mas todos tinham momentos pensativos.

Sentou-se ao lado dele e por uns minutos só o acompanhou em sua contemplação. Depois esticou a mão e encaixou na dele. Os dois não eram um casal de dar as mãos; simplesmente não era o tipo de relação que tinham, nem o tipo de pessoas que eram. Utilizavam suas sutilezas de outras formas, mas ele apertou de volta. Ela sentou-se mais perto, enfiou o braço entre eles e deitou a cabeça em seu ombro.

— Não costumo vê-lo aproveitar o tempo aqui fora para mergulhar em pensamentos — comentou ela.

— Era a estação errada. Gosto da vista.

— Mas estive aqui em tempos mais quentes.

— E eu estava ocupado demais ou me sentava em outro local. Exatamente para não a encontrar. Você passeava pelo jardim quando não estava envolvida em eventos locais.

— E você estava fugindo de mim? O temido duque de Hayward em seu próprio castelo. Quem acreditaria?
— Você. Sabe que é verdade.
— Pois não adiantou nada.
Deu para ouvir uma breve risada em meio à respiração dele. Ela levantou a cabeça e analisou sua expressão.
— Nunca mais vai fugir de mim, não é?
— Lembra-se do que dissemos ao nos comprometer? — indagou ele ao virar o rosto para olhá-la.
Isabelle assentiu. Ficava desconfortável ao pensar nisso. Ela não estava honrando totalmente a lealdade que um prometeu ao outro. Então ela procurava esquecer sua culpa com paixão. Por isso o beijou ali mesmo, ignorando o fato de estarem à vista de qualquer um.
Queria esquecer o resto e se dedicar a descobrir coisas sobre ele. Desvendar os mistérios que envolviam sua vida, investigar o que ele sabia sobre o pai dela, o que realmente fez quando atuou na diplomacia durante a guerra. O que houve em sua vida pessoal, que era mais um mistério que todos adorariam expor. E como isso ainda o influenciava. Precisava de mais detalhes profundos sobre o homem com quem se casara.
No entanto, vivia ocupada e preocupada com coisas que não queria. Talvez ele soubesse; temia que, enquanto ela estava ocupada demais, ele a estivesse desvendando. Eles passaram muito tempo juntos nesses últimos meses, foram horas de conversa e privacidade, ela abaixou a guarda. Foi autêntica e não queria se culpar por isso. Nathaniel lhe contou muita coisa sobre sua vida, mas parecia haver tanto, que ela nem enxergava o próprio progresso.
Ele se afastou, mas ainda olhava seus lábios. Não havia demonstração de afeto que ele não correspondesse, nem desejo que não espelhasse. Às vezes parecia que ambos estavam tentando aproveitar e absorver tudo que podia do outro enquanto havia tempo.
— Leve-me para o Trianon e me ensine algo novo — sussurrou ela.
— Como me deixar sem fôlego, talvez — murmurou ele de volta.
Isabelle deu um leve sorriso e com uma das mãos afastou um pouco o topo do corpete de seu vestido diurno, o modelo era baixo e simples e ela lhe mostrou a delicada renda da anágua que usava por baixo. Nathaniel subiu

o olhar do corpete para o rosto dela, sua expressão contemplativa dando lugar a algo muito mais devasso.

Ele a puxou pela mão ao levantar, Isabelle se divertiu enquanto iam de mãos dadas pelo caminho que levava à casa de hóspedes, trocando olhares de cumplicidade e andando juntos demais. Assim que chegaram à porta principal do Trianon, Nathaniel a tomou em seus braços e Isabelle o abraçou pelo pescoço.

Queriam prolongar o quanto pudessem seu status de recém-casados que eram desculpados por suas ausências pessoais simplesmente por terem se casado há pouco tempo e precisarem de mais tempo juntos para "se conhecerem melhor". Era exatamente o que os empregados diziam para justificar suas indiscrições.

— Alguém virá aqui? — indagou ela, ofegante pelo último beijo trocado.
— Duvido. — Nathaniel a levou pela sala principal.

Ela se apoiou no braço largo de um divã e se inclinou quando ele subiu as mãos pelas suas costas e foi desabotoando o vestido. As mangas ficaram frouxas e ela sentiu o toque dele descendo-as pelos seus braços. Nathaniel a virou e Isabelle fitou seus lábios. Ele segurou-a pela cintura e a beijou até ela suspirar de satisfação. Ela sentia-se estimulada e relaxada ao mesmo tempo, sorria com os olhos fechados e ele adorava vê-la assim.

— Deixe-me ver — pediu ele.

O vestido frouxo não ofereceu resistência e ela o empurrou para o chão, expondo sua roupa íntima. Usava um *corset* curto e confortável, completamente diferente daquele que ele afrouxara no dia que dançaram no Almack's. Por baixo estava uma de suas anáguas mais delicadas e particularmente detalhada no decote.

— Queria encontrá-lo hoje, então para que mais camadas? — perguntou ela, sedutora e ousada, andando por aí com o mínimo de roupas íntimas por baixo do vestido.

Isabelle enfiou as mãos por dentro do paletó dele, empurrando-o pelos ombros. Nathaniel deixou que a peça caísse do corpo e voltou a colocar as mãos nas costas dela, afrouxando o *corset* o suficiente para tirá-lo pela cabeça. Ele olhou a renda e fez o que desejou quando ela lhe mostrou lá no jardim, percorreu a beira do tecido com a boca, roçando por sua pele macia.

Ela se arqueou sutilmente, entregando-se ao toque enquanto ele a amparava com as mãos em suas costas. O tecido era tão fino que ela gemeu quando ele beijou seus seios sobre ele. Nathaniel soltou os últimos laços, a peça ficou frouxa, expondo-a para o olhar dele. Ele a acariciou pelo espaço entre os botões, afastou a renda, excitando-a com o calor de sua boca.

Quando ele levantou a cabeça, Isabelle bagunçou seu cabelo claro ao puxá-lo para um beijo e Nathaniel a abraçou apertado. Pela forma como se seguravam e beijavam com tamanha entrega, nem parecia que não tinham marcado aquele encontro num desespero para ficarem mais tempo juntos.

Ele a segurou e a levou adiante na sala de estar até um sofá mais sólido que aquele divã. Antes de encostá-la ao móvel, ele a girou e subiu as mãos pelo seu corpo. O cabelo dela estava se soltando dos grampos e ele o afastou para beijar a pele exposta do seu pescoço.

— Gostei dessa anágua, vamos mantê-la — sussurrou ele, puxando o tecido e embolando-o cada vez mais em volta dos quadris dela.

Isabelle se inclinou sobre o encosto do sofá, deleitando-se com as mãos dele em seu traseiro nu; ele a afagava da forma mais provocante, levado pelo desejo que sentia de tocá-la sem nada para impedi-lo. Nathaniel cobriu seu sexo com a mão, acariciando-a sutilmente e descobrindo o quanto estava úmida. Isabelle remexeu os quadris, deixando que a estimulasse ainda mais.

Provocando-a, Nathaniel tornou a descer as mãos e soltou os fechos das ligas que ela usava para prender as meias. Ele a acariciou nas partes internas das coxas e desceu suas meias. Isabelle trincou os dentes quando ele retornou pelo mesmo caminho com as mãos sobre sua pele. Podia sentir o corpo vibrar de desejo. Sentiu um conforto prazeroso quando ele tornou a encostar nela. Então esfregou as costas contra seu peito.

Nathaniel se livrou do colete, que acabou embaixo da janela mais próxima. Isabelle levantou os braços e o segurou pelo pescoço, sentindo o corpo dele contra suas costas outra vez. Ele não resistiu a colocar as mãos em seus seios elevados pela posição dela e Isabelle correspondeu com um gemido baixo de deleite e alívio enquanto ele esfregava os mamilos sensíveis entre os dedos.

Ele a inclinou outra vez e Isabelle apoiou as mãos, fechou os olhos quando ele a apertou a penetrou de uma vez. Ela se moveu, procurando contato, como se ele não estivesse indo até o fim. Era uma sensação familiar e provocante sentir o tecido da calça dele se esfregando na pele nua do seu traseiro a cada vez que ele a preenchia. Como donos da casa podiam até fazer o que quisessem, mas ainda estavam escondidos numa sala da casa de hóspedes para poder fazer sexo no meio do dia.

Dois escandalosos. Sem a menor noção de apropriado.

Isabelle gemeu sem pudor e controle, sentindo-se pulsar em volta dele. Nathaniel esfregou o quadril no dela, causando atrito de sua braguilha aberta com a parte de baixo do traseiro roliço. Ele se inclinou sobre ela, insinuando os dedos entre os lábios úmidos do seu sexo, empurrando-a levemente para que também estimulasse aquele clitóris inchado que sentia com as mãos. Ela se desfez em um estremecimento, pulsando repetidas vezes e o obrigando a trincar os dentes para não ser tragado na corrente de prazer.

De olhos bem fechados, Isabelle até esqueceu que era dia e apertou o encosto do sofá, presa na mistura do gozo que se desencadeou daquele maldito botão sensível e da excitação do seu corpo lhe prometendo ainda mais. Nathaniel apertou seu traseiro e arremeteu repetidas vezes com o típico furor de quem sentia uma onda de tesão dominante capaz de apagar qualquer coerência da mente.

Ela começou a pulsar outra vez, ao som dos grunhidos e impropérios sussurrados dela, e seus próprios gemidos saíram agudos. Depois ela perdeu a voz e foi só o som de sua respiração alterada quando gozou com o ardor que dividiam. O orgasmo dele ecoou por todo o seu corpo, desde a dor do aperto em sua carne, aos tremores do corpo dele e ao pulsar do seu membro enterrado em seu sexo.

Isabelle pendeu sobre o encosto do sofá com o cabelo fazendo uma cortina avermelhada em torno de sua cabeça. Não saberia dizer quantos minutos haviam se passado. De qualquer forma, suas pernas estavam bambas. E Nathaniel diria que não sabia como as pernas dele sustentaram seu peso, mas ele se moveu primeiro e passou o braço à frente do colo dela, puxando-a para trás.

— Você tinha esse tipo de encontro em mente?

Ela sorriu.

— Com meu traseiro nu e arrebitado no ar enquanto você me inclina num sofá bem no meio do dia? Você certamente consegue exceder as minhas expectativas.

— Não planejei nada disso. — Ele a virou de frente e a beijou assim que bateu o olhar em seus lábios.

Isabelle se abraçou a ele com a mesma vontade de antes, sentia uma necessidade inexplicável de mantê-lo junto a ela. Nathaniel a segurou pelas coxas e a levantou. Ele a colocou na escada e ela tocou seu rosto e o beijou novamente. Eles escolheram um quarto qualquer e ele retirou toda a roupa dessa vez. Abraçaram-se sobre a colcha e foram levados de novo pela necessidade mútua.

— Não vão procurá-lo? — perguntou ela em voz baixa, um tempo depois.
— Parece que tem sempre alguém o procurando para algum propósito.
— Não importa, nada importa. Você não disse que faria minha nova agenda? Eles também terão de segui-la.
— Ah! O meu duque só para mim pelo tempo que eu quiser! — Ela segurou o rosto dele e deu um beijo em seus lábios.

Nathaniel afastou o cabelo de Isabelle da testa e admirou seu rosto sob a luz do meio da tarde, prestando atenção especial no reflexo em seus olhos.

— São as safiras mais bonitas que existem — murmurou ele.

Ela sorriu. Apreciação vinda dele devia ser a única que fazia efeito nela.

— Uma pena o colar que combina com elas estar trancado tão longe daqui. Eu o usaria para você novamente.
— Você vai usar outra noite.

Isabelle se aconchegou a ele e acabaram quebrando a rotina outra vez com um cochilo de meio da tarde. Quando tornaram a acordar, ela se ajoelhou na cama, usando a anágua enquanto observava Nathaniel vestir as próprias roupas. Ele foi ao primeiro andar e retornou com as outras peças dela e as colocou sobre a cama. Isabelle vestiu o *corset*, ficou quieta quando ele se sentou atrás dela e fechou a peça. Ela se virou, ainda sobre os joelhos, e o olhou.

— Você quer voltar para casa usando só a anágua? Essa hora o vento já está mais frio — comentou ele, já que ela ignorou o vestido.
— Já que estamos aqui no seu local preferido para assuntos particulares, eu quero saber algo que talvez só possa ser dito com discrição.

Nathan pendeu a cabeça enquanto aguardava que ela continuasse.

— Lembra-se do que lhe disse no pavilhão de caça? Sobre minha família me alertar sobre você. É certo que se lembra...
— Você vai me contar algo mais? Ou vai me perguntar?

Ela observou seu rosto e ele já havia mudado, era aquele duque observador outra vez. Aquele que juntava informações e lia as pessoas como se já soubesse o que iam fazer. Isabelle foi direto ao assunto, porque não adiantava dar voltas com ele, só ia deixá-lo desconfiado.

— Meu pai. Por que eles acham que você está envolvido na morte dele?
— Foi isso que eles disseram?

— Não.
— Eles disseram que eu o matei?
— Era para eu fazer as perguntas, Nathan.

Ele a encarou, contemplando em sua mente o dia em que lhe deu aquele primeiro anel e debateu internamente sobre essa questão. Como esconderia isso dela para o resto de suas vidas? Ele ia quebrar meia promessa bem ali, a despeito de saber que ela estava escondendo coisas dele enquanto tentava descobrir sobre o pai.

— Então faça as perguntas certas.

Isabelle engoliu a saliva. As perguntas certas fariam com que ele soubesse exatamente o que a família dela disse e de que o acusou. E, se o acusaram de algo tão sério, por que permitiriam que ele se casasse justamente com ela? Eram pistas irreversíveis, mas ela queria saber sobre o pai.

— Onde meu pai morreu? Foi por causa de uma dívida? E como você pode estar envolvido nisso?

— Fora do país, num compromisso que ele assumiu e teve um fim trágico e inesperado. A dívida era mentira. Acredito que a usaram como uma desculpa para gastar tudo que ele conseguiu juntar. Mandei o corpo dele de volta, porque ele nunca quis que a família carregasse mais peso que já aguentariam com a morte dele.

— Ele também falava sobre acompanhar a comitiva inglesa, minha mãe lembra.

— Já não sei se ele quis tanto manter o segredo por vocês duas ou por não poder confiar nos seus tios.

— Você o viu. — Ela apoiou as mãos na perna dele. — Escondeu seja lá o que ele pediu e o enviou de volta.

— Há muitos jeitos de usar a diplomacia. Enviar um conterrâneo de volta para a família é um deles.

Isabelle ficou o olhando e pensando o mesmo que ele: como que aquele episódio terrível da morte do seu pai acabou em ela se casando com o duque? Tinha certeza de que havia algo mais nessa história, ele só não ia lhe dizer. E ela não conseguia ser hipócrita o suficiente para acusar e cobrar quando o estava enganando desde o dia que o conheceu.

— Só me diga que eles mentiram.

— Eles não importam. Acredite no que eu imagino que a sua mãe lhe disse. Seu pai a amava, não deixou dívida alguma, não é responsável por nada que aconteceu após a morte dele. Ele foi verdadeiro enquanto esteve com vocês. E ele queria que vocês só se lembrassem dele assim. O que seus familiares disseram ou não depois que ele estava enterrado é indiferente para a memória dele e para seu legado.

Isabelle ficou de joelhos e olhou para baixo; o assunto delicado trazia à tona uma mistura de sentimentos. Sua vida teria sido muito diferente se o pai não houvesse morrido ou mesmo se houvesse vivido um pouco mais. E ela certamente não estaria ali naquele momento. Duvidava que Nathaniel e ela tivessem se envolvido. Ela não queria culpar o pai, mas em certos momentos ruins o ressentimento se esgueirava dentro dela, junto com uma enorme vontade de defender a memória do pai e lutar em nome de tudo que ele quis para sua família.

— Eu não sabia como lhe dizer nada disso, nem se devia. Não quero vê-la triste. Suas memórias sobre ele são melhores que qualquer coisa que disseram. — Ele a alcançou, porque vê-la triste quebrava qualquer linha de pensamento.

Ela soltou o peso contra ele, acolhendo o conforto que ele lhe dava e descansou a cabeça em seu ombro.

— Meu pai não morreu de causas naturais, não foi?

— Não. — Ele fechou os olhos, revivendo aquele momento em que segurou Allen, sabendo que não tinha como salvar sua vida. A ironia de estar segurando sua filha, a quem ele amava mais que achava ser capaz, lhe causava uma sensação de perda iminente. Eles estavam mentindo um para o outro.

***

Dois dias depois, Isabelle pegou um cabriolé e foi até a vila. Apenas Flore a acompanhava, mas ela desconfiava de que nunca estivesse realmente sozinha. Quando deixava a propriedade, sempre havia um guarda fazendo sua segurança e, quando não estava ocupado, Percival se oferecia para acompanhá-la. Não disse ao marido o que ia fazer. Achava difícil que ele não descobrisse algo na vila se assim quisesse, mas precisava tentar.

Assim que chegou, viu a carruagem com o símbolo dos Hitton parada na hospedaria. Era só o que faltava a sua família parar justamente ali; se alguém os visse, imaginaria porque não fizeram a parada no castelo. Logo espalhariam que, apesar do casamento, os Bradford preferiam parar na vila em vez de ir à casa do duque. Ela enviou Flore para buscá-los e se encontrarem perto dali, longe dos olhos dos curiosos. Não podia ser vista ali dentro.

— Por que estou aqui? — Isabelle foi direto ao ponto.

Gregory só revirou os olhos e se ocupou em recolocar as luvas. Estava frio o suficiente para não fazer sentido preferirem o ar livre em vez de uma sala com lareira.

— Não foi isso que combinamos! — Genevieve também não queria perder tempo.

— Você me chantageou para me dizer algo que poderia ter escrito? Só para eu ter o desprazer de encontrá-la? — indagou ela, irritando-a.

— O palerma do seu tio aceitou uma ninharia. Eu quero mais! Fizemos todo esse esforço por muito mais! Ainda não vi a minha parte, não sinto as moedas em minha bolsa. Não ousem me excluir!

Isabelle deu uma rápida olhada no tio. Pelo jeito o acordo deles havia sido descoberto.

— Você acha pouco recuperar Hitton Hill inteira? É um grande investimento. Ela vai voltar a lucrar e haverá suficiente para investir!

— Pouco me importo com aquele lugar! Minha parte da família não vem de lá. Vocês nunca nos acolheram. Sempre fomos só hóspedes e soldados!

Para surpresa de Isabelle, George apareceu logo depois. Ela achou que encontraria só os tios e que não teria de vê-lo tão cedo. Porém, mesmo sem ir ao castelo, George sentia certa satisfação por conseguir vê-la novamente sem que o duque pudesse detê-lo.

— Dinheiro, Isabelle. Entramos na era dos bancos, dos investimentos, das fábricas. É o momento para ser pioneiro. Consiga dinheiro. Quando eu for o marquês, quero dinheiro para desfrutar e pagar alguém para ficar cuidando daquele lugar. Só irei lá no verão — disse ele, intrometendo-se e provando que já sabia sobre o que seria aquela conversa.

Em vez de reagir à presença dele, Isabelle apenas trocou um olhar com o tio, que moveu a cabeça como se dissesse: *eu avisei*. Eles eram os últimos produtos de Hitton Hill, o que restara da longa e rica história dos Bradford, entrelaçada com aquelas terras, bem antes da construção da casa atual. Coberta de ressentimento de gerações passadas, Genevieve desprezava tudo isso. E criou o filho com o mesmo pensamento, até porque ele não foi criado para ser o marquês.

— Se eu conseguir os fundos de que precisam para suas extravagâncias urgentes, quero que fiquem sem me importunar por algum tempo.

— Agora somos um infortúnio? Sempre soube que você era uma rata e se viraria contra nós no minuto que conseguisse qualquer mínima vantagem.

— Vocês sempre foram. Tudo que sinto por você é desprezo — disse ela, encarando Genevieve. — Vou arranjar moedas suficientes para que morra engasgada com elas.

— Você não terá essa sorte. Se eu tiver de convocá-la de novo, não adiantará nada seu esforço para ludibriar o maldito duque. — Ela riu com desdém.

— Pensei que você fosse mais esperta. Pensou que ia fisgá-lo e viveria uma farsa romântica? Não seja ridícula. Faça sua parte. Nós faremos a nossa.

Isabelle queria vê-los pelas costas, mas não adiantava atacá-los diretamente. Desprovidos de vergonha ou honra, eles a derrubariam como pudessem. Antes que ela conseguisse acabar com aquele encontro desagradável, George foi atrás dela e a impediu de entrar na carruagem.

— Achei que você tivesse aprendido a lição — disse ela.

— Ele a está manipulando! — avisou ele com alarde.

— Pare com isso.

— Você não sabe quem ele é! Está iludida, Isabelle. O desgraçado disse que prefere vê-la morta a deixá-la me escolher.

— George...

— Ele disse que a mataria! Temos de ser mais rápidos. Você está agindo levada pela ilusão daquele homem. É isso que eles fazem! Sempre fizeram!

— Vá embora daqui. Não quero vê-lo. Se ele me ilude, você me chantageia! Então que diferença faz?

— Não quero vê-la morta!

Isabelle se afastou ainda mais e George não tentou impedi-la, mas disse:

— Deixei um presente para aquele desgraçado aprender a lição. Espero que ele goste de perder algo que preza! É como me sinto ao não poder tê-la!

Ela se virou, mas George seguiu no encalço dos pais. Os Bradford partiram para algumas visitas e eventos, pois, apesar de os membros da sociedade não valorizarem Genevieve, ela era a esposa do atual marquês de Hitton e mãe de um rapaz solteiro que um dia herdaria o título. Seria convidada de qualquer maneira. E após o casamento de Isabelle com o duque de Hayward, a popularidade da família havia atingido seu pico. Óbvio que tirariam proveito disso.

***

Quando chegou de volta ao castelo, Isabelle ainda estava estressada pelo encontro e só depois percebeu que os cavalos estavam do lado de fora. Os tratadores deviam estar os exercitando e treinando; provavelmente era onde encontraria Nathaniel. Ao mesmo tempo que sentiu vontade de vê-lo, também sentiu receio, como se ele pudesse ver em seu rosto os motivos de sua perturbação. Ele tinha aquele olhar direto que geralmente vinha com uma postura calma; a pessoa tinha certeza de que sua alma estava sendo desnudada.

Mas ela saiu mesmo assim e atravessou o campo, o vento leve balançando suas saias claras e fazendo fios soltos do seu penteado roçarem o pescoço. Os cavalos negros estavam sendo exercitados; alguns saltavam sobre obstáculos feitos de madeira, outros rodavam presos à corda e ao comando de seu tratador. Ela viu Estrela Branca separada dos outros, junto com seu filhote e um cavalariço que os levava para passear. O cavalinho estava maior e mais forte, provando que um dia seria como os pais.

Os homens saíram correndo em direção a uma altercação que vinha do estábulo principal. Trovão Negro empinou e Nathaniel tentou acalmá-lo, mas não adiantou, algo não estava certo. Ela viu os tratadores lutando com os cavalos, um deles foi jogado no chão e por pouco não foi pisoteado. Os outros estavam ocupados, os animais não estavam presos entre as cercas, estavam usando obstáculos livremente como de costume. Então os outros tratadores corriam para prender os cavalos no espaço cercado que ficava do outro lado.

Isabelle correu sobre a ponte, indo entre os empregados e os cavalos. Desde que se mudara para o castelo, passara a ficar muito tempo com os animais; ia junto com Nathaniel para treiná-los, sabia seus nomes, aprendera seus comportamentos, não tinha medo deles. Mas os garanhões responderam à alteração e os cavalariços puxavam suas rédeas com força. Havia duas éguas separadas por causa do cio e eles não podiam prender os outros com elas.

De repente, Trovão Negro se soltou e empinou. Mas não era ele o problema. Ele estava respondendo a Fogo Negro. Ele acertou um tratador, que caiu desacordado e começou a rodar e empinar descontroladamente. Ele ia sair para pular obstáculos; como era implicante, eles o levavam depois, mas ele deu coices e derrubou as proteções de madeira, estava sem suas rédeas, pois ninguém conseguia chegar perto dele. Relinchava e empinava.

Mesmo assim, Nathaniel tentou se aproximar. Levantou as mãos para acalmá-lo e chamar sua atenção. Havia algo de muito errado com ele. E, por causa disso, Trovão Negro respondeu com agressividade, vendo o outro cavalo, sua cria, naquele estado. Então ficaram com um problema, pois Lince Negra, mãe de Fogo Negro, também reagiu ao seu descontrole. Eram cavalos grandes e fortes, um perigo para todos.

Isabelle se comoveu com o desespero do animal, que começou a se afastar, mas bateu contra uma cerca como se estivesse confuso. Ela viu Nathaniel correr atrás dele com uma corda, fazendo de tudo para recuperá-lo antes que se machucasse. O animal quase caiu no rio, mas voltou e correu, balançando a cabeça. Pelo jeito que andava, parecia estar com a pata machucada. Os tratadores ainda lutavam para controlar os animais que se alteraram. Aqueles que tiveram sucesso em guardar os cavalos juntaram-se ao pelotão e até outros trabalhadores que estavam por perto vieram para ajudar o duque a recuperar seu cavalo.

Sinceramente, Isabelle tinha medo de um animal daquele tamanho se comportando daquela forma. Nunca vira nenhum deles fazer isso. E os outros reagiram, mas só empinaram, coicearam e repuxaram, não saíram em desespero. Mesmo assim, ela segurou as saias e correu sobre a grama. Podia fazer como os outros e abrir os braços para tentar levar o cavalo para perto de Nathaniel e dos outros tratadores que chegavam com cordas.

— Não, Fogo Negro, não! — Nathaniel arriscou-se ao entrar na frente de seu cavalo completamente confuso.

Mas não adiantou. O animal se chocou contra um obstáculo e voltou a empinar, correu novamente e, no próximo, respondeu aos seus instintos e treinamentos e tentou saltar sobre ele.

— Não! Não! Levante-se! — Nathaniel gritou e correu, chegando até a largar a corda.

O grande corpo musculoso caiu com um estrondo. O duque deslizou sobre a grama quando se ajoelhou. O cavalo estava no chão, mas continuava se movendo. O obstáculo era mediano; Fogo Negro já o pulara inúmeras vezes e o fazia com tanta facilidade como quando pulava troncos na estrada. Mas não naquela tarde. Ele errou, caiu por cima dele, quebrou a madeira e foi ao chão com o barulho que um animal daquele porte causaria. Nathaniel colocou a mão em seu pescoço, o cavalo ainda relinchou, estava inquieto e ofegante.

Quando Isabelle conseguiu alcançá-los, Fogo Negro já estava quieto e o duque acariciava sua cabeça e a lateral de seu corpo negro. Ele falava baixo com o animal, acalmando-o e os tratadores o examinavam, tentando entender o que causara aquele mal. No entanto, as causas deixaram de importar momentaneamente se comparadas às consequências.

— Foram as duas, Sua Graça. A esquerda com certeza está quebrada e a direita está muito machucada — informou o tratador, também ajoelhado sobre a grama.

Isabelle fechou os olhos, que se encheram de lágrimas imediatamente. Através delas pôde ver quando Nathaniel se inclinou sobre o animal e abraçou seu pescoço. Ele não conseguia dizer nada. Os outros tratadores e cavalariços foram se amontoando à volta deles, aqueles que ainda usavam chapéu os seguravam em suas mãos e mantinham o olhar triste. Ela não saberia dizer quantos minutos o duque permaneceu de joelhos, abraçado ao pescoço de Fogo Negro, ainda lhe dizendo palavras de conforto.

De repente, o duque ficou de pé e passou a mão pelos olhos. Ele não podia mais ver o seu cavalo sofrer. Com certeza estava doendo, não suportaria.

— Tragam a pistola — disse ele.

Isabelle não suportou. Cobriu o rosto e não conseguiu conter o choro. Não podia ser, não um dos cavalos. E não Fogo Negro. Ela já o adorava desde aquele dia que o montou de surpresa, ele nunca a rejeitou. Mas e quanto a Nathaniel? Ele amava todos eles, mas era sem dúvida um dos seus preferidos. Ele vinha passando muito tempo com aquele cavalo, desenvolvera mais confiança com ele, tinha escolhido levá-lo em suas últimas viagens curtas. Tinha certeza de que o cavalo estava pronto para fazer sua estreia em Londres. O primeiro filho dele ia nascer em breve, Corrente Negra estava pesada, perto de dar à luz. Estavam todos ansiosos pelo momento.

Ela nem sabia o que fazer. Nathaniel continuava junto ao cavalo com seus punhos fechados. Então trouxeram a pistola. O tratador disse algo, talvez estivesse se oferecendo, mas o cavalo era dele. Não podia deixar outra pessoa fazer isso. Os homens se afastaram alguns passos, mas Isabelle ficou no mesmo lugar, apertando as mãos sobre a boca enquanto as lágrimas desciam sem parar.

Nathaniel se ajoelhou de novo, Fogo Negro já nem se mexia mais, só suas narinas se expandiam. Ele encostou a cabeça nele por um momento e murmurou só para o cavalo:

— Perdoe-me, meu amigo. Perdoe-me por dizer Adeus tão cedo, você foi...

Não ia mais deixá-lo sofrer. Nathaniel arrancou o lenço do pescoço, dobrou e cobriu os olhos de Fogo Negro. Quando o duque tornou a ficar de pé, Isabelle fechou os olhos e logo depois escutou o tiro. Os tratadores checaram.

— Cavem, vamos enterrá-lo — disse ele.

Quando Isabelle teve coragem de abrir os olhos, Nathaniel já se afastava. Ele simplesmente não suportou continuar ali junto ao corpo do seu cavalo e com a dor que emanava dele. Então foi se afastando pelo gramado para cada vez mais longe da cena, dos estábulos e do castelo. Até que entrou entre as árvores e ela não pôde mais vê-lo. Mas ela sabia: ele estava chorando também e preferia fazê-lo enquanto andava sem rumo e sem limites para sua dor.

Isabelle se afastou e ficou parada, sentindo o vento frio secar suas lágrimas. Ela só conseguia pensar numa frase que escutara naquele mesmo dia: *Deixei um presente para aquele desgraçado aprender a lição. Espero que ele goste de perder algo que preza.*

Aquele cavalo saudável e bem-cuidado não ficou doente do nada. Talvez tenha sido envenenado.

Ela sentiu vontade de juntar tudo que tinha e partir. Desaparecer para sempre. Foi a pior coisa que podiam ter feito a ele. E ela era a causa. Nunca se sentiu tão mal em sua vida.

No entanto, quando ele voltou, após o anoitecer, ela estava de pé no salão lateral, pois tinha certeza de que era por ali que ele entraria. Nathaniel entrou e a olhou; ela podia ver e até sentir sua tristeza, e teve vontade de chorar de novo. Ele se aproximou e ela o abraçou, deixando que ele se inclinasse sobre ela, descansando a testa em seu ombro enquanto ela acariciava suas costas e murmurava que sentia muito.

***

Levou alguns dias até Isabelle aceitar que teria de continuar ou algo pior ia acontecer. Dando-se conta de que tinha uma janela pequena para agir, enviou um mensageiro a Hitton Hill. Madeline estaria sozinha lá; não haveria a possibilidade de sua mensagem ser interceptada. A mãe parecia contente com as reformas.

    E tomou outra providência. Era como se estivesse deixando pistas propositalmente, pois não poderia esconder isso. Talvez fosse a culpa que ainda sentia. Contatou seu advogado e disse que precisava fazer seus próprios investimentos. Usaria o dinheiro que era destinado a ela para criar renda para manter sua família no seu canto. Mas enquanto o investimento não dava frutos, ela teria de encontrar uma solução mais imediata. Tinha acesso ao dinheiro, mas, se desse desfalque, o administrador notaria primeiro e alertaria o duque. E Nathaniel concluiria para onde estava indo o seu dinheiro.

    E era exatamente esse o papel dela. Roubar e enganar. Seus familiares não conseguiam enxergar que era quase impossível fazê-lo em segredo tão rapidamente. Eles podiam não ter controle sobre suas finanças, mas Nathaniel tinha. Além disso, empregava pessoas para garantir que o dinheiro continuasse rendendo.

    Será que nunca passou pelas suas cabeças gananciosas que havia grandes motivos para os Hayward e os Hitton terem seguido caminhos tão diferentes? No passado as duas famílias foram igualmente ricas e poderosas. Até que a igualdade acabou. Pelos mais diversos motivos que envolviam atos dos seus antepassados. Óbvio que no meio havia traições, golpes e intrigas. Mas assim era a vida.

Capítulo 35

Alguns dias depois...

O jantar já havia terminado fazia umas três horas, Pamela se recolhera com Andrew; eles estavam planejando uma viagem breve para visitar a família dele. Desde que se casou com a duquesa viúva e assumiu tarefas dentro do seu novo núcleo familiar, ele não voltou à sua cidade natal muitas vezes. Não deixara muitas pessoas queridas para trás, e seus irmãos já haviam morrido. E agora que Pamela abdicara de suas responsabilidades depois de uma vida como duquesa de Hayward, tinha certeza de que a nora podia assumir em tempo integral.

Não havia mais luzes acesas daquele lado da propriedade, e Isabelle só via o reflexo da água correndo. Aquela, a paisagem das janelas do quarto do duque, agora pertencia a ela também. Nathaniel a incentivara a mudar o que quisesse. E, mesmo assim, enquanto ficava naquelas janelas, ela sentia que havia algo errado. Talvez o erro fosse ela.

Ela ouviu o som da lareira sendo remexida. O duque tinha chegado perto do horário do jantar, mas preferiu se lavar e cear depois. Desde a morte de seu jovem cavalo, ele andava sem apetite. Mais cedo, pegara Trovão Negro e partira mesmo sob a chuva. Ainda bem que ela nunca alimentou a ilusão de que ao se casar com ele teria um marido que era facilmente encontrado e gostava de longos momentos de ócio. Não havia mau tempo que o impedisse.

O valete deixou o quarto depois que o lacaio entregou uma bandeja com a ceia. Isabelle voltou para perto da cama e observou Nathaniel sentar-se no banco acolchoado próximo à lareira. Ele ignorava a temperatura lá fora, usava ceroulas e nada mais enquanto secava o cabelo claro com ajuda do calor do fogo. Ela tirou o robe e sentou-se no estofado atrás dele, imitando sua pose com uma perna de cada lado e como uma dama sem modos. Do jeito que ninguém a imaginava.

Com sua tristeza silenciosa, Nathaniel não era do tipo fácil de consolar, mas ela conseguiu lhe fazendo companhia e lhe dando apoio. Os cuidadores também continuavam cabisbaixos com a perda, e ela levou dias até ter coragem de voltar a visitar os animais. Voltou porque Corrente Negra deu à luz e ela não podia deixar de ver o novo potro, filho de Fogo Negro. A chegada do cavalo não deixou Nathaniel menos sentido, mas ele acompanhou o parto e ficou contente por mãe e filho ficarem bem.

Antes de se encostar nele, Isabelle observou suas costas largas, os ombros e os braços. Desde que toda aquela proximidade entre eles começou, ela sempre se pegava admirando-o e ainda surpresa pela enorme atração que sentia. Mas essa noite estava assimilando mais detalhes sobre Nathaniel. Ela colocou as mãos em seus ombros, desceu pelos seus bíceps e se apertou contra as costas dele, indo até os antebraços.

Outra coisa que as pessoas não imaginavam do jeito certo era a intimidade do duque de Hayward. Pelo que ela lembrava, achavam que era inexistente. Nunca citavam possíveis amantes dele; só falavam da morte da primeira esposa e de como ela seria a próxima a ser morta. Ela nem podia imaginar convencer aquelas pessoas do quanto ele era maravilhoso por baixo de suas roupas sóbrias. Se acariciá-lo ajudasse a levantar o humor dele, então era seu novo modo preferido de demonstrar o quanto estava apegada e alimentar seus sentimentos por ele.

— Como um duque diplomata conseguiu arranjar tantas marcas para contar história? — Ela passou as pontas dos dedos pela lateral do corpo dele, havia uma cicatriz comprida, mas fina. Ela não tinha experiência nisso, mas diria que fora feita por uma faca.

Nathaniel remexia a toalha nas mãos e se arrepiou com os toques dela em sua pele. Devia ficar cada dia mais preocupado com a curiosidade de Isabelle, mas achava divertido. Especialmente quando ela resolvia fazer perguntas enquanto o acariciava. Isabelle ainda o seduzia descaradamente para entrar em assuntos ou conseguir as respostas que desejava e percebia quando ele a estava seduzindo de volta para desconversar.

— Vivendo — resumiu ele, com um leve sorriso.

Isabelle desceu as mãos pelas coxas dele sobre o tecido fino e apertou, sentindo-o se retesar em resposta. Ela beijou o início de suas costas sobre outra marca, como se alguém o houvesse apunhalado ali. As cicatrizes eram claras e espaçadas, como se cada uma resultasse de seu próprio episódio.
— Vivendo perigosamente?
— Também.
— Não imagino por que alguém o atacaria — respondeu ela, cínica, enquanto o abraçava pelos ombros.
Dessa vez ele riu e colocou as mãos para trás, pegando-a pelas coxas.
— Segure-se — instruiu-a.
Nathaniel levantou, carregando-a nas costas e ela exclamou seu nome numa mistura de riso e repreensão. Ele a levou até a cama e a soltou lá, Isabelle quicou sobre o traseiro e caiu para trás, rindo ainda mais.
— Já sei como andou se machucando! — exclamou ela.
— Não foi carregando mulheres — devolveu ele, ao subir na cama.
— Eu só queria seduzi-lo para vir se deitar comigo. Você parecia triste e absorto — disse ela, ao virar-se de lado.
— Não preciso ser seduzido para querer me deitar com você. Seria mais fácil se eu não a desejasse tanto. — Ele passou o nariz na pele dela, num leve carinho. — Você me alegra, Isabelle.
— Precisa sim. — Ela se ajeitou perto dele. — Para manter o clima quente.
— O clima aqui está sempre quente e não é mérito da lareira — gracejou antes de segurá-la e a colocar mais para cima na cama.
Ela tocou o rosto dele, sentindo o leve arranhar contra a palma de sua mão. Nathaniel sempre estava barbeado, mas percebeu que a barba era mais escura que o cabelo claro, como os pelos do peito, que ela eriçava com as pontas dos dedos, especialmente quando o estava provocando.
— Você está me iludindo, Nathan?
— E você está me enganando, Isabelle?
— Não, mas posso ser manipulada.
— Tão manipulada que resolveu me seduzir até eu perder o juízo?
— Você nunca perderia o juízo.
— Tanto perdi que estou na cama com minha suposta inimiga.
— Iludidos e enganados, que grande história de amor a nossa!
— Mas ao menos podemos ser sinceros.

Isabelle tornou a rir e acariciou os lábios dele com as pontas dos dedos antes de beijá-lo.

— Sinceramente, Nathan, você é um tremendo de um mentiroso.

— Agradeço a sinceridade, madame. Mas você é tão dissimulada que duvido até quando a estou encarando tão de perto.

— Encare de mais perto... — sussurrou ela, puxando-o para baixo.

Ele não precisava ser convencido para chegar mais perto e ceder. Gostava da intimidade e não se esqueceria de como ela o abraçou e cuidou nos dias após sua perda. Não achou que voltaria a sentir tamanha tristeza na vida; achava que sua próxima grande perda seria quando sua mãe falecesse, mas então viveu um dos piores dias da sua complexa vida no momento em que seu cavalo entrou em tamanho desespero que só parou quando foi ao chão com duas patas quebradas.

Isabelle o beijou e acariciou, e ele quis mais intimidade que seus abraços de consolo. Afastou o decote da camisola e tocou sua pele com os lábios, seguiu até alcançar os seios e desceu as mãos, ansioso para livrá-la da roupa. Sentia-se satisfeito pelo próprio desejo se reacender.

— Você roubou meu jogo, seu duque ganancioso. Eu ia convencê-lo de jeitos inimagináveis — sussurrou ela.

— Mais tarde — murmurou ele. — Agora o jogo é meu.

Ele desceu pelo corpo dela, beijando-a sobre o tecido enquanto o empurrava até encontrar pele e esfregar o rosto sobre seu ventre. Isabelle fechou os olhos, entregando-se à exploração dele. Nathaniel mergulhou o rosto entre suas pernas, beijou as coxas enquanto as afastava e estimulou seu sexo úmido. Ele a chupou lentamente, proporcionando prazer e sentindo a própria fome aumentar com cada reação dela. Ele continuou até vê-la se arquear e estremecer contra sua boca.

Depois, foi levantando a camisola e a beijou antes de passá-la pela cabeça. Isabelle sentou-se, segurando-se ao pescoço dele, as mãos se encontrando nos cordões da ceroula, mais atrapalhando que ajudando. Os dois riram.

Ao livrarem-se da última peça, ela se segurou nos ombros dele, beijou-o e passou as pernas em volta dele. Nathaniel a encostou contra os travesseiros e a cabeceira, encaixando-se a ela e deslizando facilmente em sua umidade até preenchê-la com seu membro rijo. Isabelle elevou os joelhos, apertando as pernas nos quadris dele, entregando-se ao prazer de tê-lo em seu corpo e obtendo dele a mesma rendição.

Nathaniel a segurou por baixo do cabelo, beijando-a e sussurrando nos seus lábios. Não havia como seus corpos ficarem mais próximos, mas nada os impediria de tentar. Ele rodou os quadris, colado a ela, estimulando-a completamente e arrancando mais gemidos.

Perderam-se tão profundamente um no outro e no encontro de seus corpos que não puderam fazer nada para impedir, queriam explodir em prazer, mas almejavam prolongar o máximo possível como se fosse a última vez que estariam juntos. Aquela sensação de apego e perda ainda não os deixara mesmo após meses; seguiam buscando e se consumindo numa suposta corrida contra o tempo.

Era sempre intenso, às vezes descontrolado, coberto de emoções, mas bastante incontrolável. Foi assim que gozaram, vendidos para as sensações, mergulhados em prazer e anseio. Tão gananciosos que não se soltaram, para colherem até o último suspiro e sentirem o último tremor do outro. Temporariamente satisfeitos. Um dia eles conseguiriam sentir que não se perderiam.

Nathaniel deitou ao lado dela. Isabelle virou-se para ele, jogou o cabelo para o lado, apoiou-se no cotovelo e o olhou. Eles não haviam puxado as cobertas, continuavam se observando enquanto exibiam sua nudez. Nunca houve muito pudor entre os dois. Não eram tímidos e ela já precisava representar tantos papéis que se recusou a fingir modéstia nos momentos de maior intimidade.

E, mesmo assim, sentia o incômodo do medo. Não vinha desnudando só o seu corpo para ele. Sentia-se desprotegida sem as vantagens às quais estava acostumada. Por mais que estivesse conhecendo cada parte daquele corpo sólido e masculino que ele lhe exibia, podia jurar que se o virasse pelo avesso ainda encontraria um jeito de guardar segredos e trunfos.

— Nunca vou saber lidar com o que sinto por você, Isabelle. Talvez seja bom, é o único lugar onde ninguém espera que eu saiba tudo. — Desceu os dedos pelo cabelo dela, empurrando-o de seu ombro.

— Sabe que estou sempre o seduzindo porque é divertido e no momento em que chegamos não suportaria que perdesse o interesse.

Pela expressão dele, achava a possibilidade tão absurda que chegava a ser engraçada.

— Isso jamais aconteceria. Eu nem poderia fingir. E tentei, lembra-se? Quando achava que podíamos ter uma relação adequada. — Ele riu de si mesmo, vendo agora como a tentativa fora ridícula. — Mas senti mais que interesse desde que a encontrei e achei que queria cortar meu pescoço.

— Você não acreditou nisso. — Ela riu. — Eu só usava para me proteger de pretendentes afobados.

— E nos roubos que poderiam dar errado?

— Nunca esfaqueei ninguém. Eu os acertava na cabeça com algo pesado.

— Ela abriu um sorriso travesso.

Ele se virou de lado e a puxou para bem perto. Isabelle apoiou a mão no peito dele e prestou atenção nos olhos mais bonitos e sombrios que já vira e que, naquela iluminação, pareciam apenas cinzentos.

— Talvez eu tente ludibriá-la para que não se entedie rápido. Você não iria embora, mas partiria do mesmo jeito. A dor de ver a pessoa que ama ao seu lado, mas com o coração em outro lugar, enquanto você nada pode fazer a respeito, deve ser uma das piores de suportar. Certamente é uma das poucas que temo.

— Isso é impossível. A última coisa que sentirei ao seu lado será tédio. E mesmo que esse dia chegue afinal, vamos envelhecer e ficar rabugentos e cheios de manias. Eu me apaixonei por você. Não achei que teria o direito de amar homem algum. Minha vida não foi planejada para isso. Agora sei que você será o único.

— Minha vida não foi planejada para qualquer relação amorosa, mas não aprendi a lição. Achei que devia ser eternamente castigado pela tolice. Em vez disso conheci a maior felicidade que já senti. Pode não ser justo, mas encontrei e me recuso a perder.

Isabelle sorriu e se distraiu em seus pensamentos enquanto acariciava o peito dele, até que voltou a encará-lo e murmurou:

— Só confiei em um homem na minha vida. Também foi o único que amei. Mas meu pai se foi. Desde então, menti para todos os outros que conheci, manipulei uns, enganei outros. Senti repulsa por vários e tédio pela grande maioria. Tive consideração por poucos, e o primeiro de quem gostei foi um idoso que se tornou meu amigo, mesmo sabendo que o plano dele de me casar com seu neto não iria dar certo. E até para ele eu menti e também para o neto, um bom amigo que magoei. Nem neles consegui confiar. — Ela sorriu lembrando-se de Lorde Barthes. — Até você aparecer. Desde que o conheci, menti diversas vezes. Especialmente quando estávamos em Londres. E você *sabia*. Mas eu confio em você e o amo. De uma forma completamente diferente, mas absolutamente única.

Ela escondeu o rosto no pescoço dele. Tentar confessar sentimentos e chegar perto da verdade trazia lágrimas aos seus olhos.

— Jamais confie cegamente em alguém, Isabelle. Para o seu bem — murmurou ele enquanto a abraçava. — Nem em mim. Mas eu faria tudo por você. Eu mentiria, enganaria e mataria. Não me importa se é errado; eu destruiria qualquer coisa. Minha vida é cheia de pecados e decisões moralmente erradas. Não vou deixar de cometer outras por você.

— Você pode acabar se machucando — sussurrou ela.

— Ainda tem espaço no meu corpo para novas cicatrizes — respondeu com tanta firmeza que parecia já saber que aconteceria.

***

Uma nova carta do advogado chegou. Ele enviara todos os rendimentos e fundos de Isabelle para sua família, ou seja, ela estava praticamente sem um centavo. Depois de anos presa a eles, tendo de roubar dentro de casa para conseguir uma moeda, ela teve de ceder tudo. Abriu mão de todo o dinheiro que o duque lhe destinou para que usasse naquilo de que precisava como duquesa. Não se emocionava com facilidade, mas seus olhos se encheram de lágrimas de raiva e mágoa. Não era pela quantia, mas pela mancha no resquício de liberdade que ela achou que viveria.

Mas era sua parte no plano, não é? Jamais pediria mais. Era uma fortuna se comparado aos padrões com os quais estavam vivendo. Daria para Genevieve e George se esbaldarem e esperava que assim a deixassem em paz. E que Gregory conseguisse manter sua parte no acordo.

E lá estava ela, fingindo outra vez. A duquesa de Hayward, uma das damas mais poderosas da sociedade e certamente a mais ilustre da região. Usando outro vestido fino, com renda da melhor qualidade, pequenas joias valiosas adornando os dedos e o cabelo brilhoso. De longe era bela e parecia soberba, condizente com seu título. Mas estava triste, sentindo-se mal pelo que teve de fazer. Queria contar tudo e dar um fim à sua única chance.

Foi assim que entrou na mansão campestre dos Powell. Estivera na casa deles em Londres como Lady Isabelle Bradford. As coisas mudaram em pouco tempo. Nathaniel não a deixou em momento algum, mas por diversas vezes ela o pegou observando-a como se esperasse que dissesse algo a qualquer momento. Achava difícil que ele estivesse preocupado por ela participar de seu primeiro evento como duquesa.

— Até entendo que alguns me olhem como uma assombração, mas há pessoas próximas aqui — comentou ela.

Pelo que sabia, ao menos metade dos convidados parecia esperar que ela não sobrevivesse aos primeiros meses de casamento. Alguns faziam esforço para disfarçar a surpresa em vê-la. Descobriu que o novo título só a deixou mais famosa. Mas qual a desculpa de Lady Victoria? A senhora a havia visto na igreja na semana passada.

— Lady Victoria gosta de drama. Como não participa mais de tantos eventos, quando tem a oportunidade, precisa de motivos para chamar a atenção. Esta noite, as luzes estão sobre ela, pois está contando tudo que viu, ouviu e imaginou por ser nossa vizinha — comentou ele.

— Duvido que você precise saber sobre a vida de Lady Victoria.

— Não fiz esforço algum para saber, pois a conheço desde criança. — Pela expressão dele, as lembranças não eram as melhores. As distâncias no campo, ainda mais em volta de propriedades como Hayward, eram vastas, requeriam mais que uma breve caminhada. E, mesmo assim, Lady Victoria e seus conhecidos conseguiam descobrir fofocas.

Eles participaram do jantar. Isabelle foi acompanhada por Lorde Powell e pôde observar Nathaniel sentado em frente a ela na mesa larga. Ele não falou muito, mas ninguém esperava isso dele. Lady Powell parecia contente com suas respostas, mas ele só tinha olhos para a esposa, que estava particularmente encantadora. Ninguém percebia sua perturbação. Mas ele sabia.

— Duvido que esteja cansado — comentou ela quando o encontrou após o jantar.

Isabelle passou por trás da poltrona dele e parou ao seu lado. Não viu o que aconteceu ali, pois tanto homens quanto mulheres deixaram a sala de jantar em direção a cômodos diferentes. Lady Powell quase embebedou várias das convidadas enquanto ostentava suas bebidas. Lorde Powell, por sua vez, oferecia café aos homens, ressaltando a qualidade do produto de importação. "Muito melhor que os mais vendidos em Londres", dizia ele.

O duque bebeu o café e depois, como muitos, pegou outra bebida. Foi onde Isabelle o encontrou; com uma xícara vazia e a segunda dose do uísque também importado que o dono da casa ostentava só para as visitas ilustres.

— Estou — respondeu ele.

Já não era fácil se aproximar do duque. Dava até para notar que ele não se daria ao trabalho de parecer acessível. Ainda mais quando ficava de mau humor. A menos que Isabelle visse, ela jamais acreditaria na eficiência com que ele despia aquela soberba ducal quando estava em uma missão, passando-se por outra pessoa. Já se passara por pessoas simples que nunca viram um duque pessoalmente, mas o mesmo duque era um ótimo personagem para o receptor que aceitou ser.

— Então deixe esse copo e venha se deitar comigo, sinto um mal-estar e estou mais exausta que o normal. — Ela pendeu a cabeça. — Ao menos de mim você até gosta um pouco e não vou obrigá-lo a socializar.

Ele observou o copo como se decidisse se valia a pena terminar a bebida. Depois, viu a mão que ela pousou em seu antebraço ao convidá-lo para encerrar a noite. Isabelle aguardava uma resposta, mas ele só a observou. Seu olhar passou pelo rosto dela, e ele o sustentou por um momento, mas depois voltou a olhar a bebida e resolveu que valia a pena virar o último gole.

Nathaniel assentiu levemente, concordando com a sugestão dela. Só que Isabelle não se moveu para ir na frente. Podia estar apenas imaginando, mas jurava ter visto o que mais temia no rosto dele: decepção.

***

Quando eles retornaram da breve estada na casa dos Powell, Isabelle estava em um dilema. Teria coragem de supor ou era melhor deixar as coisas se desenrolarem sozinhas? Pamela e Andrew também voltaram de sua rápida viagem. Por incrível que pareça, alguns parentes dele nunca viram com bons olhos o casamento de Andrew com uma duquesa viúva. Essas mesmas pessoas também não entenderam quando ele procurou uma carreira como intelectual.

— Sinto que não tenhamos passado tanto tempo juntas agora que mora aqui — comentou Pamela, observando-a. — Você parece tensa, meu bem.

— Estou bem, só dormi de mau jeito — mentiu.

— Vamos aproveitar que o clima está mais ameno e passear um pouco.

— Claro, posso guiar até a vila.

— Eu adoraria.

Elas partiram um tempo depois. A duquesa adorava um bom passeio e com o tempo frio e as chuvas não houve muitas oportunidades. Elas passaram horas longe do castelo passeando pela vila, visitando os comércios locais, encontrando os vizinhos, que também aproveitavam a temperatura favorável. E Pamela aproveitou para sondar Isabelle sobre como estava vivendo em Hayward. Desde o casamento não haviam conversado sobre isso.

Isabelle, para variar, fingiu. Não havia a menor possibilidade de fazer a sogra de confidente. Seus problemas não eram sobre o temperamento do filho dela como Pamela esperava.

Dois dias depois, Hayward se recuperava de uma inesperada nevasca. Segundo Marcus, aquela seria a última. O céu abria, depois a paisagem ficava coberta por uma leve camada branca uma última vez como uma despedida. Ao menos isso colaborou para manter Nathaniel em casa e Isabelle resolveu que não queria mais adiar.

Ela o encontrou no escritório do segundo andar na parte da frente do castelo. Era um cômodo multiuso. Às vezes ele trabalhava ali quando queria ter a paisagem como alívio para seus pensamentos. Isabelle achava que ele deveria adotar o cômodo em vez daquele ao lado da biblioteca que tinha seu mérito, mas cujas paredes estavam tomadas por histórias demais. Não havia leveza alguma.

— Tem algo o perturbando profundamente e eu sei que não é mais a perda de Fogo Negro. O que você descobriu com sua rede de informações e jeito único para revirar a vida íntima das pessoas? — indagou ela ao se aproximar da mesa. Tentou usar um tom leve, mas parecia ridículo usar esse recurso com ele.

Ele ficou quieto, pensando nas vantagens de continuar ali sentado e olhando a janela de longe, mas levantou e foi para mais perto dela. No momento, não conseguia pensar em se aproximar dela; parecia que a decepção aumentaria a cada passo dado em sua direção.

— Por incrível que pareça, descobri uma dor pior que a partida de um animal querido. — Ele fez uma pausa. Apesar de tudo, tocar naquele assunto doía tanto que não parou de fugir dele. — Desde a primeira vez que você chegou perto de mim, era uma farsa. E só podia ser comigo. Nunca teria me escolhido se sua família não a houvesse obrigado.

Isabelle suspirou. Sim, ela se torturou com razão. Sua fantasia tinha chegado ao fim. Ela provocara isso, sabia que havia deixado pistas. Mas seu pesar e sua culpa eram tão pesados que não havia terreno para um pingo de alívio pelo fim da farsa.

— Então jamais teria me apaixonado — respondeu, esperando que só isso importasse.

— Como confiarei em você? Tudo que disser vou pensar que é mentira. Não era assim que eu queria viver com você. Eu desconfiava de algo, mas não ia tão longe. Achei que a forçavam a seguir as escolhas deles para pretendentes, o que não seria diferente do que a maioria das mulheres passa naqueles salões. E eu era só um dos nomes mais cotados da roda.

— Você nunca esteve na roda.

— Não, mas eu era o alvo.

— Você não era o alvo de ninguém, Nathaniel. Jogou comigo o tempo todo até ficar perigoso demais.

Ele se virou para ela. Com a claridade do dia que entrava pela janela, ela deu um passo para o lado, tentando ver melhor sua expressão.

— Você é a melhor atriz que conheço. Mente e engana com a mesma facilidade com que respira. A dissimulação corre por suas veias. E é mal aproveitada, pois não valho tanto talento. No mundo de onde venho, tudo isso é elogio. Porém, no mundo onde vivemos, só significa que repeti o meu maior erro. Novamente com a mulher por quem me apaixonei.

— Não vou traí-lo. Eu o amo e você já devia ter certeza disso.

Ele balançou a cabeça e se virou de novo. Já ouvira isso antes; outra mulher já lhe prometera tudo e logo depois cometera a maior traição imaginável para alguém como ele. Não tinha certeza de nada. Ela era sua nova punhalada e ele deixou acontecer.

— Nathan, eu não estava fingindo — insistiu ela, aumentando a voz só um tom.

Talvez não estivesse mesmo, mas como ele saberia? Não soubera da outra vez. Ele se apaixonava e ficava cego, parecendo esquecer tudo que aprendera em uma vida rodeado de mentirosos e traidores. Ele mesmo desempenhara esse papel. O único crédito que se dava na história era não ter usado isso quando amou alguém. De resto, não valia nada.

— Se descobriu tudo, sabe que é verdade. Fiz o que precisei, mas não fui desleal. Eu jamais o entregaria. — Ela sentiu um enorme aperto no peito dos sentimentos que tentava conter. — Menti sobre o dinheiro que me deu, mas sei que não é com isso que se importa.

Ele nem quis saber quanto ela desviou dos fundos que havia lhe destinado. Quando soube disso, já havia descoberto o resto. Ele sabia de quase tudo desde antes da morte do cavalo; depois, ela só confirmou coisas das quais ele desconfiava. Tentou mais de uma vez que ela conseguisse confessar, mas por mais que lhe confessasse sentimentos não lhe dissera a verdade. Agora estava concentrado na dor em sua garganta só por tentar dizer as palavras de que precisava. Sentia a mesma pressão excruciante, como algo querendo explodir do seu peito e sair pela boca. Era desilusão. Como foi se enganar de novo?

Ela fingiu. Do começo ao fim.

E dessa vez não haveria nenhum fim trágico. Ele não permitiria; porém, também não saberia como viver com a realidade. Daquela vez, ficou ocupado superando a dor da perda irreversível. A morte não tinha cura ou perdão. Mas dessa vez ele se casara com sua nova traidora e ia garantir que ela continuasse viva e bem.

— Vá embora. Volte para Hitton Hill — ordenou ele.

Isabelle não poderia dizer que se surpreendeu. Mesmo assim, ficou paralisada por uns segundos até conseguir dizer:

— Não quero.

Nathaniel queria fingir que isso não era problema dele, mas cruzou os braços e piscou diversas vezes, sem ver nada do lado de fora. Só sentia dor, desilusão e decepção. Com ela, com ele, com a situação. Naquele momento não havia ali nenhuma de suas partes sentimentais e ternas que ele — como um completo tolo desmemoriado — exibiu para ela poder entrar. E enganá-lo como nunca antes.

Dessa vez foi muito mais fundo. Nada que fizesse o recuperaria do pesar. Era um luto sem morte.

— Parta! Não vou repetir mais um erro. Não vamos reprisar as tragédias. Devíamos ter aprendido com nossos ancestrais.

Ela ficou olhando para as costas dele, sabendo que ele não a olhava porque possivelmente ia fraquejar. Era o amor de sua vida que estava acabando com a história deles porque ela não passava de uma farsante. Ele já fora traído e não conseguia ver que ela podia ser diferente. Mas um homem não precisava mandá-la embora duas vezes; qualquer outro não teria nem a primeira chance.

— Pensei que eu era a sua duquesa e que um homem singular como você entenderia minha complexidade. Mas você ainda está preso ao passado e não vai acreditar em nada que eu disser. — Ela se virou e deixou o cômodo.

***

Isabelle não se lembrava de ter percorrido o caminho até o quarto, mas Flore apareceu e a encontrou na sala de vestir com uns cinco vestidos no colo e as lágrimas caindo sobre eles enquanto os dobrava.

— Desculpe-me — disse a camareira.

Ela apenas se levantou e deixou as roupas num malão de viagem tão grande quanto um baú. Era como um déjà vu; já havia ido para o quarto fazer as malas naquele castelo. Só que dessa vez o duque não viria impedi-la; ele *queria* que ela partisse. Ao vê-la naquela situação, Flore não conseguiu ficar calada.

— Ele já sabia de tudo e você sabe como sou tola. Quando falou comigo, eu só comecei a chorar e confirmar com a cabeça. Tudo que te obrigaram a fazer. Sinto tanta raiva do que eles fizeram! — Flore começou a chorar copiosamente, mais que as lágrimas silenciosas que atrapalhavam Isabelle em seu trabalho.

— Flore. — Ela foi para perto dela. — O que você fez?

— Não falei nada! Foi ele! Ele sabia! Sabia até do dia que foi encontrar sua família para tentar mantê-los longe. Sabia que eu a deixava sozinha com ele de propósito. E dos roubos! E das joias! E dos golpes! E das surras! E de como você tinha de se casar com ele para destruí-lo! Ele sabe de quase tudo! Os detalhes que faltam só você poderia contar! — Flore cobriu o rosto.

Isabelle só ficou olhando para ela. Depois da conversa que teve com Nathaniel, já sabia que ele descobrira tudo. Devia estar atrás dessa história fazia algum tempo e mesmo assim se casou com ela e passou os últimos meses ao seu lado. O que será que ele esperava? Se alimentava a esperança de que ela fosse preferir a ele, estava certo, só não acreditava.

— Acho que ele não a ama mais! — exaltou-se a camareira.

— Flore, ninguém muda os sentimentos da noite para o dia. Se assim fosse, nunca teríamos nos casado. Só chegamos a esse ponto pela nossa incapacidade de permanecer longe um do outro.

— Se ele a amou... ao menos... Não! Ainda acho que ele é capaz de sentir. Se fosse outro daqueles homens, se fosse sua família, agora eu estaria cuidando dos seus machucados. De novo. É melhor partirmos antes que ele mude de ideia. Ele não precisa preservá-la, pode matá-la! Como dizem que fez à outra. A noiva que o traiu. Vamos fugir! — Flore correu para pegar mais roupas.

— Ele não vai me fazer nada, pare com essa agonia. Não vamos fugir, vamos *partir*. Faça as malas. — Isabelle levantou-se para pegar mais roupas.

Levou umas duas horas para estarem prontas para a viagem. Isabelle empacotara apenas o principal e necessário. Havia vestidos, peças íntimas e acessórios encomendados a caminho do castelo. O duque podia mandar queimar tudo se quisesse. Ela não se importava.

Deixou uma carta para Pamela, pois não tinha condições de encará-la e tentar explicar o que estava acontecendo. Odiaria ver a decepção no rosto dela. Como lhe explicaria que, apesar de tudo e de como parecia terrível, ela amava Nathaniel? E não o apunhalaria pelas costas. Ela não era mais uma Bradford traidora e vingativa como o passado contava. Era só uma ótima ladra. E fez o que precisou.

Nem ela acreditaria nisso.

Deixou o castelo naquele tempo ruim e enfrentou a última neve de Hayward. Do jeito que se sentia, esperava que eles ficassem cobertos de neve por uns três dias. Suas botinas nem afundavam no que já caíra do céu e mesmo assim parecia ser o dia mais frio do inverno que passara. Tudo imaginação dela. Provavelmente, os dias de felicidade que viveu também foram ilusão. Era assim que sua família chamava. Eles fizeram tudo que puderam para que esse dia chegasse. Aqueles idiotas. Prefeririam sabotar o próprio plano a deixá-la viver um pouco de felicidade.

Antes de ir para a carruagem, ela parou no caminho e olhou para cima. Tinha certeza de que o duque ainda estava lá. Não podia vê-lo direito, mas, a menos que os fantasmas do castelo houvessem se levantado para assistir-lhe partir, ele estava naquela janela.

— Tornaremos a nos encontrar quando você conseguir voltar a olhar para mim através do presente e não só pelas suas memórias. Talvez até acredite em mim e no que sinto por você, seu Hayward maldito — disse ela, sabendo que ninguém a escutava. Puxou o capuz felpudo da capa de lã e seguiu para a carruagem.

Capítulo 36

Isabelle chegou a Hitton Hill se sentindo derrotada, arrasada, desiludida e com o coração sangrando. Eles haviam vencido aquela batalha. Lá estava ela de volta para onde eles diziam que era o lugar dela.

Mas não estaria mais à mercê deles. Recusava-se a isso. Não era mais a jovem que deixara aquela casa para a fatídica temporada em que conheceu o duque.

A propriedade estava em obras; ao menos isso eles não puderam evitar, pois era o que Gregory queria e, quando enviou os fundos, o duque nomeou também administradores para a reforma. O marquês de Hitton era o único que podia interferir e esse devia ser o único ponto em que não conseguiam fazê-lo ceder. Ia reaver a casa dos Bradford.

Diferente do castelo, Hitton Hill era uma grande mansão campestre. O antigo castelo dos Bradford ficava em outra parte das terras. Não restava muito dele; fora danificado em uma das batalhas em que a família se envolveu séculos atrás. Atualmente, resumia-se a apenas duas torres e o nível térreo, que era o equivalente ao pavilhão de caça de Hayward. E ergueram aquela mansão em terras mais planas. Era uma construção larga e conectada; nada de prédios separados como a casa do duque.

Mesmo com tantas diferenças, era uma casa construída para impressionar e ostentar o status da família. Erguida através de vários anos, reformada e aumentada, a casa tentava passar tranquilidade, mas refletia o estilo da família: aristocrático, porém conturbado. Transformaram o estilo elisabetano, adicionando duas alas menores entre as originais, acabando com o formato em E. Era óbvia a paixão dos arquitetos pela era barroca; havia bastante drama, mas nenhuma inclinação ao gótico. Provavelmente para não lembrar em nada a opulenta casa de seus inimigos.

Apesar de preferirem casas separadas, em alguns períodos houve muita gente morando naquelas terras e os Bradford também tiveram sua própria corte familiar, repleta de parentes de sangue e por casamentos. Tudo se acabara. As similaridades com a história dos Mowbray eram intermináveis.

— Você achou que podia se apaixonar por ele e viver seu conto de fadas? — Genevieve riu com desprezo. — Garota tola. Seu lugar é conosco. Se tivesse feito tudo que mandei, talvez ainda tivesse mais valia.

Isabelle não quis saber por que sua recepção foi justamente a pessoa que mais desprezava na vida.

— Onde está minha mãe?

— Provavelmente com os porcos — respondeu Genevieve com descaso.

Pouco depois, Percival entrou carregando uma maleta e parou próximo a Isabelle. Genevieve reagiu imediatamente.

— O que é isso? Quem é esse?

— Este é o sr. Percival — explicou Isabelle.

— Não quero saber desse criado de pele suja aqui! — Ela até deu um passo para trás, como se o homem a houvesse ameaçado de alguma forma.

— Ele não é um criado e está comigo — disse Isabelle, secamente.

Genevieve não se deu por satisfeita, deixando de lado até sua vontade de humilhar Isabelle.

— Essa coisa é um indiano ou um daqueles negros?

A expressão dele era de desagrado, contudo, já sofrera tanto preconceito na vida devido a sua posição aliada à cor de sua pele que aquela mulher não era nada que pudesse impedi-lo de cumprir sua missão. Preferia locais onde podia resolver seus próprios assuntos que a convivência com gente detestável e repulsiva como Genevieve.

— As origens do sr. Percival não são assunto seu. Ignorante como sei que é, duvido que nem saiba indicar para que lado fica a Índia em um mapa tão bem quanto sabe mirar sua grosseria. No momento ele é meu secretário pessoal e vai ficar por quanto tempo quiser — avisou Isabelle.

— Eu sou a marquesa — disse a tia com gosto. — Quem manda aqui sou eu.

Isabelle levantou o queixo, disposta a enfrentá-la abertamente.

— E eu sou o dinheiro. Aqui, eu venço.

Ela voltou para a porta. Duvidava que sua mãe estivesse ali, a menos que a houvessem dopado.

— Minha mãe vai comigo para a casa da marquesa viúva — informou antes de chegar ao hall.

— A reforma não terminou — avisou Genevieve, usando novamente aquele tom de triunfo.

Isabelle franziu o cenho e pressentiu que as notícias só iam piorar. Então voltou um passo e aguardou.

— Houve um contratempo com fogo — informou Genevieve ainda no mesmo tom.

Não precisava de explicação, a expressão de prazer com que ela contou aquilo já lhe dizia tudo.

— Sabe há quantos anos aquela casa existe?

A mulher deu de ombros, pouco se importava. Por ela, toda a história dos Bradford também podia sumir. Não era sobre o *seu* lado da família, os seus não eram lembrados. Então por que deixar que os antigos marqueses e seus descendentes continuassem a ser eternizados com honras? Quando seu filho fosse o marquês — e isso não ia demorar para acontecer —, iriam enterrar de vez o passado e começar uma nova história para a família. Podiam acabar com tudo se quisessem e agora só aqueles do seu sangue seriam chamados de *Hitton*.

Isabelle deixou a casa antes que perdesse a calma. Percival seguiu junto a ela. Pelo jeito que olhava em volta parecia esperar um ataque a qualquer momento.

— Você vai partir amanhã? — perguntou ela, enquanto atravessavam o jardim.

— Não vou embora, Sua Graça.

Ela diminuiu o passo e o olhou:

— Então é assim que o duque desfaz seu envolvimento comigo? Mandando um acompanhante? Está aqui para me vigiar ou para me proteger?

— Sua família é muito traiçoeira. Não vou perdê-la de vista — respondeu ele, deixando nítido seu objetivo.

***

Flore ficou com a tarefa de levar o necessário para dentro da casa. Isabelle lhe disse que não iriam para seu antigo quarto; iam se refugiar na ala norte, que outrora era destinada a visitantes e ficava distante dos quartos da família.

Percival seguiu Isabelle, mas, em vez de encontrar a mãe, foi Gregory que apareceu em seu caminho. Ele parecia contente e distraído, ao menos até vê-la se aproximando.

— Essa mulher com quem você se casou por causa de um dote ridículo que não durou nada colocou fogo na nossa casa e você não fez nada! Você é patético. Já nem acredito que seja um Bradford legítimo. Deixando essa imprestável nos desgraçar! — acusou ela, antes que ele pudesse cumprimentá-la.

— Por que está aqui? Por que voltou?

— Porque o seu plano deu errado. Ninguém gosta de ser enganado, tio. Vocês jamais consideraram o passado dele e eu subestimei a dor dele e o que sobrou da maior desilusão que ele viveu. Não repetirei esse erro.

Gregory passou a mão pelo rosto; ao menos alguém ali não estava contente pela desgraça dela. Não que ele fosse um entusiasta da relação dela com o duque, mas via sua utilidade. E eles haviam feito um acordo. Ele recebera sua part. Então ela que ficasse para lá, vivendo como bem entendesse.

— Ele vai cancelar tudo?

— Fique tranquilo, tio. O que está feito, está feito. — Ela indicou os trabalhadores que estavam perto da casa.

Ela encontrou a mãe justamente onde imaginava: na casa da marquesa viúva. O fogo não destruiu o lugar, mas causou estrago no que estava sendo reformado e no material preparado para ser usado. E Madeline estava lá dentro com uma criada limpando as paredes da entrada.

— Ah, meu bem! Achei que não chegaríamos a tanto. — Madeline desceu as escadas e a abraçou.

— Fui uma tola iludida. Eles estão certos. Nunca daria certo. — As lágrimas que esteve guardando vieram em profusão assim que abraçou a mãe.

— Não se aflija. Consertaremos o mal que lhe fizeram.

— Não foi só isso. Também sou culpada.

Madeline se afastou para olhá-la:

— Culpada por ser chantageada, ameaçada e sofrer abusos? Ou por se apaixonar por aquele Hayward dos infernos?

— Por ser uma ladra mentirosa e tê-lo enganado desde o início.

— *Vocês* se enganaram. Todos mentiram e omitiram. Não me diga que você esperava que unir-se com aquela família seria fácil.

Isabelle deu um passo para trás e ficou olhando para o estrago.

— Por que ela queimou a casa, mãe?

— Porque eu estava feliz. Cometi o erro de demonstrar o quanto me agradava ver a pintura nova, as janelas que mudaram. Passava o dia aqui, ajudando como pudesse e longe deles. Gregory também tem estado contente, disse que a casa o lembra da mãe. E nada disso é permitido. Ninguém pode ser feliz enquanto Genevieve estiver aqui.

Ela permaneceu olhando a mãe. Aquela última frase ecoava alguns dos seus pensamentos, algo que vinha fervilhando em sua mente.

— Mas esqueça a casa. Venha, pode entrar, o cheiro de queimado já dissipou. A sala dos fundos está perfeita. Queimou a frente, mas conseguimos apagar a tempo. Vamos refazer o que for necessário.

Madeline viu que Percival estava andando em volta, olhando o estrago feito pelo fogo. Quando as duas entraram, ele tomou o lugar de Madeline e ajudou a criada.

***

Dias depois, a tensão entre os Hitton piorou. Como se não bastasse terem de aturar Genevieve triunfante por ver Isabelle prisioneira e com o fato de o bom humor do marido ter acabado, George chegou à propriedade de surpresa, levado justamente pela possibilidade de ver a prima. Logo após o último encontro deles, George acompanhou os pais por alguns dias, mas partiu para resolver seus assuntos. Ele estava envolvido em roubos e contrabando e usou o dinheiro que Isabelle teve de ceder a eles para investir em seu negócio.

— Inesperado esse retorno não precoce. Achei que teríamos de aguardar a morte do duque.

— O que está fazendo aqui, George? Volte para casa! — Isabelle deixou uma cortina branca sobre a poltrona.

Já era possível recolocar os itens de decoração na entrada da casa da marquesa viúva. Alguns homens que estavam trabalhando na mansão principal foram destacados para consertar o estrago causado pelo fogo e com tantas mãos hábeis a entrada estava quase pronta.

— Fiquei preocupado! Pensei que depois de tudo que ele soube iria te machucar.

— E o que exatamente ele soube que o preocupa tanto? Ele já sabia dos seus roubos.

— Soube sobre você. — Ele se aproximou, como se preferisse não ter aquela conversa num tom alto. — Eu disse a ele a boa mentirosa que você é. E que jamais seria fiel a ele.

— Você é um desgraçado, vil como sua mãe.

— Eu ia esperar até que se livrasse dele. Sabe disso.

— George. — Ela disse o nome dele de um jeito que o fez aguardar enquanto a olhava. — Eu não ia me livrar do duque. Ele é muito mais útil para mim vivo. Não me importo com aquilo de que vocês precisam.

Ele avançou e a pegou pelo braço. Ela lutou, mas George conseguiu pegar seu outro braço e segurá-la junto a ele. Desviou quando Isabelle tentou acertá-lo na virilha e a inclinou para que perdesse o equilíbrio. Ela não queria se lançar numa luta física com ele, e então aguardou.

— Pensa que esqueci seu presente? Levou dias para a ferida fechar.

— Mas você sobreviveu, não foi? As surras que já levei aqui doeram muito mais. Não seja um fracote — provocou ela.

— A paixão que sinto por você jamais aconteceria sem deixar marcas.

Ele a beijou e Isabelle liberou o braço e bateu em seu rosto, mas George não a soltou; pelo contrário, segurou-a ainda mais forte junto ao seu corpo. Isabelle virou o rosto, ele a beijou na bochecha e mergulhou o rosto em seu pescoço. Ela o puxou pelo cabelo da nuca com tanta força que ele grunhiu de dor e se viu obrigado a se inclinar para trás. Com a mão livre ela o golpeou no pescoço. George girou e se desvencilhou, levantando a mão para revidar.

— Bata! — desafiou ela. — Eu lhe disse para nunca mais me ameaçar. Se vai levantar a mão para mim, faça logo, pois é o único jeito que conseguirá qualquer coisa.

Ele a encarava. Queria dar-lhe uma lição, pois a mágoa ainda o corroía. Afinal, ela continuava disposta a se deitar com aquele duque, mas se recusava a deitar-se com ele. Pelo jeito, aquele outro também andou lhe ensinando o que não devia, pois ela o imobilizou e o golpeou, algo que não sabia fazer.

— Você continua uma traidora ingrata!

Antes que ele agisse de novo, foi agarrado pela nuca, uma mão forte o enforcou e logo depois o arremessou para o outro lado do cômodo. George caiu por cima de uma poltrona e se pôs de pé o mais rápido que pôde, pronto para se defender caso fosse atacado novamente. Porém, tudo que viu foi o sr. Percival parado na frente de Isabelle, protegendo-a como uma barreira.

— Perdoe-me a demora, Sua Graça. Fui auxiliar sua mãe como me pediu.

— O que esse criado está fazendo aqui? — exaltou-se George.

— O sr. Percival está me auxiliando — informou Isabelle, cortante.

— Eu o quero fora daqui!

— Isso não vai acontecer, senhor — informou Percival com bastante frieza.

— Aquele maldito mandou um informante junto com você! — acusou.

Isabelle saiu de trás de Percival. Ela sabia que ele não era só um criado do duque, que sempre o considerou seu guarda-costas e que agora seria também o guarda-costas dela. Também sabia os segredos sobre a identidade e a verdadeira função exercida por ele ao longo dos anos.

— Dê o fora daqui. Vá resolver seus negócios. Não sou uma fonte inesgotável de dinheiro — mandou ela.

George deixou a casa soltando fumaça pelas ventas tamanha a sua raiva. Percival foi olhar pela janela para ter certeza de que o jovem havia ido embora.

— A situação se complicou. Eu não esperava o retorno dele agora. A senhora precisa de mais proteção que sua mãe. Ela é uma mulher admirável e está acostumada a navegar nesse mar de tubarões.

— E acha que eu não estou? Sobrevivi até aqui.

— Sua mãe é como uma tartaruga marinha: forte e rápida, uma sobrevivente. Se a subestimar, pode acabar sem os dedos. Já a senhora é um tubarão jovem, perigoso, mas ainda hesita em atacar presas grandes. Imagino tudo que fará quando não mais hesitar.

— O senhor parece saber bastante sobre o mar.

— São os livros de que mais gosto. Além disso, comecei a vida trabalhando no mar.

Ela só podia imaginar quando e como a vida dele se cruzou com a de Nathaniel, a ponto de formarem aquela parceria de anos. Percival era completamente fiel a ele; o duque salvara a vida dele e o levara com ele, transformando-o em seu maior comparsa em missões. Percival também já o salvara algumas vezes. Mesmo não estando mais em dívida, escolheu ficar. No fim, tornou-se um agente fiel à Coroa e participou de missões. Manter um receptor em segurança era uma missão por si só.

Apesar disso, não contestou quando Nathaniel ignorou a necessidade de segurança pessoal e o incumbiu de manter a duquesa a salvo. Não foi a ordem de um receptor, mas um pedido de amigo. Percival achava uma decisão perigosa, chegou a pensar que não era para tanto. Se a identidade de Nathaniel fosse revelada e viessem atrás dele, todos estariam em perigo. Mas, agora que estava em Hitton Hill, ele entendeu por que o duque achava que ela precisava mais de proteção.

E, mesmo assim, se afastou dela. Os motivos exatos, o duque não quis revelar, mas foi algo muito pessoal, pois Percival tinha certeza de que havia sentimentos entre eles.

Capítulo 37

George não deixou a propriedade, pois ninguém mandava nele e não tinha medo de Isabelle e daquele capanga de pele escura. Mas ela não precisou vê-lo, pois estava indisposta e ficou no quarto. Madeline e ela planejavam dormir na casa da marquesa viúva, mesmo com Genevieve em seu encalço, ameaçando causar mais estragos.

— Sente-se bem o suficiente para caminhar até aqui? — indagou Madeline ao ver a filha chegar com uma caixa.

— Não tenho tempo para ficar de cama.

— Você tem todo o tempo do mundo agora. Se precisar, terá de ficar de repouso — disse a mãe.

— Não se preocupe, não estou doente. — Ela foi em direção à cozinha.

— Eu sei — disse Madeline, num tom incisivo que fez a filha se virar para olhá-la. — Por que não contou a ele?

Isabelle ficou com o cenho franzido enquanto observava a mãe. Sua reação instintiva era sempre estudar suas respostas e possivelmente mentir.

— Odeio que esteja tão habituada a viver se protegendo que esconde suas verdades até de mim. — Madeline balançou a cabeça. — Sua barriga já está arredondada, sabe disso. Está usando artimanhas para disfarçar. É por isso que tem se sentido mal.

— Nunca estive grávida antes, não tinha certeza até os sinais físicos aparecerem. De qualquer forma, jamais diria.

— Por quê?

— Ele tomaria como mais um dos meus truques. Neste momento, ele ainda crê que nada vindo de mim é real. E não me mandaria para cá se soubesse que carrego uma criança no ventre.

— Terá de contar a ele.

Isabelle assentiu, sabia disso. Mas ainda não estava pronta para contá-lo. A dor da separação era grande. E nem tinha como se justificar; só podia dizer que seus sentimentos eram verdadeiros. Um dia ela contaria sua versão a ele, desde antes de sua família envolvê-la naquele golpe e ela executá-lo com perfeição, mas não seria naquele momento.

— Essa criança não está segura aqui. Conte o quanto antes. Ninguém pode duvidar da legitimidade dela. Usarão isso contra você e seu filho — afirmou Madeline.

Isabelle concordava com a mãe, só estava adiando o inevitável. Mas eram seus sentimentos; ela não era só uma golpista calculista que precisava seguir o plano. Estava afastada do marido que atualmente pensava nela como a maior traidora que já entrara em sua vida.

Mesmo assim, continuavam apaixonados e tinha de contar àquele odioso duque que esperava o primeiro filho deles. Só conseguia se lembrar da frieza naqueles olhos cor de prata, algo que nunca teve de enfrentar até aquele fatídico dia da separação.

***

Assim que tomou coragem, Isabelle enviou duas cartas. Pamela não acreditou em nada do que o filho disse, pois ele mentiu, incapaz de admitir que era um completo idiota e tinha se apaixonado por uma traidora muito mais talentosa que a primeira. E que nem o fato de ela ser uma Bradford, uma tragédia anunciada, conseguiu impedi-lo de cometer a loucura de se casar com ela, ou seja, a mãe colocou toda a culpa nele, pois não sabia que a nora era uma ladra ardilosa, dissimulada e golpista. Porém, sabia que o filho era insuportável, frio como aquele castelo no inverno, soberbo como se este fosse seu dever ducal e mais fechado que um túmulo antigo coberto pela relva.

Claro que de algum jeito a culpa era *dele*.

Isabelle sabia que ele era desconfiado e teimoso. Nada podia movê-lo em sua mágoa. Por isso, escreveu duas cartas: uma para ele e outra para a duquesa convencê-lo a ler a carta dela, pois era de extrema importância. As cartas foram enviadas para Londres, pois o duque havia partido para assumir sua cadeira no Parlamento. E Pamela o havia acompanhado junto com Andrew.

Para variar, o duque estava envolvido em uma trama de espionagem para derrubar emissários internacionais que na verdade eram espiões aliados ao homem que no ano anterior iniciou a trama para assassinar o primeiro-ministro.

— Nathaniel, nós vamos falar daquele assunto agora! — decidiu Pamela, quando ele finalmente apareceu em casa.

Aquele assunto referia-se ao problema dele e de Isabelle. E não era mais um tema restrito à família. As pessoas esperavam ver a nova duquesa na temporada, aguardavam-na ansiosamente e não havia nenhuma notícia até o momento. Porém, o Parlamento abriu e o duque de Hayward estava presente. Onde estava sua esposa? Os convites já haviam começado, alguns eventos aconteceram. Os convidados se estapearam em locais onde achavam que iriam ver a duquesa desfilar majestosamente e ostentar seu novo título enquanto seus desafetos morriam de desgosto.

O jornal saiu e a coluna social perguntava: *Onde está Isabelle Mowbray, a nova duquesa de Hayward?*

Muito especulou-se se ela ainda estava viva. O pior era que não tinham como saber; afinal, ela se casara com o homem mais impossível de pressionar. Nathaniel não se sentia minimamente obrigado a dizer qualquer coisa, mas os únicos que perguntaram foram seus aliados políticos. *Como vai a sua senhora?* E ele dizia: *Em boa saúde.* O assunto acabava ali.

— Não creio que tenhamos algo novo a acrescentar — respondeu ele.

— Vou dizer mesmo assim. — Ela o seguiu para o escritório e fechou a porta ao passar. — Você perdeu completamente o controle sobre seus atos! E teve a coragem de deixar a sua duquesa em outro local que não a casa onde é seu direito permanecer.

Pamela o observou e pensou que era querer demais que o filho se rebaixasse a retrucar uma discussão acalorada com ela. Nathaniel nunca levantou a voz para a mãe; sua desobediência era silenciosa e efetiva. Além disso, estava escondendo dela os motivos para Isabelle ir para Hitton Hill. Por outro lado, a mãe poderia afirmar que jamais esteve tão preocupada com ele. E, por isso, ela resolveu tocar exatamente em sua natureza supostamente insensível, e ao menos isso ela sabia ser mentira.

— Deve ser muito sofrido para você sentir algo tão poderoso por aquela mulher que o fez perder sua capacidade lógica. — Ela apoiou as mãos no encosto da cadeira, inclinando-se na direção dele. — Está dominado pela ira! Seu ódio não está direcionado a ela, mas à revolta que sente por ser incapaz de controlar sentimentos que deve achar mundanos.

— Você tem razão, mãe. Não é meu melhor momento — respondeu ele, baixo, e ela quase se conteve ao vê-lo abatido.

— Está pior que depois daquele fim trágico do seu noivado quando sumiu pelo mundo! Dessa vez estão todos vivos. E Isabelle deve sentir algo muito forte por você para aceitá-lo. Se pensa que ela não sabe que é a única que consegue manipulá-lo, então nunca esteve tão enganado na vida.

— Sei disso, só não entendo por que parece apreciar tanto.

— Deve saber que muitas mães manipulam os filhos com bastante facilidade. Como você dificulta minha vida, só me resta ser a pessoa que pode jogar verdades amargas na sua cara e sair ilesa.

— Você não sabe de toda a verdade, mãe.

— Eu o conheço, Hayward. Você não se importa com regras ou julgamentos alheios. Tudo que está escondendo é um segredo entre vocês. Algo de muito grave aconteceu, sim. Mas grave a ponto de afastá-la? Duvido que pense que sua esposa represente algum perigo real para você.

Uma risada amarga brotou na garganta dele. A mãe não imaginava do que Isabelle era capaz. Ele, no entanto, não se afastou dela por isso. Ela poderia tê-lo apunhalado diversas vezes. Foi por mágoa, dor e desilusão. Sentia-se profundamente enganado. E a esposa vivia aflita e dividida entre seus sentimentos, deveres e lealdades. Era melhor se afastarem ou jamais haveria uma chance para eles.

A insegurança dele era justamente sobre o fato de não acreditar nos sentimentos que uma mulher pudesse ter por ele. Mesmo quando se passou por outra pessoa, deu tudo errado. Isabelle estava certa: o passado o fazia de refém. As mágoas e desconfianças ficaram. Nada disso mudava o que ela fez.

— Leia a carta da sua esposa. — Pamela remexeu na mesa dele e encontrou a missiva embaixo de outras que chegaram depois. Ainda estava selada.

— É importante, ou ela não teria me envolvido nisso.

Ele havia visto a carta, mas estava adiando o golpe. Só de pensar em ler as palavras dela já sentia aquela dor terrível, como se a houvesse perdido para sempre. De certa forma, foi assim que se sentiu. Se ela fingiu, então o que estiveram vivendo juntos?

Querido Duque Amaldiçoado,

Espero que esta carta o encontre em boa saúde. Estou escrevendo para lhe informar o meu avançado estado de gravidez. Deixei o castelo carregando essa criança e creio que faltam poucos meses para a chegada dela.

Isabelle

Ainda bem que a mãe não ficou esperando para vê-lo ler a carta, pois esta caiu de suas mãos sobre o tampo da mesa e ele sentiu um misto de sentimentos tão desordenados que foi incapaz de se mover. Quando o fez, foi para cobrir o rosto com uma das mãos. Eles iam ter um filho na complicada situação em que se encontravam.

Nathaniel sentiu júbilo e agonia. Jamais imaginara como se sentiria ao saber que seria pai, pois sempre pensou nisso como um futuro distante, onde cumpriria isso como uma obrigação para o título. Porém, estava acontecendo. Ele ficou ansioso, pois a ideia passou a ser divertida quando imaginou como seria uma criança criada por Isabelle e ele.

E também havia uma péssima notícia para digerir: ele ainda a amava.

Querida Duquesa Ardilosa,

Mais que nunca, desejo que esteja em boa saúde.
Retorne.

Hayward

Levou dias até a carta chegar a Hitton Hill e depois mais dias até que uma resposta viesse para as mãos do duque.

Querido Duque Presunçoso,

Não.

Isabelle

Dessa vez ele mandou um mensageiro próprio e lhe pagou para viajar o mais rápido que pudesse. A carta chegou a Hitton Hill tão rápido que a deixou surpresa. O pobre rapaz descansou por uma noite e retornou.

Querida Duquesa Geniosa,

Por favor, retorne a Hayward. É mais seguro.

Hayward

Dessa vez outro mensageiro foi enviado, pois o primeiro ainda estava exausto e tinha grandes planos para as moedas que ganhou.

Querido Duque Insuportável,

Respeitosamente, não.

Isabelle

Era bem-feito para ele. Mas no fundo não achou que ela ia simplesmente retornar. Teria de parar tudo que estava fazendo e delegar tarefas para poder se dedicar a sua vida pessoal. Sempre soube que esse seria um dos efeitos que Isabelle causaria em sua vida: iria virá-la de cabeça para baixo.

***

Gregory desceu as escadas rapidamente, fazia dias que uma discussão não estourava dentro da casa. Madeline e Isabelle estavam passando muito tempo fora e Genevieve andava irritada, pois sentia que havia perdido o controle e isso ela não podia aceitar. No entanto, o que a deixava mais irada era que não tinha o que fazer; Isabelle já ultrapassara a rebeldia juvenil, tornara-se um perigo e Madeline era incontrolável quando não estava dopada ou sob as chantagens que a impediriam de ver a filha.

— Mas isso foi o limite do seu desrespeito! — exaltou-se Genevieve.

Gregory entrou no meio e afastou a esposa, mas Isabelle permaneceu de braços cruzados perto da janela.

— Qual problema podem ter arranjado agora? — indagou ele.

— Ela voltou grávida daquele bastardo imundo e escondeu! — acusou Genevieve.

Gregory se virou rapidamente para a sobrinha. Ela não estava escondendo sua gravidez naquele dia. Era inútil. No início a barriga estava pequena, ela demorou a notar; por isso não tinha certeza de quando aconteceu. Mas tinha certeza de que já estava esperando quando visitaram os Powell. Desde que chegou a Hitton Hill sua barriga despontou rapidamente e o vestido não era cortado para esconder gravidez, também não estava mais frio o suficiente para sobreposições.

— Por que parecem tão chocados? Não era exatamente o que desejavam? Queriam que eu parisse um herdeiro dele. Pois bem, assim o farei! — O tom de desafio foi nítido.

— Pare de deixá-la nervosa, deixem-na em paz! — Madeline entrou na frente.

— Eu sabia que ela estava grávida, e se prestasse atenção, daria para ver — disse George, que estava sentado com os pés para cima do pufe.

Apesar de ser o previsto, ele olhava para Isabelle como se ela os houvesse traído por carregar no ventre o herdeiro de um Hayward. Para piorar, George começou a pensar que ela o havia negado tão veementemente por causa da gravidez.

Madeline nem esperou que o café da manhã fosse retirado; decidiu que ficariam na casa da marquesa de vez. Genevieve era muito instável, ao mesmo tempo que seu plano se concluía com um bebê do duque, o ódio a dominava. Ela não via nada, não podia ser detida em sua fúria e Madeline temia que machucasse sua filha grávida.

— Eu não permito! Minha autoridade não foi completamente tomada nessa casa! — reagiu Genevieve, impedindo que elas partissem.

— Saia da minha frente, isso é ridículo. Estou farta dos seus arroubos de fúria — disse Madeline.

— De repente recuperou sua ousadia! Acha que ainda tem alguma autoridade nessa casa? Pois seu tempo acabou!

— Não pode mais me ameaçar e dizer que não verei minha filha. Esse tempo também acabou. Saia daí ou irei retirá-la — avisou Madeline.

— Quem você pensa que é? Sua escocesa suja! O maior erro que cometeram foi deixar que...

Madeline a empurrou e Genevieve caiu pelos degraus que sobravam do ponto em que ela bloqueava a escada. Foi uma correria, pois um criado ficou sem reação, mas outro ajudou e Gregory olhou com decepção, pois a esposa se levantou e se afastou. Madeline também sabia ficar fora de si e Isabelle viu o medo nos olhos de Genevieve, o que talvez explicasse por que ela gostava tanto de dopar sua mãe.

— Sinceramente, mãe. Não sei como ainda está viva. Ela podia tê-la envenenado há anos — comentou Isabelle depois que chegaram à casa da marquesa viúva.

— Sabe por que ela desistiu de tentar me matar? Por três motivos simples. — Madeline foi se sentar na namoradeira azul que ficava perto da janela da sala. — Você iria crescer e começar a desafiá-la, exatamente como aconteceu. E ela precisava ter acesso a mim para chantagear você. Ela adora que eu a veja estragando tudo que fiz como marquesa, maculando nossa casa, nossa reputação, tudo. E por Gregory. Ela sabe que eu jamais o aceitaria e ela gosta de vê-lo sofrer.

Isabelle se aproximou e sentou ao lado dela. Sabia da história, mas só a usou uma vez para provocar o tio, não tinha certeza se o sentimento ainda prevalecia.

— Ele ainda é apaixonado por você? Pensei que houvesse passado.

— Não acho mais que seja uma paixão. Pensei que acabaria com a morte do seu pai, pois então o título e a propriedade pertenceriam a ele. E Gregory sempre quis tudo que era do irmão.

— Mas de certa forma, mãe. Você ainda é. Mesmo após esses anos, meu pai tem seu coração.

— E sempre terá. — Ela ficou olhando para a frente. — Além disso, mesmo que eu estivesse pronta para conhecer outra pessoa, estou presa aqui. Eles nunca permitiriam e eu jamais a deixaria sozinha. Bastam os últimos anos em que começou a ir para bailes e não pude protegê-la de tudo a que a expuseram. Sinto tanto não ter conseguido ter um filho homem... ao menos parte disso seria evitada, ele herdaria.

Isabelle não quis dizer à mãe que a vida de um possível irmão estaria em sério perigo, a morte do pai dela foi um estopim que mudaria tudo de um jeito ou de outro.

— Pare de se culpar, você precisa vir comigo. — Isabelle apertou a mão da mãe para manter sua atenção. — Esqueça o que prometeu ao meu pai.

Ele se foi. Prometo que recuperarei Hitton Hill e manterei nossa história viva. Devolverei tudo à linhagem do papai. Não posso herdar o título ou a propriedade, mas tomarei tudo de volta.

— Como? — A mãe a olhava como se esperasse ouvir algo absurdo. Não havia jeito de reverter a herança. Só se alguma lei mudasse no futuro.

— Não se preocupe, encontrarei o caminho. — Ela descansou a mão livre sobre a barriga levemente arredondada.

— Então finalmente vai atender ao pedido daquele maldito Hayward e retornar?

— Pedido? — Ela sorriu ironicamente. — O duque não sabe pedir nada, ele ordena. E eu não recebo ordens dele.

Isabelle olhou para onde estava sua mão, calculava mais ou menos quanto tempo ainda ia carregar aquela gravidez, mas o tamanho modesto da barriga a estava enganando. Talvez estivesse mais avançada que esperava.

— Logo não vai ser seguro que eu sacoleje pela estrada com um possível futuro duque na barriga. E o maldito Hayward já se corroeu pelo tempo que ele admitiria.

Capítulo 38

O dia mais pavoroso da história da atual geração dos Bradford chegou sem ser anunciado. Um daqueles abomináveis duques de Hayward pisou em suas terras sem nem pedir permissão. O maldito de olhos prateados, com o sangue sujo dos Mowbray correndo nas veias. E um pouquinho dos Bradford também, como Gregory e o próprio duque já haviam contado a Isabelle.

Nathaniel desceu de sua carruagem de viagem; a afronta era tamanha que ele viera em seu maior e mais luxuoso veículo. Era negro e cheio de detalhes lustrosos, com lamparinas douradas e rodas fortes, todo acolchoado no interior, puxado por seis cavalos robustos e carregava o escandaloso brasão de Hayward nas portas. Possuía o que havia de mais moderno na construção do corpo de madeira e metal para tornar menos desconfortáveis as longas jornadas. E era levado por dois cocheiros, um lacaio e dois guardas montados, pois as estradas eram perigosas.

No entanto, a desfeita nem acabou aí, pois o chamativo veículo passou direto pela casa principal e foi parar na frente da casa da marquesa viúva. Com o estardalhaço dos seis cavalos e o som pesado das grandes rodas, era impossível os ocupantes da casa não notarem sua chegada súbita, mas não inesperada. Percival abriu a porta da frente e desceu, uma expressão que podia ser lida como divertimento. Talvez prazer por ver Nathaniel enrolado em problemas amorosos?

— Sinceramente, duque, desde que a conheceu tudo que faz é agir como um canalha enquanto ela o enrola e trapaceia das mais diversas formas. E agora isso? — Percival soltou o ar de um jeito característico acompanhado por um olhar de enfado.

— É aqui que vou encontrá-la? — indagou Nathaniel.

Percival só o olhou de uma forma que já conhecia, mas não precisou se dar ao trabalho de responder, pois Isabelle saiu da casa e desceu os degraus. Desde que informara a ele a gravidez, podia jurar que sua barriga crescera mais uns centímetros, mas pelo jeito não ficaria muito grande. Mesmo assim, quando a viu, Nathaniel ficou paralisado. O impacto o deixou uns dois minutos sem saber o que dizer.

Pensou que ficar um período longe dela iria ter alguma serventia. Não era essa uma das funções do tempo e da distância? O que havia feito de errado para não ter adiantado nada? Era uma certeza, não podia se envolver com ninguém, pois algo trágico aconteceria. A pessoa acabaria morta ou ele que terminaria arrasado.

Mas você perdeu a cabeça, casou-se com ela.

E estaria eternamente preso àquela paixão corrosiva, não era mais a mesma pessoa.

Isabelle se aproximou dele e levantou as sobrancelhas ao reparar em sua expressão; ainda sentia aquela pontada no peito ao vê-lo novamente. Sabia que ele ia aparecer, mas foi incapaz de planejar o momento. No entanto, ele parecia mais surpreso que ela.

— Mamãe vai conosco — informou antes de retornar para a casa.

***

Gregory foi até a casa da marquesa viúva; afinal, ele era o marquês. Genevieve se recusou a ir; sentia-se tão afrontada que nem sua raiva conseguiu movê-la. Podiam odiá-lo, mas ainda era um duque. E ignorou a existência dela como marquesa naquela propriedade. Tudo por culpa de Isabelle.

— Se o senhor estiver em condições, podemos partir em menos de duas horas — disse Madeline, lançando um olhar curioso para o cunhado.

— Descansei na hospedaria mais próxima, podemos partir quando estiverem prontas — informou o duque.

— Ótimo. — Ela deixou os dois a sós.

Ninguém ia comentar que já estavam com parte da bagagem pronta, mas Isabelle só ia levar de volta o que trouxera. Além das roupas e itens de valor pessoal, Madeline levaria pequenos pertences do falecido marido. Ela era esperançosa; ia acompanhar a filha, mas esperava que um dia pudesse viver em sua casa, nem que fosse apenas por parte do ano. Tinha dificuldade de pensar em não voltar para o lar que construíra com o marido.

O silêncio perdurou na sala de visitas. O duque continuou olhando para Gregory daquele seu jeito enervante. O marquês moveu-se, sentindo-se desconfortável. Ao olhar para ele rapidamente, encontrou aquele olhar fixo que o fez limpar a garganta e acabar cedendo e virando-se para ele.

— Não vai sequer perguntar por que ela voltou? — indagou Nathaniel; afinal, o marquês estava em posição de tomar satisfações.

— Sei por que ela voltou — admitiu e tornou a se mover, ainda incomodado, já que o duque não respondera nada. — Pois saiba que ela era a ferramenta...

Nathaniel pendeu a cabeça e elevou a sobrancelha direita numa expressão de asco e julgamento.

— Era a única que conseguiria o feito — corrigiu-se Gregory, rapidamente. Então balançou a cabeça e soltou o ar. — E não posso imaginar por que ela se afeiçoou a você. Não é algo que eu gostaria de ver, mas não me oponho. Também acho que essa rixa não nos serve de nada.

— Não serve porque você finalmente conseguiu o que queria — apontou Nathaniel.

— Sim, consegui. Foi por isso que a primeira coisa que fez foi agir para a reforma, pois sabia como me comprar junto. Todos sabemos que você não é um porco ingênuo perdido na fila do abate.

O duque não era nada disso, mas foi mais ou menos como se sentiu quando passou a acreditar que seu casamento era feito de ilusão e fingimento. Percival estava certo: naquela história só havia predadores; o que mudava era até onde iriam, quanto hesitariam e quando atacariam.

— Já tenho na minha vida uma pessoa que faz analogias com animais, Hitton. Pode parar. Estou o avisando pela última vez: se não controlar sua família, isso não vai acabar bem. Não é uma ameaça, é uma constatação.

Gregory finalmente conseguiu mostrar algum humor.

— Eu não os controlo há anos. Tenho de manipulá-los quando quero algo. Estou pronto para as consequências. Além disso, Isabelle nunca respondeu a mim, fiz um acordo para convencê-la.

— Isabelle não é mais problema seu. Ela assina Hayward quando envia uma carta — lembrou ele, deixando o outro ainda mais desgostoso. Não importava o ano ou a situação, um Hitton jamais gostaria de saber que um dos seus estava do lado rival e vice-versa.

— Você é um desgraçado, Hayward. — Gregory tornou a balançar a cabeça, dessa vez com mais ênfase. Recuperou seu chapéu e andou em direção ao hall. — Deve ser por isso que ela gosta de você. Isabelle nunca acreditaria, mas eu me importo com ela e já que minha sobrinha o quer tanto vou lhe contar: quando fui buscá-la na sua casa, o mal já estava feito e infelizmente ela já gostava de você. O acordo que ela fez comigo para eu ter Hitton Hill de volta exigia que eu não deixasse ninguém machucá-lo. Foi aí que a decepcionei. Pois não posso garantir nada. E um casamento é um novo acordo. Você sabe que acordos entre Mowbray e Bradford sempre terminam em sangue.

— Eu sei... — murmurou o duque enquanto ouvia a porta bater.

***

A viagem não foi exatamente a mais agradável, pois, quando o duque ficava na carruagem, era Madeline que procurava conversar com ele. Isabelle e ele não tinham nada a dizer que uma terceira pessoa pudesse escutar. Se fossem discutir, se insultar ou confessar sentimentos, seria só para os ouvidos um do outro.

Assim que chegaram a Hayward, Isabelle informou que desejava ficar na casa da duquesa. Nathaniel a olhou com o cenho bastante franzido.

— Pelo menos durante a minha gravidez — completou ela.

Por ser isso o que ela desejava, ele mandou a carruagem ir direto para lá. A casa permanecera aberta desde o casamento, só precisaria ser abastecida e arejada. Madeline sentiu-se mais confortável em ficar lá que ir direto para o castelo. Talvez a filha soubesse disso e usou para o próprio proveito.

Encantada com a decoração, Madeline foi direto para o segundo andar. Enquanto isso, Nathaniel abria as janelas da sala até que criados fossem enviados para o trabalho. Isabelle olhou em volta; a última vez que esteve na casa fora um dos momentos mais felizes de sua vida. Sentia-se bem ali. Talvez o nome do local fosse proposital: a casa da duquesa podia ser um refúgio que abrigava a futura dona do título antes do casamento, podia ajudá-la em momentos conturbados e tornava-se um lar opcional após a morte do seu marido.

— Agradeço sua disposição para conversar com minha mãe. Ela ainda sente muita curiosidade a seu respeito, especialmente por não ter podido participar do casamento.

Nathaniel ficou observando-a. Isabelle ainda usava sua peliça de viagem e mesmo assim era possível notar o tamanho de sua barriga.

— Sente-se bem? — indagou ele.

— É uma viagem curta, nem estou cansada.

O olhar dele tornou a pousar em sua barriga.

— Quanto tempo realmente falta?

— Não sei. Não disse que não sabia para irritá-lo. Também não sei dizer exatamente quando aconteceu, mas foi há vários meses. Faz tempo que comecei a sentir um mal-estar no meio do dia, mas nunca disse nada. Não vi grandes mudanças. Duvidei, mas ficou difícil negar. — Ela também olhou para a barriga.

— Você sabia quando partiu?

— Sim, mas faria alguma diferença? — Ela se virou. Ficava magoada quando pensava na separação deles. Ultimamente vinha se achando um tanto sentimental e não gostava nada disso. Ela errou e queria enfrentar a situação de cabeça erguida e sem derramar suas lágrimas.

Eles escutaram os passos de Madeline na escada e terminaram a conversa. Não tinham nada para esconder dela, mas acharam melhor assim.

***

Nos dias que se seguiram, a notícia do retorno da duquesa se espalhou. A versão oficial continuava distorcida. Diziam que ela sentiu saudade de casa e foi passar um período com a família; outros acreditavam que ela e o duque haviam se desentendido. Algo previsto por nove em cada dez pessoas. Eles preferiram passar um período longe um do outro, mas ele foi buscá-la. E ela trouxe a marquesa viúva, o que só deu mais força à versão do desentendimento. Uma dama que se afasta e volta com a mãe deve estar precisando de um enorme apoio.

No entanto, a jovem duquesa não tinha experiência em lidar com um lugar daquele tamanho e seus novos deveres relacionados ao título. Será que preferiu pedir o auxílio da mãe em vez da sogra?

O duque não retornou para Londres como esperado, mas enviou um representante para ocupar seu lugar e mantê-lo informado da movimentação no Parlamento. E ele ia à casa da duquesa todos os dias. Mas o que estava acontecendo? Lady Victoria estava extremamente confusa com os relatos que recebia de suas fontes.

Os arrendatários davam informações desencontradas e os poucos criados que diziam algo eram sucintos demais. Estavam contando com ela para descobrir o mistério. Por que a nova duquesa havia desaparecido? Por que foi para a casa da família em vez de ir desfilar sua beleza e título em Londres?

— Ele está aqui outra vez — disse Flore, ao entrar na saleta do segundo andar.

Isabelle não costurava bem; era um talento que ela não possuía e tampouco tinha paciência para adquirir. Ao ouvir isso, ela largou o que estava tentando fazer. Resolveu que ia tomar um pouco de ar com o marido, que a estava visitando como se precisasse fazer a corte numa sala de visitas da temporada. Algo que ele certamente nunca fizera e seria muito ruim fazendo. Nathaniel jamais seria pretendente de alguém. Deixaria a moça que recebesse sua atenção em um constante estado de preocupação.

— Está passando bem? — Ele ofereceu a mão para ajudá-la nos últimos degraus.

— Sim, tanto que hoje prefiro ir caminhando — respondeu ela, aceitando a mão dele.

Ele continuou segurando; tinham que descer mais degraus para deixar a casa, e ela estava sem luvas. Desde que se afastaram, a única oportunidade que tinha para tocá-la era quando ela resolvia aceitar a mão dele para qualquer auxílio.

Madeline e Flore correram para espiar da janela enquanto os dois saíam.

— Quando será que eles vão se acertar? Achei que ele seria implacável e nunca mais o veríamos depois que descobrisse tudo — comentou Flore.

— Achei que entendia os homens, mas depois que Isabelle me contou como o relacionamento deles aconteceu... — Madeline foi se inclinando junto com a camareira para poder espiá-los.

— O duque nem é um homem — murmurou Flore.

A marquesa viúva virou o rosto para ela:

— Então o que é?

— O duque!

Madeline riu.

— Sabe que há mais de um, não é?

— Mas nenhum é como ele. Assim como nenhuma outra dama é como ela e os dois combinam — disse Flore, vendo-os ir mais longe com os braços dados e a sombrinha que Isabelle usava para se proteger do sol de final da manhã. — Eles têm que se acertar.

***

— Sua Graça, Lady Hitton pediu para avisá-lo de que a duquesa está em trabalho de parto — disse Marcus, abrindo a porta após uma batida rápida.

Nathaniel tinha acabado de se sentar. Quando viu Isabelle pela manhã, ela só reclamou de um leve mal-estar. Subitamente estava correndo de volta para a casa da duquesa. Não teria a calma de esperar que trouxessem seu cavalo, então correu. Chegou lá ofegante e surpreso, nem imaginava quais sentimentos deveria sentir numa situação dessas, mas com certeza estava tomado por vários. E nenhum deles o ajudaria a recuperar a calma.

— E então? — indagou ele, esperando que alguém lhe dissesse algo.

— Espero que não leve muito tempo. A água do bebê já desceu pelas pernas dela — informou Flore.

Um dos mistérios da vida para o duque era o procedimento de um parto. Ele havia acompanhado vários partos de suas éguas, não achava ser uma experiência adequada para entender como mulheres se comportavam enquanto tinham seus bebês. Mas ele sabia alguns dados que diziam que mulheres constantemente morriam enquanto tentavam dar à luz ou logo após.

— Mandei buscar o médico. Ele escolheu o pior dia para ir até a vila. — Nathaniel franzia o cenho. Como eles não sabiam quando o bebê viria, ele havia feito o dr. Ernest se hospedar no castelo até chegar o dia do parto.

Havia também a parteira, que estava no quarto auxiliando a chegada do bebê. Um criado colocou uma cadeira no corredor, como se o duque fosse conseguir se sentar e checar seu relógio calmamente. Ele ficou andando de um lado para o outro no corredor, deixando os criados sem saberem o que fazer. Percival apareceu e sentou-se na cadeira, tornando-se uma companhia silenciosa. Então Marcus foi até lá checar como estavam indo e acabou ficando, pois achou o ambiente um tanto caótico; os criados da casa estavam eufóricos demais para o gosto dele.

Um tempo depois, Andrew e a duquesa chegaram, mas aguardaram na sala. Então Flore retornou com mais água, e o médico chegou às pressas. Devem ter se passado umas duas horas; ninguém além de Marcus saberia dizer com exatidão, mas a casa tinha eco suficiente para a maioria dos presentes escutar o choro.

Quem diria, depois de 36 anos, que havia um novo bebê em Hayward!

Quando a notícia se espalhasse, muitos não acreditariam, outros ficariam em profundo estado de excitação. Era incrível como um assunto que parecia simples podia se transformar em horas de conjecturas e teorias pelas salas de visita da aristocracia.

***

— É um menininho, tão adorável — disse Madeline, já assumindo o tom de avó orgulhosa.

Nathaniel colocou a mão sobre a dela que apoiava a cabeça da criança e se inclinou para olhar o filho que estava escondido em meio à manta na qual foi enrolado.

— Nasceu cheio de cabelo, uma graça! — Ela sorria, olhando para o bebê.

O duque não sabia segurar uma criança, muito menos uma tão pequena. Nem em suas vidas de mentira ele teve filhos; era um espião, infiltrava-se em locais perigosos, fazia o necessário e desaparecia. Quando fingia ser casado, não havia tempo para ter um bebê. Havia segurado muitos filhotes de animais, mas nunca uma criança. Madeline o ajudou a pegá-lo e, sinceramente, não o via do mesmo jeito que Flore, como uma entidade ameaçadora: era o pai do seu neto e o homem por quem sua filha estava apaixonada.

— Isabelle? — Ele se ajoelhou junto à cama. Quando entrou, ela ainda estava desperta, mas acabou cochilando.

— Ela se saiu muito bem. Fico contente que não tenha durado muitas horas. Foi um exemplo de força, ainda mais para o primeiro parto. Confesso que chorei bastante, mas é diferente — tagarelava Madeline, mas seu olhar não saía do rostinho do neto.

Nathaniel cobriu a mão de Isabelle com a dele e apertou levemente. A parteira confirmou que foi um bom parto. O médico tinha outra especialidade, mas concordou e parou ao lado da marquesa viúva para observar o bebê.

— Continue aqui, até que possa atestar a saúde dela — ordenou o duque ao dr. Ernest enquanto observava o rosto pálido de Isabelle.

— Claro, Sua Graça. Aprecio muito minha estada no castelo — disse espontaneamente, só depois percebendo o que disse.

— Não sei se é adequado depois de todo seu esforço enquanto eu só esperava. Então quero lhe agradecer. Rogo para que sua saúde se recupere plenamente, sei o quanto é forte — murmurou Nathaniel em meio a tudo que sentia. O pânico encobria sua felicidade quando pensava que as probabilidades não estavam a seu favor.

— Eu me recuso a partir logo agora — sussurrou ela, ainda com os olhos fechados.

***

Isabelle não deixara o segundo andar da casa desde o nascimento do bebê, pois ali havia tudo de que precisava. E no meio da manhã ainda estava de camisola de linho e com seu longo robe de seda. Sentia-se mais forte; esperava ir até o jardim pegar um pouco de sol enquanto Adam dormia. Havia a mãe e a babá para auxiliá-la. E o duque, que ainda ninava o filho com o cenho franzido como se não acreditasse em sua existência.

— Falei que ia parir o próximo duque de Hayward. Com o sangue dos Bradford, porque também será o marquês de Hitton — disse Isabelle enquanto aconchegava o bebê. — Não é, meu amor? Vai crescer e ser um dos homens mais poderosos do país. E nunca deixará que o passado de rixas o atrapalhe.

Nathaniel se aproximou. Havia retornado logo cedo e tomou o café da manhã com elas. Também estava lá quando o médico foi se despedir para finalmente deixar a propriedade depois daqueles dias que teve mais lazer que deveres.

— Sempre achei que seria obrigado a ter filhos, não que os desejaria — comentou Nathaniel.

— E não foi isso que aconteceu?

— Não após nos casarmos.

— E então mudou de ideia?

— Eu me casei com você pela minha completa incapacidade de vencer o amor que nasceu em mim. Não pude tolerar a ideia de perdê-la sem jamais tentar.

Ela o olhou, surpresa com a confissão. Nathaniel vinha surpreendendo-a nos últimos meses. Ela não imaginou que ele lhe mostraria qualquer sinceridade depois do que descobrira; chegara até a desconfiar que ele estava tramando algo. No entanto, não podia viver assim, desconfiando de tudo. Seu complexo marido podia simplesmente ter resolvido que a honestidade era o melhor para os dois.

— Apesar dos motivos para me aproximar, quando me apaixonei por você, decidi que só me casaria se também sentisse algo por mim. Mudou para você? — Isabelle deixou o pequeno Adam no berço e se virou para olhá-lo.

— Não se controla o que se sente dessa forma. A vida me ensinou isso com bastante rispidez — respondeu ele.

Agora Nathaniel conseguia falar sobre o assunto sem o amargor dos dias após a separação deles. Sabia que continuaria a amá-la mesmo quando lhe dissera para partir. Já experimentara uma despedida anos antes, e mesmo após aquele fim trágico o que sentia perdurou até se esvair por mais raiva que sentisse de si mesmo por não conseguir acabar com aquele sentimento tão rápido quanto foi a morte dela.

Isabelle poderia tê-lo apunhalado e roubado, o ódio poderia tê-lo queimado até as cinzas como a pira que acendeu para que Meredith pudesse descansar em paz.

E, ainda assim, quando o fogo apagasse, ele iria querê-la de volta. Ele teria deixado Meredith desaparecer e a esqueceria se ela não houvesse cometido a traição que colocou ele, a sua família, os amigos e tantos outros em risco. Não conseguia se imaginar mantendo a mesma maturidade sobre Isabelle, não havia trabalho envolvido, só os dois.

— Não vamos mudar, Nathaniel. Você é o que é. E se queria uma esposa genuinamente boa e com uma única faceta não deveria ter se aproximado de mim.

— Pelo contrário, eu sabia quem você era e por isso a quis tanto. Gostei de ver suas facetas e creio que deva haver muitas outras para me mostrar.

Isabelle sentou-se no sofá de brocado lilás que ficava atravessado no canto do quarto entre as duas janelas e no ponto perfeito para vigiar o berço.

— Mas eu o enganei sobre como tudo isso começou e o que precisei fazer para poder ficar.

Ele se sentou ao lado dela e a olhou de perto. Suas mãos sempre pareciam ter uma energia própria quando estava perto dela. A vontade de tocá-la era indomável, um dos motivos para ter se afastado dela tantas vezes durante a temporada em que se conheceram.

— Sei o que você fez e a perdoei. Já não me recordo das palavras com exatidão, pois dissemos coisas demais nos últimos meses. Quando decidimos nos unir em matrimônio, falamos sobre lealdade, fidelidade e igualdade. Mas, acima de tudo, sobre sentimentos. Não estou enganado ao concluir que, se fosse o contrário, você me perdoaria, estou?

Isabelle assentiu. Ela o teria perdoado.

— E você ignorou tudo que fiz para chegar à verdade. Também enganei, menti, comprei informações, usei seu primo, seu tio e até sua camareira.

Ela levantou o queixo enquanto o encarava e disse:

— Só ignorei porque eu faria o mesmo.

— Vou ignorar tudo porque a amo além de qualquer medida e não há desconfiança que possa ser mais forte que isso. Mesmo se não me enviasse aquela carta, eu apareceria lá para buscá-la. Não há o que vencer ou proteger, eu só me corroeria mais a cada dia, remoendo o passado e o presente. Então a perderia.

— Eu não o perderia tão fácil. Eu o conquistei uma vez e faria tudo ao meu alcance para tê-lo de volta.

— Você não precisa — murmurou ele.

Isabelle se aproximou mais e descansou os dedos na face dele:

— Não vou ser desleal ou infiel, Nathan. Acredite nos meus sentimentos, não tente me oferecer algo na esperança de receber de volta, pois você já tem. O amor que sinto por você me tomou muito antes que fizesse o pedido. — Ela o beijou nos lábios e ele retribuiu como se fosse o de que mais precisava.

Quando ela se afastou e o encarou, o duque parecia intrigado.

— Por que sequer considerou me contar assim que nos casamos? Seu trabalho estava feito. Era o que eles queriam.

Isabelle virou o rosto, ela pensou muito sobre isso naquela época.

— Eu considerei — confessou, então tornou a olhá-lo, dessa vez com intento. — Diga com toda sinceridade: você teria acreditado em mim se assim que nos casássemos eu dissesse que me apaixonei por você enquanto o fisgava em um plano preparado pelos maiores inimigos da sua família? Teria acreditado?

Nathaniel balançou a cabeça. Não saberia dizer com certeza, mas aqueles meses que tiveram juntos fizeram toda a diferença para ambos, cravando as raízes de seus sentimentos e resoluções muito mais fundo.

— Não vou dizer que minha desconfiança não seria grande. Eu já pensava que havia algo errado com sua família. E me intrigou, pois não conseguia descobrir aquilo de que se tratava, já que era mantido apenas entre vocês. Achei que a estava livrando deles. Sei que sofreu algum abuso, sei que houve chantagens, pois continua ligada a eles, mantendo seu lado do acordo enquanto eu tentava libertá-la sem saber os termos que a prendiam.

— Não traí você — disse ela, resumindo toda aquela questão complicada ao que importava. — Eles queriam matá-lo. Desde o início.

Isabelle levantou e se aproximou do berço, ficou olhando o filho por um momento antes de terminar de dizer a verdade que ele talvez já imaginasse.

— Agora sim eu terminei minha parte no plano. Eis o seu próximo duque. Eles não precisam mais de você para garantir a herança. E o acesso a ela. Eu sou a porta de entrada, uma viúva sozinha com um bebê. E se a sua mãe entrar no caminho deles, bem...

Nathaniel também se levantou e foi para perto dela. Sim, entendia perfeitamente a dinâmica do que ela estava dizendo. Não era um plano novo, mas um que até já fora executado dentro das famílias deles, tanto da forma como ela descrevia, como a versão mais macabra em que voltavam para matar a criança também, colocando um ponto final na linha de sucessão. Era uma história velha na nobreza e mais ainda na realeza. E lá estavam eles repetindo algo que achavam ter morrido em tempos antigos.

— Não sou fácil de matar — declarou ele, mesmo sabendo que ela ainda não fazia ideia de como isso era verdade.

— Mas ainda é mortal. — A voz dela saiu um pouco mais baixa e aguda, prova de como isso era um medo que carregava. — É o único entre mim e eles. Decidi que resolveria essa história do meu jeito. Ainda resolverei, mesmo que isso tenha me custado você.

Ele se aproximou mais dela, levado por toda emoção que via nos olhos dela.

— De um jeito ou de outro, estamos juntos para sempre. Seja como parceiros, cúmplices, inimigos ou um casal.

Ela o encarou e ele a abraçou impulsivamente. Isabelle fechou os olhos e apertou o tecido da casaca dele, sentindo o conforto da proximidade. Mas não se deu a esse luxo por muito tempo, pois ainda havia um mar profundo entre eles e entre o fim daquela história e ela estava sem saber como prosseguir. Deu um passo para trás e o afastou pelo peito.

— Vá, não o quero de volta assim.

Capítulo 39

A notícia do nascimento do herdeiro de Hayward espalhou-se aos quatro ventos. Antes de chegar aos jornais, todos na área já sabiam e comemoravam. Afinal, não correriam o risco de um herdeiro desconhecido aparecer reivindicando as terras, mudando tudo e prejudicando os habitantes locais. A família colaborava ativamente para o desenvolvimento e assistência da paróquia local. O casamento foi o começo do alívio, mas só um filho seria capaz de assegurar a posição de todos. Agora tinham de torcer para que sobrevivesse além da primeira infância.

Logo os jornais de Londres deram a notícia que viajou pelo país, chegando aos membros da aristocracia e explicando por que a duquesa estava desaparecida. A outrora conhecida como Lady Isabelle carregava o futuro duque de Hayward. É claro que jamais se arriscaria a aparecer em público ou fazer uma longa viagem.

Aquela maldita não perdeu tempo, disseram alguns.

É assim que se faz. É assim que se assegura poder e posição dentro da família e da sociedade, apontaram algumas matronas, estranhamente usando a odiada ex-debutante como bom exemplo.

Nathaniel recebeu visitas no escritório; seus secretários e advogados tinham muito para falar, já que ele deixou tudo a cargo deles e voltou para casa. Permitiu-se o luxo de delegar esse pedaço de sua vida, já que não podia fazer o mesmo com o outro.

— O duque já partiu. Não quis acordá-la, mas deixou isso para você — informou Madeline, entregando a ela uma pequena caixa fechada com um laço.

— Então ele partiu com o dia nascendo. — Isabelle se levantou da mesa e foi até a mãe.

— Você dormia profundamente. Esse garotinho exigente tem demandado muita atenção. — Madeline se inclinou e pegou o neto.

Isabelle abriu a caixa e encontrou seus enfeites de cabelo, os originais que ele pegou dela quando a levou para comer guisado. Ficou sorrindo, pois até já se esquecera de como eles eram, e todos os outros que ele lhe deu eram mais bonitos e significavam mais por terem sido um presente vindo dele. Ela pensou que ele os houvesse perdido, e pelo jeito estavam apenas escondidos como mais um dos segredos do duque.

**

Depois de dois dias de viagem, Nathaniel estava pronto para voltar. Ele não queria que ninguém soubesse que se encontrava em Louth. Para isso, deixou para trás suas roupas de alta qualidade, seus cavalos negros, sua carruagem e tudo mais que o identificasse. E aguardou seu último contato perto da igreja de St. James.

A mulher foi em sua direção e ele tirou da boca o cachimbo que fingia fumar. Eles se encontraram e trocaram os cachimbos, ela lhe entregou um que tirou do bolso e ele lhe deu o seu. Ela continuou descendo a rua e embarcou numa carruagem, que partiu imediatamente. Ele montou no cavalo malhado que deixou na estalagem perto da entrada sul da cidade e partiu a galope.

Só parou para ler a mensagem que estava dentro do cachimbo depois de estar a três horas de viagem do local. Comeu um guisado no canto do salão comum de uma estalagem onde um duque jamais se hospedaria. Estava apetitoso, denso e bem quente. Também já fora tão cozido que os legumes se desfaziam. Ele só conseguiu se lembrar do dia que levou Isabelle para aquela área extremamente inapropriada para uma dama. E ela comeu dois pratos.

Naquela época ele já desconfiava dos castigos que lhe impunham, mas ainda não chegara aos motivos. A disposição dela para cometer um pecado tão grande para sua reputação só lhe provara que eles combinavam e que ela tinha planos. E sua fome o deixara bastante irritado. Se ela os ajudava a roubar, por que ainda a castigavam?

Ainda bem que ele não conseguiu descobrir tudo, talvez não tivessem se casado e ele já não podia imaginar essa possibilidade. Apesar de tudo.

A mulher que ele encontrou era Lady Thornton, uma de suas agentes que esteve intensamente envolvida na trama que se estendia desde o ano passado. Ela era esposa do diplomata que, na verdade, estava envolvido no atentado contra o primeiro-ministro e no sequestro relâmpago do secretário de Guerra. E, por causa disso, ela matou o marido. Mas fingiu que quase foi assassinada na mesma emboscada que ele e, assim, descobriu sobre seus contatos. E entregou tudo ao duque.

Ela foi um dos seus encontros; marcaram ali, pois ela supostamente ainda estava muito abalada e nem saía de casa. E era onde o contato dela também lhe entregaria sua última pista que passou para o duque no cachimbo. Esse contato, no entanto, seria morto por Zach, pois representava um perigo para a identidade da dama.

No caminho, Nathaniel se arrumou um pouco, vestiu a casaca de viagem e pegou estradas secundárias. Reapareceu em sua hospedaria de sempre, cumprimentou o dono do local como se fosse mais uma viagem normal. Ele saiu pela porta lateral e encontrou o homem que estava ali esperando seus cavalos serem trocados para continuar a viagem.

— Thorne — cumprimentou-o, ao parar ao lado do rapaz.

Tristan Thorne era mais um dos seus agentes. Esteve fora por um tempo, mas havia retornado e se mantivera ocupado nos últimos meses em grandes problemas familiares. Parecia abatido, sofrera uma grande perda havia pouco tempo. Não precisava fingir nada para o duque, mas eles tinham pouco tempo.

— Duque. — Ele meneou a cabeça, mas não tirou o chapéu, que escondia seu cabelo escuro.

Nathaniel lhe entregou um pequeno pedaço de papel com uma cifra. Thorne leu por mais tempo que seu usual. Ele sempre memorizava rápido e se livrava da mensagem, mas andava com coisas demais na mente. Tirou um lápis do bolso e anotou só duas letras na beira do jornal que segurava. Devolveu o papel ao duque.

— São dois. Estão em Londres. Os outros fugiram. Vou encontrá-los. Colete informação, se possível. Depois se retire, não o verei por um longo tempo. Cuide-se.

A carruagem voltou para a estrada e o sr. Giles acenou, dizendo que estavam prontos. Thorne assentiu e foi em sua direção enquanto o duque já entrava novamente na hospedaria. Tristan era bom em muitas coisas, mas só o enviavam quando alguém precisava sumir. Se lhe dessem um nome, essa pessoa estaria com os dias contados. Ele começou trabalhando com Devizes e depois com o duque, nenhum deles parava até completar uma missão.

Quando saiu no dia seguinte, Nathaniel ainda pensava nas informações recebidas na viagem. Contudo, ele não estava distraído o suficiente para não perceber que alguém o seguira quando ele deixou a estalagem, já trajado como duque e montando Trovão Negro.

Não aconteceu nada na primeira parte da viagem que ele precisara fazer sozinho. Percival só o encontraria na última parada, porém, Nathaniel não podia deixar assuntos pendentes. Quem diabos estava atrás dele? Esperou uma curva e desmontou, guiou Trovão Negro para trás de algumas árvores e procurou um galho. Teve de quebrar um que parecia robusto, e, quando o cavaleiro que vinha atrás dele apareceu, Nathaniel surgiu subitamente e assustou o cavalo dele, derrubando o homem da montaria com um golpe do galho, que se partiu em dois pedaços.

O cavalo rodou, descontrolado sem seu cavaleiro e foi se afastando pelo caminho de volta. O duque foi até o homem caído e o chutou antes que ele conseguisse se levantar, mas a queda já o acertara em cheio.

— Por que está me seguindo? — perguntou, mas o homem tornou a tentar se erguer.

Ele o chutou e indagou de novo. Então se ajoelhou sobre ele, tirou a adaga e colocou no pescoço dele.

— Dê-me umas moedas e mudo de lado — disse o homem.

— Por que está atrás de mim? — Tornou a perguntar, ignorando-o.

— Porque me pagaram para te matar. — Ele abriu um sorriso ensanguentado. — E você está exatamente onde deveria.

Os dois ouviram os sons de cavalos se aproximando, vinham do caminho à frente por onde Nathaniel ainda ia passar. O homem pareceu satisfeito, devia pensar que seria salvo. O duque não costumava deixar testemunhas para trás.

— Quem lhe pagou?

— Vá para o inferno! Você vai me matar de qualquer jeito! Ele disse que você é um assassino sanguinário e que precisava salvar a mulher dele que você roubou!

Nathaniel olhou por cima do ombro, pois estava sem tempo.

— Ele estava certo. — Ele cortou a garganta do homem, num corte profundo de orelha a orelha, da forma mais efetiva para uma morte rápida, e deixou-o caído.

Chamou Trovão Negro e o puxou pelas rédeas. Podia fugir, mas iriam persegui-lo. Então montou e, mal deu tempo de retornar à estrada, os homens apareceram e fecharam o caminho. Cinco deles desmontaram. Pelo jeito George estava com dinheiro sobrando para contratar sete homens só para matá-lo.

Aquela estrada era consideravelmente movimentada, não havia tempo para hesitar. Então Nathaniel sacou a arma e atirou no homem que ficou no cavalo, derrubando-o da cela, possivelmente morto. O momento que levou para os outros reagirem foi o tempo que ele teve de avançar, empinou Trovão Negro, que acertou outro deles com as patas dianteiras, golpeando-o no peito e na cabeça. Alguém atirou e o acertou de raspão no braço. Nathaniel pulou e bateu na anca direita de seu cavalo, antes que o animal fosse ferido também.

Quando o animal saiu da frente dele, já estava com a arma engatilhada e pronta para o segundo tiro, o último que ela disparava. O impasse durou o tempo de duas piscadas e ele atirou, derrubando mais um deles. Logo depois os três homens o atacaram com armas e punhos. Ele usou a coronha da pistola para derrubar a faca do primeiro e desviou-se do segundo. Teve tempo de sacar sua adaga novamente e usou para cortar o rosto do primeiro homem, chutando o comparsa para cima dele.

Foi atingido pelo terceiro deles e o golpeou com a coronha da arma, mas logo depois o capanga que ele havia chutado o segurou pelas costas e a pistola caiu. O duque se deixou ser puxado, usando seu peso para desequilibrar o homem ao perceber que este era mais baixo. Mas ele o segurava para que um dos comparsas pudesse esfaqueá-lo. Nathaniel deu passos para trás, tirou uma faca e enfiou na coxa do seu algoz. Livrou-se dele, mas não a tempo de impedir que o homem do rosto cortado o esfaqueasse. Mesmo assim ele o golpeou e o desarmou. Ambos caíram. O terceiro homem sacou a pistola, mas com a luta que acontecia no chão não conseguia mirar.

O homem com a faca na coxa ainda estava ativo e tentou segurá-lo. Nathaniel ficou de pé e o empurrou para cima do capanga com a pistola. Eles se chocaram e, quando tornaram a se virar, o duque tinha cravado a adaga no homem que lutava com ele. O sangue jorrou entre eles quando o duque puxou a arma do pescoço dele. Em compensação, agora estava na mira e o homem atirou. Ele pulou e tinha de agradecer à sorte pela arma não ser das melhores, assim como o atirador. No entanto, a arma também era de dois tiros. E o segundo o acertou.

Nathaniel caiu de costas no chão de terra. Mesmo ofegante, sentindo dor, não soltou a adaga. Os dois homens que sobraram não perderam tempo; sem munição, teriam de matá-lo com as próprias mãos. Ele lutou, acertou um deles com a adaga e o puxou pela cabeça, imobilizando-o pelo pescoço para matá-lo sufocado, enquanto dava chutes para afastar o outro.

Precisava ficar de pé. Seu braço esquerdo, o lado onde levou o tiro, estava quase sem mobilidade. Não era sua primeira vez em desvantagem nem seria um bando de mercenários que ia acabar com ele depois de sobreviver a 16 anos como um espião da Coroa. Jamais daria esse gosto para a família de Isabelle. Se ele morresse, ela estaria exposta. Não podia deixar isso acontecer.

O homem o feriu na perna para que parasse de dar chutes, tirou a adaga e se preparou para cravá-la no coração. Ele sufocava o outro com o braço direito e apesar da dor levantou o braço esquerdo para se defender. Mas eles só escutaram o tiro. E o capanga caiu para a frente, a parte de trás da cabeça não estava mais inteira.

O homem que sobrou fez de tudo para se soltar, pois do jeito que estava imobilizado não conseguiu ver o que se passou. Em vez de terminar o trabalho, Nathaniel o soltou para que visse como e por que ia morrer. Quando o último mercenário se virou no chão, só conseguiu ver que seu parceiro estava morto e havia uma pistola à frente do seu rosto. Devizes atirou antes que ele pudesse reagir.

— Um prazer chegar a tempo de salvar sua vida miserável, duque. — Zach guardou a pistola e atravessou no peito a alça da espingarda que usara para atirar no outro.

— Espero que tenha chegado — murmurou ele, apertando o topo do peito. Mas estava sangrando em três locais, não conseguia pressionar todos.

Zach não perdeu tempo, colocou-o de pé e Nathaniel assobiou para Trovão Negro, que voltou para perto deles lentamente.

— Como uma pessoa com um furo no peito ainda tem ar para assobiar? Está querendo se exibir? — Ele tentava manter o humor enquanto calculava a melhor forma de levar o amigo ferido para casa.

— Me recuso a deixar meu cavalo para trás — resmungou ele.

— Eu jamais faria isso. Vamos precisar dele. Espero que o treinamento dele esteja em dia, pois vou jogá-lo no lombo dele como uma saca de grãos.

— Ajude-me a montar.

— Você não está em condições.

— Coloque-me no cavalo e vá buscar a carruagem.

Lorde Devizes olhou o amigo por um momento. Ele estava lhe dizendo para deixá-lo sozinho com todos aqueles ferimentos?

— Pode haver mais deles. Vou levá-lo inteiro.

— Eram sete. Não sobrou nenhum.

Nathaniel desamarrou do cavalo a casaca de viagem que tirou quando armou a emboscada para seu perseguidor. Não podia deixar que habitantes locais o vissem coberto de sangue. Porém, não conseguia vestir, o lado que foi atingido pelo tiro estava com a mobilidade prejudicada.

— Esconda-se, seu maldito teimoso! Vai sangrar até a morte assim!

— Percival não está longe, a carruagem está lá — murmurou ele.

Zach partiu a galope, odiando deixá-lo. Percival devia ter encontrado o duque havia cerca de uma hora. Desconfiado como era, ele subiu no veículo e rumou para a estrada. Quando viu o conde, soube logo que algo não estava certo. De alguma forma, o duque conseguiu montar e eles o encontraram sobre o cavalo. Mas Trovão Negro guiava sozinho, pois ele caíra sobre o pescoço do animal. O cavalo era bem treinado. Mesmo se não houvesse ajuda, ele levaria seu dono para casa por conta própria, nem que fosse para entregar seu corpo.

Capítulo 40

— Sua Graça! Venha, é urgente! Estão a chamando no castelo! — disse um pajem, que de tão ofegante parecia ter corrido todo o caminho até ali.

— O que houve? — Isabelle se levantou e foi para perto do rapaz, que estava de olhos arregalados.

— O duque se feriu!

— Meu Deus! Mamãe, olhe Adam para mim, por favor. Se eu me demorar, leve-o ao castelo — instruiu Isabelle antes de seguir o jovem. — Como ele se feriu? Retornou da viagem e se cortou? Machucou a perna? Caiu do cavalo?

— Não, Sua Graça. — Ele abriu a porta da casa para ela e correu na frente para abrir a portinha do cabriolé, onde o cocheiro os esperava e só então completou. — Creio que alguém o atacou.

Ela entendeu a gravidade mais pela expressão dele que por suas palavras. Ao chegar, encontrou Pamela chorando do lado de fora do quarto enquanto Andrew a amparava e parecia tentar afastá-la; com certeza a mãe não estava em condições de ajudar. Isabelle entrou e havia manchas de sangue na roupa de cama, pedaços de roupas ensanguentadas estavam no chão e o dr. Ernest movia-se com rapidez tentando conter os sangramentos.

Percival puxava as roupas sujas, jogando-as no chão e outro homem auxiliava o médico. Apenas ao chegar ao lado dele foi que Isabelle percebeu ser Lorde Devizes. O valete saiu levando toalhas ensanguentadas e Marcus entrou trazendo uma bacia de água quente.

— Vou precisar de mais mãos que tenho! — exclamou o médico.

Isabelle correu para as cortinas e terminou de abrir o que faltava. Ainda era dia, podiam se beneficiar da luz, mesmo que já houvessem acendido todas as velas possíveis. Quando voltou correndo para a cama, ela percorreu com os olhos o corpo já marcado do marido. Dr. Ernest cuidava de um ferimento grave no topo de seu peito, Lorde Devizes devia ter algum treinamento, pois estava concentrado no que parecia uma facada no lado do corpo. Com a pele clara de Nathaniel, hematomas já haviam se formado e não pareciam com aqueles normais de uma vida ativa, apenas pancadas muito fortes causariam aquilo. E havia também um ferimento na perna e outro mais leve no braço.

— Dê-me a pinça, achei a bala! Rápido! — solicitou o médico.

Ela viu os instrumentos dele sobre a cama e lhe entregou. Marcus se aproximou trazendo mais água. Isabelle mergulhou as mãos ali para limpá-las. Depois, levantou as saias e subiu sobre a cama também.

— Sei o que fazer com uma caixa de remédios e cortes, mas não com um rasgo profundo. Diga-me o que fazer. — Ela viu que alguém amarrara um pedaço de pano acima do corte.

— Limpe e se prepare para dar pontos. Consegue segurar uma agulha sem tremer? — indagou Zach.

Ela assentiu e pegou o pano embebido em água que Marcus lhe oferecia, limpou a perna de Nathaniel até poder ver direito o ferimento e ter certeza de que não costuraria nada ali dentro. Ficara com o ferimento menos grave, o que não deixava de ser um rasgo na carne do seu marido.

— Aqui, Sua Graça. — Marcus chamou sua atenção, oferecendo a agulha pronta para o trabalho.

Ela pegou a agulha e olhou o rosto de Nathaniel antes de começar, como se temesse lhe infligir mais dor que já devia sentir naquele momento. Mas ele estava desacordado, não sabia se pelos ferimentos ou se o médico o havia dopado. Ela tentou não pensar nisso e começou a dar os pontos. Sua mão era firme, mas seu coração batia tão forte que achava que iria desmaiar a qualquer momento.

***

— Nathan, por favor... — Isabelle inclinou-se sobre a cama, murmurando só para os ouvidos do marido.

O quarto fora limpo, as roupas e os lençóis ensanguentados, descartados. O dr. Ernest fora se trocar, pois suas roupas ficaram cobertas de sangue. Zach tinha ido fazer o mesmo, mas retornou primeiro. Por algum motivo, mesmo não tendo convivido muito com o melhor amigo de Nathaniel,

Isabelle conseguia enxergar similaridades entre os dois. Não em seus traços ou personalidade, mas em seus comportamentos e atos.

— Ele vai acordar. É o efeito do láudano. Seria difícil costurá-lo em três lugares se ficasse reagindo à dor — comentou Zach.

Ela se levantou e o encarou. Havia lavado as mãos, mas as saias do vestido claro ainda tinham manchas de sangue. Nem sequer se trocara; como era uma peça doméstica, provavelmente ia descartá-la e Flore acabaria reutilizando o tecido. Não iria querer ser lembrar daquele dia.

— Quem o atacou? — indagou ela.

— Um grupo de mercenários.

— Onde eles estão?

— Mortos. — Zach se aproximou da cama e olhou o rosto pálido do amigo.

— Você não mora tão perto daqui para ter chegado nessa rapidez — comentou ela.

— Não vou mentir para você, sei o que quer saber. Estive com ele na viagem. Sou bem informado e soube de um grupo que andou comentando que ia emboscar um nobre. Apertei aqui e ali e descobri que os homens estavam tão embasbacados com a ideia de matar um duque que não conseguiam manter a boca fechada. Pelo que eu saiba, só há um duque nas redondezas. Então fui atrás dele.

— Ninguém resolve matar um duque do nada ou por pouco dinheiro.

— Ela parou ao lado dele.

— Exatamente.

Isabelle foi se limpar, mas depois voltou para a cadeira e se inclinou para Nathaniel, tocando nele, acariciando-o na testa, passando os dedos sobre seu braço até segurar-lhe a mão, como se pudesse trazê-lo de volta assim. Durante a noite, ele teve febre. O médico o cobriu com compressas e trocou os curativos. Nathaniel delirou, mas ao menos isso era um sinal de que ele estava lutando para sobreviver. Ele só conseguiu dizer algo consciente no final da manhã seguinte.

— Não deixe o castelo — murmurou para ela, seus olhos tão cerrados que Isabelle nem tinha certeza se ele a enxergava.

Pamela havia entrado e saído diversas vezes desde que ele fora costurado, ficou lá por horas, especialmente quando Isabelle deixava o quarto para ficar com o bebê. Não acreditavam ser bom levar uma criança tão nova para perto de um enfermo febril. Madeline e a babá estavam instaladas no castelo, mas o consolo de Isabelle era amamentar e ninar o filho.

Quando retornou para o quarto, Nathaniel estava acordado outra vez. Seguia febril, mas não a ponto de delirar. Ela aproveitou um momento de privacidade que lhes foi dado e se inclinou para ele, dessa vez tinha certeza de que a enxergava.

— Ah, Nathan, você me assustou tanto.

— Tenho escutado sua voz — murmurou ele.

— Você disse que, de um jeito ou de outro, estaríamos juntos para sempre. Tomei como uma promessa, não ouse quebrá-la.

— Confie em mim. — Ele manteve o olhar nela.

Zachary esteve fora pela manhã toda, mas entrou no quarto e viu que o amigo estava acordado o suficiente para conversar e o médico dissera que, apesar da febre insistente e já esperada, ele seguia estável. Mas só restava aguardar.

— Fico feliz que esteja de volta, o que significa que posso me ausentar.

— Sempre soube que você não perderia a minha morte. — A voz de Nathaniel estava baixa e ele parecia cansado, mas sua mente continuava funcionando.

— Jamais. Tenho coisas a resolver. E no caminho vou caçar a pessoa que o quer morto. Retornarei logo.

Isabelle viu o conde apertar a mão do amigo, como uma despedida habitual e rodear a cama para partir. Assim que ele saiu, o duque disse a ela:

— Vá atrás dele. Se Devizes encontrar seu primo, ele estará morto. Não será bom que morra sem uma história por trás — instruiu Nathaniel.

Isabelle já desconfiava daquela história de mercenários. Porém achou melhor não dizer nada até o marido poder falar. Apesar disso, escutá-lo confirmar suas suspeitas não deixava de ser um grande impacto. Ela se levantou e foi atrás do conde, furiosa.

— Foi o meu primo que mandou matá-lo — disse ela, às costas do conde, enquanto ele vestia capa de viagem na chapelaria.

— Nathaniel confirmou? — indagou Zach ao se virar.

— Sim.

Zachary assentiu como se houvesse entendido o recado.

— Não o mate — pediu ela.

Ele franziu o cenho para ela.

— Pelo que sei, não tem motivos para manter afeto pelos seus familiares. Eu diria até que os considera uma ameaça — observou ele.

— Você é o melhor amigo do duque. Tenho certeza de que sabe o que aconteceu e de porque nos separamos por um período.

— Sim.

— Não o mate. Eu vou resolver isso.

Devizes ficou observando o rosto dela, provavelmente julgando-a. Se os dois eram amigos havia tantos anos, concluíra Isabelle, ele certamente já estava presente na época do outro noivado do duque. Deve ter imaginado se o amigo não caiu em outra cilada, mas a situação era completamente diferente.

— Ele me disse para vir falar com você. Não vou decepcioná-lo — insistiu ela.

Zach assentiu e disse:

— Retornarei assim que possível. Peço que me envie um mensageiro urgente se a situação mudar. Até breve, madame. — Ele seguiu para a saída e pelo jeito falava de duas situações: a saúde do duque e a tarefa de caçar o primo dela.

Capítulo 41

Dr. Ernest voltara a morar em Hayward temporariamente. Foi lá que Isabelle descobriu que ele era um cirurgião veterano de guerra e já havia trabalhado com o duque antes. Na verdade, os dois trabalharam juntos por anos, e o posto que recebera nas redondezas, uma espécie de pagamento pelo seu tempo de serviço, era recente. Dr. Ernest também comparecia à temporada londrina e seus convites não eram ruins, havia estado lá naquele ano, mas não tinha uma casa de campo até o duque lhe dar uma, ou seja, agora ela também desconfiava do verdadeiro trabalho do médico.

— Sim, é o papai! Eu lhe prometi que ele ia acordar para vê-lo — disse Isabelle, segurando o pequeno Adam pelo torso.

Depois que a febre de Nathaniel baixou e tornou-se inconstante, ela ignorou a recomendação de não deixar bebês perto de enfermos. Ele não estava propriamente doente, mas, sim, se recuperando de ferimentos. E desde que acordou, perguntava sobre o filho sempre que ela entrava. Então resolveu levá-lo para uma visita ao pai. Isabelle apoiou a criança no lado sem ferimento do peito dele. Adam passou o rosto no ombro do pai e se aconchegou. Selby e o médico o vestiram com um roupão que cobria as terríveis marcas em seus ombros e agora havia uma no peito para completar.

— Tenho certeza de que ele cresceu nesses dias que não pude vê-lo — comentou ele.

— Penso o mesmo. — Ela se sentou e ajeitou Adam no colo.

Nathaniel levantou a mão e acariciou as costas do bebê. Isabelle sorriu para ele, estava contente que demonstrasse tamanha melhora. Mas pelas marcas que ela observou em seu corpo, não era a primeira vez que ele sobrevivia a ferimentos.

— Esses foram graves. Faz muito tempo que não sou ferido com tamanha gravidade — contou ele, quando ela comentou que seriam mais cicatrizes para a coleção dele.

Isabelle inclinou Adam para que se despedissem e o levou para as avós. Pamela e Madeline estavam aproveitando muito a oportunidade de ficarem juntas sob o mesmo teto e se revezavam bajulando o primeiro neto de ambas.

— Por que Lorde Devizes tinha tantas opções na mente sobre quem poderia estar atrás de você? — Quando retornou ao quarto e tornou a sentar-se junto a ele, Isabelle foi direto à conversa que queria ter.

— Por que tem muita gente que adoraria me matar.

— Fez tantos inimigos assim? Não pode ter sido apenas por ser um duque insuportável que guarda segredos sobre todo mundo e trabalhou na diplomacia inglesa durante uma longa guerra?

— Estive omitindo coisas de minha vida também — confessou ele.

— Tem algo a ver com o que me disse para esquecer quando o coronel Childs esteve aqui e com o que me fez roubar? Além de todos os segredos que sei que guarda. Espero que não pense que ainda acredito que você é só um duque com gosto pelo trabalho diplomático. Posso não saber os detalhes que faltam, mas há muito mais.

— Eu me casei com você sabendo que um dia teríamos essa conversa. E o segundo maior erro que cometi foi confiar tudo isso à outra mulher que tive em minha vida.

— Qual foi o primeiro?

— Ficar cego pelo que sentia. Se não estivesse apaixonado, não procuraria desculpas para os indícios suspeitos.

— Mas você estava ocupado demais protegendo-a, não estava? E nunca esteve apaixonado antes. Você é terrível nesse aspecto, não se culpe por ter se entregado. Já devia ter enxergado que isso não é um erro. O erro está em usar o amor de alguém contra a pessoa.

Nathaniel só assentiu; ele não sentia mais a dor daquele amor, mas sim da autocrítica. Para ele, o grande erro foi ter se deixado levar daquele jeito.

— Foi um dos motivos de eu não ter contado tudo. Eu queria resolver sozinha e poder me entregar às chances e ilusões que poderia ter com você. Não posso saber se foi o que aconteceu no passado, mas espero que saiba que, no final, sempre vou escolher ficar com você — disse ela, num tom enfático.

Ele ficou olhando para baixo, pronto para cometer o mesmo erro pela segunda vez. Algo que jurou jamais repetir; não voltaria a misturar suas duas vidas, não confiaria outra vez. Porém, esse plano já começou a desmoronar quando ele não se casou com o tipo de mulher que tinha planejado. Uma que não se preocuparia com o passado, que não se interessaria pelos segredos dele e ficaria satisfeita em ser deixada de fora. Em vez disso, ele foi dominado pelos seus sentimentos por Isabelle. Ela nunca pararia de observar, conjecturar, investigar e perguntar. E se ressentiria por ser deixada na ignorância.

— Meu trabalho diplomático é verdadeiro, mas é dividido em duas partes. Durante a guerra, havia espiões trabalhando para mim aqui e em outros países e antes disso vivi anos de espionagem, traições e mortes. Há várias pessoas a meu serviço, espionando muitas outras, impedindo tramas de se desenvolverem e até desenvolvendo algumas.

Ele fez uma pausa e umedeceu os lábios, olhou o rosto dela, estudando sua reação e continuou:

— Na temporada em que a conheci, eu estava ocupado impedindo que matassem mais um primeiro-ministro. Era um péssimo momento substituir o ministro enquanto tentávamos terminar uma guerra. Quando digo que não sou fácil de matar, não estou tentando acalmá-la, tampouco me gabando. Nem toda experiência e habilidade explicaria o fato de eu ainda estar vivo. Tenho muita sorte. Mas devo ter gasto minha última vida agora. Não tenho mais vinte e poucos anos. Lutas em estradas deviam estar fora de minhas tarefas. — Ele olhou para a bandagem colocada em seu peito sob o roupão aberto.

Isabelle permaneceu olhando para ele enquanto juntava as peças na mente, mesmo ciente de que ele estava resumindo anos de vida em poucas palavras. Mas ela não necessitava de detalhes naquele instante.

— Ninguém pode saber. Minha vida tem dois lados principais, sou duas pessoas e já fui muitas outras. Não sou um duque quando estou envolvido no outro lado. — Ele a olhava seriamente sem nem precisar citar que tudo aquilo era segredo. Estavam murmurando a portas fechadas.

Isabelle ficou quieta antes de ter que dizer mais uma verdade amarga e que a enfurecia. Seu marido era um espião, vivia uma vida altamente perigosa e, mesmo assim, adivinha quem havia resolvido matá-lo? E, novamente, só porque ela entrou na vida dele.

— Por mais que haja um mundo de pessoas que o mataria se soubesse sua identidade, desta vez sou eu a causa de sua dor. Eu lhe disse, Nathan. Tive o seu filho e você se tornou um empecilho.

Ele assentiu, foi uma das possibilidades que passou por sua mente quando percebeu que estava sendo seguido. Mas alguém com uma vida como a dele nunca podia afirmar sem provas o motivo de um ataque. No entanto, só um homem contrataria mercenários e diria a eles para matarem um duque porque ele estava com sua mulher.

— Deveriam esperar a criança crescer um pouco antes de se lançar em um plano tão arriscado — comentou ele, sendo realista. Por mais que amassem seu filho, bebês morriam frequentemente. As pessoas não tinham mais de um filho só porque não havia métodos efetivos de evitá-los. Até os cinco anos, a taxa de mortalidade era mais que preocupante.

— A sede para finalmente vencer essa rixa e matar o último Hayward legítimo é muito forte e eles não são os mais pacientes e comedidos — declarou ela.

Isabelle se aninhou junto a ele. Não ia obrigá-lo a lhe contar tudo agora; fez mais algumas perguntas porque era curiosa e, como já vinha desconfiando de certas coisas, quis fechar suas conclusões. Porém, queria que ele decidisse lhe contar mais e parasse de temer a repetição do seu maior erro.

***

Para surpresa deles, os familiares de Isabelle apareceram em Hayward para uma breve visita. Alheio aos planos do filho, Gregory resolveu que já era hora de conhecer o sobrinho. Seria muito estranho se descobrissem que os Bradford ignoraram completamente o que a sociedade considerava o novo grande feito de Isabelle: dar à luz o próximo duque de Hayward.

— Não acredito que teve o descaramento de vir até aqui justamente quando meu marido está de cama por sua causa! — reclamou ela.

— Eu não sabia — repetiu Gregory, pois desde que ela lhe contou o que havia acontecido, era tudo que ele conseguia dizer. — Tem de acreditar em mim. Conversei com Hayward quando ele foi buscá-la. Não tenho motivos para matá-lo. Se não acredita em minha palavra, acredite em minha ganância. Ele não cancelou o patrocínio que prometeu. A reforma de Hitton Hill será terminada. Sei que ele só está fazendo isso por você, mas é só o que me interessa.

— Mas se ele morrer, vocês pensam que terão acesso imediato a tudo! E não dependerá mais dele para ter o que deseja.

— Eu a conheço. Sei que não permitirá isso.

Isabelle andava de um lado para o outro com os braços cruzados e a expressão de revolta. O homem que ela amava, uma das pessoas mais ativas e enérgicas que conhecia, estava confinado a um quarto por causa deles. E ainda sentia dor e dificuldade quando queria mover o braço do lado em que fora alvejado. Ela parou à frente dele e lhe ordenou:

— Diga a George que o duque sabe sobre todo o plano, pois me obrigou a dizer e concluiu tudo. E que ele deve fugir. Diga que estamos todos com medo.

— Hayward a ameaçou? — Gregory franziu o cenho, imaginando se havia um fundo de verdade naquilo.

Isabelle balançou a cabeça com um leve sorriso irônico.

— Nosso acordo está terminado. Você devia impedir que eles o ferissem. George está usando o dinheiro que eu proporcionei para contratar mercenários. E agora anda pelas estradas cheio de capangas, como se fosse um grande rei do crime. Aquele tolo. Você permitiu isso! — Ela chegou mais perto dele. — Pois saiba que sua cabeça também está a prêmio. George não precisa mais de você em seu caminho, impedindo-o de ser o próximo marquês e de ter acesso ao que restou do patrimônio dos Bradford. E onde está aquela víbora? Tenho certeza de que ela sabia de tudo.

Gregory nem precisava de explicação: "víbora" só servia a uma pessoa.

— Infernizando a vida de Madeline. Onde mais estaria? — respondeu ele, como se fosse óbvio.

Isabelle arregalou os olhos.

— Meu filho! — Exclamou.

Ela os estava recebendo para um lanche no jardim, fingindo para todos que não havia problema algum na relação familiar. Mesmo assim, deixou tudo para trás e correu em direção à casa da duquesa, mas encontrou o que temia antes de chegar lá. Havia uma pequena ponte sobre o rio que aguentava veículos leves e encurtava o caminho entre o castelo e a casa, evitando que fosse necessário dar a volta pela estrada. Gregory chegou logo depois dela e também não pôde acreditar quando viu Genevieve sorrindo e segurando o bebê sobre a ponte, enquanto Madeline a chamava do outro lado. Isabelle olhou para o filho e para a água. Nathaniel havia lhe ensinado a nadar, mas será que conseguiria salvar o filho? Ele era muito novo e estava embrulhado em uma manta que o faria afundar rapidamente.

— Devolva essa criança, Genevieve! — mandou Gregory.

— Ora essa, quero conhecer meu novo sobrinho. O mais novo Bradford da família misturado com essa raça suja de duques. — Seu tom soava até contente, o que só deixou os outros mais apreensivos.

Isabelle passou para cima da ponte e manteve o olhar nela.

— Devolva o meu filho, Genevieve.

— Não precisa se exaltar. Eu o trouxe para tomar ar fresco. Acha que eu faria algum mal a nossa maior garantia? Não sejam tolos. — Ela olhou o bebê e deu um sorriso que os outros três descreveriam como perturbador. — E apesar de ser filho daquele diabo, misturado com a filha de uma bruxa escocesa, ele é uma graça. Deve ser o sangue dos Bradford.

Isabelle perdeu o resto de paciência que tinha e foi para perto dela. Se algo acontecesse, pularia dali mesmo.

— Não seja ridícula. Você não tem nosso sangue. É de um ramo de primos que ninguém lembra onde está o parentesco. Está na hora de parar com essa obsessão por uma rixa familiar que já matou gente demais dos dois lados!

De todos os insultos, aquele que mais atingia Genevieve era a desfeita ao seu ramo familiar, um complexo histórico que ela carregava sem necessidade e elevara a outro patamar. Depois que não precisaram mais dos familiares e bastardos para lutar, os Hitton esqueceram-se de seus parentes de diversos graus.

— Pois quando partíamos para a batalha eram esses primos distantes junto com os bastardos que eram enviados na linha de frente para morrer! Vocês não se lembram dessa parte da história, mas nós nos lembramos! — reagiu.

— E depois que a linha de frente caía, quem você acha que eles matavam? Quais eram os verdadeiros alvos? Todos sangravam e morriam. Meu marido acabou de sangrar por essa tolice. Chega!

— Você fala tanto sobre respeitar a nossa história, mas faz o contrário. Ele tem de morrer ou isso nunca terá fim! Foi o que cada ancestral morto jurou!

Isabelle percebeu que ela estava apertando Adam sem perceber e ele se sentia incomodado e começou a choramingar. Ela aproveitou-se de sua alteração e foi rápida em tomar o bebê. A criança sentiu o impacto ao bater contra o peito de Isabelle e resmungou mais.

— Você não é bem-vinda aqui! — avisou, tratando de se afastar com o filho. Adam se acalmou ao perceber que estava nos braços da mãe.

— Não vim me hospedar, para isso temos amigos na região — informou Genevieve com um sorriso diabólico. Era como dizer a Isabelle que eles estavam por perto e de olho. Na próxima oportunidade não iam errar.

Isabelle parou junto ao tio no caminho de volta para o castelo:

— Minha parte nisso acabou, não sou mais uma garota sob o controle de vocês. Eles ameaçaram a mulher errada. Vai chegar uma hora que terá de assumir um lado para evitar ser jogado do tabuleiro. É melhor que não fique no meu caminho.

***

Dias depois, Nathan se rebelou contra sua convalescência. Ele odiou saber que estivera febril e de cama enquanto os Bradford visitavam o castelo. Isabelle lhe disse depois e instruiu Marcus para ficar longe do quarto. Assim não poderia ser acusado de omissão. Dr. Ernest disse que sua cicatrização estava boa. Então ele anunciou que iria se levantar e mandou chamar o valete. Já estava na poltrona quando Isabelle entrou.

— Você não vai me impedir. Não ficarei nem mais um dia preso aqui em cima. Já me levantei em situações mais precárias — disse ele, determinado, e olhou para baixo como se ameaçasse seus ferimentos silenciosamente para terminarem logo com aquela recuperação.

Ela se inclinou e o abraçou, apertando a cabeça dele contra seu peito.

— Senti tanto medo — murmurou ela. — Perdoe-me se lágrimas descerem quando você sair pelas portas do castelo.

Ele a abraçou pela cintura e respirou fundo. Embriagando-se naquele cheiro familiar, sentiu a tensão deixar seus ombros. Também chegou a pensar que poderia perder a luta dessa vez. Nathaniel apertou mais os braços em volta dela e passou um momento com o rosto apertado contra ela. Isabelle se afastou e botou as mãos nas bochechas dele.

— Chame o valete para ele me tornar apresentável novamente. Quando eu sair desse quarto, quero que vá comigo.

Isabelle passou os dedos pela barba dele, pela primeira vez tão abundante; acertara, era mais escura que seu cabelo. Então sorriu.

— Achei charmoso, poderia usá-la em nossos períodos no campo.

— Prometo que considerarei.

— Enquanto isso... — Ela se afastou um momento e voltou, mostrando uma navalha à frente dos olhos dele.

— Você roubou a navalha preferida de Selby? — Ele riu, referindo-se ao valete. — Ele vai enlouquecer achando que a perdeu!

— Ele já deixou seu sabão de barba pronto. — Ela mostrou um vidro branco e cheio do conteúdo que o valete tinha orgulho em dizer que era o melhor preparado para barba, receita exclusiva.

Nathaniel riu mais.

— A pergunta é, vai confiar em mim com uma navalha encostada no seu pescoço?

Ele inclinou a cabeça e disse:

— Encoste.

Isabelle aproximou a navalha lentamente e a encostou na pele dele.

— Você é muito aventureiro, Sua Graça. — A provocação brilhava no olhar dela.

— E completamente inconsequente para tudo que diz respeito a você — murmurou ele, mantendo o olhar nela.

Isabelle sorriu e usou o pincel para espalhar de leve o sabão pelas faces dele. Quando se deu por satisfeita, gritou:

— Selby! Encontrei sua navalha e o seu sabão!

A porta da sala de vestir se abriu rapidamente e o valete entrou correndo com o nervosismo estampado na face. Ele trabalhava para o duque havia anos e parecia inabalável, mas espere até um de seus itens da melhor qualidade desaparecer.

— Até adiantei o seu trabalho — disse ela, cínica e fazendo Nathan rir.

— Sua Graça! Estou mortificado! Não precisava se dar a esse trabalho! Com suas mãos tão delicadas! Vai se arranhar. — Ele pegou os itens cuidadosamente e se pôs a trabalhar. — Sua Graça. — Agora ele falava com o duque. — Vou aparar seu cabelo como pediu. Preparei o banho, não se preocupe, vou ajudá-lo a sentir-se recuperado.

Depois da barba feita, Nathaniel o seguiu para a sala de vestir, contente em perceber que os efeitos do láudano não mais nublavam seus sentidos. Depois, Isabelle o acompanhou e, ao chegar à escadaria, ele foi surpreendido pelos empregados, que esperavam no salão para vê-lo, como faziam quando se ausentava da propriedade por longos períodos. Ele os cumprimentou e tomou o chá com seus familiares. Então foi até o escritório, leu as cartas atrasadas e enviou outras. Ao perceber que conseguia executar essas tarefas sem prejudicar sua recuperação, ninguém mais conseguiu detê-lo.

Capítulo 42

Lorde Devizes retornou para ver como seu melhor amigo passava e nem tentou demovê-lo da ideia de sair para tomar ar, mas voltou justamente para assumir tarefas que demandariam deixar o castelo ou se encontrar com algum contato até que o duque estivesse plenamente recuperado. Ao menos algumas pessoas das redondezas conseguiram vê-lo tomando um pouco de sol, pois o rumor de que ele fora atacado por bandidos na estrada já havia se espalhado.

Ninguém soube explicar os corpos encontrados na estrada, nem podiam afirmar se era o mesmo bando que o atacara. Espalhou-se um boato de que os guardas do castelo haviam ido atrás dos corpos para enterrá-los.

Os fofoqueiros também descobriram que o herdeiro do duque estava saudável. Afinal, enquanto discutia pistas secretas, nomes de traidores e espiões, Nathaniel balançava Adam levemente para o bebê tomar um pouco de ar puro.

— Pensei que jamais iria vê-lo segurar uma criança — comentou Zach.

— Pare de ser desagradável. Nunca tive nada contra crianças, só não interagia com elas. — Ele ajeitou o bebê, pois mantinha seu peso do lado direito. Podia dizer que nada sentia, mas o ferimento no lado esquerdo dava fisgadas quando forçado.

Zachary ria da expressão dele e olhou em volta, ainda o provocando.

— Preciso contratar um pintor, ninguém vai acreditar nisso.

— Eu mesmo vou contratar um assim que resolver algumas questões. Agora pode, por favor, resolver a situação de Lady Feisty? Não é mais seguro para ela — continuou ele, usando o apelido de Lady Thornton, a dama com quem se encontrara antes de ser atacado.

— Estou indo, mas devo dizer que ela odiará ser salva por mim.

— Você não vai salvá-la. Falando assim, ela nem aceitará. Aja como se eu o houvesse obrigado.

— Mande Thorne. Ela gosta dele.

— Ele está ocupado sendo o novo conde de Wintry e procurando informações sobre a morte da tia.

Zach franziu o cenho.

— Ela foi assassinada?

— Certamente não foram causas naturais. Além disso, não quero arriscar a possibilidade de Feisty e ele se envolverem estando ambos vulneráveis. Você está apaixonado pela sua esposa, nem pensaria em repetir esse despautério.

— Considero isso um elogio. Feisty e eu somos como irmãos: não paramos de discordar, mas não há mais atração. Éramos jovens, solitários e nosso trabalho era perigoso. Ela estava a ponto de se casar só por uma missão. É tudo que direi em nossa defesa.

— Não há futuro quando nos envolvemos dentro desse mundo em que vivemos — comentou ele com certo amargor.

— Você se casou com uma ladra! Filha de uma família que quer aniquilar a sua há séculos! — exclamou Zach, divertindo-se. — Traidora, mentirosa e talentosa. Com beleza para tirar qualquer juízo e casada com alguém na sua posição, você sabe que ela vai acabar no nosso mundo. Seria um pecado não a treinar. E, por favor, tome tudo isso como elogios peculiares. Ela é o seu par perfeito.

Nathaniel tinha dificuldade em aceitar isso, pois significaria que ele também era o par perfeito para Isabelle. E não conseguia se considerar um bom par para ninguém, não só pelo seu gênio difícil, mas pelo fato de que qualquer pessoa em sua vida estaria em perigo. Mesmo assim, apesar de toda aquela trama de golpes e traições, ela ainda o escolhera. E estavam juntos para o que o futuro lhes trouxesse.

***

Pouco após o desjejum, Nathaniel chegou à casa da duquesa. Ainda não estava montando ou guiando, por insistência do dr. Ernest, que fez um longo discurso sobre sequelas e a importância de um bom ombro para o "trabalho extenuante" que o duque executava. Sim, o médico sabia, não fora sua primeira vez salvando a vida dele e tampouco de outros a seu serviço. Ele mesmo fora um deles.

Isabelle ouviu o cabriolé parar em frente à casa e quando escutou o som de passos mais pesados que sua mãe, a babá ou Flore, soube quem entrara no seu quarto sem bater. Mesmo assim, não se deu ao trabalho de ir ao seu encontro.

— Fico feliz que esteja bem-disposto para deixar o castelo tão cedo — comentou ela, com um toque de ironia, pois ele só se levantava tarde quando estava dopado por láudano ou ocupado passando a manhã com ela.

— Você está aqui exatamente porque pensa que estou recuperado. — Ele parou a alguns passos de distância observando suas costas.

— Não é do seu feitio fingir que ainda precisa de cuidados. Dr. Ernest só não partiu porque pensa que, no minuto que deixar o castelo, você vai sair cavalgando em busca de uma nova batalha. Como se ele pudesse detê-lo.

Ele sorriu, pensava o mesmo sobre o médico. Mas não se importava, gostava do sujeito. Não fora à toa que lhe deu uma casa no campo para se aposentar.

— Não vou fingir, não vim lhe pedir cuidados. Vim lhe pedir para voltar. — Ele se aproximou um pouco mais. — Volte para o castelo, Isabelle.

Ela não disse nada, mas a forma como virou o rosto de lado provava que o havia escutado.

— Você já me educou o bastante sobre minhas vontades, entendi bem.

Ela olhou por cima do ombro e disse:

— Não o estou educando, estou lhe atendendo. Você queria que eu ficasse longe, é o que estou fazendo. Devia aproveitar a primeira vez que lhe obedeço.

Nathaniel pendeu a cabeça e ela voltou a observar o rio e a paisagem, ele enxergava certo divertimento nas suas respostas cortantes.

— Então me atenda, estou lhe pedindo para voltar ao castelo. Não há mais cabimento nisso.

— Haveria, se eu estivesse ressentida, mas não estou. — Ela se virou um pouco para poder vê-lo. — Faria o mesmo. Você achou que estava se deitando com uma grande traidora. É um jogo perigoso esse seu, Nathan.

Isabelle viu quando a boca dele se moveu num sorriso sutil.

— Bastante arriscado — concordou.

— Apesar disso, não posso negar meu gênio rebelde. — Ela tornou a se virar para a paisagem. — Se você queria distância, é isso que tem agora. Só não poderei atendê-lo quanto à segurança.

Nathaniel se aproximou e parou junto a ela. Isabelle não era o tipo que se rendia por pouco, mas não rejeitou a proximidade dele.

— No castelo tem mais espaço para sua rebeldia.

Ela levantou a sobrancelha e ele apoiou as mãos no patamar da janela, deixando-os intimamente juntos.

— E também mais oportunidades. Como vai exercer todo esse potencial de rebelião se dormirmos em casas separadas?

Dava para ver que ela estava se divertindo. Isabelle moveu as costas, sentindo o corpo dele junto ao seu. Nathaniel a abraçou, acariciou o lado do seu rosto com o nariz e beijou sua face. Ela pendeu a cabeça e fechou os olhos, mantendo um leve sorriso. Seu orgulho até lhe dizia para teimar, mas ela o queria de volta.

— Sinto sua falta. Não importou que eu pensasse estar acordando ao lado de uma traidora, meus sentimentos e desejos não se abalaram por isso. Não deu certo quando coloquei quilômetros entre nós, não funcionará agora que uma singela caminhada me leva até você.

Isabelle girou no lugar e o encarou, colocou os antebraços sobre os ombros dele e lhe deu um rápido beijo nos lábios que o pegou de surpresa.

— Por que eu precisava me apaixonar pelo maldito Hayward? Era só para te seduzir, enganar e deixar. Vocês são todos assassinos — declarou ela.

— Por que fui me apaixonar pela sedutora Hitton? É claro que jamais daria certo. O que você tem de bela tem de dissimulada. Todos vocês são assim, os Bradford são traidores desde que a Inglaterra se unificou.

— Se honrássemos tudo que dissemos, os Hayward já teriam nos matado.

— Se parássemos de matar os outros, eu nem estaria aqui. Os dois lados não conseguem parar de trair e matar nem quando se apaixonam.

— Conseguem sim — murmurou ela, tocando o rosto dele com carinho.

— Não me importo com as mentiras que teve de contar, com o que fez para se proteger, não me importaria se houvesse precisado cravar uma adaga em mim para fingir em seu plano e se salvar. Amargaria a dor, mas não conseguiria esquecê-la. Eu te amo, nós não somos comuns, tampouco é a nossa história. Não tentemos ser como os outros, construamos nossa vida do nosso jeito. Volte para o castelo, é nossa casa.

— Não!

— Isabelle...

— Convença-me. — Ela o beijou.

Nathaniel a abraçou, puxando-a para longe da janela, e Isabelle se esticou para olhar sobre o ombro dele, a porta estava fechada, mas não trancada. Ela o empurrou pelo peito para o quarto de vestir, que era um espaço retangular, cheio de roupas e acessórios femininos, com um banco acolchoado onde ela se sentava para calçar meias e sapatos. Foi ali que ela sentou o duque bruscamente e montou sobre suas coxas.

Ele levantou a cabeça com um sorriso convencido.

— Parece que você pretende me convencer de alguma coisa.

— Eu o machuquei, Sua Graça? — indagou ela, provocante.

Com um sorriso devasso estampado no rosto, Nathan soltou o laço do robe dela e Isabelle o empurrou dos ombros, expondo seu colo desnudo pela camisola baixa com o decote rendado. Ela gostava muito daquele olhar de admiração e desejo que despertava nele; era quente, prateado e só dela. O robe caiu no chão aos pés dele, cobrindo suas botas lustrosas.

— Não se exceda muito, não queremos atrapalhar sua convalescença — disse ela, ao desabotoar o paletó dele e o empurrar gentilmente.

— Não sou mais um convalescente.

Isabelle ajeitou-se sobre as coxas dele enquanto beijava seus lábios, ele a puxou pelo traseiro, trazendo-a para tão perto que ela se apoiou nas pontas dos pés, e seus quadris se encontraram.

— Mas certamente está em recuperação — respondeu ela.

Ele delineou seu corpo com as mãos, apertando-a sobre o tecido fino da camisola, matando a saudade que sentia de tocar nela. Nathaniel a beijou com tanto ardor que a deixou sem ar, Isabelle mal abriu os olhos enquanto tentava se livrar do lenço no pescoço dele. Ela desfez o nó e o arrancou com puxadas bruscas e beijou sua pele quente ao conseguir acesso.

— Sinto sua falta, volte para mais perto de mim — murmurou ele.

— Não —sussurrou ela.

Quando tornou a beijá-lo, Isabelle suspirou contra os lábios dele. Podia sentir suas mãos quentes enfiadas ousadamente por baixo de sua camisola fina percorrendo sua pele. Não havia roupa íntima para atrapalhá-lo. Ela o abraçou e passou o rosto pelo dele, estava recém-barbeado e ainda podia sentir o cheiro do sabão que o valete preparara. Inclinou-se lentamente e Nathaniel desceu as mangas curtas de sua camisola e ela fechou os olhos, apreciando a sensação daquela boca descendo do seu pescoço ao vale entre seus seios para conseguir capturar um mamilo com a boca.

— Seu médico vai me matar. — Ela o empurrou de volta. — Fique quieto, seu duquezinho dominador!

Ele riu com as mãos dela o pressionando contra a parede. Isabelle desceu as mãos e soltou os botões da braguilha dele enquanto o olhava.

— Lembra-se daquela vez que eu lhe disse para não se mover um centímetro?

— Como esqueceria? — Ele jamais esqueceria o arremedo de beijo mais excitante de sua vida que o deixou estremecido de vontade.

— Não se mexa, Sua Graça. Nem um centímetro. Consegue? — sussurrou ela, repetindo exatamente o que dissera naquela noite.

Surpreendendo-o, ela ficou de pé e pegou algo numa caixa que estava logo atrás dela. Ficou olhando para ele quando levantou o colar de diamantes e safiras azuis que ele lhe dera como presente de casamento e lhe dissera para usá-lo apenas na primeira vez deles.

— Sua grande ladra! Eu troquei isso de cofre! — Ele ria.

Para estar com o colar, ela basicamente o roubou. A joia pertencia a ela e podia pegá-la quando quisesse, mas, com a breve separação, ele guardou todas as joias que ela deixara para trás no cofre principal do segundo andar. Nathan nunca lembrou de lhe dar a combinação justamente porque o cofre raramente era usado.

Isabelle prendeu o colar no pescoço enquanto sorria por vê-lo se divertir tanto com sua última travessura.

— Você gosta? — perguntou ela.

— É perfeita. — Ele inclinou a cabeça ainda com um sorriso e com o olhar preso sobre ela. — Você me alegra demais por usá-lo outra vez.

— Significa muito para mim, é meu presente favorito.

Ela puxou o laço da camisola que ele já havia afrouxado e empurrou de seus braços, expondo o colar que enfeitava novamente seu colo e os seios nus. Nathan desencostou da parede e se inclinou, abriu as mãos, querendo que ela voltasse para seu alcance.

— Não se mexa, Sua Graça.

Ela deixou a camisola cair, apoiou as mãos nos joelhos dele, inclinou-se e roçou os lábios nos seus como fez naquela noite na casa de Lady Bolther. Só que dessa vez Nathan nem tentou resistir, lembrava o quanto lhe custara caro da primeira vez. Deixou-a brincar com sua resistência, mas a beijou. Isabelle sorriu contra a boca dele e o beijou de volta.

As mãos dela subiram pelas coxas dele, abriu os botões da ceroula, afrouxando o espaço frontal para conseguir liberar sua ereção e o massageou nas mãos, Nathaniel grunhiu e virou o rosto, só então lembrou-se da porta. Não trancou quando entrou no quarto e aquele pequeno cômodo estava só com a porta encostada.

— Seja um bom convalescente — murmurou ela.

Quando ela deslizou para o chão, entre as pernas dele, ele soube que não atenderia isso. Isabelle deslizou os dedos pelo seu membro duro e o acariciou com os lábios, depois o tomou em sua boca. Ele resistiu a deitar a cabeça só para poder vê-la lhe dando prazer, os arrepios mais deliciosos começaram a subir pelo seu corpo. Se realmente ainda estivesse fraco pela recuperação, iria morrer ali, satisfeito, mas revoltado por ter sido a última vez. Seu fantasma com certeza retornaria.

— Isabelle... — pediu ele.

Ela só respondeu com um som baixo; sabia o que podia fazer com ele em sua boca. Era gratificante deixá-lo incapaz até de falar.

— Pare de me torturar, eu não era um convalescente? — disse ele entre pausas e moveu os quadris sobre o banco, escorregando mais.

Dessa vez ela inclinou a cabeça e riu. Tornou a subir sobre as coxas dele e Nathaniel a puxou pela nuca, colando os lábios aos dela e lhe tirando o fôlego com seu beijo faminto. Ele a manteve presa junto a ele, explorando sua boca e afagando seu corpo. Suas mãos tocaram o colar e desceram pelos seios até apertarem a cintura dela. Ele afagou seus quadris, passeando pelas curvas do seu corpo até acariciá-la entre as pernas, estimulando o clitóris.

Isabelle deu um longo suspiro, pendeu a cabeça, ainda com os olhos fechados e procurou os lábios dele.

— Senti saudade... Você me beijava no meio do dia, durante o chá, ao deitar-se ao meu lado, onde pudesse — murmurou ela.

Ele abriu um sorriso e observou seu rosto.

— Vou levá-la de volta e beijá-la tantas vezes que vai ter de me trancar do lado de fora do castelo.

Isabelle negou com a cabeça e depois puxou a camisa dele, subindo-a pelo seu corpo e recebendo ajuda para tirá-la. Eles se abraçaram sem conseguir resistir a reviver o contato tão próximo da pele nua de seus corpos. Nathaniel desceu as mãos pelo corpo dela e a puxou pelo traseiro, Isabelle moveu os quadris, sentindo a rigidez do membro dele contra o sexo dela.

Ela apoiou as mãos nos ombros dele e se elevou um pouco, encaixando-se a ele até senti-lo dentro dela. Nathaniel envolveu sua cintura com o braço e a fez recebê-lo lentamente. Ele beijou seu pescoço enquanto ela gemia, até que seu traseiro voltou a encostar nas coxas dele. Isabelle o abraçou e se moveu para a frente e para trás, gemia repetidamente em resposta ao prazer que seu corpo reconhecia.

— Não, não... — murmurou ela, empurrando-o pelo peito.

Mesmo se houvesse dor para sentir, Nathaniel não conseguiria; estava subjugado pelo prazer do sexo que compartilhavam e por seus sentimentos transbordando. Uma mistura do profundo desejo que tinha por ela com a paixão que os aquecia. Tinham chances de ficar juntos de novo e só esse pensamento já os estimulava.

— Não vou soltá-la, Isabelle. Deixe que machuque — pediu ele, puxando-a com mais força contra ele.

Ela apoiou as pontas dos pés no chão e se impulsionou, subiu e desceu numa busca insistente por completa liberação. Queria levar ambos ao êxtase, como um caminho de volta à intimidade que tinham antes. Ele a apertou, dormente para tudo mais além das sensações que compartilhavam e, sinceramente, a dor seria ótima para trazê-lo à realidade. Pois ele esqueceu tudo, até onde estavam escondidos para aquele encontro súbito e indecente.

Numa busca cega pelo prazer que não compartilhavam havia tanto tempo, ela o cavalgou, resplandecendo na sensação dos braços dele a sua volta, de seu corpo quente em atrito com o seu, sua boca contra sua pele e de seu membro duro em seu sexo. Isabelle estremeceu e perdeu o impulso de suas pernas, caiu sobre o colo dele e deixou que ele a movesse contra ele, gozava e pulsava ao seu redor, podia senti-lo e ouvi-lo chegando ao próprio ápice. Agarrou-se aos seus ombros enquanto se entregavam ao orgasmo com pura inconsequência.

Isabelle apoiou os antebraços sobre os ombros dele, olhando-o de perto, sorriu ao ver seu rosto corado e os olhos entreabertos de quem nem conseguira retomar o controle dos próprios músculos.

— Esse reencontro devia ter sido mais romântico, mas somos dois afobados — reconheceu ela.

— Vou levá-la de volta e mais tarde, depois que Adam dormir, prometo que seremos românticos e nada desesperados.

Ela sorriu e acariciou o rosto dele.

— Você se recupera bem rápido para alguém que estava de cama até poucos dias atrás.

— Não o suficiente para impedir que esconda as visitas.

Isabelle achou graça de sua alfinetada, mas não deixou de encarar o assunto:

— Nunca estaremos seguros enquanto eles estiverem por perto. Mas te amo e vou protegê-lo, duque — sussurrou ela. — Não importa se é um dos espiões mais perigosos que existe. Você é o amor que escolhi para mim. Fora dessa sua vida misteriosa, não vou deixar mais ninguém o ferir.

— Ninguém nunca me prometeu nada parecido.

— Acostume-se.

Ela se moveu, mas não quis se afastar ainda, fazia tempo que não se abraçavam assim nem viviam aqueles gloriosos momentos de intimidade. Nathaniel a observou e resolveu que era hora de tocar naquele assunto.

— Já reparou que tudo que vem fazendo desde que seu pai morreu é se defender para sobreviver? Está na hora de atacar. Rainha dourada para F3 — disse ele, movendo mentalmente uma peça que no jogo deles pertencia a ela. Agora ambos iam jogar com as peças douradas.

Isabelle levantou a sobrancelha. Achou interessante essa ideia partir dele quando ela vinha pensando sobre isso fazia um tempo. Do jeito que seu duque tinha uma mente perigosa, ele estava disposto a lhe dar um empurrão, mesmo que já houvesse pensado nas consequências. Ou não tinha medo, ou confiava nela. As duas coisas eram arriscadas.

— E você vai me ajudar nisso?

— Estou sempre em perigo, o que mais temo agora é deixar você e nosso filho desprotegidos. Você é esperta e perigosa. Está na hora de aprender a ser letal.

Capítulo 43

Querido George,

Meu tio me escreveu e disse que você estaria nas imediações e seria minha chance de contatá-lo. Ele nada pode fazer, pois não tem a coragem necessária e foi comprado. Já deve ter ouvido em algum lugar que estou presa no castelo, só posso sair acompanhada. Tem sido muito difícil. Estou sob vigilância constante.
Achei que tudo melhoraria depois que desse um herdeiro a ele, mas apenas piorou. Ele quer me transformar em algo que não sou. Estou com medo de ter feito uma escolha errada e irreversível.
Será que ainda há tempo para mudar tudo?
Você me ajudaria ou já não pensa mais em mim?
Tenho um grande segredo sobre ele para lhe contar. Mesmo que não deseje mais me ajudar, posso lhe oferecer isso. Esse segredo acabaria com a vida dele e eu estaria livre.

Isabelle Bradford

George recebeu a carta e ficou possesso e empolgado. Gostou de vê-la assinar com o nome da família deles em vez do malfadado título. Esteve bastante irritado por um tempo ao saber que seu plano dera errado e, pior, havia perdido os homens que contratara. Mas sempre apostou que isso aconteceria. Isabelle iria se arrepender por ter ficado ao lado daquele duque e uma hora teria de recorrer a ele. Era o único em posição de ajudá-la. E ela finalmente pertenceria a ele. Depois de salvá-la, ela ficaria em dívida e era tudo que George mais desejava.

Minha Querida Prima,

Meu pai me escreveu, disse que o desgraçado descobriu tudo. Vamos acabar com isso de uma vez.
Faça esse maldito ir para longe da propriedade e dessa vez ele não voltará vivo.

George Bradford

***

George estava entocado em uma casa de campo que ficava perto de Hitton Hill, mas longe o suficiente para que ninguém lá vigiasse suas atividades. Ficava mais próximo de uma hospedaria onde ele costumava ser visto; ia até lá comer, beber e arranjar mulheres. Havia perdido sete homens, mas não passavam de mercenários. Ele tinha seus próprios seguranças. Com seu envolvimento em negócios ilícitos, não seria inteligente viajar pelo país só com um cocheiro e com o dinheiro que precisava levar. E temia que aquele duque resolvesse mandar atacá-lo. Depois que seu assassinato falhou, George contratou mais gente e ficou cismado.

— Há alguém aqui querendo vê-lo — disse o criado da casa.
— Dispense — respondeu George com pouco caso.
— É uma mulher.

Ele se virou, não pretendia ir procurar alguém naquele dia, nem mesmo uma prostituta, e sua última amante tinha ficado para trás. Uma mulher decente jamais viria visitar um homem solteiro. Então certamente era uma companhia que valia a pena. Porém, antes que o criado pudesse ir buscar a visita, a porta abriu e ela entrou rapidamente.

— George, eu não posso esperar! Estou com pressa! E em apuros!

Ele mandou o criado sair assim que viu o rosto de Isabelle escondido sob o capuz da capa que ela usava. Ela andou para o fundo do quarto, muito agitada em suas ações e no modo como respirava. Era uma mulher em fuga.

— Isabelle, como me encontrou? — Ele foi até ela e a segurou.
— Todos sabem onde está! Você e os seus homens não são discretos. E, pior, ele sabe! — Ela usou aquele tom conhecido ao dizer *ele*, do jeito que as pessoas faziam ao se referir ao duque, especialmente quando estavam repetindo algum boato tenebroso. — Eu precisava vir antes. Ele sabe, George!

— Sabe do quê? Pensei que havia descoberto tudo quando a enviou para Hitton Hill.

— Não. Ele fez aquilo quando descobriu que foi tudo um plano para conquistá-lo. Ficou possesso e quis distância. Mas agora ele me tem outra vez, George! — exclamou num tom aflito e se soltou dele, andando para perto da porta.

— Volte aqui! — Ele foi atrás dela. — O que ele sabe?

— Ele descobriu tudo! Sobre todos nós, sobre o que fizemos e sobre os homens que mandou. Estou arruinada, ele nunca mais me dará um centavo. — Ela abaixou a cabeça. — Ele virá atrás de você. Já sabe que mandou matá-lo! Por favor, não me deixe para trás.

— Você finalmente caiu em si?

— Pensei que depois de ter o filho dele as coisas melhorariam, que eu teria mais liberdade e confiança. Mas piorou tanto, George. — Ela se inclinou para o primo, que a puxou para perto. — Estou vivendo como uma prisioneira. Tive que fugir. Era minha única chance de vir alertá-lo.

— Agora consegue enxergar quem ele é? Depois de se voltar contra nós.

— Eu queria dinheiro e liberdade. E pensei que ele pudesse me dar, mas, depois que descobriu os investimentos e a soma que peguei, passou a regular cada centavo meu. E me trata tão mal. Não sei mais o que fazer, George. Ainda tenho de ceder a ele...

Ela murmurou a última frase e deixou que ele a abraçasse. George entendeu bem o que ela quis dizer, e o ódio lhe subiu à mente. Mesmo que fizesse parte do plano, ainda havia a antiga mágoa por ela ter se entregado ao duque de tão boa vontade, mesmo que agora estivesse ali nos seus braços lhe implorando ajuda.

— Sempre soube que você teria de recorrer a mim, Isabelle. — Ele apertou os braços dela e a beijou nos lábios. Ela só pareceu mais aflita e balançou a cabeça, estava tremendo.

— Você disse que tinha um grande segredo sobre ele. Algo para podermos destruí-lo.

Isabelle se desvencilhou e andou para perto da cama, ficou de costas uns segundos e então se virou.

— Você vai me ajudar? Ou já me esqueceu? Se vai me deixar para trás, diga logo. Preciso voltar e inventar alguma história. Não tenho para onde ir.

— Não! Não vai voltar para aquele desgraçado! — reagiu ele. — Já aguentei o suficiente disso!

Eles escutaram barulhos do lado de fora, houve um som de tiro, e os homens começaram a gritar uns para os outros.

— Só pode ser ele! Devia saber que ele ia me encontrar! — gritou ela, dando a volta na cama como se fosse se esconder.

George pegou uma arma e correu para fora, onde gritou:

— Matem quem for! Matem todos! Vão atrás dele!

Ele voltou pouco depois e viu que ela estava mexendo na janela.

— Não fuja! Fique aqui, não quero que ele a encontre!

Houve mais sons de tiros e cavalos, pareciam estar se distanciando com os homens de George saindo em perseguição. Isabelle voltou para perto da cama, e George deixou a arma sobre o móvel perto da porta. Ele não perdeu mais tempo e aproximou-se dela.

— Se quiser mesmo que eu te ajude, vai ter de ser minha. Estou cansado desse jogo, sempre soube que era assim que terminaria, só você pode ser minha marquesa para continuarmos a família. Eu a quero comigo — ele estava afoito e a abraçou sem conseguir se conter.

— Mas e o meu filho? Não posso deixá-lo, George. Ele é meu, eu o carreguei.

— Com o duque morto, já temos o herdeiro que garantirá tudo. É mais que normal uma viúva jovem se casar com o primo que esteve ao seu lado a apoiando, ninguém poderá dizer nada.

Isabelle se virou, parecendo em dúvida. Então murmurou:

— Preciso voltar para o meu filho.

— Não! Protegerei você e a criança. Vai precisar. Será uma Hitton na casa dos Hayward e sem o maldito duque lá.

Ela tornou a se virar parar ele, George se inclinou e a beijou nos lábios. Dessa vez ela não lutou contra ele, o que o deixou mais que feliz. Ao contrário disso, Isabelle se afastou e abriu a capa que usava, expondo o vestido decotado. George chegou a se sentar para poder olhá-la; fazia muito que a desejava, era uma visão hipnotizadora para ele. Parecia ainda mais bela e ele pensou que não seria possível.

— Prometa que jamais fará mal ao meu filho — pediu ela.

— Não sou tolo, ele é nossa garantia. E também é meu primo, mesmo sendo fruto do sangue ruim daquela família.

Isabelle sorriu e retirou a capa de vez, pendurou-a perto da porta e voltou para onde ele estava. George não conseguia fazer nada além de olhá-la, estava acostumada a causar esse efeito, mas o primo costumava lhe causar certo desconforto. Ela apoiou a mão no peito dele, inclinando-se em sua direção para falar baixo.

— Estou nervosa. E se ele retornar?

— Ele não é invencível. Os homens que tenho são bons.

Ela assentiu e engoliu em seco, sentiu as mãos dele em seus braços.

— Diga para mim, diga que é uma fingida e o suportou pelo dinheiro. Não vou julgá-la por achar que podia dar o golpe sozinha. Mas ele é um maldito Hayward, você precisa de mim.

— Sou uma fingida, George — assentiu ela levemente, lançando um olhar de culpa.

Ele colocou as mãos em sua cintura, querendo senti-la perto.

— Há algo aqui para beber? Preciso de algo mais forte — indagou ela, ainda demonstrando certo nervosismo pela situação.

— Conhaque vai acalmá-la. — Ele indicou as bebidas que estavam na bandeja sobre o aparador.

Ela apoiou a mão no ombro dele indicando que iria buscar. Foi até lá e serviu duas doses em dois copos. Colocou a garrafa no lugar e voltou, entregando um dos copos a ele.

— Vamos brindar — convidou George, ficando de pé e elevando sua bebida.

— A quê? — perguntou ela.

— À sua liberdade! E ao fato de que finalmente será minha — disse ele, ignorando sua contradição.

Isabelle aceitou o brinde, encostou o copo no dele e virou toda a bebida de uma vez. Quando terminou, percebeu que George não quis ficar para trás e também virou todo o conteúdo. Ela pegou o copo dele e foi colocar no lugar. Quando retornou para o meio do quarto, avisou:

— Vou me preparar, dê-me um minuto — seguiu na direção do biombo que havia no canto.

— Não. Eu quero vê-la — disse ele. — Quero ver tudo que aquele desgraçado jamais terá outra vez. Tudo que sempre imaginei.

Ela voltou lentamente até a frente dele e o ficou observando por um momento. George atribuiu sua hesitação ao nervosismo. Mas, em vez de começar a se despir, ela se virou e foi em direção a sua capa e a vestiu.

— Isabelle — chamou George. Então tossiu e franziu o cenho, sentindo algo estranho.

Tudo que ela fez foi voltar até a bandeja e pegar o copo que ele usou, viu quando ele tornou a sentar na cama e colocou a mão perto da garganta, o efeito era rápido. Isabelle partiu em direção à porta e se virou, viu quando ele deixou a cama e caiu de joelhos. Ela abriu a porta, mas, antes de passar sob o umbral, seu olhar pousou sobre o homem sem ar ao dizer:

— Fogo Negro manda lembranças.

Logo após fechar a porta, escutou o som dele caindo no chão quando tentou se levantar para impedi-la. Percival estava aguardando do lado de fora do quarto e, depois que ela passou, entrou para garantir que estava terminado. George jazia no chão. O empregado estava morto logo à frente do corredor e havia outros dois corpos no chão da sala. Quando ela chegou do lado de fora, viu que os cavalos haviam sido despachados e os outros corpos tinham sido arrastados para fora da vista. Não haveria testemunhas daquela tarde.

Isabelle andou rapidamente até a carruagem sem identificação que a trouxera. O veículo partiu assim que a portinha se fechou. Ela olhou para Nathaniel e disse:

— Bem que você disse. Ele teve uma morte rápida.

Ela respirou fundo e pulou para perto dele assim que Nathaniel abriu os braços, abraçou-o com força e beijou seus lábios com brusquidão. Ele a apertou junto a ele até Isabelle se afastar e ficar ao seu lado com o olhar fixo na parede oposta da carruagem.

— Não precisa ficar me olhando assim, não vou chorar. Para mim, ele era só mais um homem que me tocou sem meu consentimento e tentou me usar e controlar — declarou ela.

— É a primeira vez que mata alguém, Isabelle. Não estou esperando que aja sem sentimentos.

Mas ela nem se moveu e Nathaniel apertou as mãos sobre as coxas.

— Não quero usá-la assim.

Isso causou reação e Isabelle virou o rosto para ele.

— Quem desconfiaria de mim? Esse acerto era meu. Eu te contei tudo que ele fez.

— É perigoso, você é a minha duquesa. O que sinto por você é tão forte que nubla o meu bom senso. Você provou que pode fazer o que quiser, mas... eu reluto.

— Estou um passo mais perto da liberdade e de conseguir o que quero. E ele nunca mais poderá mandar alguém matar você. Isso eu jamais poderia esquecer.

Ele concordava; dera-lhe o anel oco e o veneno, e a ensinara a usá-lo. Não estava mais a ensinando a somente se defender e, mesmo assim, seu coração se apertava como nunca acontecera antes. Era contraditório lhe dar as ferramentas e não suportar a possibilidade de vê-la ferida.

— Só não quero colocá-la em perigo.

Isabelle assentiu e tornou a se aproximar para que ele a encarasse.

— Você disse que agora só atua em solo inglês.

— Não posso viajar, não no momento. Deve ter notado que não sugeri viagem alguma após o casamento, nem mesmo para dentro do país, já que nos casamos no fim de uma guerra.

— Tudo bem. Não temos tempo para viagens agora, e Adam está muito pequeno.

— Não vou colocá-la em perigo. Todos já pensam que por se casar comigo você tem um desejo oculto pela morte e não posso dizer que discordo completamente.

— Você treinou os outros?

— Não faço isso há um tempo.

— Sobra mais tempo para mim.

Ele se virou para ela e a tocou no rosto, acariciando-o levemente, e Isabelle fechou os olhos, aceitando o carinho.

— Desde que nos conhecemos, meu tempo tem sido seu, pois está sempre em minha mente. Mesmo quando eu tentava negar, era quando menos conseguia.

Ela abriu os olhos e segurou o rosto dele:

— Então me diga. Não negue algo que o mudou. Já é hora de me dizer a verdade. Quero saber além dos boatos e do que concluí — fez uma pausa, vendo a reação dele. — Encontrei o vestido. Você enterrou tudo tão fundo que se esqueceu do baú que ficou escondido num canto de um quarto da casa da duquesa. O vestido de noiva está lá junto com itens de um enxoval. Vi o que lhe causei quando descobriu tudo e me mandou embora; sei que o feriu além do que eu fiz. Você já me contou seu maior segredo, o resto são coisas do passado, desilusões e lembranças da vida.

Nathaniel se afastou um pouco. Assim podia ver as reações dela. O único medo que lhe sobrara era afastá-la.

— É verdade, eu a matei — admitiu ele.

A única reação dela foi um franzir de cenho; as coisas nunca eram tão simples quando se tratava de Hayward.

— O que lhe disse antes era simplificado, mas era verdade. Cometi um erro. Acabei me apaixonando por uma informante que devia treinar. Ela era crua, não gostava de armas, jamais teria entrado num quarto e envenenado um homem. E eu a subestimei. Ela não servia para o trabalho em campo, não tinha o sangue-frio necessário para completar missões. Mas era boa em enganar e obter informações e nos traiu. Ela me traiu de todas as formas, como a pessoa que a treinou e como o tolo que a amava.

Isabelle cruzou os braços, entretida com sua nova descoberta. Ele contava tudo como uma história, exatamente como fizera sobre alguns trabalhos do passado. O tempo levou embora a maior parte dos sentimentos sobre tudo que aconteceu com Meredith, mas ficaram para trás a desconfiança e a autocrítica. Em sua narrativa, a culpa dele era não ter visto antes e ter se apaixonado. E por fim tê-la matado.

— Ela voltou ferida de sua viagem à França e eu lhe pedi para sair; afinal, ela nunca quis essa vida. Meredith disse que o faria e ficamos noivos. Foi quando contei quem eu era. Pouco depois, ela se interessou mais, queria saber tudo sobre meu trabalho, dizia que o entendia e eu me iludi com a chance de viver com alguém de quem não precisaria esconder uma vida inteira. O tempo passou, muito aconteceu entre nós. Faltava pouco para nos casarmos.

Ele fez uma pausa tão breve como uma respiração, o suficiente para ela saber que essa era a pior parte da história para ele:

— Até que certo dia precisei me ausentar e eu tinha lhe dado informações preciosas sobre mim e outros, o suficiente para salvá-la se algo me acontecesse. Naquela época eu vivia de um jeito mais incerto que vivo agora. Mas não lhe disse tudo. Foi algo no jeito que ela me olhou, na forma que tentou disfarçar como curiosidade. Depois, entendi que era o olhar de alguém numa missão, pois já o vira diversas vezes. Então voltei e ela havia fugido com um primo francês e um comparsa, levando junto segredos que iam causar a minha morte, a morte do meu melhor amigo e a de diversos outros informantes e exporia nosso funcionamento, as informações que tínhamos, como conseguimos algumas delas... era uma tragédia iminente.

Nathaniel a olhou seriamente antes de dizer:

— Então ela se tornou minha missão e eu a persegui.

— Esse é o seu segredo: você matou uma traidora que era sua noiva.

— Matei os três. Ela e os dois comparsas. Depois fui à Irlanda e à França e matei todos os contatos deles e da maldita família de traidores à qual ela pertencia. Assim não sobraria ninguém que pudesse ter tido contato com ela, o primo, o tio, ou recebido qualquer informação que ela pudesse ter passado antes. Essa era a minha missão. Isso a perturba?

— Por que dizem que os jogou de um precipício?

— Porque os persegui até um fim que terminou em um acidente. A carruagem virou e rolou morro abaixo, caíram na praia. Eu a tirei do meio do veículo arruinado, mas ela estava mortalmente ferida, não havia mais o que fazer. E eu não sabia como faria se ela sobrevivesse; teria de entregá-la como traidora ou ajudá-la a fugir. Os malditos sentimentos ainda existiam. Provavelmente a deixaria fugir. Então ela me lembrou que a missão é sempre mais importante e morreu no local. Recuperei tudo que ela roubou e fiz uma pira para que partisse em paz. Nunca saberão disso. Todos devem continuar acreditando que ela me traiu com outro homem e eu joguei ambos de um precipício por pura vingança.

Isabelle se inclinou para ele e apoiou a mão em sua coxa.

— E é por isso que vive relutando comigo. Você até achou divertido me ensinar a usar uma arma, porque eu poderia caçar. Apesar disso, mesmo que tenha dado a ideia, você ainda hesita. E se há uma pessoa que não costuma hesitar é você. Não sou o seu passado e jamais serei. Sou um outro tipo de mentirosa enganadora, Nathaniel. Sou o tipo que combina com você e eu o amo. Guardarei seus segredos com a minha vida.

Nathaniel passou o braço em volta dela e a segurou junto ao seu corpo. Depois, deu um beijo leve em sua têmpora. Ele preferia morrer a deixar que ela precisasse se sacrificar pelos segredos dele. E isso ele não lhe diria, pois ela não aceitaria.

— Você é muito mais ardilosa e esperta. Sua inteligência pode ser diabólica. As pessoas que conheço que mentem tão bem são treinadas para isso, você passou a temporada inteira mentindo e fingindo enquanto roubava os outros. Eu não descobriria tudo se você não tivesse péssimos familiares para atrapalhá-la e ainda a denunciarem. Você me deixou cego como nunca estive. E eu a temo e admiro por isso.

— Eu me sinto assim com você, acho que todos se sentem. Ninguém consegue enxergá-lo. — Ela abriu um sorriso. — E eu acho isso profundamente atraente.

— Não sou uma ameaça para você e tenho certeza de que já sabe como me entender e manipular. — Ele também sorriu. — Você sabia que eu ia buscá-la. Suas malas estavam prontas.

Dessa vez ela riu, mas disse:

— E ainda pensa que sou uma ameaça?

— Velhos hábitos morrem devagar. Quando se passa uma vida desconfiando de tudo e de todos e mesmo assim se cai na primeira armadilha que o cega com sentimentos, você se torna um patife insensível. Não serei mais assim, você tem a minha palavra.

— Bem, ao menos não armei uma emboscada para você, mas sim uma armadilha de sedução, e ambos caímos. — Ela tocou o peito dele e esfregou sutilmente, como um carinho sobre o coração dele.

Nathaniel colocou a mão sobre a dela. Sentia certo receio por reconhecer nela traços dele. Ela seria boa nesse trabalho. E era estranho admitir que podia ter ficado cada vez mais atraído por ela justamente por reconhecer isso. Os dois eram parecidos. Se a incentivasse, ela não seria um perigo só para o coração dele e para o dos pobres tolos que cruzavam seu caminho.

Capítulo 44

Isabelle havia aceitado retornar para o castelo em caráter definitivo, levando a babá, Flore, as criadas e a outra avó, Madeline, sentiu que a filha estava mais que assistida. Afinal, a nova duquesa não teve aquela experiência de muitas famílias onde há várias mulheres, e as mais novas acabam crescendo envolvidas com as crianças da casa e dos parentes. Madeline queria ir até sua casa, ver como as coisas estavam. A filha era contra.

— Mamãe, George está morto. Foi morto junto com aqueles capangas com quem ele estava viajando.

Madeline ficou olhando para ela, assimilando a novidade. Ela também não gostava dele, mas não temia por si, e sim pela filha. Uma das coisas que mais mexeu com seu emocional foi saber que Isabelle iria para Londres só com os tios e George. Tinha certeza de que ele abusaria da filha em algum momento, pois sempre a rondou e a tocou de formas inapropriadas. Uma hora o pior iria acontecer. De certa forma, o plano para enganar o duque foi o que a manteve a salvo.

— Foi o duque, não foi? Descobriu que ele mandou matá-lo e resolveu que era mais seguro acabar com isso.

Isabelle ficou quieta; tinha decidido não envolver a mãe nessa história. Mas passou tanto tempo mentindo que estava bem, que dessa vez resolveu deixá-la tirar as próprias conclusões.

— A morte dele não foi uma tragédia, foi justiça sendo feita — declarou Madeline.

— Fique aqui até que eu termine de resolver tudo isso.

***

Nathaniel mandou pegar o baú na casa da duquesa. Por ele, simplesmente o jogaria fora ou queimaria. Mas Isabelle tinha outra ideia: mandaria desfazer o vestido de casamento e os outros itens deixados para trás e daria o tecido de presente para as criadas. Havia crepe, seda e rendas da melhor qualidade; as moças com certeza conseguiriam fazer algo vistoso para usar em seu tempo livre. Quando recebessem o presente, os vestidos já estariam desfeitos ou todo mundo iria saber e reviveriam os rumores sobre a morte da antiga noiva do duque.

— Agora que está doando a última parte física que sobrou dessa história, pode enterrá-la de uma vez por todas — comentou Isabelle e virou o rosto para ele. — Afinal, não vai aparecer outra mulher em sua vida, Nathan. Eu serei a única.

Ele sorriu, divertindo-se com o tom presunçoso que ela usou.

— Tenho certeza disso. Posso ter superado o passado, mas a sua passagem pela minha vida seria impossível de vencer.

Isabelle riu quando ele a surpreendeu ao abraçá-la e girá-la, levando-a para fora daquele quarto de hóspedes onde esteve o baú e as outras coisas que os criados levaram. Todos os pertences dela e da mãe também já haviam sido levados para o castelo. E eles estavam sozinhos ali para fechar a casa da duquesa de novo.

— Olha só você, todo galante! Até pensariam que gosta de dançar! — Ela ria, deixando-se se levar por ele.

— Mas eu gosto, só não aprecio a árdua tarefa de fazê-lo em bailes com parceiras que desconheço e que têm pavor de mim. — Ele parou de rodá-la e colocou uma das mãos para trás, numa posição formal de dança.

— Como podem essas jovens não enxergarem por trás dessa sua carapaça de vilão! — Ela riu e tocou a mão dele.

Os dois giraram juntos, mal se tocando como num baile, mas o corredor não era largo o suficiente para rodopios e estripulias e eles foram se aproximando e ela o abraçou, divertindo-se em seu momento de descontração na casa da duquesa, que ultimamente era palco de momentos complicados.

No final da tarde, eles ainda estavam por lá, iluminados só por um castiçal e pela luz do dia, que se despedia do lado de fora. As meias de Isabelle estavam caídas aos pés da cama, havia sapatilhas e botas espalhadas, o lenço do duque estava sobre o tapete, junto com o *corset* da duquesa. Já o vestido tinha ficado metade sobre a cama e as saias caídas para fora, a camisa de linho de Nathaniel acabara emaranhada entre eles e a colcha, daria muito trabalho para desamassar. Assim como suas roupas íntimas que fariam uma pessoa ingênua imaginar como foram parar tão longe da cama. A anágua estava no meio do quarto, mais longe que as meias.

— Vamos acabar nos vestindo no escuro. — Ele estava com a cabeça deitada tão perto da beira que seu cabelo claro roçava a lateral do colchão.

Isabelle deu uma risada descontraída de quem não se importava e se virou na cama, descansando o corpo sobre o dele.

— Não se preocupe, Nate. Posso me vestir de olhos fechados, assim como posso despi-lo.

Ele riu, despreocupado que alguém fosse pegá-los no flagra. Só criados voltariam ali, nenhum deles abriria a porta sem bater. Mas seria uma visão inesquecível, como explicar que vira o duque e a duquesa completamente nus? Provavelmente pensavam que eles nem se dariam a esse tipo de desfrute.

— Agora tem um apelido ainda mais curto para mim?

— Curto e adorável. — Ela apoiava os antebraços sobre o peito dele. — Confesse que ninguém acreditaria que você me dá intimidade suficiente para chamá-lo de qualquer coisa que não duque e Hayward. — Ela riu, eles não foram formais assim nem quando brigaram.

— E ninguém vai acreditar que te chamo de *duchesse* quando estamos nus e juntos assim.

— Um terrível vilão inglês como você jamais falaria francês ou ficaria nu! Imagina, ter de tirar o lenço, todos sabem que só abre a braguilha e completa o trabalho.

— Devo parecer o monstro das lendas que contam as debutantes! — declarou ele, entre risos.

— Pode ter certeza disso. Não contam mais histórias sobre lordes tiranos em feudos distantes que esperam a noiva que jamais viram e que será sua décima, pois todas as anteriores morreram. Agora falam sobre o duque atraente, enigmático e assassino que vive no castelo assombrado onde suas noivas morreram misteriosamente. E ele vai até Londres procurar sua nova prometida. Escreverei um romance assustador sobre isso e assinarei com o pseudônimo de um homem para que publiquem sem delongas! Todos tentarão descobrir quem é Augustine Davenport! O nome é propositalmente grande. Para compensar certas... faltas.

Nathaniel continuava a rir, achando a ideia fantástica; ele com certeza iria querer alguns volumes e depois de ler guardaria na biblioteca do escritório anexo ao quarto deles para poderem pegar sempre que quisessem.

— O bom é que você, a nova prometida que arrastei para o castelo, pode me chamar do jeito que quiser. — Ele a acariciou, descendo as mãos pelas suas costas até pousá-las ousadamente no traseiro arredondado dela.

— Tenho grande apreço por privilégios exclusivos. — Ela o beijou nos lábios e enfiou os dedos entre as mechas do cabelo dele.

Ninguém comentou o desaparecimento deles, mas Pamela disse a Madeline que estava contente por eles estarem passando o tempo juntos. Ela acreditava que seus filhos podiam se acertar de vez depois daquele período de separação. *Talvez até tenha lhes feito bem*, declarou ela, confiante.

Madeline estava mais para esperançosa; se a filha gostava do duque, queria muito que ele não só lhe retribuísse, mas também a fizesse feliz. Eles não viviam em uma sociedade que esperava tudo isso de um casamento, especialmente de um com um duque. Sempre pareciam acordos bem negociados e com objetivos claros.

***

Após a morte de George, a situação em Hitton Hill se tornou insustentável. Genevieve perdeu completamente as estribeiras. Passou dias gritando que seu filho não seria mais o marquês, lamentando que sua cria não mais ocuparia o posto de maior destaque dos Bradford honrando seu lado desprezado da família.

Gregory odiou o reencontro com os parentes do lado dela que apareceram por causa da morte. Ele lembrou porque os ignorava; já havia primos mais jovens morando nas terras de Hitton Hill, e eles bastavam. Apesar de alguns ainda assinarem Bradford, o prestígio ficava com o ramo principal, que a sociedade chamava de Hitton, como o título. E só isso já era motivo de ressentimentos desde sempre.

Dava para perceber um pouco de onde Genevieve construiu tudo, mas nos tempos atuais ninguém agia tão radicalmente. Estavam mais preocupados com influência, dinheiro e status para poderem fazer bons casamentos. Afinal, a filha do marquês anterior acabara de se casar com um duque, ainda que fosse um Hayward. Aliás, alguns membros viam isso como uma pequena traição, mesmo que outros reconhecessem isso como uma tentativa para enfim selar a paz entre as famílias.

Paz esta que não existia.

— Foi o maldito duque! Ele matou o meu filho! — acusou Genevieve na frente de todos, causando um grande mal-estar. — Isso não acabou! Temos de revidar!

Ela não estava em um salão repleto de cavaleiros em armaduras; já fazia séculos que isso acabara e a briga evoluíra junto. As pessoas da família nem sabiam o que se passava; alguns dos rapazes que moravam na propriedade desconfiavam de algo errado, mas jamais imaginariam a extensão do problema.

— Ele era o futuro marquês que ia acabar com essa maldita hegemonia! Vocês estão agindo como os antigos que não se importavam com os parentes distantes! — incitava ela.

— Pare com isso! Chega desse escândalo! Deixe George descansar em paz! — Gregory a levou para o andar de cima.

Era para pensarem que o luto a perturbara; ao menos era isso que ele estava alegando, até para os familiares não levarem as acusações a sério.

— Você nem se importa! Ele era seu filho também! — gritou ela.

Ele só a ficou olhando. Por mais que sentisse a perda, ela não lhe dava paz ou espaço para viver o próprio luto.

— E logo ele teria me matado — respondeu ele. — Eu me tornei só mais um empecilho para ele e sabemos como as coisas funcionam; afinal, você mesma lhe ensinou isso. Barreiras devem ser derrubadas.

— Você devia estar morto no lugar dele! — gritou ela. — Meu filho seria o marquês de Hitton! Você não é nada! Este lugar é dele! Devíamos ter matado você há muito mais tempo!

— Mas precisavam de mim para o plano contra o duque. Eu sei. — Gregory balançou a cabeça. Era duro admitir; afinal, George era seu filho.

— Você é outro traidor. Vou acabar com vocês, e tudo vai passar para o meu lado da família — prometeu ela. — Tirando o filho de sangue ruim daquela vadia, vocês não têm mais nenhum herdeiro.

Gregory a observou fingindo pouco caso, mas ele estava atento. Nem sabia como viveria sem que ela conseguisse matá-lo. Até comer dentro da própria casa seria perigoso. Os membros da família que estavam visitando não lhe inspiravam confiança, pois metade pertencia ao ramo dela e era fiel a quem lhe oferecesse mais vantagens. E os outros que moravam lá e eram mais próximos a ele não queriam se envolver em grandes conflitos.

***

Zachary retornou para visitar Hayward, dessa vez trazendo Catherine consigo. Ela demorou um pouco mais até descobrir a verdade sobre a vida dele. Madeline não se sentia tão bem havia anos. Ela estava socializando, tinha liberdade para passear, suas opiniões eram relevantes e não estava sempre desconfiada. Isabelle notou uma amizade da mãe com o dr. Ernest. Porém, desde Hitton Hill que notara algo ainda mais inesperado: Madeline e o sr. Percival haviam desenvolvido apreço um pelo outro.

Enquanto estavam lá, ele se sentava com ela e contava as coisas que tinha visto em suas viagens, relatava as novidades de Londres, escutava sobre o tempo que ela vivera na Escócia até o começo da juventude. Também aconselhava e entendia quando ela deixava escapar algo de suas preocupações. E, desde que ela chegara a Hayward, eles continuavam a amizade. Isabelle não teve coragem de perguntar à mãe nem de comentar com Nathaniel, pois ele conhecia Percival havia anos. Mal sabia ela que...

— Fico contente que sua mãe tenha escolhido permanecer conosco. Imagino se ela se sentirá mais à vontade na ala central.

— Sim, ela disse que gostou de ficar lá...

— Não sei o que pensa disso, mas ela tem dois pretendentes. Apesar de ver um como um potencial amigo e fonte de conhecimento e ver o outro de uma forma inesperada. Ao menos imagino que seja, sei que é para ele.

— Você não esteve espionando a minha mãe, esteve?

Nathaniel pendeu a cabeça, a expressão entre óbvia e cômica.

— Não preciso disso — respondeu ele.

— Sei que tem uma percepção irritante, mas creio que nem ela percebeu isso.

— Percebeu sim.

— Como você sabe mais sobre isso que eu, seu fofoqueiro?

— Sou amigo do pretendente principal.

— Ele lhe disse?

— Ele não é muito de falar sobre assuntos tão íntimos.

— Mas você é amigo dos dois pretendentes há anos. Um deles é um amigo mais íntimo, mas o outro também já lhe salvou a vida e é leal.

— Perfeitamente.

Isabelle ficou esperando, mas ele obviamente não ia delatar ninguém.

— É a minha mãe! — Ela cruzou os braços.

— Talvez ela não esteja pronta para dizer ou assumir. Não foi só a perda do seu pai; há tudo que aconteceu depois. Ninguém espera que ela se interesse por alguém tão subitamente.

— Sim... — Ela ficou olhando para baixo, pensando em tudo que Madeline suportara. Foram anos difíceis. Ela podia ter voltado para a Escócia, mas não poderia levar Isabelle e jamais a deixaria.

— Se ela, por acaso... — começou ele, buscando a sutileza.

— Sim! Eu apoiaria! Se ela gostasse de alguém que lhe fizesse bem, não me importa quem fosse — reagiu Isabelle antes que ele terminasse a pergunta. — Minha mãe sofreu muito por mim e nem pôde viver seu luto em paz. Ela nunca mais foi dona da própria vida. E eu sabia que nessa barganha uma das coisas que eu ganharia se seguisse o plano deles seria a liberdade dela. Eu precisava tirá-la daquele lugar a qualquer custo.

Nathaniel viu que os olhos dela se encheram de lágrimas enquanto falava da mãe e estas acabaram descendo pelo seu rosto, Isabelle fungou e tentou conter, mas ele a abraçou e ela acabou secando o rosto no tecido do paletó dele.

— Dr. Ernest a admira e respeita, certamente corresponderia se ela demonstrasse interesse. Mas Percival está arrasado, pois está apaixonado por ela e se condena diariamente pela tolice de almejar atenção de uma marquesa viúva. Temo que ele não consiga superar essa barreira que inclui a cor da pele dele e as origens dele. Você sabe como tratam pessoas como ele — sussurrou Nathaniel para ela, contando o segredo.

— Ela não se importa. Mamãe só deseja viver a própria vida da forma que escolher — murmurou Isabelle com o rosto escondido no ombro dele.

Seria um tanto complicado para Percival vencer seus complexos e superar tais barreiras sociais. Apesar de ter um posto de respeito e liderança em Hayward e ser parte essencial na vida de um duque, ele era um mestiço, filho de um comerciante indiano com uma empregada inglesa que havia morrido havia anos. Não recebera mais notícias do pai; acreditava que estivesse morto também.

Os negros ainda eram vistos como servos de raça inferior, até menos que humanos para alguns, e os indianos sofriam de preconceito similar por mais que membros da elite indiana pudessem ser encontrados em Londres e que até casamentos houvessem acontecido desde que os britânicos se instalaram no país. Seu trabalho, sua amizade com o duque e seu posto em Hayward eram motivos para orgulho de Percival. Mas não tanto para ele imaginar ter mais que uma relação cordial com a marquesa viúva de Hitton.

A sociedade nunca aprovaria tal relação para a mãe da duquesa de Hayward, mas Madeline não participava da *ton* havia muito tempo. Foram anos difíceis que também a acabaram libertando de se importar com as pressões sociais.

***

— Nosso minúsculo lorde está com muita pressa para ganhar o mundo — comentou Pamela.

Adam fazia de tudo para se arrastar, estava perigoso colocá-lo sozinho numa cama, pois era mais fácil se mover. Mal tinha começado a sentar e já queria explorar. O melhor jeito de entretê-lo era levá-lo para andar pelo castelo, arredores e aonde mais as pernas de quem o carregasse aguentassem ir. Sorte a dele que o duque adorava levá-lo para passeios matinais e para ver o entardecer do terraço do corredor que levava à torre norte.

Já Isabelle gostava de levá-lo pelo jardim e niná-lo enquanto tomava seu chá. Pamela com certeza o instruiria sobre todo o castelo e assim que começasse a andar precisaria de vigilância constante num lugar como aquele. Apesar do episódio da ponte, Madeline amava carregá-lo por perto do rio; em dias amenos, levava o neto para ver as árvores e os peixes. Fazia um dia lindo, mas ela não viera pegá-lo, provavelmente queria um tempo para si, sem um bebê para entreter.

Era comum ver Percival lhe fazendo companhia em passeios mais longos e carregando o pequeno Adam para ela. E, por isso, quando ele apareceu no castelo com uma expressão grave, ninguém duvidou de sua preocupação.

— A marquesa estava contente por voltar a guiar. Acredito que aproveitou o dia bonito para ir à vila. — Percival tentava dizer tudo naquele seu jeito usual, mas sua voz estava oscilando. — Eu devia tê-la acompanhado.

Nathaniel tinha acabado de pegar uma pistola numa gaveta e saiu rapidamente. Madeline só tinha voltado a guiar veículos após se mudar para Hayward, os últimos anos em Hitton foram bem restritos. Havia a chance de ela ter sofrido algum acidente.

— Ela pode ter se perdido, a estrada tem bifurcações. — O duque seguia a passos largos para a saída.

— Já fui até a vila. Não a encontrei — informou Percival.

Eles saíram a cavalo, cada um iria olhar para um lado. Pouco depois, Isabelle desceu correndo, pois o tempo que levou para Flore ir avisá-la foi suficiente para eles partirem. Porém, Lorde Devizes ainda estava lá e se dispôs a ajudar na busca.

— Vou também — disse Isabelle.

— Sua Graça, ela pode voltar por outro caminho e todos se desencontrarão — disse Marcus, demonstrando aflição. Era muito fácil se apegar a alguém como Madeline, ele nem queria pensar em um acidente. Afinal, ela só tinha voltado a guiar recentemente.

— Então fique aqui de plantão, Marcus. Mande nos buscar se ela retornar.

Isabelle saiu a galope junto com Zach, sem sequer trocar para a roupa de montaria. As botas e um casaco curto foram suficientes para sentir-se segura. Alguns guardas se espalharam pelos arredores no caso de ela ter tentado voltar por um atalho.

Cerca de duas horas depois, Isabelle e o conde retornaram ao castelo em busca de alguma informação e logo avistaram Percival sobre o cabriolé que haviam levado de volta. Porém, pelo jeito como se comportava, a marquesa viúva não havia só tomado um caminho errado. Isabelle pulou do cavalo e foi andando na direção deles:

— Onde está a minha mãe? — perguntou alto. — Onde ela está?

Nathaniel saiu rapidamente do castelo e, quando o viu, teve certeza de que a notícia não seria boa.

— Vou despachar mais homens para encontrá-la — assegurou ele.

Mas Isabelle fechou os olhos e balançou a cabeça. Então cobriu o rosto e disse num lamento:

— Eles a pegaram! Minha mãe achou que tinha sua liberdade de volta, mas a tomaram dela novamente. Falhei com ela! Tudo porque eu hesitei!

— Ela os surpreendeu ao desabar em lágrimas à vista de todos.

O duque a envolveu com um dos braços e apontou a outra mão para o amigo:

— Percival! Recomponha-se. Leve os guardas e ache um rastro.

Com as ordens, Percival conseguiu sair de sua nuvem de autorrecriminação e foi atrás de sua missão. A menos que houvessem desaparecido pela mata, iriam rastreá-los; era parte do trabalho que faziam.

Capítulo 45

Um garoto de uns doze anos apareceu na porta lateral do castelo e pediu para ver Isabelle. Não era assim tão fácil conseguir um encontro com a duquesa, mas ele se apresentou como Leon Bradford e disse ser primo dela. Eles o deixaram esperando na primeira sala daquele lado do castelo e Isabelle apareceu, já recomposta.

— O que faz aqui justo agora? — indagou ela, parando à frente do menino que não lhe era desconhecido, ela o viu em Hitton Hill no período que esteve lá. Provavelmente estava ficando com irmão que tinha uma casa lá.

O garoto ficou olhando para ela, pois era a primeira vez que falava com ela a sós. Quando a via passar, só imitava o irmão, meneando a cabeça e acenando.

— A marquesa tem um recado.

Isabelle o observou com desconfiança, era um menino alto para a idade, mas estava evidente o quanto ainda era jovem.

— E enviaram uma criança?

— Não sou uma criança. Vou fazer treze anos e sou o mais rápido. Ela disse ao meu irmão que se me mandasse não me fariam nada.

— Sim, pois é uma criança.

Ele bufou e remexeu em sua bolsa de couro, tirando de lá um bilhete. Mas abriu a mão antes, pedindo moedas.

— Ora essa, menino — respondeu ela, pois não tinha descido com moedas no bolso.

— Aquela sovina não me deu nem o suficiente para comer um guisado na vila. Cavalguei até aqui.

Isabelle soltou o ar e deu uma boa olhada dele.

— Se me for útil, eu lhe darei mais que um guisado. Posso pagar bem, deve saber disso.

Ele assentiu rapidamente e entregou o bilhete.

O lugar da bruxa escocesa é em Hitton Hill. Eu lhe avisei isso.
Você não vai viver como quiser e levá-la junto depois de nos trair.
Não a quero morta, mas quero que sofra. Se quiser a rameira da sua mãe de volta, vai me entregar algo em troca. Quero a cabeça do seu filho ou a do seu marido.
Se não terei um marquês entre os meus, você também não terá um de seus duques.

Isabelle ficou olhando o bilhete por mais de um minuto como se estivesse com dificuldade para ler. Então olhou Leon:

— Você sabe onde eles estão?

— Não. Meu irmão não me deixou ir. Ele disse que a mulher era perturbada e aqueles homens que ela paga são perigosos.

— Qual dos meus primos é o seu irmão? Ele é o mais velho?

— Sim, Jace é o meu irmão. Ela também é nossa prima, distante.

— Jacob? Lembro-me dele. Ele está morando nas terras de Hitton Hill — disse ela, corrigindo o apelido para ter certeza.

— Sim, ele mora em um dos chalés perto da lagoa. Mamãe me mandou para ficar com ele por um tempo.

— E você não devia estar no colégio?

Leon tornou a bufar, mas parecia chateado.

— Colégios são caros. Tínhamos um tutor insuportável, mas já passei da idade para as aulas. Precisam do dinheiro para outras coisas.

— Se fizer algo para mim, te mando para o melhor colégio da Inglaterra. Você vai aprender coisas novas, pode entrar numa faculdade e conquistar uma vida melhor. Você quer?

Ele pensou um pouco e assentiu, esperando que aquela sua prima não o estivesse enganando; afinal, ela era mesmo uma duquesa, podia fazer tudo. Diziam que ela seria o membro mais poderoso da família, pois o marquês era fraco e por isso Genevieve queria arrasá-la agora que seu filho estava morto. Ela disse a todo mundo que o duque havia matado George. Uma parte não acreditava, outra não queria se envolver no renascimento da rixa entre as duas famílias.

— Disse que cavalga rápido. — Ela fez uma pausa ao vê-lo assentir. — Vou lhe dar um monte de coisas se conseguir chegar ao marquês sem ser visto. Sabe onde ele está?

— Na casa principal, ao menos estava lá. Mas posso encontrá-lo.

— Talvez ele não saiba o que aconteceu. Vai levar um bilhete até ele e voltar para cá.

— E meu jantar?

— Coma e parta. Se for ambicioso como costumamos ser nessa família, vai comprar seu futuro. Mas só se for leal a mim. — Ela o encarou seriamente e Leon mal conseguiu se mover, mas assentiu.

Isabelle o avaliou; com certeza era esperto. E ela ia promover o seu peão se ele chegasse ao bispo e este agisse de acordo. O jogo estava aberto outra vez.

***

— O que está planejando fazer sem mim? — indagou Nathaniel, ao retornar e ver que Isabelle havia se trocado.

Ela havia decidido que jamais hesitaria novamente, iria até o fim. Não importava mais a quem doesse. Cautela era uma coisa, medo era outra. Até hoje não havia conseguido ganhar nenhum jogo quando ficava com medo de mover uma peça. E, como dizia Percival, tubarões morreriam de fome se tivessem medo de atacar.

Sua tia era uma louca, mas estava certa numa coisa. Nenhum dos lados daquela briga havia chegado vivo até os dias atuais por medo do que precisava fazer. Diversas famílias nobres haviam desaparecido no decorrer da história daquele país; eles não estavam vivos à toa.

— Não farei mais nada sem você. — Ela o abraçou subitamente.

Nathaniel a apertou em seus braços; sabia que não importava quanto a aconchegasse e lhe passasse um pouco do calor do seu corpo, não havia como confortá-la enquanto não recuperasse a mãe.

— Encontramos um rastro. Eles deixaram a estrada — disse ele.

— Não estão em Hitton Hill, não seriam tão tolos.

Ela pegou o bilhete que Leon entregou e mostrou ao duque, que leu e o guardou. Certamente já havia lido ameaças piores, mas aquela ameaçava a vida do seu filho e da sua sogra; a dele já nem contava, pois sua cabeça estava a prêmio havia anos.

— Vamos encontrá-los. Quando tem de responder?

— Ela só quer me torturar, ainda não estipulou nada. Pelo jeito espera que eu apareça lá com a sua cabeça ou com o meu filho para ser entregue.

Isabelle foi até o berçário e pegou Adam dos cuidados da babá; queria amamentá-lo antes de sair, pois não sabia quantas horas ficaria fora. Enquanto isso, Nathaniel desceu para receber Zach e os guardas. Percival não tinha retornado; talvez não o fizesse até ter algo concreto.

Pamela estava bastante nervosa, achou que tudo se ajeitaria quando Isabelle retornara para Hayward, mas em pouco tempo seu filho fora gravemente ferido e agora Madeline havia desaparecido. Ao menos dessa vez não a estavam deixando no escuro; Andrew lhe disse que os familiares dela a haviam levado sem o consentimento dela. Mas em pleno século XIX não se fazia mais isso com uma viúva que tinha suporte da filha. Eles não tinham direito legal sobre ela.

— Vai muito além disso, meu amor. Isabelle está em guerra com a própria família, ela só não lhe contou. Assim como Hayward não vai lhe dizer que foi o primo da esposa que tentou matá-lo.

— Ainda é difícil crer que ele chegaria tão longe — respondeu ela. — Mas... sua morte foi uma surpresa.

Isabelle encontrou a sogra na sala principal, aguardando informações, mesmo que já estivesse anoitecendo. Ela levou Adam no colo e ele esticou os braços assim que viu a avó. Pamela ficou toda boba enquanto a nora deixava a manta ao lado dela.

— Há algo que preciso lhe pedir — disse Isabelle sem delongas.

— Sabe que farei tudo que puder para ajudá-la. — Pamela se levantou e balançou Adam levemente, ele parecia querer dormir.

— Se eu não retornar, por favor, crie o meu filho para ser um desalmado perigoso e contraditório como o pai. Só assim saberei que ele vai perseverar e ser o primeiro Hitton-Hayward legítimo. Prometa.

— Eu prometo, mas precisa me prometer algo de volta: retorne. Você é a primeira duquesa de Hayward que também é uma Bradford legítima. Isso tem de significar algo.

— Se eu retornar, isso terá acabado. Ainda vou querer que ele tenha um pouco de nós dois, mas não precisará ter medo.

***

— Isabelle! — Nathaniel segurou sua mão antes que ela terminasse de descer os degraus da frente do castelo. — Não saia a esmo. Todos iremos com você.

Era tão cedo que a neblina não se desfizera por completo, nenhum deles tivera uma tranquila noite de sono.

— Não estou saindo a esmo — declarou ela. — Mas tenho de ir! Não aguento mais ficar aqui por nem um minuto.

— Mesmo que saia sem rumo atrás da sua mãe, irei com você. Não me importa o que faça. Não vivi até aqui para deixá-la enfrentar isso sozinha.

Isabelle observou sua expressão determinada; ela estava em uma nova posição para traí-lo. Podia lhe pedir ajuda e entregá-lo em troca de sua mãe. Nathaniel devia saber disso; afinal, a situação era novidade para ela. Não era a primeira vez que ele negociava um refém. E também não era a primeira vez que ela o enredava.

— Eu te amo. Você é mais importante que toda essa história. Mas preciso salvar minha mãe. Jamais serei a mesma se algo acontecer a ela. Vou enveredar por um caminho sem volta e não sei o que farei se você não estiver do outro lado para me segurar. — Ela o puxou pela lapela e o beijou nos lábios, depois desceu os últimos degraus rapidamente.

O garoto desmontou à frente das escadas, ele parecia gelado e cansado. Porém não perdeu tempo ao tirar um bilhete da bolsa e entregar a Isabelle.

— Cumpri a minha palavra — declarou Leon.

— De que lado da sua família é esse menino? — indagou Nathaniel, obviamente desconfiado. No mundo dele, a pilantragem começava bem cedo, ainda mais por ver que aquele garoto se parecia muito com as pessoas da família dela.

— Do meu lado. É um dos poucos que ainda assina Bradford.

Isabelle leu o bilhete, depois o passou para o marido. Leon alternava o olhar entre ela e o duque, nunca havia visto pessoalmente o tal Hayward, descendente das lendas de batalhas e rixas com sua família. Ele foi o último como sobrenome Mowbray. Agora sua prima havia dado à luz outro. E Leon tinha acabado de decidir ficar do lado deles, tudo porque olhou bem nos olhos de Isabelle e acreditou nela. E também porque seu irmão cansou de dizer que o outro lado valia menos ainda.

— Vá comer e descansar. Deixei instruções para minha promessa ser cumprida. — Isabelle estendeu a mão para o menino.

Ele ficou sem saber se era para beijar ou apertar. Então segurou e fez uma breve reverência. É o que faria para uma duquesa, parente ou não.

— Posso ajudar, agora sei onde é. Tem um atalho — informou Leon.

— Não quero que se envolva mais nisso, ainda dá tempo de crescer fora de toda essa história — disse Isabelle.

— Não dá mais, escolhi voltar. Mostrarei o caminho e fugirei para cá, prometo. Alguns da família acreditaram nela, acham que o duque matou George. Se souberem o que fiz, não me aceitarão de volta.

Isabelle virou o rosto para Nathaniel e esperou a reação dele.

— Se ele é leal, pode ficar — declarou o duque, agregando mais um Bradford a sua vida. Seus antepassados deviam estar divididos entre aplaudir e se revirar em seus túmulos.

***

— Você vai continuar essa loucura sozinha, não conte conosco para nada. — Jace Bradford apontou para Genevieve e mandou seus dois primos montarem. Ele não fazia ideia de onde estava seu irmão mais novo.

— Nunca pude contar com seu lado imundo da família! Bando de bastardos! — insultou Genevieve. — Vocês nos envergonham, não têm nada!

— Nós temos honra e bom senso, o marquês nos contou o que fez. Acho que dessa vez a senhora foi longe demais. — Ele deu uma olhada em volta e puxou seu cavalo pelas rédeas.

— Sou a marquesa de Hitton! — lembrou ela no seu típico tom de arrogância. — Nada vai me acontecer. A família tem de me apoiar!

Jace montou e aproveitou para lançar nela um olhar de cima:

— O poder nunca esteve nas suas mãos. Agora, há uma duquesa na família e eu prefiro me resolver com ela. Afinal, temos mais uma coisa em comum e que você tanto inveja: nascemos com o sobrenome Bradford! Você é só uma prima distante! — Ele abriu um sorriso, sabendo do insulto que lhe fizera.

— Se você me trair, vou mandar matar todos! Sem meu filho, vocês não servem de nada! — ameaçou ela.

Jace incitou o cavalo e saíram a galope, eram só três, e Genevieve tinha ficado com os contatos de George, um bando de homens armados que só seguiam o dinheiro. Alguém tinha de tomar conta dos negócios dele, Jace e os primos tinham se interessado, até verem em que iam se meter. Acabariam eternamente subjugados aos desmandos de Genevieve.

Ela os amaldiçoou, pois, apesar de tudo, era muito ligada ao conceito de manter tudo em família; mesmo que os sobrenomes destoassem. Ainda eram familiares. Não queria gente de fora envolvida nos assuntos deles. Assim que voltasse para Hitton Hill iria fazer aqueles tolos lhe implorarem perdão.

Isabelle estava certa, Genevieve encontrou outro lugar para esconder seus planos. Quando se casou com Gregory, uma das partes do dote foi uma casa onde eles nunca moraram, pois, antes de ficar com Hitton Hill, ele já possuía uma propriedade nas proximidades. Então a família dela permaneceu cuidando do lugar, um dos locais que George fez de moradia por curtos períodos.

— O que está fazendo aqui? — indagou Genevieve assim que atravessou a sala e viu o marido parado perto da janela.

— Vim constatar a sua última loucura com meus próprios olhos.

— Você fala demais, Gregory. Ainda mais agora que só tem uma serventia para mim. Se me der o que quero, podemos voltar aos bons termos. Quando éramos parceiros.

— Nunca fomos parceiros. E eu não vou lhe dar outro filho, não seja tola. — Ele lhe lançou aquele olhar de desprezo que ela odiava. — Mesmo que pudesse gerá-lo, eu não repetiria esse erro e nem o sacrifício de me deitar com você.

— Seu maldito inútil! — Ela arremessou um enfeite na direção dele, que se esquivou, e o pesado cavalo de prata acertou a janela. — Como pode ser tão fraco para não querer que o *seu* filho seja o marquês?

Ela escutou um barulho e se virou rapidamente.

— Você a soltou? Foi isso que veio fazer? Veio vê-la, não foi? Você é patético. Arrastando-se para essa mulher. Ela nunca o quis!

A porta abriu bruscamente e um dos rapazes que fazia a segurança da casa entrou a passos rápidos.

— Os homens sumiram! Era para vigiarem perto da cerca e não voltaram!

— Esses seus capangas são uns ratos, todos foram pagos — sibilou ela.

— Eles não fugiram, milady. Eles desapareceram — esclareceu ele, num tom bastante desagradável.

Eles escutaram barulhos na parte dos fundos da casa e o rapaz voltou correndo para o lado de fora. Deu para ouvir os gritos dele, dando ordens aos homens que ainda estavam à vista. Foi quando escutaram o inconfundível som de uma pistola disparando perto dali. Genevieve girou no lugar e olhou o marido.

— O que você fez, seu desgraçado?

Gregory, calmo como se estivesse sentado no campo apreciando uma xícara de chá quente, respondeu num tom claro:

— Eu atraí. — Ele pendeu a cabeça. — De novo.

Ela correu para o outro cômodo e Madeline não estava mais presa à cadeira. Então passou pela porta e viu a sua prisioneira perto da janela, pronta para fugir. Assim que se aproximou, a porta se fechou atrás dela e Isabelle apareceu.

— Achei que seria uma luta terrível, mas homens preparados fazem toda a diferença. Você se esqueceu de ensinar isso a George também — disse a duquesa.

Genevieve girou no lugar e ficou de frente para ela.

— Se você der mais um passo, eu vou matá-la — ameaçou. — Sua ratinha traidora! Eu errei, nunca devíamos ter mandado arrancar a cabeça só do duque. Tinha de ter te matado também! Mas o tolo do meu filho a queria! Sua rameira! Virou a cabeça até do meu George! Ele parou de me obedecer por sua causa!

Isabelle ignorou a revolta dela; sabia que George sempre planejou dar a volta na mãe e ficar com ela e com a maior parte da renda.

— Esperei por essa oportunidade. Será um escândalo, pensarão que você ficou tão insana que chegou ao extremo de fugir. Exatamente como fez com a minha mãe. Disse a todos que ela enlouqueceu após a morte do meu pai e que não me acompanhou a Londres por estar desequilibrada. Agora vai conseguir o que sempre quis e será assunto em todas as rodas da sociedade. Direi a todos que você morreu louca, de um mal súbito, pela dor da perda do desgraçado do seu filho.

Genevieve ouviu um barulho, estavam destravando a porta que dava para a parte dos fundos, provavelmente os outros que Isabelle trouxera com ela. Então agiu rápido.

— Quero vê-la enlouquecer de dor. — Genevieve tirou uma pequena pistola escondida em seu vestido e mirou em Madeline.

A porta detrás foi aberta com um chute, e Percival entrou a passos rápidos. Genevieve só tinha uma pistola e ele não estava indo na sua direção, avançava para Madeline. Isabelle avançou na direção dela, e Genevieve apontou a pistola para ela, achando que a deteria, mas a duquesa nem hesitou. Então ela decidiu quem queria matar, apontou para Madeline e puxou o gatilho.

Isabelle a alcançou em dois passos rápidos, Madeline levantou as mãos para se proteger ao mesmo tempo que Percival a agarrava e puxava para ele. A outra porta foi aberta e o duque entrou com uma arma na mão. Genevieve arregalou os olhos e puxou a respiração, pois Isabelle cravou a adaga no lado esquerdo do seu peito e a penetrou até o cabo. A pistola foi ao chão, o único som produzido após o tiro.

— Queria ver se você tinha um coração batendo no peito ou se era só um espaço oco — declarou Isabelle, antes de dar dois passos para trás, deixando a arma no peito da tia.

— Maldita traidora... — murmurou Genevieve, recuando um passo.

Percival olhou o lugar onde o tiro acertou, exatamente onde Madeline estivera. Ela levantou a cabeça e observou o rosto dele. Depois se virou para ver a filha. O duque se aproximou e parou ao lado da esposa. Foi quando Genevieve levou a mão ao peito, cambaleou e caiu.

— Xeque-mate, desgraçada — disse Isabelle ao vê-la cair. Então virou o rosto e fechou os olhos por um momento. Depois se apressou para os braços da mãe.

Dr. Ernest entrou e olhou o corpo no chão, o sangue já manchava a roupa e começava a se acumular. Ele abaixou e fechou os olhos dela, retirou a adaga do seu peito, ficou de pé e olhou o relógio que tirou de seu bolso da frente.

— Um terrível mal súbito, vamos recolher a senhora e levá-la para casa, para morrer em sua cama — declarou ele, pois era exatamente isso que iria atestar sobre a morte da marquesa.

Do lado de fora, Zach aguardava perto da carruagem que parou atrás da casa; ele havia terminado seu trabalho de liquidar os homens que tomavam conta do perímetro. Ele viu quando Percival amparou Madeline e a colocou dentro do veículo, mas se recusou a entrar com ela. Como se alguém ali estivesse preocupado com regras apropriadas num momento tão crítico, ele só cedeu quando ela lhe pediu para lhe fazer companhia. Eles partiram primeiro.

Isabelle entrou na sala de estar, e quando Gregory a viu concluiu que o pior havia acontecido.

— Onde ela está? — indagou ele, mesmo que já desconfiasse.

Ela nem lhe respondeu, apenas se aproximou mais. Seu golpe fora tão rápido e certeiro que não se sujara nem com uma gota de sangue. O duque havia lhe ensinado a caçar. Ela até sabia usar o canivete que carregava para proteção, mas ele estava lhe ensinando a ser letal com tudo que pudesse usar como arma. E não era correto deixar um animal sofrer. A morte devia ser rápida e limpa. Foi o que ela fez.

Gregory se forçou a não recuar, ela o observava com aquele olhar sério e direto, não havia nada para detê-la se quisesse acabar com ele também. Estavam sozinhos.

— Você realmente a matou, Isabelle? — insistiu ele.

— E você se importa?

— Acabou de matar uma marquesa. Ela podia ser irrelevante socialmente, mas vão dar pela falta dela. — Ele estava mais preocupado com a repercussão que com a morte. Era sobrevivência; se Genevieve ficasse viva, ele estaria morto em breve.

Isso não significava que não estava sentido por pensar que a sobrinha havia tido a coragem de matá-la. Ele imaginou outras possibilidades, algo indireto. A realidade o enervou e Gregory deu alguns passos, mas quando chegou à porta deu de cara com o duque. Nathaniel havia saído pela outra porta e deu a volta na casa para se certificar de que não deixaram testemunha alguma. Ninguém podia saber que estiveram ali.

— Você trouxe o Hayward para cá? Confia tanto assim nele? — Gregory se afastou dele e tornou a se virar para a sobrinha.

Nathaniel guardou sua pistola, já que não ia mais precisar dela. Deu alguns passos para dentro da sala, e Gregory se viu sozinho com os dois.

— Jure lealdade ou vou enterrá-lo junto com ela — demandou Isabelle.

— Isabelle! — Gregory não tinha nem palavras.

— Tenho certeza de que não quer partir para seu descanso eterno atrelado a ela — continuou.

O marquês ainda estava atônito, mas não perdeu tempo.

— Você pensa que acreditei que foram os parceiros de negócio de George que o mataram? Agora foi ela e o próximo serei eu?

— Ele morreu por suas próprias ações. — Ela deu um passo para mais perto dele. — Você a odiava. Começou a traí-la desde o início do casamento. Você quis traí-la nesse plano desde o começo. Só não a matou porque lhe faltou coragem.

— Eu a traí no plano, sabe disso. Ela teria estragado tudo.

Isabelle chegou bem perto dele e falou baixo, tornando a exasperá-lo:

— Você vai ficar vivo se prometer nunca mais se casar. E que nada do que aconteceu aqui será contado. Ou diremos que você a matou e acabou sucumbindo ao peso na consciência.

Gregory ficou olhando para ela, a sobrinha o encarava com a mesma seriedade ameaçadora que ele costumava atrelar ao duque. Se olhasse para Hayward, com certeza encontraria o mesmo olhar. Então preferiu se adiantar:

— Não vou contar — prometeu.

— E nem se casar — lembrou ela.

— Para que eu me casaria? E por que se importa tanto com isso?

Dessa vez um leve sorriso apareceu no rosto dela.

— Porque *eu* sou a última herdeira legítima dos Hitton e do verdadeiro marquês. Você não tem mais filhos. Então o *meu* filho será o próximo marquês de Hitton e também o duque de Hayward. Depois de séculos de traições e mortes, a guerra acabou. Daqui em diante um Hayward sempre será um Hitton e vice-versa.

Gregory ficou um interminável minuto assimilando o que ela disse e calculando as implicações do que tinha acabado de acontecer. Talvez sua sobrinha tivesse percebido o que podia fazer muito antes de chegar àquele momento. E ele foi um dos responsáveis por esse desfecho, mesmo que indiretamente; afinal, foram ele, Genevieve e Gregory que a obrigaram a ir atrás do duque. Todos acabaram cavando seus destinos quando juntaram Isabelle com o maldito Hayward. Agora Gregory estava aliviado, pois ter escolhido ajudá-la e trair os outros por ela possivelmente salvara a sua vida.

Escolhas, é preciso saber fazê-las.

— Sinceramente estou orgulhoso. Ardilosa como uma legítima Bradford — declarou ele, enquanto assentia repetidamente.

— Jure — ordenou ela.

— Eu juro. — Ele a encarou ao fazer o juramento, mas depois se virou para o duque: — E você realmente a ajudou a executar tudo isso?

Nathaniel sorriu numa mistura de orgulho e soberba.

— Eu faria qualquer coisa por ela. Especialmente acabar de vez com essa história.

— Vocês dois são farinha do mesmo saco, tinham de ficar juntos. Ninguém mais os suportaria — disse Gregory.

— Acho que todos somos, tio. Nessa briga entre nossas famílias, as mulheres dos dois lados já pariram filhos do inimigo. Resolvi fazer isso de um jeito mais inteligente. Acabei com a rixa e fiquei com o homem que eu queria. — Ela olhou para Nathaniel, e os dois trocaram sorrisos cúmplices.

Eles deixaram a casa, Isabelle foi na frente para a outra carruagem sem identificação que haviam trazido para que ninguém os visse deixando aquela área.

— O corpo será transportado para casa. O médico dirá que ela teve um mal súbito e nós a enterraremos ao amanhecer. Diga que foi muita dor aguentar duas perdas. Então preferiu um enterro rápido sem tempo de convidar para o velório. Fique de luto profundo, não precisará receber ninguém —instruiu o duque a Gregory.

Ele assentiu, mas acabou indo atrás da sobrinha. Como não iam se ver por um tempo, era melhor terminarem o que tinham a dizer ali.

— Até onde você iria para manter esse seu plano?

Isabelle se virou antes de entrar na carruagem. No seu tabuleiro de xadrez, o tio era o bispo. Ela era a rainha dourada e cada pessoa assumiu uma posição no jogo. Nathaniel era o rei prateado, mas o jogo deles era diferente, eles ficavam juntos, apesar das regras e das cores de suas peças. Juntos, eles derrubariam do tabuleiro qualquer um que atentasse contra eles e ficasse em seu caminho.

— Eu iria até onde precisasse. E essa história não é só minha. Nossos filhos são o fim de tudo. E também o início de algo mais forte. Somos mais poderosos juntos. — Ela olhou para o duque por cima do ombro do tio.

— E quanto aos outros da nossa família? Na dele não tem ninguém, mas nós temos umas figuras desagradáveis e alguns vários primos, tias e parentes.

— Deu o meu recado, não foi? Irei reunir a família. Para isso vou conquistá-los, ludibriá-los e comprá-los. Os mais velhos logo descansarão e os mais novos odiavam aquela mulher e o filho dela. São inteligentes e ambiciosos, sei o que fazer com eles. Não se preocupe.

Isabelle subiu na carruagem e se virou para falar com o tio uma última vez:

— Merecendo ou não, você está livre, tio. Tenha uma boa vida e honre o título pelos anos que lhe restam. Prometo que criarei o meu filho para dar orgulho ao nosso nome. Termine a obra. Quando eu visitar Hitton Hill, quero vê-la esplendorosa.

Epílogo

Os Bradford tiveram de fingir o luto duplo após a morte de Genevieve. O marquês de Hitton se fechou em sua propriedade; diziam que estava arrasado pelas perdas em tão pouco tempo. Só era visto do lado de fora quando supervisionava as obras de reforma da mansão e arredores.

Com o tio debilitado, Isabelle assumiu os negócios da família, ao menos os legalizados. Ela já havia aplicado certa quantia para recuperá-los. Então deu tudo para Jace e seus dois primos gerenciarem com a tarefa de recuperarem as finanças da família. Eles ficaram contentes e muito ocupados. Isso também lhes garantiu mais dinheiro para tocar suas vidas. Ninguém — além do irmão mais velho — soube da participação de Leon na resolução do sumiço da marquesa viúva. Ele foi enviado para o colégio como prometido.

Isabelle e Nathaniel jamais contariam a Pamela o que fizeram. Mas Andrew sabia, mesmo que não pudesse provar. A duquesa viúva podia até desconfiar, mas gostava de ficar na dúvida para poder imaginar se eles chegariam tão longe.

— Estou contente por vê-la satisfeita aqui, mãe. Só quero vê-la feliz, gosto que fique, mas quero que saiba que sua vida lhe pertence. Vou apoiá-la no que quiser fazer. — Isabelle encostou a cabeça no ombro de Madeline, depois sorriu.

— Gosto muito daqui. Além disso, quero ficar pelo menos até o meu neto crescer mais. — Ela levantou Adam no ar e sorriu para o jeito que ele balançou as pernas, como se já pudesse correr. — Mas não vou longe. Irei visitar alguns parentes e aproveitar a viagem, depois retornarei. Meu lar é onde você estiver e agora também onde estiverem os meus netos. — Ela abaixou o bebê, aconchegando-o.

— E o sr. Percival a acompanhará nessa viagem? Ficaria preocupada se fosse sozinha — arriscou Isabelle, já que a mãe era tão reservada nesse assunto.

Madeline abaixou a cabeça com um leve sorriso.

— Ele é muito teimoso, como sabe — disse ela.

Isabelle começou a rir, devia ser a primeira vez que via a mãe encabulada.

— Disse que não me deixará ir sozinha para tão longe. De fato, pode ser perigoso. Certamente o duque poderá dar algum tempo livre a ele para me fazer companhia.

— Certamente! — garantiu Isabelle, achando graça.

***

Flore pegou Adam no colo e o levou para onde Isabelle estava sentada, ela segurou o filho e passou um tempo o amamentando junto à janela do quarto. Um tempo depois, quando pôde deixá-lo no berço, ela encontrou a camareira na sala de vestir, murmurando sozinha enquanto alisava a saia de um vestido novo.

— Flore. — Isabelle sentou se sentou e segurou a mão dela. — Você falou que iria voltar para casa. Quero lhe dar uma recompensa, mais do que dinheiro para ir viver como quiser. Algo que queira muito. Consegui o que queria, mas você passou por tudo isso comigo e não sei como posso fazer algo para deixá-la feliz.

A camareira abriu um sorriso, como se achasse a tentativa dela engraçada, mas adorável.

— Já tenho o que quero. Sou a camareira de uma duquesa. Não uma duquesa qualquer, mas a de Hayward. O único jeito de ir além disso é servir à rainha e suas filhas. Imagine só quando eu retornar a Londres e ostentar isso.

— Mas... e quanto a voltar?

— Voltar para onde eu morava antes de ir de vez para Hitton Hill? Já visitei os familiares quando passamos aquele tempo lá. Agora todos me tratam diferente, como se eu fosse presunçosa. Estou servindo a uma duquesa no castelo de um duque... Foram bastante desagradáveis. E, sim, fiquei esnobe — ela virou o rosto, empinando o nariz.

Elas riram juntas.

— Tenho do bom e do melhor aqui. Não quero voltar, quero aprender mais — continuou.

— Mas é o que quer só por agora? Ou tem planos? Quero ajudar no que for.

— Veja pelo meu lado. Essa é a minha profissão, é onde ganho meu sustento, e, assim, a minha vida me pertence. Lembra-se de que eu ia ser só uma ajudante de cozinha? E aquela víbora, seja lá onde esteja, me botou como sua camareira para humilhá-la por ser servida por alguém sem experiência e tão abaixo na escala social dos criados. Mas aprendi com a camareira de Lady Denver, a vizinha. Eu sempre ia até lá até partirmos para a temporada.

— Você fez um trabalho extraordinário em Londres — elogiou ela. — Não ficou devendo a nenhuma camareira esnobe.

— Bondade sua, mas sabe tudo que aprendi com a sra. Stanley desde que chegamos aqui? Um mundo de truques e coisas novas que nem imaginava! — disse ela, animada, referindo-se à experiente camareira que atendia Pamela fazia décadas. — E agora eu posso ser a camareira mais presunçosa de todas! Sirvo a uma duquesa! — Ela riu. — Aonde você for, eu irei. Verei um mundo de coisas novas, moda, lugares bonitos, festas e novidades, e serei bem paga para isso. E você é mais do que uma pessoa a quem eu sirvo.

— Nunca poderei lhe agradecer, Flore. — Ela se inclinou e a abraçou. — Você pode ter me vestido e penteado, mas fez muito mais do que isso, foi uma amiga verdadeira. Se ficar é o que deseja, então ficará por todo tempo que quiser.

Flore a abraçou e sorriu, emocionando-se também. Tentavam lhe ensinar que uma camareira devia ser leal a sua dama, guardar os seus segredos e apoiá-la. Mas saber até onde ir. Não conseguia; ela adorava Isabelle. Estavam juntas desde que o pai dela morrera e tudo mudou na casa. De certa forma, cresceram juntas, mesmo que ela fosse uns anos mais velha.

— E exatamente por essa relação, você também é péssima para servir!

Isabelle riu e a olhou:

— Péssima?

— Extremamente permissiva! — exclamou, causando uma risada. — Mas prometo não usar isso contra você. Não me atrasarei para vesti-la para a nossa próxima temporada em Londres. Espero novas aventuras. Agora até gosto do duque. Ele não é o cavaleiro sem capa que eu imaginava. Ele tem capa sim, só que negra como a noite! E apavorante para os desavisados!

As duas riram mais ainda da descrição dela.

***

— Acho que eles a subestimaram, duquesa — disse Nathaniel, vendo-a seguir a sua frente.

Isabelle se virou e sorriu ao escutar sua voz.

— Eles nunca imaginaram que eu ia cometer o inescrupuloso ato de me apaixonar pelo maldito Hayward.

— E nem que eu seria tão facilmente seduzido.

Isabelle pendeu a cabeça, soltando uma leve risada.

— Você ainda pensa que foi seduzido?

— Tenho certeza.

— Ah, mas isso era exatamente o que eles esperavam que eu fizesse, usando minha conduta dúbia e a aparência com a qual fui amaldiçoada. — Ela abriu um sorriso luminoso, mas também carregado de sarcasmo.

Nathaniel riu.

— Eles só não contavam que depois de seduzido. — Ele a olhou quando escutou uma leve risada, pois ela nunca levava a sério quando ele alegava que foi seduzido. — Eu iria me apaixonar tão profundamente por você que faria qualquer coisa para que não desistisse de mim.

— Inclusive me mandar embora.

— Se tivéssemos ficado sob o mesmo teto naquele período, você teria começado a me odiar em uma semana. Eu seria tão insuportável que quando conseguisse parar já a teria perdido.

— Eu sei, Nate. Eu o teria feito sofrer mais um pouco. Gostaria de vê-lo ir me buscar e lhe dar com a porta nesse seu nariz esnobe. Mas queria voltar e aconteceu um pequeno imprevisto. — Ela colocou a mão sobre o ventre lembrando-se da época da gravidez.

Nathaniel abriu um grande sorriso por causa do adorável imprevisto que eles criaram.

— Então só retornou pelo imprevisto?

— Claro que sim. Eu não lhe teria dado o gosto de retornar facilmente.

Ela foi andando pelo terraço, aproveitando o tempo fresco enquanto o vento fazia as saias leves de seu vestido matinal balançarem, e os fios soltos do seu penteado frouxo faziam cócegas no pescoço.

— Vamos nos casar novamente — disse ele, observando-a se afastar.

Isabelle parou, foi se virando lentamente para ele e manteve o cenho franzido enquanto o duque se aproximava.

— Simbolicamente — completou. — Dessa vez, saberemos exatamente o que estamos fazendo com nossas promessas. É como se fôssemos as mesmas pessoas, mas completamente diferentes.

Ela assentiu e ajeitou a postura, juntou as mãos à frente do ventre, do seu jeito usual: segurava o dedo indicador direito dentro da mão esquerda. Sabia o quão nervosa estava conforme o aperto no dedo. Porém, ela só levantou a sobrancelha enquanto aguardava.

— Já me arrastei aos seus pés, Isabelle — respondeu ele como um alerta.
— É suficiente.

A expressão dela foi de tamanho deboche que Nathaniel se inclinou, gargalhando. Ela não estava nem um pouco impressionada com os esforços dele.

— Espero muito mais, Sua Graça. Posso entrar em qualquer baile e roubar a atenção toda para mim. Como sempre fiz. — Ela moveu um dos ombros, indicando a facilidade com que fazia isso.

— Eu também, madame. A atenção será completamente sua, pois estarei nos seus calcanhares com a minha melhor expressão de vilão. Minha fama só piorou desde então. Afinal, ninguém a viu na última temporada. Imagine só, a dama mais famosa da sociedade se casa e desaparece. Muito suspeito.

— Dizem as más línguas que ela continua viva e só desapareceu porque dama alguma iria desfilar sua gravidez por salões de baile. Soube que virei até um exemplo. Bastante torto e hipócrita, mas um grande exemplo de como fisgar um duque perigoso e indomável e ganhar muito poder com isso. Afinal, agora tenho dois duques. Um deles só não fala ainda.

— Jamais a tomaria como algo garantido. Você me mantém afiado e atento o tempo inteiro. Eu não poderia ter um desafio melhor do que mantê-la entretida e interessada em mim.

— Muito bom, Sua Graça. Começo a ver o lado bom dessa nossa associação — emendou ela, arrancando outra risada dele.

— Por isso...

— Ah, não. Vá com calma. Não estou pronta para tanto.

Ele colocou o joelho direito no chão, abaixando-se à frente dela.

— Pare com isso, Nathaniel! Como farei alguém acreditar nessa história? Amanhã, nem eu acreditarei!

Ele segurou a mão dela, soltando o aperto que ela mantinha no dedo indicador.

— Case-se comigo novamente, Isabelle. Sou tudo que conhece agora, cada dia que a descubro mais e vejo o que é capaz de fazer só me faz admirá-la mais. E ter certeza de que tudo que me aconteceu foi para que pudesse encontrá-la e tê-la em minha vida. Não há outra mulher no mundo que se entenderia tão bem com um canalha insuportável como eu. Eu faria tudo por você. Não me arrependo de nada do que fizemos para chegar até aqui.

— Eu não iria a lugar algum sem você, Nate. — Ela tocou o rosto dele e se inclinou. — Só há um homem para mim no mundo, e é você. Nenhum outro me entenderia ou teria feito o que fez por mim. Foi um enorme abuso seu afugentar meus pretendentes, mas eram todos tolos e eu jamais poderia amá-los, só você me causou tamanho respeito e admiração. Não há outro tão encantadoramente insuportável como você. Além disso, eu só gosto de cavalheiros altamente perigosos e mortais que aceleram tanto o meu coração, que vivo a imaginar se terei meu primeiro desmaio. — Ela abriu um sorriso.

Nathaniel a abraçou pela cintura, apoiando o outro joelho no chão e a segurando firmemente junto a ele. Isabelle passou os dedos pelo cabelo claro dele e desfeito pelo vento, tornando a ajeitá-lo.

— Sim, eu me casarei com você quantas vezes puder. Se tivesse outras vidas, eu me casaria com você em todas elas — declarou ela.

Ele ficou de pé e a segurou pela cintura, mantendo a proximidade dos dois.

— Confie em mim, Isabelle. Minha primeira reação sempre será acreditar em você primeiro.

— Vindo de você, essa é a maior declaração de amor que eu poderia escutar — respondeu ela, apertando as lapelas do paletó dele. — Não vou mais esconder, confiarei em você.

Ela o puxou pelo rosto e se esticou, beijando-o impulsivamente, depois o abraçou pelo pescoço e relaxou nos braços dele. Quando ele parou de beijá-la, Isabelle abriu um sorriso e arrematou:

— Além disso, onde mais eu encontraria um espião para chamar de meu?

Agora a sua missão está completa. Parabéns!

Permissão para se retirar concedida.

Até a próxima missão.

Queridas espiãs maravilhosas e ardilosas,

Obrigada por chegarem até o fim dessa missão! Foi uma honra trabalhar ao seu lado. Estou lisonjeada por conhecer pessoas que não abandonam uma missão até terminá-la. Se você leu o *prequel* e este livro foi a continuação de seu trabalho, parabéns em dobro! Se você ainda não leu o livro que vem antes deste, *A desilusão do espião*, eu recomendo muito. Você vai descobrir tudo que aconteceu na vida de Nathaniel antes de ele ser receptor e ainda vai ver Tristan Thorne no começo de sua carreira.

Este foi o livro #2 da série Damas Ardilosas (e espiões perigosos haha!). E talvez essa já seja até a sua terceira missão, se você também já leu *Um acordo de cavalheiros* (livro de Tristan e de Dot). E você pode ler todos na ordem que preferir.

Vocês não sabem há quantos anos este livro estava pela metade na minha gaveta de manuscritos. Tem seis anos que pensei no duque pela primeira vez. Quando comecei este livro, ele era mais simples, mas meus tempos de simplicidade ficaram para trás. Acho que gosto de sofrer pesquisando; quanto mais complicado, melhor! E para essa série estou desde 2017 (ano que terminei o livro #1) pesquisando sobre agentes secretos na Europa, especialmente nos bastidores das guerras napoleônicas.

Se essa é sua primeira vez lendo uma nota minha, você vai pensar que estou reclamando... não! Eu adorei! Dessa vez, nem precisei enganar um fórum inteiro de senhores apaixonados por navegação em séculos passados (leia *A perdição do barão* e você entenderá). Vocês não sabem a quantidade de coisas interessantes da época em que a espionagem estava sendo oficialmente implantada na Inglaterra. O departamento foi criado justamente na época em que Nathaniel estava atuando.

Quando ele se tornou um receptor, as coisas já estavam mais arrumadas. Foi divertido pesquisar métodos, tramas e casos. Todas as tramas citadas nos livros foram inspiradas em casos reais! Sim, os franceses invadiam a costa, os grupos de rebeldes os ajudavam, eles se reuniam em locais esquisitos. Havia informantes, mortes misteriosas e coisas obscuras porque vários registros foram perdidos. Propositalmente, claro.

Vocês devem ter percebido que o duque e seus agentes atuam no secreto do secreto. Por baixo dos panos do real-oficial. E havia poucos agentes treinados como Nathaniel, Tristan, Zach e outros citados. Ainda era o começo da "regularização" desse tipo de trabalho, a maioria parecia mais com informantes espertos, como foi Meredith. E pelo que li posso dizer que vários problemas poderiam ser evitados se houvesse mais gente altamente treinada para o trabalho. É claro que eu escolhi falar justamente dos agentes mais perigosos que havia no pedaço!

E sim, em 1812, o primeiro-ministro foi assassinado. E, sim, tentaram matar outros membros do governo. Atentados existiram. Existem desde sempre. E se você leu A *desilusão do espião*, toda aquela trama foi inspirada por histórias e pessoas reais. A cadeia de Newgate era real, as penas por traição, o método de enforcamento; tudo existiu. Os problemas internos só pioraram com a ascensão de Napoleão e a guerra. O governo inglês causou sérios problemas com escoceses e irlandeses (era basicamente tudo que eles faziam, não deixavam os vizinhos em paz). O rei George tinha um problema sério de preconceito com o povo dos países vizinhos que gerou conflitos sangrentos que alimentaram desejos de derrubá-lo.

Mas já falei que até o momento este foi meu romance de época com os personagens mais controversos? Espero muito que vocês tenham adorado todos os lados errados e duvidosos de Nathaniel e de Isabelle. E que tenham curtido andar na corda bamba e cinza do certo ou errado.

Fazia tempo que eu queria escrever algo relacionado a conflito entre famílias, desses que dão treta, pancadaria, traições e mortes. Adoro uma trama sanguinária. Se pudesse, teria matado mais gente, mas estou enterrando personagens desde o livro #1 da série. Já matei um bocado de gente no #1.5 e não pensem que terminei por aqui. Voltarei para continuar a série!

Outro ponto da pesquisa que vale a pena citar e que achei superinteressante tratar: a fama na época da regência. Na verdade, a fama por boa parte daquele período, até as coisas começarem a ficar mais modernas na era vitoriana. Tive vários personagens conhecidos e infames. Alô, Tristan! É com você! Gente que toda a sociedade fala sobre personagens que a aristocracia fala pelas costas e que são até conhecidos em outros círculos. O próprio duque é um exemplo, lembrado quase como uma lenda; todo mundo ouviu falar, poucos o viram.

Mas eu ainda não tinha falado de alguém realmente famoso. Como Isabelle. Ela é tipo as nossas celebridades com milhões de seguidores. As pessoas salvam fotos e vídeos dessa gente. Então, naquela época as pessoas recortavam artigos de jornais, e, quando você era famoso de fato, tinha ilustrações suas feitas à mão e vendidas mesmo, replicadas pela cidade e por revistas. E pinturas! Pessoas comuns, que não pertenciam à aristocracia, te conheciam assim. Era por meio dos jornais e do boca a boca. Podiam mandar cartas sobre você, sem te conhecer. Era o que tinha na época.

E era estranho à beça. Se hoje, na era da internet e do fim da privacidade das celebridades, a gente entra em discussões sobre a fama e suas consequências, além da obsessão e dos problemas que ela pode gerar, imagina naquele século. Não é à toa que Genevieve atacava Isabelle por isso, era muito malvisto. Especialmente para uma dama, sempre obrigada a se comportar de forma discreta e recatada. Devia ser superesquisito para a Isabelle ter ilustrações nos jornais e ter gente que ela nunca viu passando em frente à sua casa ou esperando do lado de fora do teatro para vê-la em carne e osso. Em pleno século XIX, garotas! Byron ia adorar a atenção, mas ele era um narcisista.

Nem o citei, mas, nessa época aí, ele estava circulando pelos salões e era famoso, estilo blogueirinho de moda. Foi o precursor de algumas tendências de moda que hoje a gente pensa que era o normal da vestimenta masculina daqueles anos. Fiz algo similar para a Isabelle, ela também criou tendências. Garanto que na temporada de 1816 — à qual ela nem compareceu porque estava ocupada carregando um bebê e vencendo uma guerra familiar — as damas antenadas estavam todas vestidas como ela. E escandalizando gente como Lady Holmwood.

Foi o máximo escrever este livro e fugir um pouco do habitual quando alguém imagina um romance de época. Continuem descobrindo livros maravilhosos e apareçam no meu Instagram (@lucyvargasbr) para conversarmos! Estou sempre lá falando tudo que contei aqui.

Adoraria contar mais, o papo está divertido. Mas o livro já ficou grande, e não quero levar canetada dos meus editores (imagina, eles são maravilhosos!).

Beijos e até a próxima missão.
Lucy

Impresso no Brasil pelo
Sistema Cameron da Divisão Gráfica da
DISTRIBUIDORA RECORD DE SERVIÇOS DE IMPRENSA S.A.
Rua Argentina, 171 – Rio de Janeiro, RJ – 20921-380 – Tel.: (21)2585-2000